200
crônicas
escolhidas

Carlos Herculano Lopes

200 crônicas escolhidas

autêntica

EDITORAS RESPONSÁVEIS
Rejane Dias
Cecília Martins

REVISÃO
Anna Izabella Miranda

CAPA
Alberto Bittencourt

DIAGRAMAÇÃO
Waldênia Alvarenga

Dados Internacionais de Catalogação na Publicação (CIP)
Câmara Brasileira do Livro, SP, Brasil

Lopes, Carlos Herculano
200 crônicas escolhidas / Carlos Herculano Lopes. -- 1. ed. -- Belo Horizonte, MG : Autêntica Editora, 2025.

ISBN 978-65-5928-539-6

1. Crônicas brasileiras I. Título.

25-253656 CDD-B869.8

Índices para catálogo sistemático:
1. Crônicas : Literatura brasileira B869.8

Eliete Marques da Silva - Bibliotecária - CRB-8/9380

GRUPO **AUTÊNTICA**

Belo Horizonte
Rua Carlos Turner, 420
Silveira . 31140-520
Belo Horizonte . MG
Tel.: (55 31) 3465 4500

São Paulo
Av. Paulista, 2.073, Conjunto Nacional
Horsa I . Salas 404-406 . Bela Vista
01311-940 . São Paulo . SP
Tel.: (55 11) 3034 4468

www.grupoautentica.com.br
SAC: atendimentoleitor@grupoautentica.com.br

Este livro é para os companheiros(as) de trabalho nas redações do *Estado de Minas* e *Diário da Tarde*, com os quais, de 1979 a 2016, com alguns intervalos, compartilhei palavras, copos e sonhos. E pela memória de João Paulo Cunha, Maria Helena de Andrade Linhares, Roberto Drummond, Antônio Lisboa Meira, João Bosco Martins Salles, Wander Piroli, Alfredo Durães e Geraldo Magalhães.

Para Adrianne.

PARTE 2

O cronista, as memórias das Minas Gerais: as conversas em ônibus e táxis

PARTE 3
O cronista voyeur e os amores que passam

PARTE 4

Os encontros literários, as histórias e suas invenções

As 200 melhores crônicas de Carlos Herculano Lopes

Jacques Fux

Passear pelas crônicas do consagrado escritor Carlos Herculano Lopes é puro deleite. Aqui o leitor encontrará personagens cotidianos e inesquecíveis, ouvirá o canto dos pássaros e o brindar dos copos boêmios, sentirá o perfume das árvores e o sabor dos tira-gostos nas mesas de bar, e se encantará a todo momento com as moças e as musas que *passam* e se eternizam nas letras do narrador. O leitor ainda será presenteado com as deliciosas e triviais narrativas do dia a dia recheadas de humor e carinho, escritas por um cronista que não somente observa, mas que seduz pelo uso preciso de suas palavras, de seus olhares e de seus silêncios.

Carlos Herculano Lopes nasceu em Coluna, no Vale do Rio Doce, Minas Gerais. Em suas palavras: "filho do farmacêutico prático Herculano de Oliveira Lopes, que há tempos se foi, e da professora Iracema Aguiar de Oliveira, vim ao mundo, no dia 23 de outubro de 1956. Foi um ano privilegiado em que, só para ficar em três exemplos, Juscelino Kubitschek de Oliveira assumiu a Presidência da República; Guimarães Rosa publicou *Grande sertão: veredas*, e Fernando Sabino, um dos Quatro Cavaleiros do Apocalipse, também brindou a literatura com o seu *O encontro marcado*". Jornalista e autor premiado, com diversas adaptações para o cinema, finalmente nos brinda com as suas *200 crônicas escolhidas*. Ao longo de 15 anos, Carlos Herculano escreveu para inúmeros leitores mais de 1.500 crônicas publicadas no jornal *Estado de Minas*, que aparecem agora selecionadas pelo próprio autor e pelo escritor Jacques Fux.

Um cronista literário é um historiador-antropólogo-*voyeur* do cotidiano, do que (não) acontece, do que (não) tem importância e (nem) razão. É um observador taciturno, oculto e astuto, mas sempre pronto para uma boa conversa de bar, para "roubar" uma história de um viajante (da poltrona 27) e para narrar a lembrança de um amor ou o deslizar de uma lágrima de saudade. Ele, atento, registra com um olhar original a vida "ao rés-do-chão" – como escreveu o crítico Antonio Candido. Apesar da efemeridade do acontecimento e do fugidio instante, a crônica ou "a vida ao rés-do-chão" permanece "quando passa do jornal ao livro, nós verificamos meio espantados que a sua durabilidade pode ser maior do que ela própria pensava". Um bom cronista – e Carlos Herculano está entre os mais atentos – sabe da importância do observar elaborado e da palavra afiada para que o cotidiano retratado – e as histórias e conversas surrupiadas – não se perca no tempo. O ex-imortal e catedrático (ironia de cronista) Eduardo Portella escreveu: "este tipo de narrativa não é tão despretensioso quanto aparenta ser, adquirindo, pois, uma característica que é essencial à arte: a permanência".

Nestas crónicas, Carlos Herculano narra a "permanência artística" com o seu olhar *flâneur*. Os termos *flâneur* e *flânerie* estão relacionados ao ato de deambular sem destino ou razão; ato em que a divagação – muitas vezes excêntrica e despreocupada – ostenta e recenseia o mundo ao redor. O *flâneur* de Charles Baudelaire (e o também de Carlos Herculano) – aquele que em suas observações cotidianas acaba por absorver o mundo e dar sobrevida ao tempo que dialoga e corrompe a modernidade – é o transitório. Para ele(s), o deambular, o vagabundear dos viajantes errantes, é um exercício nobre de contemplação artística. Nestes textos, nos deparamos com a passagem de singelos e casuais encontros – do próprio cronista e de seus personagens –, as trocas de olhares, os flertes e as memórias e saudades de um tempo agora já romântico. Como leitores, somos convidados pelo cronista a viajar ao seu lado (sempre nas poltronas 27, 28 ou 29, em razão de uma mania e simpatia) e a conhecer histórias compartilhadas das suas idas e vindas a Coluna e por todo esse sertão que é o mundo. Todos têm algumas saudades e sofrem de muitas lonjuras nesta odisseia em que os amores se encontram, se tocam e se esvaem no suspiro do cronista.

Ler estas crônicas é viajar pelo passado e pelas narrativas lúdicas e sensíveis que, além de nos entreter, nos faz pensar e refletir acerca das nossas dores. Carlos Herculano Lopes caminha por praças, ruas, memórias, passados e "causos", e nessas suas invencionices não se esquece de homenagear amigos, leitores e amores; amores esses que sempre se encontram e se reconhecem num bar, num acaso, numa lembrança, numa epifania, numa ilusão. O cronista, como escreveu Portella, é "atento, observador, preciso, artesão da palavra, às vezes onírico e impressionista, às vezes pragmático e seco, outras vezes ainda terno e sentimental".

Pelas lentes e letras do narrador, crianças nos comovem com a ingenuidade de seus olhares e de suas histórias, jovens nos encantam com suas promessas e virtudes, e senhores e senhoras da "melhor idade" nos motivam a viver intensamente ao desvelarem seus passados e narrarem suas pulsões pelo presente. Apesar de falar de si e do mundo ao redor, o cronista não é um autoficcionista, mas um ilusionista lúdico desse cotidiano que inventa, encanta, aumenta, corrompe na voz de um outro narrador – este, sim, capaz de escrever sem as correntes e as censuras do seu tempo.

Além das viagens pelo cotidiano, Carlos Herculano nos convida a adentrar os sertões de Rosa e Cunha, as letras dos mestres Borges e Drummond, e a reencontrar amigos escritores com quem dividiu mesas literárias e de bares.

Para um cronista que se preze – e que nos preze –, o futebol deve aparecer de uma forma sagrada. Se Nelson Rodrigues dizia que o Fla x Flu começou 40 minutos antes do Nada, em um tempo imemorial, não acessível ao comum dos mortais, Carlos Herculano reescreve esse duelo artístico-sagrado com temperos mineiros ao narrar os jogos, as vitórias e as derrotas do Galo e do Cruzeiro (e também, para a nossa dor, o famigerado 7x1 entre Brasil e Alemanha no Mineirão).

Em trânsito – sempre indo ou voltando para algum lugar –, seus personagens encontram-se no passado, nas conversas com os taxistas, no *voyeurismo* e nas escutas das conversas em ônibus – narrativas singelas que mostram a religiosidade dos interiores mineiros, dos protagonistas devotos, dos duelos entre Deus e o Diabo. Ainda em Belo Horizonte, o Mercado Central, a Praça da Assembleia e o centro nostálgico são retratados como cenários de acidentes e incidentes insignificantes, mas que ganham significado e sentido por meio das penas do cronista.

Além disso tudo – e de tudo isso –, nestas 200 crônicas podemos encontrar a gênese do escritor e de seus romances de sucesso. Carlos Herculano Lopes revela nas crônicas de onde surgem seus livros, suas fagulhas de inspiração e devaneios, e sua dedicação e amor à escrita.

Um livro essencial, que merece ser lido e relido por antigas e novas gerações.

Foto: Arquivo do autor.

Os seus pais, Herculano e Iracema, em Belo Horizonte, nos anos de 1960.

Foto: Arquivo do autor.

Carlos Herculano, o terceiro da esquerda para a direita, na fazenda dos Aguiar, em Coluna, com os primos Joaquim, José, Carlos Antonio, Evandro e Ismar, nos anos de 1960.

Foto: Arquivo do autor.

Em meados de 1960, em Coluna, com as irmãs Laene, Jane, Denise, Anete, Janete e Maria Gorete.

Foto: Arquivo do autor.

Em 1964 primeiro ano primário no Grupo Escolar Professora Heroína Torres, em Coluna.

Foto: Arquivo do autor.

Com Lêdo Ivo, sua esposa, Maria Leda, Jorge Fernando dos Santos e Rachel de Queiroz, de braços dados com Carlos Herculano Lopes, durante a quinta Bienal Nestlé de Literatura Brasileira, realizada em São Paulo, em 1990, da qual ele foi vencedor na categoria Romance, com *Sombras de julho*.

Foto: Arquivo do autor.

Com Salomão Sousa e Lygia Fagundes Telles, durante o 1º Congresso de Escritores, realizado em Caxambu, em 1996.

Foto: Paulo Thiago.

Com Roberto Drummond e Fernando Sabino, em 1996, na Biblioteca Mário de Andrade, em São Paulo.

Foto: Arquivo do autor.

Com o cineasta Paulo Thiago e o escritor e jornalista Luiz Fernando Emediato, em 1996, na Biblioteca Mário de Andrade, em São Paulo.

Foto: Arquivo do autor.

Com a esposa, Adrianne, em 1997, em Belo Horizonte.

Foto: Júnior Vieira.

Com Antônio Torres e os colegas cronistas do *Estado de Minas*, Alcione Araújo e Roberto Drummond, em 1997, em Belo Horizonte.

Foto: Marcelo Coelho

Com os escritores Jaime Prado Gouvêa, José Afrânio Moreira Duarte, Benito Barreto e Antônio Barreto, em 1998, na Livraria Ouvidor, em Belo Horizonte.

Foto: Arquivo do autor.

Com Bartolomeu Campos de Queirós e Nely Rosa, em 2002, em Belo Horizonte.

Foto: Arquivo do autor.

Da esquerda para a direita, com Sérgio Fantini, Letícia Malard, Francisco de Morais Mendes, Luiz Vilela, Luís Giffoni, Marina Colasanti e Lucia Helena Monteiro Machado, em 2003, em Belo Horizonte.

Foto: Arquivo do autor.

Com os escritores Luís Giffoni e Moacyr Scliar, em 2005, no Salão do Livro, em Belo Horizonte.

Foto: Rafael Rezende

Com seu tio e padrinho Victor Augusto de Aguiar, o “Seu Aguiar”, com o seu famoso chapéu, em Coluna, em outubro de 2005.

Foto: Gorete Lopes.

Com as sobrinhas Clara e Isadora, em Coluna, 2005, contando as historinhas do coelho e da onça.

Foto: Arquivo do autor.

Com os colegas e as colegas do *Estado de Minas Cultura*, em 2012. Assentados, Helvécio Carlos, Ana Clara Brant, Mariana Peixoto, Gracie Santos, Simone Castro e Carol Braga. Em pé, da esquerda para a direita, João Paulo Cunha, João Bosco Martins Salles, Heliane de Fátima, Carlos Herculano Lopes, Rafael Radicchi, Ângela Faria, Eduardo Girão, Ailton Magioli, Ana Cibele Fornero, Sérgio Rodrigo Reis e Juliana Pio.

Foto: Arquivo do autor.

Com Nélida Piñon e José Eduardo Gonçalves, em 2013, em Belo Horizonte, no projeto Ofício da Palavra.

Foto: Eliseu Couto.

Na chácara São Joaquim, em 2017, em Coluna, ouvindo segredos.

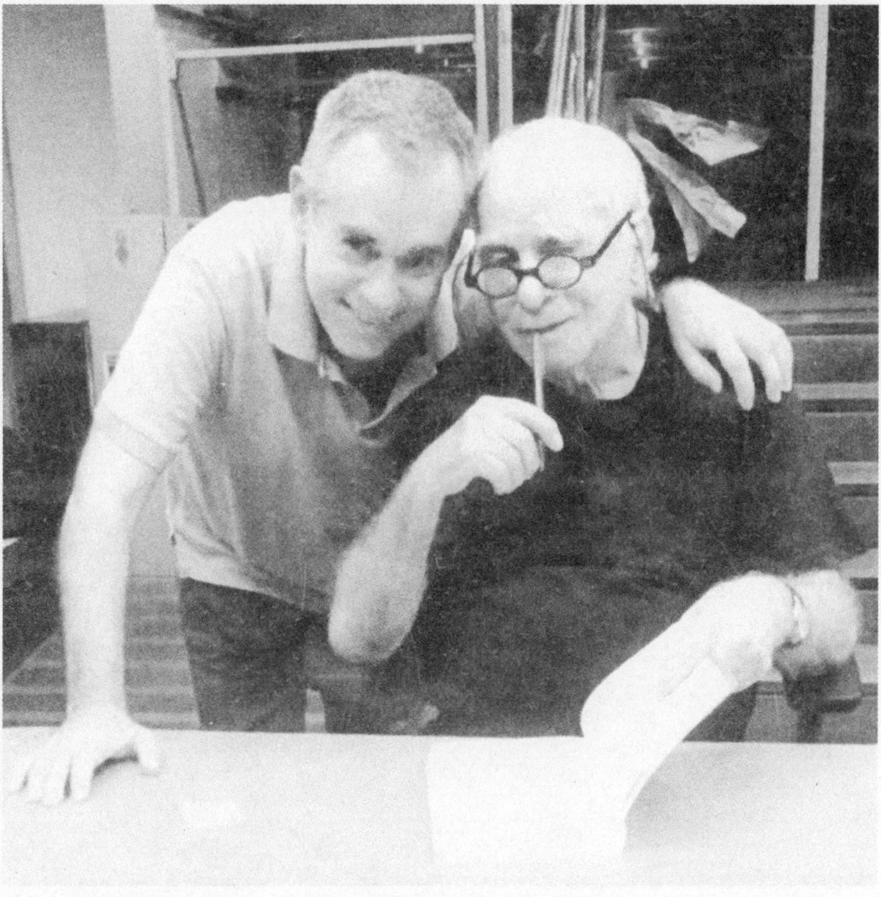

Foto: Arquivo do autor.

Com o escritor Ignácio de Loyola Brandão, no projeto Sempre um Papo, em 2019, em Belo Horizonte.

Foto: Arquivo do autor.

Com o escritor e crítico literário Silviano Santiago, na Academia Mineira de Letras, em 2023.

Parte 1
O cronista do cotidiano

A deusa e o cinquentão

Ele estava encostado no balcão de uma lanchonete que ficava a poucos quarteirões do seu trabalho. Tomava devagar um café, tinha também pedido um misto-quente, pois naquele dia não iria ter tempo de almoçar, quando, de repente, como que por encanto, ela foi entrando porta adentro. Era morena, usava uma calça jeans apertada, um batom bem discreto, que a tornava ainda mais sensual. Tinha uma pinta no lado esquerdo do nariz, onde havia colocado um piercing, e carregava alguns cadernos e livros. "Uma deusa maravilhosa", o homem pensou, e continuou a saborear o café. Fazia frio em Belo Horizonte.

Em seguida, depois de receber o misto e começar a comê-lo, ele passou a pensar, talvez como uma forma de desviar a atenção daquela mulher, nas coisas que teria de fazer naquele dia: uma resenha sobre um romance recém-lançado por um escritor da Paraíba, que havia acabado de ler; uma entrevista com um cantor de música sertaneja que vinha fazer um show em BH; e, mais tarde, quando terminasse a labuta, pretendia ir ainda à casa da sua mãe, que havia pouco menos de um mês se mudado para o bairro Ipiranga, depois de ter vivido muitos anos no Floresta, desde a vinda de Coluna.

Mas qual não foi a sua surpresa quando aquela moça, que pelas suas contas, feitas no instante em que a viu, devia ter uns 20 anos, virou-se para ele, depois de pedir uma Coca-Cola e um pastel assado, e perguntou: "Você é o escritor Carlos Herculano Lopes?". Desde que chegara, por razões óbvias, todos os olhares, ali na lanchonete, estavam voltados para ela, que talvez não estivesse percebendo. Ou não ligasse, de tão acostumada com sua beleza.

Meio encabulado, assim pego de surpresa, ele respondeu, tentando disfarçar a velha timidez: "Sou eu mesmo". "Eu sabia, tive certeza logo que entrei aqui e o vi. Você é igualzinho à fotografia que sai no jornal", ela disse. Para em seguida, completar que, quase todas as sextas-feiras, costumava ler suas crônicas.

"Gosto muito das suas histórias. Também já li para o colégio seu romance *O vestido*, assisti ao filme *Sombras de julho*, no Canal Brasil, e no ano passado fiquei muito triste porque não pude ir a uma palestra sua lá na Faculdade de Letras, onde estudo", completou, enquanto dava um gole na Coca. O pastel, que havia pedido, ainda não tinha chegado.

Nem é preciso dizer que, àquelas alturas, sem dar mais a menor bola para o misto, ele havia voltado todas as suas atenções para aquela beldade. Com a maior simpatia, depois de falar ainda sobre outro livro de sua autoria, *Poltrona 27*, que seria o próximo da sua lista de leituras, ela finalmente começou a comer o pastel.

Por uns instantes, ali naquela lanchonete, enquanto conversavam, ele chegou a se esquecer dos cabelos brancos, dos quilinhos a mais e da inevitável passagem do tempo, da qual ninguém escapa. Tudo estava indo às mil maravilhas, como num sonho, até que aquela mulher, fazendo-o cair na real, virou-se para ele e disse: "Tenho de confessar uma coisa, Carlos: quem te adora mesmo, de paixão, sabe tudo sobre a sua vida e os seus livros, é a minha avó". Na sequência, a deusa morena pediu a conta, despediu-se dele, com um sorriso dos mais encantadores, e se foi.

■ EM - 20/07/2012

Uma aventura legal

As irmãzinhas Sofia, de seis anos, e Clara, de cinco, tinham um sonho: conhecer uma vaca. Nascidas em Belo Horizonte, e criadas em apartamento, só tinham visto uma dessas bichinhas pela televisão e em uma revista. Ao vivo e em cores, nunca. Repetiam o desejo na escolinha, para as amigas, na pracinha onde iam andar de bicicleta e até na casa da avó, da qual morriam de inveja, pois ela gostava de falar, sempre aumentando um pouco, que havia nascido em uma rocinha bonita, onde o que não faltava era boi.

Tudo isso até que um dia, cansadas das promessas do pai, que nunca encontrava tempo para levá-las a alguma fazenda ou sítio, porque trabalhava demais, resolveram lhe dar um ultimato. Coube a Sofia, por ser a mais velha, dizer a ele: "Queremos conhecer uma vaca, pessoalmente, e tem que ser ainda neste mês".

E foi assim, com o maior gosto em proporcionar aquela alegria às filhas, que Eduardo e Ana Paula, num domingo pela manhã, de muito sol em Belo Horizonte, prepararam um lanche bem gostoso, puseram as duas no carro e pegaram a estrada rumo à Serra da Moeda, pelas bandas do Retiro do Chalé, onde esperavam encontrar a tão sonhada vaca. As meninas, é bom que se diga, não cabiam em si de tão contentes. "A gente vai poder conversar com ela, pai?", Sofia se arriscou a perguntar. Clara, ansiosa como a irmã, fazia a mãe jurar que tiraria fotos para, na escolinha, ela poder mostrar às amigas, que, obviamente, ficariam morrendo de inveja.

Um bom tempo depois de iniciada a aventura, quando deixaram a BR e entraram à direita na estradinha estreita que os levaria à Serra da Moeda, começaram a olhar para o mato. Quem sabe ali, bem tranquila, estaria pastando uma vaquinha? "Que nome vamos dar a ela, pai?", perguntou Sofia. Ao que Clara, adiantando-se, disse: "Ela vai se chamar Malhada". "Por que Malhada?", quis saber a irmã. "Porque vovó falou que na fazenda onde ela nasceu tinha uma com esse nome." E fim de papo. Nesse meio-tempo, a família já estava no topo da Serra, bem no início da descida que leva para o Retiro do Chalé – e nada. Ainda não tinham visto vaca nenhuma.

De repente, pousada em uma árvore, a mãe descobriu uma coruja, daquelas com olhos bem grandes. Mostrou o bicho às meninas. Foi uma festa: pararam o carro, fizeram fotos e até filmaram a ave que, indiferente, só observava, como se nada estivesse acontecendo. Um pouco depois, quando não tinham andado mil metros, outra surpresa: um calango, daqueles bem verdinhos, atravessou a estrada. "Podemos pegar ele, pai?", quis saber Sofia, já pensando em levá-lo para casa. Eduardo respondeu: "Não, minha filha. Ele está indo para o seu ninho, cuidar dos calanguinhos". Mais fotos foram feitas, e a aventura prosseguiu. Viram também um bando de maritacas que passou voando perto do carro, um menino a cavalo e até uma cobra-cipó, da qual as meninas ficaram morrendo de medo. Mas nada de vaca.

Algum tempo depois, quando o asfalto acabou, resolveram parar debaixo de uma árvore para comerem aquelas coisas gostosas que a mãe havia preparado: pão com presunto e queijo, goiabada com biscoitinho do Rio. Sem falar no Guaraná, bem geladinho, que o pai levara em uma bolsa térmica. Para as meninas, nem preciso dizer, tudo era festa e descobertas.

"O nome dessa árvore é gameleira", o pai disse às meninas, após fazerem o lanche, aproveitando a sua sombra. Minutos depois, viram-se outra vez na estrada. Andaram mais uns dois, três quilômetros, e já estavam quase desistindo de encontrarem a Malhada, para a tristeza de Sofia e Clara, quando as duas, de uma só vez, gritaram: "Olha ali, papai, olha ali!". Era um homem de cabelos brancos, montado em um cavalo e tocando suas vacas. Não eram muitas, umas cinco ou seis, mas muito bonitas, e com seus bezerrinhos.

Foi então que Eduardo parou o carro e chamou o boiadeiro. Com a hospitalidade mineira, ele os levou à sua casa, onde também tinha um curral. Encantadas, as meninas não só examinaram as vacas bem de perto, como acariciaram a Mirabela, que era muito mansinha. O nome havia sido dado em homenagem à cidade onde o fazendeiro tinha nascido, no Norte de Minas. Fizeram muitas fotos, filmaram, e tomaram leite quentinho, tirado na hora, para só quase de noitinha, felizes da vida, voltarem para casa.

EM - 06/11/2009

O quarto do filho

Estou dentro do quarto do meu filho. Faz um mês que ele morreu, e eu ainda não havia tido coragem de vir até aqui para ver as suas coisas. Elas estão do mesmo jeito, nos mesmos lugares, onde ele sempre gostou que ficassem. É como se ele fosse chegar daqui a pouco, abrir a porta e me dizer "oi, mãe", como sempre fazia com aquela voz tão linda, para em seguida me abraçar, perguntar como eu havia passado o dia e me dar um beijo, do qual estou sentindo tanta falta. Às vezes penso que tudo não passa de um pesadelo.

Vejo que seu tênis novo, que ele quase não chegou a usar, está debaixo da cama; a camisa jeans, sua preferida, ficou no braço da cadeira, onde também estão dois livros, um deles presente da Lu, a sua namorada. Ela que estava com ele quando tudo aconteceu. O pôster do Cruzeiro, time do seu coração, continua na cabeceira da cama, ao lado de um outro, de Marisa Monte, cantora que ele adorava. Os CDs e o computador, noto que já estão empoeirados – depois vou limpá-los, pois não quero que suas coisas estraguem.

Como pode, meu Deus? Como pode terem feito uma coisa dessas com o Léo? Logo com ele, que nunca fez mal a ninguém?

"Está proibido entrar naquele quarto", eu disse, dando uma ordem, quando voltamos para casa, logo após o enterro. Todos me respeitaram, ninguém perguntou por quê, e agora estou aqui, ainda sem querer acreditar, sem poder aceitar, que mataram o meu filho. Mas ele está morto. Por quê, meu Deus? Por que o senhor permitiu uma coisa dessas? Então apago a luz e fecho a janela, debruçado na qual, e olhando para a serra, ele gostava tanto de ficar, sobretudo nas noites de lua cheia. "Venha, mãe, venha ver como a lua está bonita...", e nós dois, e às vezes o seu pai, costumávamos ficar aqui. Muitas vezes não dizíamos nada. Só a olhávamos. Será que vou suportar?, me pergunto, e devagar, quase sem perceber, me assento na sua cama. Ela é macia. E o cheiro do meu filho, posso sentir, ainda está entre os travesseiros, aos quais agora estou abraçada, e nos lençóis, que não deixei que fossem lavados. "Não toquem em nada naquele quarto", voltei a repetir quando voltamos da missa de sétimo dia, e o mundo, para mim, não passava de uma coisa vazia e sem sentido.

E, mais uma vez, ninguém falou nada, e do seu pai, notei, recebi um olhar de compreensão. Era como se ele estivesse me dizendo: "Eu te entendo, eu te entendo". Como também está sofrendo... assim, sempre calado, pois nunca foi mesmo de falar. Mas dentro do seu peito, eu sinto, alguma coisa parece que vai explodir. "Como pode uma coisa dessas?, como pode?", um dia desses ele me disse, para em seguida começar a chorar, como antes nunca eu tinha visto.

Ontem de manhã, recebi um telefonema, da delegacia, dizendo que haviam prendido o assassino. Como ele será, meu Deus? Como será o homem que teve coragem de matar o meu filho, porque ele só tinha trinta reais na carteira? "Toma, toma pra aprendê a andá com dinheiro, seu filho da puta...", ele ainda disse, para em seguida atirar, dar uma coronhada na cabeça da Lu e desaparecer aqui nessas mesmas ruas do bairro, nas quais o meu Léo cresceu, tantas vezes brincou e foi feliz.

Não, eu não vou chorar agora, porque já chorei demais, já me desesperei demais. Só quero ficar um pouco aqui, neste instante em que estou sozinha em casa, dentro do quarto do meu filho, pois logo o seu pai e suas irmãs irão chegar, e eu não gostaria que me vissem assim, neste momento de tanta tristeza. Mas, nestes breves minutos, e perdida como estou nestes devaneios, eu me permito sonhar: quem sabe não irei vê-lo de novo, tocar nele?, nem que seja só um pouquinho? Não, não pensem que eu estou ficando louca, porque ainda não estou. Sou apenas uma mulher da qual tiraram o filho, e isso, eu afirmo, é a maior dor que pode existir.

Então volto a fechar os olhos. Agora já não estou mais assentada, mas deitada na cama do meu Léo. E os meus pensamentos, todos eles, só vagueiam em sua direção. O seu cheiro, que vem dos lençóis, é cada vez mais forte, e sinto que vai se impregnando em mim. O silêncio, nesta casa, é total. Não há barulho nenhum, não ouço o mínimo ruído. Só sinto uma coisa estranha, e a sensação de que, se pudesse, eu não faria mais nada, não iria a mais lugar nenhum. E ficaria aqui neste quarto pelo resto da minha vida.

EM - 10/07/2003

Escada acima

Assim que chegaram àquele prédio, no bairro Santo Antônio, onde iriam fazer a entrega de dois colchões, um de solteiro e outro de casal, num apartamento do 14º andar, o porteiro, com cara de poucos amigos, disse aos dois rapazes, quase meninos, que naquele dia não iria ser possível, porque havia acontecido um pequeno acidente. "Uma doida do quarto andar, ontem à tarde, esqueceu a máquina de lavar roupas funcionando e inundou tudo, inclusive o elevador de serviço, que tivemos de desligar", completou, sem oferecer aos moços uma alternativa.

"E por este outro, o social? A gente sobe rapidinho com os colchões", tentou argumentar um dos rapazes, que, pelo sotaque, meio cantado, devia ser do Norte de Minas ou até mesmo da Bahia. "Não vai dar, amigo, é expressamente proibido pelo regulamento interno do condomínio transportar qualquer mercadoria, incluindo animais, pelo elevador da frente", foi taxativo o porteiro, já mostrando-se meio irritado com aquela conversa. Em seguida, dando por encerrado o assunto, foi atender ao interfone. "Mas, moço, a gente veio de longe. O depósito da firma é perto de Santa Luzia, não podemos voltar com os colchões, e ainda temos mais entregas para fazer", foi a vez do outro rapaz, um tipo muito branco e com o rosto cheio de espinhas, tentar convencer o porteiro a quebrar o galho. "Já falei que não posso fazer nada. Não é má vontade, não, é porque, se eu deixar vocês subirem com esses colchões, quem vai se ferrar sou eu, posso até perder o emprego, tá entendendo?", respondeu, já com a voz meio alterada, depois de ter desligado o interfone. Na sequência, enquanto os moços permaneciam ali, sem saber o que resolver, o porteiro ajudou uma senhora idosa, moradora do prédio, a tomar um táxi, e atendeu a um funcionário dos correios.

Seguiram-se então alguns instantes de silêncio, com o impasse criado: de um lado, os dois rapazes, com os colchões encostados na entrada do prédio; do outro, o porteiro, que se mostrava irredutível. "E se você fizer um favor para nós, meu mano, e conversar com o síndico?, às vezes ele abre uma exceção", disse o moço que parecia ser do Norte de Minas ou baiano. "É síndica, amigo, e além do mais ela não vai permitir. Não é sacanagem minha, mas não vai adiantar falar com ela. Já aconteceu outras vezes e não deu em nada."

"Mas, moço...", ainda tentou o entregador que, sem outra saída, pegou o celular e ligou para o escritório da firma, explicando a situação. "Voltar com os colchões, de uma distância dessas?, fora de cogitação. Vocês ficaram doidos?", foi a resposta do gerente, quase aos gritos. Então, os dois rapazes, quase meninos, não tiveram alternativa: xingaram um pouco, amaldiçoaram aquele emprego, do qual já estavam de saco cheio, pela miséria que ganhavam, e encararam os quatorze andares.

■ EM - 08/11/2013

O homem de 100 anos

Quando cheguei à sua casa, em um domingo à tarde, ele estava de olhos fechados, deitado em um sofá. Mas não parecia dormir. Então brinquei, tocando no seu ombro: "Tirando um cochilo, velho?...". Este abriu os olhos, ajeitou no ouvido o aparelhinho para surdez e respondeu: "Não, estava pensando nas pessoas que já morreram aqui nesta fazenda". Para prosseguir a conversa, perguntei o óbvio: "E foram muitas?". "Você nem imagina...", ele respondeu, enquanto se levantava e me oferecia um lugar ao seu lado. A vista da Serra da Mantiqueira, ali da janela da sala, era deslumbrante. "Dessas mortes todas, vô, qual foi a que mais te marcou?" Ele pensou um pouco, passou a mão na cabeça e disse: "Não foi a de minha mãe, nem a de sua tia Cleusa, que me fizeram sofrer demais, ou as que vi na guerra de 30, quando lutamos com os paulista, mas a de um menino, amigo meu, que caiu de uma goiabeira ali no terreiro e quebrou o pescoço. A gente tinha uns 10 anos, e disso jamais me esqueci".

"E como seu amigo se chamava, vô?", perguntei a ele, que voltou a ajeitar o aparelhinho no ouvido, após pedir à empregada que trouxesse um café. "O nome dele era Romeu, e na semana passada, como às vezes acontece, sonhei com ele de novo". Chegou o cafezinho, vieram também uns biscoitos, um requeijão, e perguntei a ele, que estava falante naquele dia: "E qual é a sua lembrança mais antiga?". Uns minutos de silêncio, uma bicada no café, e a resposta: "Do que me lembro, é de um canivetinho folheado de prata, que uma vez, quando eu tinha 4 anos, o meu pai comprou de um mascate, Racilan, que sempre passava por aqui, e me deu de presente". "E o senhor ainda tem esse canivete?" "Até uns anos atrás eu tinha, mas com a morte da sua avó, quase tudo sumiu, só eu mesmo ainda estou aqui, fazendo não sei o quê."

Nisso, o velho, que havia completado 100 anos há pouco mais de um mês, se levantou com dificuldade, foi ao banheiro, e quando voltou me disse, sem que eu tivesse perguntado: "A coisa mais bonita que já vi, depois dessa nossa Mantiqueira, foi o mar...". "É mesmo, e quando o senhor o conheceu?" "Uma vez, logo depois da guerra com os paulista, quando eu e mais dois soldados fomos ao Rio de Janeiro, onde ficamos uma semana..." "E o que aconteceu por lá?" "Não teve mais nada, foi só isso", disse o vô, que voltou a se levantar, me pediu que o acompanhasse, e, na varanda da velha fazenda, um sobrado antigo ainda da época dos seus avós, apontou para a cidade, que ficava próxima dali, e disse: "No meu tempo de menino, aqui não tinha nada. Só essa nossa casa, uns ranchos dos empregados, e o resto era mata fechada".

Um vento frio, vindo dos lados da Mantiqueira, começava a soprar com força, e então o meu avô, se enrolando em um cachecol, disse, pegando no meu braço: "Vamos lá para a cozinha, perto do fogo, pois não estou podendo com essa friagem". Tomamos mais um cafezinho, aceitei um conhaque, que ele me ofereceu, e só então percebi, depois de olhar o relógio, que já estava ficando tarde. O meu avô, como fazia desde a adolescência, fumou um cigarro de palha, que eu enrolara para ele. Também tomou um conhaquinho, e me perguntou, depois de outra vez ajeitar os aparelhinhos no ouvido: "E as coisas lá em Belo Horizonte, como vão indo?". "Caminhando, vô, caminhando", respondi a ele, que então, depois de apagar o cigarro, olhou dentro dos meus olhos e disse, com a voz trêmula e sem disfarçar a emoção: "Acho que não volto mais lá...". "Volta sim, vô, é claro que o senhor volta", respondi a ele, que na semana passada, em um finalzinho de tarde, foi encontrado morto na varanda da fazenda. Estava assentado na velha cadeira de balanço, cigarro entre os dedos, e com os olhos abertos, voltados para os lados da Mantiqueira.

■ EM - 21/06/2005

O silêncio está no ar

A não ser pela natural descontração conseguida nos botecos da vida após o álcool começar a fazer efeito e atingir poderes supremos, conforme reza *As mil e uma noites* (o grande clássico da literatura árabe), parece que o brasileiro está ficando mais calado e perdendo sua verve falante, que sempre foi uma de nossas marcas registradas. Pelo menos essa é a observação que, de uns tempos para cá, o homem tem feito em suas andanças por aí.

Contumaz usuário dos transportes públicos, pois nunca teve carro nem aprendeu a dirigir, ele, por experiência própria, sabia que, até há algum tempo, era comum uma pessoa, ao se assentar ao lado de outra no ônibus ou metrô, logo entabular conversa, fosse para falar do tempo, do alto preço das coisas, de política ou futebol. Mas de repente, sabe-se lá por quê, as coisas mudaram, e o homem, surpreso, só começou a perceber isso há algumas semanas, quando tomou o Move em direção ao bairro Ipiranga, em Belo Horizonte, para visitar a sua mãe. Foi quando ele passou a observar que grande parte das pessoas, a não ser uma ou outra exceção, viajava em completo silêncio, entregue aos seus próprios pensamentos. Algumas estavam com os olhos fechados, fingindo tirar um cochilo; outras, com expressão triste, iam agarradas aos telefones celulares. Conversa que é bom, nada.

"Será que esse silêncio é meu? Estarei mais desencantado com a vida, sem aquele impulso comum da juventude de tentar se aproximar do semelhante, sendo conhecido ou não?", o homem se perguntou ali dentro do coletivo, sem conseguir chegar a uma conclusão, mas também sem deixar de refletir a respeito.

Certeza mesmo de que o silêncio está no ar ele teve foi na semana passada, quando voltava de avião de Salvador, onde não ia há alguns anos. Entre dois passageiros como ele espremidos numa daquelas poltronas cada vez mais estreitas da classe econômica, sabe-se lá por quê, ele se lembrou da viagem no Move, onde imperava o silêncio, e olhou para a mulher à sua esquerda. Morena, de cabelos encaracolados, ela olhava para frente como se mirasse o nada. Um senhor de terno azul-claro, que estava à sua direita, lia a revista da empresa aérea. Ninguém dizia palavra.

Incomodado com aquilo, o homem, que sempre gostou de um dedo de prosa, costume adquirido nos perdidos dias da infância no interior de Minas, mas que de uns meses para cá, vá se saber a causa, também andava meio macambúzio, voltou a atenção para as poltronas ao lado e à frente. Pensou que aquele silêncio pairando à sua volta poderia ser apenas uma coincidência. Mas a situação era a mesma. Todos os passageiros viajavam calados; estavam lendo alguma coisa ou entregues a smartphones, iPods, tablets ou notebooks, como se nada mais interessasse. Então ele resolveu ir ao banheiro para estender um pouco a sua investigação. No corredor, era maior ainda o silêncio.

Minutos depois, quando começou o serviço de bordo, a morena à sua esquerda agradeceu o lanche com um balançar de cabeça, enquanto o senhor de terno azul-claro, à sua direita, acenou para a água mineral, gesto que o homem acabou imitando. Ambos não disseram palavra. O silêncio só seria quebrado, de forma bem engraçada, provocando alguns sorrisos, quando, quase chegando ao Aeroporto de Confins, uma criança perguntou, aos gritos: "Mãe, o avião já está com os pés no chão.?".

■ EM - 05/12/2014

Fora de combate

De uma hora para outra aquele homem, que quase nunca adoecia, se viu deitado no sofá, completamente prostrado, sem vontade de fazer nada. O corpo todo doía, a tosse vinha em intervalos e o nariz não parava de escorrer. Daquela vez a gripe, como uma visita indesejada, dessas que chegam sem aviso, o havia pegado. Se bem se lembrava, a única vez que tinha ficado assim, fora de combate, havia sido nos distantes dias da infância, quando seus pais, com medo de que ele morresse devido a uma pneumonia, o trouxeram às pressas para Belo Horizonte, onde acabou ficando internado em um hospital, de cujo nome se esqueceu.

Livrar-se daquela gripe o mais rápido possível, pois precisava voltar ao trabalho, era a única coisa que ele queria. Nem é preciso dizer que a vontade de comer, de uma hora para outra, desapareceu. Assim como o desejo de ler um bom livro, que poderia ser um aliado para aqueles dias de repouso, como o médico tinha recomendado. Ouvir música, que talvez ajudasse a passar o tempo, também tinha ficado fora de questão. A única maneira de se distrair um pouco, mas também sem resultado, foi apelar para a televisão, que estava ali, bem à sua frente. "Seu peito está muito carregado, a resistência está baixa, e com esse tempo frio não dá para brincar. Além do mais, meu amigo, já não somos jovens", o médico, que era seu velho conhecido, ainda dos tempos do Colégio Arnaldo, tinha lhe dito com um sorriso cúmplice enquanto prescrevia os remédios que deveria usar. E mais: "Você já pensou em tomar a vacina antigripal? Acho que poderia ser uma boa ideia. Tomei a minha dose e não estou arrependido". Em seguida, o levou até a porta do consultório e, antes de se despedirem, o alertou sobre o cuidado com a alimentação e para tomar água, muita água. Também o lembrou do encontro dos ex-colegas do colégio, marcado para dali a duas semanas, numa pizzaria no Gutierrez. Com todas essas recomendações e sabendo que teria de enfrentar alguns dias de repouso antes de poder voltar à luta, o homem se viu ali, deitado no sofá, sem ter nada para fazer a não ser esperar. A sua mulher havia ido para o trabalho, do qual só voltaria à noite. "Se cuide, meu amor. Quer que eu traga alguma coisa?", ainda disse, antes de lhe dar um beijo na testa, como fazia a sua mãe, pegar a bolsa e sair. Então, naquela casa, fora o barulho da geladeira, tudo ficou em silêncio.

E foi assim que o homem, completamente só, começou a enfrentar aquele primeiro dia de recolhimento, como já não se lembrava de ter acontecido. Nas horas marcadas, tomava os remédios, assim como copos e mais copos de água. Para passar o tempo, sem nenhuma vontade, às vezes insistia em ligar a televisão ou em ler alguma coisa. Só à primeira página de um romance, com trama que se passava no Deserto de Atacama, voltou várias vezes. Quando se viu um pouco mais disposto, chegou a responder algumas mensagens de e-mails, ou do Facebook. Atendeu a um e outro telefonema, e foi só.

Mas, principalmente – e essa foi a maior lição que ficou daqueles dias em que esteve fora de combate –, o homem teve tempo de sobra para refletir sobre a fragilidade da vida, a necessidade de se cuidar mais e de estar mais próximo das pessoas que se ama, pois sem elas nada faz sentido. Como o resto não passa de orgulho tolo e vaidade, decidiu também, pois já não é nenhum jovem, como o amigo médico lhe havia lembrado, que assim que voltar à ativa, irá a um posto tomar a vacina.

■ EM - 08/08/2014

A nota de 20

Um amigo meu sempre teve ideias excêntricas, para não dizer bem esquisitas. Entre as últimas do moço, que talvez encontre nelas uma maneira de continuar vivendo, como observou Paula Vaz, poeta e psicanalista amiga minha para quem contei esta história, ele resolveu marcar uma nota de 20 reais. O fato se deu há três meses, quando estava em Curitiba, a trabalho. Antes, havia passado por Porto Alegre e Florianópolis. Representante comercial, sua rotina é viajar pelo Brasil divulgando os produtos da empresa.

"Estava sozinho num restaurante de comida italiana. Já havia tomado uns chopes, telefonado para a minha mulher, que não estava em casa, e era hora de voltar para o hotel, quando me deu este 'clique': peguei a 'amarelinha' e coloquei nela, de forma bem discreta, as três iniciais do meu nome. Na hora de pagar a conta soltei a bichinha no mundo." Foi o que me contou o meu amigo uma noite dessas, quando nos vimos em uma mesa do Barbazul, no qual um conhecido em comum comemorava seu aniversário.

Se tivesse ficado só nisso, com a nota marcada, tudo bem. Só que com esse meu amigo, que uma vez, entre outras tantas maluquices, deu de contar quantos grãozinhos existem em meio quilo de alpiste (trabalho que consumiu horas), as coisas não são bem assim. Desde então, quando "resolveu soltar a amarelinha por aí", revê-la (o que acha difícil, mas não impossível), ou pelo menos ficar imaginando o que pode ter acontecido com ela, ou ainda para qual fim está sendo usada, passou a ser sua obsessão.

"Às vezes, quando estou no quarto de algum hotel, numa cidade qualquer, e perco o sono, coisa cada vez mais normal na minha vida, o que faço é ficar pensando na minha notinha de 20", confessou o moço, que vai longe nos seus devaneios. "Quem sabe alguém, neste momento, em Curitiba, São Paulo, Belo Horizonte, Belém, Porto Velho, ou no sertão de Pernambuco, a esteja usando para pagar um sanduiche, uma passagem de ônibus ou de barco, o amor de uma mulher, ou até mesmo para comprar uma pedra de crack?"

Quando se levanta, toma um banho, um café reforçado, e vai à luta, a primeira coisa que o meu amigo faz, quando tem de sacar dinheiro no banco ou receber algum pagamento em espécie, é dar um jeito para que as cédulas venham em notas de 20. As recebe com cuidado, como se fossem seres vivos, e, em algum cantinho, uma a uma, vai examinando sem pressa, para ver se em alguma delas encontra as suas iniciais.

Um dia ele chegou ao cúmulo, mas foi só daquela vez, porque se viu passando dos limites, ao pedir a um rapaz, que estava na sua frente na fila de um supermercado, para dar uma olhada na nota que havia acabado de receber. "Que isso, cara, tá ficando doido, ou querendo me roubar?", foi a resposta que ouviu, para seu constrangimento.

Não é nada disso, pois talvez o que aquele meu amigo esteja tentando fazer – mesmo inconscientemente, com essa mania de contar grãozinhos de alpiste, rever sua "amarelinha", ou se entregando a outras esquisitices –, como também observou Paula Vaz, é manter a sua sanidade mental. E não se entregar de vez à sandice, como ocorre muito por aí.

EM - 28/11/2014

As duas mulheres

Não conheci as duas mulheres que há alguns dias foram atropeladas por um motoqueiro na Avenida Getúlio Vargas, em frente ao Grupo Escolar Barão do Rio Branco, assim como não sei (embora muitos amigos tenham sido mortos no trânsito) quem são as centenas de pessoas que, pelo mesmo motivo, ficam sequeladas ou perdem as vidas nas ruas e estradas deste país. Sair de viagem, seja para qual distância for, é como ir para uma guerra: não podemos prever se voltaremos vivos.

Mesmo não imaginando quem são as duas mulheres atropeladas, talvez irmãs, pois se pareciam muito, condoí-me com aquela cena, testemunhada por várias outras pessoas. Por acaso, eu passava pelo local. Uma das vítimas, quem sabe a mais velha, estava encostada em uma árvore com o rosto ensanguentado, enquanto a outra, em estado mais grave, era atendida com muito cuidado pelo pessoal do Samu, que a imobilizava antes de colocá-la na maca. O motoqueiro, com cara de quem não havia entendido nada, conversava com um policial, que tomava nota na caderneta. A moto, que tinha se estragado bastante, estava caída no passeio com uma das rodas empenada. Embora não tenha ideia de quem eram as três vítimas (as duas mulheres deviam ter mais de sessenta anos, e o motoqueiro parecia bastante jovem), doeu fundo ter presenciado aquele acidente, um a mais entre centenas a engrossar as terríveis estatísticas.

Uma das mulheres, a que estava encostada na árvore, com o rosto cheio de sangue, tinha o olhar perdido. Era como se não estivesse ali. Na hora, não sei por quê, pensei: por onde andarão os pensamentos dessa senhora? Impossível saber. Talvez estivessem voltados para os perdidos dias da infância em alguma cidade desse vasto interior mineiro; para algum filho, que tinha ficado em casa ou, quem sabe, não vivesse mais. Ou para o fato de que não dava à mãe a atenção merecida. Ou, então, pela brutalidade de tudo aquilo, talvez a mulher não estivesse pensando em nada.

E a outra? Estaria dando conta de alguma coisa enquanto era socorrida pelo Samu? É provável que não, pelo estado em que se encontrava.

O motoqueiro, que provavelmente trabalhava para alguma firma com rigorosos horários a cumprir, obrigado a cobrir a cota diária de entregas senão o salário vinha ainda mais minguado no final do mês, estaria pensando em algo? Também não dava para saber.

Mas a sentença contra ele, que tentava se explicar para o policial, que anotava tudo na sua caderneta, já havia sido dada por um homem de terno, também testemunha do acidente: "Esses caras são uns loucos; era ele quem devia estar no lugar daquela pobre coitada". E apontou para a mulher, já dentro da ambulância, que saiu em disparada com a sirene ligada na maior altura. A outra, que talvez fosse sua irmã, começava a ser socorrida, e limpavam o sangue do seu rosto. Ainda assustado com tudo aquilo, segui meu caminho. Estava atrasado para o trabalho.

■ EM - 21/02/2014

Coisas de mãe

No início de uma noite de terça-feira, o homem tomava café numa lanchonete nas proximidades da Praça Marília de Dirceu, no bairro de Lourdes, onde esperava um amigo. Sem querer, começou a escutar a conversa de duas mulheres na mesa ao lado. Bonitas e bem-cuidadas, tinham chegado juntas, a pé: provavelmente moravam ali perto. Uma delas, depois de pedir um suco de laranja, virou-se para a outra, de cabelos grisalhos, e perguntou: "E aí, Marisa, como você está vendo as manifestações?".

Depois de fazer uma pausa para atender ao garçom, a quem pediu um cappuccino, ela se voltou para a amiga, que começava a tomar o suco, e respondeu: "Maravilhada, mas com o coração na mão. Não durmo há três dias, de tão preocupada que estou com a Maíra". "Mas por que tanta aflição? Já se esqueceu de que no nosso tempo você fazia a mesma coisa?", a outra cutucou, em tom de provocação. "Hoje estou sentindo na pele. E só de pensar no que poderá acontecer àquela menina no meio do tumulto, com tantos baderneiros à solta, fico totalmente descontrolada. Perco o rumo", respondeu. Depois de pedir outro café, enquanto aguardava o amigo, o homem ainda ouviu a mulher dizer, não sem uma ponta de nostalgia, ou orgulho, que realmente, quando estudava Psicologia na Fafich, não perdia uma manifestação. "Em 1977, na repressão ao 3º Encontro Nacional de Estudantes, aqui em Belo Horizonte, eu estava com o pessoal na Faculdade de Medicina. Depois, seguimos para a Igreja da Boa Viagem, acabamos presos e fomos levados para o Parque de Exposição da Gameleira", contou à amiga, que, desinteressada, parecia já ter ouvido aquilo mil vezes.

Lembrou-se ainda de um padre que, demonstrando grande coragem, não deixou, com o crucifixo nas mãos, que os agentes da repressão invadissem a igreja, onde muitos estudantes buscaram refúgio – inclusive ela.

"Mas, então, por que essa neurose toda com a Maíra? Ela só está vivendo o tempo dela, como nós vivemos o nosso", prosseguiu a amiga, enquanto pedia outro suco. "'Nós' entre aspas, porque você sempre foi bem alienada, não estava nem aí se o país vivia ou não uma ditadura militar, com os milicos fazendo e acontecendo", reagiu a Marisa, que, num impulso, tomou o resto do cappuccino e aproveitou para pedir um pão de queijo.

Daí a pouco, quando a televisão da lanchonete exibiu cenas da manifestação em frente à prefeitura, onde o pau estava quebrando, o celular da Marisa tocou. Muito nervosa, ela atendeu: "Alô! Maíra? Onde você está, minha filha, pelo amor de Deus? Está aí na Afonso Pena, no meio dessa bagunça? Venha imediatamente para casa, não me deixe louca...".

A colega, que havia terminado de tomar o suco, apenas sorria, balançando a cabeça, enquanto mãe e filha, sem chegarem a um acordo, desafiavam-se pelo telefone. Cansado de esperar pelo amigo, que talvez tivesse se esquecido do encontro, o homem pediu a conta e foi saindo. Lá fora, como se nada estivesse acontecendo, a noite caía devagar.

■ EM - 21/06/2013

O pai e o filho

Como o *Estado de Minas* circula amanhã com um caderno "Pensar" especial comemorativo aos 100 anos do nascimento de Tancredo Neves, no qual tive a honra de participar com um texto, "Nos portões do Palácio", em que relato como ficou registrada na minha memória a chegada do corpo a Belo Horizonte, após a morte do presidente em São Paulo, aqui vou falar sobre o dia seguinte, quando ocorreu o enterro, em São João del-Rei, sua terra natal. Para lá seguiu, além das maiores autoridades da República, muita gente comum, como um pai e seu filho, de Mantena, que fiquei conhecendo dentro do ônibus no qual eu também ia. Estava de férias e queria ser testemunha daquele momento histórico.

"Saímos de Mantena ontem, viajamos a noite inteira, chegamos na rodoviária de BH hoje de manhã cedo, e estamos indo nos despedir do nosso presidente", disse-me o homem. Ele usava um chapéu preto, ostentava dois dentes de ouro, e me apresentou ao filho, que apenas sorriu, encantado com a viagem. Aquele menino, provavelmente, nunca havia saído da sua cidade. Daí tudo devia ser novidade para ele, que aparentava ter uns 6 anos, se muito.

O pai tinha um jeito aciganado, falava fácil, e nas imediações de Congonhas, depois de abrir uma lata que estava cheia de farofa de carne de sol com farinha, a qual comemos de bom grado, ele comentou, após acender um cigarro: "Os brasileiros de hoje não amam mais o país como no meu tempo, e é por isso que estou levando o menino, para ver se ele cresce com um pouco de respeito". Em seguida, disse alguma coisa ao filho, cujo nome já me esqueci, mas que era algo como Maicon ou Mailson. Esse voltou a sorrir, se abraçou ao pai e perguntou se, em São João del-Rei, poderia tomar uma Coca-Cola.

"Vou comprar para você, meu filho, já prometi", respondeu o pai carinhosamente, e nas horas seguintes, até finalmente chegarmos ao nosso destino, ainda falamos de muitas coisas. "Quem sabe a gente se encontra por aí?", eu disse a ele, após também agradecer pela farofa, quando nos despedimos com um aperto de mão na rodoviária, que parecia estar operando com sua capacidade máxima, tamanha era a quantidade de ônibus.

São João del-Rei, naquele dia, estava fervendo de gente e, um a mais na multidão, comecei a caminhar pelas suas ruas empedradas. Muitas casas comerciais estavam fechadas. Àquela altura, como me disseram, o corpo do presidente estava sendo velado na Igreja de São Francisco, onde já deviam, como manda a boa tradição mineira, ter começado as cerimônias de encomendação.

Dirigi-me para lá, onde em vão tentei entrar, valendo-me da minha carteira de jornalista não credenciado. No meio do caminho, encontrei-me com o colega Álvaro Fraga, que estava ali como repórter do *Estado de Minas*, e com alguns companheiros de outros jornais. Conversamos um pouco, nos despedimos e, em vão, tentei avistar, no meio do povo, o pai e o filho vindos de Mantena. Mas não havia nem sinal deles. "O que estarão fazendo?", pensei, e quando o corpo do presidente, depois das despedidas na igreja, finalmente foi levado para o cemitério, acabei conseguindo, por um lance de sorte, que me deixassem entrar.

Isso já era de tardezinha, quase noite. Depois das últimas homenagens, discursos e orações, nos instantes seguintes, quando o corpo foi baixado à sepultura, as pessoas começaram a deixar o cemitério. Por coincidência, quando eu descia a escada, de poucos degraus, que dava para a rua, vi que estava ao meu lado o ex-presidente Jânio Quadros. Ele me olhou, abriu um meio-sorriso e disse: "Meu jovem, posso me apoiar em você?". "Pois não, presidente", respondi. Ele então passou o braço no meu ombro e, quando chegamos à calçada, antes de me agradecer e sair caminhando com um andar trôpego, ainda falou: "Perdemos a última grande voz deste país". Pouco depois, em uma lanchonete, encontrei-me com o pai e o filho, que estavam comendo pastéis e tomando Coca-Cola.

■ EM - 26/02/2010

Sanfoneiro do ar

Tive um amigo cujo maior sonho, cultuado desde a infância, quando ia com seu pai à fazenda de um tio, pelos lados de Sete Lagoas, era também ter a sua. Durante um bom tempo, sempre que nos encontrávamos, fosse na rua ou em algum evento social, ele não perdia a oportunidade de dizer: "Estou batalhando por aquele objetivo, juntando dinheiro. Não quero terra grande, uns 100, 200 hectares me bastam – o suficiente para ter uns cavalos e criar umas cabeças de gado". Como gostava muito de plantar, estava também em seus planos deixar um bom espaço reservado para as árvores, cujas mudas, se não fossem nativas da propriedade, pretendia conseguir aqui em Belo Horizonte, no Horto Florestal. O meu amigo sonhava, e não parava de fazer planos para quando tivesse a sua terrinha.

Chegou um tempo, por essas contingências da vida, em que acabamos nos perdendo de vista. Cada um tomou o seu rumo, embora continuássemos morando aqui mesmo na capital. Às vezes, por intermédio de algum conhecido em comum, tinha notícias dele, que, segundo se dizia, estava ficando rico. "O Rubinho entrou no ramo da construção civil, associou-se a um grupo poderoso e já está levantando os próprios prédios. O último, de 12 andares, foi no Sion. A cobertura ficou para ele", um dia me disse o Marcos, que era seu primo. Satisfeito com o sucesso do amigo, que sempre havia sido um lutador, pensei: "agora ele compra a fazenda".

No meu caso, como nunca fui de grandes ousadias, continuei no mesmo emprego em que estava há anos. Fiz umas poucas viagens, escrevi alguns livros, casei-me, e as coisas foram andando. Até que, numa noite de poucas estrelas, fui a um restaurante onde um colega lançava o seu primeiro romance. Ainda nem havia entrado na fila, para pegar o meu autógrafo, quando alguém bateu no meu ombro. Qual não foi a minha surpresa: ao olhar para trás, vi que era ele, o Rubinho. Sempre com um sorriso aberto, sua marca registrada, ele me apresentou à sua mulher. "Encantada", ela disse, ao apertar a minha mão e olhar dentro dos meus olhos.

Nem bem havíamos tomado o segundo chope, servido com generosidade pelos garçons, não me contive e perguntei: "E então, meu amigo, já comprou a fazenda?". Alguns segundos de silêncio, outra golada na bebida, para em seguida vir a resposta: "É engraçada a vida. Até pouco tempo, ela ainda estava nos meus planos. Comecei a olhar algumas, com dinheiro na mão. Mas acabei chegando à conclusão, depois de discutir com a minha mulher, de que, como disse o poeta, nunca passei de um fazendeiro do ar".

Escrevo esta história para também contar que, há poucos dias, ao passar em frente à Serenata, loja especializada em instrumentos musicais recém-inaugurada na Avenida Getúlio Vargas, peguei-me, quase sem perceber, com os olhos fixos em uma sanfona. Saber tocar esse instrumento foi um sonho que, desde criança, alimentei em segredo. Adolescente, aprendi a cultuar Dominguinhos, Pedro Sertanejo, Berino, Adolfinho, os colunenses Afonso Abdalla, Sidney Silveira, Dimar de "seu" Raul , isso sem falar de Luiz Gonzaga, a quem, uma vez, tive o prazer de entrevistar. Depois o levei ao Mercado Central, aqui em BH. Foi uma festa. Ele comprou queijo, goiabada, farinha de mandioca, e ninguém quis cobrar. Todos só queriam um autografo do Rei do Baião.

"É mesmo engraçada a vida", pensei, lembrando-me do meu amigo. Hoje, até que eu poderia entrar nessa loja, comprar uma 120 baixos, matricular-me numa escola de música e aprender a tocá-la. Mas já não quero mais, também foi um sonho que passou. E segui avenida afora, contentando-me, apenas, em ser um sanfoneiro do ar.

EM - 24/12/2010

Vai, Luís Fabiano...

Foi num domingo à noite, 7 de setembro, dia da Independência do Brasil, quando a seleção canarinha, depois de péssimas apresentações, resolveu desencantar e despachou o Chile, em pleno Estádio Nacional, por 3 a 0, gols de Luís Fabiano e Robinho, fora o pênalti desperdiçado por Ronaldinho Gaúcho, que o goleiro Bravo defendeu. Foi um jogaço, e mostrou que, quando os meninos vão para o ataque, sem medo de ser felizes, as coisas rolam. Com a Bolívia, devido ao salto alto não se deu o mesmo.

Mas o caso em questão é outro. Apaixonado por futebol, e mais ainda pela Pat, uma moça quatro anos mais velha do que ele, pela qual vinha batalhando há muito tempo, o amigo de um sobrinho meu, que aqui vamos chamar de Kaic, com toda a impetuosidade dos seus 18 anos, resolveu tomar coragem e aproveitar não só a desculpa do jogo, mas sobretudo uma viagem dos seus pais, para convidar a moça a conhecer sua casa, no bairro Anchieta. Como é filho único, o apartamento estaria à disposição. Seria o máximo do máximo se a Pat topasse. Uma oportunidade de ouro, que não podia perder nunca, como contou ao meu sobrinho. "Ele juntou um dinheiro, tio, e comprou tudo: duas garrafas de vinho importado, água mineral, três qualidades de sucos, um pedaço de queijo, daqueles furados, um pacotinho de pistache, e outras coisas, tudo para agradar à mina. Não se esqueceu também, claro, das camisinhas", contou meu sobrinho, não sem uma pontinha de ciúme. "A Pat é uma gata muito linda, e lá no bairro todo mundo é doido com ela", disse ainda.

Combinaram o encontro para as 18h. Como o jogo seria às 22h, e os pais do Kaic só iriam chegar na segunda-feira depois do almoço, teriam todo o tempo do mundo. Às 17h, de banho tomado, bermuda nova, e uma camiseta comprada especialmente para aquela noite, nosso amigo já estava pronto. Às 17h40 havia se dependurado na janela, olhando para a rua, para ver a musa chegar. Às 18h30, como a Pat ainda não havia dado sinal de vida, ele começou a se desesperar, para sentir-se o homem mais feliz do mundo quando, 15 minutos mais tarde, pedindo desculpas pelo atraso, ela finalmente apareceu. Estava deslumbrante, com uma calça jeans baixa, piercing no umbigo e cabelos soltos.

Cheio de cortesia, Kaic a convidou para entrar, depois de esperá-la no elevador. Logo de início, a moça estranhou o silêncio da casa. "E os seus pais, onde estão?" "Eles viajaram, e só voltam amanhã", respondeu o rapaz, tentando ser o mais natural possível. "Mas isso você não tinha me contado...", disse a Pat, fingindo-se surpresa. "E precisava?", foi incisivo o anfitrião, enquanto ia pegar o vinho, pois sabia que ela gostava. Pat apenas sorriu, antes de responder: "Tem problema não!".

Era tudo o que o moço queria ouvir. Sentindo-se em casa, ela o ajudou a arranjar os petiscos em um móvel perto do sofá, e ajeitou até uma toalha, que encontrou na mesa da cozinha. Fizeram um brinde, e começaram a beber. A essas alturas já passava das 19h30, e o primeiro beijo, pelo qual Kaic ansiava tanto, só aconteceu lá pelas 21h, quase na hora de ligar a televisão. "Você gosta tanto assim de futebol?", chegou a perguntar a Pat, insinuando que, talvez, o melhor fosse deixar aquele jogo de lado. "Adoro", respondeu o garoto, que ligou a TV justo quando os hinos do Brasil e do Chile começavam a ser tocados. Outro beijo, mais uma taça de vinho, e enquanto a bola começava a rolar, também as mãos do Kaic, a princípio timidamente, buscavam o corpo da moça, que ia deixando. E coisas foram indo, lá no Chile e no apartamento do Anchieta, com o nosso amigo também avançando até que, aos 21 minutos do primeiro tempo, quando já estava próximo à pequena área, no maior tesão, Luís Fabiano resolve marcar um gol. Completamente dividido, o Kaic começou a vibrar, enquanto a Pat, sem entender nada, resolveu tomar mais um pouco do vinho. "Você viu que golaço, viu?", ainda perguntou a ela, que apenas sorriu e o abraçou. "Você é uma gracinha...", ela disse, acendeu um cigarro e ficou soltando devagar a fumaça.

"Na hora do intervalo, tio, as coisas esquentaram de novo", continuou meu sobrinho, que, por ser amigo íntimo do protagonista, ficou sabendo de tudo. Concentrado, Kaic apagou a luz da sala, parou de olhar a televisão, serviu-se de mais uma taça de vinho, outra para a Pat, e continuou a beijá-la, a abraçá-la, e ela, tomando a iniciativa, já estava com a camisinha na mão, começando a desenrolá-la, quando o Galvão Bueno começou a gritar: "Vai, Luís Fabiano, faz, Luís Fabiano...". Tudo para o desespero do nosso amigo, que por não ter conseguido ficar sem ver o terceiro gol da seleção, acabou perdendo a chance, de ouro, de também emplacar o seu. Que provavelmente, pela reação da Pat, que se levantou e foi embora, nunca irá acontecer.

■ EM - 16/09/2008

Debaixo da marquise

Provavelmente, ele voltaria a passar mil vezes por aquela rua, quase esquina com a Avenida do Contorno, como faz diariamente quando vai para o trabalho, e não prestaria atenção naquele homem que já há um bom tempo mora ali, entre caixas de papelão. Mas estava chovendo, e a chuva, como escreveu João Batista Jorge em um poema, tem o estranho poder de reunir pessoas nos lugares mais inusitados, como ocorreu naquela manhã de tempestade em Belo Horizonte. De repente, sem proteção, ele se viu obrigado a buscar refúgio ali, debaixo daquela marquise.

"Tá descendo água que não é brincadeira, não é, moço?", disse o homem, enquanto tentava deixar enxuto o canto onde, com certeza, passaria o resto do dia e a noite – sina de muitos que não têm onde viver nessa cidade. "É...", ele respondeu, surpreso com a abordagem. "E ainda vai chover mais, porque neste ano, além desse calorão, caiu muito cupim", o outro prosseguiu, amistosamente, para em seguida começar a enrolar um cigarro de papel.

"Tem fogo para emprestar?", pediu de maneira polida, com um sotaque que lhe soou familiar, pois era parecido com o seu. Só então, depois de passar o fósforo, ele começou a "enxergar" aquele homem, em cuja companhia se viu debaixo da marquise. Ele era alto, bem magro, devia ter uns 70 anos, e lhe faltavam dois dentes superiores. Também estava com a barba por fazer. Mas tinha uma elegância antiga, que se impunha. O outro logo notou isso. "O senhor é de onde, amigo?" Desta vez, a iniciativa da conversa foi sua, suspensa por instantes devido a um trovão, que, de tão forte, fez tremer os vidros da loja ao lado. "Sou de Teófilo Otoni, mas há mais de 40 anos moro aqui em Belo Horizonte", o homem respondeu, enquanto dava fortes tragadas no cigarro que teimava em não ficar aceso. Novos instantes de silêncio durante o pipocar de outro trovão, tão intenso quanto o primeiro, para em seguida ele prosseguir: "Já fiz de tudo nesta vida. Fui vaqueiro, toquei boiada, sei alambicar cachaça, trabalhei roçando pasto, na construção civil...".

O outro, que também era da roça, e só para ver se ele entendia mesmo do assunto, perguntou: "Se alguém puser na estrada uns 500 bois, o que é preciso fazer para nada sair errado?". O homem respondeu: "Em primeiro lugar, um bom berrante ajuda. Se não tiver, o segredo é a frente, na qual devem ir uns cinco, seis homens experientes, controlando as reses. Na rabeira, bastam uns dois ou três, se muito. Mas, se estourar, aí é só pegar com Deus". E prosseguiu: "Já toquei muito gado para Medina, Salinas, Carlos Chagas, Governador Valadares, quando ainda era Figueira, e até para Vitória da Conquista, tudo antes de chegarem as carretas". Na sua voz, o interlocutor notou uma ponta de nostalgia, quebrada instantes depois, quando ele disse, voltando à realidade: "Se essa água continuar caindo desse jeito, vai molhar tudo por aqui". "E aí, o que o senhor vai fazer?" "Fazer o quê? O jeito é ficar, porque, se eu deixar esse ponto, vem outro e ocupa, além de roubar todo o meu papelão."

"Dá para ganhar um bom troco com as vendas?", o outro quis saber, para não deixar a conversa acabar. "Dá nada, moço, tenho até vergonha de dizer. Mas de repente..." Então o homem fez uma pausa, voltou a acender o cigarro, suspirou forte e falou com a voz embargada: "Mas de repente tudo foi se acabando. Morreu o meu pai, a minha mãe. Minha mulher também se foi. Mataram um tio meu, do qual eu gostava muito. Meus filhos sumiram no mundo. Quando dei por mim, já estava nessa situação, morando na rua, e catando papel para viver...".

"O senhor nunca mais viu ninguém da sua família?" "Não, nunca mais tive notícias de nenhum dos meus. Às vezes, quando perco o sono, fico pensando, pensando...", disse. Em seguida, aquela chuva, que havia reunido aqueles dois desconhecidos debaixo da marquise, foi passando, passando. O outro ainda quis entregar a caixa de fósforos, quando ele se despediu. "Não, fique com ela." Em seguida, deu bom-dia e se foi, enquanto o homem ficou ali, entre caixas de papelão e lembranças.

■ EM - 25/11/2008

O voo 2702

Ainda não eram sete horas da manhã e já estávamos dentro daquele avião, que faria, do Aeroporto da Pampulha, em BH, o voo 2702, com destino a São Paulo. De lá eu seguiria para Curitiba, após fazer uma conexão. Ao meu lado se assentaram dois homens: um mais velho, um pouco gordo e calvo, já com os cabelos brancos, e um outro bem novo, quase adolescente. Ele era alto, usava calça jeans, uma camisa amarela, e tinha o rosto cheio de espinhas. A princípio, nenhum de nós disse nada, e, lamentavelmente, nem ao menos nos demos um bom-dia.

O avião estava lotado, e após as instruções de praxe, para serem colocadas em prática no caso de algum problema, e nas quais ninguém presta a mínima atenção, quando uma das aeromoças passou oferecendo balas, o homem mais velho, que parecia tenso, encheu a mão. E, como se justificasse tal atitude, ainda disse, olhando para nós: "São para a minha netinha". Mas em seguida, após descascar uma, foi jogando-a na boca, o que aconteceria várias outras vezes até chegarmos a São Paulo.

Foi aí que o rapaz, aproveitando a brecha, já que o outro estava lendo um jornal, virou-se para ele e perguntou: "O senhor pode me dizer quanto ficou o jogo entre Cruzeiro e Caracas?". Os dois times, na noite anterior, haviam se enfrentado no Mineirão, pela Taça Libertadores da América. Pobre moço, antes tivesse ficado calado e guardado a sua curiosidade um pouco mais, até pedir um jornal à aeromoça.

"Meu filho", foi lhe respondendo o outro, já dobrando o jornal e o colocando na cestinha, "há muitos anos, desde que me mudei para Belo Horizonte, não ligo mais para futebol..." "Ah, é? E por quê?", lhe perguntou o rapaz que, dava para notar, ainda trazia no coração aquela característica e saudável curiosidade juvenil, que com a idade vamos perdendo. Por minha vez, fechei os olhos, abaixei a poltrona e fiquei escutando o diálogo entre os dois. "O jogo, seja ele qual for, não leva ninguém a nada...", lhe disse o homem, com a autoridade de quem, naquele momento, estava falando uma verdade suprema.

"Pois eu adoro futebol e não vejo nada demais em torcer para um time...", lhe respondeu o rapaz, quase um menino, que ainda tentou outros argumentos, sem o menor sucesso. "O futebol, assim como qualquer outro jogo, só leva o homem para o caminho do vício e da perdição...", voltou a disparar o velho, como se fizesse uma pregação.

O avião, àquela hora, já havia atingido sua altura de cruzeiro, e o lanche começou a ser servido, após o comandante, que se chamava Camargos, ter dado boas-vindas aos passageiros. "Até que eu já torci, assim como você, e por causa do futebol cheguei a brigar com amigos, perder noites de sono, como aconteceu em 1950, na derrota para o Uruguai...", prosseguiu o homem, sem dar tempo de argumento ao interlocutor.

"Também ia ao Mineirão, gastava meu dinheiro com bebida e cigarros, até descobrir que a verdade não é bem essa..." "E qual é a verdade...?", quis saber o rapaz. "A única verdade, meu filho, é a que está dentro de cada um de nós..." "E o que tem isso a ver com futebol...?", indagou o adolescente, enquanto pedia à aeromoça que lhe conseguisse mais um refrigerante. "O futebol, como eu já disse, é um jogo, e, portanto, os que acreditam na verdade não devem segui-lo...", voltou a insistir o homem. Mas de repente a voz do piloto, que tinha um sotaque carioca, nos informou que já começava o procedimento de descida. Assim como estava, recostado na cadeira, e ainda de olhos fechados, eu permaneci. Mas confesso que fiquei curioso em saber se o diálogo entre aqueles dois – pois minutos depois o avião já estava na pista, após um pouso tranquilo – iria ter algum desdobramento, antes de cada um de nós seguir o seu caminho.

Foi então que o senhor, depois de me pedir licença, pois eu estava na poltrona do corredor, se levantou de repente, abriu o compartimento de cima e pegou a sua maleta. De dentro dela, em seguida, tirou um livro de capa verde, o estendeu para o rapaz e lhe disse: "Toda a verdade está aqui, inclusive sobre o futebol. Só basta você querer acreditar...". Naquela hora, já de olhos abertos, ainda tentei ler o nome do livro. Mas não deu para ver.

EM - 10/02/2004

Uma nova batalha

As coisas começaram a mudar para a minha amiga de forma inesperada há pouco mais de um ano, no início de uma noite de sexta-feira, quando ela, enquanto tomava um banho, resolveu realizar um autoexame, como fazia regularmente, uma vez por mês, conforme o médico havia lhe ensinado. De repente, ao massagear a mama esquerda, teve a impressão de tocar num pequeno nódulo, bem próximo à axila. Nos minutos seguintes, em frente ao espelho, depois de ter secado os cabelos e começado a se arrumar, pois iria sair com uma prima, veio a constatação. E mais: aquele caroço, ao ser pressionado, doeu muito, causando-lhe uma sensação das mais desagradáveis.

Mas minha amiga, mulher prática que sempre fora, não se deixou abater, pois aquilo, com certeza, não haveria de ser nada. "Na segunda marco um exame, converso com meu médico e tiro isso da cabeça", pensou, enquanto também escolhia o perfume que iria usar. Terminou de se aprontar, fez um lanche rápido, despediu-se da filha e do netinho, que moravam com ela, respondeu algumas mensagens no Facebook, chamou o elevador e foi ao encontro da prima. Haviam marcado em um bar na Savassi. Como aquela prima era uma pessoa alegre, da qual minha amiga gostava muito, passaram momentos dos mais agradáveis, e ainda se encontraram com algumas pessoas, entre elas, um ex-namorado dela, que não via há anos. Lá pelas tantas, com uns drinques na cabeça, ela comentou sobre o caso: falou da sua preocupação depois do ocorrido no banheiro, do histórico de câncer de mama na família, e do sofrimento da sua mãe, que quando foi diagnosticada, não tinha mais jeito, pois a doença já havia se alastrado, matando-a poucos meses depois. "Não há se ser nada, querida. Mas é bom se prevenir, faça mesmo um exame, só para ficar sossegada, porque você ainda tem muita vida pela frente", a outra respondeu. Em seguida, mudaram de assunto, pediram o jantar e, de madrugada, ao chegar em casa, a minha amiga já estava se sentindo um pouco mais aliviada.

Na segunda-feira, pois nunca fora de deixar as coisas para depois, ligou para a secretária do médico, pediu que lhe marcasse a consulta, conseguida para dali a duas semanas e, durante esse período, procurou seguir a rotina. Às vezes, durante o banho, quando voltava a se apalpar, tornava a perceber o nódulo, que doía. "Não posso entrar em pânico, tenho minha filha, minha neta, que dependem de mim, e ainda não sou tão velha assim", ela pensava, trocava de roupa e ia para a empresa, onde era muito querida. Diretora de um dos setores mais estratégicos, nada ali era decidido sem o seu parecer.

Tudo isso a minha amiga me contou dia desses, quando, por acaso, pois há muito tempo não a via, me encontrei com ela na Avenida do Contorno, nas imediações da Santa Efigênia. E mais: depois de realizar uma mamografia, confirmando que ela estava mesmo com um nódulo com pouco mais de um centímetro, o médico resolveu pedir uma biópsia. O resultado, deixando-a ainda mais angustiada, demorou alguns dias para sair.

"Quando ele me chamou ao consultório, pediu para que me assentasse e, depois de falar de outras coisas, como se para amenizar a situação, disse que o teste havia dado positivo. Faltou-me o chão, minha boca secou, pensei que fosse desmaiar", contou a minha amiga. Ela que, desde então, pois nunca foi de deixar a peteca cair, começou a tomar os remédios e está fazendo quimioterapia, na certeza de que vencerá mais essa batalha.

■ EM - 02/12/2011

Manhã preguiçosa

Manhã preguiçosa, dia inteiro pela frente, ele chega à janela do apartamento, de onde começa a ver, com todas as cores, as coisas que rolam lá fora. Uma a uma, como em um filme, elas vão acontecendo. De imediato, seus olhos, um tanto já fatigados, pousam em um homem que, na calçada, revira sacos de lixo, dos quais vai tirando objetos diversos: latinhas de cerveja, caixas de papelão, revistas, restos de comida; enquanto uma mulher, que talvez seja sua companheira, amamenta uma criança. Na companhia deles está um cachorrinho magro, que balança ansioso o rabo, na esperança de ser contemplado com alguma coisa. Como não ganha nada, começa a latir, no que é repreendido pelo dono. Nos instantes seguintes, sem mais nada a fazer ali, atravessam a rua, totalmente calma àquela hora, e se perdem na próxima esquina.

"De onde serão e por que chegaram a uma situação dessas?", ele se pergunta, no instante em que sua atenção, num átimo, se volta para um avião que, voando baixo, começa a cruzar os céus. Nenhuma nuvem ofusca a visão, é total a predominância do azul, e ele vai observando-o, até vê-lo se perder, aos poucos, pelos lados da Serra do Curral. Deixa apenas, como vestígios de sua passagem, dois riscos de fumaça. Logo eles também se dissipam, como se nada, absolutamente nada, tivesse acontecido.

Do outro lado da rua, operários trabalham freneticamente na construção de um novo prédio, que cresce numa rapidez assustadora. São dezenas de homens que, com seus uniformes azuis e capacetes cor de laranja, se revezam para levar a cabo aquela tarefa. Andando de um lado a outro, com uma prancheta na mão, uma moça morena vai anotando, com atenção, tudo o que lhe diz um homem calvo e gordo, talvez o encarregado da obra ou algum engenheiro. "Nem faço ideia de quanto irá custar um apartamento desses. Posso trabalhar o resto da minha vida que não terei dinheiro para comprar", dias antes, com desalento, havia lhe falado um motorista de táxi, depois de comentar também, enquanto lhe dava o troco, sobre a desastrosa atuação da Seleção Brasileira na Copa do Mundo.

Debruçado ali, na janela do apartamento, nos minutos seguintes, até decidir o que irá fazer no resto do dia, se é que deseja fazer alguma coisa, ele observa outra vez um casal de velhos, residentes do apartamento ao lado do seu. Já se acostumou a vê-los de mãos dadas, caminhando no pilotis, onde também costumam brincar algumas crianças, principalmente agora, no verão. Os passos são lentos, sempre estão conversando, até que o homem, depois de olhar para o relógio e para o céu, volta-se para a companheira e, na mesma cadência, ambos se dirigem ao elevador. À distância, cumprindo sua rotina, uma cuidadora uniformizada e com olhar atento os acompanha.

"São meus vizinhos e nem sei como se chamam", ele pensa, na mesma hora em que seus olhos, um tanto já fatigados, como dizia o poeta, se voltam para uma mulher, que também, como ele, está debruçada na janela do apartamento à frente. Ainda não a havia notado. Com um cigarro aceso e soltando devagar a fumaça, depois de dar fortes tragadas, ela olha em sua direção, como se desde sempre estivesse ali, observando-o. Na maior indiferença a manhã, que avança preguiçosa, parece zombar de tudo.

■ EM - 16/07/2010

Missão quase impossível

Há poucos dias, aqui na redação do *Estado de Minas*, Arnaldo Viana, querido amigo, sertanejo de Santa Maria do Salto, Vale do Jequitinhonha, já quase na Bahia, me chama e diz que tinha um pedido a fazer: queria que eu elaborasse uma lista com 10 nomes de jogadores do Galo com os quais, nesses 100 anos do Clube Atlético Mineiro, a torcida tenha mais se identificado. "Quero os que foram mais amados, os que a massa adorava e não necessariamente os da sua predileção, como torcedor do time", avisou e saiu andando, como costumam fazer os mineiros.

Juro que, logo depois da nossa conversa, achei que seria tarefa fácil, coisa para minutos, e não me preocupei muito. No final da tarde, aqui mesmo na redação, logo após haver terminado de escrever as minhas matérias, comecei a pensar no caso, a voltar no tempo, a selecionar mentalmente os nomes. Aí então foi que o bicho pegou. Fiz uma lista, duas, três. Na quinta, ainda não tinha chegado a nenhuma conclusão e só então nessa hora, caindo na real, vi que aquela seria uma missão difícil, quase impossível. Ainda bem que a outros colegas, incluindo da editoria de esportes, como Daniel Gomes, Paulo Celso e Ivan Drummond, o Arnaldo também havia feito o mesmo pedido.

"Como eleger, sem cometer injustiças, os 10 jogadores mais amados do Galo de todos os tempos se, com certeza, eles foram mais, muitos mais?", me peguei pensando. Imaginei que, se o pedido tivesse sido feito ao meu tio José Ferreira Lima, com quem pela primeira vez fui ao Mineirão, nos anos 1960, ele, como atleticano histórico, talvez o mais fanático de todos, não deixaria de fora, aos 92 anos, nomes como Kafunga, Zé do Monte, Mexicano, Carlyle Guimarães e tantos outros que brilharam no glorioso Clube Atlético Mineiro nas décadas de 1930 e 1940.

Em seguida, já com a cabeça em parafuso, lancei mão, pois o guardo na minha gaveta aqui no jornal, do livro *Futebol no embalo da nostalgia*, do colega Plínio Barreto, e vi que na lista dos mais queridos não poderiam deixar de constar nomes como os de Mário de Castro, Ubaldo, Nívio e tantos mais sem os quais o Galo jamais seria o que é. Afinal de contas, 100 anos de história como o time mais tradicional de Minas e um dos maiores do Brasil não é mesmo brincadeira. Foi então que, quase três horas depois, concluída a sétima lista, achei que era aquela mesmo. Cheguei para o Arnaldo e disse: "Tá pronta! Quer que eu te passe agora?". Foi então que ele, com a velha sabedoria sertaneja, me respondeu: "Vá para casa, tome uma cerveja, uma pinguinha da boa, coloque a cabeça no travesseiro e depois você me entrega". Resolvi seguir o conselho.

Tarefa difícil, quase impossível, e naquele mesmo dia, lá pela meia-noite, eu ainda estava às voltas com a tal lista, que não conseguia terminar. Colocava e tirava nomes, mas não chegava a nenhuma conclusão. Invoquei o espírito de Roberto Drummond para que me ajudasse; voltei a me lembrar do Mineirão lotado, da charanga do Júlio, do golaço de Dario no jogo-treino contra a Seleção Brasileira que se preparava para a Copa de 1970, quando o Galo venceu os futuros tricampeões do mundo e eu, adolescente, tive o privilégio, na companhia do meu tio José Ferreira Lima, de assistir àquela lendária partida.

Na manhã seguinte, de novo na redação, já convencido de que, sozinho, não iria chegar a lugar nenhum, resolvi jogar a toalha e pedi ajuda ao colega Ivan Drummond, que, embora cruzeirense, entende de futebol como poucos. Liguei em seguida para um atleticano da gema, meu cunhado Armando Freire, a quem contei o meu drama. Propus a eles o seguinte: nós três, que somos mais ou menos da mesma idade, iríamos fazer, juntos, uma lista com os nossos 10 mais queridos, com os quais esperamos que a torcida também se identifique. Ficou a seguinte: João Leite, Buião, Vaguinho, Cincunegui, Laci, Dario, Éder, Reinaldo, Toninho Cerezo e Marques. Que tal?

■ EM - 10/07/2009

Conversa de hospital

O homem foi com sua mulher ao hospital, onde sua mãe estava internada, depois de uma operação de aneurisma. Como continuava no CTI, ele não teve acesso a ela, e só a mulher, por ser médica, pôde visitá-la. "Fale à mamãe que estou aqui e envio um grande abraço", ele disse, e ficou no corredor esperando. A seu lado, escorado na parede, estava um rapaz que parecia muito ansioso. Uma moça vestida de branco conversava com ele, que só balançava a cabeça, mas não dizia palavra. Tinha os olhos fixos no chão.

Quando a mulher, que depois ficou sabendo ser psicóloga, saiu, o homem se dirigiu ao rapaz e, num ímpeto, perguntou: "O que aconteceu, amigo?". "Foi meu irmão, sofreu um traumatismo craniano no último fim de semana, e estou muito preocupado, pois foi bastante grave. Ele caiu da escada, quando tentava trocar uma lâmpada, e bateu com a cabeça no cimento." "Mas, se Deus quiser, tudo vai dar certo", o homem disse, para ouvir, em seguida, que a família estava reunida em um sítio em Itabirito quando o acidente aconteceu. Na mesma hora, os irmãos, que sempre foram muito unidos, o trouxeram para o hospital, aqui em Belo Horizonte, onde o rapaz continuava.

"E você, alguém seu está internado aqui também?", o moço quis saber. "É minha mãe, foi operada de aneurisma, e, como você, estamos na expectativa de que ela se recupere logo e volte para casa", o homem respondeu. Nessa mesma hora, apressados, passaram dois enfermeiros conduzindo um paciente em uma maca. Iam para uma outra ala, talvez do próprio CTI, e, pelas suas feições, a situação não parecia ser boa. "Essa deve ser a rotina aqui dia e noite, acho que eu não serviria para ser médico, nem enfermeiro. É tensão demais", comentou o rapaz, já àquelas alturas mais descontraído. O homem também se acalmara.

Como sua mulher, e alguém do moço que teve permissão para entrar, estavam demorando a voltar, eles resolveram ir procurar um bebedouro, pois estava fazendo muito calor. No céu, como observou pela vidraça, nenhuma nuvem, e ele pensou que se uma chuva viesse logo, seria bem-recebida. Pegaram os copos, encheram d'água, e então o rapaz, como se falasse a si próprio, disse: "Meu irmão é o melhor amigo que tenho e nem quero pensar na possibilidade de perdê-lo". "Tudo vai dar certo para ele, para a minha mãe, você vai ver, e logo todo esse drama vai acabar", o homem disse. "Tomara", respondeu o outro.

Nisso, os dois enfermeiros, que minutos antes haviam passado por eles levando um paciente, voltaram com a maca vazia. Estavam comentando sobre futebol e um deles dizia: "Se eu tivesse a quinta parte do dinheiro do Ronaldo Fenômeno, estava feito, longe dessa ralação". Ao que o outro apenas sorriu. O homem e o rapaz, pegando carona no assunto, comentaram sobre o último jogo entre Atlético e Cruzeiro, que havia acontecido em Sete Lagoas, na Arena do Jacaré, com a vitória do Galo e com três gols de Diego Tardelli.

Mais alguns minutos parados na entrada do CTI, eles falaram de outras coisas, até que uma moça, quase menina, surgiu no corredor, do outro lado de dentro. Depois de comentar alguma coisa com uma funcionária, tirou o jaleco, a touca, colocou-os em um recipiente de plástico, abriu a porta e disse ao rapaz: "Vamos". Ele então estendeu a mão para o homem, que desejou breve recuperação para o seu irmão. "Para a sua mãe também. Deus vai nos ajudar". Em seguida, de braços dados com a moça, se perdeu no corredor.

EM - 18/02/2011

Das cenas que ficaram

Das cenas que ficaram dessa Copa do Mundo, porque para nós ela terminou depois daquela humilhante derrota por 7 a 0 para a Alemanha, na terça-feira, em pleno Mineirão, deixo aleatoriamente registrada, antes que se perca na minha memória, a euforia dos primeiros jogos, quando milhões de brasileiros, de variadas cores e credos, se vestiram de verde e amarelo e, com todas as forças, torceram pela Seleção. No aeroporto de Confins, onde estive fazendo uma matéria para o *Estado de Minas*, testemunhei como uma família de Ribeirão das Neves se acotovelava entre as grades de um alambrado junto a outros torcedores. A esperança era de, pelo menos – já que o povo, devido ao alto preço dos ingressos, parece ter sido mesmo banido dos estádios –, poder ver decolar o avião da Seleção depois do jogo contra o Chile.

Naquele mesmo aeroporto, um casal de namorados de Trinidad e Tobago, cujos nomes não anotei, por pura distração, que tinha vindo ao Brasil assistir aos jogos, não conseguia disfarçar a alegria ao ser abordado pela reportagem. "Sabem onde fica o nosso país? Ele é bem pequeno, vocês sabem?", a moça insistia em perguntar, ao mesmo tempo em que, orgulhosamente, agitava uma pequena bandeira com as cores nacionais. "Daqui, vamos para Salvador. Depois, queremos conhecer Maceió e Fortaleza", revelou o rapaz.

Já na Praça da Savassi, onde estive depois do jogo da Colômbia com a Grécia, que também ocorreu no Mineirão, pude observar quando centenas de colombianos, perfeitamente integrados com os brasileiros, bebiam cerveja e cachaça, paqueravam as garotas e cantavam músicas do país. Identificaram-se tanto que alguns chegaram a ser presos roubando celulares ou batendo carteiras.

Em um boteco na Rua Fernandes Tourinho, numa mesa ao lado da nossa, um moço colombiano, que disse se chamar Arturo Pérez – e com o qual entabulamos conversa –, contou que era de Medellín. "Mas hoje a cidade está em paz, graças a Deus", falou de repente, após propor um brinde. Um conterrâneo, que estava assentado a seu lado, sorriu sem graça – como se aquele comentário não precisasse ser feito.

Ainda na Savassi, dando um giro pelas ruas depois do fracasso contra a Alemanha, pude perceber também que cidadãos daquele país, talvez por medo de sofrer alguma agressão, por respeito por nossa derrota, ou por não estarem acreditando em tamanha vitória, comemoravam de forma bem discreta. Era como se nos pedissem desculpas. Segundo Eduardo Galeano narrou em um dos seus livros, algo semelhante teria se passado em 1950, quando o craque da seleção uruguaia Obdulio Varela, que liderou a vitória da sua seleção contra a nossa, em pleno Maracanã, foi encontrado horas depois do jogo em um bar no centro do Rio. Consta que chorava abraçado a torcedores brasileiros.

Em compensação, depois que a Argentina despachou os holandeses na quarta-feira, levando o país a disputar, no domingo, a final da Copa contra os alemães, também pude ver, ainda na Savassi, quando uma torcedora argentina, uma menina simples, com traços indígenas, que por ali vendia bijuterias, gritava e chorava de alegria, como se aquela vitória significasse, para todo o sempre, a redenção de suas penas. De todas as cenas que ficaram dessa Copa, da qual devemos tirar muitas lições (de humildade, principalmente), uma outra, bem singela, também ficou marcada na minha memória: a de um garoto de uns oito ou dez anos, quando muito, abraçado ao pai num bar da Avenida Amazonas, logo depois do fim do jogo contra a Alemanha. Aos prantos, o menino se mostrava inconformado com a derrota, talvez a primeira da sua vida, enquanto seu pai, sem saber o que fazer – e quem sabe tão triste como ele –, lhe afagava os cabelos.

■ EM - 11/07/2014

A mensagem

Domingo pela manhã, eleição ainda indefinida em Belo Horizonte, quando de repente, surpreendendo todo mundo dentro do ônibus que seguia para o Floresta, uma mulher começou a entoar canções religiosas. Era morena. Usava várias pulseiras, além de um grosso colar. Talvez tivesse uns cinquenta anos, ou nem isso. Devia ter sido muito bonita na juventude. A passageira que estava ao seu lado, deu para perceber, começou a ficar incomodada com aquela cantoria. Ensaiou trocar de lugar, chegou quase a se levantar. Mas como as demais poltronas estavam ocupadas, foi ficando por ali mesmo. A companheira de assento tinha uma voz forte, impossível de não ser ouvida. Cantou uma, duas, e, quando estava terminando à capela a terceira canção, que falava da ressurreição de Cristo e algo sobre o final dos tempos, ela se levantou. Sorriu, cumprimentou a todos e falou com convicção, enquanto abria uma bolsa: "Sou uma formiguinha de Jesus, e tenho uma mensagem para vocês".

A moça com a qual dividia o assento permaneceu imóvel quando ela lhe estendeu uma folha. "Muito obrigada, mas não vou aceitar essa oração, tenho muitas na minha casa", respondeu rispidamente. A mulher não se fez de rogada e, como se o incidente não tivesse ocorrido, passou a distribuir as demais folhas aos outros passageiros, já cantando de novo. "Logo hoje, no dia da eleição, só pode ser doida", ouvi um rapaz comentando no ouvido de outro, que estava a seu lado no banco. "Será?", esse indagou, dobrou a folha e a pôs no bolso da camisa. "Deve ser pagamento de alguma promessa...", uma moça, com o braço direito tatuado, falou a uma outra, bem parecida com ela; sua irmã, talvez, pois iam juntas. Essa sorriu, para filosofar: "Cada um tem de se apegar a alguma coisa para seguir vivendo".

Quando chegou a vez do cobrador, ele se virou para a mulher, que continuava a cantar e a distribuir sua mensagem: "Obrigado, dona, vou levar para ler à noite, com a patroa". Também dobrou o papel e o guardou no bolso da calça, enquanto o ônibus – a essas alturas cheio – cruzava o

Viaduto Santa Tereza. Em frente à TV Alterosa, a moça que viajava ao lado da mulher desceu e ficou ali mesmo no ponto, provavelmente à espera de outra condução.

Ao ser agraciado com a mensagem, agradeci com um aceno de cabeça. Em silêncio, admirei a coragem daquela mulher: estar ali, dentro de um ônibus, totalmente exposta, tentando dar o seu recado, pagar a sua promessa, ou o que for. Curioso, comecei a ler a história, que já conhecia. Era a transcrição de uma fábula antiga, dessas que aprendemos na escola. Falava da formiguinha que, a duras penas, tentava levar uma folha, muitas vezes maior do que ela, para o buraco onde morava. Diante dele, um novo problema: a fenda era menor que a folha, e todo aquele esforço parecia perdido. Que nada. De repente, várias formiguinhas apareceram, e, com rapidez impressionante, reduziram a folha a dezenas de pedacinhos, resolvendo a situação.

"Conhecia essa história, senhor? Se todos agirmos assim, formaremos o grande rebanho de Cristo", foi isso que a cantora, sem que eu percebesse de início, pois estava entretido com a leitura, já assentada ao meu lado, perguntou. "Havia lido, sim, há muitos anos, mas quase não me lembrava mais", respondi, já me preparando para a tentativa de doutrinação, tão comum em ocasiões semelhantes. Mas estava enganado, pois a mulher não disse mais nada. Também não voltou a cantar. Guardou o restante das folhas na bolsa, e desceu três quarteirões adiante.

■ EM - 28/10/2008

A leitoa do doutor Humberto

Consta que o ex-governador Hélio Garcia, durante o período em que ocupou o Palácio da Liberdade, tinha o velho costume, mineiríssimo, de, no Natal, presentear amigos e assessores mais chegados com uma leitoa assada, pele bem-torradinha, recheada com boa farofa, decorada com frutas, maçã na boca; enfim, tudo preparado no maior capricho pelas mãos dos mestres cozinheiros de Minas, escolhidos entre os melhores.

Numa dessas ocasiões, a família do doutor Humberto, o Betão, recém-formado em Economia, gente da melhor cepa vinda do Vale do Rio Doce, estava toda reunida no apartamento do bairro de Lourdes, na maior animação, quando toca o interfone e o porteiro, solenemente, anuncia que um motorista, com carro oficial e devidamente uniformizado, estava lá embaixo com uma leitoa especialmente enviada para ele.

Ninguém entendeu nada, mas mandaram que subisse. Qual foi a surpresa quando o mensageiro, cheio de cerimônias, pergunta: "Doutor Humberto, apartamento tal...?". "Sou eu mesmo", responde o Betão, sem se fazer de rogado, ao que o outro foi dizendo, bastante apressado, pois provavelmente teria de fazer outras entregas: "Com os cumprimentos do governador Hélio Garcia...". O entusiasmo foi geral, palmas para o Betão, parabéns. Vivas. Onde já se viu, tão novo, e merecendo uma deferência daquelas, e logo de quem, do governador! Realmente, não era para qualquer um. Malandramente o nosso herói, mesmo no fundo sabendo que a leitoa não era para ele (tanto que nem se dignou a abrir o cartão), resolveu aproveitar os seus 15 minutos de fama: havia feito uns estágios numa secretaria, tinha se saído bem, e jogou com isso para justificar o presente.

"É uma deferência do governo aos novos talentos. Mas poucos devem ter sido contemplados", alguém falou, dando moral ao Betão, ao que todos concordaram, já com os apetites aguçados e prontos para provar da iguaria, àquelas alturas, estendida em cima da mesa. Deviam ser umas duas, duas e meia da tarde, e o almoço, como era tradição na casa, seria servido pontualmente às 16h. No forninho, bem-temperado pelas irmãs e cunhadas do nosso amigo, o peru estava cheirando. Mas ninguém mais dava bola para ele. Afinal de contas, quem trocaria uma leitoa à pururuca, presente do governador Hélio Garcia, por aquele almoço comum, que se repetia todos os anos?

E dá-lhe cerveja, caipirinha, vinho, tira-gostos à vontade, até que algum dos convidados, dos mais afoitos, resolveu dar uma beliscadinha na leitoa, provar só um pedacinho da pele, para ver se estava mesmo no ponto. Chegou até a arrancar uma lasquinha. Foi só então que o pai do Betão, que até aquele momento estava calado, observando tudo do alto do bom senso, resolveu intervir e foi taxativo: "Ninguém toca nessa leitoa, ela não é para nós, e não quero criar problema para os outros...". O Betão, é bom que se diga, àquelas alturas, já estava quase acreditando ter sido mesmo um dos ungidos pelo poder.

E as horas foram passando. Vieram as quatro, quatro e meia, e criou-se um impasse: servia-se ou não o almoço? E a leitoa, o que iriam fazer com ela? Reuniu-se em seguida o conselho familiar, logicamente com o Betão, o herói protagonista da história, à frente, e, contra a vontade do pai, que permanecia na sua posição, tomaram a decisão: se até às 18h45 ninguém viesse reclamar a leitoa, a bichinha então seria servida. E vem mais uma rodada de cerveja, outra de caipirinha. Até um uisquinho apareceu.

Foi só então que, lá pelas 19h, 15 minutos a mais do que o prazo estipulado, quando uma das cunhadas do Betão, a Nat, perita na arte de destrinchar uma leitoa, já estava a postos para realizar com prazer a tarefa, o interfone da casa volta novamente a tocar. E de novo o porteiro anuncia: "Doutor Humberto, é o motorista do governador que está aqui embaixo, querendo falar com o senhor...". "Pode subir", diz o Betão, se divertindo com tudo aquilo, assim como todos na casa. "O senhor me desculpe, moço, mas eu errei de endereço. É o outro doutor Humberto, o deputado que mora dois andares abaixo", disse o coitado do homem, suando frio, com medo de não mais encontrar o presente e perder o emprego. Mas a leitoa, praticamente intacta, só faltava uma pelinha aqui, outra ali, mas nada demais, continuava lá, em cima da mesa, à espera do seu verdadeiro dono.

■ EM - 23/12/2008

As montanhas do Sul

Desde criança, quando dava os primeiros passos pela casa, Daniel Talese ouvia seu pai dizer que, se Deus quisesse, eles voltariam à Calábria, no Sul da Itália, para rever a terra em que nasceram. Aos domingos, então, quando se permitia tomar umas taças de vinho a mais, sempre acompanhadas por generosas fatias de queijo e de um bom presunto caseiro, a promessa se tornava ainda mais real. "Talvez no ano que vem, se tudo der certo, nós dois iremos lá; quero caminhar pelas minhas montanhas do Sul e abraçar os parentes e amigos, para os quais vou levar muitos presentes", ele repetia ao filho, sem conter a emoção. Aqueles almoços, durante anos, quase sempre terminavam em choro, pois era quando o velho, já sob efeito do álcool, costumava lamentar a perda da mulher, morta na travessia do Atlântico. "Jogaram o corpo no mar, não pude enterrá-la, como se deve", repetia.

É verdade que Daniel, embora tenha mesmo nascido na Calábria – mais precisamente em Santa Eufêmia, "bela aldeia situada entre o mar e as montanhas", como dizia o seu pai –, pouco se lembrava de lá, pois quando a família resolveu vir para Belo Horizonte, fugindo dos horrores da guerra, ele tinha apenas cinco anos. "Às vezes me vêm à memória uns burrinhos andando em fila pelas estradinhas estreitas; outras vezes, vejo umas ovelhas; ou algumas mulheres, todas vestidas de negro." Anos depois, como fazia seu pai, Daniel costumava repetir para os filhos e netos essas antigas histórias da Itália.

Mas o velho Talese, que aqui em Minas ganhou muito dinheiro na construção civil, realizando obras por todo o estado, jamais realizou, sabe-se lá por quê, por medo, talvez, o sonho de voltar à Calábria, embora pudesse ter ido lá quantas vezes quisesse. Uma das últimas coisas que falou, quando estava nas últimas no hospital, cercado pelo carinho do filho e dos netos, foi que, no próximo ano, se Deus quisesse, iria à Santa Eufêmia. "Vou tomar um bom vinho e rever as montanhas do Sul." Logo depois, entrou em coma e morreu. Estava com mais de 90 anos.

Curiosamente seu filho, Daniel Talese, nas reuniões domingueiras da família, quando também falava das suas lembranças, as quais todos já sabiam de cor e salteado, nunca manifestava, como o pai, a vontade de voltar à Calábria. Mas foi só este morrer para ele se pegar, como se fosse o próprio velho, também falando que "nas próximas férias", que nunca vinham, tomaria o navio com a mama para levá-la a conhecer a aldeia onde havia nascido. "Você vai ver como são belas as montanhas do Sul. Não existem, em toda a Europa, outras mais lindas que elas", dizia para a mulher, filhos e netos, como se realmente se lembrasse de tudo. Às vezes questionado, respondia com evasivas: "Vocês não sabem de nada". A mama, que poucas vezes havia saído de Minas, derretia-se toda e fazia planos.

Ocorre que Daniel Talese, que ficou ainda mais rico do que o pai, pois, além da construção civil, bandeou-se também para a política, sabe-se lá por quê, nunca voltou à Itália, e muito menos à Calábria. "À Santa Eufêmia então, nem pensar. Morreu, como meu avô, sonhando com as tais montanhas do Sul", disse-me um dos seus filhos, Hugo Talese. Ele havia sido meu colega de colégio e me contou essa história, dia desses, quando nos encontramos por acaso na Avenida Afonso Pena e resolvemos tomar uma cerveja em honra aos velhos tempos.

"E você, Hugo, já foi lá cumprir o desejo não realizado dos velhos?", perguntei. Foi então que o meu amigo, que ganhou ainda mais dinheiro do que o avô e o pai, ficou um pouco encabulado. Deu mais uma golada na cerveja, acendeu um cigarro e disse: "Você acredita que tirei passaporte, consegui a cidadania italiana, conheço toda a Europa, visitei Roma e Milão, mas, como eles, não tive coragem de ir à Santa Eufêmia?". Pouco depois, como ameaçava cair um toró, como acabou acontecendo, trocamos telefones e combinamos voltar a nos ver em breve. "Quero que você vá à minha casa, que conheça minha mulher e meus filhos", ainda falou. E se foi, quem sabe, como seu avô e seu pai, sonhando com as montanhas do Sul.

EM - 08/01/2010

Vale uma bicicleta

Creio que não existe nada de inédito nesta história. Provavelmente ela já aconteceu outras vezes, de maneiras diferentes, por este país afora. Mas pela delicadeza que nela se encerra, sobretudo nestes tempos, vale a pena contá-la. A que ouvi se passou aqui em Belo Horizonte, e envolveu duas pessoas: Maíra Sette, uma estudante se preparando para prestar o vestibular, e Maicon, um menino morador de rua.

Em setembro do ano passado, em um final de tarde, Maíra estava em uma lanchonete na Rua Padre Odorico, às voltas com um trabalho de escola. Esperava umas colegas. A professora, dias antes, preocupada com a falta de criatividade dos alunos, havia proposto a eles que, em cinco folhas em branco, fizessem, na metade de cada uma, um desenho, e em seguida, referente a cada um, escrevessem, no restante da folha, uma historinha de 10 a 15 linhas.

Mas Maíra, como sempre costuma acontecer, havia deixado a sua tarefa para a última hora. A data marcada para a entrega seria durante a aula daquela noite, e ela ainda não havia feito quase nada. Estava roendo as unhas, de tão ansiosa, quando de repente surgiu um menino, com a velha história de sempre: "Moça, me dá um trocado pra eu comprar um pão...". Foi aí que Maíra, após olhar para o garoto, que tinha os olhos pretíssimos, teve uma ideia, e lhe perguntou se ele gostava de desenhar. Após o sim, com um balançar de cabeça, ela mandou que ele se assentasse a seu lado, lhe passou as três folhas que ainda estavam em branco, e disse: "Desenhe aí, o que você quiser, invente". Enquanto isso, ia escrevendo as duas primeiras histórias, nas folhas já preenchidas.

Foi aí que o menino, com tantos lápis coloridos à sua disposição, se sentiu à vontade, e fez três lindos desenhos, "verdadeiras pinturas", segundo a Maíra. Como recompensa pelo trabalho, que mais tarde seria elogiado pela professora, ao ficar sabendo da história, além de pagar para o Maicon um lanche, com direito a sorvete de sobremesa, ela ainda lhe deu uns bons trocados, e ali, naquele instante, nasceu entre ambos uma afeição. Volta e meia, quando ia para o colégio, se encontrava com o menino ali pelas imediações da Savassi, se cumprimentavam, batiam um pequeno papo e, aos poucos, foram se tornando amigos. Era como se já se conhecessem há muito tempo.

Até que em dezembro, nas vésperas do Natal, depois de vários dias sem vê-lo, Maíra voltou a se avistar com o Maicon, que estava ajudando a lavar um carro perto do Restaurante Dona Lucinha. Ficou tão feliz em revê-lo que perguntou, antes até de cumprimentá-lo: "E então, meu amigo, o que você vai querer ganhar de Natal?". Sem vacilar, ele respondeu, com os olhos brilhando: "Uma bicicleta". "Isso não posso te dar, porque é muito caro, mas uma bola, ou um tênis bem bacana, sim. Você gosta de futebol?" "Adoro", respondeu o garoto, e combinaram um novo encontro, ali mesmo, dali a três dias, para ele receber o presente.

Foi então que Maíra, que há três meses estava trabalhando em uma loja no Pátio Savassi, quis fazer uma surpresa para aquele menino, de cuja história, tão triste como a de tantos como ele, ela já ficara sabendo. No dia combinado, foi a uma loja, ali mesmo no shopping, e comprou uma bicicleta, dessas coloridas e cheias de marchas. Mas não a recebeu na hora. Em seguida, arranjou uma caixa de sapatos, colocou dentro dela um envelope, fez um embrulho de presente e foi se encontrar com o amigo, que já estava esperando. "Vamos, Maicon, abra a caixa...", ela disse.

O menino a princípio ficou decepcionado, sem entender o que estava acontecendo, já que a caixa estava vazia, sem o tênis, ou a bola, como o prometido. Mas no bilhete, que, sem querer acreditar, ele foi soletrando com dificuldade, estava escrito assim: "Vale uma bicicleta...". Em seguida, os dois, que às vezes ainda se encontram, foram buscá-la.

■ EM - 17/01/2006

O sonho adiado

Aconteceu na sexta-feira passada, altas horas da madrugada, quando uma voz, no sonho, disse ao Geraldinho, fissurado em loteria: "Pode jogar, pois sua vez é essa". A coisa foi tão real que ele chegou a achar que estava acordado. Mas não estava. E a voz, em tom profético, ainda lhe deu o caminho das pedras, ou melhor, da fortuna: "Na mega, que está acumulada, você jogue nesses e nesses números; nas outras, pode escolher. Não vai ter erro. Em um dos jogos você vai acertar. Ouça o que eu digo, e mande ver".

Em seguida, ele acordou, e na mesma hora, para não se esquecer, pegou uma caneta e escreveu os números na palma da mão. Quis, ainda, tentar identificar de quem seria aquela voz: talvez de algum ente querido, que já havia partido, ou de um anjo, quem sabe. Mas não conseguiu. Também não importava, pois havia sido o escolhido, ungido pela sorte. E isso, por enquanto, bastava. Depois, em agradecimento, mandaria celebrar uma missa, ou acenderia algumas velas.

No dia seguinte, logo após tomar café e comer um pãozinho com manteiga, esquentado na chapa, o Geraldinho, também conhecido por Gegê, foi a uma casa lotérica lá mesmo no Nova Suíça, onde todos o conheciam, e jogou os tais números, repetidos em três cartões, como garantia. Não cabia em si de tão ansioso. Mas tinha de guardar segredo, não podia contar para ninguém, senão daria azar. Aproveitou ainda, conforme orientação da voz, para fazer uma fé na lotomania, na qual, há alguns meses, como prenúncio dos bons tempos que viriam, chegou a fazer 18 pontos. E ainda comprou um bilhete inteiro da federal, que também iria correr à noite, quando a sua vida, para todo o sempre, iria mudar. Passou também pela cabeça, naquela hora, o desejo de comprar três bilhetes da raspadinha, mas em seguida pensou: "Bobagem, não vou desperdiçar minha sorte com tão pouco e ganhar só 5 mil, ou então um carro". E segurou a tentação.

Mas não a de passar no bar da esquina, onde pediu uma Salinas, uma latinha de cerveja e meia porção de fígado acebolado. Enquanto bebia (depois pendurou a conta, pois todo o seu capital havia ficado nos jogos), o Geraldinho sonhava. Não iria querer muito para ele, pois era modesto. Apenas um apartamento de cobertura, que sempre fora o seu sonho de consumo, e uma caminhonete cabine dupla, para as pescarias no São Francisco, onde também compraria um rancho. Já a sua mulher, a primeira coisa que iria querer, ele tinha certeza, seria fazer uma plástica e colocar silicone nos seios, para ficar mais "turbinada", como às vezes ela lhe falava, nos momentos de intimidade. Quanto às meninas, que já eram adolescentes, um intercâmbio na Alemanha ou nos Estados Unidos poderia ser uma boa. "Mas o que eu quero mesmo", sonhava o nosso amigo, "é chegar segunda-feira lá na repartição e pedir as minhas contas, para o espanto de todos."

Mandou descer outra cerveja e mais uma Salinas. Quase uma hora da tarde, já bem tonto, chegou em casa, onde a mulher o esperava com o almoço pronto e cara de poucos amigos. Mas o astral do Geraldinho estava tão alto, que ela até aceitou tomar uma cerveja com ele, e ali mesmo na sala – as filhas não estavam em casa – fizeram amor, como há tempos não acontecia.

"Nossa vida vai mudar, querida, é só você esperar mais um pouco", ele disse à mulher de um modo sonhador, quando os dois, extenuados, ainda estavam deitados no carpete, com a companheira transpirando felicidade.

E foi assim que Geraldo Narciso S. N., o Geraldinho, ou Gegê, para os mais chegados, cidadão brasileiro, nascido e criado nas Minas Gerais, funcionário público quase se aposentando e futuro milionário, por obra e graça de uma voz que havia lhe revelado o mapa da mina, custou a esperar até às 21h, quando então, após acessar o site da Caixa, onde conferiu os bilhetes, chegou à triste conclusão de que, mais uma vez, o sonho de ficar rico havia sido adiado. Nem uma quina, uma quadra que fosse na mega; nada na lotomania, nem ao menos uma terminação na federal. Mas ele iria continuar tentando. Sua vez ainda iria chegar.

■ EM - 14/06/2005

O pentelho e o pentelhinho

O rapaz e um amigo, Alfredo Durães, estavam tomando cerveja encostados no balcão de um bar da Rua Tenente Garbo, no Santa Tereza, coração boêmio de Belo Horizonte. Havia muito tempo que ele não ia àquele bairro, onde tinha morado nos seus tempos de estudante, e do qual guardava as melhores lembranças. Falavam de futebol, de política, das mulheres de Minas, que estão cada vez mais belas, quando de repente chega um homem moreno, ainda novo, e um menino, que era seu filho, como logo ficaram sabendo. Esse devia ter uns cinco anos e usava um boné com escudo do Cruzeiro. Àquela hora o bar ainda não estava cheio e o homem, sem cumprimentar ninguém, já foi perguntando se ali se vendia cigarro de palha. Como a resposta foi sim, ele quis saber qual era a melhor marca, porque não queria "mata-rato". "Não sei, porque não fumo", o dono respondeu, sem espichar conversa, enquanto o garçom lhe servia uma cerveja, também sem dar muito papo. Provavelmente já o conheciam de outros carnavais. "Me arranja qualquer um, picado, e uma caixa de fósforos", disse, como se ordenasse.

O rapaz e o amigo, o Alfredo, continuavam encostados no balcão, quando o novo cliente, depois de dar o primeiro gole, foi comentando, dirigindo-se a eles: "Mas essa cerveja está quente, que porcaria...". Como nenhum rendeu assunto, ele tratou de acender o cigarro, no qual também foi colocando defeito: era forte demais, o fogo não pegava direito, o fumo estava mal picado. "Uma b." Enquanto isso, seu filho, o que usava boné com escudo do Cruzeiro, tratava de atazanar a vida do garçom, tirando pedações de um pernil que esse estava fatiando, para servir em uma mesa. "Faz isso não, menino", falou, olhando para o pai, que não tomou nenhuma providência. "Faço, sim, faço o que quero", respondeu o guri, mostrando a língua.

"Que dupla", o Alfredo disse baixinho, quando o homem, depois de pegar outro "paioso", porque aquele que lhe venderam estava "intragável", pediu um pedaço de linguiça e uma "da roça, para esquentar o sangue".

Também naquela branquinha ele não viu nenhuma qualidade. "Já não se fazem cachaças como antigamente", disse, voltando-se outra vez para os ocupantes do balcão. Como se falava sobre o Atlético e da nova fase de Wanderley Luxemburgo no time, ele foi tratando de dar seu palpite: "Tem jeito para o Galo não, podem trazer qualquer técnico que o Cruzeiro vai continuar por cima".

Como nenhum dos rapazes esboçou reação, ele se voltou para o dono do bar e perguntou, com um risinho: "Você não concorda, meu chapa?". Ele fingiu que não ouviu, no instante em que o filho, depois de já ter mascado três chicletes e cuspido as gominhas no chão, voltou a tirar pedaços em outra porção, agora de carne de sol com mandioca, que o garçom preparava. Novamente, este olhou para o pai, que apenas sorriu e disse: "Esse meu bichinho é fogo".

E a noite foi indo. Os dois amigos, depois de pedirem outra cerveja, e mais algumas, começaram a beliscar o tira-gosto que acabava de ser servido. Mas, também daquela iguaria, que vinha a ser carne de panela, tida como um dos carros-chefes da casa, o homem, sem ser solicitado, também falou mal e disse que outra, feita pelo vizinho, "era infinitas vezes melhor". O bar, àquela hora, estava bem cheio, e quando o tal foi ao banheiro, onde o seu filho já havia feito xixi no chão, e deixado a torneira aberta, o garçom aproveitou para dizer, como um desabafo: "Esse é uma mala sem alças. Quase todos os dias vem aqui com esse menino, só para encher o saco de todo mundo". Alguns minutos depois, após comentar com o dono que o movimento daquela noite "estava bem fraquinho", o pentelho e o pentelhinho, como já eram conhecidos no pedaço, finalmente foram embora.

■ EM - 12/02/2010

Anotações para uma história

Não poderia se esquecer de escrever sobre os rapazes norte-americanos que almoçavam no restaurante de um hotel na zona sul de São Paulo, onde o homem também esteve hospedado. Deviam ser uns vinte. Eram muito novos, tinham cabelos bem curtos, cortados ao estilo militar, Príncipe Danilo, como se dizia; e havia um detalhe que o impressionou: todos, sem exceção, usavam pernas mecânicas.

Havia um deles, sem as duas pernas e com cara de latino, que se movia em uma cadeira de rodas e parecia ser o líder da turma pela maneira como se dirigia aos demais. "O que teria ocorrido com aqueles moços? Seriam soldados que serviram no Afeganistão, onde talvez tenham pisado em minas e ficaram assim?", o homem divagou, enquanto, sem perceber, olhava para si próprio.

Para, em seguida, ainda com a caderneta na mão, na qual ia fazendo anotações, voltar a olhar para um garoto, que aos gritos corria entre as mesas do restaurante, como se fosse o senhor do mundo. A cada volta dada (algumas ao redor dos próprios rapazes), parava em frente a uma mulher, que estava tomando café: olhava para ela, sorria e retomava a brincadeira, sem que essa lhe desse a mínima atenção.

Até que um dos garçons, pois é possível que o menino estivesse incomodando alguns clientes, foi até a mesa da mulher, e lhe disse alguma coisa. Ela se levantou irritada, pegou o garoto pelo braço, e o fez se assentar ao seu lado. No mesmo instante, como se fizesse parte da rotina, ele começou a chorar.

Enquanto isso, um daqueles rapazes, talvez soldado, que quem sabe tivesse perdido a perna no deserto do Afeganistão durante uma patrulha, comia um prato de saladas e tomava refrigerante. Tinha o olhar perdido, e respondeu com poucas palavras, mas aprovando com a cabeça, quando um colega, na mesma condição que a sua, chegou a seu ouvido e falou alguma coisa.

Naquele instante, sem deixar a caderneta, na qual ia anotando tudo, a atenção do homem se voltou para o teto do restaurante, que era transparente e estava sendo limpo por três homens, cada um com uma escova. Jogavam água, esfregavam com força, e recolhiam, conforme ele registrou, garrafas PETs, maços de cigarros, lenços de papel, restos de comida e outros objetos que os hóspedes descartaram. Três dos rapazes (vá se saber se eram mesmo soldados norte-americanos que tinham vindo passear em São Paulo) também olharam para cima.

Foi aí que o menino, que até então continuava assentado ao lado da mulher, que talvez fosse sua mãe, levantou-se e, num impulso, saiu correndo em direção a um dos rapazes, muito loiro, que lhe tinha sorrido. Quando se viu de frente para ele, parou de repente, como se tivesse se assustado. O outro, meio sem jeito, afagou sua cabeça.

Como se retribuindo, ou por pura curiosidade, aquele garoto, já mais à vontade, começou a passar a mão na perna mecânica do rapaz, que pediu a um colega que fizesse uma foto dos dois. De sua mesa, a poucos metros dali o homem, que sem perceber voltou a olhar para si próprio, continuava a anotar, na expectativa de que aquela história, testemunhada por ele, pudesse ser contada.

■ EM - 29/08/2014

Dona Mercês

Não foi fácil para ela, dona Mercês, chegar à conclusão de que estava na hora de se mudar, porque decisões assim não são simples de serem tomadas, ainda mais quando envolvem emoção e dinheiro. Mas há muito tempo, em dias e noites de intensa solidão, sozinha naquele imenso casarão, fazenda antiga, perdida nos confins da Zona da Mata mineira, quase na divisa com o Rio de Janeiro, ela vinha pensando, e, às vezes, chorava, com a cabeça no travesseiro. Naquelas horas, quando a lua estava cheia, dona Mercês, já com mais de 80 anos (60 vividos naquela casa), costumava abrir a janela, e, sentindo no rosto aquele vento, trazido pelas águas do Paraíba do Sul, também se deixava levar pelos pensamentos.

"Como a vida passa, meu Deus, como passa...", dizia a si própria. Suspirava fundo e se via novamente, ainda quase uma adolescente, mas já casada, assumindo novas responsabilidades, que, com a vinda dos filhos e a morte prematura do marido, picado por uma cobra, só aumentaram, fazendo dela, no dia para a noite, dona de todas aquelas imensas terras.

Com mão de ferro e espírito de liderança pouco comum, no qual a princípio ninguém acreditava, ela soube conduzir aquele pequeno império. Fez da Fazenda Santa Rita, com o passar dos anos, uma das mais prosperas e cobiçadas da Zona da Mata. Nos anos 1970, de uma só vez, chegou a vender mais de 30 mil sacas de café, época também em que seus dois filhos, Pedro Lúcio e Constanza, nome dado em homenagem à avó italiana, deixaram a casa e foram estudar no Rio de Janeiro, onde vivem até hoje.

"Nunca mais eles voltam...", pensou dona Mercês naquele dia nublado, do qual jamais se esqueceu, quando os dois, com lágrimas nos olhos, despediram-se dela e foram embora, deixando-a somente com uma empregada, a Titita, e com os lamentos dos negros, que em certas noites ainda costumam ser ouvidos nos fundos da antiga senzala.

Depois os filhos se formaram, vieram os casamentos, os netos. Tantas e tantas coisas aconteceram, até que, no Natal do ano passado, lá mesmo na

Santa Rita, durante uma reunião de família convocada por ela, aquela velha matriarca, solenemente, comunicou aos filhos que iria vender a fazenda, "porque os tempos mudaram, e a gente tem de aceitar a realidade".

"A senhora está brincando conosco, não está?" Esta foi a primeira reação de Pedro Lúcio, que por ali quase não aparecia, a não ser raramente, em um ou outro feriado. Mas demorava pouco, pois sempre tinha negócios "urgentes" a tratar no Rio. Já Constanza, que a vida inteira fora mais frágil e vulnerável, só se limitou a dizer: "A senhora é quem sabe, mas... e nós, mamãe?".

"A metade do dinheiro fica para mim, conforme a lei, e a outra metade para vocês dois", disse uma decidida dona Mercês, que apenas olhou para o marido de sua filha, o Douglas, quando ele tentou entrar na conversa. "Vamos com calma, mãe, vamos com calma... Quem sabe a gente transforma tudo isso aqui num *big* hotel-fazenda...?", ainda tentou Pedro Lúcio, com a voz meio engasgada. "E quem vai levar adiante um empreendimento desse porte? Será você, Pedrinho?", disparou a mãe, que conhecia bem o filho e acabou, ali mesmo, com todas as suas possibilidades de argumento.

"Como a vida passa, meu Deus, como passa...", costuma pensar dona Mercês, todas as tardes, quando, olhando para o mar, debruçada na janela de seu apartamento em Ipanema, onde, após a venda das terras, passou a viver na companhia de Titita, e raramente é visitada pelos filhos e netos, também gosta de ficar sentindo o vento, como se ele fosse aquele mesmo que, lá na Fazenda Santa Rita, era trazido pelas águas do Paraíba do Sul.

■ EM - 05/04/2005

Vó Júlia

Chovesse ou fizesse sol, todo domingo era dia de irmos almoçar com a vó Júlia, que desde seu nascimento, quando Belo Horizonte ainda era pequena, e as pessoas se conheciam, vivera na mesma casa, em cujo quintal tinha muitas jabuticabeiras e mangueiras imensas. Pelo menos aos meus olhos de menino, ela já era uma mulher velhíssima, de outros tempos, talvez com uns 60 anos, ou pouco mais. Mas sempre elegante com seu vestido preto (luto pela morte do meu avô), os cabelos presos em um coque e um jeito manso que me encantava. De todas as pessoas que passaram pela minha vida, é da vó Júlia, não tenho pudor em fazer esta confissão, que guardo as melhores e mais ternas lembranças.

Aqueles domingos eram uma farra, que durava até o finalzinho da tarde, quando então voltávamos de taxi para casa. A rua onde ela vivia, ao contrário de hoje, tão movimentada, era um lugar tranquilo, tipicamente residencial e, se bem me lembro, ainda não tinha nenhum prédio. Enquanto a macarronada, às vezes feita com sardinha, às vezes com frango desfiado, não era servida, meus primos e eu ficávamos jogando bola junto a outros garotos da redondeza. Se estava no tempo, também soltávamos papagaios ou brincávamos de esconde-esconde, bente altas e Brasil contra Alemanha. É claro que o Brasil sempre ganhava.

Quando acontecia de apareceram a Márcia ou a Sandrinha Pacheco, meninas que moravam uns dois quarteirões adiante – e com as quais todos nós éramos apaixonados –, o alvoroço era total, cada um querendo se mostrar mais, na tentativa de conquistá-las. Apenas uma vez, se bem me lembro, tive chance de me aproximar de uma delas. Mas não consegui dizer nada, comecei a gaguejar, e a garota, me dando as costas, começou a rir. Por mais que o tempo passe, não consigo me esquecer daquele dia.

Voltando à vó Júlia, que era filha de italianos, dos primeiros que chegaram a Belo Horizonte, quando o almoço terminava, lá pelas duas da tarde, ela mandava a empregada servir tiramisu, um doce que adorávamos e podíamos repetir quantas vezes quiséssemos. Era ela mesma quem fazia. Na casa da vó, que morava com uma irmã solteirona, tia Tereza, tudo era feito com muita fartura. Às vezes não aguentávamos mais, e ela ia colocando comida em nossos pratos. Não podíamos deixar sobrar nada, senão ela ficava brava. "Desperdiçar é pecado, e criança tem de se alimentar bem, para crescer forte", era o seu lema.

Naqueles domingos, chovesse ou fizesse sol, quando terminava o almoço, era hora de vó Júlia nos reunir à sua volta para contar histórias. Sempre as mesmas, que ouvíamos com encantamento, como se fosse a primeira vez, pois sempre ela acrescentava um ingrediente novo à narrativa. Numa delas, das que mais gostávamos, ela falava de quando seus pais, bisavô Giovani e bisavó Mirna, vieram de navio para o Brasil, depois de muitos e muitos dias de viagem em mar aberto. "Quando chegaram ao porto, no Rio de Janeiro, o pai, que nunca tinha visto um cacho de banana, comeu um inteiro e depois passou mal, de tanto piriri", ela dizia, sempre dando uma boa risada. Só alguns meses depois, junto com outros patrícios, tão pobres como eles, foi que vieram para Belo Horizonte, que na época estava sendo construída.

Como tudo nessa vida acaba, chegou um dia em que vó Júlia ficou doente. Minha mãe, que era uma mulher deprimida, fechou-se ainda mais e quase não falava com ninguém. "Ela tem câncer e o médico disse que é irreversível", ouvi meu pai contar a um irmão, tio Agostinho Scarpelli, que tinha ido lá em casa saber notícias. Acho que até então eu nunca tinha ouvido falar nessa doença. Logo em seguida ela morreu, depois de ter ficado internada em um hospital imenso e muito velho, onde fomos visitá-la. No velório, lá mesmo em sua casa, tinha muita gente. Parecia que todas as pessoas do Prado, onde vó Júlia era muito conhecida, estavam lá. Serviram café, bolo, e algumas taças de vinho. As mulheres rezaram o terço, e até um padre apareceu. Nós, as crianças, não pudemos ficar na sala, e só nos deixaram ver a vó pouco antes de fecharem o caixão. De mãos dadas com a minha mãe, que naquele dia foi muito carinhosa comigo, assisti ao enterro, lá no Cemitério do Bonfim, onde, até hoje, feito com mármore de Carrara, mas malcuidado, existe o jazigo da família.

Se estou contando tudo isso, que pode até parecer meio triste, é para dizer que, logo após ter me formado em Medicina, me mudei de Belo Horizonte. Passei num concurso público, me mandaram para o sul, e só fui voltar àquela rua, no Prado – assim mesmo por insistência do meu neto, interessado em saber mais sobre a história da família –, no mês passado. A casa da vó Júlia, como era de se esperar, não existe mais. E daqueles domingos só ficaram as lembranças que, não sem uma ponta de nostalgia, tive a oportunidade de registrar neste relato.

■ *Revista Encontro* - 04/2013

O pescador de latinhas

Foi entre uma volta e outra ao redor da Praça da Assembleia, cujo percurso, a bom passo, não costuma durar mais do que oito minutos, que o homem começou a prestar atenção em um rapaz moreno, cabelos anelados, bastante alto e que, todos os dias, lá pelas nove da manhã, continuava ali, dormindo em um banco debaixo de uma árvore. Nada o cobria, não tinha sequer um travesseiro, e, às vezes, fazia de cobertor um sobretudo já gasto, que lhe caía ao longo do corpo. Talvez estivesse sonhando. Nem o barulho dos carros, a gritaria das crianças ou a conversa dos que caminhavam, nada parecia incomodá-lo.

O homem dava uma, duas voltas e o rapaz continuava ali, ressonando de boca aberta, como se o mundo lhe pertencesse e ele fosse imune aos perigos aos quais estão expostos os que têm nas ruas a sua morada. Mas o que fazia aquele rapaz? Sobrevivia de quê? Onde arranjava comida? Perguntas assim o homem se fazia, dia após dia, durante as caminhadas matinais, até que em um domingo, ao chegar mais tarde à praça, ele finalmente descobriu do que o outro se ocupava. O rapaz era um pescador de latinhas. Mas parar ali à sua frente para ver como ele executava o seu trabalho não ficava bem. Seria dar na cara, intrometer-se demais na sua vida, e ele havia também aprendido, desde a infância, que isso não se deve fazer.

O homem, para despistar, passou a não completar, naquele domingo, como disciplinadamente vinha se impondo, as voltas ao redor da praça para ver se perdia uns quilinhos. Decidiu então ir até a igreja, que fica no centro da praça, contornar o coreto e voltar para ficar mais perto daquele que, para sobreviver, havia bolado aquela inusitada profissão. O rapaz, àquela altura, e após lavar o rosto por ali mesmo, em um daqueles esguichos de irrigação, começava a sua faina diária de tentar fisgar as latinhas.

As mesmas que, para amenizar um pouco a culpa pelos excessos cometidos no fim de semana, homens e mulheres continuavam, para a alegria do nosso personagem, a jogar aos montes dentro de um recipiente de coleta seletiva, no alto do qual havia uma pequena abertura. Latinhas e mais latinhas de cervejas e refrigerantes.

Era por ali que ele atacava, com um fio de arame grosso em cuja ponta, engenhosamente, tratara de encaixar uma espécie de anzol, feito com um prego retorcido, e com o qual, na ponta dos pés, ele ia, uma a uma, retirando a sua mercadoria.

Não é uma tarefa fácil, e sim penosa: pescar latinhas requer uma boa pontaria, muita paciência e, sobretudo, que elas estejam nos lugares certos, de boca para cima, e com os pinos, ou argolinhas que as abrem, devidamente detonados. Durante uns cinco, seis minutos em que o homem ficou ali, observando-o, o rapaz ainda não havia conseguido pescar mais do que umas três. Número insignificante, se levarmos em conta que elas são vendidas no peso para os atravessadores, que normalmente têm seus comércios nas imediações da Rua Guaicurus e pagam cerca de dois reais por quilo.

E como cada latinha pesa cerca de 15 gramas, ele teria de conseguir fisgar umas 65 ou mais para atingir essa meta. O homem, que continuava a observá-lo, quis também puxar conversa com o rapaz, perguntar a ele algumas coisas, saber da sua vida, de onde era, quanto conseguia faturar por dia, essas coisas... Mas sentiu-se intimidado, e, talvez para criar coragem, resolveu dar mais uma volta, dessa vez fazendo o percurso completo da praça. Foi então que começou a lhe acontecer um fato estranho, curioso, pois, a partir daquele momento, ele passou a ver de maneira diferente coisas em que, rotineiramente nas suas caminhadas ali na praça, não prestava atenção.

Notou, por exemplo, como naquela época de chuva as árvores ao redor estavam mais verdes, mais bonitas e viçosas, e que em muitas delas existiam placas que as identificavam, popular e cientificamente. A acácia-rosa, que ele não conhecia, e na qual um bem-te-vi estava cantando, tem o nome científico *Cassia grandis*; o pau-formiga é *Triplaris americana*, e já o nosso pau-brasil, que ao vivo e em cores poucos patrícios conhecem – mas que também estava florescendo ali –, é o *Caesalpinia echinata*. Mas não é só isso que existe na Praça da Assembleia, na qual as pessoas também vendem o seu peixe, e as quais ele só passou a notar a partir do pescador de latinhas.

Um senhor mais velho, por exemplo, também defendia os seus trocados, alugando carrinhos motorizados para a criançada, que os disputavam aos gritos, às vezes para desespero dos pais e inveja dos meninos de rua, que podiam apenas observá-los de longe – e sonhar. Também existiam os vendedores de bombinhas, daquelas que explodem ao terem contato com o chão, os carrinhos de picolés, outros de cachorro-quente, nos quais também se podia tomar uma cervejinha, ou Coca-Cola, em lata. E ainda o caldo de cana, as baianas do acarajé, o churrasquinho de frango e os balanços, estes de graça. Além de um monte de areia, onde crianças, meninas, sobretudo, iam construindo seus castelos e os lulus aproveitavam para fazer xixi.

Sem dúvida o Brasil, que sempre foi uma terra de viradores, está bem--representado ali naquela praça, cujo nome oficial é Carlos Chagas, em homenagem ao grande mineiro de Oliveira, descobridor da doença que leva o seu nome e que, por tricas e futricas invejosas, não foi agraciado com o Prêmio Nobel. Também a sua estátua está lá, e, para o seu espanto, o homem notou que, até aquele dia, pouca ou nenhuma atenção havia prestado nela. Mas foi aí, em meio a estes devaneios, que o pescador de latinhas, do qual quase havia se esquecido, voltou de novo à sua cabeça.

O homem, se sentindo culpado por tê-lo momentaneamente abandonado, foi novamente caminhando em sua direção. Começava a chover, uns pingos finos, a princípio, e ele continuava ali, firme no seu posto, porém já sem o sobretudo, pois como pescar latinhas não é coisa fácil, mas uma tarefa que exige muito esforço, ele devia estar sentindo calor. É isto mesmo, o homem pensou, para finalmente se aproximar do rapaz, tomar coragem e, sem rodeios, ir então lhe perguntando: "Como está a pescaria, amigo?". O rapaz, retirando o anzol de dentro do recipiente, abriu largo sorriso, desses que deixam a gente bem à vontade, e então respondeu: "Mais ou menos, companheiro, pois hoje está chovendo, e com chuva e frio os peixes ficam enterrados na lama". Do lado de fora, já devidamente amassadas e dentro de uma caixa de papelão, já deviam estar mais ou menos umas cinquenta latinhas.

■ EM - 19/11/2000

A vida passa

Há pouco tempo, voltando de Salvador, com o Aeroporto Luís Eduardo Magalhães lotado (a fila de embarque para Belo Horizonte estava imensa), meu cunhado, Armando Freire, virou-se para mim e disse com um sorriso maroto: "Vamos, seu Carlos, para a fila especial?". Ou seja: aquela que privilegia, por direito, mulheres grávidas, portadores de necessidades especiais, maiores de 60 anos, e vai por aí.

Olhei para ele assustado. "Como assim, eu entrar naquela fila, se ainda não cheguei lá?", pensei, sem assimilar bem a ideia, que a princípio me pareceu, no mínimo, apenas uma brincadeira. Em seguida, caindo na real, e como se me olhasse no espelho, como devíamos fazer todos os dias, cabelos brancos, uma ruguinha aparecendo aqui e ali, semblante meio cansado, aceitei a sugestão, e lá fomos nós.

E não é que deu certo? Embarcamos sem maiores problemas, enquanto nossas mulheres, com as quais o tempo foi mais generoso, tiveram de amargar na fila, digamos, das pessoas normais. Dentro do avião, devidamente acomodados, rimos bastante da situação, e algumas horas depois, pois tudo transcorreu normalmente, estávamos em casa. Não sem antes meu cunhado, que às vezes tem umas tiradas filosóficas, dizer com o mesmo sorriso maroto: "A vida passa, meu mano, e temos de aproveitá-la enquanto ainda estamos numa boa".

De volta à rotina, depois de curtir aquelas férias na Praia do Forte, uma das mais lindas do litoral baiano, com direito, entre outros passeios, a conhecer o famoso Castelo de Garcia D'Avila, construção dos primeiros tempos da colônia, me esqueci daquela sugestão do Armando de lançar mão (mesmo ainda faltando só um pouquinho) dos privilégios reservados aos da "melhor idade". E continuei, sem problemas, a entrar na fila "normal" dos bancos, pagar passagem de ônibus, ingresso integral em teatros e cinemas, e assim por diante.

Se estou contando tudo isto, é para dizer também que, mesmo tendo me esquecido, talvez por pura conveniência, daquele episódio no aeroporto de

Salvador, não adiantou muito. Pois a história, dia desses, voltou a se repetir, de maneira diversa, quanto tomei um ônibus na Praça Sete. Completamente lotado, pois era hora de pico, eu iria descer no alto da Avenida Afonso Pena, onde tinha um compromisso.

Numa poltrona, deitada no colo da mãe, uma criança chorava, enquanto aquela, na maior paciência, tentava acalmá-la: "Estamos quase chegando, filhinha, estamos quase chegando". Ao lado delas, uma moça falava ao celular, como se mais nada importasse. Numa cadeira, um homem obeso, usando óculos escuros, ocupava todo o espaço, e o restante de nós viajava em pé.

Foi então que um garoto de cabelos negros, que estava absorvido com a leitura de um livro, levantou de repente os olhos, voltou-se para mim e, como raras vezes ainda ocorre, disse gentilmente, fazendo menção de se levantar: "Quer se sentar aqui, senhor?". "Muito obrigado", respondi, agradecendo. Daí a pouco dei o sinal e desci no ponto da Praça Milton Campos. À noitinha, quando cheguei em casa, liguei para o Armando, contei a ele o episódio e, como tinha ocorrido na capital baiana, voltamos a dar boas risadas.

■ EM - 31/10/2014

A menina e o carro

A noite começava a cair e um vento frio descia da Avenida Afonso Pena. O movimento de carros, àquela hora, parecia haver triplicado, e o som das buzinas, centenas delas, doía os ouvidos. No cruzamento da Rua Cláudio Manuel, um homem, aproveitando o sinal fechado, fazia malabarismos, na esperança de ganhar alguns trocados. Bem próximo dali, no restaurante Panorama, algumas pessoas tomavam cerveja. Integrante desse universo, às vezes meio perdido, é verdade, o homem ia para casa, depois de um dia inteiro de trabalho, quando, na pracinha da padaria ABC, uma menina, com uniforme colegial, ao vê-lo, lhe perguntou meio aflita. "Moço, aquele carro ali é seu?", e apontou para um Tempra, que estava parado na esquina da Getúlio Vargas, quase em frente à banca de revistas. "Não", ele respondeu, e, curioso, perguntou por quê. "É que ele estava descendo; o dono deve ter se esquecido de puxar o freio de mão, e então eu, que vinha passando aqui, coloquei aquela pedra ali, no pneu, para ele parar, e agora estou aqui, sem saber o que fazer."

"Mas se você colocou a pedra, o problema está resolvido, então pode ir embora tranquila...", o homem lhe disse, ao que a menina respondeu: "Posso não, moço, eu tenho de esperar o dono". "Mas por quê?", ele quis saber, e, nessa hora, uma mulher, conduzindo três cachorros, passou por eles, e um dos cães quase se soltou da corrente. Tinha olhos de poucos amigos. "É que se o dono chegar e não enxergar a pedra, o carro vai estragar, e talvez até estourar o pneu, quando ele for sair...", ela falou, ao mesmo tempo em que quis saber as horas.

"São quase sete...", o homem lhe informou, e, também já envolvido com aquela situação, que tanto afligia a menina, teve uma ideia: "E se você deixar um bilhete colado no para-brisa?, o dono do carro chega, vê o bilhete, e está tudo bem...". "É, pode até ser, mas, com essa ventania, bilhete nenhum vai parar ali não", ela retrucou, tornou a olhar para o homem e disse que a sua mãe, àquela hora, já devia estar preocupada com a sua demora.

"Telefone para ela", ele sugeriu. "Já tentei, mas o celular dela só está dando fora de área, e o telefone fixo, lá em casa, está estragado há três dias..."

A mulher, com os cachorros, depois de fazer compras na padaria, atravessou a rua. O malabarista continuava na sua batalha para conseguir algum dinheiro. O vento não parava de soprar. A menina, que usava um uniforme colegial, e agora também o homem, tentavam achar uma solução para aquele problema do carro. Nisso, um senhor de terno, com uma pasta na mão e ares de preocupado, veio na direção deles, e a menina, cheia de esperanças, também lhe perguntou se o Tempra era dele. Como resposta, ele apenas balançou a cabeça negativamente, apressou o passo e atravessou a rua.

"E se você for lá na padaria e pedir à moça do caixa para avisar ao dono do carro sobre a pedra, quando ele chegar...?" "Com tanta gente comprando, você acha que ela vai ter tempo de fazer isso?", disse a menina, meio que repreendendo o homem por ter lhe feito uma proposta daquelas. "É, você tem razão", ele reconheceu, olhou o relógio e viu que já eram sete horas. "Eu preciso ir embora e acho que você devia ir também, pois, afinal de contas, você nem sabe de quem é esse carro, e pode ser perigoso ficar aqui, sozinha..." "Não tem perigo nenhum, moço, ainda é cedo e aqui está cheio de gente...", a menina respondeu. Havia firmeza na sua voz e, com o pé, ela encostou a pedra ainda mais rente ao pneu.

"Até logo, e boa sorte", o homem lhe disse. "Valeu, moço", aquela garota, que não devia ter nem dez anos, respondeu, deu um tchau com as mãos e sorriu. Então ele atravessou a Rua Cláudio Manuel, em seguida a Afonso Pena, e foi só nessa hora que, já de novo andando pela Getúlio Vargas, se deu conta de que era noite de lua cheia.

■ EM - 25/05/2003

A casa sem portas

As mulheres têm razões das quais só elas são donas, e a nós, os homens, não resta alternativa a não ser acatá-las, como convém às regras da boa convivência. Há alguns dias, quando cheguei em casa, levei o maior susto ao notar que todas as portas, inclusive as dos armários, haviam sido arrancadas. Só as que davam para a rua permaneciam de pé. Perplexo, pensei: "Meu Deus, o que terá acontecido?".

Mas como estava cansado, e minha mulher ainda iria demorar para chegar, resolvi relaxar e fui tomar uma ducha; em um banheiro sem portas, obviamente. E mesmo estando sozinho, achei a coisa mais esquisita do mundo – uma ausência total de privacidade – tomar um banho daqueles.

Porém isso ainda não era nada perto do que aconteceria no dia seguinte, quando outras coisas, inadiáveis, e bem menos nobres do que tomar um banho nu, literalmente, precisariam ser feitas.

Mas essa é uma outra história, porque daí a algum tempo, com o sorriso de sempre, minha mulher foi chegando e, antes mesmo de me cumprimentar, já foi dizendo, com a expressão mais feliz do mundo: "Viu, meu amor?, mandei arrancar as portas para laquear...". E como o susto inicial havia passado, e também o espírito já estava mais preparado, lhe respondi que tudo bem; estava mesmo precisando, para a nossa casa ficar mais bonita. Só que pelo menos uma porta, a de um dos banheiros, ela devia ter deixado para laquear depois, quando as outras já tivessem voltado.

"Pra que, meu lindo, se somos só nos dois...?" Ante esta evidência, não tive o que fazer senão concordar. Porém as coisas não pararam por aí, pois no outro dia, antes das sete da manhã, quando eu havia acabado de me levantar, chegou à nossa casa um moço chamado Wanderley – o que a minha mulher e a decoradora haviam contratado para fazer o serviço. E, como se fosse um velho conhecido, e já senhor da situação, foi logo dizendo: "Mas que livraiada o senhor tem, hem, seu Carlos...? Vamos ter de tirar tudo para pintar os armários".

Nem é preciso dizer que o susto que tomei, ao ouvir aquilo, talvez tenha sido até maior do que o outro, quando cheguei em casa, e vi que ela estava sem portas. Tirar todos aqueles livros, guardados ali há anos, seria mexer em velhas lembranças, ter de reler dedicatórias antigas, trazer de volta lugares, algumas viagens, histórias já esquecidas...

Mas tudo bem, lá se foram os livros para o chão, assim como todas as roupas, de cama e de uso pessoal; isso sem falar que, a partir daquele dia, encontrar uma calça, camisa, sapato, ou até mesmo a velha havaiana, ficou praticamente impossível. Tudo amontoado na sala, fora dos cabides e gavetas, a poeira tomando conta, e o nosso mestre de obras, o Wanderley – e a sua noiva também veio para ajudar – só respondia com evasivas quando, contrariando minha mulher, que dizia, "tenha calma, meu amor, ele sabe o que está fazendo", eu ousava lhe perguntar sobre o fim daquele pesadelo.

E lá se foi a primeira semana, a segunda, também a terceira, e agora, quando acaba de completar o primeiro mês de agonia – e as perspectivas de revermos as nossas portas ainda são muito vagas, pois, de acordo com o Wanderley, muita coisa ainda precisa ser feita –, estou seriamente com vontade de convidar minha mulher para irmos passar uns tempos em um hotel. Ou quem sabe, até tudo se resolver, em um desses muitos flats que, de uns tempos para cá, tomaram conta da cidade, onde, como recém-casados, poderíamos fazer uma segunda e prazerosa lua de mel, com as portas fechadas, é claro.

■ EM - 13/12/2000

A menina e o rio

Não éramos muitas pessoas dentro daquela chalana, rio Paraguai acima. Eu havia ido a Corumbá, fronteira com a Bolívia, onde participei, na companhia do escritor Moacyr Scliar, do Segundo Festival América do Sul, que reuniu naquela cidade gente de boa parte do continente. Estavam também na embarcação, entre outros, alguns soldados em férias, duas americanas que fotografavam tudo, e uma família de São Paulo. Ouvi quando a mulher, sem esconder a emoção, disse a um dos seus filhos: "Sempre quis vir aqui, conhecer a terra do seu avô". Bastante largo, e com correntezas fortíssimas, o rio corria indiferente, como acontece há sabe-se lá quanto tempo.

No início do passeio, que durou cerca de quatro horas, chamou a minha atenção uma canoinha muito pequena. Ela oscilava à vontade das ondas, bem no meio do rio, e dentro dela, com uma vara de anzol na mão, estava uma menina. Cabelos pretos, pele acobreada, com certeza tinha ascendência guarani, como grande parte da gente pantaneira, como depois pude perceber. Não devia ter mais de dez anos. Ao passarmos por ela, a sua canoinha, que não tinha três metros de comprimento e parecia ser bastante frágil, balançou ainda mais. Cheguei a temer que pudesse virar. Mas isso pareceu não importar nem um pouco à menina.

Quando as outras crianças, as de São Paulo, acenaram para ela, enquanto a mãe filmava tudo, a menina não esboçou a menor reação. Apenas ficou olhando para nós, de uma maneira fixa e distante, como se estivesse muito longe dali. As americanas, encantadas, disparavam as suas câmeras, e os soldados, que depois me disseram ser da região, não demonstravam se importar. Alguns tomavam cerveja. Naquele momento, não sei por quê, o rio Paraguai me pareceu ainda mais largo e profundo. A chalana, acostumada a ele, prosseguia.

Mais adiante, quando já estávamos bem afastados de Corumbá, um bando de papagaios, fazendo uma algazarra terrível, passou por nós. Em cima de uma árvore, próximos ao ninho, vimos dois tuiuiús, e logo a seguir, alguns gaviões, que, em voos rasantes, perseguiam pequenos pássaros brancos. "Nós vamos encontrar jacarés e cobras, mamãe?", quis saber uma das crianças paulistas. Ao que a mãe respondeu: "Talvez mais na frente, meu filho, mais na frente...", o que realmente aconteceu alguns quilômetros adiante, quando avistamos quatro jacarés, imóveis e estendidos nas margens do rio, onde também, tranquilamente, pastavam algumas cabeças de gado. Dois vaqueiros, um pouco afastados, observavam.

O sol, àquela hora, já estava fortíssimo, e o Pantanal, ou pelo menos o seu início, começava a se descortinar para nós, com toda a sua exuberância e beleza. Só víamos a água, o céu e a imensidão da planície. Foi então, já quase meio-dia, que a chalana, após fazer uma curva no rio, e apitar demoradamente, espantando bandos de passarinhos, começou a fazer a viagem de volta. Tentei ainda explicar a uma das americanas, em um portunhol dos mais precários, que o rio Paraguai nascia ali mesmo, em terras brasileiras, e ainda iria correr centenas de quilômetros até chegar a Assunção, onde era ainda mais largo. "É um rio mui lindo e grandioso", ela disse, para em seguida voltar a fotografar, enquanto sua amiga, tão branca e alta como ela, passava protetor solar e tomava água mineral.

De repente, sem que nos déssemos conta, todos nós, ali dentro daquela chalana, começamos a ficar em silêncio e, após alguns instantes, só ouvíamos, além do ronco do motor, o silvar do vento nas árvores. Algum tempo depois, quando novamente já avistávamos Corumbá, após passarmos por um antigo forte, fomos parados por uma patrulha do Ibama, que fez sua inspeção de rotina. A mulher paulista, bem-humorada, apontou para um dos seus filhos e disse ao fiscal, provocando uma risada geral: "Pode levar esse aí...". Foi então, quase com sentimento de culpa, que perguntei a mim mesmo, olhando para o local onde, no início do passeio, a avistamos: "E a menina?". Mas nem ela nem a sua canoinha estavam mais lá.

EM - 07/06/2005

No bar do Marquinhos

Há alguns dias, em um início de noite, indo a pé para o Floresta, onde pretendia me encontrar com uns amigos, resolvi passar por baixo do Viaduto Santa Teresa, e ir margeando o rio Arrudas até chegar à Praça da Estação. Com as reformas que vêm sendo feitas, ela está ficando muito bonita. Andando por ali, olhando uma coisa e outra, de repente me vi em frente ao Bar do Marquinhos, que eu não conhecia. O estabelecimento, é bom que se diga, tem apenas uma porta, três cadeiras, e um diminuto balcão, encostados no qual, com bastante boa vontade, cabem umas cinco pessoas, no máximo. Na parede, para proteção, impera uma imagem de Nossa Senhora Aparecida, já meio desbotada. E mais adiante, vê-se um rádio daqueles bem antigos, do qual saia uma canção sertaneja, que estava sendo executada por uma dupla afinadíssima.

Como fazia um calor terrível, desses que prenunciam chuva, resolvi tomar uma cerveja por ali, antes de seguir o meu caminho, que, naquelas imediações (nunca é demais lembrar aos desavisados), não é dos mais seguros. Como de resto, como diria o filósofo Rogério Carnevali, mestre dos mestres, está quase toda a cidade, para não falar o país. Basta ver as barbaridades que andam acontecendo por aí diariamente.

Moreno alto, jeito bonachão, e com uma voz mansa de quem parece ter vindo de Almenara, Itaipé ou Teófilo Otoni, foi o próprio Marquinhos quem me atendeu, com uma gentileza de quem sabe cativar o freguês. "Uma geladinha, mestre?", ele foi perguntando, já com a loirinha na mão. Serviu-me, perguntou se eu queria algum tira-gosto, e em seguida foi levar outra bebida para um casal que, no final do balcão, parecia estar começando um namoro, pelo jeito ainda meio tímido como o rapaz tentava pegar a mão da moça.

Assentei-me, dei o primeiro gole e comecei a observar aquele pequeno e modesto bar, que teimava em sobreviver em pleno centro de Belo Horizonte. Bem ao meu lado, entretido com uma máquina de jogos eletrônicos, um rapaz ainda novo, usando óculos escuros e com duas muletas ao lado, parecia estar alheio a tudo. "O que terá acontecido com ele, meu Deus?", pensei comigo. Mas, de repente, um homem, freguês habitual, pelo que constatei, chegou e foi logo pedindo: "Uma Ferreira no capricho, Marquinhos". Este encheu o "lagoinha" até a borda e o outro virou tudo de uma vez, sem ao menos jogar um pouquinho para o santo, como mandam as boas normas.

Em seguida chegou outro cliente e pediu uma Salineira dobrada, "pois hoje tive um dia de cão e só mesmo uma boa dose para me acalmar um pouco". No rádio, a dupla sertaneja continuava, agora com uma canção cujo estribilho era mais ou menos assim: "Eu só fui de você, e você de mais ninguém. Meu amor, eu não esqueço que fui só de você". Ao que o homem que havia tomado a Ferreira comentou, enquanto pedia outra: "Uma linda moda, essa". Marquinhos concordou, e, quando ia falar alguma coisa, entraram na casa dois meninos, compraram chicletes, refrigerantes e se foram. "E esses aí?", quis saber o homem. "São gente boa, moram com a família ali no viaduto", respondeu o anfitrião. E foi levar mais duas fichas para o moço das muletas, e outra bebida para o casal. No fundo do balcão, aqueles dois pareciam ter se entendido, pelo jeito já mais à vontade como se acariciavam. Em seguida, um pouco ansioso, ou talvez até se sentindo culpado por ter se esquecido do novo freguês, o Marquinhos voltou-se para mim e perguntou: "Mais uma geladinha, mestre?". "Não, muito obrigado, mas já estou indo", respondi, dei a última golada, paguei a conta e fui andando. A noite estava calma, continuava fazendo calor e eu ainda tinha de me encontrar com os amigos, antes que a chuva caísse.

■ EM - 24/10/2006

Nos bares da vida

Nas caminhadas diárias que faz, indo para o trabalho e vice-versa, ele sempre passa pela Avenida Getúlio Vargas. De uns tempos para cá, entre as ruas Rio Grande do Norte e Professor Moraes, onde antes existia uma casa de materiais odontológicos, vem observando uma movimentação frenética: um entra e sai de operários mudando coisas, tudo numa laboriosa reengenharia, que, aos poucos, vai dando nova cara ao lugar. "O que será que irão colocar ali?", ele se perguntou, com suor pingando da testa. Sua curiosidade só seria saciada ao comentar com um amigo, o tio Giro, que, sempre bem-informado sobre as coisas da cidade, lhe disse que iriam abrir ali um bar e restaurante.

À noite, em casa, depois de fazer o mesmo itinerário, ele se pegou pensando, entregue aos devaneios de sempre, que nunca foi dono de um bar, nem de qualquer outro negócio. Se bem que, nos idos da juventude, chegou a cogitar sobre fazer sociedade com um colega de faculdade num boteco no Floresta. Mas o bom senso, felizmente, falou mais alto, e a cidade se livrou desse empreendimento que, com certeza, estaria fadado ao fracasso, graças à sua completa inabilidade para o comércio. Mas, se nunca teve um bar, em compensação, a vida inteira os frequentou.

Só para se lembrar de alguns, pois falar de todos é praticamente impossível, começa por um que existia na Rua Goitacazes, perto do Mercado Central, cujo nome já não lembra, mas foi onde, no início da juventude, tomou a primeira cerveja da sua vida. Estava com um rapaz chamado Ruberval Neves, colega de cursinho no Promove. Depois, na faculdade, no bar do "seu" Manoel, um velho português, ou no Santa Bebedeira, ambos na Avenida Antônio Carlos, acreditou que tramava contra a ditadura, falou palavras de ordem, e matou aulas, enquanto descia mais uma saideira.

Mais tarde, depois de formado em Jornalismo, a sequência seria no Bar do Chico e na Lanchonete Nacional, na Rua Goiás, nos quais se reunia com a turma do *Estado de Minas*, onde passou a trabalhar, e ainda em outros, ali perto, no Edifício Maletta: Lua Nova, Pelicano, reaberto há algum tempo, além da Cantina do Lucas, que continua a mesma, como um dos locais mais tradicionais de Belo Horizonte. Se "seu" Olympio, o famoso garçom, não está mais por lá, levado que foi pela dama da foice, ficaram as suas histórias, que já fazem parte do imaginário dos que o conheceram. Mas o gerente, Mourão, continua firme.

Além desses, ele também sempre dava uma esticada até à Casa dos Contos, na Rua Rio Grande do Norte, onde até hoje costuma a se encontrar com os amigos, e ainda ao Bar e Café São Jorge, na Rua Sergipe, no qual Nely Rosa, que também foi dona do Seu Olympio, fazia as honras da casa. Ainda na Sergipe, ficavam o Bar da Esquina, até hoje na ativa, e o La Taberna, de Carlos e Fátima Carretero, que prosseguem no ramo com o Los del Rocío, no qual a cultura espanhola e bons vinhos falam mais alto.

Nos tempos atuais, não com a assiduidade de antes, continua sua ronda pelos bares da vida. Às vezes vai ao Cozinha de Minas, na Rua Gonçalves Dias, esquina com Contorno, para um dedo de prosa com Ramon, e Fernando Brant, que sempre está por lá. Ao Barbazul, na Getúlio Vargas, onde os garçons Ibrahim, Joel e Buscapé, que sabe tantas histórias, continuam no posto. Passa também no Bar do Ivan, famoso boteco de uma porta só, na Rua Ceará, e no Bar do João, na Rua Tomé de Souza. Isso sem falar no Pizzarella, perto da sua casa; no Rei do Torresmo, no Mercado Central, onde Tião, Geraldinho e Agnaldo fazem as honras, e no Barnabé, na Avenida Assis Chateaubriand, só para tomar a saideira e comer do famoso pastel de queijo, feito pelo Itamar.

Nos seus devaneios, depois de pensar em todos esses bares, dois dias depois, ao passar outra vez pela Avenida Getúlio Vargas, onde reformavam a tal casa, teve uma surpresa. As obras, em ritmo ainda mais acelerado, estavam quase terminadas. Ao chegar ao trabalho, o tio Giro, que vem a ser o jornalista Eduardo Tristão Girão, sempre antenado com as coisas da cidade, lhe disse que o novo estabelecimento irá se chamar Al Capone. "O nome é ótimo", pensou, já programando uma ida lá, para um chope.

■ EM - 31/03/2009

Beleza fardada

Que em Belo Horizonte existem algumas das mulheres mais belas do Brasil, não há a menor dúvida. Nascidas aqui na capital, ou vindas das tantas minas, que podem ser representadas por Juiz de Fora, Caratinga, Iturama, Ibiá, Dores do Indaiá, Capelinha, Pirapora, Montes Claros, Campanha, Pouso Alegre, Peçanha, e tantos, tantos outros lugares nesses sem-fim das gerais, elas estão em todas as partes desta cidade. São negras, brancas, morenas, altas, magras ou mais gordinhas, não dá para defini-las, e para encontrá-las, com sua graça e leveza, basta andar pelas nossas ruas, praças e avenidas, seja na Savassi ou na Afonso Pena; no centro, no Barreiro de Cima ou de Baixo; ou em qualquer outro lugar da cidade. Também nas repartições públicas ou nas lojas; nos bancos e nos quartéis, onde, de uns tempos para cá, elas também estão marcando presença e deixando os soldados e oficiais de cabeça quente.

"Nos quartéis...?", perguntou um amigo meu, com quem eu estava conversando dia desses no Barbazul, onde tomávamos uma cerveja. "Sim, meu velho, também nos quartéis elas estão dominando...", respondi sem vacilar. E então, como estávamos à toa, com todo o tempo do mundo, contei a ele que um dia desses, quando eu voltava para casa, peguei um ônibus na Avenida do Contorno, quase esquina com Rua do Ouro. Como sempre, ele estava lotado, e, como chovia, o calor era sufocante, pois ninguém, para não correr o risco de se molhar, abria as janelas. "Mas, para sorte minha", eu disse a ele, "quando consegui um lugar, eis quem se assenta ao meu lado: uma mulher negra, linda, mais para alta, com os cabelos presos em um discreto coque, e fardada." "Fardada...?", perguntou o meu amigo, assim meio incrédulo. Ele que não é lá de prestar muita atenção nas coisas. "Sim, meu caro, a lindeza estava fardada, com revólver na cintura, par de algemas e tudo mais...", lhe respondi. "Ela era do Exército ou da Aeronáutica?" "Nada disso, era da PM mesmo", lhe respondi, e disse: "Ela então me pediu licença, se assentou e começou a ler...". "E daí, a moça estava lendo o quê?", meu amigo quis saber, já mais curioso em relação aos rumos que aquela conversa poderia tomar. "Daí...?", então lhe respondi: "Depois de observar, discretamente, pude ver que era um livro de Direito... Então não perdi tempo e fui logo lhe perguntando: 'Me desculpa, mas você, além de militar, é também advogada?'". "Não, ainda estou estudando, mas daqui a três anos, se Deus quiser, também serei", ela respondeu, sorriu educadamente e voltou os olhos para o livro, como se nada mais lhe importasse. "Só isso? Não teve mais nada...?", insistiu o meu amigo. "Calma, rapaz, calma...", lhe respondi, pois dali a pouco, depois de tomar coragem, eu perguntei a ela, só para puxar assunto: "O seu quartel fica aqui perto...?". "Mais ou menos...", ela disse, sorriu, e me olhou, assim de um jeito meio malicioso, como se quisesse prosseguir com a conversa. Então eu, aproveitando, quis saber qual era a área do Direito que mais lhe interessava. "Quero me especializar em Direito Trabalhista", respondeu a gata, que em seguida fechou o livro, suspirou fundo, com ares de cansada, e disse: "Já estou atrasada...".

"Foi então, meu amigo", tornei a dizer a ele, já àquelas horas meio impaciente, "que eu não me contive e falei para ela, assumindo todos os riscos: 'Você é a soldado mais bonita que já vi...'". "E ela, o que respondeu...?", ele quis saber. "Ah, meu caro, ela então olhou para mim, voltou a sorrir e, apontando para suas divisas, disse, cheia de orgulho: 'Soldado não, cabo...'". "E não teve mais nada, ela não deu nenhuma pista...?", quis saber o meu amigo, voltando-se impaciente para mim, enquanto acendia um cigarro. "Não, não teve mais nada", lhe falei. "Você é mesmo um trouxa, perder uma oportunidade dessas. Se fosse eu, com risco de ser preso por desacato à autoridade, juro que teria pelo menos pedido o telefone dela...", disse, e pedimos mais uma cerveja.

■ EM - 16/03/2003

Ainda mais bela

Há pouco mais de quatro anos escrevi sobre um dia em que, ao tomar o ônibus circular, na Avenida do Contorno, quase esquina com Rua do Ouro, assentou-se ao meu lado uma mulher negra, maravilhosa, que descrevi assim: "Era mais para alta, com os cabelos presos em um coque, e estava fardada". "Fardada?", quis saber um amigo, com o qual eu tomava uma cerveja no Barbazul, quando lhe contei o caso. "Sim, estava fardada, ela era da PM e estudava direito", respondi. Contei ainda que, ao não resistir ao galanteio e dizer que ela era a soldado mais bonita que eu já tinha visto, a mulher abriu um sorriso, mostrou suas divisas e me corrigiu: "Soldado não, já sou cabo". Pedi as devidas desculpas, conversamos mais um pouco, ela disse que tinha vontade de se especializar em Direito Trabalhista, era daqui de Belo Horizonte, e minutos depois desceu, no ponto quase em frente ao Colégio Padre Machado. "Se fosse eu, mesmo correndo o risco de ser preso por desacato de autoridade, pelo menos o telefone dela teria tentado pegar", disse ainda o meu amigo, que, na época, era solteiro. Atualmente casado, e pai de dois filhos, talvez esteja mais sossegado.

O tempo foi passando, continuei usando o mesmo ônibus, quando não venho a pé para o trabalho, na esperança de perder algumas calorias, e nunca mais vi aquela beldade, que talvez nem fosse usuária contumaz do coletivo, e naquele dia pode tê-lo usado por acaso, em alguma emergência. Confesso também, pois as coisas se sucedem tão depressa, que não me lembrei mais dela. Isso até semana passada, quando, ao tomar outra vez o circular, eis quem se assenta novamente ao meu lado? Ela mesma, a princesa negra, que estava muito, muito mais linda que antes.

Novamente fardada, elegante, com o mesmo e discreto coque, levava dois livros na mão. Na cintura, como também observei, dessa vez não usava nenhuma arma, que provavelmente estava na bolsa, ou tinha deixado no quartel. Olhou para mim, como se quisesse me reconhecer, sorriu, e eu lhe perguntei: "E então, você ainda é cabo?". "Não, agora sou tenente", respondeu orgulhosa, e quis saber: "Então, foi você quem escreveu aquela crônica no *Estado de Minas*?". "Sim, fui eu mesmo. Você gostou?" "Amei, e até guardei de lembrança", ela respondeu, contando ainda que, no quartel, muitos quiseram saber se a personagem era ela. "Mas eu não disse nada", e contou ainda que este ano se forma em Direito. "E então, está firme para se especializar na área trabalhista?", perguntei, ao que ela, surpresa por eu ter me lembrado da nossa conversa, depois de tanto tempo, disse: "Agora estou em dúvida, o curso oferece tantas opções, que não sei mais. O Direito Criminal também está me fascinando".

Conversamos mais um pouco. Falamos do frio, que neste ano veio com força. Da eleição para prefeito, que está chegando. Da batalha que é estudar à noite. E ela disse ainda, mais à vontade, sobre o sonho de ainda neste ano ser promovida a capitão. Antes de descer, a tenente abriu o mesmo sorriso, ajeitou o coque, agradeceu a crônica, e disse: "Na época da formatura vou deixar um convite para você lá no jornal". "E dessa vez, Herculano, ao menos em qual quartel ela serve você ficou sabendo?", quis saber o meu amigo, lá mesmo no Barbazul, onde tomávamos outra cerveja.

■ EM - 22/08/2008

Chá de apartamento

Um dia desses, subindo a Rua da Bahia, encontrei com o meu amigo, dos antigos, também jornalista, como eu. E ele, antes mesmo de me cumprimentar (há muito tempo não nos víamos), foi logo dizendo: "Cara, finalmente eu comprei o meu apezinho, um quarto-e-sala ali na Avenida Augusto de Lima, ao lado do velho New Hamburguer, você lembra?".

Sim, é claro que eu me lembrava: o famoso New, de tantas madrugadas, quando Edmar Roque, nosso amigo, hoje empresário de sucesso, dono da Cantina do Lucas e da Casa dos Contos, estava apenas começando, e ali, pacientemente, nos servia mais uma cerveja. E outra, e mais uma saideira.

Mas o meu amigo, no auge da felicidade – pois, afinal de contas, ter casa própria não é para qualquer um –, foi me contando a batalha quase sem fim para conseguir liberar o fundo de garantia; depois para arranjar um financiamento na Caixa, o que, diga-se, é uma missão das mais árduas. E, finalmente, para dar a entrada, juntar todos os trocados possíveis e mais alguns, desses que às vezes nem a gente mesmo sabe que tem. Tudo isso, obviamente, sem falar da infernal burocracia das papeladas e das expressões comuns aos corretores nessas ocasiões, apostando que alguma coisa não vai dar certo.

Enfim, para não nos perdermos nesse emaranhado, o meu amigo parecia, naquele momento do nosso encontro, estar carregando a felicidade nas costas. Ele fez um financiamento, é claro, de uns "trocentos" anos ou mais. Mas, afinal de contas, o que isso importava? "Aluguel, por aluguel", disse ele, como se há muitos anos já pertencesse ao clube, "é melhor mesmo pagar por uma coisa que, talvez um dia, venha a ser minha."

Perfeito. Perfeito. Eu, com a autoridade de quem há muito já está nessa, fui lhe dizendo, e ainda repeti o velho chavão: "Daqui a algum tempo, você vai ver, a prestação já estará abaixo do aluguel". Doce ilusão.

E lhe falei ainda mais algumas coisas, que outros também já haviam me falado e que ali, naquela hora, talvez pudessem contribuir para aumentar ainda mais a alegria do Adilson, o mais novo proprietário de Belô.

Por ali, entre a Rua da Bahia e a Avenida Augusto de Lima, em frente à Livraria Leitura, ainda ficamos algum tempo, filosofando sobre o que é ser dono de uma casa, quando ele, finalmente, com aquela cumplicidade antiga, me fez o convite: "Olha, no sábado, nós vamos fazer um chazinho de apartamento, foi ideia de umas amigas, pinta lá...".

"Sim, é claro que eu irei." E ainda, no auge do entusiasmo, disse a ele, que fez cara de quem não estava entendendo: "Eu vou te dar uma lavadora de pratos de presente". E foi assim que (o nosso encontro aconteceu numa segunda-feira), no dia marcado, pontualmente na hora combinada, eu estava lá na Avenida Augusto de Lima, ao lado do antigo New Hamburguer, de tantas lembranças, para ir à festa do Adilson. É obvio que não levei a lavadora de pratos, coisa meio sem cabimento, mas um litro da mais genuína vodca e alguns salgadinhos, pimentinhas e bacons, comprados lá mesmo no supermercado perto da minha casa.

O apartamento, no décimo sexto andar, estava lotado: almofadas espalhadas pelo chão, muitos rostos conhecidos; a cerveja, apesar de a geladeira ainda não ter chegado, rodava generosa, meio quente, é verdade, mas sem problemas, tudo era festa.

Fogão, para esquentar os tira-gostos, também não tinha, assim como abridor de garrafas. Mas improvisamos um em uma tábua de passar roupas, herança do antigo inquilino, e resolvemos o problema. Tudo em clima de casa nova.

Belchior, no melhor estilo de "apenas um rapaz latino-americano...", dava o recado em um velho "3 em 1"; Ednardo e Fagner também. Um disco da Maísa, em um canto, certamente estava sendo guardado para mais tarde; "para a hora de todos os mistérios", como já filosofava um outro velho amigo, Rogério Carnevalli, quando se referia às madrugadas. Ângela, uma amiga em comum, havia feito um pão com alho dos deuses, e uma colega sua, Dina, dona de uma lanchonete, havia levado um mousse de sabor indescritível.

Já o Adilson, como também não tinha gelo, vez ou outra, cheio de alegria, traçava um "cowboyzinho", já que ninguém é de ferro. "Este eu comprei especialmente para hoje", me disse. A sua mãe, os vários irmãos, sobrinhos e primos, estavam todos ali, compartilhando aquele momento maior na vida de uma pessoa, que é o de apresentar a sua casa. Haviam levado presentes, alguns convidados também.

E a festa corria solta. Encostado na janela, e bebericando uma cervejinha, eu conversava com Bartira, um rapaz ao qual eu acabara de ser apresentado, e com o Geraldo, irmão do nosso amigo proprietário. E me deixava ainda embalar pelas "Penas do Tiê", lindamente interpretada por Fagner.

Mas também (eu que sempre gostei de saber a origem das palavras) perguntava a mim mesmo sobre qual seria a origem do nome daquele moço, Bartira, com o qual eu estava conversando, quando um sobrinho do Adilson, um menino de uns cinco, seis anos, carinha esperta, jeitinho de pompeano (esqueci de dizer que meu amigo e sua família são de Pompeu), chegou perto de nós. E ao me ver ali, vestido meio formalmente, de blazer e tudo mais, olhou-me de alto a baixo, fez uma cara de quem não estava entendendo nada e, sem a menor cerimônia, já que estávamos na época das eleições, disparou: "Moço, o senhor também é candidato?". A gargalhada foi geral, e a festa continuava.

A mãe do Adilson, dona de antiga sabedoria, rodava a sala com uma bandeja de salgadinhos, e queria que todo mundo comesse. Uma sobrinha dele, que eu não via há tempos, chegou com o namorado, abraçaram o tio e logo começaram a dançar, já que um bailezito também já havia sido improvisado.

Que horas seriam? Eu nem imaginava. Mas já devia ser tarde, pois a primeira reclamação dos vizinhos, feita via porteiro do prédio, já havia chegado. Aproveitei também para dançar, coisa que há tempos não fazia. E dancei muito, agora ao sabor de um rock, no melhor estilho dos anos 1970.

Mas uma coisa não me saía da cabeça. De onde teria vindo? O que significaria "Bartira", o nome daquele rapaz a quem haviam me apresentado? E foi assim, algum tempo depois, sem conseguir conter a curiosidade, que me dirigi à cozinha, onde algumas moças, o meu amigo e o dito Bartira estavam conversando.

Aceitei mais uma cerveja, fumei uma palomita, comi uma empadinha, ouvi e contei alguns casos para, finalmente, tomar coragem e perguntar a ele mesmo, o Bartira, de onde havia vindo o seu nome: se era italiano, sírio-libanês ou tupi-guarani.

E foi então que se fez na mesma hora, por parte de todos ali, e inclusive do próprio dono do nome, um silêncio geral, meio constrangedor para mim. Mas que logo, para o meu alívio, explodiu em uma gargalhada geral. "Bartira", me explicaram, "é apenas um apelido. O nome dele mesmo é Eustáquio. Bartira é porque tudo o que ele ganha de dia, no trabalho, 'o bar tira, de noite'." Pode uma coisa dessas?

■ EM - 01/09/1996

Um homem feliz

Quando cheguei a Belo Horizonte, no final de dezembro de 1968, depois de uma viagem de caminhão que durou três dias de Coluna, no Vale do Rio Doce, até aqui, eu estava com 12 anos, e chovia tanto, como acontece agora, que o mundo parecia se derreter. A primeira coisa que me impressionou na capital, se bem me lembro (fui morar com os tios Neusa Beirão e Joaquim Aguiar, na Rua Oriente, no bairro da Serra), foram as enormes correntes que, no início da tarde, quando eu voltava do Colégio Arnaldo, eram instaladas na Avenida Afonso Pena, da esquina com a Rua Aimorés até a Avenida Bernardo Monteiro, impedindo o trânsito. Um dia, sem conter a curiosidade, perguntei à tia Neusa o porquê daquilo. E ela me respondeu: "Ali é o Dops, onde ficam os presos políticos".

Por aqueles tempos, o prefeito de Belo Horizonte se chamava Luiz de Souza Lima, e me lembro de que algum tempo depois, pois os jornais e a televisão não falavam em outra coisa, a sua filha, Jô, foi assassinada. O governador de Minas era Israel Pinheiro da Silva, que, como meu pai havia me contado, foi o engenheiro-chefe da construção de Brasília. Sua mulher, dona Coraci, faleceu recentemente, já centenária. Durante o seu mandato – também nunca saiu da minha memória –, ocorreu a tragédia do desabamento de parte do Parque de Exposição da Gameleira, matando dezenas de operários.

Pouco mais de um ano depois da minha vinda para a capital, a alegria das alegrias: a Seleção Brasileira, comandada por Zagalo, foi tricampeã do mundo, no México. O jogo final, contra a Itália, nós vencemos por 4 a 1. Alguns dias depois, na companhia de colegas do Arnaldo, fui à Avenida Afonso Pena receber os jogadores mineiros tricampeões, que desfilaram em um caminhão do Corpo de Bombeiros. Entre eles estavam Tostão, Dario e Piazza, jogadores que, nos anos seguintes, tive o privilégio de conhecer.

Naquele dia em que o Brasil ganhou o tri, para melhorar ainda mais as coisas para nós, adolescentes, e completamente alheios ao que, futebol à parte, ocorria no país, o general Emílio Garrastazu Médici, então presidente da República e ditador, decretou que os ônibus circulassem de graça. Fizemos a maior farra, andando de um lado a outro da cidade, com as roletas liberadas. Em 1972, por ocasião das comemorações aos 150 anos da nossa independência, ajudei a recepcioná-lo, também na Avenida Afonso Pena, balançando bandeirinhas do Brasil, na companhia dos meus colegas de colégio, enquanto papel picado caía dos prédios e bandas militares executavam hinos patrióticos. Nos porões, sem que imaginasse, o pau comia solto.

Nos idos de 1968, quando tantas coisas ocorriam no mundo e cheguei a Belo Horizonte, de onde nunca mais saí, acabei me apaixonando por uma menina chamada Lilian, que estudava no Colégio Sacré-Coeur de Marie, também na Serra, colega da minha prima Maria Helena Beirão. Dona de imensos olhos verdes, dos quais não posso me esquecer, ela se mudou pouco depois com a família para Alagoas, para onde o seu pai, que era oficial do exército, havia sido transferido.

Jamais poderia imaginar que, tantos anos depois de chegar a esta cidade, que hoje considero minha, iria poder, guardadas as devidas proporções (e por isso agradeço a Deus), me considerar um homem razoavelmente feliz, que hoje tem a alegria de desejar a todos os seus leitores aqui do *Estado de Minas* um ótimo 2014.

■ EM - 03/01/2014

Garota de programa

Só então ele teve certeza, pois viu com os próprios olhos. Ela estava lá, no alto da Avenida Afonso Pena, encostada em um muro, na companhia de duas outras garotas, tão novas e bonitas como ela. Usava saia curta, botas longas, e os seus cabelos, curtíssimos, continuavam oxigenados, como da última vez em que se encontraram. "Por favor, para ali na frente, porque não quero que aquelas moças me vejam", o homem pediu ao motorista do táxi, que em silêncio estacionou o carro alguns metros adiante, atrás de uma árvore e fora do foco da luz.

A voz do homem estava trêmula, o seu queixo batia, e naquele primeiro momento teve vontade de descer do carro, tirar o cinto e ali mesmo, na vista de todo o mundo, dar uma surra na sua filha. Mas conseguiu se controlar, enquanto duas lágrimas, sem que percebesse, desciam pelo seu rosto. Em seguida, contraditoriamente, quis poder voltar ao tempo, pegá-la de novo no colo, como fazia quando ela era pequena, beijar o seu rosto, afagar os seus cabelos entre os dedos e dizer ao seu ouvido, com toda a ternura do mundo: "Vamos, filha, vamos voltar para casa, pois eu e a sua mãe estamos esperando por você". Porém, ficou como estava, sem esboçar nenhuma reação. O motorista, compreendendo a situação, permaneceu calado. Nisso, um carro que vinha subindo a avenida parou onde elas estavam, e uma das meninas, depois de se aproximar, e de conversar com um dos rapazes, abriu a porta, entrou rapidamente, e eles se foram. "Meu Deus... O que eu fiz para merecer tudo isso...", se perguntou o homem, que uma semana antes, em um domingo pela manhã, quando se preparava para ir para a fábrica, onde trabalhava, tinha recebido um telefonema anônimo, no qual uma voz, entre irônica e sarcástica, dizia: "Sua filha é puta lá em Belo Horizonte, e depois das oito faz ponto na Afonso Pena...". "Puta é a sua mãe...", respondera ele aos gritos, e, por mais que sua mulher tivesse insistido, não quisera lhe confessar o teor daquela conversa. Pela sua boca, ela jamais saberia.

Ele voltara então para o trabalho, no qual não conseguia se concentrar, de tão atordoado que estava. Mal respondera aos cumprimentos dos colegas, quase cortara a mão na engrenagem da máquina, e na sua cabeça só voltava, como ondas, uma conversa que, cerca de um mês antes, ele havia tido com a filha, quando ela tinha ido passar um fim de semana com eles, vestida com roupas caras, extravagantes, e dirigindo um carro seminovo: "Estudo à noite, pai, e continuo trabalhando na loja...", Leninha respondera laconicamente, mudando logo de assunto, quando ele, que já estava desconfiado – embora não admitisse nem para si próprio –, quisera saber como ela estava ganhando tanto dinheiro.

E então, para ter mesmo certeza de tudo aquilo, e ainda mais depois daquele telefonema anônimo, cuja voz não conseguira identificar, ele estava ali, dentro de um táxi, no alto da Avenida Afonso Pena, olhando para a sua filha, que era uma garota de programa. "O que eu faço, meu Deus...?", voltou a se perguntar, e, naquele instante, se sentiu completamente fracassado como pai. Era como se nada mais lhe restasse, e o viver já nem valesse mais a pena. O motorista, ao seu lado, continuava sem dizer palavra.

Foi então que um outro carro, dessa vez um Mercedes preto, veio e parou ao lado delas. "Ei, você, vem conversar com o papai aqui, vem...", disse um homem já mais velho, quase da sua idade, após apontar para a sua filha. Ela acendeu um cigarro, ficou indecisa por alguns segundos, passou as mãos nos cabelos, e depois entrou no carro, que arrancou devagar.

"O que eu faço agora, moço, o que eu faço...?", perguntou aflito o motorista, mais como se pedisse desculpas, ou se sentisse o responsável por aquela cena que acabara de presenciar. "Eu não sei, eu não sei...", então lhe respondeu o pai, nem percebendo a chuva que, em pancadas fortes, começava a cair sobre BH.

■ EM - 15/06/2004

O gato do vizinho

O táxi-lotação subia a Avenida Afonso Pena com quatro passageiros. Por coincidência todos iriam descer um pouco depois da esquina com a Getúlio Vargas, em frente à Drogaria Araújo. Ainda não eram 10h, em pleno horário de verão, mas o calor já estava de sufocar. "Este ano anda chovendo pouco", disse uma das mulheres que ia no banco de trás, depois de passar um lenço no rosto para enxugar o suor. Ao que uma outra respondeu, como fato consumado: "É, mas quando a água descer, como aconteceu há alguns dias, o bicho vai pegar, o Arrudas transborda, vira uma verdadeira tragédia...".

Falou-se de outras coisas dentro daquele táxi, como do drama vivido pela prima de uma das passageiras que, devido ao caos provocado pelas enchentes, havia perdido a casa com tudo o que tinha dentro, inclusive um álbum com fotos dos filhos pequenos. "Não sobrou nada, lembrança nenhuma", ao que a outra mulher suspirou, como se tivesse sido com ela o ocorrido.

As coisas iam assim, o táxi estava quase chegando à Praça Tiradentes, o calor cada vez mais maluco, quando toca o celular do motorista, que, àquelas alturas, já havia recebido as passagens. "Alô, mãe, pode falar, tô te ouvindo...", ele diz, meio sem paciência, como se aquele telefonema não fosse o primeiro do dia dado por ela, mas um a mais de outros que talvez já tivessem ocorrido. "De novo, mãe, o gato do vizinho? Não estou acreditando numa coisa dessas..." Pequena pausa, silêncio no carro e a conversa prossegue: "Fez cocô no terreiro, urinou nos vasos da senhora... O quê? Tá querendo pegar o meu canário?".

De repente, um susto, quando uma van cheia de gente, que subia a avenida, chega muito perto do táxi e quase bate. Com o celular na mão e a mãe do outro lado da linha, o motorista coloca o rosto para fora e dispara um palavrão, daqueles bem cabeludos.

Tensão momentânea entre os passageiros, logo quebrada pela sequência do diálogo. O carro, àquelas alturas, já está passando em frente ao DEOESP. "Já falei com a senhora, mãe, não tem problema nenhum. O gato não vai morrer, não, ele só vai dormir algumas horas." Curiosidade entre os ocupantes do táxi, que se entreolham. A mulher que vai no banco de trás novamente passa o lenço no rosto e limpa o suor. "Como a senhora faz...? Te ensinei, mãe. Se esqueceu?", diz o motorista, ainda mais impaciente. "Pega um daqueles comprimidos tarja preta da senhora, quebra ele bem quebradinho, mistura num bolinho de carne e joga para o gato. É só isso, mãe..." Em seguida, na esquina com a Getúlio Vargas, o sinal fecha.

E aquela história, com a qual todos já estávamos envolvidos, parecia ainda longe de acabar. "Fique tranquila, mãe, é só dar o remedinho, o bicho apaga, a senhora põe ele dentro de um saco, e à noite passo aí e levo ele, deixa comigo... Não, mãe não vou matar, não, só soltar longe, bem longe da nossa casa."

Mas aí, quando a mãe, ainda não satisfeita, insistia em dizer mais alguma coisa, chegou a nossa vez de descer.

■ EM - 21/12/2012

O homem e a mala

Tudo começou durante uma corrida entre o Aeroporto de Confins e Belo Horizonte, quando um motorista de táxi, que aqui vamos chamar de Eustáquio, pegou uma corrida para levar um cliente até o bairro Santo Agostinho, na zona sul da cidade. Antes de entrar no carro, aquele homem, muito bem-vestido e com pinta de executivo com ótimo salário, depois de cumprimentar o condutor, pediu que guardasse a sua mala no bagageiro. "Assim vamos mais à vontade, batendo um papo", disse e, de imediato, começaram a conversar.

Bom falante, contou ao motorista que estava voltando do México, onde a firma em que trabalhava tinha uma filial no estado de Morelos, no sul do país. "Nosso ramo é revenda de tratores, que também exportamos para os Estados Unidos e países da América Central", disse ainda. Como o taxista, a princípio, ficou em silêncio, ele perguntou: "Você já esteve fora do Brasil?". "Não, nunca saí daqui de Minas Gerais", respondeu o outro, como que envergonhado. O trânsito fluía bem.

Daí a pouco, já mais à vontade, o taxista foi começando a falar e revelou ao cliente, que o ouvia com atenção, ser de Montes Claros, ou melhor, de uma cidade lá perto, Capitão Enéas, onde, quando adolescente, tinha trabalhado em uma fazenda de gado. "Mas chegou uma hora em que percebi que não dava mais para continuar, pois precisava ajudar minha família, que era muito pobre, e então resolvi vir para Belo Horizonte tentar a vida." Confessou também que aquele carro não era dele, mas de um conterrâneo que tinha quatro outros "rodando por aí". Pagava diária.

"Daqui a um tempo você compra o seu, é só ir juntando dinheiro. Coloque todos os meses um montante na poupança; não mexa nele, e nem conte para os parentes, senão vão pedir emprestado", aconselhou ainda o homem, ao que o motorista sorriu. "Sei muito bem como é isso. Por ter avalizado um primo, perdi tudo o que tinha na vida", comentou. E a viagem foi seguindo. Fazia muito calor.

Certo é que, mais ou menos uma hora depois, chegaram ao destino, e o condutor, que sempre fora um homem calado, mas tinha se simpatizado com aquele homem, já estava todo "prosa", contando histórias. Ao que o outro, como se fossem velhos conhecidos, retribuía com boas gargalhadas. Na porta do prédio, onde o passageiro disse que iria ficar, o taxista parou, recebeu o pagamento e eles se despediram.

Qual não foi sua surpresa quando, três dias depois, pois precisou fazer uns reparos na sua casa, e o táxi ficou na garagem, ao abrir o bagageiro para tirar uma sacola, se deparou com uma mala preta. "Que mala é essa, meu Deus?", pensou e, como atendia a dezenas de passageiros por dia, nem se lembrou de quem poderia ser o dono. Curioso, a abriu, com bastante cuidado, para não estragar. Dentro dela, além de dois ternos, encontrou uma máquina filmadora, um laptop, uma câmera digital, objetos de uso pessoal, uma pasta com documentos e três mil dólares em notas de 100.

"De quem será isso, meu Deus?", voltou a pensar, e nem se lembrou do homem de terno que havia trazido de Confins. Ao mostrar para um colega, este mexeu os ombros e disse: "Se fosse eu, ficava com tudo". Mas aquele homem, que aqui estamos chamando de Eustáquio, não era de ações desse tipo. E três dias depois, após quebrar a cabeça, as coisas foram se encaixando. E concluiu: "É dele, do moço do México". E seguiu para o prédio no Santo Agostinho, onde o outro, depois de localizado, custou a acreditar – acostumado que era ao árido mundo dos negócios – que uma coisa daquelas pudesse estar acontecendo, e ele estava recebendo de volta a sua mala.

■ EM - 28/02/2014

De onde eu sou?

Não é sempre que ocorre, mas, às vezes, aquela moça, Margarete, mais conhecida como Guete, costuma se entregar a alguns devaneios. E se está sozinha em casa, ou enquanto o sono não chega, fica pensando de onde mesmo ela é, e essa incerteza costuma incomodá-la. Já há alguns anos, desde que chegou a Belo Horizonte, da qual nunca mais saiu, vem se questionando a esse respeito. Ama muito essa cidade, que generosamente abriu as portas para ela: aqui conseguiu se formar em Direito, curso pelo qual batalhou muito. Trabalha na área, o que não ocorre com alguns colegas. Muitos dos seus melhores amigos, com os quais sabe que pode contar, foram conhecidos aqui, onde também vive seu irmão, com quem tem um ótimo relacionamento. Entre eles não existem segredos, e compartilham tudo de suas vidas.

Por que então, como às vezes costuma ocorrer, ela fica se perguntando de onde é, se BH lhe deu tudo que tem? É aí, então, sem que tenha domínio, que Santa Maria de Itabira, onde nasceu e passou a infância, volta com força à sua memória e ela se vê, menina, de pés descalços, andando pelas ruas empoeiradas da cidade. Ou então jogando peteca com as amigas ou atirando pedrinhas no rio Jirau, às margens do qual costumava passar as tardes, até sua mãe chegar na janela da casa e dizer que estava na hora de tomar banho.

Mas em seguida, naqueles seus devaneios, que costumam entrar noite adentro, Guete já não está mais em Belo Horizonte, nem em Santa Maria de Itabira, mas em Nova Era, para onde, ainda na adolescência, se mudou com os pais, que ali compraram uma fazenda. E aquela cidade, que tanto marcou a sua vida, surge inteira à sua frente, como se fosse um filme colorido, ao qual não se cansa de assistir. "Acho que é de lá que sou", Guete pensa, acalma-se um pouco, e logo cai no sono.

Dura pouco essa certeza, pois daí a alguns dias, por ter deixado Santa Maria de Itabira em segundo plano, ela começa a se sentir culpada, muito culpada. Para se redimir, começa a olhar, como já fez mil vezes, o álbum de fotografias da infância, tomado inteiro pela cidade. "Acho que é de lá que sou; meu umbigo está enterrado ali naqueles morros, e não dá para negar", se diz Guete, com a maior clareza deste mundo.

Mas também essa convicção, quando ela acha que está tudo resolvido, se esvai de repente, quando Nova Era, outra vez, torna a dominar seus pensamentos. "O que faço, meu Deus?", pensa a moça, que um dia, ao comentar com o irmão, com quem não tem segredos, ouviu dele o seguinte: "Liga não, querida, a gente pertence é ao mundo...". "Será mesmo?", se questiona a Guete, que, Santa Maria de Itabira e Nova Era à parte, tem a convicção de que Belo Horizonte, para todo o sempre, também já está no seu coração.

■ EM - 19/09/2014

A recaída

Há quase 10 anos lutando contra todos os ventos e tempestades, um amigo meu, Marco Tadeu, estava sem fumar. Nem é preciso dizer que ele se sentia muito melhor, mais disposto para fazer suas caminhadas diárias na Praça da Liberdade. O apetite voltou, o sono também, além de várias outras vantagens que só quem deixou o cigarro, e consegue ficar longe dele, sabe como é.

Tudo isso acabou ruindo da forma mais indesejada para o meu amigo, há coisa de quatro meses, quando ele foi a uma festa com a sua mulher. Seriam comemorados os 20 anos da formatura dela, e os colegas, sempre unidos, resolveram se encontrar numa casa na Pampulha, com direito a muito verde ao redor, mesas espalhadas no jardim, serviço de primeira e até lua cheia passeando no céu para tornar o ambiente ainda mais agradável. Como se dava bem com a maioria daquelas pessoas, Tadeu estava à vontade.

Foi assim que lá pelas tantas, com o uísque já fazendo efeito, ele se virou para a mulher e disse: "Meu amor, me deu uma vontade louca de fumar um cigarrinho. Só um...". "Faz isso não, querido. Se acender o primeiro, amanhã você compra um maço e não para mais." "O que é isso, linda? Não tem problema, é só um mesmo, juro", respondeu, repetindo outros chavões, comuns em situações assim.

A sensação que sentiu quando deu a primeira tradada, após outra dose de uísque, foi indescritível. Marco Tadeu chegou a fechar os olhos enquanto soltava devagar a fumaça, como se quisesse prolongar aquele momento, na certeza de que não iria repeti-lo no dia seguinte. Ao chegarem em casa, lá pelas tantas da madrugada, não se falou mais no assunto. Só sobre a festa, a celebração com os amigos. "Foi tudo perfeito, querida, você merece", disse ainda à mulher, que não escondia a felicidade.

Pouco antes das dez da manhã do dia seguinte, com ela ainda dormindo, ele se levantou devagar. Lavou o rosto, tomou com calma seu café, colocou o tênis e bermuda, e seguiu rumo à Praça da Liberdade para a caminhada habitual. Estava se sentindo ótimo e sem ressaca, apesar das tantas doses de uísque, fora alguns chopes, tomados com os amigos. "Ainda bem que não me esqueci da água", pensou e começou a andar. A manhã corria mansa.

Deu uma volta, duas, três, até chegar às dez de todos os dias, que, com uma boa alimentação, já o haviam ajudado a perder uns quilinhos. Encontrou-se com um colega de trabalho, o Justiniano, com quem conversou um pouco. Ouviu ainda, com prazer, o canto dos canários-chapinha, que haviam sido reintroduzidos ali pelo jornalista Nilceu Martins, e observou o movimento de alguns turistas, que tiravam fotografias em frente ao Palácio da Liberdade.

Só não constava em seus planos, quando estava voltando para casa, dar aquela paradinha no Bar do Lopes, na esquina da Rua Antônio Aleixo com a Rio de Janeiro. Alguns amigos que não via há tempos estavam por lá, tomando cerveja. "Senta aí, rapaz, fica um pouquinho com a gente", disse um deles.

Marco Tadeu aceitou o convite e um copo de cerveja, que desceu bem. A esse, seguiu-se outro, mais alguns, e um cigarro, filado de um dos conhecidos, com os quais ficou até as três horas da tarde. Quando chegou em casa, onde a sua mulher, preocupada com a demora, o esperava para o almoço, já estava com um maço no bolso.

■ EM - 22/03/2013

Parte 2
O cronista, as memórias das Minas Gerais: as conversas em ônibus e táxis

Brincos de coco e ouro

Um dia desses, procurando em algumas gavetas, onde julgava haver guardado uns textos, acabei encontrando, em vez deles, um velho relógio, há muito ali esquecido. Mas que era especial para mim, embora já há muitos anos não o usasse. "Vou mandar consertá-lo hoje, polir, colocar bateria", pensei, enquanto o colocava no pulso e me voltavam antigas lembranças. Era um sábado de manhã, e após dar uns telefonemas, fazer uma rápida caminhada e tomar um banho, resolvi ir até à Savassi, onde iria procurar uma relojoaria. Aproveitaria ainda para ir à Livraria Ouvidor ou à Travessa, para ver se já havia chegado a nova edição de *Oblomov*, romance do escritor russo Ivan Gontcharov, sobre o qual eu havia recebido as melhores referências.

A chuva caía devagar, as nuvens estavam carregadas e ventava frio, mesmo sendo janeiro, quando cheguei à Savassi. Sem muito esforço, após procurar um pouco, acabei encontrando uma relojoaria, a Fantini, bastante vazia àquela hora, mas onde, pelo que pude perceber, também se vendiam calculadoras, máquinas fotográficas, canetas de todos os tipos, e ainda joias, que podiam ser vistas através de grossos vidros de proteção.

"Em que posso ajudá-lo?", perguntou o rapaz que me atendeu, enquanto, mostrando-lhe o relógio, eu disse: "Acho que deve ser a bateria". "Vamos ver", ele respondeu, já começando a abri-lo. Pela facilidade com que o fazia, demonstrava entender do assunto, embora não passasse de um adolescente. "Deve ser filho do dono ou um bom aprendiz", pensei comigo.

Nisso entrou na loja uma senhora já velha. Devia ter uns 85, 90 anos, e andava com dificuldade. Estava muito elegante, bem-vestida, discretamente maquiada, e os seus cabelos, presos por um coque, haviam sido pintados de castanho. O velho laquê se encarregava de deixar os fios no lugar. Uma mulher nova a acompanhava, talvez sua filha, ou cuidadora, que a havia ajudado, sem nenhuma paciência, a subir a escada que separava a relojoaria da rua. "Bom dia, meus senhores...", ela disse, e foi logo atendida por um outro rapaz, que havia acabado de falar ao telefone. Ele se ofereceu para guardar a sua sombrinha, ao que ela agradeceu.

"Estou procurando uns brincos de coco e ouro, vocês têm...?" "Brincos de quê, minha senhora...?" "De coco e ouro, meu filho, você não conhece?" "Me desculpe, dona, mas desses nunca ouvi falar..." "É uma joia antiga, já fui a várias lojas e me disseram que aqui, talvez, eu os encontrasse...", ela ainda tentou, sem conseguir esconder a decepção, enquanto a moça não parava de chamá-la para irem embora.

Foi então que naquela hora, voltando aos já perdidos dias da minha infância em Coluna, no Vale do Rio Doce, quando me encantavam aqueles brincos, já por aquela época usados quase que somente por mulheres mais velhas, não me contive e entrei na conversa. "Eu os conheço, senhora, e são mesmo muito bonitos..." "Você os conhece, então...? Sabe onde posso encontrá-los...?", ela perguntou, ansiosa, e abriu um sorriso. Mas já a acompanhante começou a puxá-la pelo braço. "Espere...", ela lhe disse, e percebi ali, naquela hora, uma autoridade antiga, logo respeitada pela outra, que baixou os olhos e ficou calada. "Onde poderá encontrá-los, infelizmente eu não sei, mas concordo que são muito lindos...", só isso consegui lhe responder, enquanto recebia o meu relógio. Era mesmo uma simples troca de bateria.

Paguei e saí dali, quase junto com aquela senhora que, em plena Savassi, em um sábado chuvoso, tentava encontrar aqueles já esquecidos brincos de coco e ouro, por meio dos quais, talvez, pudesse recuperar um pouco do seu passado.

■ EM - 07/01/2003

O inventor do coco e ouro

Em janeiro de 2003 publiquei uma crônica, "Brincos de coco e ouro", na qual contava a história de uma senhora que, num sábado pela manhã, em uma joalheria da Savassi, perguntara ao vendedor se ali se vendiam essas preciosas joias. Falava também da admiração que, a vida inteira, sobretudo quando criança, sempre tive por essas peças. De várias partes de Minas recebi e-mails e cartas, principalmente de mulheres, nas quais elas contavam histórias que as ligavam a brincos de coco e ouro e suas variantes: tronquinhos, braceletes, pulseiras, anéis, cruzinhas.

Dias depois, para a minha surpresa, pois nunca poderia imaginar tal coisa, uma tia minha, Maria das Dores Lopes, a querida tia Dozinha, irmã do meu pai, em telefonema me perguntou se eu já havia ouvido falar que tinha sido um parente nosso, o ourives Ezequias Lopes, tio da sua mãe e minha avó, Ocarlinda Lopes de Freitas, o inventor do coco e ouro. "Antônio de Pádua aprendeu a trabalhar com ele lá em Diamantina, onde existe o 'Beco do Ezequias', que fica bem no centro da cidade", ela disse.

Na época, surpreso com tal revelação, tentei descobrir mais alguma coisa a respeito, mas pouco consegui, a não ser a informação de que dois outros antepassados nossos pelo lado paterno, os também diamantinenses Antoninho e Vicente Torres, este pai do escritor e diplomata Antônio Torres, que dá nome à biblioteca da cidade, tinham sido ourives. Pelo lado materno, outros parentes nossos, os Dumont, também no velho Arraial do Tejuco, sempre foram ligados à ourivesaria, em cujo ramo alguns estão até hoje.

Mas sobre Ezequias Lopes eu não soube de mais nada, até que em julho do ano passado, quando estive em Diamantina a convite do professor Georg Otte para participar de uma palestra no Festival de Inverno da UFMG, que estava sendo realizado na cidade, perguntei à Samia Abbas, que é pesquisadora e estudiosa da cultura local, se ela já havia ouvido falar de Ezequias Lopes. "Claro que sim, foi ele quem inventou o coco e ouro", ela respondeu, e, gentilmente, prometeu que iria tentar descobrir mais alguma coisa.

Há alguns dias, para minha alegria, recebi correspondência sua, na qual não só confirmou que foi realmente Ezequias Lopes quem criou as primeiras peças de coco e ouro em Diamantina, por volta de 1870, como também me enviou uma crônica, "O excêntrico", do memorialista tejucano Joãozinho Motta, sobre esse parente distante, que reproduzo aqui.

"Ezequias Lopes, perito fabricante de joias de coco e ouro, de sua invenção, morou no beco que liga a Praça Monsenhor Neves à Rua do Rosário e que tem o seu nome. Era um maníaco: descobriu que as lagartixas gostavam de música! Com a sua rabeca, hoje violino, ia para a Serra do Rio Grande e, começando a tocar, aparecia logo uma, depois outra, mais outra, até ficar rodeado delas, com as cabecinhas levantadas, escutando música! Toda a gente ficava encabulada com a história de lagartixa gostar de música! Outras pessoas foram também chamar os bichinhos, tocando violino, mas elas não apareciam. Atendiam somente ao seu chamado, porque ele as domesticou, levando-lhes pedacinhos de carne que elas muito apreciavam.

Ensinou também os cachorros a gostarem de música: tinha um grande e estridente realejo, comprado de uns ciganos que aqui apareceram, exibindo macacos e ursos, e com ele atraiu toda a cachorrada da cidade à sua porta, porque, com a música, dava-lhes também carne. Muita gente ia assistir ao espetáculo dos cachorros acompanhando a música com latidos!

Na sua oficina tinha como aprendizes Antônio de Pádua Oliveira e Raymundo Broca. Acontece que o Raymundo, retirando-se da oficina, montou outra na Rua do Carmo e começou a fabricar joias de coco e ouro. O Ezequias se enfureceu, publicando no *Sete de Setembro*, jornal da época, a seguinte declaração: 'Para conhecimento do público, declaro que meu ex-discípulo, Raymundo Broca, é ladrão do meu invento de joias de coco e ouro. Assinado: Ezequias Lopes'. O Antônio de Pádua, depois da morte do mestre, deu mais valor ao invento, com suas lindas taças."

(P.S.: Não consta o nome do jornal, nem a data em que esta crônica de Joãozinho Motta foi publicada. As joias criadas por Ezequias Lopes, há quase 140 anos, continuam encantando as pessoas, e há muito ganharam o mundo, hoje com designs sofisticados, que as tornaram ainda mais belas.)

■ EM - 13/03/2007

Isidoro

Das muitas histórias que aconteceram em Minas, principalmente as que os livros oficiais não fazem a mínima questão de registrar, uma delas, a do escravizado Isidoro, ainda paira na memória coletiva de boa parte das pessoas que nasceram em Diamantina e redondezas, mesmo com a sua morte tendo ocorrido em 1809. Volta e meia, na região, o nome de Isidoro, "o mártir", costuma ser lembrado, e ainda se conta como ele, depois de preso e acorrentado, entrou no Arraial do Tejuco amarrado ao rabo de um cavalo, para a partir daí começar o seu martírio.

Filho de famílias originárias de Diamantina e de lugares próximos, duas histórias locais, de maneira especial, povoaram a minha imaginação infantil: a do monstro de Itamarandiba, que, quando saísse da cova (ele havia sido enterrado dentro da Igreja Matriz da cidade), iria comer até a sua quinta geração, e dessa eu fazia parte, segundo dizia a babá Onésia, que vivia na nossa casa, quando queria me fazer medo. E a do escravizado Isidoro, "o mártir". Essa última, que eu escutava impressionado, era contada por Sá Tereza, cuja família, há gerações, vivia com a nossa. Um antepassado dela, seu bisavô, o escravizado João Barbosa, segundo consta, havia lutado com um parente nosso na Guerra do Paraguai, de onde voltou com a alcunha de "João de Itororó".

Depois de adulto, a não ser no filme *Chica da Silva*, de Cacá Diegues, no qual, em algumas cenas, é mostrada uma história parecida com a de Isidoro, e em um poema de Adão Ventura, não ouvi mais falar a seu respeito. Isso até o mês passado, quando ganhei, presente de Kátia Coelho, querida amiga de São João Evangelista, o livro *Memórias do distrito diamantino*, de Joaquim Felício dos Santos.

Jurista famoso, colega do escritor José de Alencar na Escola de Direito do Largo de São Francisco, em São Paulo, ele foi o fundador de Biribiri, povoado que ainda existe nas imediações de Diamantina, onde está enterrado. Clássico da literatura brasileira, um capítulo inteiro do livro é dedicado à história do escravizado Isidoro. Publicado originalmente em 1868, pela Tipografia Americana, do Rio de Janeiro, a edição que li é de 1976, da Editora Itatiaia, de Belo Horizonte.

"Isidoro era um pardo, que fora escravizado de um Frei Rangel, que vivia na mineração. Processado como contrabandista, foi confiscado a seu senhor em benefício da Fazenda Real, e condenado a trabalhar nos serviços de extração como galé", escreveu Felício dos Santos. Mas isso foi só o começo, porque Isidoro, não aceitando aquela situação, um dia conseguiu limar os ferros que o prendiam, libertou 50 outros escravizados, e com eles se refugiou nas montanhas, dando início à sua vida de garimpeiro clandestino, misto de bandido e guerrilheiro, aos olhos da Coroa.

Perseguido pelas autoridades, por algumas mais, por outras, nem tanto, Isidoro levou, segundo Felício dos Santos, uma vida razoavelmente tranquila, até que chegou à Diamantina, como novo intendente, o desembargador Manuel Ferreira da Câmara Bettencourt de Aguiar e Sá, que, mesmo sendo brasileiro, trazia no sangue toda a arrogância colonial portuguesa da época.

Então capturaram Isidoro. "Foi no mês de junho de 1809 que ele entrou preso no Tejuco... Vinha amarrado em um cavalo, cercado de pedestres, todo ensopado de sangue..."

Interrogado na vista do próprio intendente, em praça pública, e sofrendo as piores torturas, em momento nenhum, nos quatros dias em que durou o seu suplício, ele confessou para quem vendia os diamantes. "Eles são de Deus...", era só o que falava. Quando agonizava, Câmara, arrependido pelo que fizera, chegou a lhe pedir perdão, em um tardio ato de grandeza. Mas já não adiantava. "Isidoro, depois de sua morte, foi venerado como um santo, e hoje ainda se diz: Isidoro, o mártir...", termina Joaquim Felício dos Santos o seu relato.

Essa história bem que poderia, nesse suposto momento de retomada do cinema nacional, servir como argumento para algum filme. Seria uma boa hora para se resgatar, pelo menos em parte, um lado oculto da história dessas Minas Gerais, "às vezes tão cruéis e enganosas", às quais costuma se referir o professor Moacyr Laterza.

EM - 04/11/2003

A volta ao Rio Vermelho

Sem se lembrar da máxima de que não é o tempo que passa, mas nós que passamos por ele, o homem voltou ao Rio Vermelho, no Vale do Jequitinhonha, onde na sua infância, nas casas dos tios Celso Pires Braga e Maria Lúcia de Oliveira, havia morado uns tempos. Chegou com a sua mulher, Adrianne, a sua mãe, Iracema Aguiar, e o tio João Gualberto, e começaram a andar por aquelas ruas, que não haviam mudado muito, embora mais de 30 anos já houvessem se passado.

E os velhos conhecidos, onde estavam? Doce ilusão a daquele homem, que dias antes, ao programar o passeio, chegou a pensar que eles fossem eternos. Por onde andavam seu José Cordeiro e dona Maria, donos do hotel onde ele brincava com seus filhos Emerson, Floriano e Maria do Rosário? "Infelizmente já morreram", lhe responderam. E seu Rui Batista e dona Edir, pais da bela Goreti, que viviam ali, naquele bonito casarão da praça, onde ele se regalava com as maravilhosas laranjas-campistas e mangas? "Também já se foram." Assim como havia partido o farmacêutico Geraldo Brás, que tanto bem fez à cidade. E ainda seu Zé Lessa, e Afrânio Aguiar, em cujas fazendas, grandes e antigas, transbordava hospitalidade, e cantavam tantos passarinhos que até hoje o homem costuma ouvi-los em seus sonhos.

Também seu Antônio Cabacinha, pai da bela Giselda, com uma rosa vermelha enfeitando o vestido, já não estava entre nós. "E o Jó, que era técnico do time de futebol no qual brilhavam Chiquinho de Dermeval, Zé Maria Carazinho e o goleiro Zé Futrica?", o homem ainda tentou. "O Jó se foi há alguns anos." Mas os jogadores ainda continuavam firmes, assim como vários outros amigos rio-vermelhenses, que, mais vivos do que nunca, prosseguiam escrevendo suas histórias e traçando seus caminhos pelo mundo.

"Ah!, que coisa boa!", o homem respirou aliviado. E de novo, nos tempos presentes, tomou mais uma xícara de café, e outra vez, na companhia da sua mulher, da sua mãe e do tio, saiu às ruas na tentativa de rever antigos conhecidos.

Com Minu, também dono de um hotel, se encontraram perto do mercado, e com ele, bonachão e sempre alegre, conversaram um pouco, e este ainda lhes disse, antes de se despedirem, que Zezito Parafuso e Mariinha, tão bons amigos, haviam se mudado de lá. "Foram para o Mundo Novo", lhes disse Minu, e em uma rua seguinte, passando a cavalo, avistaram um outro conhecido, do qual o homem já não se lembrava o nome.

O fazendeiro José Arlindo, encostado em um carro, conversava sério com um senhor já bem velho, de barbas cerradas, perto da casa de Donana: talvez fizessem negócios. Só por isso não pararam para cumprimentá-lo e foram em frente, até onde morava Mônica, uma querida amiga da família. Por lá ficaram um pouco, bateu-se um bom papo, e, quando saíram, o tio do homem, João Gualberto, lhes disse: "Vamos agora à casa de Paulinho Dayrell, um amigo meu". A tarde começava a cair.

Só aquela visita, depois o homem se pegou pensando, teria valido a pena o passeio, se por *mala suerte* não tivessem se encontrado com nenhum amigo: filho de uma das famílias mais tradicionais da cidade, o Paulinho, sua mulher, dona Geni, e um filho deles, que é advogado, receberam os inesperados visitantes com a velha hospitalidade mineira. Falou-se da vida, dos seus avanços e reveses, e das coisas que vão e voltam, sem que possamos interferir. Tudo isso sem falar, pois se estava no Rio Vermelho, de um cafezinho bem quente, uma pinguinha da boa, além de um biscoito de goma, o melhor que o homem já havia comido, e do qual, provavelmente, só dona Geni sabe a receita.

■ EM - 21/06/2001

Casa de Telha

Há poucos dias, na fila de um supermercado, ouvi quando uma mulher bem velhinha, dessas que ainda usam coque e xale, respondeu à outra, que queria saber de onde ela era: "Sou de Casa de Telha, mas vim de lá muito nova". Nos instantes seguintes, quando saí, voltou à memória um já distante dia da infância, quando minha avó Almerinda me disse, na sala da sua casa, em Coluna: "Amanhã, filho, vou em Casa de Telha visitar a prima Naná. Você vai conosco para abrir as porteiras". Conhecer aquela cidade, atual Serra Azul de Minas, no Vale do Jequitinhonha, onde, na minha imaginação infantil, existia literalmente uma casa feita de telhas, era um sonho. Portanto, no outro dia, ainda escuro, eu já estava acordado, roupa trocada e bolsa pronta, esperando a vovó. A felicidade era total.

"Você vai adorar Casa de Telha, é um lugar muito bonito. Alguns parentes nossos nasceram lá", ainda me lembro de minha mãe dizendo, enquanto me dava uns trocados para "as despesas", e fazia mil e uma recomendações. "E a casa, mamãe, é mesmo feita de telhas?", perguntei, sem conter a curiosidade. Fazendo mistério, ela respondeu, depois de passar a mão na minha cabeça: "Você vai ver". Instantes depois, ainda com o farol ligado, o jipe apontou na nossa rua. E lá fomos nós naquela viagem, que deveria durar, se não chovesse, umas três horas ou pouco mais.

É bom que se diga: para aquelas bandas do Jequitinhonha, até então eu só havia ido na imaginação ou em histórias contadas por alguns primos. "Você vai ver o Pico do Itambé, passei pertinho dele", contou uma vez o primo José Garcia, matando-me de inveja, pois viajara ao Serro com o pai, meses antes. Quando lhe perguntei se havia conhecido Casa de Telha, ele confessou, sem espichar conversa: "Passamos por lá de noite, e eu estava dormindo". Na volta, com certeza, contaria a ele as minhas aventuras.

Nos instantes seguintes, estávamos na estrada. Só de Coluna ao Rio Vermelho, fiz questão de contar, abri 26 porteiras. Mas sem nenhum problema. A poeira, que nos deixava quase sem fôlego, também não importava.

Tudo valia a pena, pois estávamos indo para Casa de Telha. "Está longe, vovó?", perguntei a ela, logo depois de atravessarmos a ponte do Cocaes – rio de águas escuras, que, ao baterem nas pedras, faziam um barulho estranho. "Falta ainda um pedaço de chão, meu filho. Nem estamos na metade do caminho", respondeu, e me deu uma bala de mel, que ela mesma fazia, e uns biscoitos.

Chuparia várias outras balas até chegarmos ao nosso destino, já bem depois do meio-dia. A certa altura, no alto de um morro, vovó me disse, apontando com o dedo: "Aquele lá é o Pico do Itambé, um dos mais altos de Minas". Durante esse tempo, fora uma parada rápida no Rio Vermelho para fazer um lanche e ir ao banheiro, os pneus furaram duas vezes. Havia ainda uma ponte quebrada e dois mata-burros caídos. Para a poeira, que entrava em nossos narizes e bocas, ninguém dava bola, pois fazia parte da viagem.

Na casa da prima Maria do Amparo Aguiar, a Naná, prefeita de Casa de Telha, a hospitalidade foi total. Toalhas limpinhas para enxugarmos o rosto, água fresquinha no filtro, pois naquele tempo não havia geladeira, refrescos de várias frutas, toalha bordada na mesa – que, nem é preciso dizer, estava cheia de coisas gostosas. E histórias, muitas histórias que ela, vovó e outros parentes, que eu não conhecia, iam contando.

Num dos intervalos da conversa, enquanto mais cafezinhos e sucos nos eram servidos, virei para a nossa anfitriã e pedi: "Depois, tia Naná, a senhora me leva para conhecer a casa de telha?". A risada em volta da mesa foi geral. Mas ela, com elegância, permaneceu séria. E explicou: "Antigamente, meu filho, no arraial, só existia um sobrado com telhado. Todas as outras habitações eram cobertas de taquara. Por isso o nome acabou ficando assim". Era quase noite quando, depois das despedidas, pegamos o caminho de volta, e Casa de Telha, para todo o sempre, já estava na minha memória.

■ EM - 09/04/2010

Zé Pato

Há alguns anos, quando eu fazia cursinho no Promove, fiquei sabendo da história do Zé Pato, contada por Waldir e Luiz Carlos, dois colegas de Passa Quatro. Vida afora, repeti-a diversas vezes, até que também a esqueci. Meses atrás, durante um encontro de escritores em Caxambu, ouvi-a novamente, dessa vez por intermédio de uma moça de Virgínia, pois o caso é famoso em todo o sul de Minas. Com as possíveis variações, tão comuns em situações assim, vou tentar recontá-la, evitando ao máximo as tentações.

Ocorreu o seguinte: na década de 1930, numa leva emancipatória, o distrito de São José do Picu, então pertencente a Itanhandu, acabou conseguindo sua independência, para a alegria dos habitantes: não eram muitos, mas todos apaixonados pela terra. Nos meses seguintes, até chegar a data da separação, não se falou em outra coisa. Assim como na escolha de um outro nome para o novo município, já que, com todo respeito ao santo, o antigo, nunca bem-assimilado pelos habitantes, não seria mantido.

Aqui me perco um pouco... Sou obrigado a confessar: não sei se houve plebiscito a respeito, ou se "Itamonte", como passaria a se chamar a cidade, já estava na boca do povo, só esperando o momento apropriado para ser referendado. "Já não era sem tempo de começarmos a caminhar com as nossas próprias pernas", comentou um político local, dos mais ardorosos defensores da emancipação, no que foi aplaudido por todos. Mas surgiu um problema, levantado por ele. Quando chegasse o grande dia, quem faria o discurso saudando a mais nova urbe sul-mineira? "O senhor mesmo", sugeriu uma mulher. A ideia foi rejeitada pelo próprio. "Não tenho traquejo para essas coisas", desculpou-se.

Discute-se daqui e dali, dão-se palpites, pessoas são lembradas. Até que optaram por convidar o Zé Pato, cujo nome verdadeiro não sei, mas que se tratava de um dos maiores oradores da região. Morador de Passa Quatro, mas com parentes no Picu, que visitava com frequência, não poderia haver escolha mais apropriada. Todos o conheciam, e chegou-se à conclusão de que ninguém seria melhor para fazer aquele discurso, que, com certeza, entraria para a história de Itamonte. Só que Zé Pato, como de resto todos nós, tinha uma fraqueza: detestava o apelido. Virava uma arara quando alguém ousava chamá-lo assim. Mas ninguém se lembrou disso, nem haveria necessidade. Pois quem estragaria a festa?

Conta-se que o nosso orador não só aceitou o convite com muita *honor*, como logo começou a preparar a sua fala, a lançar mão de livros, a se lembrar de discursos de famosos como Rui Barbosa e Getúlio Vargas, dos quais sempre acabava aproveitando uma palavrinha e outra, ou alguma frase. Não foi sem aplausos que – Itamonte enfeitada por bandeirolas, foguetes pipocando por todos os lados – José foi chamado ao palanque para tomar a palavra, em nome dos habitantes.

Conta-se que ele, depois de saudar as autoridades, inclusive um secretário de estado, representante do governador, começou: "Itamonte, cidade que cresce entre os verdes e verdejantes vales da Serra da Mantiqueira. Itamonte, monte de pedra, de hoje em diante com os olhos voltados para o futuro de Minas e do Brasil...". Itamonte isso, Itamonte aquilo. Só saíam flores da boca do inflamado orador. Até que alguém, possivelmente um infiltrado de Itanhandu, contrário à emancipação, gritou da plateia: "Muito bem, Zé Pato!!!". E a resposta veio na hora, sem vacilo: "Zé Pato é a puta que o pariu. É por essas e outras que o raio desse Picu não vai para a frente". Ali mesmo, o orador, em meio à confusão que se seguiu, encerrou sua participação. Mas essa história, até hoje, tantos anos já passados, ainda é contada em prosa e verso.

■ EM - 04/09/2009

Nos geraes de Lassance

Nos geraes de Lassance, numa fazenda banhada pelo Rio das Velhas, por onde andaram dando umas voltas a convite de um casal amigo, o homem e sua mulher perceberam que, pouco depois das cinco da manhã, as seriemas começam a cantar. É um trinado triste, meio melancólico, mas que, devagarinho, como uma suave carícia, vai entrando coração adentro. Apurando-se os ouvidos dá para distinguir também, entre vários outros, o canto de dois joões: o de barro, àquelas horas já na labuta diária buscando argila para fazer a sua casinha, que depois de pronta ficará imune a todos os ventos e tempestades, e o graveteiro, que junto à sua companheira, com certeza, está trançando, um no outro, galhinhos para construir o seu ninho, projetado com engenho e arte, para enganar cobras, gaviões e outros predadores.

Nos geraes de Lassance, onde a lua, na sua plenitude, é a mais bonita de todas, como já escreveram os poetas, o homem e sua mulher ficaram sabendo que as seriemas, se insistem no seu trinar, é porque estão chamando chuvas e trovoadas. "Todo mundo as protege, porque comem cobras e limpam os pastos", disse-lhes um velho peão da fazenda, ensinando também que os cupins, quando começam a voar ao redor das lâmpadas, é porque a água virá com força, para regar as veredas do sertão. Foi também naquelas paragens – contou o homem, sem disfarçar o orgulho – que Carlos Chagas, ainda moço, conseguiu identificar o *Trypanosoma cruzi*, causador da terrível doença, transmitida pelo barbeiro, e que fazia tantos estragos.

Mas se a cidade tem esse nome, que a princípio pode soar meio estranho, ele foi dado em homenagem a Ernesto Antonio Lassance Cunha, que, no início do século 20, viria a ser o engenheiro-chefe da construção da estrada de ferro que, nos anos seguintes, levaria progresso e movimentaria aquela terra. Até então, não passava de um arraial perdido nas imensidões de Minas. "Na mesma época", prosseguiu o velho peão, entre um dedinho e outro de uma boa pinga, produzida por lá mesmo, "Carlos Chagas andou por aqui, onde deixou tantas histórias."

Foi ainda ali, nos geraes de Lassance, vendo ao longe a Serra do Cabral, que o homem e sua mulher (ela nunca havia pescado) conseguiram fisgar alguns piaus e bagres com a ajuda de um menino, o Diguinho. Ele que, na maior boa vontade, ajeitou as iscas: minhocas puladeiras, apanhadas no quintal, entre inhames e bananeiras, e tanajuras, que estavam guardadas numa garrafa pet e conservadas no álcool. "São dessas que os piaus gostam demais", ensinou-lhes o garoto, que, depois da pescaria, aproveitou para dar um mergulho no "das Velhas". É assim que os moradores dali, de um jeito carinhoso, costumam chamar o rio.

Foi nos geraes de Lassance, bem acomodados no antigo casarão da fazenda, que noite adentro o homem, sua mulher, o casal amigo, Diguinho e o velho peão boiadeiro comeram os peixes, cuidadosamente preparados com mãos de fada pela tia Luísa. Para tornar aquele encontro ainda mais especial – tal qual o canto das seriemas –, o som da viola de Rodrigo Delage, que também é daquelas bandas, dava a todos a sensação de que aquele momento, como poucos outros, só a eles pertencia.

■ EM - 31/08/2012

Papo de mineiro

Quando o ônibus parou naquela lanchonete perto de Curvelo, depois de ter saído bem de manhãzinha de Matias Cardoso, ou talvez Capitão Enéas, fazia um calorão daqueles, do qual todos os passageiros estavam reclamando. Nem sinal de nuvem no céu. Nas vastas terras de onde vinham, imperava a seca, com plantações e gado morrendo. Conseguir uma lata d'água, só mesmo para fazer comida, representava um sacrifício e tanto. Às vezes, era preciso andar muito para buscar. Mas nem toda essa tragédia, que não é novidade para ninguém, pois se repete praticamente todos os anos, tirava o bom humor daquela gente.

Foi então, depois de ter ido ao banheiro, onde lavou o rosto e fez xixi, que um homem, que vinha tentar a sorte em Belo Horizonte, onde um amigo havia prometido lhe arranjar um emprego, encostou-se no balcão da lanchonete. As outras pessoas também faziam seus pedidos, todas ávidas para serem atendidas. Como sentia fome, pois a última refeição havia sido de madrugada, quando deixaram sua casa na periferia de Matias Cardoso, ou quem sabe Capitão Enéas, ele passou os olhos pelas opções oferecidas. Era o de sempre: pão com salame, coxinhas, pastéis fritos e assados, sanduiches variados e empadinhas.

Como toda vida gostou deste petisco, que o fazia lembrar a infância, quando nos dias de aniversário em sua casa, apesar da pobreza, a mãe nunca deixava de fazer, aquele homem resolveu pedir uma empada acompanhada de refrigerante. Mas, antes, perguntou à menina que atendia: "De que são feitas essas empadas?". Ao que ela, como devia repetir várias vezes ao dia, respondeu: "De frango, queijo, palmito e bacalhau".

"É mesmo? E você sabe, filha, se esse bacalhau foi pescado aqui mesmo, no Rio das Velhas?", indagou o homem, com a cara mais lavada do mundo, só para se divertir um pouco. "Acho que não, moço. Pai falou lá em casa, esses dias, que o rio não está dando mais peixes; só se for do São Francisco", disse a menina, na maior inocência.

"Ah, é?, não diga?", prosseguiu o homem, talvez surpreso com o inusitado da resposta, que saiu na ponta da língua da garota. Em seguida, a menina, atarefada como nunca, já estava atendendo a outros clientes, de mais um ônibus do Norte, que havia acabado de chegar. Foi nessa hora que um velho de barba rala, que escutara aquele diálogo em silêncio, enquanto tomava uma média de café com leite, virou-se para ele, esboçou meio-sorriso e disse: "Desculpe-me, mas escutei a conversa do senhor e da moça...".

"Pois não, amigo", disse o homem. Ao que o outro, sem vacilar, afirmou, também com a cara mais séria deste mundo: "Não é só bacalhau, mas tudo quanto é peixe existe aqui no Rio das Velhas. O que ocorre é que o povo, hoje em dia, não tem mais paciência para armar o anzol e esperar". Aí, a conversa, quando ia tomando outros rumos, foi interrompida pelo trocador, chamando os passageiros para o embarque.

■ EM - 18/10/2013

Vivendo e aprendendo

Muitas coisas não aprendi a fazer, algumas faço, ou me esforço para fazer razoavelmente, como nadar em rio, andar de bicicleta, selar e montar em um cavalo, aboiar gado, quando estou na fazenda, preparar uma caipirinha para ser tomada no sábado pela manhã, de preferência em boa companhia, imitar o canto de alguns pássaros, preparar uma galinhada, ser fiel aos amigos, porque essa é a regra mais preciosa, entre outras coisas que, no decorrer da vida, vão moldando a nossa personalidade e fazendo de cada um de nós um ser único na natureza.

Em compensação, nunca aprendi, para mal dos pecados e quase arrependimentos, a dirigir um carro; manusear com destreza o computador, como meus colegas aqui no *Estado de Minas*; fazer regra de três simples ou composta quando estudava no Colégio Arnaldo; recitar poemas, como a minha irmã Laene Freire, que é uma mestra no ofício; falar inglês, porque na época em que devia ter aprendido estava na rua participando de passeatas e ajudando a queimar bandeiras dos Estados Unidos.

De todas as coisas que aprendi ou não no decorrer dessa minha modesta existência – e lá se vão 56 anos, completados no mês passado –, uma delas, que mais me deixava triste, era não saber, acreditem se quiser, curtir uma boa pimenta malagueta, cumari, de bode, de cheiro, dedo-de-moça ou passarinho, dessas que compramos no Mercado Central. Ou então trazemos do interior, como no meu caso, que ainda tenho um pedacinho de terra em Coluna, no Vale do Rio Doce, quase nas beiradas do Suaçuí Grande.

Mas essa lacuna, para minha alegria, foi preenchida há alguns dias, quando, voltando justamente do Mercadão, onde acabei me encontrando com vários amigos, falei com um motorista de táxi, cujo nome, infelizmente, não consegui gravar, que havia comprado 200 gramas de pimenta malagueta. "E como você vai curti-las?", ele perguntou, já dando mostras de que entendia do assunto.

Sem me fazer de rogado, respondi: "Com cachaça que trouxe da minha cidade". Falei por falar, porque já havia tentado essa fórmula antes, sem sucesso, já que a pinga, não sei por quê, acaba tirando o ardor da pimenta, deixando-a totalmente sem graça. "Não dá certo, e só com vinagre, ou óleo, como muita gente faz, também não funciona, o produto estraga logo", completou o amigo, bastante empolgado.

"Qual é, então, a melhor maneira para se curtir pimenta?", indaguei, depois de mostrar o conteúdo que trazia no pacotinho. "Essa malagueta está bonita e cheirosa; é nova", ele disse, dando-se ares.

E no decorrer daquela viagem, que não durou mais de 15 minutos, aprendi que, em primeiro lugar, deveria lavar as pimentas com cuidado, em água bem fria. Depois enxugar, colocá-las em um vidro seco, junto com cinco cabeças de alho, já devidamente picadas, e acrescentar, meio a meio, um bom azeite de oliva com vinagre branco. Ainda uma colherinha de açúcar, outra de sal, e misturar devagar.

Feito isso, era só fechar bem o vidro, guardar uns cinco dias num lugar "tranquilo", e depois esperar o resultado, que não poderia ter sido melhor, como constatei dia desses, durante um almoço de família, quando aquela receita, passada pelo moço do táxi, foi das mais elogiadas.

■ EM - 09/11/2012

Manhã no Serro

São oito horas da manhã e o homem está debruçado na janela do apartamento que ocupa com sua mulher na Pousada Serro Frio, no Serro, onde havia muitos anos não ia. Olha as silhuetas das montanhas que rodeiam a cidade. Nenhuma delas, no entanto, é mais bela do que o Pico do Itambé, que impera no horizonte, algumas léguas adiante. No céu, de um azul profundo, não se vê nenhuma nuvem; apenas dois riscos de fumaça, deixados por um avião que está quase se perdendo no infinito. Para onde vai?

A mulher, assentada na cama, lê trechos da Bíblia que deixaram ali. De repente, vira-se para ele, que continua absorto em seus pensamentos, e diz: "Ouça que passagem mais linda: 'Três coisas me são difíceis de entender, e uma quarta ignoro completamente – o caminho da águia no ar, o caminho da cobra sobre a pedra, o caminho da nau no meio do mar, e o caminho do homem na sua mocidade'". E ele responde: "Já li isso". E só mais tarde se lembra de onde: foi no livro *O pirotécnico Zacarias*, de Murilo Rubião, como epígrafe do conto "Teleco, o coelhinho". E pensa: quando voltar a Belo Horizonte, precisa ir à Livraria Capitu buscar *O homem do boné cinzento*, também do mestre Rubião, encomendado dias antes.

Ainda não são nove horas da manhã e os sinos das igrejas do Matozinhos, do Rosário e de Santa Rita continuam convidando os fiéis para a missa, como ocorre há mais de 300 anos no Serro, que já se chamou Ivituruí – ou morro dos ventos gelados – e Vila do Príncipe. A cidade é tão importante, que Diamantina pertenceu a ela. Teófilo Otoni, chefe da Revolução Liberal de 1842; João Pinheiro, governador de Minas; o jurista Edmundo Lins; o memorialista Joaquim de Salles; o desembargador Armando Freire; o Cônego Lafayette, já eleito "santo", pelo povo, e o romancista Oswaldo França Júnior nasceram lá. Não é segredo para ninguém que na cidade ainda se fabrica o melhor queijo de Minas. A festa do Rosário, em julho, com suas marujadas e catopés, é uma das mais comoventes que já viu.

Lembrando-se de tudo isso, enquanto a mulher continua lendo a Bíblia, o homem permanece debruçado na janela. De repente, baixando os olhos vê um moço que, com um machado nas mãos, encaminha-se para um tronco de árvore caída. Volta todas as atenções para ele, que, com golpes certeiros, depois de examinar os pontos mais vulneráveis da madeira, começa a tirar lascas. "Provavelmente, não tem fogão a gás em casa e está fazendo isso para conseguir um pouco de lenha", ele pensa. O rapaz é moreno, baixo; usa bermuda, chinelos de dedo, camiseta amarela e boné. Minutos depois para, a fim de limpar o suor que começa a escorrer pela sua testa. O sol está quente e aquele não é um trabalho fácil.

Concentrado em sua solidão e na necessidade de conseguir lenha, ele continua a golpear o tronco. Mostra que entende do ofício. A mulher, com certeza, está em casa à sua espera, para começar a fazer o almoço. Talvez saia um franguinho caipira com angu e quiabo, ou um tropeiro com ovo frito, torresmo e pimenta – comidas gostosas e típicas do velho Serro.

"Venha cá e veja esta cena", ele diz à sua mulher, que deixa a Bíblia em cima da cama, chega à janela e o abraça. Fica algum tempo em silêncio e, depois, comenta: "A gente só precisa enxergar as coisas que estão ao nosso redor". Depois, ela volta à leitura e ele a observar o rapaz. Uma coruja passa voando; talvez viva ali mesmo, entre os telhados da pousada. Um bando de borboletas amarelas salta entre as folhas dos pés de mamona, enquanto o moço, com mão firme, prossegue na sua labuta. Um bom monte de lascas, suficiente para fogo de dois ou três dias, já conseguiu tirar.

Mas o lenhador não está tão só, como o homem chegou a pensar: do caminhozinho que dá para o fundo de um quintal, onde ele deve morar, surgem dois meninos; seus filhos, quem sabe. Parecem ter entre oito e dez anos, e vêm abraçados. Um deles está com uma bola de pano na mão. Chegam calados. Nenhuma palavra é trocada com o pai, e começam a fazer pequenos feixes. Em seguida, os amarram com um pedaço de corda, colocam na cabeça e se vão. A bola é guardada no bolso. Essa operação, no mais absoluto silêncio, repete-se quatro vezes. Pouco depois, como se cumprisse um antigo ritual, o lenhador coloca o machado nas costas, pega o resto das lascas e se vai. Ainda não são dez da manhã, e o homem, tomado por uma tristeza antiga, fica mais um pouco ali, debruçado na janela. Sua mulher não está mais lendo a Bíblia, mas arranjando a mala. Do Serro a Belo Horizonte são seis horas de viagem, e eles precisam voltar para casa.

■ EM - 19/08/2008

A descoberta do mundo

Essa história aconteceu na volta de um feriado prolongado, e começou em São José do Jacuri, cidade do Vale do Rio Doce, vizinha de Coluna, onde um pai e seu filho, um menino de uns seis anos, tomaram o mesmo ônibus em que eu viajava e se assentaram em uma poltrona em frente à minha. Pelo diálogo entre os dois, iniciado em seguida, dava para notar ser aquela a primeira viagem do menino, que estava encantado com tantas novidades. Nem de Jacuri eles eram, mas de um povoado nas imediações chamado Tabuleiro, de onde o menino, provavelmente, nunca havia saído. Daí tanta curiosidade, que o pai, com muito carinho e paciência, ia tratando de satisfazer.

Eles estavam vindo para Belo Horizonte, onde iriam visitar uma tia, que se encontrava internada na Santa Casa. De roupinha nova (como pedem ocasiões assim), cabelinho bem-penteado, e na janela, para não perder nenhum lance da viagem, ainda em Jacuri, enquanto os outros passageiros entravam no ônibus, o menino já foi logo dizendo, com a maior cara de espanto: "Olhe, pai, tem um moço vendendo água...!". "É água mineral, meu filho, depois vou comprar uma garrafa para você", ele respondeu, enquanto lhe pedia que se assentasse, pois o ônibus iria sair.

Mas, alguns minutos depois, já de novo na janela, o menino disse, com os dedos apontados: "Pai, pai, olhe que rio grandão...!". "É o Suaçuí, meu filho, e nós vamos vê-lo outra vez, lá em São Pedro." "Em São Pedro, pai?" "Sim, meu filho, em São Pedro do Suaçuí, que, como Jacuri, também é uma cidade do estado de Minas." "E o que é um estado, pai?" "Um estado, meu filho, é o lugar onde ficam todas as cidades." "Então nós moramos em um estado, pai?" "Moramos, meu filho, moramos..."

E o ônibus ia rodando, e entraram e desceram passageiros, uma mulher passou mal e vomitou pela janela, começou uma chuvinha fina, dois soldados pediram carona, e o menino, com a mesma curiosidade, prosseguia com as suas indagações. Lá pelas quatro da tarde, quando avistamos Guanhães, onde o ônibus fez a primeira parada, ele se voltou para o pai, que cochilava: “Olhe, pai, olhe que tamanhão de lugar, deve dar uns dez Tabuleiros...”. “É deveras, meu filho, é deveras...”

Na rodoviária, como havia prometido, o pai comprou para o menino uma garrafa de água mineral, que ele nunca havia tomado. “Gostou, meu filho?”, perguntou, enquanto também lhe dava uns biscoitos, que tirou de dentro de uma sacola. “É igual à lá de casa mesmo, pai, tem diferença nenhuma...”, ele respondeu, sem dar muito papo, pois estava encantado com as pilastras da rodoviária, e ainda com os ônibus, que não paravam de chegar.

De novo na estrada, aquele menino ainda perguntou muitas e muitas coisas ao seu pai, que a todas respondeu, sempre com o mesmo sorriso e paciência. Já eram quase oito horas da noite, quando, após a segunda parada, em Santa Maria de Itabira, onde nem ele nem o pai desceram, do alto de um morro, assim que começamos a avistar as primeiras luzes de Itabira, o menino então não se conteve, encheu os pulmões e, com todas as pompas e circunstâncias, disparou: “Pai, pai, ali é que é o Rio de Janeiro...?”. Minutos depois, após arrancar do pai a promessa de que um dia o levaria lá, ele finalmente adormeceu.

EM - 24/09/2002

Na rodoviária de Teófilo Otoni

Itaipé é uma cidade mineira; fica entre os vales do Mucuri e Jequitinhonha, e a muitas, muitas horas de viagem daqui. Como até hoje não existe ônibus direto para lá, via Belo Horizonte, é necessário, então, para se chegar até àquela cidade, fazer uma baldeação em Teófilo Otoni. Uma vez, para me encontrar com uma pessoa querida, estudante de Medicina, que estava por lá, participando do Internato Rural, via UFMG, tive de ficar de molho umas quatro horas ou mais na rodoviária de Teófilo Otoni, à espera do ônibus.

Como tinha todo o tempo do mundo, me encostei no balcão do restaurante, pedi uma cerveja, um tira-gosto de carne de sol com mandioca, que veio no capricho, e fiquei por ali. É bom dizer que, por aquele terminal rodoviário, passam todos os ônibus que, dia e noite, vêm e vão para dezenas de cidades do Nordeste. Eles chegam e saem às dúzias.

E foi de um desses, vindo de Uauá, no bravo sertão baiano, que desembarcou um filho da boa terra, o primeiro, na minha vida, que vi enjeitar pimenta. Ele estava de bermuda, usava sandálias Havaianas, se encostou ao meu lado no balcão e disse ao garçom, que atendeu solicitamente: “Quero um pão molhado com linguiça e muita pimenta”. A rodoviária, naquela hora, estava bem cheia. Dei mais um gole na cerveja, um traguinho no cigarro picado e fiquei só olhando.

Daí a pouco, depois de atender ao pedido, o garçom disse ao baiano, após lhe entregar um litro de plástico cortado ao meio e dentro do qual, amassadas, as malaguetas tremiam: “Essa é braba, amigo, tome cuidado”, avisou. Porém, o rapaz, não se fazendo de rogado, pegou uma colher de pau e, sem dó, passou não uma, mas duas mãos daquele molho no pão, antes de levá-lo à boca. Em seguida deu um berro, jogou o sanduíche no lixo e saiu correndo para o banheiro, enquanto gritava, xingando o garçom: “Mas que pimenta ardida da porra, mas que pimenta ardida...”. E o garçom, virando-se para mim, ainda disse: “O senhor viu que eu avisei, não viu?”.

"Vi sim, amigo, vi sim", e pedi a ele outra cerveja, e mais um pouquinho de carne de sol, sem molho, obviamente. Mas, aí, já estacionava um outro ônibus. Esse, de Mossoró, no Rio Grande do Norte, indo para São Paulo. Já era mais de meio-dia, hora do almoço, e dele desceram três amigos, que se assentaram perto de onde eu estava. Eram jovens, como o baiano, também usavam bermudas, e um deles, o mais novo, disse ao garçom: "Pra nós, um litro d'água, um prato feito e três garfos". "Um prato procês três?", perguntou espantado o nosso amigo. "Tu tá surdo, moço?, é isso mesmo...", respondeu o rapaz, já dando ponto de briga. "Calma, colega, calma", disse o garçom, que logo depois chegou com o PF, ao qual os três se atiraram avidamente.

E foram comendo, comendo e tomando água, quando nos instantes seguintes – saído não se sabe de onde – chegou um menino, que, com pouquíssima percepção das coisas, virou-se para um deles, que parecia ser o mais velho, e pediu uma esmola, "pois estou com fome". "Vai lavar uma trouxa de roupa, filho de uma lascada", foi a resposta que o garoto ouviu, antes de sair correndo para não levar uma surra. Quando se foram, minutos depois, o garçom me disse, depois de recolher o prato: "O trem tá feio, colega, o trem tá feio...".

Foi só então, depois de observar um grupo de indígenas que também perambulava por ali, tentando levantar uns trocados, que percebi que já estava quase na hora do meu embarque para Itaipé, aonde, felizmente, cheguei algumas horas depois. Mas antes, para não passar aperto na estrada, resolvi ir ao banheiro. Na entrada, o porteiro, um moreno forte, com cara de pouca conversa, havia colocado um cartaz, no qual se lia: "Amigo, a minha educação depende da sua". E estamos falados.

■ EM - 19/08/2003

Lá em Peçanha

Aquela cidade para ele, nos seus tempos de menino, alcançava contornos míticos quando sua mãe, que havia estudado lá, em um colégio interno, costumava dizer: "A gente ia a cavalo, atravessava o Suaçuí na canoa e gastava três dias para chegar". Ou então: "Lá tem a Mãe-d'Água, a Rua da Bomba e o Morro do Segredo". Desde então Peçanha, antiga cidade do Vale do Rio Doce, à qual Governador Valadares pertenceu, tem povoado a sua imaginação. Mas ele nunca havia ido lá. A não ser em algumas ocasiões, por meio da leitura dos livros de Oscar Vieira da Silva, de Oswaldo Pimenta e do botânico francês August de Saint-Hilaire. Este andou por aquelas bandas nos idos de 1818 e, sobre o lugar, contou histórias fantásticas, como a de um certo "bicho da taquara", que, depois de comido pelos indígenas, levava-os "a terem visões e sonhos maravilhosos".

Pois não é que um dia desses, para assistir ao casamento de uma sobrinha – a advogada Ana Paula Sette, com o também advogado Flávio Almeida –, ele acabou dando os costados por lá? "Quero conhecer o colégio onde minha mãe estudou, subir a Rua da Bomba, conhecer a Mãe-d'Água e o Morro do Segredo." Durante toda a viagem, que durou mais de sete horas, ele ia repetindo isso para sua mulher, que apenas sorria, enquanto o ônibus rodava noite adentro. Mas no dia seguinte, lá pelas 9h da manhã (o casamento seria às 11h), foi dela a iniciativa de falar ao noivo da vontade do seu marido de ir àqueles lugares. "Com prazer, Danne, nós iremos", Flávio disse gentilmente.

E foi assim que, depois de terminadas as bodas e após um farto almoço, chegou a hora de darem umas voltas por Peçanha, ou melhor, pelos lugares da sua imaginação. "Este é o Morro do Segredo", lhe disse o Flávio, enquanto o carro, valentemente, ia vencendo-o. Muito alto (a cidade fica aos seus pés), ele é contornado por dezenas de árvores e ali bate um vento forte, que vai em direção à Bancada, que é um outro morro, antes de finalmente se chegar à Mãe-d'Água. Cantada em prosa e verso pelos filhos da terra, vem a ser uma reserva ecológica, que, por sorte e cuidados dos peçanhenses, ainda está preservada. A mata continua quase intacta; as árvores são velhíssimas e ali ainda se toma uma água de mina, que vem de longe, das entranhas da terra.

"Agora vamos ao campo de aviação", lhes disse o anfitrião em seguida, após tomar um gole daquela água. "Ao campo... fazer o que lá?", pensou consigo, mas não falou nada. Mas foi dali que viu ou julgou ver o mundo. Começava a escurecer. Um sol vermelho ia invadindo o céu. Sua mulher, em silêncio, lhe deu as mãos. Ana Paula e Flávio fizeram o mesmo. E então ele, que também é do Vale do Rio Doce, se pegou, do alto daquela serra, mirando outras que se perdiam longe: viu a serra dos Ambrósios; a do Rio Vermelho; a Negra, onde existem as sempre-vivas; a do Gavião, antiga rota dos tropeiros; a Tromba d'Anta, cantada por Guimarães Rosa e Richard Burton; a de Maria Lopes, perto de Dores de Guanhães; a Coluninha, que deu nome à sua cidade de Coluna, e tantas outras, enquanto sua imaginação voava longe, como se ele também, como faziam os indígenas, antigos moradores do lugar, tivesse comido o "bicho da taquara".

Minutos depois, já noite fechada, eles desceram a Rua da Bomba, passaram em frente ao antigo colégio onde sua mãe havia estudado e chegaram em casa. Estavam em paz.

EM - 23/03/2004

Rumo a Sabará

Depois de ficar um bom tempo sem ir a Sabará, apesar da pouca distância que nos separa desta que é uma das mais acolhedoras cidades de Minas, nos últimos dias voltei por lá várias vezes, onde tenho desenvolvido um trabalho com o artista gráfico, poeta dos maiores e grande amigo Sebastião Nunes. O Tião, como também pode ser chamado, resolveu se mudar para lá há alguns anos, depois de se cansar dessa loucura, cada mais incontrolável, que está tomando conta de Belo Horizonte.

Em Sabará, construiu uma bonita casa no estilo colonial, com janelas pintadas de azul, como manda a tradição, pé-direito dos mais altos, isso sem falar do conforto de um quintal com jabuticabeiras, pés de cedro e bambuzais. E é em meio a tudo isso que o Tião está vivendo bons dias ao lado da mulher Zélia, das filhas Alice e Tereza, e ainda do Pança, um cachorrinho bonachão e de bem com a vida.

Para se chegar até à sua casa, que fica perto de uma outra – a Santa Casa de Misericórdia –, sobe-se por uma rua estreita (em Sabará não poderia ser diferente), passa-se por um pontilhão, dobra-se à direita em uma rua mais estreita ainda, e pronto!, estamos lá. Ela fica mais ou menos próxima da Igreja Nossa Senhora do Rosário, onde, ao lado, existe o Centro de Formação de Condutores, ou, para os mais desavisados, Autoescola Vila Real, pois em Sabará é assim, tudo com muita elegância. Não foi à toa que um senhor, com o qual dei um dedo de prosa, após pedir-lhe uma informação, me disse que havia se "jubilado" há alguns dias antes. E é ali, naquele bucólico lugar, que o Tião Nunes continua dando vazão à sua arte e talento, hoje mais do que reconhecidos em todo o país.

Mas para chegar a Sabará, onde estou fazendo essa parceria com o amigo, só não fui a pé, a cavalo ou de trem, pois de resto já me fiz valer de carro baixo (assim ainda se diz no Vale do Rio Doce), do superlotado "vermelhão", de um ônibus executivo com direito à televisão e ar-condicionado – além de uma música de doer os ouvidos. Algumas vezes fui de táxi, quando o tempo estava mais curto, e o trabalho, aqui em Belo Horizonte, sem poder se deixar esperar.

E foi em uma dessas idas e vindas que me peguei de conversa com um senhor mais velho, talvez com seus 70 anos ou mais e que, com a sabedoria e prudência que só a idade ensina, ia tranquilamente conduzindo seu táxi. Falou-se de tudo um pouco: da pena que dá olhar para o Rio das Velhas, que já foi navegável, quase sem águas e tão assoreado; das possibilidades dos times mineiros no campeonato brasileiro; da expectativa em relação aos novos governos que chegam, e ainda de outras coisas, até que a conversa chegou ao caso Suzane Louise von Richthofen, a bela moça paulista que, junto com o namorado e um irmão deste, tramou a morte dos próprios pais e chocou o país.

"Isso é uma coisa inacreditável", aquele homem disse, e, nessa hora, percebi que não só a sua voz foi mudando de tom, como ainda as suas mãos, aos poucos, começaram a apertar o volante. Também os seus olhos, timidamente, foram se umedecendo, e então ele, que provavelmente já tinha repetido essa história mil vezes – mas ainda continuava a ter uma desesperada necessidade de contá-la –, me disse: "Eu tenho duas tristezas na vida...".

Breves instantes de silêncio, até que nos segundos seguintes – agora com os olhos molhados – ele me contou que já havia perdido dois filhos, ambos em acidentes de carro. Um rapaz, de 22 anos, quase se formando em Direito, se foi na estrada para o Rio de Janeiro, enquanto a moça, com apenas 17 anos, morreu aqui mesmo em Belo Horizonte, prensada por um caminhão em uma rua do Barreiro. "Não existe dor maior", repetia aquele homem, enquanto o táxi, no mesmo ritmo balanceado do início da viagem, prosseguia rumo à velha Sabará, onde o Tião, com certeza, já devia estar me esperando.

■ EM - 19/11/2002

Na Rio-Bahia é assim

Como ainda faltava um bom pedaço para chegarmos a Carangola, onde à noite participaríamos de uma palestra na Fafili, resolvemos parar em um restaurante para fazer um lanche. Estávamos nas imediações de São João de Manhuaçu, que, como centenas de outras cidades brasileiras, teve a triste sorte de ser cortada por uma BR, no caso, a Rio-Bahia. Nem é preciso falar do estado da rodovia. Em certos trechos os buracos são tantos que as carretas, para desviar, andam em zigue-zague. É um verdadeiro horror, e muita gente tem morrido por causa disso.

Pedimos uma Coca-Cola, uns pães de queijo. Da mesa ao lado da nossa, ouvimos a seguinte história, que um homem, visivelmente nervoso, contava a outro, provavelmente o dono do bar: "Ela estava ali, rapaz, naquele cantinho, com um menino nos braços, e chorava, chorava muito. Você não se lembra dela?". "Não, eu não me lembro, pois aqui entra tanta gente, que fica difícil gravar a fisionomia de todos." "Pois é, aquela desgraçada, depois de ficar me olhando, chegou perto de mim chorando, com a cara mais desconsolada e humilde do mundo..."

Aí, o homem parou, acendeu um cigarro, deu umas tragadas e prosseguiu: "Então, ela chorou mais ainda, o menino também, e me pediu que a ajudasse, pois seu pai havia morrido, tinha ficado sabendo pouco antes, mas não podia ir vê-lo". "E você, o que fez?", quis saber o outro, talvez já prevendo o desfecho. "Eu?, feito idiota ainda dei os pêsames, olhei para ela, para aquela criancinha nos seus braços, me lembrei dos meus filhos e do meu pai, que morreu faz pouco tempo, como você sabe..."

"Moço, eu preciso ir lá em casa, ela fica uns trinta quilômetros aqui na frente, perto de Orizânia, quem sabe o senhor me dá uma carona, pois não posso perder o enterro." "E você, deu?", perguntou o outro, que era mesmo o dono do restaurante, pelas ordens que o vimos passar aos garçons. "Dei a carona. Dá para acreditar? E aquela filha da puta, com a cara mais triste do mundo, ainda me contou que o irmão, de tão desesperado, já havia ido na frente, a pé, e devia estar uns dez quilômetros adiante..."

"Não posso acreditar, Rony, que você, velho de estrada, caiu numa dessas", falou o amigo, mandando o garçom trazer mais café. Nós também, para ouvir o resto da história, pedimos mais Coca-Cola e pão de queijo; não tinha importância se chegássemos um pouco mais tarde a Carangola, pois o evento só seria à noite.

"Então, ela entrou no carro e eu, de tanta dó, comprei um Toddynho para o menino." Mais irritado ainda, o homem prosseguiu: "Não tínhamos andado nem uns 15 quilômetros, quando a vagabunda, ainda chorando, virou-se para mim, apontou para um homem na estrada e disse: 'Para, moço, para, pois aquele é o meu irmão'".

"Eu não estou acreditando", falou o dono do restaurante, que também acendeu um cigarro, e tomou mais café. "Então eu parei o carro, o rapaz entrou, assentou-se ao meu lado e lhe dei os pêsames. O filho da puta agradeceu, com a cara mais desconsolada..."

"E aí?" "Daí, meu amigo, menos de mil metros na frente, eu só senti o cano do revólver no meu pescoço. Aquela vadia, que havia colocado o menino no banco, me ordenava: 'Entra ali rapidinho, se você não quiser morrer, seu cretino...'" "Nossa Senhora...", disse o dono do bar. "Fomos por uma estradinha de terra, na qual andamos uns dez quilômetros, até que me obrigaram a parar o carro. 'Desça depressa, desça depressa, babaca', ela dizia, com o revólver na minha cara... Eu obedeci, mandaram que eu tirasse a roupa, me amarraram em uma árvore e roubaram tudo: dinheiro, relógio, a grana do pessoal da firma, o carro, tudo, me deixaram completamente limpo."

"É. Mas não levaram a sua vida, e você ainda tem de dar graças a Deus", comentou o amigo, como se o consolasse. "Foi por sorte, por pura sorte, porque aquela filha da puta, que havia entregado a arma ao colega, ainda falou duas vezes, antes de irem embora: 'mata ele, mata ele'. 'Deixa pra lá, deixa pra lá', ele respondeu. E entraram no carro e se foram, rindo da minha cara."

"É, meu amigo, aqui na Rio-Bahia é assim, a gente tem de ficar boneco", disse o dono do restaurante, que, com certeza, já havia ouvido muitas histórias semelhantes. Então, nos levantamos, pagamos a conta e prosseguimos nossa viagem.

EM - 28/09/2004

O último desejo

A história que se segue fala do último desejo de um homem. Ouvi-a há poucos dias, em Paulistas, no Vale do Rio Doce, contada pelo historiador Raimundo Zeferino de Carvalho, o Tim, uma das pessoas mais queridas da terra, onde é titular de um cartório. Ao terminar de escutá-la, noite adentro, me peguei pensando se a mim, às vésperas da morte, fosse dada uma chance semelhante, qual seria o meu pedido?

Listei várias possibilidades. Mas como nenhuma, no momento, vem ao caso, vou tentar relatar aqui, como me foi passada pelo Tim a aventura de um certo Josefino Fernandes, que nasceu lá mesmo em Paulistas, numa fazenda chamada São Domingos, às margens do mítico Suaçuí Grande, no ano da graça de 1811.

Três anos antes, fugindo das tropas de Napoleão Bonaparte, a corte portuguesa, com dom João VI à frente, havia desembarcado no Rio de Janeiro. Enquanto isso, o menino Josefino, traquina como ele só, dava os primeiros passos como sinhozinho e herdeiro das terras dos pais, no amplo terreiro da fazenda São Domingos.

Conta-se também que ele, com o tempo, foi adquirindo um hábito, que era o da pescaria. Sozinho, ou acompanhado pelos escravizados, passava horas nas barrancas do Suaçuí tentando fisgar piaus, traíras, grandes pintados ou lambaris, que saboreava com gosto. Às vezes, com a ajuda dos indígenas, que ainda viviam naquelas terras, armava mundéus, jequis e outras armadilhas, que no outro dia amanheciam com fartura de peixes.

Não podia existir vida melhor. Chegou um momento, no entanto, em que o garoto, como outros da sua classe, teve de deixar a fazenda, pois era tempo de estudos na cidade grande: viagem longa, a cavalo, até ao Rio de Janeiro, que o acolheu por alguns anos, indo depois para o Recife, onde se formou em Direito.

Rapaz brilhante, de grande talento, se destacou entre os colegas, que passaram a tê-lo como referência, tal era seu saber e poder de oratória.

Mas de uma coisa o doutor Josefino Fernandes, consagrado Juiz de Direito, que faria fama em São Paulo, onde passou a morar, não conseguia se esquecer: das pescarias e dos peixes do Suaçuí Grande.

"Em 1901, muito doente, escreveu uma carta ao meu avô, com um pedido. Gostaria, se possível, de realizar um último desejo: comer um piau pescado no rio da infância", contou o Tim. Então o amigo, com zelo, fisgou alguns desses e, usando um método de conservação e ressecamento, aprendido com os indígenas, preparou-os com cuidado. Colocou no correio e, sabe-se lá quanto tempo depois, a encomenda chegou a São Paulo, para a alegria do destinatário, que repartiu a iguaria com os filhos e netos, como registou em uma derradeira missiva de agradecimento.

Se a mim fosse dada a chance, às vésperas da partida, de ter um desejo atendido, qual seria? Matutei sobre várias coisas. Mas como nenhuma, até o presente momento, vem ao caso, aqui fica contada, como ouvi do meu amigo Tim, a história de um certo Josefino Fernandes, que no ano da graça de 1811 nascera em Paulistas, às margens do Suaçuí Grande, no qual pescava traíras, lambaris e piaus, cujo gosto, para sua sorte, voltou a sentir, pouco antes do fim.

■ EM

O Julinho de Campos Altos

Adolescente, vivendo sozinho em Belo Horizonte, anos de chumbo, solidão e censura, ele quase não acreditou quando, naquela tarde de domingo, baile de carnaval no Olímpico, ela começou a olhá-lo. Tinha os cabelos castanhos, que quase lhe batiam na cintura, os olhos esverdeados, boca grande e algumas pintas no rosto. Devia ter a sua idade, ou pouco menos. Uns 15 anos, talvez. Não estava fantasiada, como a maioria das outras garotas, e ele nunca a tinha visto no bairro.

"Será que é para mim que ela está olhando?", pensou, de tão impossível que parecia ser aquela possibilidade. Há três anos na cidade, sotaque meio cantado, que servia de gozação para os colegas do colégio, além da crônica timidez, que ainda o acompanha, continuou onde estava, encostado na parede e conversando com um amigo, vizinho de prédio.

De repente esse, que se chamava Antônio José, disse: "Aquela menina ali não tira os olhos de você; se fosse comigo eu ia lá". E apontou o dedo para ela, que sorriu. Mais desconcertado ainda, ele olhou para o chão, e continuou assim por alguns segundos, até que, após atravessar o salão com passos decididos, foi dela a iniciativa. Chegou para ele e disse: "Vamos pular um pouquinho?".

A banda tocava velhas marchinhas, ele se encheu de coragem, o coração disparou. Começaram a dançar, já abraçados. "Meu nome é Cris, e o seu?" "Carlos", ele respondeu meio sem jeito, e continuaram a conversar, enquanto pulavam. "Estudo no Assunção, logo ali embaixo. E você?" "No Arnaldo", ele disse, tentando ficar mais à vontade, mas ainda sem conseguir engatilhar um assunto. O colega, àquelas alturas, também havia se arranjado com uma garota, conhecida deles, que morava lá mesmo na Serra, na Rua do Ouro. Passou perto, disse alguma coisa que ele não entendeu, pois o som estava muito alto, e sumiu no meio do salão.

Como se estivesse sonhando, pois desde que chegara a Belo Horizonte não conseguira arranjar namorada, ele rodopiava com aquela deusa de cabelos castanhos, boca grande e olhos esverdeados. Era o homem mais feliz do mundo.

E já se via, daí a uns dias, indo com ela ao cinema. Tomando sorvete no Xodó, passeando de mão dadas na Praça da Liberdade, apresentando-a aos colegas, que morreriam de inveja. Sonhos e devaneios, até que veio o intervalo. Cris, mais uma vez tomando a iniciativa, pegou na mão dele, sorriu e convidou: "Vamos tomar uma Coca lá fora?". "Vamos sim", ele respondeu, não se contendo de alegria. Compraram os refrigerantes, dois sacos de pipoca, saíram do salão e foram para a quadra, onde se assentaram em um banquinho, debaixo de uma mangueira. Continuavam de mãos dadas, falavam de várias coisas, ele já mais à vontade. Até que a garota, mais uma vez ela, se virou e disse: "Feche os olhos". Em seguida, depois de acariciar seu rosto, beijou-o na boca, de um jeito que o garoto jamais experimentara.

Era um sonho. Só podia mesmo ser um sonho, pois daí a pouco a Cris, depois de beijá-lo outra vez, não se conteve e falou, com toda a inocência de sua idade: "Tive um namorado que se parecia muito com você. Era a sua cara...". Em seguida, veio o golpe final: "Posso pensar que você é ele, o Julinho de Campos Altos?".

■ EM - 04/11/2008

A rocinha de milho

Em algum lugar, no sem-fim destas Gerais, um menino, com os olhinhos brilhando, pediu ao pai, numa tarde de quase chuva, quando os cupins faziam revoada no terreiro, que o deixasse plantar uma rocinha de milho perto da dele, lá mesmo no terreno da fazenda onde viviam. "Para eu ir aprendendo", disse o garoto. Ao que o pai, depois de pensar um pouco, e de dar mais um trago no cigarro, que ele mesmo preparava, com fumo forte, acabou concordando, não sem uma ponta de orgulho, como à noite, quando foram se deitar, confessou para a mulher.

No outro dia, quando o filho chegou da escola, que ficava bem longe do lugar onde moravam, lá se foram os dois, enxadinhas nos ombros, preparar a terra, pedacinho pequeno, no qual, nos dias seguintes, com muito gosto, depositaram as sementes, guardadas da safra passada, que havia sido farta. Também colocaram esterco, recolhido por perto, e fizeram um cercadinho, para o gado não pisar. Trabalho feito, na volta para casa, já à tarde, o pai ficou olhando para o céu de nuvens escuras e disse ao menino, sem disfarçar a alegria: "Se a chuva vier mesmo, como está prometendo, sua roça vai crescer bonita".

O menino sorriu, ajeitou na cabeça o bonezinho e deu asas ao sonho, como sempre fazia. "Será, pai, que vou poder comprar uma bicicleta com o dinheiro da colheita?" "Quem sabe, meu filho, quem sabe você consegue", e, horas depois, de banho tomado, os dois saborearam uma sopa de inhame, que a mãe, com muito gosto, havia preparado. Até uns pedaços de galinha, sobra do almoço, ela havia colocado.

Mas aquelas nuvens, com os passar dos dias, foram, uma após a outra, desaparecendo do céu, até tudo voltar a ficar azul. Também sumiram os cupins. E as seriemas, que todas as manhãs gritavam perto do curral, onde costumavam pegar alguma cobra, ficaram mudas de repente, como se dessem um aviso. Só os aviões, como se nada estivesse ocorrendo, continuavam riscando o céu, indo e voltando sabe-se lá de onde. "Talvez dos Estados Unidos da América", como uma vez a avó do menino tinha falado, sem nenhuma paciência, quando este lhe perguntou para onde era que eles voavam.

"A coisa tá ficando feia, e se Deus não entrar no meio, vamos perder tudo, não vai sobrar nadinha de nada", o pai disse numa tarde, depois do jantar, quando, com a mãe e o filho, estava na varandinha da casa, e olhava para o céu à procura de algum sinal.

"Nem a minha rocinha?", o menino perguntou, mexendo o bonezinho, que ele insistia em deixar de lado na cabeça, como tinha visto na televisão. "Estou falando tudo. Se não chover, não vai sobrar necas, nem para as despesas", respondeu o pai de um jeito ríspido, ao que a mãe, como aprendera a fazer em situações assim, lhe deu a mão. Naquela noite, como raramente acontecia, ela custou a pegar no sono, o mesmo ocorrendo com o marido, que, sem dizer palavra, ficou rolando de um lado para o outro na cama até vir a madrugada. Quando se levantaram, ela preparou o café com leite, ele tomou e foi de novo para o trabalho. Só mais tarde, como não era costume, ele voltou para casa, e, do jeito como chegou, a mulher notou que ele havia bebido.

E foi assim que em algum lugar, no sem-fim destas Gerais, passaram-se uma, duas semanas, um mês inteiro, e, quando estava para completar 40 dias sem uma gotinha d'água, numa madrugada, o menino, como se estivesse sonhando, acordou com um estrondo, parecia que o mundo ia acabar. Aguçou os ouvidos, fez o pelo-sinal, como sua mãe lhe havia ensinado, e depois começaram a cair os primeiros pingos, que logo viraram goteira. Ele saiu devagarinho da cama, foi até o quarto dos pais e começou a chamá-los, sem caber em si de felicidade.

"Tô escutando, meu filho, tô escutando." Daí a algumas horas, depois de comer um mingau delicioso que a mãe havia preparado, lá se foram pai e filho, com as enxadinhas nos ombros, para a rocinha de milho.

■ EM - 04/11/2011

Entre BH e Texas

Que quando chove em BH a cidade vira um caos, não é novidade para ninguém, pois uns mais, outros menos, todos já fomos vítimas da verdadeira bagunça em que, em dias assim, se transforma a capital mineira. Na última sexta-feira, atendendo a um desejo da minha mulher, que queria comer um frango ao molho pardo, fui ao Mercado Central, lá pelas dez da manhã, para comprar os ingredientes. "O frango tem de ser caipira e o sangue deve estar bem fresquinho", ela recomendou, especialista que é em fazer esse prato, herança antiga de Guanhães, passada a ela por sua mãe, dona Angelina, de cuja companhia, infelizmente, fomos privados há alguns meses.

Chovia fraco quando saí de casa, mas assim mesmo – como se fosse um aviso – já tive dificuldades para conseguir um táxi. Naquele universo que é o mercadão, onde se encontra de tudo, fui me entusiasmando, e, em pouco tempo, fora as encomendas, eu já havia comprado, além de alpiste para os meus canários belgas, um queijo Canastra, um bom pedaço de carne de sol, para comer com mandioca, e um "kit" feijoada; enfim, quando percebi, a sacola já estava bem cheia e pesada. "Só coisas que engordam", ainda pensei, não sem um certo sentimento de culpa. Mas feliz por estar ali fazendo aquelas compras.

Antes de ir-me embora aproveitei ainda para tomar uma cerveja no Rei do Torresmo, que foi acompanhada por uma porção de muçarela na chapa. Agnaldo, Tião e Geraldinho, este um grande pescador, dono de um rancho em Três Marias, faziam as honras da casa. Só me esqueci de uma coisa: estava chovendo em BH. E naquela hora, já quase meio-dia, quando paguei a conta e saí, vi que não seria fácil, pelo estado em que se encontrava a Avenida Augusto de Lima e a Rua Padre Belchior, conseguir um táxi e chegar a tempo para se preparar o molho pardo.

O guarda-chuva havia ficado em casa; a sacola estava pesada, todos os táxis passavam cheios, e só mais de meia hora depois, quando eu já estava todo molhado, foi que vi apontar um vazio, na "figura" de um Fiat Uno, que já é marca registrada dos carros de praça da nossa cidade. Sorte maior não podia ter, pensei, enquanto dava sinal e chegava junto, já que outros dois passageiros também haviam entrado na disputa. Mas o motorista, parando ao meu lado, abriu a porta e disse: "Pode entrar, companheiro, pois vi que você chamou primeiro".

"Obrigado", lhe respondi, e só então vi que aquele rapaz estava vestido a caráter, quase igual a Jon Voight, em *Perdidos na noite*. Chapéu de caubói, camisa jeans bordada, calça de brim azul e botas de rodeio. Ainda por cima era loiro e tinha os olhos azuis. "É o próprio", pensei. A chuva não parava de cair e o carro não saía do lugar. "Que toró, hem, amigo?", ele disse, sorriu, e parecia de bem com a vida. Em seguida falou de outras coisas, e, aproveitando a abertura, lhe perguntei: "Você é de Barretos?". "Não, sou do Texas...", respondeu. "Como do Texas...?", eu disse. "Quero dizer... eu sou mesmo é de Governador Valadares, mas vivo entre BH e o Texas, onde passo oito meses por ano... Gosto de me vestir assim, como o pessoal de lá...", completou, como se estivesse se justificando, ao mesmo tempo em que perguntava: "Você gosta de música country...?".

Algum tempo depois, como a chuva não parava, e ainda não tínhamos andado nem três quarteirões, já estávamos ouvindo Willie Nelson, enquanto ele me dizia também que, em Houston, havia trabalhado como ajudante de garçom em um restaurante de mexicanos. "Eles não falam 'Texas', mas 'Tejas', com J, e não com X", ensinou, contando ainda que, entre os "chicanos" – com os quais havia ficado os últimos três anos –, havia, além de aprendido a fazer "tacos" e "tortillas", conseguido dinheiro suficiente para comprar o táxi. "A placa é minha", contou orgulhoso, enquanto, para engrossar o buzinaço, também disparou a sua buzina, no melhor estilo de "La Cucaracha".

E continuava a chover. E já havia passado mais de 40 minutos, e ainda não havíamos alcançado a Avenida Álvares Cabral, para em seguida entrar na Olegário Maciel. Minha mulher, àquelas alturas, já devia até ter almoçado, e eu também começava a ficar com fome, quando então o rapaz, ao me deixar na porta da minha casa, ainda debaixo de um aguaceiro, desligou por uns instantes o carro, tirou o chapéu, abaixou o som e disse, como se necessitasse falar aquilo: "Meu sonho mesmo, sabe qual é...?". E naquele instante, percebi, ele começou a se emocionar. "É poder comprar uma pequena fazenda que tínhamos em Valadares e meu pai perdeu no jogo." Mas enquanto não conseguisse o dinheiro suficiente para realizar aquele sonho, ele iria continuar do jeito que estava, entre BH e Texas.

■ EM - 17/12/2002

Nos bancos da praça

Quem seria aquela mulher que um dia desses, num início de tarde, estava assentada em um banco na Praça da Liberdade, apoiada em uma bengala, enquanto outras pessoas faziam caminhada? No que ela estaria pensando? Teria nascido onde? Teria marido, filhos e netos sobre os quais pudesse falar com as amigas? Ou nunca havia se casado, porque não tinha conseguido – para não contrariar a família – assumir o homem que amava? Estaria esperando alguém com quem pudesse trocar um dedo de prosa ou até mesmo ir ao Xodó tomar um sorvete? Ou seria uma solitária a mais, como tantas pessoas que existem por aí, às vezes vagando pelas ruas por não ter nada o que fazer, nem a quem procurar? O que a vida, com todas as suas surpresas, teria reservado a ela, que continuava ali, enquanto o mundo girava à sua volta, como sempre...? Qual seria o seu nome? Matilde, Débora, Perciliana, Zulmira ou Aparecida, porque sua mãe fora devota da padroeira do Brasil e resolvera homenageá-la dando seu nome à filha?

Não, embora seja um nome bonito, ela não parecia se chamar Aparecida, se é que seja possível saber, pelo aspecto físico, qual é a graça de uma pessoa, como daquela mulher, que estava ali num banco da Praça da Liberdade, elegantemente vestida e com o queixo apoiado em uma bengala de cabo de prata, enquanto a manhã, espalhando raios de sol, avançava sem pressa. E no céu, a única coisa que agredia o azul era o rastro branco deixado por um avião a jato, que ia vá se saber para onde. O que estaria, naquele momento, passando no coração daquela mulher? Seria ela dona de antigos amores e segredos? Veladas traições, ou sempre fora uma pessoa arredia, fechada em seus próprios pensamentos, com ódios e rancores escondidos nos cantos mais sombrios de sua alma?

Em tudo isso a outra mulher, que estava em um banco em frente ao dela, enquanto fazia hora para voltar ao trabalho, se pegou pensando depois de seus olhos, algumas vezes, terem se cruzado. Será que ela lhe lembrava alguém, para ter despertado em seu coração tantas indagações? Ou, na realidade, essas perguntas, quem sabe guardadas a sete chaves, sempre quisera fazer a si própria e, sem ter coragem, as transferia a uma outra pessoa, no caso àquela senhora à sua frente, que não fazia a mínima ideia de quem poderia ser? E se contasse essa história para Ana Cecília de Carvalho, psicanalista com a qual durante alguns anos tinha feito terapia, ela poderia lhe dar alguma luz, conhecedora da alma como sempre fora?

"Talvez essa seja a melhor solução", concluiu a mulher, que acendeu um cigarro e, devagar, pois ainda não estava na sua hora de voltar ao trabalho, começou a fumar, enquanto a outra, com a mesma elegância, continuava à sua frente. Nesse meio-tempo, coisas ocorreram ali na Praça da Liberdade, como o canto dos canários, que ela ouviu com prazer, pois lhe lembrava a infância, quando ainda nem sonhava em se mudar para Belo Horizonte. Em seguida, um homem tocando corneta passou anunciando algodão doce. E um outro, logo depois, se dirigiu a ela e ofereceu com um leve sorriso: "Sorvete, senhora?". Um cachorrinho, que uma menina levava preso em uma corrente, fez xixi no tronco de uma palmeira, como para marcar território.

Então, a mulher, que por instantes havia se esquecido da outra, deu mais um trago no cigarro, suspirou fundo e, ao buscá-la novamente, ela já não estava lá, no banco à sua frente. Desde então, Maria do Carmo, sempre que pode, passa pela Praça da Liberdade na expectativa, até hoje vã, de voltar a encontrá-la.

EM - 19/03/2010

Lembranças de menino

Para Eliane Hardy

Embora não fosse longe, pouco mais de uma hora do Centro de Belo Horizonte, havia muitos anos que ele não voltava à sua cidade, na qual tinha passado a infância e parte da adolescência, antes de vir para a capital. Não era sempre, mas às vezes sonhava com aquele tempo, quando ainda vivia com seus pais e irmãos, e achava que era feliz. Aproveitou então um dia em que sua mulher e a filha foram participar de um retiro espiritual, tirou o carro da garagem, abasteceu em um posto próximo à sua casa e foi para lá. Já na estrada, começou a observar as mudanças. Bairros e mais bairros, onde antes era só mato. Também a estrada estava melhor, toda asfaltada, com um tráfego intenso. Mas se entristeceu ao ver o Rio das Velhas, aonde costumava ir aos domingos com o pai, que era apaixonado por pescaria. Águas muito sujas, quase todo assoreado, com lixo por toda parte e dezenas de urubus nas margens, revirando os sacos de plástico, à procura de comida. Não era nem a sombra daquele rio caudaloso, cheio de surubins, piaus e traíras, como ele chegou a ver. Certa vez, fisgou um daqueles peixes, que de tão grande não conseguiu tirar sozinho da água, e precisou da ajuda do pai. Guarda uma foto como lembrança, feita por um tio que estava com eles. O nome dele era José Henrique. Entregue a essas recordações, foi indo devagar, pois tinha o domingo inteiro pela frente. "Será que ainda existe a nossa casa?", pensou, pois desde a morte dos pais nunca mais, ele e os irmãos, voltaram lá. Nem tinham mais parentes. Talvez, com muita sorte, encontrasse algum vizinho que poderia reconhecê-lo. Não sabia por quê, mas, de uns tempos para cá, tinha começado a ficar mais nostálgico, com saudades das coisas. A procurar por velhas cartas e retratos, revirar gavetas.

Já passavam das 13h quando chegou a Santa Luzia. O Centro Histórico, como lhe veio à memória, era quase o mesmo, com seus casarões e prédios centenários. Também a matriz, onde, na entrada, um coral de crianças estava se apresentando, não havia mudado. Ficou uns minutos ali, apreciando.

Depois entrou na igreja, na qual todos os domingos assistia à missa com a mãe, que era filha de Maria. Se assentou em um banco, fez o sinal da cruz, ficou uns momentos em silêncio e, em seguida, começou a percorrer a igreja, indo ao encontro das conhecidas imagens. Até o confessionário, em um canto, parecia ser o mesmo.

"Quando eu disser à minha mulher e à minha filha que estive aqui, elas não vão acreditar", pensou, quando, poucos minutos depois, com o coração acelerado, começou a subir a Rua Direita, à procura do seu passado. Mais emocionado ainda e com os olhos umedecidos, viu que a velha casa da infância, com poucas modificações, era a mesma: toda caiada de branco; na porta, a fechadura grande, de ferro; as janelas, pintadas de azul, estavam abertas. Por uns segundos, viu a mãe debruçada em uma delas e conversando com as amigas, como fazia todas as tardes depois de servir o jantar para a família.

Nisso se aproximou uma moça, quase menina, que perguntou na maior gentileza: "O senhor está procurando por alguém, precisando de alguma informação?". "Não, não, muito obrigado", respondeu perturbado, sem se atrever a atravessar o passeio e pedir aos moradores que o deixassem entrar na casa, nem que fosse só um pouquinho. Teve medo, assumiu mais tarde, de rever seu quarto, a cozinha, a sala, o quintal com a mangueira, que estava carregada de frutos, além da jabuticabeira plantada pelo pai.

Estava assim, entregue a esses devaneios, quando vinha um homem de cabelos grisalhos, bigodes fartos. Ao passar por ele, olhou nos seus olhos, como se quisesse reconhecê-lo. Um pouco adiante, ameaçou parar, virou-se em sua direção, mas seguiu o caminho. "Será o Zé Carlos?", ele pensou, e se lembrou daquele amigo, junto ao qual jogava bolinhas de gude, futebol no campinho de areia, pegava passarinhos e ouvia histórias de assombrações, que o faziam perder o sono. Tomado pelas recordações, ainda ficou ali, em frente àquela casa, por um bom tempo. Depois, como se nunca a tivesse deixado, começou a descer devagar a Rua Direita, pegou o carro e voltou para Belo Horizonte.

■ EM - 12/05/2009

A onça do Anchieta

Belo Horizonte e suas histórias, que, com o passar das gerações, continuam mexendo com a nossa imaginação. Muitos afirmam que são verdadeiras, alguns já testemunharam fatos assombrosos, como o motorista de táxi recém-chegado do interior que jura ter atendido ao chamado de uma passageira na Rua Bonfim: mulher loira, de beleza estonteante. Sem se fazer de rogada, maquiada e cheia de joias, ela entrou no carro, assentou-se no banco de trás e sem pestanejar definiu seu destino: em frente ao cemitério. Ao qual não chegou, por ter sumido antes, misteriosamente, e sem pagar a corrida.

Há bastante tempo seduzindo donzelas carentes na Vilarinho, região de Venda Nova, nos últimos meses voltou a aparecer por aquelas bandas um moço alto e bonitão que marca presença em bailes e festas, mesmo sem ser convidado. Cantado em prosa e verso, como num cordel de Olegário Alfredo, o Mestre Gaio, não é segredo para ninguém que se trata de um capeta: o Capeta do Vilarinho. Até dois pequenos chifres, bem disfarçados, ele tem. É fato corrente, e não é segredo para ninguém que já quiseram casá-lo com a Loira do Bonfim.

Mas não fica só aí, porque não é de hoje que acontecem coisas do outro mundo em BH. Há também a Moça Fantasma da Serra, que até pouco tempo, em noites de lua cheia, costumava surgir de branco nas cercanias da Rua Estevão Pinto, antiga Rua do Chumbo. Famosa em toda a cidade, ela foi celebrada por Carlos Drummond de Andrade no poema "Canção da Moça-Fantasma de Belo Horizonte": "Eu sou a Moça-Fantasma/ que espera na Rua do Chumbo/ o carro da madrugada/ Eu sou branca e longa e fria/ a minha carne é um suspiro/ na madrugada da Serra/ Eu sou a Moça-Fantasma/ meu nome é Maria/ Maria Que Morreu Antes...".

Dizem que de uns anos para cá, cansada de ser sozinha e de receber no corpo os ventos frios da Serra, Maria resolveu mudar de "vida". Agora, a Moça-Fantasma que inspirou o poeta se transformou em onça, uma linda onça pintada, e migrou para o Anchieta, onde, segundo a boca do povo, está aprontando poucas e boas. Sua fama não para de crescer.

Contam que, recentemente, um médico, cujo nome não vem ao caso, chegou de madrugada a seu apartamento, contrariando o costume. As costas estavam arranhadas, o peito também. Com inexplicável vontade de amá-lo, como havia tempos não ocorria, a mulher insistiu em tirar sua camisa, mas ele não deixou. "Fui atacado por uma onça lá na Rua Francisco Deslandes, e estou com o corpo todo lanhado", confessou, causando indignação na esposa, que não acreditou naquela conversa e o enxotou para a sala.

Dizem as más línguas que, até a semana passada, ele não havia voltado para o leito. Mas a onça, que costuma aparecer também nas ruas Odilon Braga, Montes Claros e imediações, não distingue sexos quando vai à caça. Que o diga a bancária M., cujo destino foi parecido com o do médico. "Estava por ali e, de repente, o bicho me agarrou", contou, com o olhar distante e entre suspiros, a um reticente marido.

No Anchieta, corre de roda em roda que ele só se convenceu da história quando, madrugada dessas, se viu em situação semelhante. Desde então, como confidenciou a amigos lá no Bar do Piru, entre uma cerveja e outra, só tem pensado nisso, enquanto a Moça-Fantasma, transfigurada em felino, prepara novos ataques.

EM - 18/01/2013

A mãe e a filha

O homem voltava da sua terra. Teve de fazer uma conexão em Guanhães, onde tomou o ônibus que vinha de Novo Cruzeiro, no Vale do Jequitinhonha. A cidade, como depois olhou no mapa, fica a 557 quilômetros de Belo Horizonte, o que é uma distância nada desprezível. Na meia hora em que esteve em São Miguel y Almas de Guanhães, como diz o poeta Márcio Rubens Prado, ele fez uma coisa que o deixou feliz, levando-o de volta à infância: comprou um picolé de groselha, daqueles antigos, quando as sorveterias ainda eram movidas a querosene. O vendedor era um menino moreno, que devia ter uns 10 anos, e já estava ali, tentando ganhar a vida. No carrinho vinha escrito: "Sorveteria do Tatu".

Também, ali na rodoviária, se encontrou com um velho amigo, o José Teodorico, que depois de ter morado no Canadá, onde conseguiu juntar uma boa grana, voltou para a sua terra e comprou um táxi, com o qual se virava, fazendo corridas para todo o Vale do Rio Doce. "Está dando para levar, não posso reclamar de nada", disse, para em seguida ir atender um passageiro que ia para Sabinópolis ou Euxenita, não se lembrava.

Logo depois de entrar no ônibus, que apesar de estar vindo de tão longe não oferecia cinto de segurança, nem banheiro, num completo desrespeito aos usuários, o homem notou que na poltrona ao lado da sua estavam uma mulher e uma menina, mãe e filha, como depois ficou sabendo. Assim que o carro saiu, não sem o protesto de alguns novos passageiros, devido ao seu estado, a menina começou a chorar e a tentar deixar a cadeira.

"Está assim desde o início da viagem", comentou uma moça, ao lado da qual o homem havia se assentado. Começaram então uma conversa, e ela lhe contou, depois de lhe oferecer um pedaço de chocolate, que era de Teófilo Otoni, mas havia sido criada em Capelinha, onde o pai tinha um comércio. "Estou me mudando para Belo Horizonte, onde vou tentar o vestibular para Arquitetura", disse, para depois perguntar: "O bairro Anchieta é longe?". "Não é muito, mas não dá para ir a pé, você terá de tomar um táxi."

"Meu namorado vai me buscar na rodoviária", disse com um sorriso aberto, para em seguida olhar se tinha alguma mensagem dele no celular, do qual não se desgrudava.

Durante todo esse tempo, até o final da viagem, que de Guanhães a Belo Horizonte durou cerca de seis horas, devido a um engarrafamento na BR 381, enquanto o homem conversava com a moça de Teófilo Otoni, que lhe falava dos seus planos e sonhos, a menina ao lado não parou de chorar. "É assim desde pequena, nasceu com problemas, já a levei em tantos médicos...", ele ouviu quando a mãe, como se pedisse desculpas, contou a uma mulher que estava em uma poltrona em frente à sua. "Também tive uma sobrinha assim, não é fácil", ela lhe disse, como um consolo.

Mas o que mais impressionou o homem, mais até que aquele ônibus sem cinto de segurança nem banheiro, fora algumas poltronas que não se reclinavam, foi o carinho com que aquela mãe, uma mulher ainda jovem, se dedicava à filha, cujo choro ecoava por todo lado. Em nenhum momento da viagem, que para elas foi bem mais longa que para ele, ela perdeu a paciência com a menina. Pelo contrário: "Olhe ali aquele caminhão... Veja quantas luzes... Coma esse pedacinho de biscoito. Você quer água, minha filha...? Já estamos quase chegando, meu amor...", ela lhe dizia, tentando distrai-la, enquanto o velho carro, em péssimo estado, mas conduzido por um homem tranquilo, ótimo motorista, serpenteava pelas curvas e montanhas de Minas.

■ EM - 07/08/2009

A gente se encontra na Cachoeira

Esta frase já ficou famosa entre todos os viajantes, parentes ou amigos, que nas férias, ou feriados prolongados, combinam de sair na mesma hora de Belo Horizonte, para as suas cidades nos Vales do Rio Doce e do Suaçuí, e não querem ficar naquela obrigação de irem em comboio pela estrada afora. Então a Cachoeira, que é uma lanchonete que fica no município de Ferros, no meio do caminho entre Santa Maria de Itabira e Guanhães, já virou um ponto de encontro para todos os que vão por aquelas bandas.

Mas não é só por isso. É porque também lá, onde uns passarinhos simpáticos, os galos-do-campo, passeiam entre as pessoas catando o "seu de comer", os viajantes podem saborear ainda, feitos na hora, suculentos e bem-feitos pastéis, além de pães de queijo de verdade e deliciosos doces caseiros.

Tudo feito a gosto do freguês. Mas a Cachoeira oferece muito mais, senão o seu nome, com toda a certeza, já teria ido água abaixo: é porque lá, também, os que vão para Senhora do Porto, Guanhães, São João Evangelista, Nacip Raydan, Coluna, Santa Maria do Suaçuí, Peçanha, Paulistas, São José do Jacuri, São Sebastião do Maranhão, Virginópolis, e muitos outros lugares "naquele sem-fim de sertão", podem ainda deixar recados, perguntar se esta ou aquela pessoa já passou, ou até se encontrar com velhos amigos, daqueles bem queridos, mas que a vida se encarregou de separar. Até mesmo alguns adversários políticos, que não conversam desde as últimas eleições, sempre têm uma preciosa chance, ali na Cachoeira, não só de se cumprimentarem cordialmente, como também de tomarem um cafezinho juntos, como mandam as regras da boa civilidade.

O que, aliás, por ali, sempre foi seguido ao pé da letra por Célia, José Maria e o filho Humberto, que já há alguns anos tiveram a boa ideia de abrir, naquele hospitaleiro e montanhoso pedaço de Minas, a sua tão simpática lanchonete. A gente se encontra lá.

EM - 12/01/2001

O agá

Como sempre acontece em ocasiões assim, o Mercado Central, durante toda a semana, fervilhou de gente fazendo compras para celebrar a passagem do ano. O 2011, se Deus quiser, será ótimo para todos nós. Dos quatro cantos de Belo Horizonte, homens e mulheres, algumas com os filhos a tiracolo, compravam tâmaras, damascos, figos secos, queijos, dos mais variados tipos, vinhos brancos e tintos, uma cachaça da boa, leitoa para ser assada, um franguinho caipira, além do bom e velho bacalhau. Como manda a tradição – talvez devido à herança portuguesa, tão forte entre nós –, este não pode faltar na mesa do mineiro na noite da virada.

Como estava de folga, na quarta-feira de manhã peguei uma sacola, calcei o velho tênis, companheiro de tantas caminhadas, e fui para o mercado, com planos de também comprar um pouco de bacalhau, que planejava preparar para a ceia de logo mais. A lista, feita pela minha mulher, incluía ainda azeite, batata, tomate, pimentão, ovos, cebola, azeitonas pretas. "Não se esqueça de trazer algumas garrafas de vinho e abacaxi", ela disse, transferindo para mim, devido ao seu trabalho no Hospital das Clínicas, a responsabilidade das compras. Tenho também de pegar alpiste e vitamina para os meus passarinhos, pensei.

No meio daquele burburinho, com gente se acotovelando pelos corredores, comecei a pesquisar em uma loja e outra, todas pródigas no atendimento e ofertas. Nem é preciso dizer que o bacalhau de cada uma, segundo os vendedores, era melhor do que o das demais. Mais fresco, mais encorpado, por aí. Os preços, pelo que pude ver, não estavam variando muito, com uma diferença de no máximo 10 reais por quilo. Mas todos, não dá para negar, bem mais salgados do que a própria iguaria. "Estou frita, meu filho, pois lá em casa somos oito, fora os netos e primos", me disse uma senhora idosa, bem-humorada, enquanto examinava as etiquetas e fazia contas.

Entre uma loja e outra, à procura do melhor bacalhau, aproveitei para passar no Salão Ana Araújo, de minha querida amiga, para desejar feliz Ano-Novo a ela e sua equipe. Na batalha, ela atendia uma cliente. Trocamos breves palavras, nos abraçamos, e continuei mercado afora, com a sacola numa mão e a lista de compras na outra. Tomei uma cerveja no Rei do Torresmo, pois ninguém é de ferro. O Agnaldo fez as honras da casa.

Foi então que, quase sem perceber, já estava numa loja espaçosa examinando um "legitimo bacalhau do Porto", como havia me dito o vendedor, um rapaz com sotaque nordestino, quando chegou um moço muito branco. Era bem alto, usava camiseta e boné, além de trazer nos ombros e nos braços várias tatuagens. Mostrando ser um bom entendedor do assunto e sem maiores delongas, foi tratando de separar, uma a uma, cinco embalagens do produto. "Já pesquisei em todas as lojas aqui do mercadão e o melhor bacalhau é este", disse, voltando-se para mim e um outro homem que também estava por ali. Ao vendedor, ordenou: "Segura para mim estas peças, que vou pegar o dinheiro ali no caixa eletrônico e volto logo".

Talvez tenha sido por influência dele, ou porque já estávamos mesmo cansados de ir de loja em loja olhando preços, que eu e aquele senhor ao meu lado resolvemos, assim que o rapaz saiu, comprar do bacalhau, "o melhor do pedaço", conforme ele, dono de si, havia afirmado ao se despedir de nós. Coloquei a compra na sacola, paguei e ia saindo, quando de repente me veio à cabeça que aquele tipo bem podia ser um agá.

Prática antiga, muito usada pela malandragem de Belo Horizonte dos outros tempos, esta consiste em alguém, combinado com o vendedor, chegar de repente, quando está tentando passar o seu produto, começar a elogiá-lo e, às vezes, até comprá-lo de mentira, como forma de impressionar o provável futuro cliente – ou trouxa, como também se dizia.

Como eu estava com tempo e, pior, já quase com certeza de haver caído no golpe do agá, resolvi verificar. Dei umas voltas, comprei alpiste, o abacaxi, os vinhos, as frutas, cumprimentei uns amigos, com os quais a gente sempre topa no mercado, tomei outra cerveja, e voltei para as imediações da tal loja. Fiquei numa esquina, de maneira a não ser visto, quando daí uns 15 minutos, como quem não quer nada, olhem quem estava de volta ao local do "crime": o rapaz. Com a mesma camiseta, bermuda, boné e tatuagens o ouvi dizer a duas moças que examinavam o bacalhau: "É o melhor que existe por aqui, já pesquisei em todas as lojas", falava, enquanto se voltava para o vendedor e, com cinco peças na mão, repetia: "Guarde estas para mim, vou ali buscar o dinheiro".

EM - 31/12/2010

Tempos de Lilian

No final dos anos de 1960, quando me apaixonei pela primeira vez, existia um projeto de se construir uma catedral aqui em Belo Horizonte, onde hoje é a Praça Milton Campos, no alto da Avenida Afonso Pena. Chegaram a começar a obra, que acabou não indo para frente, vá se saber os motivos. Mas os padres celebravam missas lá, e todas as tardes de domingo, na companhia da tia Neusa Beirão, com quem morava, eu ia assisti-las. Numa daquelas ocasiões, fiquei conhecendo Lilian: morena, de olhos verdes, ela estava com sua mãe, que, por coincidência, era colega de trabalho da minha tia, e moravam ali perto, na Rua Palmira. Lá também vivia Mônica Sartori, hoje artista plástica famosa. Minha amiga desde aquela época, eu ia muito à sua casa, perto da qual existiam mangueiras imensas. Todas foram cortadas para a construção de prédios, destino dado a centenas de outras árvores no bairro da Serra, um dos mais bonitos de Belo Horizonte.

Ainda na Rua Palmira, perto da nossa casa, também viviam com a família Heltinho Brant Aleixo, um dos atletas mais completos que já vi, e sua irmã Eliane, anos depois nossa colega no *Estado de Minas* e titular da Seleção Brasileira de Vôlei. Por aqueles tempos, o cartunista Mário Vale, que não morava lá, provavelmente ainda nem sonhava que um dia iria conhecer Mônica Sartori, com a qual acabaria se casando.

Terminada a missa, ocorreu de a minha tia sair da igreja conversando com a amiga; Lilian e eu, que íamos um pouco atrás, a princípio não trocamos palavra. A timidez não deixava. Por sorte, fui salvo por uma camisa do Colégio Arnaldo, que estava usando. "Meu irmão também é de lá", ela disse. Como eram duas séries na minha frente, eu não sabia dele. Em seguida, mais à vontade, aquela menina, bem mais alta do que eu, disse que estudava no Sacré-Coeur de Marie. Perguntei se conhecia a minha prima Maria Helena. "De vista, acho que sim. Minha mãe já falou dela", respondeu.

Na porta do nosso prédio, que ficava na esquina com a Rua Dona Cecília, minha tia e a amiga ainda ficaram conversando por uns dez minutos.

Lilian e eu também. Após as despedidas, quando estávamos subindo a escada, tia Neusa falou: "Estou achando que você gostou dela. É uma menina muito boa". Percebi que fiquei com o rosto vermelho. De vergonha, não respondi nada. Mas já me sentia completamente apaixonado. Só uma coisa me incomodava: "Será que ela tinha visto que eu estava calçado com um sapato de borracha?".

Custei a esperar o domingo seguinte, quando novamente fomos à missa, dessa vez eu de tênis novo, pois toda a minha mesada, economizada até o último centavo, foi destinada para comprá-lo. Nem me importei de ir o resto do mês a pé para o colégio. Lilian e sua mãe estavam lá, mas assentadas em um banco bem longe do nosso. Terminada a celebração, dei um jeito de falar com a minha tia: "A amiga da senhora está ali". Ela sorriu e, maravilhosa que era, deu um jeito de cumprimentá-la, puxar conversa, e, outra vez, viemos juntos. Na despedida, criei coragem e disse à Lilian: "Posso ir ao seu colégio amanhã?". "Será?", ela sorriu.

No dia seguinte, pouco antes de as aulas terminarem, eu estava lá, na porta do Sacré-Coeur. Ainda mais linda de uniforme, a menina, quando me viu, se despediu de uma colega e veio conversar comigo. Passei a encontrá-la quase todas as tardes, e continuamos a nos ver nas missas. Cada vez mais apaixonado, não quis acreditar quando, num domingo, ela me disse, depois de pegar na minha mão: "Meu pai foi transferido e vamos nos mudar de novo". "Para onde?", perguntei. "Para a Paraíba", foi a resposta que ouvi. Alguns meses depois, Lilian me enviou uma única carta, de João Pessoa, e nunca mais nos vimos. Mas um dia desses, ao passar pela Praça Milton Campos, onde, nos idos de 1960, pensaram em construir uma catedral, me peguei me lembrando dela, e resolvi contar esta história.

EM - 10/03/2009

O Thiago

Havia muitos anos que ele não ouvia falar daquele amigo. Mas há poucos dias, depois de um encontro casual na Rua da Bahia, com outro colega, também daquela época, este lhe perguntou: "Você se lembra do Thiago?". É claro que sim. O Thiago, seu vizinho de rua, era uma pessoa diferente, empolgada, que costumava colocar o coração na frente de tudo e, quando se entusiasmava com alguma coisa, não tinha quem o segurasse.

Naqueles dias bravos, de passeatas e lutas contra a ditadura, ele era um dos mais engajados, participava de todas as reuniões na faculdade, não escondia o rosto. Nos anos 1970, quando houve a campanha pela anistia, que incendiou os meios estudantis, ele foi um dos que mais se bateram pela volta dos exilados. "São nossos irmãos, têm de vir para casa", dizia.

"Temos de repartir a riqueza, entregar a terra ao povo, dar valor a quem trabalha e acabar com esse capitalismo horroroso", bradava aos quatro ventos, para o horror do seu pai, um empresário bem-sucedido, dono de vários negócios aqui em Belo Horizonte e que, não era segredo para ninguém, nunca escondera a simpatia pelos militares, nem pela ordem estabelecida. Não é preciso dizer que esse era um dos maiores pontos de atrito entre os dois, que nunca se entendiam e sempre discutiam aos gritos. Cada um querendo impor seu ponto de vista.

De tudo isso, depois daquele encontro com o colega, ele foi se recordando. E mais: uma vez o Thiago, depois de ter feito uma viagem até à Bolívia, no mítico "Trem da Morte", e de lá ter ido ao Peru, voltou mais doutrinado ainda. Trouxe dezenas de fitas com música andina, livros proibidos por aqui de Fidel Castro, Che Guevara e Hugo Blanco; aprendeu a recitar poemas de Neruda e César Vallejo, além de ter comprado ponchos feitos com pele de lhama e vicuña e que, por motivos óbvios, usou poucas vezes.

De outra feita, quando foi ao Rio Grande do Sul com a turma da faculdade e por lá conheceu o chimarrão, que segundo ele tinha lhe sido "aplicado por uma *chica* uruguaia", voltou com quilos e quilos de erva-mate e durante algumas semanas, até deixar de lado, ia para a escola levando uma garrafa térmica com água quente e a cuia para preparar a bebida, sobre a qual já se julgava um especialista.

Assim era o Thiago. Quando se apaixonava, aí era um deus nos acuda: escrevia versos melosos, que pedia para os amigos lerem. Mandava cartas, fazia serenatas, declarava amor eterno. Mas o seu grande desejo, como o de tantos jovens naquela época, era derrubar a ditadura, e ajudar a consertar o mundo.

"Se lembra do Thiago?", perguntou o colega, que contou mais: "Por coincidência, estive com ele no mês passado, durante uma reunião de negócios". "Como assim?" "É isso mesmo, nosso amigo, hoje, para o seu governo, é dono de oito postos de gasolina na região do Triângulo, tem quatro fazendas de criação de gado de corte pelos lados de Matias Cardoso e ainda ajuda a mãe, após a morte do pai, a administrar os negócios aqui em BH."

"E sobre os velhos tempos, vocês chegaram a conversar?", ele quis saber. "É claro que sim, nos lembramos da turma, falamos de você e rimos à beça depois da reunião, quando saímos para jantar. Aquela foi uma época em que a gente sonhava, não é?", o colega, que hoje é alto executivo de uma multinacional, lhe perguntou, enquanto prometia, sem muita convicção, marcar um encontro com o Thiago, para tomarem uma cerveja.

■ EM - 01/02/2003

O primeiro beijo

Quase uma hora depois de iniciada a viagem para Belo Horizonte, aquela moça, que até então nem olhara para ele, virou-se de repente e perguntou, depois de tirar os óculos, deixando à mostra os seus olhos, de um castanho bem claro: "Você é de Novo Cruzeiro?". Como a resposta foi "não", ela ficou calada por alguns instantes, para em seguida voltar a falar, como se fossem velhos conhecidos: "Eu nasci lá, mas moro em BH desde os quinze anos, quando fui trabalhar em uma casa de família. Agora não sou mais doméstica, pois consegui outro emprego, como secretária, em uma clínica odontológica". "Coisa boa, e você está gostando?", quis saber o moço, que começou a se interessar por aquela conversa. O ônibus, como era final de feriado, estava lotado.

"Demais...", ela deixou a resposta no ar, para uns cinco minutos depois, pois nesse intervalo ambos ficaram em silêncio, contar que, quando era criança, ela e os seus irmãos, "num total de dez", trabalhavam com o pai na roça, plantando *brachiaria* e eucalipto, ou então faziam bicos, lá mesmo em Novo Cruzeiro, de onde vinha aquele ônibus. Até chegar à capital, ainda iria demorar várias horas, pois ainda nem estavam em São João Evangelista. "Minha família era muito pobre, e desde cedo meus irmãos e eu tivemos de ajudar em casa, senão faltava até comida na mesa, como aconteceu algumas vezes. Você nem imagina como é ruim essa situação", disse a moça, depois de tirar uma blusa de lã. Mesmo com quase todas as janelas abertas, fazia muito calor.

"Foi por isso que você resolveu se mudar para Belo Horizonte, para fugir da pobreza?", perguntou o moço, depois de pedir a ela o favor de fechar a cortina, para tapar um pouco os raios do sol, que estavam batendo diretamente no seu rosto. Então aquela moça, ainda com os óculos na mão, virou-se para ele, abaixou a voz, também os olhos, e respondeu devagar: "Por isso também. Mas o principal motivo foi porque meu pai, mesmo sendo um homem muito bom, batia demais na gente, e principalmente em mim, que era a mais levada".

Enquanto ele pensava o que dizer, outros instantes de silêncio, quebrados pela moça, já novamente com os óculos: "Você não vai acreditar, mas depois que saí de casa, há uns doze anos, esta foi a primeira vez que voltei a Novo Cruzeiro. Achava que isso nunca mais ocorreria. Na minha infância, era sofrimento demais", disse. "Mas durante esse tempo todo você não se encontrou com ninguém da sua família?", o moço quis saber. "Com ninguém, ninguém mesmo, isso até uns dois meses atrás, quando meu pai teve de ir a Belo Horizonte, onde fez um tratamento na Santa Casa. Minha mãe e meu irmão caçula, que está um rapazinho bem bonito, o acompanharam. Só assim nos vimos novamente."

"E o que houve, que a fez tomar a inciativa de voltar à sua cidade, tantos anos depois?", indagou o moço, que, olhando para ela, também começou a pensar na sua própria história. Dessa vez, aquela moça, que era morena, tinha um cabelo muito negro e feições indígenas, abriu um sorriso, olhou nos seus olhos e disse: "Tenho até vergonha de contar, mas foi por causa de um beijo...". "Um beijo, como assim?"

Depois de uma breve pausa, e outra vez com os óculos, a moça então contou, com a voz embargada que, no dia de o seu pai ir embora, depois de ter recebido alta, quando foi se despedir dele, na porta da Santa Casa, este olhou para ela e, meio sem jeito, lhe deu um abraço e um beijo, como nunca tinha ocorrido, e pediu perdão, "por todas as ruindades que havia feito". "E qual foi a sua reação?", perguntou o moço, já emocionado com aquele relato. "Eu?, comecei a chorar como uma criança. Também o abracei, e abracei a minha mãe, o meu irmão, e, juro para você, aquele foi o dia mais feliz da minha vida. Por isso resolvi voltar a Novo Cruzeiro, e, de agora em diante, sempre que puder, quero ir visitá-los."

Algum tempo depois, após terem falado de muitas outras coisas, o ônibus, finalmente, estacionou na rodoviária de Belo Horizonte, onde o marido daquela mulher, com um filho pequeno nos ombros, a esperava. A noite, sem que ele percebesse, havia chegado.

■ EM - 10/09/2010

A partir de hoje

Tenho ouvido muitas histórias tristes sobre crianças. Algumas relatadas por minha mulher, Adrianne Sette, que é médica intensivista no CTI Infantil do Hospital das Clínicas, aqui em Belo Horizonte, onde lida no dia a dia com o sofrimento delas. Outra me foi contada por uma ex-colega do Colégio Arnaldo, com quem me encontrei dia desses na Avenida Afonso Pena, e cujo filho está com câncer. Tem ainda a história de uma mulher, amiga da minha irmã, que perdeu um sobrinho de apenas doze anos, em um acidente de carro, quando voltava de Lagoa Santa. E a de uma moça que viajou ao meu lado em um ônibus até Conselheiro Lafayette, cujo filho, há mais de dois meses, está internado em um hospital na cidade sentindo dores terríveis, sem que remédio algum dê cabo delas. Além disso, li em um jornal a história trágica de um casal que teve o filho sequestrado, pagaram o resgate, e mesmo assim mataram a criança, cujo corpo foi encontrado pela polícia em um lote vago.

Depois de ouvir todas essas histórias, estou aqui na casa da minha infância, em Coluna, no Vale do Rio Doce, cabeceira do Suaçuí Grande, que este ano inundou tudo, como se revoltado com os desmandos do mundo. E fiquei imaginando que, se eu tivesse uma varinha de condão, como acontece com as fadas, baixaria um decreto que rezaria o seguinte: de hoje em diante, em Minas, no Brasil e em todas as partes do mundo, estaria proibido que as crianças sofressem, porque nasceram para ser felizes e, para elas, com todas as loas, só estariam reservadas as coisas boas e gostosas da vida.

Seriam dos pequenos Afonsos, Ernanis, Niltons, Fernandos, Marias, Paulinhas, Mailas, Patrícias as mangas espadas que nascem nos quintais de Curvelo e Pirapora; as goiabas brancas e vermelhas que são fartura em nossos campos; as pitangas, com seus sucos maravilhosos; as jabuticabas sertanejas, tão doces em Itamarandiba e Carbonita; e o milho verde das roças, para que dele pudessem tomar um mingau quentinho, no qual seria acrescentado açúcar queimado, manteiga da roça e queijo do Serro.

E ainda: das crianças seriam todos os picolés, os sorvetes de ameixa e morango, os confeitos e todas as balas doces que existem nos armazéns e supermercados. Seria ainda dos meninos e meninas de Coluna, Frei Lago Negro, Ferros, Belo Horizonte, Lima e Bombaim o direito ao riso, ao bom sono em colchões macios e aos parques de diversão, nos quais poderiam andar à vontade nas rodas gigantes e em todos os cavalinhos – pois não há nada como um cavalinho, de verdade ou fantasia, para encher de alegria o coração de uma criança.

Ah! Se eu tivesse em minhas mãos uma varinha de condão, como acontece com as fadas, estariam fechados, a partir de hoje, todos os hospitais e CTIs infantis, porque as crianças, senhoras e senhores, não teriam mais pneumonia, nem catapora, nem meningite, nem paralisias de espécie alguma, doenças do coração ou câncer. A partir desta data, como decreto único, nenhum menino ou menina, em qualquer parte do mundo, seria mais submetido a uma sessão de quimioterapia. Também criança alguma, seja branca ou negra, indígena ou mestiça, passaria fome nem ficaria nas ruas pedindo esmolas ou vendendo balas nos sinais. A partir desse decreto, tudo isso seria apenas a lembrança de um tempo ruim, que passou. Nenhum menino ou menina seria mais molestado sexualmente, porque uma coisa abominável como essa estaria para sempre varrida da terra.

Senhoras e senhores, se eu tivesse mesmo uma varinha de condão, de hoje em diante, quando esta crônica está sendo publicada, criança alguma, nas ruas brasileiras, ou em qualquer outro lugar, seria sequestrada, pois quem pratica um ato desses, contra seres inocentes, só merece o nosso desprezo e, com certeza, no dia do Juízo Final, não receberá o perdão de Deus. Nenhuma mãe, da qual levaram o filho, ficaria mais se perguntando, em suas intermináveis noites de insônia e sofrimento, o que terá acontecido com ele, o que terá comido, que roupinha estará usando, se estará ou não passando frio. Coisas assim, tão cruéis e que vão além da nossa imaginação, não iriam acontecer mais, já que o mundo, a partir de hoje, passaria a ser governado pelas crianças.

EM - 26/12/2006

O Barba

Essa história aconteceu no final do ano passado, quando o Andrezinho, logo após tirar a carteira de motorista, e não cabendo em si de empolgação, acabou conseguindo, depois de infernizar a vida dos seus pais, que emprestassem a ele o carro, um Pálio novinho, para que fosse passar uns dias em Salvador. "Vamos eu e o Lucas", disse, e de nada adiantou, menino mimado que sempre fora, o pai argumentar que a Rio-Bahia era uma estrada perigosa, Salvador também, que ele não tinha experiência em dirigir, essas coisas. Nada convenceu o rapaz.

"Não sou mais menino, véio, sei me cuidar", disse o Andrezinho, cheio de si. E com a autoridade dos seus 18 anos, feitos poucos meses antes, lá se foram, ele e o Lucas, que era da sua idade, conhecer as belezas da Bahia. A mãe, muito religiosa, ainda colocou no seu pescoço uma correntinha com medalha de Nossa Senhora das Dores, "para ela te proteger, meu filho."

Até que a viagem foi boa. Saíram de Belo Horizonte bem cedinho, dormiram em Vitória da Conquista e, no outro dia à tarde, sem maiores atropelos, lá estavam eles em Salvador, onde se hospedaram, segundo indicação de um amigo, em um hotelzinho nas imediações da Praça Castro Alves. Não cabiam em si de tão contentes. "Às vezes a gente até desloca umas gringas, ou quem sabe umas baianas", o Lucas disse ao Andrezinho na manhã seguinte, quando, cheios de planos e protetor solar, foram para o Farol da Barra.

No início, o Barba, que se aproximou deles "por acaso", depois de vê-los descer do Pálio, que era azul como o mar, achou que os dois, louros e altos, fossem americanos ou franceses. Daí ter se dirigido a eles em inglês, com todas as cerimônias. "Que é isso, cara, somos mineiros...", respondeu o Andrezinho com orgulho. "Uai, e brancos desse jeito...", disse o Barba, com a maior simpatia. Ali mesmo, começou uma "sólida" amizade, que só terminaria nove dias depois, como se verá a seguir. "E as gatas daqui, cara...?", quis saber o Lucas mais tarde, depois de terem tomado várias cervejas, que o novo amigo, naquele primeiro encontro, fez questão de pagar. "Sou sócio da barraca", disse.

"Elas são demais, *brother*, vou apresentar umas para vocês", respondeu o Barba. No outro dia, lá estavam duas meninas, lindas e morenas, para o encanto dos mineiros. À noite, os quatro foram ao Pelourinho, onde se encontraram com o Barba, que já havia reservado uma mesa. "Vamos deixar o carro no estacionamento, na rua é perigoso", falou uma delas, a Lu. Horas mais tarde, depois de dançarem bastante, ela e a amiga, sob cúmplices olhares do Barba, foram para o hotel com os meninos, que não dormiram o restante da noite. "Aqui é demais, mãe, fizemos amizade com um cara muito legal, que está apresentando a cidade para nós...", o Andrezinho disse dois dias depois, no primeiro telefonema dado para casa, ao que a sua mãe recomendou: "Cuidado, meu filho, desconfie de gente oferecida demais...".

O Barba, por sua vez, não tinha pressa alguma. Era um mestre na arte da sedução e do envolvimento. Em nenhum momento, em todos aqueles dias, fez sequer menção ao Pálio, que parecia não existir para ele. "As coisas materiais não me importam", chegou até a confessar, em um momento de intimidade com os mineiros. E voltaram a se encontrar nas praias; à noite, nos bares do Pelourinho, ou da Cidade Baixa; foram juntos à Feira de São Joaquim e a Amaralina. Também ele conseguiu para o Andrezinho e o Lucas convites para um show de Ivete Sangalo, que os dois assistiram com a Lu e a amiga, pelas quais, àquelas alturas, já estavam apaixonadíssimos.

E as coisas foram indo. Não podiam ter férias melhores. Até que no começo da tarde no nono dia, quando conheciam a Praia do Forte, para onde foram levados de propósito, o celular do Barba tocou. Coisa séria, pela expressão do seu rosto. Em seguida, duas lágrimas rolaram. "O que foi, Barba, o que foi?", Lucas e o Andrezinho perguntaram, aflitos. A Lu e a amiga também. Com a voz engasgada, ele só conseguia responder: "A minha mãe, a minha mãe, ela foi atropelada e meu irmão disse que o estado dela é grave...".

Não passava táxis; ônibus, nem pensar. Fazer o quê? Foi então que o Andrezinho, contra a vontade do Barba, que não queria aceitar de jeito nenhum, "pois isso não está certo", acabou emprestando para ele o Pálio, com os documentos e tudo. Alguns minutos depois, fingindo dor de cabeça, a Lu e a amiga se foram, enquanto o Andrezinho e o Lucas, até se darem conta do que havia realmente acontecido, ainda ficaram por ali durante várias horas, esperando pelo retorno do Barba.

■ EM - 26/04/2005

Em quatro tempos – 1

Tempo 1 – Chubut, sul da Argentina, outubro de 1982: Estamos acampados, a jornalista Patrícia Grinberg e eu, às beiras de um imenso lago aos pés da Cordilheira dos Andes. Já havíamos passado por Baía Blanca, General Roca e Bariloche. Tempo de mochilas e sonhos. Com Ariel, um menino que vendia *helados*, fizemos amizade. Olhos vivos e negros, torcedor fanático do Boca, seu sonho, como o de qualquer outra criança, era ser jogador de futebol. "Quero ser como o Diego", nos disse, e, para provar que entendia do assunto, começou a fazer embaixadinhas com uma pequena bola de pano. Tinha nove anos. Alguns dias depois, às vésperas de irmos embora, cortei o dedo e fomos ao hospital da cidade, onde custamos a ser atendidos. Quando estávamos saindo, alguém nos chamou, através de uma porta entreaberta. Quase não acreditamos quando vimos o Ariel deitado em uma maca. "Vejam o que fizeram comigo", nos disse o menino, com os olhos cheios d'água. Na noite anterior, quando vendia seus *helados*, uma moto havia esmagado a sua perna, e os médicos, sem outra opção, tiveram de amputá-la.

Tempo 2 – Brumado, sertão da Bahia, dezembro de 1969: Com Zé Alencar, então meu colega do Colégio Arnaldo, aqui em Belo Horizonte, eu passava férias nessa cidade, na casa da sua família. Meio-dia, sol rachando de quente, nós estávamos assentados em um banco, debaixo de um coqueiro, cuja sombra amenizava um pouco o calor. Esperávamos por Anita Meira, uma linda menina de cabelos negros, com a qual iríamos tomar sorvete. "Depois a gente podia levá-la ao clube...", disse o Zé Alencar. Nisso, um amigo dele, o Deto, apontou do outro lado da rua e nos chamou. Ainda não havíamos andado cinco passos quando um cacho de cocos caiu em cima de um fio de alta tensão. Não suportando o peso, o fio se rompeu e deixou um risco de fogo no banco onde estávamos. Como éramos adolescentes, senhores do mundo, creio que não percebemos direito o quanto a morte, naquele dia, passou perto de nós.

Tempo 3 – Vancouver, Canadá, um dia qualquer de 1998: Com um grupo de jornalistas cariocas e paulistas, eu estava jantando em um restaurante da cidade, uma das mais belas que já conheci. Comíamos salmão grelhado e tomávamos vinho. À nossa frente, o mar, cujas ondas se quebravam suavemente na praia, e, se perdendo no horizonte, via-se um imenso navio branco. Começava a entardecer, mas algumas gaivotas ainda voavam. Um casal bem jovem, em uma mesa ao lado da nossa, estava conversando. Tomavam café com torradas. De repente, a moça, que era de origem asiática, começou a acariciar o rosto do rapaz, que retribuía dando-lhe repetidos beijos. Alguns minutos depois o nosso guia nos chamou para ir embora. Nos levantamos e saímos. Desde então, aquela distante cena de amor, entre duas pessoas que provavelmente jamais verei novamente, sempre volta à minha memória.

Tempo 4 – Belo Horizonte, Minas Gerais, noite de 22 de maio de 2005: Sonho que estou outra vez em Chubut, no sul da Argentina. É dia de festa na cidade, e um grupo toca músicas folclóricas com suas *quenhas*, *zamponhas* e *charangos*. Também não falta o *bumbo leguero*, que marca o ritmo das canções, que são belas. Já não estou com Patrícia, mas tomo pisco com a minha mulher, Adrianne, que não se cansa de admirar a beleza dos Andes, bem ali à nossa frente. Venta e faz muito frio. É então que vem em nossa direção um homem moreno, de estatura mediana e olhos muito negros. Anda com a ajuda de uma muleta. Se aproxima da nossa mesa, bate no meu ombro e pergunta: "Você se lembra de mim?". A princípio vacilo, mas logo respondo sem esconder a surpresa: "É você, Ariel...". "Sou eu mesmo", ele diz, pergunta pela Patrícia, tira uma bola de pano do bolso e começa a fazer embaixadinhas. Quero saber se ele ainda vende *helados*, e me levanto para abraçá-lo. Mas acordo em seguida, com o barulho de uma sirene, que invade a madrugada.

■ EM - 24/05/2005

Em quatro tempos – 2

Tempo 1 – O pai e o filho, este devia ter uns cinco anos, gostavam de andar a cavalo nos matos sem fim da fazenda. O menino, com seu bonezinho, sempre ia na garupa. Do alto dos morros que se sucediam, eles avistavam lá embaixo, correndo majestoso, o Rio São Francisco. As terras se perdiam de vista. Foi em um daqueles passeios que o menino (seu nome era Bruno) virou-se para o pai, quando pararam para lanchar, e disse: "Queria que você morresse, para eu ser dono de tudo isso", e abriu os braços, abarcando o mundo. O pai, um homem que sabia das coisas, olhou para o filho, pegou na sua mão e respondeu: "Você vai ser, sim, o dono dessas terras, é para isso que trabalho". Então, o menino assustou-se, abraçou o seu pescoço e falou: "Só estava brincando". O pai sorriu, lhe deu um beijo, e ficaram os dois ali, o resto da tarde, comendo goiabada com queijo que a mãe havia preparado.

Tempo 2 – Era um domingo pela manhã, na Praça da Assembleia, em Belo Horizonte, quando o pai, a mãe e o filho, que estavam ali já havia algum tempo, se preparavam para ir embora. O menino, que devia ter uns quatro anos, olhou para a mãe e disse: "Estou com vontade de fazer xixi". Então ela, sem pensar duas vezes, olhou para o carro e falou: "Pode fazer ali, querido, na roda". "Na roda do meu carro, não, você ficou louca?...", interveio o pai, sem querer acreditar, e apontou para a grama: "Faça lá". "Na grama não pode, onde já se viu uma coisa dessas?", foi a vez da mãe dizer ao filho, que apenas repetia: "Estou com vontade de fazer xixi, estou com vontade...". "Vá, Lucas, atrás daquela árvore...", mandou o pai. "Na árvore não, pois a urina vai escorrer pelo passeio e as pessoas estão caminhando", retrucou a mãe. "Quero fazer xixi, não estou aguentando mais", repetiu o menino, já começando a chorar. "Vamos embora, lá em casa você faz, e não se fala mais nisso...", ordenou o pai, sem dar a mínima para a necessidade do filho. Em seguida ligou o carro, que arrancou cantando os pneus.

Tempo 3 – O pai, a mãe e a filha, a pequena Lu, com seus três anos, haviam se mudado para o 19º andar de um apartamento de cobertura no bairro São Lucas, em Belo Horizonte, de onde tinham a cidade a seus pés. "Nada mais bonito do que ver a lua nascendo atrás da Serra do Curral, e o sol se pondo lá pelos lados do Barreiro", a mãe, orgulhosa, gostava de dizer às amigas. Ter um apartamento como aquele sempre havia sido o sonho do casal, que lutou muito para realizá-lo. A Lu, com seus grandes olhos castanhos, veio para completar aquela felicidade. "Ela é um presente de Deus", como dizia o pai ao falar da filha para os amigos. Há pouco mais de quinze dias, em uma dessas belas manhãs de agosto, quando o pai, aproveitando sua folga, havia saído para tomar cerveja com uns primos que não via há tempos, a mãe, carregando a filha, chegou em uma das janelas da sala, pois adorava olhar a cidade por aquele ângulo. Foi então que a Lu, num tom de voz que a fez estremecer, virou-se para ela e disse: "Que lugar bom para a gente sair voando...". A mãe abraçou-se a ela, beijou-a repetidas vezes, e no outro dia, ainda pela manhã, mandou substituir as grades de plástico de todas as janelas, inclusive as da área e dos banheiros, por outras, reforçadas, de metal. Desde então aquele apartamento, para ela, perdeu a graça.

Tempo 4 – Vinte anos depois, quando já viviam em Belo Horizonte, o pai e o seu filho Bruno, logo após a morte da mãe, voltaram à fazenda, que continuava lá, às margens do Rio São Francisco. Agora, o rapaz, já formado em Direito, tinha o seu próprio cavalo, e não precisava mais andar na garupa do pai. Foram dar umas voltas. Quando chegaram no alto do morro, o mesmo onde, nos velhos tempos, costumavam parar para lanchar, o filho se virou para o pai, olhou bem dentro dos seus olhos e falou emocionado: "Quero lhe pedir desculpas". "Desculpas por quê, Bruno?", ele perguntou. "Lembra-se de quando eu disse, aqui, neste mesmo lugar, que queria que o senhor morresse para eu ser o dono de tudo?" O pai sentiu um calor no peito, suspirou fundo, e falou: "E então, vamos ou não vamos comer a nossa goiabada com queijo?".

■ EM - 23/08/2005

Amores perros

Movimento 1 – Tomo um táxi na Praça da Assembleia, em direção ao Floresta. Vou visitar a minha mãe. A manhã está bonita; o céu, azul, e a cidade, tranquila, com poucos carros nas ruas, como só ocorre em feriados, ou em algumas tardes de domingo, como hoje. O motorista, um homem bem mais velho, logo puxa conversa, e começamos falando sobre futebol: das trapalhadas do Atlético no ano do centenário, das chances de o Brasil ganhar a Copa do Mundo; coisas assim, que acabam aproximando dois desconhecidos, como nós. Logo em seguida, em um quarteirão da Santa Catarina, uma faixa, estendida de um lado a outro da rua, anuncia o sumiço de uma cadelinha e oferece boa recompensa para quem der notícias dela, ou devolvê-la para a dona. Aí a conversa com o taxista toma outro rumo, e ele, aproveitando a deixa, diz que, todos os meses, leva uma senhora a um sítio em Rio Acima, onde ela passa o fim de semana. "Sabe qual é a primeira coisa que ela faz quando chega lá, antes até de entrar na casa?", pergunta. "Vai visitar o túmulo da sua cachorrinha, que morreu atropelada." E completa, antes que eu diga alguma coisa: "Faz o nome-do-padre, coloca flores e reza como se fosse uma pessoa, você acredita?". "Acredito, amigo, acredito sim", respondo, falamos sobre outros assuntos e, daí a pouco, chegamos ao nosso destino.

Movimento 2 – Minha mãe e eu estamos conversando na cozinha da velha casa na Rua Ipiranga, no Floresta, onde a família vive há mais de trinta anos. Ela me oferece café, queijo, biscoitos e bolo de fubá, este feito por ela. No seu colo, fazendo a maior festa, está a Pipoca, uma cadelinha branca, que não para um minuto. Antes dela, quando vivíamos em Coluna, na Chácara São Joaquim, tivemos vários cachorros: um deles foi o Buque, um São Bernardo bonito, que todos os dias, como se cumprisse um ritual, acompanhava minha mãe até ao Grupo Escolar Heroína Torres, onde ela dava aulas. Outro foi o Dick. Das raras fotos que tenho da infância, em uma delas, de calças curtas, pés no chão e com o cabelo cortado à Príncipe Danilo, estou ao lado desse cachorro, que era muito dócil. Costumávamos ficar horas brincando no quintal, quando não íamos caçar preás e coelhos. Mas, de todos, o de que eu mais gostava era o Rin-tin-tin, um vira-lata nervoso, inconstante. Nunca dava para medir o seu humor. Era um companheiro e tanto e, nas lidas com o gado, bem mais bravo do que hoje, não tinha nenhum como ele. Estávamos assim, minha mãe e eu, nos lembrando de tudo isso, quando, de repente, a Pipoca salta do seu colo e sai em disparada. "O que deu nela?", pergunto. "É a Heloísa que está chegando." Não acredito e vou conferir. Minha irmã estava ainda na rua, abrindo o portão, mas a cachorrinha já sabia que era ela.

Movimento 3 – De volta à cozinha, a conversa sobre esses amores *perros* prossegue. Agora estamos nos lembrando de um outro Dick. Este era um pastor-alemão dos meus tios Aluísio e Heli Oliveira, quando tinham loja na Santos Dumont, nos idos dos anos 1970, na qual vendiam queijos e galinhas. A avenida era tão calma que, nos fins de semana, a gente jogava bola em plena pista. Raramente passava um carro. Cachorro ensinado, de inteligência rara, Dick fazia de tudo: desde levar bilhetes a outros comerciantes até buscar objetos escondidos na Praça da Estação, do outro lado do Rio Arrudas, só para testar sua capacidade de encontrá-los. Um dia, não se sabe como, ele desapareceu, para desespero dos meus tios. Tentaram de tudo para achá-lo, e nada. Dez anos depois, um amigo do meu tio Heli, de cujo nome me esqueci, disse para ele: "Vi seu cachorro ontem em uma padaria lá no Santa Efigênia". Sem querer acreditar, mas na maior expectativa, ele, o moço e um detetive seu conhecido foram conferir. Não deu outra. Assim que foram chegando, meu tio abriu os braços, chamou o cachorro pelo nome, e este, fazendo a maior festa, pulou em cima dele ganindo, lambendo o seu rosto, numa emoção que contagiou a todos, inclusive o novo dono. Sem alternativa, este, depois de devolvê-lo, confessou que o havia comprado de um homem "moreno e alto". Algum tempo depois, o Dick morreu.

Movimento 4 – De novo na minha casa, depois de ter passado a manhã com a minha mãe, veio à minha cabeça a conversa com o motorista de táxi. Pensando na mulher que sempre visitava o túmulo de sua cadelinha, horas mais tarde, antes de começar a escrever esta crônica, tive então a definitiva certeza, embora tanto tempo já tenha se passado: os três tiros que deram no meu cachorro, o Rin-tin-tin, quando eu tinha oito anos, até hoje, em determinadas noites de insônia e solidão, continuam ecoando no meu coração.

EM - 27/05/2008

Todas as tempestades

Às quatro horas da manhã em ponto, como havia sido combinado na noite anterior, o motorista já o esperava na porta do hotel, que ficava na Alameda Santos, quase esquina com a Rua Dr. Rafael Barros, para levá-lo até ao Aeroporto de Congonhas, onde iria pegar o avião às seis, e não queria, como já havia acontecido outras vezes, passar pelo estresse de chegar atrasado e ainda por cima ter de enfrentar uma fila imensa para fazer o *check-in*. O motorista era um homem de cabelos brancos, tinha um sorriso afável e trazia um sobrenome italiano, conforme pôde ler no crachá de identificação, exposto no painel do carro, que cheirava a novo. "Bom dia, senhor", ele lhe disse, enquanto, gentilmente, abria a porta para que o moço entrasse. Garoava e fazia um pouco de frio quando começaram a andar pelas ruas de São Paulo, cidade que, como dizia o escritor Roberto Drummond, "acolhe todas as tempestades do mundo".

"O senhor irá pegar o voo para onde mesmo?", perguntou o motorista, olhando pelo retrovisor. Quando o rapaz lhe disse que era para Belo Horizonte, ele emendou, como se tivesse pressa em falar: "Já viajei muito para aquelas bandas de lá, de caminhão, logo depois que fui expulso da Marinha...". "Expulso da Marinha? O que o senhor aprontou, amigo?", perguntou o rapaz, em tom de brincadeira. "Eu não fiz nada, foi a minha ex-mulher que acabou com a minha vida."

E então, como já devia ter repetido centenas de vezes, sabe-se lá para quantas pessoas, ele começou a contar a sua história, da qual ainda não havia conseguido se livrar, embora mais de cinquenta anos já tivessem se passado desde aquele dia em que, ao voltar para casa, pois um treinamento havia sido adiado, ele encontrou a sua mulher na cama com um dos seus melhores amigos. "A minha primeira reação, pois eu estava armado, foi querer atirar nos dois e depois me matar", ele disse.

Mas aquele homem, então um jovem tenente com pouco mais de vinte anos, que adorava ser marinheiro, não fez nada daquilo. Esperou que o outro se fosse, após saltar a janela. Ignorou a mulher, quando ela, aos prantos, tentou lhe dizer alguma coisa. Em seguida foi a um outro quarto, pegou algumas peças de roupa, sua farda de gala, e saiu daquela casa, sabendo que seria para sempre. "Fui para a rodoviária, tomei o primeiro ônibus para Palermo, onde fiquei um mês trancado no quarto de uma pensão, até vir para o Brasil alguns dias depois", ele contou, já com a voz engasgada. A chuva começava a engrossar, e o carro, cheirando a novo, deslizava pelas ruas ainda sem movimento. "Desertei, e se ainda hoje a Marina Italiana não perdoa uma atitude dessas, imagine naquele tempo... Fui expulso", ele falou, enquanto procurava alguma coisa no porta-luvas.

Uns quarenta minutos depois, quando finalmente chegaram ao aeroporto, já com a chuva caindo forte, entre relâmpagos e trovoadas, o rapaz, que até àquela hora quase não havia falado, finalmente perguntou àquele homem: "E a sua ex-mulher, meu amigo, o que foi feito dela?". "Às vezes ainda tenho notícias, dadas pela nossa filha, que é a razão da minha vida, e pela qual ainda estou aqui hoje, trabalhando", ele respondeu, enquanto estendia uma foto, na qual aparecia com a sua farda de gala, a bordo de um porta-aviões. "Este sou eu, e não o que está aqui, dirigindo este táxi", disse. Em seguida recebeu o dinheiro, estendeu a mão ao rapaz, desejou-lhe uma boa viagem e voltou novamente para as ruas. Ele e sua história. Talvez na esperança de que, algum dia, alguém o ajude a entendê-la.

■ EM - 21/03/2006

Rumo a Aparecida

Tomei um táxi na esquina da Rua do Ouro com Palmira, na Serra. Havia acabado de sair do Bar do Salomão, onde, no último sábado, me encontrara com uns amigos para tomar uma cerveja, degustar a boa comida árabe que servem por lá e colocar a conversa em dia. Ainda não tínhamos rodado nem dois quarteirões quando o motorista, um rapaz novo, virou-se para mim e perguntou: "Você conhece Aparecida do Norte?". Havia uma certa ansiedade na sua voz. "Não, não conheço, mas tenho vontade de conhecer", respondi, dando espaço para a conversa prosseguir.

"Pois na terça que vem, dia 12, de madrugadinha, eu estou indo para lá", disse. "Vai cumprir promessa, amigo?", eu quis saber, pois também sou devoto da Virgem Negra. "Se estou vivo aqui, conversando com você, devo tudo a ela...", falou, olhando de novo para mim, como se esperasse a minha aprovação. Nesse momento, o carro, após se desviar de uma moto que quase pegara o seu retrovisor, atravessou a Avenida do Contorno, para ganhar a sequência da Rua Cláudio Manoel.

"Mas o que aconteceu, afinal?", perguntei curioso. Então o taxista, após se benzer e levar a mão a uma imagenzinha da padroeira que estava colada ao painel, contou que na semana anterior, cerca de nove horas da noite, ele estava no final da Avenida Cônsul Cadar, indo embora, quando dois rapazes, "de boa aparência", deram sinal. Como ainda não havia completado a cota do dia e estava precisando de dinheiro, resolvera parar.

"Pode ir andando, chegado", ordenou o que estava no banco da frente, com voz de poucos amigos. "Naquela hora, não sei por quê, senti que alguma coisa muito ruim iria acontecer", contou o motorista. Alguns minutos depois, logo após deixar a avenida, ele só ouviu quando o outro homem, o que estava no banco de trás, depois de encostar um revólver na sua cabeça, mandou que ele parasse o carro. O lugar, que não conseguiu identificar, era ermo e escuro.

"Vai descendo, e na moral, senão a gente queima você aqui mesmo", disse o que estava com a arma apontada para a sua cabeça, enquanto o seu colega, visivelmente nervoso, abria o porta-malas, cumprindo ordens do outro. “Então me jogaram lá dentro”, prosseguiu o motorista, acrescentando ter implorado a eles que não o matassem. “Me jogaram lá dentro e começaram a rodar...”

Nesse momento, após deixarmos a Avenida Getúlio Vargas, ganhamos outra vez a Contorno, pois íamos em direção ao Santo Agostinho. “Às vezes, eles paravam o carro, desciam, iam a algum lugar e logo voltavam, sempre discutindo”, contava o homem, como se estivesse vivendo novamente toda aquela situação. “E você, pensava em quê?”, eu quis saber, tentando imaginar o seu desespero dentro daquele porta-malas escuro e apertado, só tendo o medo e a solidão como companhias.

“Só me lembrava da minha mulher, que está grávida de oito meses, e de Nossa Senhora Aparecida, a quem eu fiz a promessa...”, respondeu o moço, que, novamente, tocou na imagenzinha. “E você não teve medo de morrer?” “É claro que tive, é claro que tive...”, e entrou na Avenida Olegário Maciel, com as mãos segurando com força o volante, para em seguida virar à esquerda na Rua Santos Barreto, onde eu iria descer. Mas não sem antes saber o desfecho daquela história, que só terminou depois que os dois rapazes, após rodarem mais de duas horas, finalmente pararam o carro num lugar ainda mais escuro. “Aí eu pensei que havia mesmo chegado a minha hora”, confessou o motorista. Mas ainda não seria daquela vez, pois seus algozes, depois de discutirem se iriam matá-lo ou não, resolveram poupá-lo e foram embora, deixando-o dentro no porta-malas, do qual só conseguiu sair depois de muito esforço.

“Acho que estavam usando o meu carro como ‘avião’, para distribuírem a droga...”, disse ainda o moço, que voltou a se benzer, recebeu pela corrida e se foi, à espera do 12 de outubro, quando finalmente pagaria a sua promessa.

■ EM - 12/10/2004

As folhas da castanheira

Para Sandra Kiefer

Na manhã de domingo, quando voltava do supermercado, onde tinha ido fazer compras para o almoço, antes de enfrentar a rotina de mais um plantão, de repente ele se viu, com os embrulhos na mão, observando uma castanheira que, entre a Rua Santos Barreto e a Avenida Álvares Cabral, soltava as suas folhas. Eram centenas. Grandes, amarronzadas e bonitas, elas se espalhavam nos telhados das casas, batiam nos carros que passavam, ou atingiam grandes alturas levadas pelo vento, antes de caírem no asfalto, no qual formavam um tapete.

Ainda era cedo, e para apreciar um pouco mais daquele espetáculo, bem típico desses bonitos dias de final de inverno em Belo Horizonte, ele resolveu se assentar na mureta do Banco Central, cujo jardim, depois percebeu, também estava tomado pelas folhas da castanheira. Enquanto caíam, como que por encanto, elas começaram a lhe mostrar outras coisas, que, com certeza, se não fosse por elas, teriam ficado despercebidas.

Uma mulher jovem, empurrando um carrinho, dentro do qual estava um bebê, que talvez fosse seu filho, passou a seu lado, sorriu e lhe deu bom-dia. "Coisa rara de acontecer nesta cidade...", ele pensou, vendo-a atravessar a avenida em direção à Praça da Assembleia, onde, àquela hora, dezenas de pessoas já estavam fazendo suas caminhadas.

Nisso, quando começou a pensar que precisava de voltar a fazer exercícios, um menino veio descendo a rua. Olhou para ele, para os embrulhos ao lado, pensou um pouco, passou a mão na cabeça e disse: "Tem alguma coisa de comer aí, tio...?". Então o tio, que se ajeitou melhor na mureta, deu a ele uma maçã, e quando ia puxar conversa, o que provavelmente em outra ocasião não aconteceria, de repente o vento, soprando ainda com mais força, alvoroçou a castanheira. E centenas de folhas, de uma só vez, começaram a planar, ao mesmo tempo em que um sabiá-laranjeira, em algum lugar entre seus galhos, começava a cantar.

"Brigado, tio...", disse o menino, e foi andando com a maçã na mão, até se perder entre os carros, enquanto as folhas, como bailarinas, continuavam a sua dança. "Que horas serão?", ele pensou, já se imaginando atrasado para o serviço, tendo de almoçar depressa, e depois tomar um táxi. Mas quando ia olhar o relógio, uma daquelas folhas, sem mais nem menos, veio voando em sua direção, fez volteios, rodopiou, e depois caiu bem em cima da sua cabeça. "Não é possível...", e na mesma hora ele a pegou com cuidado, ficou com ela por uns instantes na mão, como se fosse um troféu, e aquilo o deixou tão feliz, que quase nem notou quando uma viatura da Rotam, com os soldados com os rostos para fora e pesadas armas nas mãos, subiu em disparada a Rua Santos Barreto, com a sirene ligada, indo em direção à Avenida Raja Gabaglia. "O que terá acontecido, meu Deus...?", ele se perguntou já imaginando tiros, gente caída no chão, sangue espalhado por todo lado, e os jornais, no outro dia, falando de mais e mais mortes, guerras de gangues, e do aumento dessa violência, que parece não ter fim. Então, ele pegou os embrulhos, se levantou da mureta, olhou mais uma vez para aquela árvore, para a rua, na qual já vivia há cinco anos, para a provável mãe com o seu bebê, que voltavam do passeio, e foi finalmente para a sua casa, onde no último domingo, depois de chegar de mais um dia de plantão, começou a escrever esta história, antes que algum vento também a levasse, como as folhas da castanheira.

■ EM - 31/08/2004

O embaixador

Depois de muitos anos vivendo no exterior – Estados Unidos, Espanha, Holanda e outros países –, trajetória que começou quando ainda era jovem e passou em concurso no Itamaraty, finalmente João de M., embaixador aposentado, retorna com mais tempo a Belo Horizonte. Durante os mais de 40 anos em que esteve fora, por uma razão ou outra, voltou aqui apenas duas vezes, assim mesmo rapidamente: a primeira, para assistir ao enterro da mãe, que morreu com quase 100 anos, e depois em uma missão política junto ao governo do Estado, ainda na época da ditatura militar, nos anos 1970. Reunião tensa, na qual teve de medir todas as palavras e que se arrastou noite adentro, no Palácio da Liberdade.

Tem a companhia da mulher, a sueca Sophia S., que visita pela primeira vez a cidade; de dois filhos, Marcelo e Ingrid; e de um neto, Alan, que veio conhecer a terra do vovô. Está encantado. Já estiveram no Mineirão, na Praça da Liberdade, no Jardim Zoológico e no Parque das Mangabeiras, onde o menino, como se não estivesse acreditando, deu de comer aos esquilos, percorreu parte da "trilha da selva", subiu em uma árvore e também, registrando tudo com uma pequena filmadora, para depois mostrar aos coleguinhas, viu pela primeira vez um pica-pau, em plena atividade, e um miquinho.

Depois passaram na Praça do Papa, onde tomaram água de coco. A avó provou milho assado, comida que achou "exótica", e o avô contou ao neto e aos filhos como era aquele lugar quando criança. "Aqui não tinha nada, só mato denso. Uma vez, eu e alguns amigos viemos pegar passarinhos aqui e ficamos perdidos. Deu a maior confusão, e até o Corpo de Bombeiros tiveram de chamar", disse, num tom meio nostálgico, como às vezes costuma acontecer com quem já viveu e viu muita coisa.

Mas, o que ele queria mesmo, porém estava adiando, talvez com medo do "velho coração", que não andava lá essas coisas, era levar a mulher, os filhos e o neto para conhecerem o Sagrada Família, bairro onde nascera, passara a infância e parte da juventude, até que a vida o fez tomar seus rumos. Nunca mais voltara ali. Logo após a entrada para o Itamaraty, no qual chegou antes dos 30 anos – após ter sido um dos primeiros colocados no concurso –, seus pais tinham se mudado de lá. Foram para um bairro próximo à Pampulha, e, nas duas únicas vezes que voltara a Belo Horizonte, não teve tempo para nada.

Mesmo sabendo que tudo estaria mudado, como de resto toda a cidade, assim que tomou o táxi na companhia dos filhos e do neto (naquele dia sua mulher não estava se sentindo bem) e pediu ao motorista que tocasse para o Sagrada Família, seu coração começou a disparar. Emoção que foi aumentando à medida que o carro, depois de deixar a Avenida Afonso Pena, pegou o Viaduto Santa Tereza, na Avenida Assis Chateaubriand, para, em seguida, cruzar a Contorno e entrar no Floresta.

"Para onde no Sagrada Família, senhor?", perguntou o motorista, num tom amigável, ao que o embaixador, após um breve silêncio, respondeu: "Vamos pela Conselheiro Lafaiete, depois você pega a Pitangui à direita, andamos mais alguns quarteirões, e lá te falo onde parar". No banco de trás, cúmplices daquele momento que o pai estava vivendo, os filhos não diziam nada. Apenas o pequeno Alan, para quem tudo era novidade, não parava de conversar e perguntar coisas ao avô.

E foi assim que, alguns minutos depois, o motorista disse: "Já estamos na Pitangui, senhor...". "O quê?", o embaixador perguntou, como se não estivesse ali. "Para onde tocamos agora?" "Ande mais um pouco, só alguns quarteirões", ele respondeu, enquanto tentava, recuando no tempo, localizar o lugar onde vivera. Lugar que, daí a pouco, voltou à sua memória com uma clareza impressionante, assim que cruzaram a esquina da Rua Itajubá. "Aqui, por favor, meu amigo, pare, pare...", ele disse. Desceu do carro, andou alguns metros e ficou de frente a um prédio de quatro andares, que naquele dia estava sendo pintado.

Seus filhos e o neto também desceram. "A nossa casa era aqui; aquela árvore foi a minha mãe que plantou", contou, com a voz embargada, apontando para uma mangueira carregada de frutos. Antigas lembranças, aos turbilhões, iam voltando. "Por que você está chorando, vovô?", perguntou o pequeno Alan. O velho embaixador limpou a garganta, estreitou o neto nos braços e respondeu: "Não é nada, filho, não é nada". Em seguida entraram no táxi, que ficara esperando, e retornaram ao hotel.

Revista *Encontro* - 03/2013

A velha senhora

Os filhos, os netos, bisnetos dos quais ela já nem sabia os nomes, tantos sobrinhos, primos distantes que não via há anos, velhos amigos, todos vieram para comemorar os 100 anos da velha senhora. Houve discursos, fogos de artifício, muita música. Os jardins da casa, uma das mais antigas da cidade, ficou iluminado, como nos velhos tempos, quando ali se faziam festas das quais os jornais falavam dias e dias seguidos. O governador, que não pôde estar presente, mandou um belo arranjo de flores e um cartão, que passou de mão em mão, para orgulho da família e admiração dos convidados. O prefeito e sua mulher, linda e sedutora, foram dos primeiros a chegar, e ele fez questão de cumprimentar a todos, sempre com aquele sorriso aberto, que era sua marca registrada. O bispo, amigo de longa data, se ofereceu para celebrar a missa em ação de graças, que foi acompanhada por um coral de 100 vozes, para coincidir com o centenário da matriarca do clã, um dos mais antigos do estado. "Nossa família está aqui em Minas há tantos anos, que nem sabemos quantos...", costumava-se dizer, quando o assunto era nomes e sobrenomes famosos.

Mas a velha senhora, assentada em uma cadeira de palhinha, sua companheira do dia a dia, quando aquele casarão ficava novamente vazio e praticamente só se ouviam os passos da enfermeira, que cuidava dela há anos, e o piar de um ou outro passarinho, que faziam seus ninhos nas mangueiras do quintal, parecia não estar entendo muito bem o que se passava. Sorria e agradecia com um leve toque de cabeça quando vinham lhe dar os parabéns, e um e outro, depois dos costumeiros elogios, também lhe beijava a mão. Porém ela, distante de tudo aquilo, deixava a sua cabeça vagar. "A senhora está bem, mamãe...?", a sua filha mais velha, que morava em Londres e veio especialmente para a festa, lhe perguntou discretamente, enquanto lhe arranjava o xale.

Ela apenas sorriu, disse um breve "sim" e, de olhos fechados, se viu novamente na casa onde havia nascido, a muitos quilômetros dali, e a sua mãe, como fazia todas as manhãs, foi outra vez se aproximando, beijou o seu rosto e disse: “Durma mais um pouco, minha filhinha, pois está muito frio...”. “Mamãe, depois a senhora me dá um suco de uva...?”, pediu a velha senhora, agora de novo uma menina. “O que foi, dona Tereza..., a senhora está querendo alguma coisa?”, lhe perguntou a enfermeira, que não saía do seu lado. Já havia se afeiçoado tanto a ela que parecia adivinhar os seus pensamentos. E então a velha senhora se assustou, pois havia se esquecido de que não estava só, mas no meio de uma festa, cujo personagem principal era exatamente ela. “Não é nada, minha filha, não é nada, eu só estava me lembrando...”, respondeu a senhora, novamente de olhos fechados. Foi então que seu marido, do qual ela nunca conseguiu se esquecer, embora já o tivesse perdido há mais de 40 anos, foi chegando de mansinho e, como costumava fazer, lhe abraçou pelas costas, enquanto também beijava o seu pescoço. “Que saudades, que saudades...”, pensou a velha senhora. Mas agora com todo cuidado, para não falar alto novamente e as pessoas acharem que ela estava caducando.

“Está gostando da festa, dona Tereza...?”, lhe perguntou a enfermeira. “Demais, minha filha, demais...”, enquanto o seu marido, que continuava a seu lado, agora estava lhe falando aos ouvidos, galanteador como sempre fora. “Você está bela, bela como nunca, meu amor....” “Você é que é belo, querido”, deixou escapar a velha senhora, e então a enfermeira, que a conhecia como ninguém, apenas sorriu.

“Está na hora dos parabéns, vovó, está na hora...”, disse uma das suas netas, que entrou correndo no quarto e, já um pouco tonta, pelo efeito do champanhe, que corria generoso, deixou cair um abajur. “Vamos, dona Tereza, vamos...”, lhe disse a enfermeira. Mas a velha senhora, outra fez de olhos fechados, já não pôde, ou não quis responder, porque seu coração, aos poucos, e pausadamente, foi parando de bater.

■ EM - 22/07/2003

O namorado da filha

Dois homens, dois estranhos, o motorista e o passageiro estavam em um táxi, que rodava vagarosamente num final de tarde chuvosa em Belo Horizonte, rumo ao Bairro Palmares, onde o último ia visitar a sua mãe. Havia muitos dias que não se encontrava com ela. O trânsito, nem é preciso dizer, continuava um horror na Avenida Cristiano Machado, por onde passavam na hora em que o motorista, até então em silêncio, virou-se para o passageiro, quando um dos sinais fechou, e perguntou: "Por acaso você tem filhos?".

Surpreendido com a pergunta, que o pegou de surpresa, o homem, depois de refletir por uns instantes, respondeu: "Não, não tenho filhos". "Sorte sua, meu amigo", disse o motorista, que sem esperar a réplica emendou: "Pois estou preocupado com a minha filha. Ela ainda não tem 16 anos e está começando a namorar". "Mas o que tem isso?, você não acha normal?", disse o passageiro, sem nenhuma convicção, e pedindo a Deus para que o assunto não fosse adiante. Não estava para conversas.

"Normal, você acha mesmo, uma menina dessa idade já estar namorando?", emendou o outro, enquanto a chuva, que não dava tréguas, tornava o trânsito totalmente caótico. "São os tempos, meu caro. O mundo hoje está assim", comentou o passageiro, repetindo o chavão.

E foram indo. Na esquina da Cristiano Machado com Rua Jacuí, tudo parou. O guarda, que tentava controlar a situação, estava totalmente perdido. "E o pior não é isso. É que ela disse à minha mulher que, no sábado, o tal namorado vai lá em casa...", prosseguiu o motorista. "Já é um sinal positivo, pelo menos o menino está mostrando que tem boas intenções, respeito", falou o passageiro, já sem a irritação inicial.

Alguns minutos depois, começaram novamente a rodar e o assunto continuou: "Tô pensando uma coisa, amigo, e quero ver se você concorda", disse o motorista. "Vamos lá, se eu puder ajudar...", retrucou o interlocutor, que, àquelas alturas, estava começando a gostar da conversa. "Acho que vou mandar minha filha dizer ao rapaz que, se quiser me conhecer, tem de trazer o pai para pedir namoro."

"O quê? Um menino de 17 anos levar o pai? Você não acha que está sendo muito rígido?", interveio o passageiro, ao que o motorista, sem lhe dar tempo, disparou, enquanto disparava também a buzina: "Comigo foi assim quando conheci a mãe dela, e quero que com ela seja a mesma coisa, não estou certo?".

Haviam avançado bastante, estavam quase chegando num dos primeiros viadutos que levam nomes de escritores, quando o passageiro, depois de ouvir em silêncio, deu sua opinião, já envolvido com o assunto: "Acho não, amigo, e tem mais uma coisa, se me permitir". "Pode falar", disse o motorista. "Se eu fosse você, além de receber o rapaz numa boa, também conversaria com a sua filha sobre sexo..." "Sobre o quê? Falar com a Maíra sobre sexo? Você ficou louco?", indignou-se o pai, quase parando o carro no acostamento.

"É isso mesmo, amigo, os tempos mudaram, não são como na nossa época, quando a virgindade era tudo...", afirmou o passageiro, ao que o motorista, se recompondo, respondeu, mais calmo: "Como vou tocar num assunto desses com a menina? Só se a mãe dela...". "Sei lá, mas se eu fosse vocês, dava um jeito, antes que tenham alguma surpresa..." Mas aí, quando o papo começava a tomar novos rumos, chegaram ao fim da corrida.

■ EM - 13/12/2013

O aposentado

"Quando chegar a minha vez, vai ser o melhor dia da minha vida", ele costumava dizer aos amigos, a maioria já aposentados, enquanto tomava um cafezinho no Nice, como fazia quase todos os dias, antes de ir para o trabalho, ali mesmo na Praça Sete. Alguns concordavam, outros até sorriam, mas só o Moura, com aquela linguagem antiga, uma vez lhe disse: "Vá com calma, Passos, porque o jubilamento não é bem assim como você está pensando, implica muitas coisas". Mas, ignorando as palavras do amigo, ele sonhava, fazia planos: "Vou poder levantar tarde, viajar com minha mulher, dedicar mais tempo aos meus netos e reler todos os livros de que gosto...".

E os meses foram passando, com ele contando dias e horas, até que, finalmente, chegou o seu momento de se aposentar. O pessoal da repartição, onde era muito querido, fez uma festinha de despedida com direito a balões, salgadinhos e até umas latinhas de cerveja, que entraram clandestinamente, com anuência do chefe, que fez vistas grossas e arriscou umas palavrinhas de elogio "a este grande servidor do estado, cuja ausência será sentida por nós". Emocionado, com lágrimas nos olhos, o Passos agradeceu, abraçou a todos, esvaziou as gavetas e, à noite, ainda saiu com a família para comemorar. Foram a uma pizzaria no Padre Eustáquio, onde morava, e mais homenagens lhe foram prestadas, à medida em que os chopes e as caipirinhas faziam efeito.

Nos primeiros dias de "jubilado", como dizia o Moura, tudo foi só maravilhas, e ele, inclusive, chegou a agradecer a um convite do neto mais velho, o Léo, para ir trabalhar com ele na Feira de Artesanato da Afonso Pena, onde vendia roupas feitas. "Obrigado, filho, mas agora quero é curtir...", lhe disse o Passos, ainda em lua de mel com aquela nova fase da vida. Se levantava tarde, tomava café sem pressa, lia o jornal e depois ia para o Nice, onde todo mundo lhe dava os parabéns. Só o Moura, aquele chato, foi quem lhe disse, com o pessimismo de sempre: "Daqui uns tempos você me fala...". E ainda aconselhou, depois de ouvir a história: "Se eu fosse você, aceitava o convite do seu neto, que está te dando uma baita chance...".

Mas o novo aposentado não lhe deu ouvidos. E continuou a aproveitar a vida, até que, depois de uns seis meses à toa, ele, que sempre fora um homem ativo, começou a sentir falta da repartição, aonde, em uma manhã, depois de tomar coragem, foi fazer uma visita. Porém, as coisas já não eram as mesmas, e embora os antigos colegas o tenham recebido bem, ele sentiu uma frieza no ar, e foi tratando de sair logo dali, com um aperto no coração. Nem a sua mesa estava mais no mesmo lugar. No Nice, onde tomou um cafezinho rápido, evitou encontrar-se com os colegas, principalmente com o Moura, e, ao chegar em casa, ainda antes do meio-dia, se perguntou, enquanto sua mulher punha os pratos da mesa: "Meu Deus, como vou empurrar o resto do dia?".

Logo após o almoço, como não era o seu costume, tentou fazer a sesta, mas se levantou em seguida. Começou então a reler *Os miseráveis*, que tanto havia marcado a sua juventude, mas também desistiu. Na televisão, só estava vendo "sexo e violência", como comentou com a sua mulher, que sorriu e lhe disse: "Você está precisando de arrumar uma ocupação". "Até você?", lhe perguntou o Passos, que continuou naquela rotina ainda por mais uns três meses, até que veio a gota d'água naquela véspera de feriado, quando a sua filha caçula, a Tuca, ligou para ele e pediu: "Pai, eu e o Victor estamos querendo fazer uma viagem, e como a mãe está trabalhando, achamos que o senhor poderia ficar olhando o Júnior para nós....".

Aquilo já era demais, pensou então aquele homem, que logo em seguida, "depois de ter tido vontade de mandar a filha para aquele lugar, pois não sou babá para ficar limpando bunda de menino", conforme contou ao Moura, enquanto tomavam mais um cafezinho no Nice, pegou o telefone, ligou para o Léo e aceitou o convite para trabalhar com ele na feira, onde, desde o mês passado, o "vô", "cheio de energia" e feliz, como há muito não se sentia, pode ser encontrado todos os domingos.

■ EM - 30/12/2003

Em uma madrugada dessas

Amigo de um amigo meu, Jardel é motorista de táxi, e há muitos anos, em Juiz de Fora, ele matou um homem. Este era seu colega de infância, e haviam crescido juntos. Muito jovens na época, em um domingo à noite, depois de terem bebido além da conta, eles discutiram em um bar por causa de um jogo de futebol, e, como estava armado, Jardel acabou perdendo a cabeça e deu dois tiros no peito de José Paulo. Ele morreu antes de receber socorro, com os olhos abertos e assustados, como se não estivesse acreditando que seu amigo tivesse feito aquilo.

Condenado a vinte anos de cadeia, nos mais de seis em que ficou preso, Jardel teve tempo de sobra, na solidão da cela, para pensar na estupidez daquele ato: tirar a vida de um semelhante, que, além de ser seu amigo, havia acabado de ser pai e andava com o retratinho do filho no bolso, mostrando-o para todo mundo. "Não consigo deixar de pensar nele, nem no seu menino, que nunca vai conhecê-lo", uma vez chegou a confessar à sua mãe, pouco antes de ser libertado. "Reze, reze muito", ela lhe respondeu e apertou sua mão, na qual colocou uma medalhinha de Nossa Senhora do Rosário. Dias depois Jardel estava solto.

Disposto a começar uma vida nova e, no início, temendo vingança por parte da família de José Paulo, ele resolveu se mudar de vez para Belo Horizonte, sem passar o endereço para ninguém, nem mesmo para sua família. Aqui, no aparente anonimato da cidade grande, fez supletivo, foi guarda de banco, trabalhou em obras e chegou a ter uma pequena loja de material de construção no Barreiro, até conseguir dinheiro suficiente para comprar um táxi, com o qual está até hoje. Nunca se casou, mora sozinho em um apartamento de quarto e sala e, dentro de suas possibilidades, leva uma vida tranquila. Mas volta e meia, quando menos espera, aquela cena dele atirando em José Paulo insiste em rondar a sua cabeça e atormentá-lo. Pensa também na penitenciária, nas noites frias em que não conseguia dormir, nos seus colegas de cela e ainda no filho do homem que havia matado, embora jamais o tivesse visto, a não ser por meio daquela pequena foto, que era exibida com orgulho pelo pai.

E foi assim que, em uma madrugada dessas, depois de ter colocado álcool no carro em um posto na Avenida Cristiano Machado, onde também fez um lanche em um bar nas proximidades, Jardel foi atender a um chamado por ali mesmo, nas imediações do Cidade Nova. Entrou no táxi um rapaz bastante alto e claro, cujo semblante, na hora, lhe chamou a atenção, como se fosse de um antigo conhecido. "Por favor, me leve até à Rua Almirante Alexandrino, quase esquina com Herculano de Freitas, no Gutierrez", o moço lhe disse. Embora sempre tivesse sido reservado com estranhos, naquela noite, talvez por ter bebido um pouco a mais, estava sentindo necessidade de falar. Entre um assunto e outro, acabou perguntando ao motorista: "De onde o senhor é, amigo?". Jardel, que sem saber por que havia se simpatizado com ele, respondeu de boa vontade: "Sou de Juiz de Fora, mas vivo aqui em Belo Horizonte há muitos anos".

"Que coincidência, eu também sou de lá", o rapaz lhe disse e fez um breve silêncio, para completar em seguida, com um tom de voz um pouco alterado: "Mas minha mãe e eu saímos de lá quando eu era bem pequeno, logo depois de terem matado o meu pai". "Mataram o seu pai...?", o motorista, sem se conter, lhe perguntou. E sentiu uma coisa estranha, enquanto olhava novamente pelo retrovisor. "Mataram, sim, foi um tal de Jardel, e juro que a maior vontade da minha vida é conhecer esse homem, só para poder perguntar a ele por que fez aquilo."

"Como o seu pai se chamava?", o taxista então perguntou, já com o coração disparado. Era como se soubesse a resposta. "José Paulo, por quê? O senhor, por acaso, o conheceu?" "Não, não, perguntei só por perguntar", Jardel disse bem baixinho, com a voz trêmula, e apertou as mãos ao volante, enquanto voltavam à sua memória imagens de um crime que não conseguia esquecer.

EM - 06/06/2006

A boneca de pano

Poucos dias antes do seu aniversário, que seria numa segunda-feira, a menina disse ao pai: "Já escolhi meu presente, quero uma boneca de pano, igual à que vi na televisão". Recém-separado, meio perdido na vida, com direito a só ver a filha uma vez por semana, ele prometeu a ela: "Vou dar-lhe a mais linda, meu amor". Então, em um domingo pela manhã, de óculos escuros e bermuda, lá se foi o nosso amigo para a Feira de Artesanato da Avenida Afonso Pena, onde, segundo a nova namorada lhe dissera, ele poderia encontrar o presente.

Acostumado a só andar de carro, sem prestar a mínima atenção às coisas a seu redor, naquele domingo, pois estava de folga, resolveu sair caminhando. Como morava no Gutierrez, quase no início da Rua Herculano de Freitas, logo pegou a Avenida Raja Gabaglia e começou a descê-la. Na Praça da Assembleia, onde dezenas de pessoas estavam caminhando, aproveitou para comprar uma garrafa de água de coco, que foi tomando devagar, enquanto pegava a Olegário Maciel. Em frente à Igreja Universal do Reino de Deus, se surpreendeu com o movimento: homens e mulheres, a maioria com a Bíblia nas mãos, subiam apressados as escadas que davam acesso ao templo. "Deve estar na hora de começar o culto", pensou e, por uns instantes, teve vontade de assisti-lo.

Mas resolveu seguir adiante. Após passar em frente ao Edifício JK, se surpreendeu com a Praça Raul Soares, que estava limpa e bonita, depois da reforma. Também ali, como na Praça da Assembleia, as pessoas se exercitavam, enquanto outras, assentadas nos bancos, deixavam a vida passar. Um casal se beijava. Ele estava distraído, olhando a fonte, quando alguém bateu no seu ombro. "Você por aqui, Léo, que milagre é este?" Era o Lourenço, antigo colega da faculdade, com o qual havia anos não se encontrava. Bem mais gordo, como ele, com uma calvície avançada, aquele era boa gente, que se dava bem com todos. Conversaram um pouco, ficaram de se ver em breve, para tomar uma cerveja, e se despediram. O tempo começava a ficar nublado.

Bem-disposto, com o dia inteiro pela frente, nosso amigo seguiu adiante. A sensação, pois quase nunca se dava uma oportunidade daquelas, era a de ser um turista na sua própria cidade. No Mercado Central, onde havia tempos não aparecia, comprou um pedação de abacaxi, como costumava fazer na adolescência, quando ia ali fazer a feira com sua mãe. Ele ainda não era o doutor Leonardo Amâncio, executivo maior da empresa, que quase nunca, como estava fazendo, colocava óculos escuros, uma bermuda, e saía batendo pernas pelas ruas da cidade.

"Preciso fazer isso mais vezes", pensou, enquanto observava um grupo jogando capoeira. Já estava na Avenida Amazonas, perto do Edifício Balança, mas não cai, onde na época de estudante havia ido tantas vezes para namorar uma menina de Ituiutaba, que vivia ali com uma amiga e estudava Medicina. Sentiu saudades dela, que nunca mais viu, ao mesmo tempo em que também se lembrou da sua ex-mulher. "Não dá mais, Léo, você só pensa no trabalho e em dinheiro; se esqueceu de nós", ela havia lhe falado, dias antes de anunciar que iria embora.

Só que com ela, pois não conseguira impedir, embora tivesse feito tudo que estava a seu alcance, fora também a filha. Minutos depois, enquanto tomava um cafezinho no Nice, aonde na infância costumava ir com o seu pai, que era militar, se pegou pensando na menina. Podia vê-la uma vez por semana e, de quinze em quinze dias, conforme havia sido determinado pelo juiz, buscá-la para ficar com ele. "Por que deixei as coisas chegarem a este ponto?", se perguntou. Pediu um cigarro picado, começou a fumá-lo sem pressa e subiu a Afonso Pena. O tempo não estava mais nublado. Pouco depois, já na Feira de Artesanato, após procurar em diversas barracas, acabou encontrando a boneca de pano.

■ EM - 22/10/2010

Sozinha na noite

Recebi um e-mail de uma leitora, Wânia Felizardo, de Matozinhos, no qual ela me sugeriu que escrevesse uma crônica sobre a solidão. Por muitos dias, sem ter coragem de tentar, fiquei pensando na proposta, e no desafio que seria aceitá-la. Até que na semana passada, durante uma viagem à Coluna, testemunhei uma história que vou tentar contar aqui, e que talvez ilustre um pouco o tema, embora eu saiba que a solidão, a verdadeira solidão, é impossível de ser descrita.

Na poltrona ao lado da minha, assentou-se uma moça. Loira, alta e muito bonita, tinha a expressão cansada, de quem estava havia muito tempo na estrada. Antes mesmo de o ônibus deixar a rodoviária, ela me perguntou, sem conseguir esconder a ansiedade: "Você sabe quanto tempo leva até Guanhães?". "Mais ou menos cinco horas, mas com essa chuva pode ser que demore um pouco mais", respondi.

"Faz quase vinte anos que não vou lá, por isso perdi a noção...", disse. "E onde você mora?", perguntei, enquanto o ônibus, após deixar a Avenida Antônio Carlos, pegava o Anel Rodoviário, para mais adiante entrar na BR 381. "Vou me mudar esses dias para Florianópolis, porque passei no vestibular para Medicina na federal de lá. Mas vivo em Goiânia, com a minha avó, pois meus pais são separados", e completou: "Estou vindo de lá, e não queria ir para Santa Catarina antes de voltar a Guanhães, onde nasci e morei até aos seis anos". Contou ainda que não via a hora de chegar, e que a sua tia e seus primos, com os quais às vezes falava por telefone, haviam prometido uma festa na sua chegada. "Eles vão me buscar na rodoviária." Em seguida, após dizer que estava exausta, pois viajava havia mais de 24 horas, pediu desculpas, fechou os olhos, e daí um pouquinho estava dormindo.

A chuva, persistente, não parava de cair, e o motorista, o Roberto do Alamir, que era da minha terra, rodava devagar e com prudência. Experiente, sabia que não podia arriscar. Na poltrona atrás da nossa, dois rapazes discutiam filosofia, e os demais passageiros pareciam dormir, enquanto eu, olhando para aquela desconhecida ao meu lado, indo em busca de suas raízes, pensava como seria para ela, depois de tantos anos, voltar à sua terra e ver novamente os seus parentes. Pouco mais de meia-noite chegamos a Santa Maria de Itabira. Assustada com a movimentação, e ainda meio dormindo, a moça me perguntou: "Já chegamos?". "Ainda não, aqui é apenas uma parada de quinze minutos, para um cafezinho", respondi a ela, que voltou a se virar para o canto. Chovia ainda mais forte, e enquanto tomava um refrigerante, ouvi quando outro motorista disse ao Roberto: "A coisa aí pra baixo está feia, algumas barreiras caindo, e se continuar esse tempo, não sei se essas estradas vão aguentar".

De novo dentro do ônibus, agora era só silêncio, e o barulho das rodas no asfalto, no qual se multiplicavam os buracos. Vez ou outra um relâmpago cortava o céu e os trovões estremeciam os vidros do carro. Os rapazes, na poltrona de trás, não discutiam mais filosofia, e eu, entregue aos meus pensamentos, em vão tentava cochilar um pouco. Foi quando a moça, sonhando, disse com a voz agitada e contorcendo as mãos: "Não, mãe, não...".

Às três e meia da manhã, pois a viagem atrasou bastante, finalmente chegamos a Guanhães, onde se faz outra parada. Então eu disse à Aline, pois esse era o nome daquela mulher, após tocar levemente no seu ombro: "Ei, você já está em casa...". A sua primeira reação, assim que acordou, foi olhar pela janela, e como a rodoviária estava completamente vazia, notei uma certa inquietude no seu semblante, enquanto ela pegava a bolsa.

Fui ao banheiro, tomei mais um café, deu problema num dos pneus do ônibus, que precisou de ser trocado, e mais de trinta minutos depois, quando íamos prosseguir a viagem, vi que ela continuava ali, sozinha, assentada no banco. Aline estava encolhida, com as mãos entre as pernas e os olhos marejados. Olhou para mim e disse, como se pedisse socorro: "Ninguém veio me buscar". A chuva, persistente, não parava de cair.

EM - 20/12/2005

Dia dos Pais

Dia dos Pais. Logo pela manhã, assim que voltou da padaria, o telefone tocou. Era Dulce, a filha mais velha, convidando para o almoço. "Vou fazer um molho pardo, com os frangos que trouxe da fazenda, venha almoçar conosco." "Obrigado, querida, mas hoje quero ficar sozinha", ela disse, ao que a outra não insistiu, pois bem conhecia sua mãe quando decidia alguma coisa. Minutos depois, quando tomava um cafezinho e comia um pão com manteiga, o telefone chamou de novo. Era seu genro, o Luiz Eustáquio, que também a chamava. "Vou aí buscar a senhora, minha sogra. A Deise vai fazer uma lasanha, meus pais vêm e os meninos estarão todos aqui." "Vamos deixar para outro dia, agradeço, de coração, mas hoje vou ficar aqui, no meu cantinho", ela respondeu. E o Luiz, sempre cavalheiro e carinhoso com ela, ainda tentou um pouco, mas só um pouco, porque também a conhecia. Logo em seguida, ligaram mais duas filhas, Débora e Dalvinha – a única solteira –, e o Léo, seu filho homem, que havia voltado para Belo Horizonte depois de ter vivido muitos anos em São Paulo, onde acabou se casando.

A todos, de um jeito tranquilo, mas no qual não cabia espaço para insistência, ela agradeceu. "Hoje é um dia só meu e dele", pensou dona Dalva, que alguns minutos depois, após terminar o café, se dirigiu ao quarto, abriu o guarda-roupas, foi até a última gaveta e de lá tirou um velho álbum de fotografias, já meio amarelado. Havia muito tempo que não o olhava. Quando se dirigia à sala, à sua velha cadeira de balanço, de novo o telefone tocou. Agora não era ninguém da família, apenas sua gerente do banco, que oferecia serviços: cartões de crédito, isenção de taxas e mil e outras vantagens, das quais sempre desconfiava. Ela a ouviu com paciência. Agradeceu e chegou a ter pena daquela moça que, em pleno Dia dos Pais, estava do outro lado da linha tentando ganhar a vida. "As coisas não são fáceis para ninguém", pensou Dalva, que, finalmente, assentada na sua cadeira de balanço, na qual ultimamente passava a maior parte do tempo, tecendo ou assistindo televisão, começou o folhear o álbum.

Nas primeiras páginas, algumas já furadas pelas traças, velhas fotografias de família: dos seus pais, avós, irmãos e de todos os filhos, em diferentes ocasiões. Não se deteve muito nelas, pois em seguida, depois de olhar longamente para um retrato seu, tirado em Itumbiara, no interior de Goiás, quando tinha 18 anos e se preparava para vir estudar em Belo Horizonte, chegou aonde queria: nas fotos do marido. "Nunca existiu outro homem como ele", disse a si própria, suspirou fundo e, voltando no tempo, passeou os olhos pela sala, onde tantas vezes haviam feito amor. Também, antes das crianças nascerem, se amaram no corredor, em todos os quartos e até na cozinha, em uma noite inesquecível, na qual ela, que não bebia nunca, compartilhou com ele duas garrafas de vinho, além de ter fumado três cigarros. Tudo ali naquela casa, que com tanto carinho, ainda antes do casamento, ele havia construído com o próprio dinheiro.

"Quero viver aqui com você o resto de minha vida", lhe disse um dia, quando as paredes já estavam altas. Daí sua resistência quando os filhos, às vezes, insistiam com ela para se mudar, ir para um apartamento, respirar novos ares. "Daqui não saio nunca, pois tenho a companhia dele", voltou a pensar aquela mulher, que olhou mais uma, outra, e para todas as fotografias do marido, tiradas ao longo do tempo e nos vários países pelos quais viajaram. "Como sinto a sua falta." Em seguida, dona Dalva, que no mês que vem completa 90 anos, fechou devagar aquele velho álbum, cerrou os olhos, agradeceu a Deus pelos filhos, pelos oito netos, todos vivos e saudáveis, e começou a cochilar, entregue às lembranças daquele homem que, mesmo tendo se passado 50 anos da sua morte, continua a idolatrar.

■ EM - 14/08/2007

O novo ET

Estava no circular, indo para casa após um dia de trabalho. Chovia muito. O trânsito, como sempre ocorre em situações assim, estava um caos. Na Avenida do Contorno só se via carros e água, que caia sem dó, entupindo os bueiros e alagando tudo. Ainda não havíamos andado três quarteirões, e já deviam ter se passado uns quinze minutos. Trovões e relâmpagos cortavam os céus de Belo Horizonte, onde havia muito não caía uma chuva tão farta. A meu lado, com uma revista na mão, estava um homem. Era muito branco, tinha os olhos claros e usava um boné com o escudo do América. De repente, olhou para mim, deu um sorriso e disse, como se fôssemos velhos conhecidos: "Tudo acontece é por influência deles". "Deles quem, amigo?", perguntei, pego que fui, de surpresa, com aquela insólita revelação, feita assim tão de repente. "Dos extraterrestres, meu caro."

"Dos extraterrestres?" "Sim. Deles mesmos, que estão em todas as partes, às vezes travestidos de pessoas normais, como você, por exemplo." "Como eu?" "Sim, por que não? Você, inclusive, pode ser um deles, sem saber", ele disse e abanou-se com a revista, pois o calor ali dentro do ônibus era sufocante. Passávamos pela Praça Milton Campos, onde um galho de árvore havia caído em cima de um carro, que ficou com a frente amassada. "Está vendo? Desde os pequenos acidentes, como aquele ali, até os fenômenos naturais, as catástrofes, também as coisas boas, nada acontece sem o dedo deles, que interferem em tudo." "Mas e Deus?" "Deus é outra coisa, numa esfera infinitamente superior", disse.

Naquele instante, olhando para aquele homem, que realmente parecia acreditar no que dizia, perguntei, para ver até onde iria a nossa conversa: "E como saber se uma pessoa é ou não um ET?". "Existem os sinais, as evidências. Você quer saber se é um deles?" "Sim, claro", respondi. "Quem sabe não pertenço mesmo a este mundo e nem estava me dando conta?", pensei. Então ele disse, quando estávamos chegando em frente ao Colégio Padre Machado: "Feche os olhos, bem fechados". Fiz o que ele mandou.

"Concentre-se, e agora me diga: você está vendo alguma luz?" "Por enquanto não, só a escuridão e um risquinho amarelo." "Preste atenção: não está surgindo um ponto luminoso, meio branco, à sua direita, que oscila devagar, como se fosse um pêndulo?" "Acho que sim. Estou vendo mesmo, só que está parado." "Pode abrir os olhos", ele disse, como se desse uma ordem. "Mas mantenha-se concentrado."

Nisso deu um trovão tão forte, que abalou os vidros do ônibus, me trazendo de novo ao mundo real, dos homens, da Avenida do Contorno alagada, de uma complicada Belo Horizonte quando chove. "Ouviu esse fenômeno? É assustador, não? Não há dúvida, eles também estão por trás disso." E prosseguiu: "Agora, olhe lá fora, com os olhos fixos no infinito, sem piscar. Volte a concentrar-se, o máximo que puder". "Mas o vidro está embaçado, não dá para enxergar direito do outro lado", falei. "Não tem importância, não tem importância", disse, com uma certa impaciência. "O que você está vendo?" "De novo tudo escuro. Só um pontinho azul, entre as nuvens", respondi, querendo saber até onde iria aquilo. "É um bom sinal. Poucos conseguem detectar esse ponto, principalmente em dias especiais, como hoje."

Em frente à antiga Casa do Whisky, depois de examinar as linhas das minhas mãos, sem dizer nada, ele se voltou para mim, olhando fixamente o meu rosto: "Quer saber o que estou enxergando?". "Quero sim, amigo, pode dizer." "Estou vendo o seu terceiro olho. Ele está bem no meio da sua testa, irradiando luz para todos os lados." "É mesmo? E o que tem a ver isso?" "Tem a ver, meu caro, que você é um deles. Mas dos que têm um espírito evoluído. Só precisa crescer mais um pouquinho, ser mais desprendido das coisas materiais, para aí, sim, alcançar a outra dimensão", afirmou. "E você também é um dos nossos?", perguntei. Então ele deu um sorriso, um tapinha no meu ombro e desceu, depois de ter descoberto um novo ET.

■ EM - 26/02/2008

Na Praia de Maragogi

Na Praia de Maragogi, litoral ensolarado de Alagoas, onde minha mulher e eu estivemos recentemente, aproveitando um pouco das férias, um garotinho de uns seis anos ou pouco mais brincava com a mãe, uma mulher ruiva e muito bonita. Um pouco afastado, o pai, um homem ainda jovem e bastante alto, filmava. Estavam em uma barraca ao lado da nossa. Eram portugueses e, como depois me disseram, após fazermos uma breve amizade, todos os anos, desde a época em que eram namorados, costumavam vir ao Brasil, quase sempre para o Nordeste. Mas também já estiveram no Rio e em Curitiba, onde tinham uns parentes.

O menino, com seus cabelos encaracolados e os olhos muito azuis, às vezes se afastava um pouco, andando de costas, e em seguida, com um sorriso aberto, corria em direção à mãe, que o acolhia em seus braços. Depois, de mãos dadas, os dois iam para o mar, furavam ondas, jogavam água um no outro e faziam pequenos castelos de areia, enquanto o pai, à distância, filmava.

De volta à barraca, pois sempre estava ventando, a mãe o enrolava em uma toalha, oferecia a ele água de coco ou algum suco, passava protetor solar no seu corpo, pedia para ela uma caipirinha e acendia um cigarro. Se deitava na cadeira, tragava forte e, às vezes, fechava os olhos, como se esperasse pelo filho, que vinha em seguida, ficava ao seu lado e, com a carinha mais feliz desse mundo, se assentava no seu colo ou brincava com os seus cabelos, deixando-os cair sobre o rosto.

Com a filmadora na mão, o pai olhava para eles, dava outro gole na caipirinha e também acendia um cigarro, pois, como a sua mulher, ele fumava muito. Fumava e bebia. “Vamos a brincar, papai”, ouvi quando o menino, puxando-o pela perna, pediu a ele, já com a bola nas mãos e o bonezinho voltado para trás. “Agora não, pois está a fazer muito calor e essa areia fica por demais de quente”, respondeu ao filho, apagou o cigarro, pegou a filmadora e direcionou a câmara para um grupo de pescadores que acabava de chegar com suas redes e grandes chapéus de palha. Traziam uma boa quantidade de peixes.

“Vamos a vê-los, meu pai...”, o filho voltou a tentar, tornou a puxá-lo pela perna, mas novamente não teve sucesso. “Estou a filmar, tu não percebes?”, respondeu o homem com rispidez, enquanto a mãe, com os olhos, em vão, tentava convencê-lo a aceitar o convite do filho. Alguns minutos depois, quando o menino se afastou para fazer xixi, ela disse ao marido, enquanto acendia outro cigarro e pedia mais uma caipirinha: “Ele está a necessitar de ti, não notas?”. “Estou muito cansado, preciso de um tempo para mim, não disse antes?”, respondeu o homem, e novamente, filmadora nos olhos, voltou a registrar outras cenas, agora de um bando de maritacas, que em um coqueiro próximo fazia uma tremenda algazarra, coro engrossado por dezenas de pardais e alguns bem-te-vis.

“Como são lindos, pai, como são lindos esses passarinhos”, disse o menino, outra vez puxando-o pela perna, mas sem obter retorno. Nisso, a mãe, se levantando da cadeira, após apagar o cigarro e de novo olhar para o marido, que se fez de desentendido, disse ao filho: “Vamos voltar ao mar, quebrar as ondas e construir castelos?”. “Agora mesmo, agora mesmo, mamãe”, respondeu o garoto, que tomou o resto do suco, pulou no seu pescoço, beijou o seu rosto, e seguiram correndo, enquanto o pai, vendo-os se afastarem, começou a filmá-los.

■ EM - 08/11/2005

O pequeno Cícero

Na Praia de Maragogi, litoral de Alagoas, por onde minha mulher e eu andamos recentemente, vive um brasileirinho trabalhador e danado de esperto, o pequeno Cícero. Se muito, deve ter uns treze anos. Nem bem amanhece o dia, ele já está lá, em frente às barracas do hotel, oferecendo produtos para os turistas. Carinha sorridente, meio acaboclado, como a maioria dos nativos do lugar, em horários alternados, com a maior simpatia, ele tenta vender de tudo, dependendo da cara do freguês ou da freguesa. Pode ser uma saída de banho, protetor solar, esteiras, cangas, artesanatos de barro com a cara de Lampião e Maria Bonita, pequenas carrancas, dessas que ainda são feitas em Pirapora, caramujos de vários tamanhos, colchas bordadas à mão, cocadas brancas e queimadas. E vai por aí, pois a lista é infinita. E a sua mãe, por perto, supervisiona tudo.

Para a minha mulher e eu, não sei por quê, aquele menino entendeu de mostrar, no nosso segundo dia por lá, uma pequena peça de madeira, na qual vinham incrustadas algumas casinhas coloridas, aparentemente talhadas à mão e com motivos da região. Também não se esqueceu de informar, como se fosse um certificado de garantia, o nome da árvore de cuja casca ela era confeccionada. "Quanto custa a casinha?", perguntei a ele, depois de indagar o seu nome, para facilitar o nosso diálogo. "Para o senhor, deixa eu ver, vou fazer por 40 reais." "Ficou louco, Cícero?, eu sou brasileiro como você." "Ah, é? De onde vocês são mesmo?", perguntou, fazendo-se de surpreso. "Somos de Minas Gerais", respondi, já com a peça na mão e começando a achá-la bonita, como ele deve ter observado, pelo olhar que me lançou.

"Seu lugar fica perto de São Paulo?", perguntou. "Sim, faz divisa", falei, depois de tentar desenhar um pequeno mapa, para que ele entendesse melhor. "40 reais não dá, está muito caro", eu disse em seguida, voltando ao nosso negócio, que ia se arrastando já havia uns quinze minutos, debaixo daquele sol. Cícero não tinha pressa nenhuma. "Tá caro não, moço, é que essa peça aí tem 'músgulo', basta o senhor regar que ele nasce." "Tem o quê?" "Tem 'músgulo'", reafirmou, apontando para umas manchinhas verdes e ainda úmidas, coladas na madeira. "Tá bom, Cícero, se tem 'músgulo', então vou levar." E acabei comprando a tal peça por 20 reais. Cheguei a achar (minha mulher também concordou) que tínhamos feito um bom negócio, pois depois o vimos passar uma peça idêntica por 50 reais para um casal de alemães.

Depois disso, e nos dois dias seguintes, não o vimos mais nas imediações do hotel. Até que no sábado à noite, pois na segunda-feira viríamos embora, resolvemos ir à cidade, onde nos indicaram um restaurante. Lá se podia comer uma boa peixada ou moqueca de camarão. Sabem quem estava por ali, vendendo suas mercadorias? Ele mesmo, o pequeno Cícero. "Vamos ver se vai nos reconhecer", eu disse à minha mulher, e ficamos quietos, até que ele se aproximou de nós, vacilou um pouco e, em seguida, nos ofereceu uma peça igualzinha à que havíamos comprado.

"Quanto custa?", perguntei. "Essa posso fazer para o senhor por 25 reais", respondeu, deixando alguma entrada para futuras negociações. "Uai, mas essa peça não é daquela mesma que você nos vendeu lá no hotel por 20 reais, depois de ter pedido 40?" Aí o Cícero olhou para nós, sorriu devagar e, sem vacilar, respondeu, com aquela mesma carinha marota da primeira abordagem: "É verdade, posso fazer então por 15 reais; é que aquela de vocês tinha 'músgulo', e essa aqui não tem".

EM - 15/11/2005

Parte 3
O cronista voyeur e os amores que passam

O amor é lindo – 1

Tudo começou no Bar da Esquina, Rua Sergipe com Timbiras, quando aqueles dois, Glorinha e Ike, logo após haverem saído da sala Humberto Mauro, no Palácio das Artes, onde assistiram a um filme de Almodóvar, resolveram beber umas e outras. Casa lotada, chorinho correndo solto, cerveja gelada e noite de lua cheia, bem propensa às coisas do amor. Daí a pouco, tomando a iniciativa, eles resolveram dançar, no que foram seguidos por outros casais, aumentando ainda mais a animação do lugar. De volta à mesa, depois de um longo abraço, pediram duas tequilas, pois, afinal de contas, naquela sexta-feira, estavam completando seis meses de namoro. "Capricha, Chico, capricha...", o Ike disse ao velho garçom, que, com a generosidade de sempre, deu uma boa chorada, depois de comentar: "Hoje vocês estão animados, hem...?".

Mais música, outras cervejas, mais duas tequilas, muitos beijos e abraços. E todo aquele fogo, e ainda com a ajuda da lua, que estava maravilhosa, fora a alegria de terem passado no vestibular, foi fazendo crescer neles um desejo incontrolável de transar, desses que só os apaixonados sabem como é. "Te quero todinho para mim, todinho...", a Glorinha, toda fogosa, disse ao Ike, que por sua vez não pensava em outra coisa. "Mas nós vamos aonde?..., hoje lá em casa tá sujeira...", ele disse, desconsolado. Mas a Glorinha, que havia muito estava com aquela ideia, respondeu: "Esta noite, meu amor, quero conhecer um motel lá da BR...". "Da BR, mas como, a gente tá duro, e sem carro...", tentou argumentar o Ike, que ainda sugeriu, como alternativa, que fossem lá mesmo, num hotelzinho da Avenida Paraná, aonde já haviam ido outras vezes. Mas ela não topou, e disse: "Vamos de ônibus...". "De ônibus, na BR?, você pirou?, e pra voltar...?" "Aí, gato, a gente vem de táxi..."

E foi assim, naquela sexta-feira de lua cheia, que a Glorinha e o Ike, depois de pagarem a conta, foram até à Avenida João Pinheiro, lá tomaram o 8001 e, uns vinte minutos depois, chegaram ao BH Shopping. Logo depois, sem perder tempo, pois o tesão era muito, seguiram no dedão para um dos tantos motéis que existem nas imediações. Logo de cara, a moça da portaria, depois de olhá-los de alto a baixo, pediu a carteira de identidade da Glorinha, porque desconfiou que ela era "de menor". Já o Ike, cheio de moral, sem se lembrar de que a grana estava curta, foi logo dizendo: "Um apartamento com hidro e sauna...". "Pois não, senhor...", respondeu a funcionária que, por um desses mistérios da vida, havia simpatizado com aqueles dois. "Devem gostar muito um do outro", pensou, enquanto os via, de mãos dadas, se dirigirem para o "ninho de amor".

Nem é preciso dizer que, lá dentro, o bicho pegou. Se amaram na cama, dentro da banheira, de frente para os espelhos, deitados e de pé. Transaram também na sauna, com o suor escorrendo pelos seus corpos. Ele jogou cerveja no corpo dela, que fez o mesmo com ele, e assim por diante. A felicidade era completa. Só lá pelas quatro da manhã, porque também, depois daquela farra toda, eles dormiram, foi que conseguiram acordar. Aflita, com a cabeça estourando, a Glorinha só dizia: "Mamãe vai me matar, vai me matar...". "Calma, Gó, calma...", lhe falava o Ike, que viu as coisas se complicarem ainda mais quando, após pedirem a conta, chegou à triste conclusão de que o dinheiro só dava para pagar as despesas do motel, e nada mais. O jeito, então, seria descer a pé para cidade.

"Vocês ficaram loucos, meninos...?", a moça da portaria, que havia gostado deles, foi logo dizendo. A Glorinha, àquelas alturas, já estava chorando. Lá fora, o silêncio era total. Carro nenhum passava na BR. "Mas não tem outra forma, dona, nossa grana acabou toda...", respondeu o Ike. Foi só então que aquela moça, depois de dizer "esperem aí", deixou por uns momentos o seu posto. E quando voltou, já dentro de um carro, acompanhada por outra funcionária, que assumiu o seu lugar, deu a eles uma carona.

■ EM - 20/01/2004

O amor é lindo – 2

Essa história começou no último carnaval, entre Porto Seguro e Arraial d'Ajuda, e terminou na semana passada em Belo Horizonte. Mas, pelo visto, ainda vai render bastante. Foi o seguinte: um amigo nosso, o Aluizinho, casado e separado três vezes, pai de cinco filhos, mas, antes de tudo, um romântico irrecuperável, resolveu passar o carnaval no sul da Bahia, aonde havia muitos anos não ia. Pacote comprado em várias prestações, porque os tempos não estão fáceis para ninguém, óculos escuros, bermudas coloridas e o coração aberto a novas emoções, lá se foi ele. Era tudo o que queria. Além do mais, havia muito estava planejando encontrar uma nova cara metade.

E não deu outra, foi amor à primeira vista, "uma coisa de pele", como contou dia desses no Barbazul, numa rodada de cerveja e tira-gostos servidos pelo Buscapé. Lá estava ela, atrás do trio elétrico: morena linda, cabelos soltos, calça colada ao corpo e muita disposição. Dançava como ninguém. E o melhor de tudo: sozinha. Nem foi preciso muito esforço, conforme também nos disse o Aluizinho: meio apavorado, é verdade, pelo rumo que as coisas estavam tomando. Mas era carnaval.

Ele foi chegando, se acercando devagar, latinha de cerveja na mão e alguns sorrisos, já que ali, em meio àquela barulhada, era impossível qualquer tipo de diálogo. Também não foi preciso, pois, quando menos percebeu, já estava abraçado com ela. Não estava acreditando. Ele, já quase cinquentão, com uma beleza daquelas que não devia ter nem trinta anos, em pleno carnaval da Bahia. Aquilo era demais.

Alguns minutos depois, lá estavam os dois, entre beijos e abraços, sentados em um bar à beira da praia, pois tinham de se conhecer melhor. Uma cerveja, outra mais, um uisquezinho batizado para temperar, casquinha de siri de tira-gosto. Nem foi preciso muito esforço para o que veio a seguir. Bastou chamar um táxi, pois a vontade de ambos era muita, e foram para o hotel onde o Aluizinho estava hospedado. Um três estrelas, é verdade.

Mas o que importava isso, se o amor estava falando mais alto? Foram quatro dias de louca e arrebatadora paixão.

Ele, mineiro do sul, separado três vezes, cinco filhos e muita pensão para pagar. Ela, goiana, de Goiânia mesmo. Também separada, "temporariamente desempregada", mas com só uma filha, de doze anos. "A luz da minha vida", como disse a ele. "Você é que é a minha luz, Mabel", respondeu o Aluizinho. Entre um fogo e outro, acabou convidando-a, no auge da paixão, para vir morar com ele em Belo Horizonte, "pois já não consigo me ver sem você".

E não deu outra. Menos de quinze dias depois, sem ele saber o que fazer para cobrir todas as despesas feitas no carnaval (e também para pagar as pensões atrasadas às três ex), o inesperado aconteceu para o nosso amigo: um caminhão de mudanças, vindo diretamente de Goiânia, parou em frente ao seu prédio, um quarto e sala na Avenida Amazonas. No escritório, um atônito Aluizinho recebeu o telefonema fatídico: "Amor, a Lu e eu acabamos de chegar".

"Achei que estava tendo um pesadelo", confessou o nosso amigo, e pediu outra cerveja, pois estava mesmo precisando afogar as mágoas. E para não encompridar a história, que ainda promete dar muito pano para manga, as duas, até a semana passada, ficaram lá no apartamento do nosso amigo. "A mulher é doida, e a filha é pior que o demônio, não respeita nada", nos disse um desconsolado Aluizinho. Além de ter de pegar dinheiro emprestado para pagar a volta da mudança para Goiânia, ele ainda está sendo ameaçado pela Mabel, sua grande paixão de carnaval, de levá-lo à justiça. Afinal de contas, como ela mesma disse, com lágrimas nos olhos, foi tirada da casa dos pais, onde mal ou bem estava vivendo, por "ingenuamente" ter acreditado numa falsa promessa de amor.

■ EM - 02/05/2006

Anabela

Sábado à tarde, chuvinha fina e insistente, silêncio em Belo Horizonte. Sozinha no apartamento, de onde não arredou o pé desde que se levantou, Anabela pega o telefone e liga para a amiga com a qual havia combinado sair. Atende a secretária eletrônica; deixa recado e, uns trinta minutos depois, a outra retorna. Acabava de chegar da academia – tinha ido malhar um pouco –, pois andava bem sedentária nos últimos tempos. Nem caminhando estava mais. "E então, estamos combinadas? A que horas posso passar aí para buscá-la?", ela pergunta. "Não, Tânia, é por isso que te liguei. Hoje vou ficar quieta. Está chovendo muito, e perdi o ânimo. De repente me baixou um banzo...", diz Anabela, ao que a amiga responde, com seu bom humor de sempre: "Deixa disso, menina, o Beto não é o único homem do mundo. Vamos dar umas voltas, tomar uns chopes. Quem sabe você fica conhecendo alguém e esquece esse babaca, que por sinal nunca te mereceu mesmo".

"Desculpe, mas não vai dar. Vamos deixar para depois." Ela é taxativa, elas se despedem, e, então, Anabela, que dias antes havia terminado um namoro de três anos, acende um cigarro. Assenta-se em frente aos seus CDs, que são dezenas, e de repente se depara com um de Horace Silver. Das feras do jazz e do blues, seus ritmos preferidos, ele é um dos que mais gosta. Dele e de Ornette Coleman. Filho de pai cabo-verdiano e mãe americana, a música entrou na vida de Silver aos onze anos, quando ele ganhou um piano. Daí em diante não parou mais de tocar, para se tornar uma das estrelas dos gêneros. Com outros também foi assim. De todas as suas músicas, "Señor Blues" é uma das que Anabela mais gosta, e começa a escutar, enquanto a chuva, fina e sem parar, continua em Belo Horizonte, tingindo de branco a Serra do Curral, que ela enxerga inteira da janela do seu apartamento, no bairro Santo Agostinho, onde vive desde a vinda para cá, há coisa de oito anos, quando resolveu morar sozinha. "Vá e seja feliz, minha filha", lhe disse a sua mãe no dia em que se despediram, num domingo à tarde, também de chuva. O pai já havia morrido, Anabela era filha única e não foi fácil para ela tomar a decisão de sair de casa, deixar sua mãe, que já estava com quase 80 anos.

Morena, cabelos negros e grandes olhos castanhos, conheceu o Beto por acaso, quando fazia compras no BH Shopping. Foi atração à primeira vista, e, três dias depois, mesmo achando que estava sendo precipitada, não resistiu e foi com ele a um motel, onde passaram a noite. Uma das melhores da sua vida, da qual está se lembrando, enquanto o som de Horace Silver invade a sala e seu coração, meio destroçado ultimamente, depois que tudo terminou.

"Por que não deu certo?", ela se pergunta, acende outro cigarro e fecha os olhos, do qual as lágrimas começam a escorrer. Tinha parado de fumar, porque ele não gostava. De usar calças apertadas, porque Beto tinha ciúme. De passar batom vermelho, que deixava ainda mais carnuda e sensual a sua boca, porque ele não suportava ver ninguém olhando para ela. Escondeu a tatuagem, uma borboleta colorida, bem abaixo do umbigo, pois ele achava que não ficava bem para uma mulher do seu nível. "Fiz tudo para agradá-lo", ela pensa, recostada no sofá.

Dá outra tragada, troca Horace Silver por Ornette Coleman, pega o telefone e pensa em ligar para ele. Falar que o ama. Que está morrendo de tesão e vontade de vê-lo, de passarem o resto da vida juntos, fazendo amor e comidinhas gostosas. Mas resiste. Não pode fraquejar. Afinal de contas, a decisão do rompimento foi dela, que não estava suportando mais tanta posse. Até suas ligações no celular ele andava querendo controlar, como a hora em que saía e chegava em casa. Ajeita-se então no sofá, aumenta o som, apaga o cigarro, volta com o telefone para o gancho e nem nota que a noite, com todos os seus segredos, já desceu sobre Belo Horizonte.

■ EM - 08/04/2008

Mãe e filho

Todas as tardes, logo após deixar o trabalho, cumprindo um ritual de mais de trinta anos, iniciado logo após a morte do pai, o homem pega o carro, enfrenta o trânsito caótico da Avenida Amazonas e vai até ao Coração Eucarístico visitar a mãe. Perto de completar 90 anos, não tão lúcida mais, mas com muita vontade de viver, ela espera pelo filho, que antes de chegar ao prédio, na Rua Dom Joaquim Silvério, onde ela vive sozinha, passa em uma padaria perto da Pracinha da PUC. Compra leite, pão de sal quentinho, às vezes manteiga ou um bolo de chocolate, de vez em quando algum doce, e então chega.

Quando se anuncia pelo interfone, com a mesma frase de sempre, "sou eu, mamãe", dona Maria Alice, que está aguardando, responde com aquela vozinha que a cada dia vai se tornando mais fraca: "Só um minutinho, filho". Em seguida o portão se abre, Luiz Carlos entra, e, na porta da sala, sua mãe está esperando.

"Você demorou. O que foi?", ela pergunta e o convida para entrar, com aquela educação antiga, aprimorada nos colégios de freiras, dos quais não se cansa de recordar. Ele agradece e, vindo da cozinha, sente um cheirinho gostoso de café que está sendo passado no coador de pano, com mancebo e tudo, como se usava quando ainda viviam em Curvelo, na Fazenda da Babilônia, cujas terras se perdiam de vista. "É o trânsito, mamãe, que está ficando cada vez pior", ele responde, como faz todos os dias. Até as palavras são as mesmas. Depois vão para a cozinha e, em silêncio, começam a fazer o lanche.

Enquanto comem, a mãe lança as mesmas perguntas ao filho: "E então, como andam as coisas? Você está feliz?". É quando Luiz Carlos, em poucas palavras e com a intenção de poupá-la de dissabores, responde que sim. "As coisas estão caminhando." Ainda não teve coragem de contar que seus negócios, de uns tempos para cá, não andam nada bem, assim como o seu casamente, que está por um fio.

E no mesmo instante, após tomar uma xícara de café sem açúcar, trata de mudar de assunto e, quase sempre, volta a falar de Curvelo, que é o tema preferido da mãe. "A senhora acredita, mamãe, que um dia desses, andando pela Avenida Afonso Pena, me encontrei por acaso com o Thiago Antonio, filho da dona Alzira, que morava lá no Bananal?" "Não diga, filho, aquela foi uma grande amiga que tive, pena que nos deixou tão nova..."

E outra vez conta, com a mesma entonação de voz, como foi que aquela mulher, "que era uma parteira de mão cheia", ajudou um jovem médico, "inexperiente, o pobre coitado", a trazer Luiz Carlos ao mundo. E também, como já repetiu mil vezes: "Já te disse que você nasceu com o umbigo enrolado no pescoço?". "Sim, mãe, a senhora contou", e com a mesma paciência ouve-a repetir toda a história.

Ou então, inventando outra conversa, ele diz: "Ouvi dizer, mamãe, que a Babilônia está sendo reformada, e está ficando bonita...". "É mesmo, filho?, que coisa boa. Sinto saudades de lá, mas o melhor que fizemos foi tê-la vendido, jamais eu conseguiria viver ali sem o seu pai." E, não raras vezes, quando a prosa bandeia para a velha terra, da qual ele também sente falta, lágrimas escorrem no rosto de dona Maria Alice. Outra coisa que a deixa triste, muito triste, é quando o filho volta a insistir para que ela se mude daquele prédio e vá viver com ele.

Então aquela velha senhora, após dar um suspiro, ajeita o xale no ombro, olha nos olhos do filho e volta a repetir que, daquele cantinho ali no Coração Eucarístico, só sai para o Bonfim. "É lá que quero, para todo o sempre, repousar ao lado do seu pai, com quem fui tão feliz." E dá um novo suspiro, levanta-se devagar, vai até a sala e, como se fosse pela primeira vez, abre a gaveta da cômoda, tira um velho álbum e fala ao filho, que é todo ouvidos: "Olhe, Luiz, o que achei dia desses, remexendo nos meus guardados... as fotos minhas e do seu pai, quando fomos passar lua de mel em Paris".

E então o filho, que já viu aqueles retratos centenas de vezes, responde, fingindo surpresa: "Não diga! Mas que coisa preciosa... Deixe-me ver". E ali, um ao lado do outro, ficam mais um pouco, até que Luiz Carlos Pena, que é filho único, dá um abraço na mãe, pede-lhe a benção, como nos velhos tempos, e vai embora, para, no dia seguinte, logo após o trabalho, como se cumprindo um ritual, pegar o carro, enfrentar o trânsito caótico da Avenida Amazonas e, até quando Deus quiser, ir ao Coração Eucarístico visitar a sua mãe.

Revista *Encontro* - 06/2013

O pai de Juliana

Os amigos Marco Antônio e Serjão estavam no Ali Ba Bar, um bar lá pelos lados do Santo Agostinho, quase na Avenida do Contorno. Era início da noite, o lugar começava a se encher de gente, e os dois, que haviam crescido juntos, falavam de coisas diversas, como a vitória do Galo na Libertadores, o caos do trânsito de Belo Horizonte, que está ficando cada vez pior, o momento político do país, quando, de repente, bem na mesa em frente à deles, sentaram-se duas moças.

Vestidas iguais, com certeza deviam trabalhar em alguma empresa ali perto. Uma delas, a mais baixa, tinha uma pinta, bem em cima da boca, que chamava a atenção, enquanto a outra, mais alta, trazia os cabelos coloridos de caju. E foi justamente esta que, nos instantes seguintes, sorriu para o Marquinhos.

Recém-separado, e vivendo aquela fase quando o homem, sem se mancar, vai à luta na tentativa de "recuperar o tempo perdido", este quase não acreditou ao ver uma beleza daquelas, justo numa sexta-feira, dando bola para ele. Era sorte demais para uma pessoa só, meio como ganhar na loteria. Então estufou o peito, retribuiu o sorriso; em seguida virou-se para o Serjão, que testemunhava a cena em silêncio, e sentenciou: "É hoje, amigo, que vou me dar bem". "Vá devagar, meu velho, vá devagar, você tem o dobro da idade da menina, deve ter algum engano nisso." Mas o Marquinhos, que sempre acreditou no seu taco, ao contrário do amigo, mais retraído, não quis ouvi-lo.

Nos minutos seguintes, depois de receber outro sorriso da moça, que comentou alguma coisa com a colega, ele chamou o garçom, ao qual pediu mais um uísque, naquele dia na promoção, custando cinco reais a dose. E ainda com direito a levar o copinho com a marca da bebida para casa. Já havia tomado três, e começava a viver aquele momento em que o álcool, com todos os seus poderes, dá à pessoa aquela sensação de onipotência.

"Leve uma cerveja para as duas meninas ali naquela mesa, diga que fui eu quem mandou", ordenou ao garçom, no velho estilo. "Pois não, doutor, deixa comigo", ele respondeu, já pensando numa boa gorjeta, enquanto o Serjão, que prosseguia calado, voltou a falar, como se estivesse adivinhando: "Se manca, mano, a garota deve estar fazendo hora com a sua cara, é muita areia para o seu caminhãozinho". "Que isso, meu chapa, hoje em dia não tem mais disso, não é como no nosso tempo; são as mulheres que estão dando em cima dos homens, não está vendo?", respondeu o Marquinhos, que, no embalo, aproveitou para pedir outro uísque.

A noite, com todos os seus segredos, já havia descido, quando outra vez a moça, em cuja mesa tinha sido entregue a bebida, olhou de novo para ele, tornou a sorrir e fez um aceno de cabeça. Foi o suficiente, a senha para o Marco Antônio, achando-se dono da situação, convidá-las para juntar-se a eles.

"Sou a Natália, colega da Juliana, sua filha, lá do Pio XII, o senhor não está se lembrando de mim, seu Marco? Eu ia muito à sua casa, para estudar e brincar com ela...", disse a beldade, depois de estender-lhe a mão, agradecer a gentileza e falar que estava esperando o namorado. O Serjão, que continuava na sua, se deleitava, enquanto o amigo, sem saber como sair daquela situação, não parava de gaguejar.

■ EM - 16/08/2013

Um homem na janela

A tarde caía em Belo Horizonte naquele fim de domingo. Uma brisa leve, de mudança de estação, descia da Serra do Curral. Não era muito o movimento de carros àquela hora. Então o homem, levantando-se da poltrona, chegou até a janela do apartamento, que ficava na Rua Tupis, quase esquina com Avenida Amazonas, onde morava, desde o seu casamento, havia 25 anos. Sua mulher e os seus dois filhos tinham saído. Pensamentos sombrios o dominavam, e uma tristeza estranha, dessas que chegam devagar, mas se instalam no coração, vinha lhe fazendo companhia. Havia dias que isso estava acontecendo. O motivo, ele não sabia. Desde adolescente, sem nunca ter contado para ninguém, passava por situações semelhantes, que o faziam sofrer. Na sequência aquele homem acendeu um cigarro, vício do qual, por mais que tentasse, não conseguia se livrar, apesar das advertências dos médicos sobre sua saúde já comprometida. Deu uma tragada forte, sentiu a fumaça invadir os seus pulmões, e continuou ali, olhando para a avenida.

Aonde sua mulher e os filhos teriam ido?, ele se perguntou, e ficou tentando imaginar. Talvez ao Shopping Cidade, à Igreja São José, ou quem sabe à casa da sua sogra, que morava na Rua Espírito Santo e, havia meses, andava doente. O relacionamento entre os dois nunca fora dos melhores, e a antipatia era recíproca.

O homem estava assim, em um daqueles dias em que as coisas parecem não valer a pena, quando de repente, como se acordasse de um sonho, foi despertado pelo barulho da sirene de um caminhão do Corpo de Bombeiros, que cruzou a avenida numa correria louca. "Deve ser coisa séria", pensou. Deu outro trago no cigarro, teve uma crise de tosse e, na sequência, ficou olhando para um casal que, na companhia de duas crianças, revirava sacos de lixo, dos quais iam tirando coisas. Até uma boneca, à qual faltava um braço, ele viu ser recolhida pela menina, que a mostrou em júbilo para a mulher, que talvez fosse sua mãe. Ela sorriu, disse qualquer coisa, e a colocou em outro saco, que aos poucos foi se enchendo.

Minutos depois, após apagar o cigarro, sua atenção foi se voltando para dois soldados que, devagar, cruzavam a avenida montados em cavalos brancos. Um deles, de repente, começou a saltar e quase jogou o policial no chão. Só não aconteceu porque seu colega, em um gesto de solidariedade, segurou as rédeas e foi acalmando o animal, até que ele voltou ao normal. Nisso, a araponga do vizinho, que já havia se tornado folclórica no prédio, deu um trinado forte, como se se despedisse do dia. A princípio, quando ela chegou, o homem se irritou com aquele canto, que o acordava todas as manhãs, e pensou até em levar o caso à reunião do condomínio. Deixou para lá e aos poucos foi se afeiçoando àquele pássaro, que passou a fazer parte da sua vida. Em certas manhãs, quando não cantava, ele sentia falta e pensava: "Será que morreu, ou foi levada embora?".

O homem continuava assim, debruçado na janela, quando seus olhos, de repente, viram um casal que acabava de sair de um motel, que fica em frente ao prédio. A mulher, muito alta e obesa, estava abraçada ao amado, que devia pesar pouco mais de 50 quilos, e seu braço custava a abarcar a cintura da moça. Foi uma cena que fez o homem sorrir. Depois ele foi à cozinha, onde tomou um cafezinho e acendeu outro cigarro, antes de voltar de novo à janela. A paisagem da avenida, naqueles breves instantes de ausência, já havia mudado, e agora um grupo de rapazes, vestidos com a camisa do Galo, passava fazendo a maior algazarra. "Há quanto tempo não vou ao Mineirão...", pensou e deu outra tragada, enquanto o vento, ainda mais forte, continuava a descer da serra.

"E minha mulher e os meninos, aonde terão ido?", tornou a pensar, enquanto seus olhos, outra vez na avenida, se fixaram em um rapaz que, tão só como ele, também fumava, escorado a um poste. Era alto, suas roupas estavam rasgadas, e de minuto a minuto passava as mãos nos cabelos. Parecia estar muito ansioso. "Tenho de parar de fumar e mudar meu estilo de vida...", pensou o homem e, num gesto repentino, que o fez estremecer, olhou para o vazio dos dez andares que o separavam do chão. Lá embaixo, as pessoas continuavam a passar. Também o vento, cada vez mais forte, não parava de soprar, e ele continuava ali, debruçado na janela, quando a campainha tocou. Aliviado, foi atender à porta. Eram sua mulher e os filhos que chegavam.

■ EM - 24/04/2007

Lua de mel

Depois de mais de 40 anos de casados, cheios de filhos e netos, com a vida longe de ser aquela dos primeiros tempos, quando tudo era novidades e descobertas, eles resolveram voltar ao sul do país, refazendo o itinerário da lua de mel: Curitiba, Florianópolis, Balneário Camboriú, Porto Alegre, cidades da Serra Gaúcha e alguns outros lugares, a maioria dos quais já nem se lembravam mais. Foram de ônibus, com um grupo da terceira idade, amigos do clube do qual eram sócios no Gutierrez, onde sempre viveram. Havia tempos que eram convidados para um passeio daqueles que, de dois em dois anos, "religiosamente", como os colegas diziam, era realizado pela turma, que até em Buenos Aires e Bariloche já havia ido.

"Vamos, sim, querida, estamos precisando de uma novidade como essa, porque nossa vida anda muito chocha", ele sorriu e disse a ela, que, no início, quando a excursão começou a ser programada, chegou a pensar que o marido, caseiro como era, não toparia fazer uma viagem tão longa. Isso sem falar nas despesas, que provavelmente não seriam poucas, e a aposentadoria deles não era lá essas coisas.

Mas estavam ali, dentro daquele ônibus confortável e cheio de gente amiga, que avançava Fernão Dias adentro, rumo às terras frias do Sul. Tudo diferente de quatro décadas atrás, quando pela primeira e única vez eles haviam passado por aqueles lugares. "Eu estava com 19 anos e jamais tinha saído de Minas, nem da casa dos meus pais", ela pensou. E enquanto o carro prosseguia, com uma paisagem sucedendo a outra, aquela mulher, alheia a todo o movimento à sua volta, olhava ternamente para o marido, que dormia ao seu lado.

"Como eu o amo", ela falou baixinho e, assustada – com medo de alguém ter ouvido –, levou a mão à boca, no mesmo instante em que, deixando voar a memória, voltou aos primeiros tempos do casamento, quando, sem condições até para pagar o aluguel, eles foram morar de graça em um barracão, no fundo da casa da sogra, onde viveram uns anos.

Olhando para o marido, que ressonava em paz, enquanto o ônibus, mais e mais, penetrava no coração de Minas, se lembrou também da intensidade com que, naquela época, faziam amor. E suspirou fundo, fechou os olhos e voltou a sentir novamente, como num sonho, aquele homem explorando centímetro a centímetro do seu corpo de mulher jovem, que respondia a todos os seus desejos, sempre pronta a ter e lhe dar prazer.

Depois vieram os filhos. As responsabilidades no trabalho, a compra do apartamento, em prestações a perder de vista, os colégios, as faculdades, a suspeita de que ele tinha uma amante, um câncer de mama, que quase a matou, além da inevitável passagem dos anos. E as coisas entre eles, de uma hora para outra, começaram a esfriar, até quase a separação, que por pouco não aconteceu.

Em tudo isso, enquanto o ônibus prosseguia, agora já quase em terras paulistas, ela ia pensando. Até que, de repente, como se tivesse se esquecido, ela se levantou, pegou a bolsa no bagageiro e, olhando de lado, começou a ver se tudo estava mesmo ali, como colocara ao sair de casa: a camisola lilás, as calcinhas e os sutiãs da mesma cor, como ele sempre gostou. O perfume francês, do qual nunca abriu mão, mesmo nos tempos das vacas magras. A touca de banho, os cremes. E o viagra para ele, que, depois de muita resistência, aceitou ir ao médico e começar a usar.

"Tudo em ordem, vai ser a nossa segunda lua de mel", aquela mulher, como se estivesse recém-casada, voltou a dizer em voz alta, feliz da vida com o passeio. "O que foi, Rosa, que foi?", perguntou o marido, acordando de repente. "Foi nada não, querido, nada não", ela respondeu, recostou a cabeça no seu ombro e, minutos depois, também estava dormindo.

■ EM - 25/09/2007

Quem sabe será desta vez?

Às vezes, por mais que se pergunte, Marisa não entende o que está acontecendo. É uma mulher bonita, cheia de vida, tem seu próprio apartamento, carro do ano, um emprego estável, mas não consegue realizar o seu maior desejo, que é o de encontrar um companheiro. Um homem com o qual, no dia a dia, possa compartilhar coisas simples como ir ao cinema, ao teatro, sair para tomar um chope, ou fazer um almoço no sábado, quando os dois estiverem de folga. Mas está difícil; os dois últimos namorados que teve foram um desastre total, e, desde então, já se vão três anos que está sozinha, não encontrou mais ninguém.

"É só isso que eu quero, um cara legal ao meu lado", ela disse à amiga Luiza dia desses, quando as duas, por acaso, se encontraram no fim de tarde na Savassi e resolveram beber alguma coisa, para colocar as conversas em dia. Havia saído minutos antes do trabalho, estava cansada, sem a mínima ideia do que fazer à noite, a não ser tomar um banho e dormir. Então, rever aquela colega, assim de repente, foi uma coisa muito boa.

"O que está acontecendo com os homens de Belo Horizonte...? Isso também eu gostaria de saber", Luiza respondeu a ela, quando Marisa, depois de acender um cigarro, pois havia voltado a fumar, e dar o primeiro gole no chope, que estava geladíssimo, lhe perguntou. A noite chegava devagar, fazia um friozinho agradável, e aquelas duas mulheres, que não se viam tinha tempos, pediram mais uma bebida. "Mas e com você, Luiza, como andam as coisas?", foi a vez de Marisa querer saber. "Eu continuo casada com o Wagner, tenho os meus filhos...", demorou um pouco a responder, baixou os olhos, e, em seguida, pediu licença, levantou-se e foi ao banheiro. "Eu sou mesmo uma idiota, como fui fazer uma pergunta dessas?", recriminou-se a outra, que já tinha ouvido falar dos problemas que a colega, já havia algum tempo, vinha enfrentando com o marido.

Nisso, chamando sua atenção, um moço alto e moreno entrou no bar. Depois de trocar algumas palavras com o garçom, a quem cumprimentou com um aperto de mão, assentou-se na mesa ao lado delas. Também pediu um chope, passou as mãos nos cabelos, e, após olhar de relance para Marisa, virou-se para ela e disse: "Pode acender o meu cigarro?". "Pois não...", ela respondeu com embaraço. Em seguida, causando-lhe uma sensação gostosa, sentiu o quente das mãos daquele homem, quando essas, por uns breves instantes, encostaram-se nas suas.

Então, a Luiza, que estava de volta à mesa e assistiu a toda cena, virou-se para Marisa, sorriu discretamente e disse: "Ele é um gato...". O moço, ouvindo, pediu outra bebida e fez um brinde em direção a elas, que retribuíram. Daí a alguns minutos, os três começaram a conversar. Pediram mais chope, fumaram outros cigarros e falaram de várias coisas, comuns às pessoas que estão se conhecendo. Pouco tempo depois, após receber um telefonema do marido, Luiza se despediu e foi embora, deixando a amiga com aquele moço.

"Quem sabe será desta vez, quem sabe...?", voltou a pensar Marisa, que, desde aquele dia, está saindo com ele.

■ EM - 06/07/2004

O velho espanhol

A madrugada corria solta, chovia muito e haviam sobrado poucas pessoas naquele bar, todas antigas frequentadoras e, portanto, já amigas do dono, seu Ramon, um velho espanhol que vivia em Belo Horizonte havia anos, lá pelos lados do Santa Efigênia. Sobre ele, se contavam muitas histórias. Uma delas, que corria de boca em boca, era a de que teria vindo para o Brasil ainda adolescente, escondido em um navio cargueiro, depois de ter se desentendido com a família, da qual nunca mais tivera notícias. Até onde ia a verdade ou a lenda de tudo isso, ninguém afirmava. Até porque aquele homem, de pouquíssimas palavras e que morava sozinho, sabia preservar a sua intimidade.

Mas naquela noite, por um acaso, ele estava falante; contava histórias, e se permitiu até, pois nunca era de beber, abrir uma garrafa de vinho, tomar uma taça e oferecer a todos. "Este é por conta da casa", disse, depois de colocar a bebida na mesa. "Se assente conosco, seu Ramon, nos dê este prazer", foi então que lhe disse Mariângela, uma das presenças mais assíduas no Vigo's Bar, no qual dia e noite, havia mais de 50 anos, e sem nunca haver tirado férias, o velho espanhol, sempre com aquele avental branco ao redor da cintura, reinava absoluto. "*Gracias...*", ele respondeu, enquanto puxava a cadeira. Porém, antes de se assentar, ainda cerrou as portas do bar, "para que ninguém nos importune". Lá fora, de um jeito cadenciado, a chuva continuava a cair.

Além de Mariângela, da qual seu Ramon gostava muito, "como a *una hija*", como costumava dizer, estavam ali o Douglas, namorado dela, e mais duas pessoas, também íntimas da casa. O papo corria animado. Falou-se de tudo: desde o futebol e a alta dos preços dos alimentos, até do MST, do qual seu Ramon era ardoroso defensor. "A terra tem de ser para todos...", sempre dizia, quando o assunto bandeava para esses lados.

Depois que acabou o vinho, ele trouxe outra garrafa, e em seguida mais uma, que com gosto, para a surpresa geral, ajudava a tomar, como nunca havia acontecido. "É hoje que pergunto a ele...", pensou Mariângela, que, lá pelas tantas, aproveitando-se daquela rara oportunidade, virou-se para o amigo e disparou: "É verdade, seu Ramon, que o senhor veio para o Brasil com 14 anos, depois que seu pai lhe deu uma surra, e nunca mais voltou à Espanha?". Surpreso com a pergunta, mas sem se deixar abalar, ele respondeu, enquanto tomava outro trago: "São conversas, minha *hija*, são conversas...".

Mas Mariângela insistiu. E foi então que aquele homem, talvez pelo efeito do vinho, ou por uma imperiosa necessidade de falar, represada durante tantos anos, disse: "Foi tudo uma grande injustiça, que não precisava ter acontecido...". Para em seguida contar, já com os olhos embaçados, que uma vez o seu pai, só porque ele não havia conseguido vender sua cota de verduras, com a qual ajudava no sustento da casa, lhe dera uma surra de rebenque, até o sangue brotar nas suas costas.

"E foi por isso que o senhor resolveu fugir?", perguntou Mariângela. "Isso mesmo, *hija*, isso mesmo", respondeu seu Ramon, que, por conhecer o Porto de Vigo, onde seu pai era estivador, um dia, aproveitando-se do descuido dos marinheiros, entrara num cargueiro com bandeira panamenha, se escondera entre as mercadorias, e, quando o descobriram, já estavam em alto mar. "Aí então não teve mais jeito...", ele disse, e passara a ajudar a tripulação, até que chegaram ao Rio de Janeiro. "Eu tinha apenas a roupa do corpo, e nada mais."

"E nunca mais teve vontade de voltar à Espanha, rever a sua família?", quis ainda saber Mariângela, que também, como ele, já estava com os olhos marejados. "É só nisso que penso, minha *hija*", lhe respondeu o velho espanhol, para em seguida tomar outro trago, enxugar os olhos com o avental e dizer: "Mas não tenho mais tempo". Começava a amanhecer.

■ EM - 17/02/2004

Olhos nos olhos

Não faz muito tempo que o homem está ali, debruçado na janela; uns quinze minutos se muito, mas o suficiente para observar, naquela manhã de sábado, a luta de uma moça para limpar os vidros da sala de um apartamento em frente ao seu, no qual está morando um casal bem jovem. Mudaram-se para lá há algumas semanas, como ficou sabendo. Talvez sejam recém-casados.

Mulher linda, com os cabelos presos por um laço, calça jeans apertada, ela se esmera no seu trabalho, no qual parece estar bem concentrada: passa e volta a passar a flanela vermelha nos vidros, nos quais borrifa água, ou algum produto de limpeza, e esfrega com firmeza. Depois se afasta um pouco, observa detalhes com um olhar atento, quem sabe em busca de alguma mancha que possa não ter sido percebida. E torna a repetir o gesto, fazendo círculos com a mão. Aquela moça, de uma beleza deslumbrante, nem imagina que está sendo observada.

O homem, que está na janela do apartamento em frente, volta a olhar para ela, que neste momento, de forma perigosa, coloca metade do corpo para fora, na tentativa de limpar os vidros da parte externa de uma janela. "Não faça isso, pode ser perigoso e não quero que você caia, nem que nada de ruim lhe aconteça", ele pensa, e continua a olhá-la. Aquela moça, que num sábado pela manhã luta para ganhar o seu dinheiro, tem porte de princesa. Mas de repente, uma pausa: ela para, tira o celular do bolso de trás da calça jeans, atende e, durante alguns minutos, conversa com alguém, o que aguça a curiosidade do outro. "Será seu marido, namorado, ou quem sabe um filho, pedindo que ela não demore muito a voltar para casa e leve sorvete para ele?", o homem devaneia.

Quando de repente, assustando-o, ouve o telefone tocar. "O que será, uma hora dessas?", pensa, enquanto um leve temor percorre seu corpo. Vai depressa ao escritório e atende. Mas não é nada importante, apenas uma funcionária da operadora oferecendo-lhe serviços extras, que ele agradece com mau humor e, rapidamente, volta ao seu posto de observação.

Do lado de lá, no apartamento vizinho, a moça continua na sua labuta. Já não está sozinha, pois a dona da casa, que deve ser um pouco mais nova do que ela, mas nem chega aos seus pés, fala alguma coisa, gesticulando muito, e em seguida sai. Parece nervosa. A moça desce rapidamente da escada e a segue em passos apressados, como se algo urgente precisasse ser resolvido. "O que terá acontecido, o que a outra terá dito a ela?", pensa o homem, já tomando partido. Em seguida, para seu alívio, a moça volta a aparecer, com os cabelos soltos, o que realça ainda mais a sua beleza. Novamente está com a flanela vermelha na mão, mas já não esparge mais água nem detergente nos vidros, que, na imaginação do homem, vão adquirindo um brilho especial.

Mas nada comparado aos olhos daquela mulher, que naquela manhã de sábado, por brevíssimos instantes, pois ela os desviou em seguida, se encontraram com os seus.

■ EM - 15/05/2013

Encontro marcado

Como se estivesse nas nuvens, ou vivendo um sonho do qual não queria despertar, ela ligou para a amiga, sua maior confidente, contando haver marcado um encontro, aqui mesmo em Belo Horizonte, com aquele homem que, na semana anterior, ficara conhecendo em Salvador, onde fora participar de um congresso. Durante os cinco dias que durara o evento, cujas palestras ocorreram num hotel de luxo, com uma bela vista para o mar, eles estiveram juntos, dividiram cama e corpos, como se já se conhecessem havia séculos. "Acho que, finalmente, depois de tanto quebrar a cabeça, descobri o grande amor da minha vida", aquela mulher ainda confessou à amiga que, já sem tantas ilusões, apenas lhe disse: "Vá com calma, moça, vá com muita calma".

Mas a outra, sem dar bola às ponderações da amiga, ainda contou detalhes daquela aventura: falou da gentileza de Gustavo; dos passeios que fizeram nos intervalos dos trabalhos; da sua desenvoltura para abordar qualquer assunto, ligado ou não à especialidade de ambos, que era a Ciência da Computação. Contou a respeito dos restaurantes que frequentaram, das idas à praia (numa delas, a lua estava cheia) e, principalmente, da maneira como ele, como nenhum outro até então, a tinha amado. "É por essas e outras, querida, que amanhã, mais bela do que nunca, estarei esperando por ele, pontualmente às 20h, como combinamos ontem, no lobby do hotel."

A amiga, com a qual vivera em uma república na Avenida Augusto de Lima, quando chegaram a Belo Horizonte para prestar vestibular, ainda tentou, sem sucesso, conter o entusiasmo da outra, que em relação a tudo sempre fora assim, logo colocava o coração na frente, sem nunca pensar nas consequências. Mas não adiantou, e no dia seguinte, no início da tarde, depois de negociar com uma colega para que realizasse o seu trabalho, ela estava no salão: fez unhas, cabelo, depilação, tudo para ficar maravilhosa para aquele homem com quem, como nunca ocorrera em sua vida, estava ansiosa para se reencontrar e poder reviver, como em Salvador, aqueles momentos inesquecíveis. A roupa, os sapatos, a maquiagem discreta, o perfume que iria usar, tudo com a ajuda da amiga, que acabou embarcando naquela viagem, já que o romantismo acabou falando mais alto, também já estavam escolhidos.

E foi assim que, às 19h, pois o trânsito no início da noite sempre era terrível, principalmente na Avenida Cristiano Machado, por onde teria de passar, ela já estava dentro do táxi, indo para aquele encontro que, como haviam combinado, deveria ser no lobby do Ouro Minas, hotel onde Gustavo ficaria hospedado. "Não vá chegar atrasada", ele ainda brincara com ela, para quem havia telefonado todos os dias da semana.

Exatamente às 20h, o coração daquela mulher, sem que tivesse domínio, começou a bater mais forte, meio descompassado, à espera de que ele apontasse no corredor. Quinze minutos depois, como também narrou à amiga, passou a sentir palpitações. "Preciso me controlar", pensou, tomou um copo d'água e esperou mais meia hora. Às 20h45, sem conseguir conter a ansiedade, ela se levantou da poltrona, e em seguida, querendo chorar, tirou o celular da bolsa e ligou para o de Gustavo, que estava fora de área.

Às 21h30, já perdendo as esperanças, mas ainda assentada naquela poltrona, depois de dizer à recepcionista que sim, estava esperando por alguém, ela se dirigiu ao balcão e, com a voz trêmula, perguntou se, por acaso, o senhor Gustavo S. tinha feito uma reserva naquele hotel. "Não, senhora, não temos nenhum registro com esse nome", a funcionária respondeu de forma automática depois de, por insistência dela, ter consultado de novo no computador.

Uns dez minutos depois, quando, com quase todas as esperanças perdidas, aquela mulher estava indo embora, como também contou à amiga, com a qual, noite dessas, saiu para jantar, viu alguém entrar "esbaforido" hotel adentro. Era ele. Olhou para ela, abriu um sorriso, colocou a mala no chão, estendeu os braços e disse, se desculpando, que o avião havia atrasado e que, ainda por cima, por mal de todos os pecados, tinha acabado a bateria do seu celular. Desde então, ela e Gustavo, sem parar de fazer planos para o futuro, têm se encontrado praticamente todos os finais de semana.

■ EM - 16/12/2011

Às vésperas do casamento

Alguns dias antes do casamento, no qual investiu muito, pois amava aquele homem como nada mais nessa vida, uma amiga minha, prática como ela só, resolveu fazer uma pesquisa entre alguns conhecidos, independentemente do sexo, para saber o que deveria fazer para manter a união para sempre. A primeira pessoa com que conversou, uma colega de trabalho, disse que se o marido chegasse cansado em casa e deixasse as roupas e os sapatos espalhados pelo chão, ela deveria fingir não ver, "pois com o tempo ele vai acabar percebendo que está errado, e não irá fazer isso mais", ensinou.

Já de um amigo, que trabalhava na mesma sala que ela, na qual funcionava o marketing da empresa, ela ouviu, sentindo cócegas, pois nunca gostara de futebol: "Jamais implique se ele estiver assistindo a algum jogo na televisão, seja de qual time for. Não reclame dos programas de mesa-redonda, pois adoramos ver e rever os gols sob os mais diversos ângulos, e de ouvir as opiniões dos comentaristas", disse o rapaz, notório fanático pelo esporte.

"Com o passar do tempo, será só para os gols que ele irá olhar?", ela pensou. Mas preferiu guardar aquele pensamento, apostando que, entra todas as outras, ela acabou sendo a escolhida. Em seguida, sem saber por quê, foi ao banheiro, mirou-se no espelho em ângulos variados e concluiu, sem modéstia: continuava linda. "Não aposte só na beleza, use também a cabeça", ensinou uma prima, com conhecimento de causa, já que nos anos 1960 havia sido miss Minas Gerais e terceira colocada no certame nacional.

"Outra coisa que deixa qualquer homem fulo da vida é você ficar bisbilhotando o celular dele em busca de mensagens de alguma sirigaita. Em hipótese alguma vasculhe o Facebook ou a caixa de e-mails dele, porque se encontrar alguma coisa, mesmo que não tenha nada a ver, você ficará com ciúmes e isso acabará criando problemas", ponderou a Marisa, gerente da empresa, com a experiência de quem já estava no terceiro casamento. Aquela mulher ainda revelou: se tivesse a experiência de hoje, não cometeria, em hipótese nenhuma, os erros do passado. Quando a minha amiga quis saber quais haviam sido os erros para não os repetir, a outra abaixou a cabeça e desconversou, deixando-a sem graça. De uma moça de 21 anos, que estagiava na firma, ouviu: "Não pare de malhar, de se arrumar e de ficar atraente. Calcinha bege, nem pensar, pelo amor de Deus...".

De tudo isso, a minha amiga, feliz da vida, lembrou-se na semana passada, quando saiu com o Orlando José para comemorar os dez anos de casados. Na volta para casa, mais de quatro da manhã, já levemente embriagados, quis contar a ele sobre a pesquisa, muito embora nunca a tivesse colocado totalmente em prática, só alguns ensinamentos. Só uma vez, porque não resistiu a curiosidade, olhou a caixa de mensagens dele, após descobrir a senha, mas felizmente estava tudo bem.

Quando ia começar a falar, ele desligou o carro. E ali mesmo, na garagem do prédio, passou a beijá-la. Suas mãos, com suavidade, foram descendo, deixando-a toda excitada. "Você, meu amor, está muito mais gostosa do que quando te conheci." Minha amiga, fechando os olhos, não respondeu nada. Apesar dos paletós e sapatos que o Landinho insistia em deixar jogados no sofá, estava tudo bem. Como ela desejava que ficasse para o resto da vida.

■ EM - 07/10/2001

O desconhecido

Logo depois de chegar à praça de alimentação daquele shopping, aonde havia ido fazer compras de Natal, os olhos de Suzana, de repente, se encontraram com os de Rogério, que, assentando em uma mesa, estava tomando café. A princípio, um tanto assustados, pois desde a separação – havia pouco mais de dois anos – ainda não tinham se encontrado. Tentaram se evitar, mas não teve jeito. Acabaram se cumprimentando. O movimento ali, àquela hora, era grande, com as pessoas indo e voltando pelos corredores e galerias. Motivos natalinos, numa profusão de luzes e enfeites variados, espalhavam-se por toda parte.

Meio no impulso, Suzana acabou aceitando o convite para se assentar. "Como vão as coisas?", o ex-marido perguntou de maneira educada, mas formal, como sempre fora do seu estilo. "Graças a Deus estão indo muito bem", ela respondeu. Em seguida, tentando se manter o mais calma possível – embora, no fundo, estivesse bastante tensa –, pediu ao garçom café expresso e um pão de queijo. Tinha saído cedo, estava com fome.

Nos próximos minutos, como se estudassem o terreno, ambos ficaram em silêncio, quebrado dali a pouco por Rogério, que perguntou à Suzana como ia a família. "Independentemente do que aconteceu entre nós, tenho a maior consideração por todos, principalmente por sua mãe, que é uma mulher admirável", ele falou. Àquelas alturas, sentindo-se mais segura, ela devolveu a pergunta, também com elogios aos pais dele.

Outra pausa, outro silêncio, que voltou a ser interrompido por Rogério ao pedir ao garçom café e água mineral. "Para mim, está bem, estou satisfeita", Suzana agradeceu, quando ele, educadamente, quis saber se ela desejava mais alguma coisa. O vaivém das pessoas naquele shopping só crescia, com homens e mulheres apressados e cheios de embrulhos. Uma criança, na correria, intrometeu-se entre os dois, derrubando o copo d'água de Rogério, o que lhe valeu uma bronca da mãe.

"Não é nada, minha senhora, fique tranquila", ele respondeu com um sorriso. Passou a mão na cabeça do menino e ainda ficou ali mais uns quarenta minutos com a ex-mulher, com quem estivera casado durante cinco anos até a tumultuada separação, que se arrastou por um bom tempo, devido a pendências judiciais, envolvendo advogados e as famílias. Daí a pouco de despediram de maneira formal, e cada um seguiu em direção oposta.

Mas o que mais impressionou Suzana enquanto esteve assentada naquela mesa, conversando com aquele homem com quem tivera tanta intimidade – e a quem, em total desapego, tinha entregado o seu corpo e o seu coração, como se nada mais importasse no mundo –, foi a sensação de que Rogério, para ela, já não passava de um desconhecido. Uma pessoa a mais com a qual, casualmente, havia cruzado na vida.

"Será que ele sente o mesmo por mim, me vê da mesma forma?", ela se pegou pensando mais tarde, em casa, depois de tomar um banho e comer uma salada, pois havia parado de jantar, na tentativa de perder alguns quilos. E uma a uma as cenas daquele inesperado encontro com o ex-marido voltaram à sua cabeça. Pouco depois, antes de ir para a cama, Suzana ligou a televisão e começou a assistir um filme. Naquela noite, ao contrário do que sempre ocorria, o sono demorou a chegar.

■ EM - 09/12/2011

Um para o outro

Desde que se mudara para aquele prédio, logo depois da separação, ele nunca havia prestado muita atenção naquela vizinha de olhos azulados. O processo fora tumultuado, com idas e vindas aos advogados, e prometera a si mesmo que, depois de tudo resolvido, iria dar um tempo, não queria novos compromissos tão cedo. Tinha ficado casado durante 15 anos.

Às vezes, quando saía do trabalho e voltava para casa no final de tarde, com o paletó jogado no ombro e expressão de cansaço, costumava se encontrar com ela na entrada do prédio ou no elevador. Sempre com um sorriso aberto, a vizinha o cumprimentava: "Como vai, doutor André?". Ao que ele, com um sorriso meio amarelo, tentava retribuir da melhor maneira possível. Mas uma coisa o intrigava: como aquela mulher sabia o seu nome?

Chegava em casa, tomava banho, colocava bermuda, camiseta leve e preparava um lanche. Parara de jantar havia muito tempo, devido aos quilos a mais e à advertência do cardiologista de que precisava se cuidar. "O perigo está aí, nessa gordurinha acumulada no abdômen..." Tinha decidido, de uns meses para cá, seguir uma dieta leve e fazer caminhadas pela manhã na Praça da Liberdade. Morava por perto. Só que também ali costumava se encontrar com a vizinha. Sempre com o mesmo sorriso, vinha o cumprimento: "Como vai, doutor André?". Outra vez ele sorria, não respondia nada e continuava a andar, até se completarem os 40 minutos programados, quando então voltava para casa, tomava banho, colocava o terno, pegava o carro e ia para o trabalho, do qual só voltaria no finalzinho da tarde. Cumpria uma rotina que, desde a separação, vinha tentando manter. Quase não estava saindo, nem mesmo para aquele chopinho no Bar do Lopes, ali bem pertinho de onde morava.

Ocorreu que em uma noite, logo depois de uma chuva forte, dessas que costumam cair em Belo Horizonte, a luz do prédio foi embora. Lá pelas 22h, ou pouco mais, quando finalmente voltou, de repente a campainha do seu apartamento tocou. Assim como estava, de bermuda e camiseta, ele abriu a porta, sem ter se dado ao trabalho de conferir pelo olho mágico de quem se tratava. Era a vizinha, a de olhos azulados que, meio sem graça, pedia a ele socorro: "A lâmpada do meu escritório queimou, preciso trabalhar, mas não estou conseguindo trocá-la. Pode me ajudar?".

Alguns minutos depois, o nosso amigo estava lá. "Toma um suco, um cafezinho?", ela lhe perguntou com aquele mesmo sorriso, assim que André terminou o serviço. Como ainda era relativamente cedo, e ele não estava mesmo fazendo nada, aceitou um suco, e começaram a conversar. Foi também levado pela curiosidade que perguntou àquela moça: "Como é que você sabe o meu nome?". "Às vezes, doutor André, algumas correspondências suas, por engano, costumam vir parar debaixo da minha porta", respondeu-lhe, e o papo foi indo.

Mais de duas horas depois, já sabendo que aquela vizinha de olhos azulados se chamava Fabíola, também era separada e trabalhava como tradutora para uma multinacional, eles se despediram. Não sem antes, ambos ainda cheios de dedos, terem combinado, para a manhã seguinte, uma caminhada na Praça da Liberdade. Desde então, aqueles dois, que parecem ter nascido um para o outro, estão se encontrando.

EM - 22/04/2011

Terna lembrança

Desde que ficaram se conhecendo em Poços de Caldas, onde viveram uma grande paixão, havia quase 30 anos, durante um festival de inverno, que ela o procurava. Mas apesar de sentir imenso desejo de revê-lo, isso nunca mais ocorrera. Às vezes, quando andava pelas ruas de Belo Horizonte, onde sempre havia morado, buscava seu rosto nos homens que passavam; outras, quando fazia alguma viagem, esperava avistá-lo com a mala na mão no saguão de algum hotel ou aeroporto. Até mesmo em Lisboa, Londres e Paris, por ocasião de umas férias, passadas na companhia da única filha, Maria Fernanda tivera esperança de encontrá-lo de repente, quem sabe num museu ou restaurante. Ou simplesmente assentado em um banco de praça, com as pernas cruzadas e lendo um livro, do mesmo jeito como o avistara pela primeira vez em Poços de Caldas, naquele dia do qual já não se esquecia.

Mas todas as tentativas de ter alguma notícia daquele homem, que, pelo menos ela pensava assim, havia sido o grande amor da sua vida, fracassaram. Isso até poucas semanas atrás, quando finalmente, seguindo sugestão de uma amiga, conseguiu localizá-lo no Facebook. "Foi bem mais fácil do que você imaginava, hem, Nanda? As possibilidades oferecidas pelas redes são imensas, minha cara. Basta a gente saber usá-las. Veja só que engraçado: sua paixonite morando num condomínio em Nova Lima, bem pertinho de Belo Horizonte, e você aí, feito uma desesperada, à procura dele", a outra ainda comentou.

De maneira cifrada, como a amiga ensinara, Maria Fernanda, respeitável senhora de seus 60 anos – naquele momento, como se estivesse voltando no tempo, sentia-se como uma adolescente, fazendo coisa errada –, acabou enviando uma mensagem de poucas linhas para o endereço descoberto. Passaram-se três dias, e nada de aquele homem dar sinal de vida. Até que, no início da semana passada, veio a resposta, com uma confissão pela qual ela não esperava: "Eu também, querida Nanda, apesar de todos esses anos, jamais consegui, por incrível que possa parecer, tirar você da memória, e do coração". Declarações à parte e sem dar nenhuma outra informação (também não havia sido perguntado), a respeito do que fazia, se era casado ou não, ele fez o convite para se encontrarem. O que acabou ocorrendo na semana passada, na praça de alimentação do BH Shopping, que fervilhava de gente.

A princípio, quando Maria Fernanda viu, em frente a uma loja de conveniência, como tinham combinado, aquele que julgava ter sido o seu grande amor, preferiu observá-lo de longe. Era como se tentasse, com aquele gesto, entender o porquê de sua busca de tantos anos. Depois de suspirar fundo, resolveu: caminhou decidida, tocou no ombro de Luiz Eduardo e disse: "Como vai?". Mas entre os dois, ficou claro naquela hora, já não existia mais nada. Nada além de uma terna lembrança. A mesma que voltaram a vivenciar nas duas horas seguintes, enquanto tomavam café falando dos filhos, dos netos e dos planos para 2012. Depois se despediram com um abraço. E cada um, em paz, seguiu o seu caminho.

■ EM - 30/12/2011

Na mesa ao lado

O rapaz e duas amigas estavam em um pequeno restaurante na Rua Ceará, pelas imediações do Colégio Arnaldo, onde ultimamente ele almoçava pelo menos três vezes por semana. Gostava de ir àquele lugar, que servia uma comida caseira deliciosa. O frango ensopado, então, era de dar água na boca, e lembrava-lhe a época em que, logo após perder a sua mãe, e o seu pai ter ido para os Estados Unidos, ele fora viver com a avó, que era uma cozinheira de mão cheia, e sabia preparar um frango como ninguém. Ainda não havia feito doze anos na época. Mas essa é outra história, que talvez seja contada depois, porque na mesa ao lado da deles haviam acabado de se assentar três pessoas, que de cara chamaram a sua atenção: uma moça bem nova, que estava com os cabelos amarrados por um laço e usando calça jeans; um rapaz moreno, que usava um boné vermelho, além de uma fita do Senhor do Bonfim no braço direito; e um homem mais velho, que estava vestido com um terno azul um pouco gasto. Meio gordo e careca, ele se parecia muito com o seu pai, e foi por isso que o rapaz, desde o instante em que chegaram ali, passou a observá-los.

"Eles estão muito tensos e ainda não trocaram nenhuma palavra", pensou aquele moço alguns minutos depois, enquanto suas duas amigas, Valéria e Mônica, foram se servir. Quando voltaram (ele ficou na mesa para garantir o lugar, porque o restaurante estava cheio), também se levantou. Foi ao banheiro, lavou as mãos, enxugou-as com papel toalha e logo depois começou a se servir também. Colocou pouca comida no prato: apenas uma porção de arroz e um bife, além de salada, pois queria chegar logo à sua mesa, para continuar observando aqueles três. Era uma coisa estranha, mas, olhando para eles, tinha a nítida sensação de que já havia vivido uma situação semelhante àquela.

"Você está misterioso hoje, Maurício, o que anda acontecendo? Amor novo no pedaço?", brincou uma das suas amigas, a Mônica. De uns tempos para cá, como vinha percebendo, ela estava bastante caída para o seu lado.

Ele apenas sorriu, disse que não era nada e começou a comer. Nisso, os três da mesa ao lado se levantaram, pegaram os pratos, e foram se servir. Mais uma vez sem dizer palavra. "O homem se parece demais com o meu pai", Maurício então teve certeza, e na volta deles, para não notarem que os estava observando, abaixou os olhos. Poderia estar dando muito na cara. De novo eles se assentaram, tomaram quase ao mesmo tempo um gole de Coca-Cola, e começaram a comer, tudo no mais completo silêncio, como o rapaz continuava notando. Suas amigas, daí a pouco, se levantaram e foram buscar a sobremesa, que naquele dia era doce de laranja-da-terra com queijo Minas. Ele preferiu ficar ali, para ver aonde ia chegar tudo aquilo. "O que estará acontecendo com eles, meu Deus?", começou a pensar, e de repente, sem que percebesse, uma vaga tristeza, vinda ainda não sabia de onde, começou a tomar conta dele.

"Você está com algum problema, Maurício?", quis saber uma das amigas, a que estava gostando dele. "Não é nada, Mônica, não é nada", ele disse. Nisso, a moça da mesa ao lado, a que estava com os cabelos presos por um laço e de calça jeans, virou-se para o homem gordo e careca, colocou a mão no seu braço e perguntou, quebrando finalmente o silêncio: "E agora, meu pai, que a mãe se foi, o que é que nós vamos fazer?". Ele cerrou os lábios, abaixou a cabeça e respondeu: "Não sei, minha filha, não sei, estou completamente perdido". Em seguida se levantaram, pagaram a conta e se foram. Maurício e suas amigas, nos instantes seguintes, fizeram o mesmo. Mas no resto do dia, por mais que tenha tentado, não conseguiu deixar de pensar naqueles três, nem numa conversa semelhante que, havia anos, tivera com o seu pai, antes deste deixá-lo com a avó e ir para os Estados Unidos.

■ EM - 08/08/2006

A mulher do amigo

Tudo ocorreu de repente, como uma tempestade, a queda de mil raios, um tsunami, e desde então Ricardo, cujo sobrenome é melhor não dizer, porque em Belo Horizonte todo mundo se conhece, não tem conseguido dormir, já não trabalha direito, nem pensa em outra coisa a não ser naquela beleza alemã, uma diva maravilhosa que, de uma hora para outra, entrou na sua vida. "Não sei o que faço, estou desesperado e só penso nela", confidenciou noite dessas a seu irmão, ao qual telefonou porque, sozinho, não está conseguindo suportar o peso desse segredo, nem a vontade louca de tê-la novamente em seus braços. "Como posso ter feito uma coisa dessas com a minha mulher, com a esposa do meu melhor amigo?", também falou ao irmão, que ouviu calado, sem querer, a princípio, emitir juízo.

Tudo começou num início de tarde, quando o Ricardo, que estava tranquilo no seu escritório, recebeu um e-mail, enviado da Alemanha, no qual o seu amigo, que não via tinha anos, dizia que estava chegando a BH e queria encontrá-lo. "Vamos jantar juntos. Tomar um chope, relembrar os velhos tempos", escreveu. E duas semanas depois, na companhia da sua mulher, se encontraram em um restaurante na Rua Santa Catarina, recém-inaugurado, e que estava fazendo o maior sucesso na cidade. Foi então, logo após serem apresentados, que começou a tempestade, a caírem todos os raios, a se desencadear o tsunami, quando ela, a mulher do amigo, aquela beleza de cabelos loiros, corpo perfeito e um sorriso aberto, disse "encannnntada", em um português arranhado, ao apertar sua mão, com os olhos dentro dos seus. "Foi como se tivesse levado uma descarga elétrica violenta ou tomado um soco na boca do estômago", disse ao seu irmão, que apenas sorriu, deu mais um trago no uísque e permaneceu calado.

No seguir da noite, entre uma garrafa e outra de vinho, um petisco e outro, até que foi servido o jantar, lá pelas duas da manhã, olhares entre os dois, já como um segredo, começaram a ser trocados. Até que de repente o Ricardo, num impulso, como também contou ao irmão, estendeu o pé debaixo da mesa e tocou na perna daquela mulher, a deusa alemã, com a qual o seu amigo havia se casado em Berlim havia pouco mais de dois anos. Ela permaneceu imóvel por uns instantes, em seguida pediu licença e foi ao banheiro, onde demorou alguns minutos. Quando voltou havia retocado a maquiagem, reforçado o batom e soltado os cabelos. Estava ainda mais bela.

"Juro a você que não queria ter aceitado aquele convite, parece até que eu estava adivinhando. Cheguei a dizer à minha mulher para a gente agradecer, que estava cansado. Mas ela não compreendeu e disse que seria um ótimo final de semana", Ricardo também confidenciou ao irmão, que continuou em silêncio, depois de pedir mais um uísque.

Foi então, na volta de Escarpas do Lago, onde os dois casais passaram juntos um final de semana, que as coisas aconteceram, debaixo de todos os segredos, em um hotel da Avenida do Contorno, onde Ricardo e a alemã acabaram se encontrando. Ficaram o dia inteiro juntos, se amaram várias vezes e trocaram juras eternas, como dois adolescentes. Tudo parecia um sonho.

"Estou me remoendo, com um sentimento danado de culpa, e medo do meu amigo descobrir. Mas não consigo deixar de pensar nela, que ontem mesmo me ligou duas vezes, querendo me ver de novo, dizendo que está com saudades", Ricardo também confidenciou ao irmão, que voltou a sorrir, deu a última golada no uísque, e meia hora depois, após finalmente dizer o que achava daquela situação, se despediram.

■ EM - 01/04/2011

Desengano

Agora que tudo acabou, ela está desesperada, sem saber o que fazer. Na semana passada, em pleno horário de trabalho, viu-se andando a esmo pela Savassi, completamente fora de si. Não consegue pensar em mais nada a não ser nele; se deita e acorda com aquele menino na cabeça. Um abismo, um imenso abismo parece ter se aberto à sua frente, e ela está a ponto de afundar. "Não dá mais, Júlia. Agora estou com a Lu." Ouvir aquilo, assim de repente, quando tudo parecia ir maravilhosamente bem entre eles, doeu fundo. Foi como se tivesse levado uma facada, cujo ferimento não para de sangrar. Jamais poderia imaginar que o abandono doesse tanto. "Como não previ isso, meu Deus? Que ilusão a minha", ela pensa. E volta a se lembrar do dia em que ele, o melhor amigo do seu filho, foi à sua casa, depois de um bom tempo sem aparecer. Vinha convidá-los para a festa dos seus 21 anos. Praticamente criado com eles, chegou e foi entrando, sem se fazer anunciar. Afinal de contas, ele e Thiago haviam nascido e crescido ali, no mesmo bairro, na mesma rua, no mesmo prédio. Julia estava sozinha, tinha acabado de tomar banho, e apenas uma toalha a cobria. Nunca mais, desde que ficara viúva há quase cinco anos, havia ficado com homem algum. E ela sentia falta, muita falta de uma boa companhia e de também fazer amor. "Espere um pouco, André, o Thiago já deve estar chegando", ela disse. Naquela hora, quase sem perceber, levantou a perna e a colocou no sofá, com a desculpa de tirar de um dos dedos do pé um restinho de esmalte.

"Está feio, você não acha?" O rapaz enrubesceu e disse: "Acho a senhora muito bonita, dona Júlia". "Você me vê tão velha assim, para me chamar de senhora?", ela perguntou, com um sorriso no canto dos lábios. "Não, não, é que..." "Vamos fazer o seguinte, André: de hoje em diante, não precisa mais me chamar de senhora. Afinal de contas, depois de amanhã você faz 21 anos, não é mesmo?" "Sim, senhora, e é por isso que vim aqui, convidá-los para a festa...", o rapaz respondeu, e foi tratando de se despedir, de tão perturbado que estava. Quando ele saiu, ela foi ao banheiro e, surpresa com sua própria ousadia, disse, olhando-se no espelho: "Vá devagar, Júlia. Controle a carência, a solidão".

Dias após a festa, o André, com desculpas de ir buscar um livro que havia pedido emprestado ao Thiago, foi novamente àquela casa, num horário em que sabia que o amigo não estaria lá. Chegou sem avisar. "Parece até que adivinhou, eu estava pensando em você hoje mesmo", Júlia lhe disse, e o convidou a se assentar, enquanto buscava o livro, que seu filho já havia separado. André o recebeu, olhou para ela, agradeceu o cafezinho e disse que já estava indo. "Apareça mais", Júlia falou, enquanto abria a porta, olhando-o nos olhos. Nunca fora tão ousada na vida. E novamente mirou-se no espelho.

Três dias depois, que para ela pareceram uma eternidade, aquele rapaz voltou. Dessa vez com desculpas de devolver o livro. Chegou na mesma hora em que, sabia, Thiago outra vez não estaria em casa. Júlia usava uma calça de ginástica e camiseta apertadas, o que realçava as formas perfeitas do seu corpo, apesar dos seus 50 anos. Então, ali mesmo no sofá da sala, meio atabalhoadamente, fizeram amor pela primeira vez. Assim que terminaram, André se vestiu às pressas e, logo em seguida, foi embora, com a sensação de que acabara de fazer uma coisa errada, de haver traído seu melhor amigo.

"Júlia, Júlia, onde você está com a cabeça? O menino pode ser seu filho", ela tornou a se dizer, enquanto, novamente, se olhava no espelho. Mas dois dias depois, no mesmo horário, agora sem nenhuma desculpa, ele voltou. No dia seguinte, também, e nas semanas que se sucederam. Amaram-se muito, sem que ninguém desconfiasse de nada. "Esse é um segredo só nosso", ela chegou a lhe dizer. E aquele rapaz aprendeu tudo muito depressa, e a levava ao paraíso. Nas horas de intimidade, costumavam tomar vinho, e chegaram até a fazer planos de viver juntos, embora soubessem, no íntimo, que jamais iria acontecer.

Assim mesmo, sonhavam. E alimentavam o sonho. Até que André, aos poucos, foi espaçando os encontros, arranjando desculpas, para finalmente um dia chegar para ela e dizer: "Não dá mais, Júlia, voltei com a Lu. Essa transa nossa é muito maluca, e nem gosto de imaginar se o Thiago ficar sabendo...".

"Perdê-lo para a Lu, logo para a Lu, aquela pirralha destemperada, que nem chega a meus pés", a mulher repete a si própria, tentando se consolar, enquanto, no mais completo desengano, caminha a esmo pelas ruas da Savassi.

■ EM - 14/02/2005

As duas amigas

Alguns segundos depois de a campainha ter tocado, aquela mulher, que estava sozinha em casa assistindo a um programa de televisão, seu único passatempo, além dos bordados – como depois revelou –, abriu a porta. Ao ver a amiga, antiga colega de colégio, com a qual não se encontrava havia vários anos, vacilou por brevíssimos instantes até reconhecê-la. "Marlene? É você?, não acredito...". Só isso ela conseguia dizer, para, em seguida, abraçá-la com alegria, enquanto, com um sorriso, a convidava para entrar.

Depois de enxugar as lágrimas, que não conseguiram esconder, aquelas duas mulheres, que durante alguns anos, na adolescência, haviam estudado juntas em um colégio interno, onde compartilharam sonhos, alegrias e algumas tristezas, começaram então a repassar suas vidas, assentadas em um sofá. Havia mais de meio século, desde que haviam se tornado professoras, caminho natural, na época, para moças como elas, que não tinham se visto mais. Nem souberam notícias uma da outra. Agora estavam ali, duas mulheres, duas vidas. Marlene, como contou à amiga, que se chamava Petrina, havia se casado logo depois da formatura, com o mesmo namorado dos tempos de internato. "Tivemos dez filhos, que nos deram dezesseis netos. Temos dois bisnetos, umas gracinhas, você acredita?" Disse ainda que o marido, com o qual esteve casada por quarenta anos, tinha morrido havia pouco tempo, vítima de um enfisema pulmonar. "O cigarro acabou com ele, que foi o único homem da minha vida. Depois de sua morte, fui para Belo Horizonte, onde vivo até hoje", completou.

"E com você, o que aconteceu?", ela quis saber, enquanto tomava um suco de laranja que a empregada havia lhes trazido. Então Petrina, que, como Marlene falou, havia sido a moça mais bonita do internato, pela qual todos os rapazes se derretiam, revelou à amiga que, ela também, havia se casado com o antigo namorado. "Tudo ia bem, corria às mil maravilhas entre nós, até que a nossa filha, a única que tínhamos, morreu aos dezoito anos, depois de termos feito de tudo para salvá-la. A partir de então, para não se recuperar mais, e sem aceitar nenhum tipo de tratamento, ele entrou em uma depressão profunda, até resolver nos deixar", ela disse, e, nesse momento, sua voz começou a ficar embargada, até o assunto tomar outros rumos.

Marlene e Petrina, duas vidas, dois caminhos, que voltaram a se cruzar mais de cinquenta anos depois, quando a primeira, em busca do passado, resolveu visitar a cidade onde havia estudado, ainda ficaram juntas por um bom tempo, assentadas naquele sofá da sala. Mas não falaram só de coisas tristes: também se lembraram das "artes" que faziam, como roubar mangas em um quintal vizinho ao internato; mandar bilhetes escondidos para os rapazes, com os quais "flertavam"; fingir doenças para as irmãs, quando não queriam ir às missas, e por aí vai.

Em seguida, aquelas duas mulheres, depois de prometerem que iriam, em breve, se encontrar novamente, "aqui mesmo, ou lá na sua casa", como disse Petrina, se despediram. Nos céus de Peçanha, onde se passou esta história, que aqui, com as devidas liberdades literárias, hoje está sendo contada, não havia nenhuma nuvem. Mas soprava uma brisa suave, que acompanhou Marlene na sua viagem de volta até Belo Horizonte.

■ EM - 09/10/2007

Olha como eu te amo

Vamos imaginar uma mulher madura, que vive em Barcelona, trabalha como médica em um hospital conceituado, tem uma filha adulta, e se separou há algum tempo do marido, um homem chamado Alberto, depois de chegar à conclusão de que ele, definitivamente, não era quem ela esperava, além de tê-la traído com outra. Vamos imaginar também que essa mulher, cujo nome é Montserrat Cambra, mas que todos conhecem como Montse, tenha tido um grande amor na adolescência e início da juventude, numa época em que, na Espanha franquista, relacionar-se com alguém de classe social diferente, ainda mais sendo mulher, como aconteceu com ela, significava problema na certa, com oposição ferrenha da família.

Vamos imaginar ainda que aqueles dois jovens, Montse e Santiago San Román, para os quais essas fronteiras pareciam não existir, encontravam-se às escondidas; às escondidas, passeavam pelas *ramblas* no Centro de Barcelona; às escondidas, iam ver o pôr do sol no Mediterrâneo, como ocorria com dezenas de outros casais, e, também às escondidas, faziam amor. A princípio cheios de culpa, mas depois, à medida que iam se tornando mais íntimos, com intensidade e entrega, como nunca mais viria a ocorrer com ela, mesmo tendo conhecido outros homens, e se permitido outras experiências.

Vamos imaginar ainda que aquela moça, ciumenta como todas as espanholas, um belo dia, sem querer, tenha se deparado com Santiago, em plena *calle*, aos beijos e abraços com outra mulher: uma loira oxigenada, nem tão bonita assim, mas o suficiente para ela, àquelas alturas completamente apaixonada, ir às turras com San Román, que era ajudante de mecânico, romper o relacionamento com ele, mandá-lo ir buscar o seu lugar, e nunca mais procurá-lo. Muito embora, por dentro, estivesse para morrer, como se viu nos tempos seguintes, quando tantas coisas viriam a acontecer.

Mas naquele momento, como boa catalã, ela precisava ser orgulhosa, não dar o braço a torcer, pois onde já se viu "um tipinho daqueles", sem eira nem beira, trocar Montserrat Cambra, cujo sobrenome dizia tudo em

Barcelona, pela primeira perua que aparecesse? Isso nunca. Vamos imaginar mais: que Santiago, nos dias seguintes à separação, também tenha quase enlouquecido, feito de tudo para reatar com Montse, que continuou firme, não respondeu mais seus telefonemas ou cartas, escritas aos montes. E muito menos deixou que aquele garoto, vindo de uma das regiões mais pobres do país, se aproximasse dela. Afinal de contas, a culpa era somente dele.

Vamos pensar mais, e imaginar que nos meses seguintes, depois de ser mandado embora do emprego, por desencanto pela perda de Montse, ou por puro gosto pela aventura, Santiago San Román, então com pouco mais de vinte anos, tenha se alistado no Exército Espanhol, num regimento especial, tipo Legião Estrangeira, e ido servir em uma possessão que o país mantinha no Deserto do Saara: lugar inóspito, dominado pela "areia e o vento", e habitado por refugiados marroquinos, os *saaráuis*. Gente brava, com a qual, logo no início, o jovem soldado tenha se identificado, a ponto de, com o passar dos anos, durante os quais não faltou violência e sangue, chegar a ser aceito como um deles.

Mas vamos adiante, e supor ainda que Montse, que apesar de ter feito de tudo, nunca conseguiu esquecer Santiago, seu "único e desesperado amor", um dia, estando de plantão no hospital, tenha atendido uma moça *saaráui*, depois de esta ter sido atropelada em uma *calle* de Barcelona, vindo a morrer em seus braços. Imaginemos também que, ao olhar os documentos daquela mulher, para avisar à sua família sobre o óbito, uma atônita Montse, sem querer acreditar, tenha encontrado, no meio deles, uma foto amarelada com três pessoas, tirada em pleno deserto. E entre elas estava ninguém mais ninguém menos que Santiago San Román.

Foi o suficiente para a doutora Montserrat Cambra, para quem a vida, àquelas alturas, não estava tendo muito sentido, entrar em contato com a família da moça, fazer amizade com eles, contar a sua história e, por intermédio desses, partir para a Argélia, e de lá, para o deserto, à procura do seu grande amor.

P.S.: Esta história, contada num ritmo alucinante, está no belo romance *Olha como eu te amo*, do escritor espanhol Luis Leante, lançado no Brasil pela editora Alfaguara.

EM - 05/05/2009

Não dá mais

Ela havia acabado de sair de um posto policial na Rua da Bahia, entre as avenidas Augusto de Lima e Álvares Cabral. Tinha ido fazer um boletim de ocorrência pela perda do celular, que simplesmente desaparecera da sua bolsa quando estava voltando do trabalho, e parou em uma padaria para fazer um lanche. Era a terceira vez que isso acontecia, e o policial que a atendeu, de bom humor naquela tarde, chegou até a perguntar: "Você de novo? Não faz nem trinta dias que esteve aqui!", para em seguida, de forma mecânica, começar a colher os dados dela, que com dois dedos ia digitando no computador.

Terminada aquela tarefa, que devia ter durado bem uns trinta minutos, ela resolveu tomar um suco no Benzadeus, um café um pouco abaixo, lá mesmo na Rua da Bahia, aonde já havia ido outras vezes. Numa delas, com Marília, colega de infância, que havia voltado dos Estados Unidos depois de ter vivido por lá durante vários anos. "A América já deu o que tinha de dar. Ninguém ganha mais nada e a desesperança é grande. Tem brasileiro que não está vindo embora porque não consegue dinheiro para pagar a passagem de volta", havia lhe confidenciado a amiga, cujo maior medo era não se adaptar mais em Belo Horizonte, depois de tanto tempo fora.

"Um suco de laranja", pediu ao garçom, que a atendeu com um sorriso, alguns minutos depois de entregar o cardápio. "Com ou sem gelo?", ele quis saber. "Com duas pedrinhas", ela respondeu e, sem perceber, abriu a bolsa em busca do celular, esquecendo-se de que ele havia sumido. Nos instantes seguintes, já mais relaxada e pensando até em ir ao cinema, pois não tinha nada marcado para aquela noite, ao voltar os olhos, por acaso, para o balcão do café, que naquela hora começava a encher, levou um susto, seu coração passou a bater acelerado e seus lábios tremeram. Era ele, seu ex-marido, que estava ali, conversando com o caixa.

Aos poucos, pois não queria que a visse, começou a escorregar na cadeira, ao mesmo tempo em que cenas de sua vida, sem que tivesse domínio, foram voltando à memória. E ela se viu, pouco mais que uma adolescente, numa manhã de sol no Minas Tênis Clube. Os primeiros olhares que trocaram; as tímidas conversas ali mesmo, ao redor da piscina; as saídas com os amigos; o início do namoro, a sua evolução; o pedido de noivado, feito pelo pai dele; até o casamento na Igreja de Lourdes, quase seis anos depois. "Como o tempo passa, meu Deus", ela pensou, enquanto ele permanecia lá, de papo com o funcionário do caixa. Nos primeiros tempos, o casamento fora uma maravilha: lua de mel em Buenos Aires, com o direito a uma ida a Bariloche, presente dado pelo pai. Fins de semana passados em Poços de Caldas, onde a família tinha uma casa. Os planos para o futuro, a vontade de ter filhos, a compra do apartamento no Sion e o amor que faziam todas as noites, repetidas vezes, quase sempre entrando madrugada adentro. "Quatro anos de pura felicidade, como nunca tinha vivido", ela pensou, ainda de olhos baixos e já quase sumida atrás da cadeira, enquanto ele, gesticulando muito, continuava o diálogo com o rapaz do caixa.

Mas depois, como se alguém tivesse colocado olho gordo, o início das desavenças: ele chegando tarde em casa, quase sempre com cheiro de bebida, cigarro e mulheres. O dinheiro que, aos poucos, fora deixando de trazer para ajudar nas despesas, pois haviam combinado compartilhar tudo. A tentativa, recusada por ele, de fazerem terapia de casal. As longas conversas com sua mãe, quando ela pedia paciência, que a contemporizavam. "É assim mesmo, minha filha, com o seu pai também foi assim, depois passa..."

Porém, no seu caso, não passara. E ela aguentara muito tempo, até a vez em que, cansada de tantas desilusões, virara-se para ele, quando estavam tomando café da manhã, e dissera: "Gustavo, não dá mais. Minha decisão está tomada". De nada adiantaram seus pedidos, as promessas feitas pela milésima vez de que iria mudar. "Não dá mais, acabou", ela repetira, e naquele mesmo dia, aos prantos, deixara a casa, e voltara a morar com seus pais.

Tudo isso, em poucos minutos, enquanto estava ali, no Benzadeus, tomando um suco de laranja, veio à sua memória, até que, ao voltar os olhos para o caixa, viu que o ex-marido já não estava mais lá. Então, Ana Olívia, brasileira, 32 anos, advogada, divorciada, se refez na cadeira, voltou à posição normal, pediu a conta ao garçom e foi ao shopping comprar um novo celular. O cinema que ficasse para depois.

■ EM - 18/06/2010

Vinte e cinco anos depois

Mesmo tendo se preparado muito para aquele dia, com o qual tanto sonhou, quando o táxi o deixou na porta da casa de onde havia saído, aos quinze anos, após uma briga feia com o pai, o homem sentiu um frio na espinha. O coração disparou, ele não teve coragem de tocar de imediato a campainha. Olhou ao redor, tudo na rua estava mudado; no lugar onde havia uma padaria, na qual todas as manhãs ia comprar pão antes de seguir para a escola, agora se via um bar, o Cardeal, vazio àquela hora. "Vou lá, tomo alguma coisa, depois me anuncio. E seja o que Deus quiser", pensou, sem ao menos saber se os pais ainda estavam vivos, ou se continuavam morando ali, pois vinte e cinco anos haviam se passado. Foi então ao bar; sentou-se numa mesa do canto, pediu uma cerveja e acendeu um cigarro. Quando o garçom o serviu, custou a resistir à tentação de perguntar se ele sabia quem morava na casa em frente, onde havia nascido.

Deu o primeiro gole, um trago no cigarro e, durante a meia hora em que permaneceu ali, até criar coragem para enfrentar o passado, sua vida foi voltando à cabeça como um filme. Lembrou-se, então, do dia seguinte à briga com o seu pai, logo após este dizer que não queria vê-lo nunca mais. Juntou uns poucos trocados que tinha, tomou o trem na Praça da Estação e foi para Montes Claros, onde vivia uma tia, de quem gostava muito. Dois meses depois, após escrever a primeira e última carta para a mãe, de quem nem chegou a se despedir, seguiu em um caminhão de romeiros para Bom Jesus da Lapa, no sertão da Bahia, onde viveu os cinco anos seguintes, até resolver se mudar para Salvador. Na capital baiana, foi se virando como pôde: engraxou sapatos, lavou pratos em um restaurante, vendeu doces na praia, armou barracas para turistas, e quase morreu com apêndice supurado. Até que também se cansou dali e chegou a pensar em voltar para a casa. Mas o orgulho falou mais alto. Não saberia enfrentar o pai, que o havia magoado muito, e seguiu adiante, dessa vez para o Recife.

Lá, a vida foi muito boa, pois ficou conhecendo uma moça, a Marta, com quem dividiu um pequeno apartamento. Até por de novo os pés na estrada, com ela viveu um grande caso de amor. O único que realmente valeu a pena, dos muitos que teve, conforme foi se lembrando enquanto tomava aquela cerveja no Cardeal, o bar em frente à casa onde, um dia, tinha morado. Mas agora estava de volta, já com os cabelos embranquecendo, rugas profundas no rosto e muitas histórias para contar.

"Quantas saudades da minha mãe", o homem pensou, acendendo outro cigarro. Dando asas às lembranças, também voltaram à sua cabeça, ainda como um pesadelo, os terríveis dias que passou em Rondônia, para onde acabou se mudando, depois de se desentender com a mulher em Recife. Em Porto Velho, meteu-se com uns contrabandistas de aves raras e acabou preso, abandonado pelos "amigos". Comeu o pão que o diabo amassou, e teve de cumprir três longos anos de prisão. Depois da briga com o pai, essa é uma das coisas pelas quais daria tudo para esquecer.

"Não, muito obrigado", ele disse ao solícito garçom, que lhe perguntou se queria outra cerveja. Depois de apagar o cigarro, levantou-se devagar, suspirou fundo e, a passos lentos, começou a atravessar a rua em direção àquela casa, da qual estava ausente havia tanto tempo. "O que terá acontecido com eles, meu Deus?", pensou. Trêmulo de emoção, tocou a campainha. Foram os momentos mais longos da sua vida, até que uma vozinha frágil, quase sumida, quis saber: "Quem é?".

"Sou eu, mãe, o Gustavo", ele respondeu, já quase sem conter as lágrimas. Então, ela abriu devagar o portão. De imediato, não esboçou nenhuma reação, só olhou dentro dos olhos dele, para logo depois dizer, após envolvê-lo em seus braços: "Entre, meu filho, seu pai está lá dentro".

■ EM - 22/05/2007

O reencontro

Para Nilton Rivelino Vieira, o Buscapé.

Na crônica da semana passada contei a história de um homem, o Gustavo, que na adolescência, depois de ter tido uma briga com o pai, acabou fugindo de casa. Sem dar notícias para a família, andou por Montes Claros, Bahia, Pernambuco e Rondônia, onde esteve preso. Vinte e cinco anos depois, já com os cabelos brancos e muitas histórias para contar, ele resolveu voltar, sem ao menos saber se seus pais ainda estavam vivos. Sua mãe, ao abrir a porta, apenas lhe disse, antes de envolvê-lo em um abraço: "Entre, meu filho, seu pai está lá dentro".

E assim ele fez, conforme contou dia desses, enquanto tomava cerveja com uns amigos. "Ele está nas últimas", a mãe, com uma vozinha miúda, e quase sumida, também falou. Mas Gustavo, tomado pela emoção, não foi direto ao encontro do pai. Primeiro, com o coração disparado, entrou no seu antigo quarto, onde tudo estava no mesmo lugar, como ele havia deixado: as calças e camisas; os discos de Roberto Carlos, que adorava; um boné, que havia ganhado em um sorteio no colégio; *Nossa luta em Sierra Maestra*, de Che Guevara, que lia escondido, com medo de ser preso, e até o pôster do Galo continuava lá, pregado na cabeceira da cama.

"Nunca deixei ninguém tocar em nada, pois sabia que um dia você voltaria", sua mãe, que estava encostada na porta, voltou a falar, com a voz embargada. Então aquele homem, a muito custo contendo as lágrimas, engoliu seco, suspirou fundo e perguntou a ela, pois já não podia mais adiar: "Onde ele está, mamãe?". "No nosso quarto, meu filho..." A passos lentos, como se não estivesse ali, conforme também confessou aos amigos, naquela mesa no Barbazul, Gustavo foi ao encontro do pai, vinte e cinco anos depois de tudo haver acontecido entre eles.

"Abri devagar a porta do quarto; deitado na cama e respirando com a ajuda de aparelhos, vi um homenzinho pequeno, muito magro; não era nem a sombra daquele que eu conheci, e no qual não deixei de pensar um dia sequer durante todo o tempo em que estive ausente", também contou, enquanto pedia outra cerveja e acendia mais um cigarro.

Sua mãe, encostada na porta, apenas olhava. Ao vê-lo, seu pai tentou erguer-se um pouco nos travesseiros, depois de fazer um esforço enorme. Mas não conseguiu – estava fraco demais, chiava muito e quase não podia respirar. "Meu filho, me perdoe, o que eu fiz das nossas vidas?", ele custou a dizer.

Então, já sem conter as lágrimas, Gustavo se assentou na cama, lhe tomou a benção e disse: "Meu pai, eu era muito novo e orgulhoso naquela época, não tinha a compreensão das coisas como hoje. Sou eu quem peço perdão ao senhor". Naquele instante – todos na mesa perceberam –, ele começou a ficar engasgado. Em seguida o seu pai, após fazer um esforço supremo, conseguiu se erguer nos travesseiros, estendeu as mãos ao filho e os dois se abraçaram e choraram juntos, como nunca havia acontecido.

A mãe, que apenas olhava, continuava encostada na porta. "Três dias depois ele morreu, parece que só estava me esperando", Gustavo disse ainda aos amigos. Logo depois pediram a conta, deixaram uma boa gorjeta para o Buscapé e se foram. Uma chuvinha fina começava a cair sobre Belo Horizonte, e o Barbazul estava fechando.

■ EM - 29/05/2007

O ex-pracinha

Todas as manhãs, com sua bengala banhada de prata e a boina cinza, lá estava ele no banco daquela praça. Havia adquirido o costume tinha alguns anos, quando o médico lhe dissera, em função da sua diabetes: "O senhor, de agora em diante, terá de levar uma vida mais regrada, sem muitos excessos". E ele sabia o que aquilo significava, pois com o seu pai tinha acontecido o mesmo. Desde então, como um ritual, ele se levantava cedo, dava um beijo na sua mulher, com a qual já estava casado havia mais de cinquenta anos, desde que voltara da guerra, tomava um café, lia parte do jornal (a outra ficava para mais tarde) e seguia a pé para a Praça Sete, que não ficava longe da sua casa. Ali, assentado quase sempre no mesmo banco, costumava conversar com um e outro, jogava dominó e dama, tomava um cafezinho no Nice, e permanecia por ali até às 11h, quando voltava para casa. Não sem antes jogar milho para os pombos, que pareciam ficar esperando.

Mas o que o ex-pracinha queria mesmo, quando procurava aquele lugar, bem no coração de Belo Horizonte, era pensar na vida. Em coisas internas, que sempre o incomodaram. Uma delas, era tentar entender o porquê do seu silêncio. Então se perguntava: "Por que será que sou tão calado?". E, por mais que tentasse encontrar resposta, não conseguia, pois desde criança tinha sido daquele jeito: em casa, junto aos seus pais e irmãos, no grupo escolar, com os professores e colegas, e, mais tarde, em Belo Horizonte, para onde veio para fazer o ginásio, conseguiu um emprego como telegrafista, e ficou conhecendo sua futura mulher, que como ele também era do interior e trabalhava nos correios.

Por causa desse silêncio, no início do namoro, ele e sua futura mulher tiveram muitas dificuldades, já que ela sempre reclamava que ele era muito calado. Só com o passar do tempo é que foi se acostumando, e ultimamente não ligava mais. Quando estava com pouco mais de vinte anos, e veio a convocação, ele não pensou em nenhuma estratégia para escapar, como outros faziam. Não inventou desculpas, simulou doenças ou disse que era arrimo de família. Aceitou como se fosse uma coisa do destino. Escreveu para os seus pais, que viviam em um sítio em Juiz de Fora, e comunicou a eles. Fez o mesmo com a namorada, à qual mostrou a carta em uma manhã de domingo, quando foram passear na Praça da Liberdade, onde disse a ela, sem fazer nenhum rodeio: "Se eu não morrer, e você me esperar, na volta a gente se casa...".

Na Itália, para onde embarcou no primeiro contingente, ele viu e viveu coisas de arrepiar os cabelos. Foi valente, e algumas vezes fraquejou. Na tomada de Monte Castelo, da qual participou desde o início das operações, foi um dos primeiros a chegar ao topo do morro, junto com alguns outros colegas, entre eles dois mineiros. Aquele feito lhe valeu uma medalha, que recebeu das mãos do General Mascarenhas de Moraes. Este lhe disse: "Você é muito valente, filho, e honrou a sua Pátria". Mas antes disso, quando uma granada explodiu e arrancou a perna de um soldado que estava com ele em uma trincheira, ficou tão horrorizado que o deixou ali, sem prestar socorro, e saiu correndo. Foi encontrado horas depois, desmaiado em um matagal. Nunca se perdoou por isso, e todos os dias, desde então, aquela cena teimava em voltar à sua cabeça, e ele se perguntava: "Por que fiz aquilo, meu Deus?".

De volta ao Brasil, e logo após o casamento, quando às vezes sua mulher costumava perguntar como tinha sido a guerra, ele sorria, passava a mão nos cabelos e não respondia nada. Com os filhos, que foram chegando, aconteceu a mesma coisa. E com os netos também. Nas reuniões dos ex-combatentes (cada vez mais raras), das quais costumava participar, todos reclamavam do seu silêncio. Uma vez, quando o convidaram para dar o seu depoimento a uns estudantes universitários, que estavam fazendo um documentário sobre a FEB, ele agradeceu e disse a eles: "Já passou tanto tempo que nem me lembro mais". Mentia, pois as memórias, na sua mente, estavam mais vivas que nunca.

Assentado naquele banco, ali na Praça Sete, para onde ia todas as manhãs, ele ficava pensando em tudo isso, e às vezes chegava a decidir: "Quando chegar em casa, vou abrir meu coração e contar tudo para a minha mulher. Não só sobre a guerra, mas toda a história da minha vida, desde que saí da minha terra". Mas nunca lhe disse nada, e já não irá mais falar, porque aquele ex-pracinha, um dos homens mais silenciosos que também já conheci, morreu na semana passada.

EM - 09/05/2006

Papai está namorando

A notícia correu rápido pela família. Anita ligou para Helena, que ligou para Neusa, que contou para o João Marcos, que falou para a Margarida, que por sua vez passou um e-mail para a Soninha, que vivia nos Estados Unidos e havia mais de vinte anos que não vinha ao Brasil: "Papai está namorando!". O assunto era só esse, e os filhos ficaram em polvorosa. Não se falava em outra coisa. "Onde já se viu, o papai, com 85 anos, inventar de namorar?", bradou a Helena, indignada, no que teve apoio da Margarida, que ouviu do João Marcos: "Nos meus 60 anos, era só essa que faltava. O velho só pode estar caducando!".

A Neusa, por sua vez, foi mais longe, já pensando em possíveis problemas com a herança, pois o doutor Luciano, é bom que se diga, tinha um patrimônio e tanto em imóveis, em um bairro nobre de Belo Horizonte, além de duas fazendonas lotadas de bois na região de Montes Claros. "E se ele resolver se casar com essa tal, como pode ficar o nosso futuro...?", Neusa disse para Margarida, que respondeu: "Ah, minha filha, ouvi falar que o nome dela é Gerusa, nasceu em Santa Catarina, mas vive aqui em BH há muitos anos". "Nasceu onde?", quis saber a Neusa. "Em Sannnnta Catarinaaaa, minha filha, e me disseram que também é viúva e tem três filhos. Quem me contou, e pediu segredo, disse ainda que ela não tem nada, e é uma espertalhona..." E mais, Margarida tratou de emendar: "Sabe onde eles se conheceram, Neusa? Foi lá mesmo, naquele baile para a terceira idade, que você tanto o incentivou a ir, tá lembrada?", disse com um sorriso, no que a irmã desconversou, pois era pura verdade.

Mais tarde, conversando com Helena, que sempre foi a mais ponderada da família, o João Marcos ouviu dela a seguinte opinião: "Temos de marcar uma reunião com ele, para colocar tudo em pratos limpos, pois, pelo que ouvi dizer, o velho já está falando em noivado...". Só uma voz, a da Soninha, que vivia tranquila lá em Miami, foi discordante: "Deixem, gente, papai aproveitar o resto de vida que ainda tem", ela respondeu, também via e-mail, para Margarida, que, por não concordar, não lhe deu mais nenhuma notícia.

Enquanto isso, o doutor Luciano, mesmo após a morte da mulher, com a qual viveu aos trancos e barrancos, continuou a morar no mesmo apartamento da Rua Rio de Janeiro. E prosseguia, feliz da vida, no seu idílio com a dona Gerusa, que era uns dois anos mais nova do que ele. "Estou vivendo os melhores momentos da minha vida", pensou, enquanto passeavam de mãos dadas pelo Diamond, onde ela foi escolher umas camisas para ele. "Essas golas e esses punhos já não se usam mais, fofinho...", disse, e depois de feitas as compras, foram tomar sorvete, coisa que havia tantos anos não fazia.

E foi assim, com a certeza do que queria, que o doutor Luciano, sabedor das coisas da vida, recebeu os seus filhos em uma manhã de domingo. Estava sozinho e usava calça e camisa novas, que a dona Gerusa havia ajudado a comprar, além de um tênis, o que também era novidade. "Calçando tênis agora, papai...?", brincou o João Marcos, tentando quebrar a tensão que pairava no ar. "Como vê, meu filho, como vê...", ele respondeu, e prosseguiu, aproveitando a deixa: "Estou mesmo de namoro com a Gerusa, vou apresentá-la para vocês e gostaria de dizer, em primeira mão, que pretendo me casar com ela".

Silêncio geral, troca de olhares entre os irmãos, no que o velho prosseguiu, na maior calma: "Mas vocês, todos vocês, podem ficar tranquilos, porque, se bem os conheço, devem estar preocupados com a herança, com medo de que eu passe alguma coisa para o nome dela. O que eu poderia fazer, caso fosse o meu desejo". De novo, nenhuma palavra, só trocas de olhares entre os irmãos. "Mas já pensei em tudo, e amanhã o doutor Ramon vem aqui, e vamos começar o processo de doação, pois vou dividir todo o meu patrimônio com vocês. E a Gerusa, é bom que todos saibam, é uma mulher independente, mais ainda do que eu." "Que isso, papai, ninguém pensou em...", tentou contemporizar a Neusa, no que ele apartou: "Não precisa me dizer nada, minha filha, eu entendo tudo. Agora, por favor, não venham tentar me privar, justo no final da minha vida, vocês que nem aqui aparecem, de uma felicidade que, infelizmente, não desfrutei com a mãe de vocês". "Mas, papai...", a Margarida quis dizer, e também foi interrompida pelo doutor Luciano, que como nos velhos tempos, quando os filhos eram crianças, pôs ponto final naquela conversa apenas com um olhar, para em seguida convidá-los à mesa, onde não se tomou mais no assunto.

■ EM - 14/11/2006

O homem de terno

O movimento estava grande àquela hora, cerca de duas da tarde, em um restaurante simples, de uma rua tranquila de Belo Horizonte. Uns cachorros latiam ao lado, em um lote vago e cheio de eucaliptos, em cujas folhas o vento, que batia forte, produzia um barulho suave, de se ouvir de olhos fechados. Em outras árvores, uns bem-te-vis, que de uns tempos para cá se multiplicaram na cidade, faziam a festa, enquanto dentro do restaurante, em um ritmo frenético, os garçons iam e vinham com bandejas cheias de copos, cervejas, tira-gostos e panelas fumegando com o melhor da comida mineira, que é a especialidade da casa. O dono, depois nos contaram, é de uma cidade do interior, na Zona da Mata, de onde traz a maioria das iguarias, que ali estavam sendo degustadas, além de por nós e a maioria dos clientes, também por um pessoal de uma mesa vizinha, na qual, postado na cabeceira, estava o homem de terno.

Na mesma mesa, dois casais, quem sabe seus filhos e noras, bebiam e conversavam animadamente; uma moça sozinha e bem nova, talvez a sua filha caçula e ainda solteira, fumava e tomava suco de laranja com vodka, com alguns intervalos para roer as unhas, quando então, com cuidado, como se estivesse cumprindo um ritual, colocava o cigarro no cinzeiro. E ainda com eles, três crianças, duas meninas e um menino, que às vezes saíam correndo e iam mexer com uns patos, que nadavam tranquilamente em um laguinho nos fundos. Em todas as outras mesas, como também na nossa, as pessoas não paravam de falar, com o som das vozes aumentando à medida em que o álcool fazia efeito. Só o homem de terno parecia não estar ali.

Muito claro, com uma vasta cabeleira toda branca, os seus olhos, que eram verdes, se mantinham fixos em um ponto indefinido, enquanto as mãos, colocadas em cima das pernas, não paravam de tremer, mesmo com ele tentando, de todas as maneiras, mantê-las firmes. Seus dedos eram longos, e em um deles, dava para perceber, estavam duas alianças. Ele devia ter entre 75, 80 anos, e, por uns instantes, tive a vaga sensação, logo deixada de lado, de que o conhecia. Na realidade, eu nunca tinha visto aquele homem de terno.

Nisso, em uma outra mesa, também perto da nossa, um rapaz sem camisa, e com várias tatuagens espalhadas pelo corpo, quis saber do garçom se o jogo do Atlético já havia começado, enquanto a sua namorada, com cara de poucos amigos, o chamava para irem embora. "Só mais uma saideira, amor, só mais uma...", ele disse a ela, que cruzou os braços e nada respondeu. Pouco adiante, um homem negro, com muita competência, desfiava um violão, enquanto seus colegas, com as respectivas mulheres, acompanhavam a música batendo palmas. Só o homem de terno parecia não estar ali, embora a sua mesa, como de resto todas as demais, também estivesse bem animada.

E na mesma posição, com os olhos fixos não se sabe onde, as mãos trêmulas e presas aos joelhos, e sempre recusando, com um balançar de cabeça, tudo o que lhe ofereciam, ele continuava ali, até que, daí a pouco, lhes foi servido o almoço. "O senhor quer que eu o ajude, pai?", lhe perguntou a filha, deixando de lado o cigarro e a vodka, enquanto os outros, que estavam com ele, e até então quase não haviam lhe dirigido a palavra, também passaram a lhe dar um pouco de atenção.

Mas outra vez, com um toque de cabeça, ele recusou a ajuda. E aos poucos, com muita dificuldade, as suas mãos, agora ainda mais trêmulas, foram buscando as bordas da mesa. Com uma delas, a direita, ele tentava segurar o garfo, e, com a outra, tomar um copo de refrigerante. Os seus olhos continuavam imóveis, longe dali. Era como se ele já não existisse. Então, quando finalmente iam começar a almoçar, uma das crianças, a menina, perguntou, enquanto se abraçava a ele: "Ué, nós não vamos cantar parabéns para o vovô?".

■ EM - 09/09/2003

As mulheres da sua vida

No oitavo andar da Santa Casa de Misericórdia, em Belo Horizonte, onde estava internado havia quase dois meses, sem chances de receber alta, ele conseguiu chegar próximo à janela. Arrastou a cadeira com dificuldades, pois estava muito fraco, embora não sentisse mais dores, devido aos medicamentos que estavam sendo aplicados em doses cada vez mais fortes. Não lhe disseram nada, nem ele havia perguntado, mas desconfiava de que até morfina já estivesse tomando. Olhou o abismo lá embaixo, porém não sentiu vontade de pular, como teria sido até normal na sua situação, quando ele – mesmo com os médicos querendo enganá-lo – sabia que não existiam mais esperanças, e que sua morte era uma questão de dias. Sempre procurou ser pragmático.

A noite lá fora estava muito escura e fria; talvez fosse uma das mais frias dos últimos tempos na capital. E então ele, que amanhã faria 50 anos e estava sozinho no apartamento (a enfermeira só deveria passar lá pela meia-noite), começou a contemplar as luzes, milhares delas, como costumava fazer na sua infância, no interior de Goiás, quando, no finalzinho das tardes, gostava de ficar na varanda da fazenda onde vivia, admirando os vagalumes com suas lanterninhas mágicas, das quais nunca conseguira se esquecer. Como estava fazendo agora, ao contemplar as luzes de Belo Horizonte.

Mas foi aí que José Antônio, após se ajeitar melhor na cadeira e puxar o cobertor até o peito, pois o frio estava mesmo de lascar, também fechou os olhos e quis não pensar em nada, mas simplesmente ficar ali, com a sua solidão. Só que de repente, sem que se desse conta, as mulheres da sua vida, uma a uma, começaram a voltar ao seu pensamento, não de uma maneira ruim, para fazer cobranças ou acusá-lo disso ou daquilo, mas como se estivessem chegando para lhe dar os parabéns pelo aniversário, ou mesmo para se despedirem, cada uma a sua maneira, pedindo a Deus que iluminasse os seus caminhos e lhe desse o céu, do qual nunca se julgara merecedor.

“Alguma delas estará aqui, quando chegar a hora, para colocar a vela na minha mão?” Ele começou a pensar, mas logo enxotou a ideia, ao olhar para aquelas mulheres que estavam ali para lhe fazer companhia. Com a Juliana, que era de Pouso Alegre, ele havia aprendido a apreciar sabonetes de ervas e tomar banho de banheira. "Como gostei de você...", quis dizer a ela, mas, não soube por quê, preferiu ficar em silêncio. E voltou a sentir o gosto dos seus lábios. Mas aí, de mansinho, foi se aproximando a Márcia, loirinha e cheia de sardas, com a qual aprendera a fazer lasanhas e pizzas, além de tomar bons vinhos. "Essa me parece uma boa moça, meu filho...", sua mãe, que sempre quisera vê-lo casado, um dia chegara a lhe falar, quando viera a Belo Horizonte visitá-lo e a conhecera. "Como ela estará, meu Deus...?", pensou o homem, que havia muitos anos não tinha notícias dela.

Mas então a Marilene, com a qual havia feito uma viagem ao sul do Brasil, também veio chegando. "Lene, Lene, como você está indo...?", ele perguntou em voz alta, e sentiu saudades dela, com quem, uma vez, fizera amor em pleno Parque Municipal. "Como pode, como pode...?", e sorriu daquela aventura, enquanto contemplava Maria do Carmo, a primeira mulher que beijara na sua vida, logo após a chegada a Belo Horizonte, durante uma matinê no Cine Brasil, para depois, de mãos dadas, irem tomar sorvete de chocolate no Xodó. Porém a sua primeira transa – e como esquecê-la – fora com a Neide, uma mulher de cabelos grossos e negros, quando fora passar umas férias em Itumbiara, na casa de uns parentes, e ela o levara a um motel. Na época havia recém-completado 18 anos.

"Ah, meu Deus, como o tempo passa", voltou a pensar José Antônio, que quis ainda falar com Inês, Gerusa e Ana Maria, mas já não teve tempo, pois quando elas, a passos lentos, foram se aproximando de sua cadeira, no oitavo andar da Santa Casa, onde ele está internado e sabe que vai morrer, a porta do apartamento foi aberta e entrou a enfermeira. "Conversando sozinho, seu José...?", ela então perguntou, com a simpatia de sempre, enquanto preparava a injeção, a quinta, ou sexta, daquele dia. "Apenas pensando, Maria..., apenas pensando...", e lhe estendeu o braço magro, no qual quase não se viam mais veias.

■ EM - 27/07/2004

A falta que ela lhe faz

Casados há mais de vinte anos, sem nunca terem se separado por muitos dias, Luiz Alberto, como uma criança, como confidenciou dia desses a uns amigos, não vê a hora da volta de Maria Carolina. Por motivos profissionais – ela é arquiteta –, Carol teve de ir passar três meses nos Estados Unidos, em Nova York, onde a empresa em que trabalha, aqui em Belo Horizonte, está envolvida em um projeto. A princípio relutante, ela tentou recusar o convite, mas o diretor foi enfático naquela segunda-feira pela manhã, quando a chamou ao seu escritório: "Não temos mais ninguém com a sua experiência para nos representar, doutora. É só você para nos ajudar a resolver esta questão, que é fundamental para os nossos interesses".

Então Maria Carolina, com quem Luiz Alberto convive desde a adolescência, quando se conheceram no pátio do Colégio Estadual Central, onde estudavam, algum tempo depois de ela ter chegado de Araguari, teve de providenciar o passaporte. Depois foi a hora de comprar roupas novas, fazer as malas, checar os cartões de crédito, para prováveis despesas extras, e algumas coisas mais. Não queria que nada saísse do planejado. Sempre fora muito metódica. No dia da viagem, Luiz Alberto, que estava quase ou tão ansioso quanto a mulher, a acompanhou até Confins, onde Carol tomaria um avião para Miami, e de lá seguiria para Nova York.

"Assim que chegar, telefono, meu amor, ou envio uma mensagem pelo Face. Te amo muito, se cuide, tá?", ela ainda disse ao seu ouvido, quando, sem conseguir disfarçar a emoção, se abraçaram na despedida, em frente ao portão de embarque. Muitas pessoas assistiram à cena. Depois Luiz Alberto, como um adolescente apaixonado, ainda foi para o último andar do Aeroporto e ficou esperando o avião decolar, até se perder entre as nuvens. Em seguida, tomou o ônibus, que o deixou no terminal da Avenida Álvares Cabral, e foi trabalhar.

No fim da tarde, quando voltou para casa, depois de passar no bar de sempre, onde se encontrou com os amigos, só então aquele homem, que pela primeira vez iria ficar tanto tempo longe da sua mulher, começou a perceber que estava sozinho. Foi à cozinha, tomou um copo d'água, abriu a geladeira e tirou de lá um pouco de arroz integral e salada para que esquentassem um pouco. Havia engordado muito, e vinha tentando controlar o peso.

Daí a pouco, depois de tomar um banho frio, para ver se relaxava, Luiz foi para a sala, se deitou no sofá e ligou a televisão. Pulou de canal a canal, assistiu parte de um faroeste e o fim de um outro longa, *Baile perfumado*, no qual se contava a história de Benjamin Abrahão, o libanês que havia feito o único filme sobre Lampião e seu bando. Mas não estava achando graça em nada. Só tinha pensamentos para Maria Carolina.

E qual não foi sua alegria quando, na manhã seguinte, assim que acordou, leu uma mensagem dela no celular: "Cheguei bem, meu amor, e ainda hoje sigo para Nova York". Desde então, já se passaram mais de dois meses, com Luiz Alberto e sua mulher, Maria Carolina, a Carol, se falando todos os dias. Mas foi preciso tempo e distância para, só então, ele se dar conta, para todo o sempre, da falta que ela lhe faz.

■ EM - 29/11/2013

Estou grávida

Numa sexta-feira dessas, às seis e pouco da tarde, muito frio em Belo Horizonte, o homem pegou o circular 2 na Avenida Getúlio Vargas, quase esquina com a Afonso Pena. Ia para casa, nas proximidades da Praça da Assembleia, onde pretendia caminhar, como vinha fazendo nas últimas semanas. Havia engordado muito, aquilo o incomodava, e queria imitar um amigo que, nos últimos seis meses, com muita disciplina e boca fechada, tinha perdido dez quilos. "Senão vira uma bola de neve, e depois fica difícil voltar ao normal", havia lhe falado o seu cardiologista, doutor Rodrigo Vieira, em cujo consultório estivera dias antes. O trânsito, àquela hora, estava infernal, pior do que nos outros dias. "Talvez pelo fato de ser sexta-feira", ele pensou, quando, após pagar a passagem a um trocador com cara de sono – e poucos amigos –, procurou uma cadeira em frente à porta de saída para facilitar a sua vida na hora de descer.

No ponto seguinte, alguns minutos depois, assentou-se ao seu lado uma moça, que devia ter no máximo dezoito anos. Cabelos curtos, dois piercings nas sobrancelhas, era uma típica menina da sua geração. Carregava ainda uma mochila, que, sem maiores cerimônias, acomodou no chão. Parecia tensa. Pegou o celular, olhou para uma foto estampada no visor, e começou a verificar as mensagens. O ônibus não andava e, no quarteirão seguinte, bem antes de chegar à Savassi, já estava completamente lotado. Mas os passageiros não paravam de entrar. O buzinaço era geral, e, do outro lado da pista, para completar a cena, uma viatura da polícia, com sirene ligada, tentava abrir espaço a qualquer custo. "Por que não fui embora a pé?", pensou o homem, que ofereceu seu lugar a uma senhora. "Obrigada pela gentileza, mas vou descer ali na frente", ela disse, deu o sinal e sorriu para ele. Nisso, o celular da moça, que continuava na mão dela, começou a tocar uma música do Pato Fu. Ansiosa, como se estivesse esperando por aquele sinal, ela atendeu. O trânsito não fluía, e o homem, mais uma vez, não se perdoou por não ter ido a pé para casa, e por não ter, àquela hora, nenhuma vontade de descer do ônibus e, ali mesmo, começar a caminhada.

Celular no ouvido, teve início então, entre a moça e seu interlocutor, que estava do outro lado da linha, um diálogo dos mais íntimos, do qual todos ali, espremidos naquela "lata de sardinha", involuntariamente, acabaram participando. No início, tentando deixar a conversa para mais tarde, "quando a gente se encontrar", ela ainda tentou despistar, desviar o assunto, mas como o outro não parava de insistir, a moça então perdeu a paciência e, após olhar rapidamente ao redor, disse alto e em bom tom, já com a voz meio embargada, como se fosse chorar: "Estou sim, Thiago, estou grávida!". Duas mulheres que tagarelavam na cadeira do lado se silenciaram. Uma outra, que estava em pé, meio encostada na moça, olhou para ela assustada, enquanto levava a mão à boca.

"Grávida, Thiago, estou gráaaaaavida..., você não ouviu? O exame deu positivo, acabo de voltar do hospital e estou com ele aqui, dentro da minha mochila, sem saber o que será da minha vida." Silêncio geral dentro do ônibus, que, àquelas alturas, já havia entrado na Avenida do Contorno, e do outro lado da linha, na qual talvez o pobre Thiago, tão assustado quanto a namorada, não estivesse sabendo o que dizer. "O quê? Fazer aborto? Você ficou louco?", a moça disparou, enquanto voltava a olhar ao redor, como se ela própria não estivesse entendendo o que se passava. A mulher que estava encostada nela fez de novo uma cara de espanto, enquanto as outras duas, na cadeira ao lado, também prestavam atenção na conversa, assim como todos ali no ônibus.

O homem, que ia assentado ao lado da moça, também ouvia o diálogo, e tentava desviar o olhar para não a constranger ainda mais. "Eu falei, Thiago, falei que não podia, mas você insistiu, tá lembrado?", ela também disse, agora um pouco mais calma, mas ainda com a voz embargada. Instantes depois, após outro breve silêncio, ela tornou a dizer, antes de finalmente desligar o telefone e, dois quarteirões depois, dar o sinal para descer: "Não dá para falar mais, Thiago, nãoooo dá, estou dentro de um ônibus, com um montão de gente perto de mim, você não percebe...?". "Fica assim não, minha filha, fica assim não; nessa vida, tudo se revolve", a mulher que estava de pé ao seu lado falou, quando a moça pegou a mochila e começou a se levantar. "Brigada, dona, brigada", ela então respondeu, voltou a olhar ao redor e desceu. Já eram mais de sete da noite, continuava frio, e o homem, que em seguida também deu o sinal, já não tinha certeza de que queria mesmo caminhar.

■ EM - 05/06/2007

A gaiola de ouro

Débora é uma mulher do seu tempo. Classe média alta, pais abastados, fez um curso brilhante na Faculdade de Direito. Tem mestrado e doutorado, com especialização nos Estados Unidos, na Universidade da Carolina do Norte, onde foi distinguida com louvor e para a qual sempre volta como professora visitante. Mora em um belo duplex no Belvedere, e da janela do seu quarto, conforme disse, Belo Horizonte inteira se descortina para ela. Ainda não fez 40 anos, se considera uma pessoa independente, que tem um ótimo emprego, ganha um salário de fazer inveja a muitos, que dariam tudo para estarem no seu lugar. É bonita e sensual. Seu marido a adora, e seus dois filhos são lindos. Sua família é bem-estruturada, e todos têm ótima saúde. Mas independentemente de tudo isso, essa mulher, que conheci há anos, e com a qual, por acaso, me encontrei na semana passada, na esquina da Rua Fernandes Tourinho com a Avenida Getúlio Vargas, quando voltava do trabalho, não se considera uma pessoa feliz.

"Mas por quê, Débora?", perguntei a ela, que estava indo fazer compras para uma recepção que, à noite, ela e o marido iriam oferecer na sua casa a um casal de amigos canadenses. "Não sei o que me acontece, é uma tristeza que vem de dentro, e, às vezes, tenho vontade de sumir", ela respondeu, enquanto acendia um cigarro, no qual deu uma longa tragada; soltou devagar a fumaça e me perguntou: "E você, é feliz?". Meio atrapalhado com a pergunta, olhei para ela e respondi, sem nenhuma convicção: "Dentro dos meus limites, sim, creio que sou...". "Só isso...?", ela disse, para em seguida completar: "Pois, eu, vou lhe contar, sempre tive vontade de viver a plenitude de tudo".

"Como assim...?", lhe perguntei, "e o que a impede de fazê-lo?" Então ela deu outra tragada, seu olhar vagou pela Praça da Savassi, onde àquela hora o movimento era intenso, e, como se não estivesse ali, respondeu: "Sei lá, às vezes penso que me casei muito nova, e que não tive tempo para mim...". Olhando para ela, que eu não via tinha muito tempo, mesmo assim ainda perguntei, sem saber que rumos aquela conversa poderia tomar: "Mas você ama o seu marido...?". "Nós nos gostamos muito...", respondeu. E abriu a bolsa, pegou a carteira e tirou dela uma foto na qual ela, o Léo e seus dois filhos, já adolescentes, apareciam sorrindo. "Foi nos lagos andinos, nas últimas férias", disse.

"Então, Débora, me desculpa, mas acho que você está chorando de barriga cheia...", eu disse a ela. "Mas logo você, Carlinhos, a quem admiro tanto, me falar dessa maneira...?", ela comentou, ofendida, e olhou dentro dos meus olhos. "Por que então você não faz uma terapia, quem sabe poderia ajudá-la...", lhe perguntei, e, na hora percebi, a noite começava a cair sobre Belo Horizonte, onde o clima estava pesado, como se fosse desabar uma tempestade.

"Terapia...?, já tentei, e até que no início estava gostando, mas depois resolvi deixar...", respondeu, para então completar, como se estivesse fazendo uma confissão: "Sabe qual é sensação que às vezes tenho?". "Não imagino, minha amiga", lhe respondi, enquanto também, olhando para ela, me lembrava do quanto, nos nossos tempos de colégio, aquela menina nos deixava enlouquecidos. "De vez em quando eu penso que estou vivendo em uma gaiola de ouro", disse.

"E por que então, Débora, você não abre a porta dessa gaiola...?", tive vontade de perguntar. Conversamos mais um pouco, falamos de outras coisas, combinamos um café, que provavelmente não irá acontecer, e nos despedimos.

■ EM - 27/01/2004

O dono do mundo

De conversa com um amigo, enquanto tomávamos um café no Espaço Cultural No Meio do Caminho, inaugurado recentemente pelas amigas Glenda e Maria Ângela na Avenida Getúlio Vargas, bem em frente ao Estado de Minas, ele me contou que uma noite dessas, lá pelas nove horas, um dos seus sobrinhos e afilhado, o Leonardo, ligou para ele, e estava eufórico. Antes mesmo dos cumprimentos, foi logo disparando: "Tio, aconteceu, aconteceu...".

"Aconteceu o quê, Léo?", perguntou o desatendo padrinho.

"Aconteceu, tio, a gente não tinha combinado que quando a coisa rolasse eu ia te contar?"

Só então, depois de alguns segundos, foi que caiu a ficha: o Léo havia transado, não era mais virgem. A combinação, feita alguns meses antes, havia sido esta: que ele seria a primeira pessoa a saber quando o sobrinho, pela primeira vez, fosse iniciado nos mistérios do amor.

"E como foi, rapaz?", indagou o tio.

Ao que o outro, no esplendor dos seus 16 anos, disse: "Ah!, foi maravilhoso, maravilhoso demais...".

"Foi com a Carol, aquela menina que fiquei conhecendo aí na sua casa, no dia do seu aniversário?"

"Não, tio, que isso?, foi com uma mulher bem mais velha, e não com aquela pirralha..."

"Juro que não estou entendendo, Léo, você e a Carol não estavam namorando?"

"Não estamos mais, tio, aquilo já é coisa do passado; minha paixão agora é outra", respondeu o menino, na maior convicção.

"Por acaso é a mulher com quem você transou?"

"É ela mesma, tio, é ela mesma."

"Mas então me conta, como foi que aconteceu?", quis saber o tio, sem conseguir conter a curiosidade.

"Eu não lhe disse que ia passar o fim de semana em um hotel fazenda, lá perto de Ouro Preto, com o pessoal do colégio?"

"Disse, sim, você me falou sobre isso na última vez que nos encontramos."

"Pois é, tio, foi lá que fiquei conhecendo a Susan..."

"A Susan, Léo?...", perguntou o tio.

"É ela mesma, tio, a Susan, uma americana que está viajando pelo Brasil."

"E quantos anos ela tem, Léo?", perguntou o tio, ao mesmo tempo em que voltou à sua memória, sem que se desse conta, a imagem de Caroline, uma deusa francesa que, quando ele era pouco mais velho do que o sobrinho, também aconteceu na sua vida. Com ela, às vezes, ainda costuma sonhar.

"Não sei, tio, não sei direito; ela me disse que tem 25, mas eu até acho que tem uns 30, pois já é um pouco velhinha."

"Isso tudo???", sorriu o tio. "E como foi que você a conheceu?"

"A gente estava na piscina, tio, a turma toda, quando ela chegou, puxou uma cadeira e, daí a um pouquinho, depois de pedir uma cerveja, começou a olhar para mim... No início fiquei meio assim, com vergonha, sabe como é..."

"E então, depois você tomou coragem, foi lá, começou a conversar com ela e acabou conquistando o coração da gringa, não foi isso?"

"Não, tio, não foi bem assim, eu só fui porque ela mandou o garçom me entregar um bilhete, dizendo que queria me conhecer."

"Em português, Léo?"

"Não, tio, em inglês, ainda bem que eu sei falar e ler bem, né???"

"Moça danada ela, não?"

"É, tio, mas a Susan é linda, você tem que ver..."

"Eu imagino, Léo, eu imagino. Mas me conta, e daí, como foi que as coisas rolaram?"

"Daí, tio, daí que o pessoal começou a rir, pois eu estava mesmo encabulado, meio sem jeito. Foi só o Bruno que deu força, e disse: encara essa, Léo. E então eu encarei."

"E você usou camisinha?"

"É claro, tio, foi ela que me deu uma, pois eu não tinha. E até colocou para mim, você acredita..."

"Acredito, Léo, eu acredito. E você, além de para mim, vai contar também para o seu pai e a sua mãe?"

"Por enquanto não, tio, estou esperando uns dias para ver o que resolvo. Por enquanto fica só entre nós..."

"Resolver o quê, Léo?"

"Se vou para os Estados Unidos, tio, viver com ela, pois estou apaixonado", respondeu, como se fosse o dono do mundo.

■ EM - 16/11/2004

Menina no banheiro

A Luana, a Marisa, a Juju, a Tuca, a Helô, que era mais nova do que ela e nem peito ainda tinha, todas já haviam beijado na boca, só ela que ainda não, e aquilo a estava deixando muito triste, pra baixo mesmo, a ponto de suas amigas notarem. "Fica assim não, Dê, vai chegar a sua vez...", a Xexéu lhe disse na saída da escola, em um dia em que, sem querer, deixou escapar aquele segredo, até então muito bem-guardado, e só revelado, assim mesmo em códigos, ao seu diário, que ela nunca mostrava para ninguém. Xexéu disse e deu um risinho, um tapinha no seu ombro, olhando para as outras colegas, que caíram na gargalhada. "Você ainda é nova...", disse uma delas.

Como havia sido tola!, contar uma coisa tão íntima na frente de quem?, da Xexéu que, dizia-se, já havia até transado. "Sou burra, burra, burra...", repetiu para si mesma a Dê quando chegou em casa e, trancada no banheiro, ficou conversando sozinha, pois, como o apartamento era pequeno, e ela dividia o quarto com a irmã, ali era o único lugar em que se sentia livre.

"Está tudo bem, minha filha?", lhe perguntou a sua mãe, batendo na porta, ao mesmo tempo em que a chamava para almoçar. Dê bem que queria, às vezes, poder comentar as coisas com ela, desabafar, perguntar se era assim mesmo. Se não era anormal uma moça que já ia fazer quinze anos, como era o seu caso, nunca ter beijado na boca, nem uma única vez, só para saber como era. "É a melhor coisa do mundo, cara... a melhor coisa...", lhe disse a Tuca, no dia seguinte à festa da Marisa, quando ela, finalmente, havia conseguido ficar com o Túlio.

"Por que você não quis dançar com o Thiago, que passou o tempo todo te azarando?", ela perguntou, enquanto contava, com detalhes, como tudo havia acontecido. "Não sou a fim dele, não sou, e pronto...", havia respondido à amiga, que completou: "Foi de língua, Dê, de línnnnngua, e nós vamos sair de novo, já combinamos de ir ao cinema".

Mas aí a sua mãe, outra vez, já estava batendo na porta. "Minha filha, está acontecendo alguma coisa, por que essa demora toda, você está passando mal?" "Não, mãe, não é nada, já vou, só vou tomar um banho, pois hoje foi dia de ginástica." "Não é na quinta, Dê?", insistiu a mãe, que sempre implicava quando ela demorava no banheiro. Toda vez era assim. "É, mas hoje também teve, para compensar a semana passada, que o professor ficou doente...", mentiu, enquanto abria a torneira. Já havia tirado a roupa, e continuava se olhando no espelho e pensando. Era a mais alta da turma. Tinha os cabelos negros, uns lábios grossos, os peitos bonitos, as pernas bonitas. Sabia conversar bem. Mas de que adiantava tudo isso se nunca havia beijado? Chances até que já havia tido, e muitas. Porém, beijar por beijar, como muitas de suas amigas faziam, quando costumavam ficar até com três meninos na mesma noite, a Dê não queria. Tinha de ser com alguém especial, e de quem estivesse muito a fim. Ela era assim e pronto. As outras, que continuassem achando-a careta, não tinha importância, pois ia esperar, embora estivesse sofrendo muito com aquela situação.

"Aí, sim, var ser a melhor coisa do mundo, como deve ter sido para a Tuca...", Dê disse a si mesma, baixinho, e, abrindo o box, entrou debaixo da água, que já havia esquentado. O banheiro, àquelas alturas, estava todo tomado pelo vapor. Quentinho, gostoso. Em seguida, ela pegou o xampu, encheu a mão e o levou aos cabelos, formando uma espuma que, na mesma hora, trouxe aquele cheiro adocicado de que ela tanto gostava. "Amo tomar banho assim...", pensou aquela menina, e, quase sem perceber, deixou que as mãos começassem a descer pelo corpo, deslizando suavemente ao encontro de suas pernas. "Vai ser bom, vai ser maravilhoso o meu primeiro beijo...", ela ia sonhando, sonhando, e já começava a viajar para longe, muito longe, quando a sua mãe, outra vez, começou a bater na porta.

EM - 05/08/2003

Aqueles olhos

Havia bastante tempo que não se lembrava daqueles olhos. Não que os tivesse esquecido, pois isso não havia como acontecer, mas eles estavam meio embaçados na sua memória. No entanto, em uma manhã dessas, de verão e céu muito azul em Belo Horizonte, quando passava pela Praça da Liberdade, ele voltou outra vez a vê-los, muito verdes, e donos da mesma melancolia, a mirá-lo em um já longínquo dia da juventude em um restaurante em Granada, no coração cigano da Espanha, quando, com uma mochila nas costas e alguns dólares no bolso, rodava pelo mundo, ainda com a falsa ilusão de que ele lhe pertencia.

Por uns instantes, como que hipnotizado, o homem parou ali, entre as palmeiras da praça, e, sem que a moça percebesse (ela conversava com uma amiga), se pôs a observá-la. Naqueles breves momentos de magia e quase sonho, se viu outra vez em El Gitano, que ficava em uma das ruelas da Granada antiga, para as quais, em determinadas horas da noite, todos se convergiam.

O restaurante, naquele finalzinho de tarde, ainda estava bem vazio; um rapaz tentava tirar um flamenco em uma guitarra não muito afiada; começava a ventar frio, e o homem, que ainda não tinha onde ficar hospedado, pois havia chegado pouco antes de Sevilha, pediu uma taça de vinho.

Foi então que ela apareceu. Era muito alta, extremamente loira, carregava, como ele, uma pesada mochila e se assentou – para em seguida pousar nele aquele par de olhos verdes – a umas três mesas adiante da sua. Também pediu vinho, acendeu um cigarro e, entre uma tragada e outra, um golinho e outro, os olhos daquela moça novamente buscaram os seus.

Sem querer acreditar, pois aquela poderia ser uma chance e tanto, ele então pensou: "Vou me aproximar dela", e, para criar coragem, pediu ao garçom que lhe trouxesse mais um pouco de vinho; também acendeu um cigarro – coisa que raramente fazia – e foi então que outra vez os olhos daquela mulher, nos quais ele julgou ver uma tristeza antiga, voltaram a procurar os seus.

"É agora", ele pensou. Percebendo, ela, que talvez se chamasse Ingrid ou Susan, apagou o cigarro, pediu mais vinho e chegou a esboçar um sorriso, o que realçou ainda mais sua beleza e charme. Era como se lhe falasse: "Venha". Mas nenhum dos dois, talvez dominados pela timidez, ou pela onipotência da juventude, fez nada, nem tomou a iniciativa da aproximação, até que, minutos depois, ela se levantou, pagou a conta e foi saindo. Não sem antes voltar a lhe entregar aqueles olhos verdes que, anos depois, quando quase já não se lembrava mais do rosto daquela "gringa", ele voltou a encontrar, em uma moça de Minas, que conversava com uma amiga na Praça da Liberdade.

■ EM - 20/08/2002

A uma moça triste

Eu não te conheço, moça triste de Belo Horizonte. Nunca vi a cor dos seus olhos, não sei qual é o som da sua voz, jamais senti o seu cheiro. A única coisa que sei a seu respeito é que seu nome é Paula, e que nos vários e-mails enviados a mim, em menos de uma semana, você fala de uma imensa tristeza e, às vezes, da sua vontade de morrer. Me envaidece também, e aqui quero te agradecer pelo fato de você se confessar minha leitora. Mas o que posso fazer por você, se sou, simplesmente, "um pobre homem nesses tristes caminhos da América...", como dizia o poeta? E que, como você, de vez em quando também acha a vida bastante chata e sem graça? Tem dia que dá mesmo vontade – e não vou negar isso – de chutar o balde, rodar a baiana ou então vestir uma camisa listrada e sair por aí, tomando todos os paratis.

Mas não a ponto de querer jogar a vida para cima assim de repente, sem mais nem menos, como você, em suas mensagens, tem deixado transparecer, e cada vez com mais ênfase. Porém, uma coisa eu gostaria de te dizer, moça triste, você que neste momento talvez siga caminhando pela Savassi ou por alguma rua do Barreiro, ou então esteja fumando um cigarro e com o olhar perdido pela janela, é que existem mesmo esses momentos em que a gente acha que a esperança foi quebrada. Assim como se quebra um copo ou se pisa em um inseto qualquer, sem que isso faça a menor diferença.

E é justamente nesses momentos, moça triste – e aqui me lembro do escritor Roberto Drummond, a quem tive a honra de substituir neste espaço –, que nós, como tigres ou guerrilheiros, temos de reunir todas as forças, vestir armaduras de aço e assumir que a vida, apesar de tudo, existe para ser vivida. "Temos de conquistá-la como se conquista o coração da mulher amada, ou então fazer como os sandinistas, que, depois de anos perambulando pelas montanhas, acabaram descendo e tomando o poder em Manágua", como também diria Roberto Drummond. Ele próprio um guerreiro, que até o último momento, até não resistir mais, lutou e acreditou que a vida valia a pena.

Eu te diria mais, moça triste. É ainda nessas horas, de angústia e solidão, que a gente tem de se permitir, por exemplo, gostar das coisas mais simples. Você já experimentou acordar bem cedo, abrir a janela do quarto e deixar o vento bater em seu corpo? E que tal em seguida, após lavar o rosto e escovar os dentes, coar um café? Existe coisa mais gostosa do que o cheiro de um café saindo do coador e entrando nariz adentro, na certeza de que em seguida será saboreado? E se você depois calçar um tênis, vestir uma calça de malha e for à praça mais próxima fazer uma caminhada? Você já experimentou a sensação do suor escorrendo pelos seus poros? Já percebeu como são belas, com o céu doendo de azul, essas manhãs ensolaradas de abril?

Também eu te pergunto, minha cara Paula: algum dia, por acaso, você já se deu a chance, sozinha ou com as suas amigas, de sair à noite por essas ruas e bares de Belo Horizonte, onde apesar de tudo ainda pulsa – e cada vez com mais força – o coração generoso e sensual de todas as Minas? Pois quem sabe, já que a esperança sempre tem de falar mais forte, em uma dessas saídas, você não irá encontrar, talvez tão solitário, ou solitária, como você, o grande amor da sua vida? Aquele ou aquela que fará de você uma ex-moça triste, que, de tanta solidão, às vezes até pensa em morrer?

■ EM - 29/04/2003

Um sonho de menino

O homem e sua mulher já estavam havia muitas horas na mesa daquele bar, o La Greppia, entre a Rua da Bahia e a Avenida Álvares Cabral, no coração de Belo Horizonte, onde tinham ido se encontrar com uns amigos. Estes já haviam ido embora, começava a fazer frio, as mesas estavam quase vazias. Mas o casal resolveu se demorar mais um pouco antes de voltar para casa, que ficava a uns poucos quarteirões, e poderiam ir a pé.

Não estavam tristes nem felizes, mas simplesmente juntos; e continuavam ali, levando o tempo, quando então o menino apareceu. Era um entre os muitos que já haviam passado vendendo amendoins, buquês de flores, bilhetes de loteria, chicletes, totó bola e muitas outras coisas, enquanto os seus pais, às vezes de maneira dissimulada, costumavam ficar observando à distância.

E aquele menino, para não fugir à regra, abordou o homem, a princípio com uma certa insistência, oferecendo-lhe "uma rosa para outra rosa". Ele era moreno, um corpo franzino; não devia ter mais do que sete, oito anos, e aparentava estar cansado, pois já devia ter rodado por muitos bares oferecendo seus produtos.

Em seus olhos, que eram acastanhados, existia uma certa melancolia. E foi só isso, depois a mulher confessou ao marido, que fez com que ela, de repente, perguntasse àquele menino qual era o seu maior sonho. Fez-se então um breve silêncio. E sem vacilar, e muito senhor de si, o menino respondeu:

– O meu maior sonho é ter uma fazenda. – E os seus olhos, que também eram grandes, naquele momento cresceram ainda mais.

– Mas por que uma fazenda? – a mulher então quis saber.

– É porque eu sou de Porteirinha, e lá vivia em uma que era muito bonita.

Naquela hora, o homem, que até então estivera calado, começou também a se interessar pelo assunto e perguntou: – Mas como ela será?

– A minha fazenda? – sorriu o menino, já bem à vontade, depois de também aceitar o Guaraná que lhe foi oferecido.

– É ela mesma – disse-lhe o homem, em cuja memória, naquele instante, voltaram cenas de uma infância já distante.

– Lá na minha fazenda, moço, tem de tudo: cavalos, bois, muitos carneiros, e até um campinho de futebol e piscina – o menino foi falando; e era como se ali, naquele momento, toda a terra do mundo lhe pertencesse.

– Mas como você tem tudo isto, se não mora mais em Porteirinha? – quis saber o homem, já meio sem entender direito aquela história.

Então o menino, após tomar mais um gole do Guaraná, voltou a dizer:

– Não, moço; não é nada disso; pois lá também a gente não era dono, mas só agregados... e foi por isso que o pai resolveu vir para cá.

– Você então inventou toda essa história? – quis saber o homem, enquanto acendia outro cigarro e sua mulher pedia mais um chope.

Naquela hora, então, os olhos daquele menino se tornaram ainda mais brilhantes e tristes, quando ele falou, olhando para o homem e a mulher:

– Ter uma fazenda, eu tenho, só que ela, por enquanto, ainda não é minha, mas eu vou lá todos os dias e estou juntando dinheiro para poder comprar.

E, levando as mãos ao bolso, falou:

– Hoje já ganhei 10 reais.

– Eu não estou entendendo – voltou a insistir o homem, já meio sem paciência e arrependido por ter dado corda àquele menino. – Como você vai à sua fazenda todos os dias, se vive aqui em Belo Horizonte?

Foi aí então que ele, já completamente esquecido das flores, tomou o último gole do Guaraná, suspirou fundo e respondeu:

– A minha fazenda, moço, não é de verdade, porque uma assim é muito cara; mas ela é de plástico, tem tudo o que falei e fica na vitrine de uma loja lá na Avenida Paraná.

O homem e a mulher se olharam em silêncio. Em seguida o menino se levantou, agradeceu pelo Guaraná, pegou as flores e ganhou de novo as ruas, montado em um cavalo de sonhos.

■ EM - 17/01/2001

A dama no sex shop

Ela nunca havia sido uma mulher de fantasias sexuais mirabolantes, daquelas bem cabeludas, que só de pensar davam um arrepio, e que pudessem fugir aos ditos padrões normais, dentro dos quais havia sido criada. Além do mais, era uma dama de boa família, casada com um homem distinto, mãe de três filhos, e fiel frequentadora, aos sábados, de uma certa liga pelos bons costumes, que haviam criado no seu bairro.

Mas uma coisa Débora P. não podia negar a si mesma, que era a vontade de conhecer um sex shop, e essa fantasia surgira havia alguns anos, quando começaram a aparecer os primeiros aqui em Belo Horizonte. Certa vez, quando uma amiga lhe disse que havia ido a um, confessando ainda ter comprado umas "coisinhas", é claro que de imediato ela a repreendeu, mas no fundo Débora P. estava mesmo era morrendo de inveja da coragem da outra.

"Se você tiver medo de ir lá, eles entregam as compras pelo correio, tudo discreto", sua colega ainda disse, não sem lançar um certo olhar de superioridade, por haver praticado aquela ousadia. De quebra, na hora de se despedirem (elas estavam conversando dentro do carro), ainda deixou no banco, como se houvesse esquecido, alguns folhetos com os produtos oferecidos. Débora P., obviamente, fingiu não haver notado e, ao chegar em casa, foi direto para o banheiro, onde começou a folheá-los.

"Meu Deus!, estou parecendo uma adolescente!", ela pensou, e depois, tarde da noite, quando o marido já havia dormido, acessou o site de loja, para ver se encontrava mais novidades. E como encontrou! Débora P. também, naquele momento, deixando à larga o seu coração, assumiu ainda, mesmo que só para ela, que seu casamento não estava lá essas coisas, e isso, às vezes, a fazia deixar que seus pensamentos voassem. E quase sempre eles iam longe.

"Que tipo de 'coisinhas' a Marilda teria comprado?", ficou pensando. Quase nem dormiu direito naquela noite e, no dia seguinte, lá pelas três e meia da tarde, já com a decisão tomada, finalmente partiu para a sua grande aventura. Seu batimento cardíaco, é bom que se diga, estava descompensado;

e foi assim, daí a alguns minutos – pois morava nas imediações –, que Débora P., com o coração a mil, estacionou o seu carro bem em frente ao sex shop.

“Vou ou não vou, meu Deus, o que eu faço...?”, e num impulso, pois seria daquela vez ou nunca, a nossa heroína, não sem antes examinar bem a avenida, para ver se não vinha nenhum conhecido, atravessou o passeio e entrou na loja. “Não sou eu quem está aqui!, e se alguém me vir...?”, disse a si mesma, enquanto a atendente, muito solícita, já lhe perguntava: “Pois não, senhora, posso ajudar em alguma coisa...?”. “Bem, bem, eu...”, disse Débora P. toda atrapalhada. “Bem, eu estou só querendo umas coisinhas...” Vendo o constrangimento da outra, a vendedora, procurando acalmá-la, e depois de lhe oferecer um copo d’água, mesmo assim começou a querer mostrar, com detalhes, os artigos disponíveis. E não eram poucos...

“Não é nada disso, minha filha, o que você está pensando..., eu só quero mesmo umas coisinhas...” “Mas que coisinhas, minha senhora...?”, perguntou a atendente. “Umas coisinhas, só umas coisinhas, você me entende...?” “Entendo, minha senhora, entendo..., um creminho talvez...”, disse a outra, sentindo o drama. “É, um creminho tá bom...”, concordou uma aliviada Débora P., que em seguida, após pagar, com dinheiro, para não deixar rastros, e dar uma passada geral de olhos no ambiente, para ver se via mais alguma “coisinha”, saiu às pressas dali, entrou no carro, e suspirou fundo, com a certeza de que aquele, na sua vida, havia sido um grande dia.

■ M - 01/10/2002

A moça que corre

Para Joana D'arc Miranda.

É impressionante a resistência daquela moça. Ela é morena, quase alta, usa sempre um conjunto azul, tênis brancos, e corre entre uma hora, uma hora e meia todos os dias, na Praça da Assembleia. Seus cabelos negros estão sempre presos, sua expressão é séria e quase não dá para ver a cor dos seus olhos, pois ela nunca os levanta. Mas o que será que pensa aquela moça, enquanto dá voltas e mais voltas ao redor da praça? O que se passa no coração daquela mulher, talvez Mara, Angélica, Beatriz ou Maria, durante o tempo em que, para manter a forma, ela percorre vários quilômetros como se cumprisse um ritual ou estivesse fazendo uma oração?

Qual será a fé da moça que corre? Ela acreditará em Deus? Fará promessas para São Judas Tadeu e Nossa Senhora Aparecida?, mesmo que se esqueça de cumpri-las, como às vezes acontece com todos nós? Ou será daquelas que procuram cartomantes, acreditam no jogo das cartas ou na sorte olhada através das bolas de cristal ou da borra de café por mãe Maísa?, mãe Tereza?, ou mãe Samira? Todas que, em vidas passadas, dizem ter sido princesas no Oriente? A moça que corre terá sorte no amor? Será ela casada, terá filhos? Um marido com o qual ainda sonha, prepara bons pratos para ele, lava e passa a sua roupa e gosta chamá-lo de meu bem? Mesmo que às vezes ele chegue em casa tarde, porque ficou bebendo com os amigos e se esqueceu de avisá-la?, quebrando assim a sua expectativa de uma bela noite de abraços e carícias?

Ou a moça que corre fechou o coração com cadeados e grades depois que descobriu que o homem com o qual se casou não era bem quem ela pensava e por isso mesmo não teve outro jeito a não ser se separar dele, após passar por terríveis angústias, indecisões e sofrimentos? Como foi falar para ele, a família e os filhos que não dava mais? Como terão reagido as amigas? Mas poderá sofrer a moça que corre? Ela que é tão bonita e talvez more em um daqueles apartamentos de mil metros quadrados que existem no bairro de

Lourdes, tenha quatro, cinco carros na garagem, elevador privativo, e não precise se preocupar com nada a não ser renovar e renovar o guarda-roupas?

A moça que corre terá medo de ser sequestrada? Ela precisa de ajuda para pagar o IPTU, o IPVA, o condomínio no final do mês e a conta de luz? Ou ela nem toma conhecimento disso pois tem tantos empregados para fazer essas coisas, e também porque o marido lhe deu um talão de cheques e cartões de crédito sem limite de gastos? Ou ela será independente e tem o seu próprio dinheiro?, e não depende dele para nada? Ou somente é uma moça pobre que veio de Turmalina, Uberlândia, Três Corações ou Virgem da Lapa para tentar ganhar a vida na capital e ainda, apesar de tanta luta, nem conseguiu comprar seu apartamento de quarto e sala, mas que possa falar com orgulho "este é meu..."?

Como terá reagido a moça que corre, esses dias, quando a dor e a tragédia trazidas pela chuva, sem pedir licença, entraram em tantos lares de Minas semeando destruição e morte? Terá sofrido com a história do menino Felipe?, se emocionado com o heroísmo dos bombeiros, que salvaram tantas vidas? Terá chorado com a dor dos pais que perderam seus filhos e já não lhes restam mais esperanças? Ou a moça que corre será insensível a tudo isso? Dessas que abrem o jornal, dizem "que horror", mas não fazem absolutamente nada para ajudar a amenizar a dor dos que padecem? A moça que corre fará algum tipo de caridade?, ou será daquelas que acham que é cada um por si e Deus por todos, porque o ser humano é assim mesmo e ela já não acredita em mais nada? Será assim a moça que corre na Praça da Assembleia, no coração de Belo Horizonte, com o seu conjunto azul, seus tênis brancos, os cabelos presos e os olhos fixos no chão? Ela que talvez seja Mara, Angélica, Beatriz ou Joana D'arc?

EM - 21/01/2003

A sedução

Que sempre pensou nele de uma maneira diferente, isso ela nunca negou, embora jamais tivesse se deixado perceber. Mas quando se encontraram, e tudo aconteceu, fazendo dela a mulher mais feliz do mundo, foi por pura coincidência. Um desses felizes acasos que a vida às vezes costuma nos proporcionar. Tanto é verdade que, naquela sexta-feira, noite de lua cheia em Belo Horizonte, ela nem estava pensando em sair, e só topou ir àquela choperia depois que Marisa, no terceiro telefonema, acabou vencendo-a pela insistência. "Vai ser legal, vista uma roupa nova, passe um batom bem vermelho!", ela disse com aquele jeito alegre, só dela, tentando convencer a amiga.

Porém Maísa, naqueles dias, andava meio desencantada, se sentindo muito sozinha e pensando que a vida, para ela, não estava fazendo muito sentido. "Tenho um bom emprego, sou uma mulher bonita, mas não consigo encontrar o homem da minha vida...", ela sempre pensava, e chegou até, em algumas sessões, a discutir o caso com a sua terapeuta, que lhe disse: "Você tem de sair de dentro do seu casulo, se mostrar mais, circular por aí...".

E foi então naquela sexta-feira, noite de lua cheia, que Maísa, depois de se lembrar das palavras da sua analista, e ante a insistência de Marisa, colocou o seu vestido mais bonito, penteou bem o cabelo, se maquilou discretamente, e, umas duas horas depois, já estavam as duas assentadas em uma das mesas mais visíveis daquela choperia.

Mesmo não sendo acostumada a beber, acabou pedindo um martini, "com cereja e duas pedrinhas de gelo", mais para satisfazer à amiga, que ia no seu uisquezinho de sempre, enquanto a casa – sem que elas percebessem – foi se enchendo cada vez mais. Fazia mesmo muito calor, já passava da meia-noite, e elas estavam pensando em ir embora, quando de repente o Ricardo, como que surgido do nada, foi se aproximando. Vinha com aqueles olhos grandes, e sua maneira toda especial de caminhar. Maísa sentiu o coração disparar, respondeu meio atrapalhada ao cumprimento e ficou sem saber o que dizer.

Mas Marisa – sempre Marisa –, tomando a iniciativa, o convidou para se assentar. "Tome um chope conosco", ela disse, já afastando a cadeira, para que ele ficasse bem ao lado de Maísa, que naquela hora, mesmo nunca tenho sido de fumar, não teve outro jeito a não ser acender um cigarro, tirado às pressas na bolsa da amiga. "Está fumando agora...?" "Só de vez em quando, de vez em quando...", ela respondeu meio titubeando, ao que o Ricardo apenas sorriu, enquanto pedia ao garçom que lhe trouxesse um chope.

Falou-se de muitas coisas nos instantes seguintes: desde o terrível calor que estava fazendo, à beleza da lua, passando ainda pelos tempos da faculdade, onde Maísa e ele haviam se conhecido, até que, quase uma hora depois, a Marisa – única pessoa a saber da paixão da amiga por aquele homem – se despediu e foi embora, após convencê-la, dentro do banheiro, ser aquela a melhor solução. "Esta é a sua chance de ser feliz...", ela ainda disse, e quando estava saindo brincou, com aquele jeito só dela: "Juízo, crianças...!". "É o que temos de sobra...", respondeu o Ricardo sorrindo, enquanto Maísa, aproveitando o momento, pediu licença para ir novamente ao toalete.

Então ela se olhou no espelho. Retocou a maquilagem, passou outra camada de batom, que realçou ainda mais a beleza da sua boca, grande e sensual; suspirou fundo e se prometeu: "O Ricardo tem de ser meu". De volta à mesa, ela já não se assentou ao seu lado, mas de frente para ele. Pediu mais um martini, ele tomou mais um chope, e nos instantes seguintes, tão senhora de si como nunca havia se sentido, Maísa, a princípio, inclinou o corpo para frente. A sua mão, descuidadamente, ela deixou ficar em cima da mesa, enquanto os seus olhos, dentro dos de Ricardo, que compreendeu tudo – e aceitou –, falavam por mil palavras. Horas depois os seus corpos e corações, entre carícias mútuas e embalados pela beleza da lua, finalmente se entregaram.

■ EM - 10/12/2002

O silêncio do outro

Como havia muitos dias que não ia ao boteco do amigo, onde gostava de tomar uma cerveja no final da tarde, quando deixava o serviço, ele resolveu passar por lá. Pequeno, mas aconchegante, o bar ficava no bairro Floresta, quase na divisa com o Sagrada Família. Na hora que chegou, a chuva ameaçando cair, o outro estava limpando o balcão. Nunca foi de muita conversa, mas naquele dia estava ainda mais calado. Era assim desde os tempos de estudante, quando os dois moraram na mesma república, a Purgatório, em Ouro Preto. Nenhum deles se formara. Cada um tomara um rumo diferente na vida, porém nunca deixaram de se encontrar.

"E aí, rapaz?" "Vamos indo", ele respondeu, esboçou um sorriso, pegou a cerveja de que o colega gostava e o serviu. Em silêncio, abriu o freezer, tirou a massa, uma vasilha com carne moída e começou a preparar os pastéis, pois daí a pouco alguns clientes, os mesmos de sempre, começariam a chegar. "Vai algum tira-gosto?", perguntou. "Agora não. Depois, na hora da guia", disse o recém-chegado, que aproveitou a deixa. "E então, como passou o carnaval?" "Assim, assim", foi a resposta do amigo, que, sem olhá-lo, continuava a preparar os pastéis. "Você viajou com a Vânia e os meninos?" "Não."

Em seguida, em silêncio, colocou óleo na frigideira, levou-a ao fogo, acendeu um cigarro e deu uma tragada forte, para o espanto do colega. "Você não tinha parado de fumar, Robson?" "Tinha, mas voltei", ele disse. Instantes depois, começou a fritar os pastéis. Nisso, chegou um freguês, dos mais assíduos. Sentou-se na mesinha do canto, como sempre fazia, pediu uma cerveja, uma vodca e duas pedras de gelo. Depois de servi-lo, Robson, que havia jogado o cigarro fora, começou a tirar os pastéis da frigideira. "Quer um?", perguntou ao amigo. "E a guia também... Está acontecendo alguma coisa? Estou achando você meio macambúzio..." "Não é nada." De novo, o silêncio. A chuva havia começado.

Outros clientes foram chegando: "seu" Jonas, o bancário aposentado que só tomava uma cerveja e ia embora. O Pedrinho, que trabalhava no posto de gasolina em frente, e todos os dias batia o ponto. Coronel Salomé, que havia acabado de ir para a reserva e estava sem saber que rumos tomar. Dona Alzira, que passava todos os dias e comprava um pastel para a neta. Os gêmeos Adolfo e Romero, que nunca se casaram e ainda moravam com a mãe, de 102 anos. Chegavam, davam boa-noite a todos, dividiam uma cerveja preta, comiam três pastéis cada e saíam. Fora alguns outros, menos habituais, que o Robson ia atendendo. A maioria era gente conhecida, ali mesmo do bairro. "Mais uma, Rick?", ele perguntou. "A saideira", pediu, olhando para o amigo, que estava atrás daquele balcão havia mais de vinte anos, desde que haviam deixado Ouro Preto. Os cabelos já brancos, as rugas, a eterna falta de dinheiro, os problemas em casa. Em seguida, foi ao banheiro, mirou-se no espelho, também pensou na vida, que não se diferenciava muito da do companheiro, e só então começou a entender o seu silêncio.

EM - 12/03/2008

Os olhos de Durvinha

Há poucos dias, em uma casa do bairro Guarani, zona norte de Belo Horizonte, onde vivem, estive com Moreno e Durvinha, único casal de cangaceiros ainda vivos. O convite para entrevistá-los, devido ao lançamento do livro *Moreno e Durvinha: sangue e fuga no cangaço*, do pesquisador baiano João de Souza Lima, foi feito por uma filha deles, a funcionária pública Nely Maria da Conceição. O resultado da nossa conversa, que durou cerca de duas horas, entre um cafezinho e outro, foi uma matéria publicada no *Estado de Minas*. Antônio Ignácio da Silva, o Moreno, está com 97 anos, e nasceu em Tacaratu, no sertão de Pernambuco. Já Durvalina Gomes de Sá, Durvinha, 92, é de Paulo Afonso, cidade baiana às margens do Rio São Francisco, na divisa com Alagoas.

Embora tenham pertencido ao bando de Lampião, eram chefiados por outro cangaceiro, Virgínio, que comandava um subgrupo, e com o qual Durvinha, depois de fugir da casa dos seus pais, pequenos fazendeiros, aos quinze anos, passou a viver. Com a morte de Virgínio, em 1936, devido a uma escaramuça com os "macacos", ela se uniu a Moreno, que ficou na chefia. Tempos de lutas, fugas desesperadas nas caatingas, algumas glórias, e muito sangue derramado. Em 1940, já mortos Lampião, Maria Bonita, Corisco, Gato e tantos outros companheiros – o que acabou definindo o fim do cangaço –, Moreno e Durvinha, depois de viver incontáveis sofrimentos, acabaram fugindo para Minas, e aqui foram parar, depois de passar por Montes Claros e Bocaiúva, em um pequeno distrito de Corinto, hoje a cidade de Augusto de Lima.

Ali, no mais completo anonimato, e guardando o mais absoluto segredo, que só foi quebrado recentemente – quando contaram toda a verdade para uma incrédula Nely, e se tornaram notícia em todo o país –, eles deram duro no trabalho. Tiveram mais seis filhos, conseguiram reconstruir a vida como cidadãos comuns e, de uma forma ou outra, também corrigir o passado, do qual nunca conseguiram se livrar.

Conto tudo isso para dizer também que, enquanto eu estava na casa deles, gravador ligado, e ouvindo as histórias de Moreno, dono de uma memória incrível para a sua idade, o que mais me chamou a atenção foram os olhos de Durvinha. Vestida com um conjuntinho azul-claro, voz quase sumida e gestos delicados, nem de longe lembrava aquela destemida cangaceira que, no filme feito com o bando de Lampião pelo libanês Benjamin Abrãao, aparece sorrindo e apontando uma arma em direção à câmara, como se desafiasse o mundo.

Não, enquanto eu conversava com Moreno, que contava suas peripécias pelos sertões dos nove estados nordestinos – chegando a se emocionar em alguns momentos –, a sensação que tive foi de que Durvinha, ou melhor, Durvalina Gomes de Sá, não estava ali conosco. Mas vagava longe. Seus olhos, que não se fixavam em lugar nenhum, ou em todos, ao mesmo tempo, talvez estivessem vendo novamente o amado Virgínio, ao qual se entregou ainda adolescente, tomada por uma incontrolável paixão. O amor feito às pressas no chão duro da caatinga, ou em alguma rede; o sol forte do sertão, a lua clara, e o fuzil e os punhais ao lado, para protegê-la. Ou então se lembrasse dos filhos que teve entre um combate e outro, mas os quais não pôde nem ao menos amamentar, pois logo depois do nascimento, como acontecia com os de suas companheiras, incluindo Maria Bonita, eram entregues a pessoas amigas, já que o choro poderia denunciá-los aos volantes.

Não, enquanto Moreno falava, Durvinha mirava longe, com seus olhos castanho-escuros, o conjuntinho azul, e as mãos cruzadas entre as pernas. Num dos únicos momentos em que se permitiu falar, foi para me dizer: "Foi a boniteza de Virgínio, meu filho, que me fez segui-lo". Ou então para perguntar: "Onde você mora?". No mais, foi o silêncio, o olhar perdido, e uma confissão feita de repente, quando nos despedíamos: "É tudo tão diferente hoje, que qualquer coisa que eu contar não vai adiantar nada. Era outro o mundo em que a gente vivia". Em seguida, me estendeu a mão, sorriu timidamente, tornou a perguntar onde eu morava, e voltou a mergulhar no passado, como se o tempo já não lhe importasse.

EM - 21/08/2007

Tempo de inocência

Da janela do seu apartamento, que fica no primeiro andar de um prédio bem alto, no bairro Santo Agostinho, o homem observa um menino e uma menina conversando no pilotis, ao lado da piscina. Como a distância é pouca, dá para ouvir perfeitamente o que falam. A tarde começa a cair, e sopra um vento morno, que desce das bandas da Avenida Raja Gabaglia. Ambos são morenos, devem ter uns oito anos, e estão bem próximos um do outro. Como está de folga naquele dia, o homem continua a testemunhar aquela cena. Talvez, de forma inconsciente, esteja se lembrando da sua infância, que já vai longe, quando ele também, não muitas vezes, mas com intensidade, viveu situações semelhantes, que sempre insistem em voltar à sua memória, sobretudo em noites de insônia e solidão.

De repente, o garoto, tomando a iniciativa, pega nas mãos da menina, que as estende para ele, com o rostinho mais sério desse mundo. Ficam uns instantes em silêncio, olhos nos olhos, até que ele se vira para ela e diz, da maneira mais solene possível: "Você será minha princesa sempre. Com todo o meu coração vou te amar, te proteger, te dar todo o carinho do mundo, além de um reino lindo e encantado...". Palavra nenhuma, como o homem percebe, vem de imediato da boca da menina. Aquele mutismo dura pouco, só o suficiente, quem sabe, para criar um clima, ou talvez porque faça parte da encenação, se é que se possa pensar assim. Até que ela, também com cerimônia, pega nas mãos dele e diz: "Você sempre será meu príncipe. Com meu coração vou te amar, te proteger, viver com você no castelo encantado, lhe dar muitos filhos e filhas, que serão o nosso maior tesouro...". Ah!, que coisa mais bonita, pensa o homem. Terão aprendido na escola, irão participar de alguma apresentação e estão ensaiando? Vá se saber.

Daí a pouco, aqueles dois se levantam, saem correndo de mãos dadas e, talvez num ritual previamente combinado, ou que faça parte do jogo, dão algumas voltas ao redor da piscina, para nos instantes seguintes, ofegantes e às gargalhadas, pararem no mesmo lugar de antes. O vento, que desce da Raja, continua a soprar em lufadas mais fortes, que esvoaçam os cabelos da garota.

Aproveitando a situação, o menino, num gesto tímido, mas sem a desenvoltura do príncipe todo poderoso de pouco antes – solene e seguro na sua declaração de amor –, se permite acariciá-la, levando as mãos ao seu rosto. A menina, visivelmente perturbada, novamente se levanta e sai correndo. Sua felicidade é total.

O garoto a segue com a mesma alegria, e os dois, entre carreiras e risos, ficam ali mais uns minutos, até que uma mulher, quem sabe a mãe da menina, chega em uma janela e a chama. Os dois então se despedem, sob o testemunho oculto do homem. Talvez ainda nem saibam que numa tarde de vento morno, no pilotis de um prédio em Belo Horizonte, viveram lindos momentos de amor, dos quais, provavelmente, jamais irão se esquecer.

EM - 25/07/2014

Lembranças de Alice

Não é sempre que acontece, mas às vezes, ao cair da tarde, quando está sozinha na varanda do apartamento onde mora, num dos últimos andares de um dos prédios mais altos do Vila da Serra, de onde se tem uma vista das mais lindas para as montanhas, umas se sobrepondo às outras, Maria Alice costuma ficar pensativa. Em momentos como aquele, de pura solidão, quando o sol, uma imensa bola de fogo vermelha, começa a se pôr nos confins do horizonte, para em seguida dar lugar à noite, aquela mulher, que no próximo mês fará 80 anos, põe-se a fazer um balanço da sua vida. E como se voltasse no tempo, se é que seja possível, lhe vem à memória a infância de menina pobre em Conceição do Mato Dentro. Quantas vezes, para ajudar a mãe viúva, cujo marido morreu muito novo, deixando-a com oito filhos, ela, Maria Alice, acompanhada de um irmão, ia vender mangas e laranjas na cidade, quando não esterco de gado, extraído nos currais da fazenda onde viviam como agregados.

Quando era época do Jubileu, e pessoas de todos os lugares de Minas, a pé, a cavalo, ou nas carrocerias dos caminhões, chegavam a Conceição para pagar promessas, rezar ou somente participar da festa, era certeza de trabalho dobrado: naqueles dias, desde as primeiras horas da manhã até o anoitecer, sua mãe ficava à beira do fogão fazendo doce de mamão em barras e pés de moleque, que cabia a ela e ao irmão – com a obrigação de voltarem com os tabuleiros vazios – vender nas imediações das igrejas, onde havia maior movimento de romeiros.

Em tudo isso, aquela mulher, Maria Alice, quando está sozinha na varanda do seu apartamento, costuma pensar. Como também volta às suas lembranças, como num filme, a vinda de jardineira para Belo Horizonte, passando pela Serra do Cipó. Os primeiros anos difíceis na capital, trabalhando como secretária em uma clínica médica; o início dos estudos à noite, numa escola lá mesmo do bairro onde morava, nas imediações de Venda Nova, além das dificuldades para pagar o quarto, que dividia com duas outras meninas. E o salário mínimo, do qual ainda tirava um pouco para enviar à sua mãe, que contava com ele para ir vivendo. Em tudo isso, Maria Alice, quando está sozinha ao cair da tarde, às vezes tomando um cálice de vinho, costuma pensar.

Como volta à sua cabeça o dia em que, numa festa de aniversário de uma amiga, foi apresentada a Roberto, com o qual viria a se casar seis meses depois; amor à primeira vista que foi. "Pense bem, minha filha, não coloque o carro na frente dos bois, pois nem mineiro esse rapaz é, a gente não conhece a família", disse-lhe a sua mãe, quando comunicada. Mas Maria Alice, então uma moça com apenas 20 anos de idade, já havia se decidido.

Casou-se e, junto a José Roberto Bezerra, que era alagoano, trabalhou duro. Economizaram centavo a centavo até que, depois dele formado em Engenharia, conseguiram abrir uma pequena empresa de construção civil, com a qual, com o passar do tempo, com ela sempre ao seu lado, acumularam fortuna e prestígio, sendo hoje uma das mais conceituadas da capital.

"Foi uma pena, meu amor, uma pena que você tenha morrido tão novo", diz baixinho Maria Alice, enquanto duas lágrimas, sem que perceba, começam a escorrer pelos seus olhos.

Revista *Encontro* - 12/2013

O caseiro Lionel

Para Mário Sette e Clide.

Na praia de Búzios, entre Parnamirim e Nísia Floresta, no Rio Grande do Norte, em um condomínio onde o homem e sua mulher ficaram hospedados há alguns dias, vive um caseiro chamado Lionel. Moreno baixo, de trato cortês, nos primeiros dias ele não deu atenção aos novos visitantes. Limitava-se, quando muito, a um breve cumprimento, se acontecia de encontrá-los nas escadas, que ligava o condomínio à rua, ou se estava aguando os jardins e eles passavam indo para a praia, ou a uma pizzaria nos arredores. "Precisando de alguma coisa, estou às ordens, é só me chamar", havia falado quando foram apresentados e ele lhes entregou a chave da casa, desejando "uma boa permanência na nossa terra."

No mais, com o semblante sério, olhar fixo no chão, se dedicava a realizar suas tarefas diárias, além de ter a grande responsabilidade, fora de temporada, como no caso, de zelar pela segurança de várias casas vazias, num lugar de quase nenhum movimento como aquele.

As coisas foram se encaminhando até que, cerca de uma semana depois, coincidiu de o homem se encontrar na varanda, depois de ter lido dois capítulos de *A minha alma é irmã de Deus*, último romance de Raimundo Carrero, quando surgiu o Lionel com uma enxada nas mãos. "O senhor dá licença para eu arranjar este canteiro, e depois podar aquelas trepadeiras no telhado?", perguntou polidamente, para em seguida começar a executar o trabalho, com o qual demonstrava ter grande intimidade. Algumas nuvens, nos lados do Atlântico, começavam a se formar, com promessa de chuva para mais tarde, como vinha acontecendo desde que o casal chegara ali.

Silêncio de um lado e outro, até que o visitante, tentando entabular conversa, virou-se para o caseiro e perguntou: "Você é daqui mesmo?". "Sou não", e parou aí, como se não estivesse gostando de ser incomodado, ou não fosse costume conversar com hóspedes. Breve constrangimento, quebrado pelo homem, que, tomando de novo a inciativa, quis saber:

"De onde você é, Lionel?". "Sou de um lugar a mais de 200 quilômetros daqui, Natal abaixo." "No sertão?" "Sim senhor", e nesse momento, o outro notou, seu semblante começou a se abrir, com ele, por breves instantes, fazendo uma pausa com a enxada, para logo voltar a manejá-la, com a destreza de quem, desde criança, deve ter aprendido a lidar com a terra.

Outra vez o silêncio, dessa vez quebrado pela mulher, que, nos instantes seguintes, chegou com uma jarra cheia de suco de melancia e dois copos, pois havia percebido a presença do caseiro. Vinha também com uns biscoitos, que tinha trazido de Belo Horizonte. "Obrigado, senhora", disse o Lionel. Quando ela saiu, ele confessou: "É muito bom, eu nunca havia tomado um suco assim. Na minha terra a fruta mais comum é umbu". Aproveitando a abertura, o homem emendou: "E o que você fazia lá?". "Eu era vaqueiro, e antes de vir para cá trabalhei numa fazenda no Pará, onde ajudava a cuidar de mais de cinco mil cabeças de gado, tudo boiada branca."

"Também gosto de gado, e em Minas tenho um pedaço de terra, onde crio um pouco. Quando for embora, vou dar uma chegada lá, antes de as férias terminarem", disse o outro. Bastou para o Lionel, depois de colocar o copo sobre a mesa, perder toda a reserva, levantar os olhos e confessar: "Não gosto desse serviço de ficar aguando jardim, carregando malas, limpando piscina. Estou aqui por força de algumas circunstâncias. Meu negócio mesmo é o gado, um bom cavalo, o mato. Fico sonhando com a minha folga, para ir à minha terra, na fazenda de uns primos...".

"Que circunstâncias serão essas?", o homem pensou, mas guardando a curiosidade para si, pois as possibilidades poderiam ser muitas, e mudou o curso da conversa, já mais à vontade com o interlocutor: "E você gosta de ir à praia, tomar um banho de mar de vez em quando?". "Gosto não, desde que cheguei aqui, há coisa de três anos, só fui lá uma vez, tenho muito medo de água", respondeu o Lionel.

Depois de se falarem mais um pouco, e de este prometer enviar de presente, pelo correio, umas sementes de algaroba, cujos frutos "são um santo alimento para o gado", o caseiro virou-se para o novo amigo e disse: "O senhor e sua esposa podem ficar tranquilos, dormir de janela aberta, se quiserem, pois ninguém é besta de assaltar este condomínio. Todo mundo por aqui me conhece". Em seguida lhe agradeceu pelo suco, pediu licença e, enxada no ombro, foi cuidar de outro jardim.

■ EM - 02/10/2009

Aquela mulher

Naquela mulher, uma beleza, que uma vez lhe aconteceu, ele se pegou pensando noite dessas, quando voltava para casa, depois de ter tomado umas cervejas com uns amigos. Não tinha unhas negras, nem íris cor de mel, como diz a bela canção de Caetano Veloso. Ela era pequena, quase um minhonzinho, mas, em compensação, ostentava grandes olhos redondos, da cor das jabuticabas maduras de Sabará ou do Rio Vermelho, das quais tanto gostava. "Essas delícias de Minas me encantam", não se cansava de dizer. Assim também como adorava a poesia de Drummond, as memórias de Pedro Nava, que sempre relia, e a música de Milton Nascimento.

A primeira vez em que se viram – e se amaram –, ele também se pegou pensando, foi depois de uma apresentação da Orquestra Sinfônica de Minas Gerais, no Grande Teatro do Palácio das Artes, quando ela lhe foi apresentada por uma amiga em comum. Saíram para tomar chope, foram a um bar que havia sido inaugurado no Gutierrez e, naquela mesma noite, embalados pelo vinho e o jazz, os seus corpos se conheceram. Por aqueles tempos, aquela mulher, sempre senhora de si, vivia sozinha num apartamento no centro da cidade. "Aqui é o meu mundo", disse a ele, quando abriu a porta, convidando-o a entrar.

Naquele pequeno espaço, que ficava na Avenida Augusto de Lima, eles se encontrariam com frequência nos tempos seguintes. Costumavam também se ver numa casa antiga, e assobradada, da Rua Erê, no Prado, quando os amigos, com os quais ele morava, saíam de viagem. Se o dinheiro sobrava, o que raramente ocorria, costumavam ir a algum motel, ou hotel-fazenda, "para variar, pois a rotina acaba com qualquer relacionamento", como ela às vezes filosofava. Aquelas noites, de puro tesão e amor, nunca terminavam antes do amanhecer.

Com aquela mulher, na qual se pegou pensando noite dessas, quando voltava para casa, ele também passou um fim de semana em Campanha, no sul de Minas, onde ela havia nascido e vivera até a adolescência. Passearam pela cidade, visitaram parentes dela, foram a algumas cachoeiras e, na volta para Belo Horizonte, numa viagem que durou horas, pois o ônibus quebrou na estrada, chegaram até a pensar, tão envolvidos estavam, em viver juntos. "Alugamos um apê maior, dividimos as despesas", ele propôs a ela, que o abraçou em silêncio.

Mas toda aquela vivência, como um pesadelo, desses que costumam nos assaltar em algumas noites, desabou oito meses depois, numa manhã de domingo, quando ela, logo depois de terem tomado café, olhou dentro dos olhos dele, pegou em sua mão e disse: "No mês que vem, vou para a França. Uma bolsa, que eu estava pleiteando há algum tempo, finalmente saiu. Devo ficar por lá quatro anos". Na hora lhe faltou o chão, os olhos dele se encheram d'água, e quis não acreditar. "Por que não me disse antes?" "Porque não tinha certeza, não queria me precipitar." Só então, também olhando-a nos olhos, ele viu que estava tudo terminado.

Naquela mulher, uma beleza, da qual nunca mais teve notícias, ele se pegou pensando noite dessas, como uma terna lembrança, enquanto a lua, propensa às coisas do amor, inundava os céus de Belo Horizonte.

■ EM - 22/02/2013

O tenente e o periquito

No início dos anos 1970, no auge da ditadura, governo do general Emílio Médici, com os militares fazendo gatos e sapatos no país, um tenente e sua mulher, que era muito bonita, se mudaram para o prédio onde eu vivia com uns tios. A chegada deles, que passaram a ocupar um apartamento no primeiro andar, causou um certo alvoroço naquela pequena comunidade, na qual todos se conheciam. Tanto que era comum minha tia ir fazer tricô na casa das vizinhas e vice-versa. Nessas ocasiões, trocavam pratos com salgados e doces, que no outro dia eram devolvidos devidamente recheados. Muitas vezes, ao voltar do colégio, ela me pedia para ir retribuir, levando uma prenda ou outra, em atenção a alguma gentileza recebida. E assim vivíamos ali, no bairro da Serra, sem maiores atropelos e novidades.

A chegada dos novos moradores, principalmente do tenente, que só andava impecavelmente fardado, com seu uniforme verde-oliva, começou a mudar a nossa rotina. No início, em relação à garagem: como no prédio não existiam vagas definidas, devido ao espaço, que era pequeno, cada condômino podia ocupar a que estivesse livre. Se o carro de alguém fechava o do outro, era só pedir para tirar que o problema se resolvia. Ninguém criava caso. Com o tenente tudo ficou diferente, pois ele, além de obstruir um ou mais lugares, sem a menor necessidade, ainda fazia a maior hora quando algum dos moradores, precisando sair, mandava que nós, os meninos, fôssemos à sua casa pedir para tirar o carro.

"Não posso fazer isso agora", várias vezes, de maneira ríspida, ele me respondeu, quando coube a mim a tarefa. E mais: com poucos dias, sem consultar o síndico, nos proibiu de jogar bola na área e que as televisões ficassem com o som mais alto depois das 22h, com o que o meu tio concordou. As festinhas, que sempre eram realizadas nos pilotis, começaram a se tornar escassas, até cessarem por completo. Nossa vida foi ficando triste.

"Pecinha rara, esse sujeitinho, você tem de ver como ele trata a mulher", ouvi uma amiga da minha tia, que vivia em um apartamento em frente ao deles, dizer a ela, um dia em que foi nos visitar. "São tempos difíceis, Ione. Um filho de uma colega minha, lá do tribunal, que é estudante de Medicina na federal, está preso no Dops há mais de um mês, incomunicável." Ambas suspiram, trocaram de assunto e voltaram ao tricô.

Tudo começou a mudar quando o tenente, num belo dia, chegou acompanhado de um periquito, que acabou ficando meu amigo. Era um rapaz loiro, que, a partir de então, passou a ser o faz-tudo na casa. Quando o chefe saía, lá ficava ele lavando os tapetes do carro, aguando os vasos na área. Se a mulher do tenente ia fazer a feira, ele a acompanhava, para trazer as sacolas. Levar e buscar o menino na escola era com ele mesmo, e às vezes também saiam de carro. Um dia ele me contou que haviam ido à Santa Luzia visitar a mãe dela, e que na volta haviam parado em uma lanchonete. "Ela pagou tudo para mim", disse o periquito, cheio de si. O marido, por dever de ofício, costumava ficar vários dias fora.

Passou-se que, numa noite, de repente, o prédio foi acordado com uma gritaria terrível. Aos berros, o tenente, quebrando tudo, falava em matar, acabar com a vida da mulher e "daquele soldadinho de merda". "Arrebento com vocês e depois meto uma bala na cabeça", minha tia e eu o ouvimos ameaçar, com os ouvidos colados na porta.

Dois dias depois, bem de manhã, alguns soldados vieram e, numa rapidez incrível, colocaram a mudança em um caminhão, também do exército. Do tenente, que acompanhou tudo com a cabeça baixa, sem dizer palavra, da sua mulher bonita e do periquito, que se chamava Rodrigo e causou toda aquela revolução, nenhum de nós, naquele prédio, nunca mais teve notícias.

■ EM - 01/07/2011

A melhor amiga

Não foi fácil para ela tomar aquela decisão, dar um basta, assumir que não tinha mais jeito, pois havia chegado ao seu limite, depois de tê-lo encontrado, dentro da sua própria casa, nos braços da sua, até então, melhor amiga. Afinal de contas, foram mais de 20 anos de casamento e, nos primeiros tempos, não tem como negar, viveram grandes momentos: viajaram por muitos países, tiveram os filhos, formaram um patrimônio, traduzido em apartamentos e lotes, até que, aos poucos, as coisas começaram a ruir. Primeiro, foi aquele problema dele com as bebidas. No início, tomava só nos finais de semana; em seguida, dia sim, dia não; até que passou a consumi-las todas as noites, a chegar de madrugada em casa e, o pior, a agredi-la na frente dos filhos, quando ela, aos prantos, pedia a ele que parasse com aquilo, não destruísse a família, a respeitasse.

Mas até esse problema, que não era pequeno, com o tempo, eles conseguiram superar, dar a volta por cima e prosseguir, pois a vida é assim mesmo, como às vezes, nos seus momentos de crise, sua mãe costumava lhe dizer, na tentativa de acalmar as coisas. Ele procurou ajuda, passou a fazer terapia duas vezes por semana, a praticar natação, conseguiu emagrecer, e voltou a chegar cedo em casa, como no início do casamento, quando sempre lhe trazia um presente, qualquer coisinha que fosse, mas que a deixava feliz. "Graças a Deus está tudo bem novamente", ela então comentou com Teresa, a sua melhor amiga e confidente. E em uma tarde, por acaso, ouviu quando seu filho mais novo, o Vitor, às vésperas da sua festinha de aniversário, disse a um coleguinha de escola: "Papai é o melhor pai do mundo". Ela então fechou os olhos, se estendeu no sofá e acendeu um cigarro. Estava outra vez em paz.

Porém aquela trégua durou pouco, porque alguns meses depois, influenciado por um colega de trabalho, com o qual ela nunca foi com a cara, seu marido começou a investir na Bolsa, a ficar horas em frente ao computador, acompanhando o pregão, as subidas e descidas das ações, essas coisas.

Já nem a procurava mais. Primeiro, perdeu 200 mil reais; em seguida, o dobro disso, para alguns meses depois vender, também para aplicar, o primeiro apartamento. Parecia até uma doença, um castigo. Aí ela resolveu intervir, e tiveram uma briga feia, até que ele jogou na sua cara: "Tudo o que temos fui eu quem comprou, portanto, não te devo satisfação", e continuou a fazer seus negócios.

"Há quase seis meses nós não transamos, e estou na maior fissura", ela confessou à Teresa, que apenas sorriu, olhou para ela e disse: "É assim mesmo, depois tudo fica como antes". E foi a partir daí que a amiga, sem que ela se desse conta, passou a frequentar mais a sua casa. A perguntar por ele, a querer saber como andavam as coisas, a irem juntos aos restaurantes e ao cinema, o que antes só raramente acontecia. "Teresa é uma ótima pessoa", ele comentou em uma noite, quando voltavam para casa, após a terem deixado no seu apartamento, que ficava a pouco mais de quatro quarteirões do deles. Como pôde ter sido tão boba.

Também, com o tempo, aquela loucura toda de jogar na Bolsa aos poucos foi ficando para trás. Ele se esqueceu do pregão, do sobe e desce das ações, e um dia disse a ela, que não coube em si de contente: "De hoje em diante, não aplico mais nada, isso não é para mim, é um jogo para profissionais". E voltou a dar mais atenção à firma, a sair de manhã para o trabalho e só voltar à noitinha para casa. A mulher, outra vez, parecia não acreditar que tudo aquilo era verdade, que ela, novamente, começava a reconquistar seu marido, e que a vida voltava ao normal.

Só que, por debaixo dos panos, entre ele e Teresa, sem que ela sequer imaginasse, as coisas já estavam acontecendo. O alerta foi dado por meio de uma carta anônima, deixada debaixo da porta do seu escritório. "De uma amiga que te admira", dizia a remetente, em letras de forma. Então, a esposa armou uma cilada. "Vou ao Rio com as crianças no próximo final de semana, pois há tempos não vejo a minha mãe", disse a ele, que não vacilou em perguntar, bom ator que era: "Por que não nós, querida...?". "Não, amor, estou precisando de um tempo. Mas na segunda estaremos aqui." Então, na sexta-feira à tarde, ele a levou a Confins, após fazer mil e uma recomendações. E na volta para Belo Horizonte, lá mesmo do Aeroporto, ligou para Teresa. Naquela mesma noite, entre beijos e abraços, a sua mulher, que não foi para o Rio coisa nenhuma, os encontrou na sua própria cama.

EM - 28/06/2005

Parte 4
Os encontros literários, as histórias e suas invenções

Último encontro

Há poucos dias, de folga do trabalho, fui surpreendido na minha casa, logo de manhã, com a notícia da morte de Rose Marie Muraro, no Rio de Janeiro. Ela estava com 83 anos, deixava 5 filhos, 12 netos e 4 bisnetos, além de mais de 40 livros publicados, de gêneros diversos, como *Sexualidade da mulher brasileira*. Lançado em 1983, causou furor, foi traduzido para várias línguas, e já é um clássico.

Foi ainda a precursora do feminismo no Brasil, militante nas lutas contra a ditadura, ajudou a fundar o PT, e foi responsável, durante um bom tempo, pelo catálogo de várias editoras, entre elas a Vozes, Espaço e Tempo, e Record. Entre dezenas de autores lançados por ela, um deles foi Leonardo Boff, a quem ajudou a traçar as diretrizes básicas da Teologia de Libertação, que causou uma verdadeira revolução dentro da Igreja Católica.

Tudo isso, enquanto ouvia comovido as notícias sobre a sua morte, que foi lamentada no país inteiro, voltou à minha memória. Também veio um distante dia de meados de 1980, quando, ainda dando os primeiros passos na literatura – e com o meu primeiro romance, *A dança dos cabelos*, debaixo do braço, à procura de editora –, fui levado até ela, aqui em Belo Horizonte, por Afonso Borges. "Quem sabe dá certo, e a Rose lança seu livro?", disse-me o amigo, que começava com o seu vitorioso projeto "Sempre um Papo", hoje reconhecido Brasil afora.

No meio da tarde, algumas horas antes da palestra da Rose, que seria realizada no Grande Teatro do Palácio das Artes, Afonso e eu seguimos a seu encontro no Othon Palace Hotel, na Avenida Afonso Pena, onde ela estava hospedada. Com os originais datilografados numa velha máquina Remington, e sem conseguir conter a ansiedade, fomos apresentados. Na mesma hora, sem maiores delongas, e usando óculos pesados (depois vim saber que sua miopia era de 42 graus), Rose Muraro começou a ler o livro. Levava as páginas aos olhos e lia.

Uns 15 minutos depois, de total expectativa para mim, ela colocou os manuscritos em cima de uma mesa, pegou nas minhas mãos, olhou dentro dos meus olhos, e perguntou quantos anos eu tinha. "Faço 31 em outubro", respondi. "Você é muito novo, como conseguiu escrever um livro como esse?"

Poucos meses depois, em 1987 aquele meu primeiro romance, que tinha sido recusado por sete editoras, foi publicado pela Espaço e Tempo, no Rio, então dirigida por ela. Marcelo Carneiro da Rocha, hoje dono da premiada Cerveja Colorado, de Ribeirão Preto, tinha fundado a editora. Desde então somos amigos. Como também, mesmo nos vendo esporadicamente, fui amigo de Rose, e por ela tenho a maior gratidão.

Em setembro do ano passado, por sugestão de João Paulo Cunha, meu editor, fui ao Rio entrevistá-la para uma matéria a ser publicada aqui no *Estado de Minas*. Com a saúde frágil, praticamente cega, poucos dias antes ela havia escrito uma carta aberta que comoveu o Brasil, falando da sua precária saúde e situação financeira. "Meus familiares estão fazendo o que podem, me dando assistência e ajuda. Entretanto, meus custos com remédios, acompanhantes e outras despesas excedem muito a minha receita", dizia, com humildade.

Na sala do seu modesto apartamento no bairro Peixoto, numa rua tranquila, próxima a Copacabana, se deu nosso encontro. Conversamos muito: falamos da vida, dos velhos tempos, da realidade brasileira e da luta pela sobrevivência, que não estava fácil para quase ninguém. Depois tomamos um delicioso suco de graviola, preparado pela sua secretaria. Em um momento, ela pediu que eu chegasse mais perto da sua poltrona. Tinha nos ombros aquele tradicional chale espanhol, que era sua marca registrada.

Voltou a pegar nas minhas mãos (como daquela vez, no Othon Palace). Olhou de novo nos meus olhos, deu um sorriso, e disse com carinho: "Seus cabelos estão ficando brancos. Quando o conheci, apresentado pelo Afonso, você era um menino...". Umas duas horas depois, nos despedimos. Foi a última vez que a vi.

EM - 27/06/2014

As cartas de Marina

Aqui vou chamá-la de Marina, embora o seu nome verdadeiro não seja este. Não imagino como ela possa ser fisicamente, pois não a conheço e nunca vi uma fotografia sua. Seria negra, branca, nissei ou indígena? Não faço ideia. Também não posso dizer como seja a sua voz, pois jamais a ouvi, nem ao menos por telefone. Mas, ao contrário do que possa parecer, essa mulher, para mim, tem poucos mistérios, pois conheço razoavelmente a sua vida. Sabem por quê? Porque há mais de 15 anos ela me escreve. Na semana passada mesmo chegou mais uma carta sua, a 30ª ou mais, já que ela as envia em média de duas vezes a cada ano. Nunca pediu resposta. Nunca quis me conhecer. Simplesmente me escreve. E na última carta contava uma grande novidade.

Essa série de correspondências começou em 1987, quando lancei o meu primeiro romance, *A dança dos cabelos*, atualmente na Editora Record, e não sei como (mas os livros são assim mesmo, misteriosos) ele foi parar nas mãos de Marina, lá em Campo Mourão, uma cidade do interior do Paraná. Naquela época, com 14 anos, como quase todos os adolescentes, ela alimentava pretensões de também escrever, e chegou – sendo este o motivo da primeira carta – a me enviar alguns poemas, carregados de um lirismo e paixão próprios da idade. Quanto às demais cartas, não sei por quê, comecei a guardá-las.

"O senhor acha que posso ser escritora?", perguntou com aquela sua letra tímida e miúda, quase envergonhada. "É claro que sim, Marina", lhe respondi, da mesma maneira como, muitos anos antes, Lygia Fagundes Telles também havia me falado, quando lhe enviei uma carta, depois de tê-la conhecido aqui em Belo Horizonte, durante uma feira de livros, organizada por Greudo Catambry. "Você só precisa ler muito, escrever muito, descobrir o mistério das palavras e os segredos das palavras", disse-me a autora de *As meninas*. E repassei para Marina. Não sei se isso a assustou. O certo foi que, na carta seguinte – escrita alguns meses depois –, já não falava de literatura, nem enviava seus poemas, mas contava sobre sua família, sobre seus irmãos e o sítio onde moravam. "Passei para a oitava série", me lembro que também disse, confessando ainda um grande sonho – agora o de ser bióloga.

"Vá em frente, Marina, tenho certeza de que você irá conseguir..." Mas aconteceu que, quatro anos depois, quando estava com 18 anos e se preparava para prestar o vestibular em Londrina, se deu uma tragédia e, de uma só vez, ela perdeu pai e mãe em um acidente de carro. "Eles voltavam de Foz e um caminhão os matou...", disse, e já na outra carta, cheia de tristeza, falava também que, por falta de recursos, havia sido obrigada a parar de estudar. "Tenho de cuidar dos meus irmãos e ajudar a sustentá-los, pois sou a mais velha..." Mas afirmava também que, do seu sonho de estudar Biologia, nunca iria abrir mão, "mesmo que eu tenha de adiá-lo por uns tempos...".

E a vida foi passando. E Marina, aos 26 anos, acabou se casando com um moço lá mesmo de Campo Mourão e das redondezas do sítio, que acabaram vendendo e foram viver na cidade. "Meus irmãos estão morando conosco", ela disse, enquanto também falava do seu marido, "que é um grande companheiro para mim.". Às vezes eu respondo, às vezes não respondo às cartas de Marina, que hoje trabalha como secretária em uma clínica médica, após ter passado por vários outros empregos.

Nesses anos todos (e na semana passada, quando chegou a sua última carta, me peguei pensando), também aconteceram muitas coisas comigo. Perdi o meu pai e muitos amigos queridos; rodei meio mundo, quebrei a cabeça, mas acabei voltando para Belo Horizonte, onde me casei e fiz tantas outras coisas. Mas principalmente aprendi que a vida, mais dia, menos dia, acaba dando o seu troco, se não prestarmos atenção. Mas como Marina, que hoje tem 30 anos e continua vivendo em Londrina, onde finalmente conseguiu passar no vestibular para Biologia, também nunca abri mão dos meus sonhos.

■ EM - 28/01/2003

De óculos novos

Na novela *Campo geral*, publicada em 1956, mesmo ano em que também lançava *Grande sertão: veredas*, João Guimarães Rosa, na sua genialidade, conta a história de um menino. Começa assim: "Um certo Miguilim morava com a sua mãe, seu pai e seus irmãos, longe, longe daqui, muito depois da Vereda-do-frango-d'água e de outras veredas sem nome ou pouco conhecidas, em um ponto remoto do Mutum...".

Mas Miguilim não era um menino qualquer e, na precocidade dos seus oito anos, já sentia de maneira diferente aquele universo sertanejo em que vivia. As árvores, os animais, as mudanças do tempo, sua família; tudo tinha para ele um significado especial. Curioso, um dia perguntou à sua mãe o que era o mar, ao que ela respondeu: "O mar, meu filho, é uma espécie de saudade...", e, sem ter mais o que dizer, pois também não o conhecia, ainda pediu: "Me abrace, meu filhinho, que eu te tenho tanto amor...".

E a vida, com suas pequenas alegrias e dramas, ia seguindo ali naquelas veredas perdidas no vasto sertão mineiro, até que um dia, quando voltava de um passeio, após haver ficado doente, de repente Miguilim viu que, lá do caminho, vinham dois homens a cavalo. A um deles, "de óculos, corado, alto, com um chapéu diferente...", ele pediu a benção. Depois de abençoá-lo, aquele homem, que era ninguém menos que o doutor Lourenço, "lá do Curvelo", percebeu alguma coisa diferente no menino. "Por que você aperta os olhos assim? Você não é limpo de vista?"

E foram os três até a casa de Miguilim, onde "estava a mãe, estava o tio Terêz, estavam todos...". Foi então que o doutor Lourenço, após apear do cavalo, tirou os seus óculos e os colocou em Miguilim, que já não podia acreditar! "Tudo era claridade, tudo novo e lindo e diferente, as coisas, as árvores, as caras das pessoas..."

Relembro toda essa história, que esses dias reli com o mesmo prazer e encantamento de sempre, para dizer que também sou míope. Só que, ao contrário de Miguilim, que acabou sendo levado para Curvelo pelo doutor

José Lourenço, que vem a ser tio do querido amigo e jornalista Sérgio Abranches, a minha miopia só foi descoberta agora, aos 45 anos de idade, pela doutora Maria José Calixto. Ela vem a ser filha do doutor Nassim Calixto, um dos grandes da oftalmologia brasileira e com o qual, certamente, aprendeu as manhas da profissão.

Como Miguilim, com o qual tenho em comum, além das mesmas origens rurais, o fato de que nasci em 1956, mesmo ano em que Guimarães Rosa o trouxe ao mundo, também eu não pude acreditar quando, após pegar os óculos, saí andando pelas ruas da Savassi. No primeiro lugar que entrei, a Livraria Travessa, tratei de ir contando a novidade à Fabíola Iglesias, que trabalha lá e me disse com um sorriso: "É uma maravilha, eu também uso...". E de fato era mesmo: vi os livros com suas capas mais coloridas, li com mais nitidez as plaquetas com os preços, olhei para duas moças, que tomavam café, e percebi que eram belas. Já o mesmo não aconteceu quando, para tirar uma prova, fiquei sem os óculos.

De novo na rua, olhei também para as árvores, umas copaíbas, que estavam com um verde mais forte; para um sabiá, que cantava em uma delas, e ainda para toda a extensão da Avenida Getúlio Vargas, que se descortinou para mim mais ampla e bonita. Cheguei até a pensar, mas em seguida voltei à realidade, que eu nem estava mais em Belo Horizonte, mas lá nas veredas do Mutum, onde, na companhia de Miguilim, também eu admirava "a cerca de feijão-bravo e são-caetano; o céu, o curral; os olhos redondos e os vidros altos da manhã...".

■ EM - 22/10/2002

Um cantinho no Acervo

Depois de mais de 30 anos trabalhando em jornais – só no *Estado de Minas*, para onde vim pelas mãos do jornalista Carlos Felipe, já são quase 25 –, grande parte deles em cadernos de cultura, andei comprando em livrarias e sebos, recebi das editoras ou me foram enviados por autores de todo o país livros de poesia, contos, romances, História, Antropologia, Sociologia, infanto-juvenis e outros gêneros. Como relíquia, fui guardando, tempos afora, todas essas obras. Muitas com dedicatórias feitas para mim por nomes como Jorge Amado, Nélida Piñon, Fernando Sabino, Murilo Rubião, Lygia Fagundes Telles, Benito Barreto, Antonio Torres, Bueno de Rivera, Ignácio de Loyola Brandão, Roberto Drummond, Manoel Lobato, Moacyr Scliar, Oswaldo França Júnior e tantos outros. Se não li todos os livros, pois a tarefa é quase impossível, pelo menos me esforcei. Com alguns desses escritores, no decorrer da vida, também troquei dezenas de cartas, costume que, infelizmente, não existe mais. Não há como negar que esse contato com o universo mágico das palavras, com seus poderes e segredos, ajudou a moldar para sempre a minha personalidade. Fez-me perceber, com toda a humildade, que o mundo é muito maior do que imaginamos, e definitivamente não gira em torno dos nossos umbigos. E que os nossos defeitos, às vezes, costumam superar as qualidades.

Mas chegou a hora em que acabei caindo na real, depois de muito refletir, que não dava mais, sobretudo devido à carência de espaço, para guardar na minha casa, onde só não se encontravam livros na cozinha e na área de serviço, todo esse tesouro, acumulado ao longo dos anos com persistência e carinho. Decisão tomada há alguns meses, não sem um aperto no coração, fiz uma primeira doação, só com obras de autores mineiros, à Coleção Mineiriana, da Biblioteca Pública Luiz de Bessa, na Praça da Liberdade, onde já começam a ser catalogadas. Também continuo ajudando, com colaboração da vereadora Rosimara Trindade, a formar a biblioteca da Escola Estadual do Japão, em Coluna, onde pretendemos, depois de inaugurá-la, estender o projeto a outras comunidades.

Mas também existia a promessa, feita ao professor Wander Melo Miranda, de fazer uma doação ao Acervo dos Escritores Mineiros da UFMG, do qual ele é o diretor. Num espaço amplo, bem-cuidado e sob a guarda da Universidade Federal de Minas Gerais, no campus da Pampulha, já estão reunidas, no prédio da Faculdade de Letras, bibliotecas inteiras, doadas pelas famílias, após sua morte, de escritores como Cyro dos Anjos, Murilo Rubião, Henriqueta Lisboa, Oswaldo França Júnior, entre outros. A eles, com muito orgulho, me junto agora, com a entrega ao Acervo de mais de três mil livros, dos mais preciosos que, tempo afora, consegui reunir. E mais: dezenas de cartas trocadas com outros escritores; centenas de artigos escritos para jornais e revistas país afora; todas as crônicas até agora publicadas por mim aqui no *Estado de Minas*; fotografias de épocas diversas; alguns originais dos meus livros, entre eles *O estilingue: histórias de um menino*, que em breve será lançado pela Editora UFMG, e duas velhas máquinas de escrever.

A inauguração do meu cantinho, junto a novos espaços que serão dedicados aos escritores Wander Piroli, Octávio Dias Leite, José Maria Cançado, Leopoldo Pereira, Paulo Emílio Rubião, Achilles Vivacqua, Lúcia Machado de Almeida, Fernando Sabino, e Adão Ventura, deve ocorrer ainda este semestre, talvez em maio, conforme previsão do professor Wander Melo Miranda.

EM - 11/02/2011

P.S.: A inauguração desse novo espaço do Acervo dos Escritores Mineiros da UFMG, dedicado aos escritores citados no último parágrafo da crônica, ocorreu no dia 20 de outubro de 2011, na Biblioteca Universitária, no Campus Pampulha da Universidade Federal de Minas Gerais.

Amigos queridos

Lendo há algum tempo as provas de *Os mortos não dançam valsa*, novo romance de Roberto Drummond que chega amanhã às livrarias de todo o Brasil, pela Editora Objetiva, voltei a me lembrar não só desse querido amigo, que nos deixou tão inesperadamente, mas também de tantos outros escritores, que, como ele, já não estão mais entre nós. Foram homens e mulheres que deixaram registradas, por meio de seus livros, suas impressões de como viam ou imaginavam este mundo, do qual todos nós, sem escapatória, não passamos de hóspedes breves.

Foi então que de repente, dando uma pausa na leitura, me veio à cabeça Oswaldo França Júnior, um amigo que Roberto Drummond e eu tínhamos em comum. "O França", autor de belos livros como *Jorge, um brasileiro*, *Lembranças de Eliana*, *Aqui e em outros lugares*, e que foi levado, no auge da carreira, em uma traiçoeira curva perto de João Monlevade, quando perdeu o controle do carro, e este capotou, matando-o em seguida. Estava com 53 anos. O conheci quando era adolescente, e ele, escritor já consagrado, ainda vivia na casa da família na Rua Turfa, aqui em Belo Horizonte. Na garagem, o seu famoso Opala azul, do qual nunca se separou. Todas as vezes que o encontrava, invariavelmente, lhe perguntava: "Como vão as coisas, França?", para sempre ouvir a mesma resposta: "Como elas querem, meu amigo..., como elas querem".

Já com Murilo Rubião, de quem fui vizinho na Serra (ele morava na Rua Trifana, e eu, na Caraça), as nossas conversas aconteciam principalmente na galeria do Edifício Maletta, na famosa mesa do bar e restaurante Lua Nova. Uma vez, entre um chope e outro, Bartolomeu Campos Queirós comentou com ele que estava querendo parar de fumar. Ao que Rubião lhe perguntou, depois de franzir as sobrancelhas e ajeitar os óculos, não sem antes dar mais uma bebericada no uísque: "Será que a vida merece isso...?". A última vez que o vi foi no dia da estreia de *O ex-mágico da Taberna Minhota*, filme de Rafael Conde, baseado no seu famoso conto. Poucos dias depois, ele se foi, sendo o seu velório realizado na Grande Galeria do Palácio das Artes, então dirigido por Bartolomeu Queirós.

Lá também no Maletta (com direito a uma espichada até à Gruta Serrana), conheci Fritz Teixeira de Salles, autor do belo *Dianice, Diamantina*, Alberto Barroca, Danilo Horta e Wilson Leão, casado com a professora Ângela Vaz Leão, e que como poucos sabia amar os livros. Dono de uma livraria, dele recebi de presente as obras completas de Antônio Torres, em cujo livro *As razões da Inconfidência* faz terríveis críticas à colonização portuguesa no Brasil. Mineiro de Diamantina, meu parente pelo lado paterno, ex-padre, jornalista polêmico, Torres morreu na Alemanha, em 1934, onde servia como diplomata. Hoje seus restos mortais estão em um mausoléu no Cemitério do Bonfim, em Belo Horizonte.

Foi ainda Roberto Drummond, com *Os mortos não dançam valsa*, que me levou até João Batista Jorge, autor de *Tíbias e flautas* e *Flagrante joia*, onde está o antológico poema "A chuva". Rodamos muito pelos bares de Belo Horizonte, nos quais vendíamos de mão em mão os nossos livros no início dos anos 1980. Certa vez, em sua casa no Horto (onde vivia com a poeta Thaís Guimarães), o ouvi falar durante mais de duas horas, enquanto tomávamos cerveja, sobre *Chão de ferro*, de Pedro Nava, que ele havia lido e relido sem parar três vezes seguidas. "Este é o mestre, este é o mestre...", não se cansava de repetir o poeta, que pouco tempo depois, na sua cidade, São Gotardo, seria brutalmente assassinado.

Já Henry Corrêa de Araújo, em *Tempo contrário tempo* e *Vala comum*, deixou alguns dos mais belos poemas da literatura brasileira, enquanto à Elza Beatriz fui apresentado por Oswaldo França Júnior em uma livraria na Savassi. Alguns dias depois, fomos à sua casa, na Praça Cairo, no bairro Sion, onde leu para nós poemas de Antonio Machado e Octávio Paz, de cuja obra nunca mais me separei. Como também desses amigos queridos, nos quais estou pensando agora, quando, rodeado pelo silêncio, pois já é quase madrugada em Belo Horizonte, volto a reler *Os mortos não dançam valsa*, de Roberto Drummond.

EM - 05/11/2002

Adeus, Roberto

Aos 22 anos, quando cheguei à editoria de pesquisa do *Estado de Minas*, na antiga sede da Rua Goiás, número 36, Roberto Drummond, que já era um escritor famoso, trabalhava na Segunda Seção, que ficava bem ao nosso lado, dividindo o espaço com a colunista Anna Marina e o editor Geraldo Magalhães. Timidamente, eu dava os primeiros passos na literatura.

Mas, mineiros que somos, a nossa aproximação não foi uma coisa fácil, e durante mais de um ano passamos um pelo outro nos corredores, ou nos encontrávamos na cantina, onde apenas nos cumprimentávamos com um breve balançar de cabeça. A mútua timidez falava mais alto: era coisa vinda de longe, das nossas perdidas infâncias no Vale do Rio Doce – eu, de Coluna, e ele, de Ferros, às margens do Rio Santo Antônio.

No entanto, todo esse clima, como por encanto, foi quebrado em 1980, dois anos após a minha chegada ao *Estado de Minas*, quando publiquei, por conta própria, o meu primeiro livro, o volume de contos *O sol nas paredes*, e Roberto Drummond não só foi ao lançamento, que aconteceu na Casa do Jornalista, como também escreveu para a Segunda Seção um generoso texto, cuja cópia guardo como uma relíquia. Em toda a minha modesta carreira de escritor, aquele foi um momento de maior glória. A partir de então, e lá se vão 23 anos, nasceu uma sólida amizade entre nós, alguma coisa assim como de tio para sobrinho, ou até mesmo de pai para filho, já que em certos momentos da nossa convivência cheguei a perceber isso. Roberto devia ser uns 20 anos mais velho do que eu, ou um pouco mais do que isso. Não foram poucas as vezes em que, morando sozinho e não tendo com quem falar, procurei o amigo, com o qual costumava passar horas conversando. Ou nos bares nas imediações da Rua Goiás, próximos à redação do jornal, ou então pelos lados da Savassi, tantas vezes celebrada por ele em suas crônicas, ou simplesmente andando pelas até então tranquilas ruas de BH.

Mas também, em incontáveis momentos de alegria, junto com os colegas da redação, a maioria ainda conosco aqui no *Estado de Minas*, outros já "encantados", ou seguindo os seus caminhos pelo mundo, passamos horas inesquecíveis, principalmente aos sábados à tarde, quando, ao redor de um copo de cerveja, no lendário Bar do Chico, tínhamos a sensação de que éramos felizes. O futebol e a literatura, na maioria das vezes, eram o prato principal, que costumava nos sustentar madrugada adentro.

Porém chegou uma hora, em meados dos anos 1980, em que nós dois, quase na mesma época, deixamos por uns tempos a redação do *Estado de Minas*. Fui quebrar a cabeça por aí: andei por vários estados do país, pela Argentina, Uruguai, Espanha e Portugal, enquanto Roberto Drummond permaneceu em Belo Horizonte, cidade que elegeu como sua e da qual somente se separou por um brevíssimo tempo, na década de 1960, quando foi viver no Rio de Janeiro. "Gosto do cheiro dessa cidade, das mulheres dessa cidade", costumava dizer, em momentos de inspiração.

A sua volta para o *Estado de Minas*, há pouco mais de um ano, já na nova sede, na Avenida Getúlio Vargas – depois de um período trabalhando no *Hoje em Dia* –, foi um dos momentos mais emocionantes vividos por nós, seus antigos e novos companheiros de labuta, muitos dos quais ele nem mesmo conhecia. A redação inteira parou, todos queriam abraçá-lo, dar as boas-vindas, apertar sua mão. Era como se um filho, que ficou um tempo fora, sem dar notícias, estivesse voltando para casa. Poucas vezes, nessas nossas mais de duas décadas de convivência, eu o vi tão feliz.

"Onde você vai ver o jogo, Roberto?", lhe perguntei anteontem, aqui na redação. "Quero ver o Brasil vencer a Inglaterra na minha casa, junto com Beatriz e Ana. Se ganharmos, seremos os campeões do mundo", ele me respondeu, ao mesmo tempo que também dizia, após me convidar para tomar um café, que estava se sentindo cansado, com medo de estar com pneumonia. Foi a última conversa que tivemos, antes também de sugerir a ele, junto com o companheiro Carlos Gropen, que, na ausência do doutor Célio de Castro, que sempre havia sido o seu médico, procurasse o doutor Luís Otávio Savassi Rocha. Ele o fez, mas infelizmente já era tarde demais. Acabou sendo traído pelo coração.

Ontem, no Cemitério do Bonfim, quando vi aquela multidão que foi lhe prestar a última homenagem, após assistir à uma missa de corpo presente, que foi celebrada por Frei Betto, pensei comigo: Valeu, Roberto! A sua vida valeu a pena. Até um dia.

EM - 22/06/2002

P.S.: O escritor Roberto Drummond, autor do clássico *Hilda Furacão*, faleceu na noite do dia 21 de junho de 2002, e o Brasil, após passar pela Inglaterra, e vencer os demais jogos, sagrou-se campeão do mundo. Com essa crônica, me despedi do amigo.

A um jovem escritor

A aventura de publicar o primeiro livro, tê-lo entre as mãos e poder dizer "este é meu", é uma sensação como poucas, e só quem já a viveu sabe disso. Mas também pede paciência, muita perseverança e, sobretudo, autocrítica, para não se arrepender depois. "É muito difícil consertar o estrago feito por um primeiro livro ruim", já dizia o mestre Murilo Rubião. Ele próprio não tinha nenhuma pressa, e chegou a ficar quase 15 anos escrevendo um único conto.

Um outro problema é o de se conseguir uma editora que tope a parada, invista no autor novato e corra com ele os riscos comuns ao negócio. Nesses tempos de vacas magras, então, essa chance tem se reduzido cada vez mais. Mas como não estou aqui para fazer análise, nem dar conselhos, falo isso para dizer que, um dia desses, um escritor amigo meu (ele ainda não tem 20 anos) me telefonou indignado, com a voz embargada, para contar que uma editora de São Paulo, depois de mais de um ano de silêncio, lhe mandou de volta os originais do seu romance. "E imagine você, com uma justificativa de três linhas, dizendo que não dava para publicar."

Tive vontade de falar com ele que é assim mesmo, que até Ignácio de Loyola Brandão, hoje um dos maiores escritores brasileiros, teve livros recusados por editoras. Que Roberto Drummond, igualmente consagrado, só conseguiu lançar *A morte de D.J. em Paris* após vencer o Concurso de Contos do Paraná. Antes, ninguém quis saber. Corre a lenda, também quis lhe dizer, que até Jorge Luís Borges, o mago argentino, chegou a receber um não de uma editora. E que Paulo Coelho, que já vendeu milhões de livros mundo afora, penou para lançar *O diário de um mago*. Eu mesmo fui jurado de um concurso literário no Espírito Santo, na companhia de Roberto Almada e Ivan Junqueira, no qual o livro estava concorrendo – e perdeu. Essa história está registrada em *O mago*, de Fernando Morais, publicado pela Editora Planeta.

"É assim que acontece", tive ganas de dizer a ele. E aproveitei para lhe contar uma história, que talvez poderia servir ao amigo de consolo:

No início dos anos 1980, quando também eu estava batalhando por uma editora para poder publicar meu primeiro romance, *A dança dos cabelos*, em conversa com o escritor Cunha de Leiradella, que andava na mesma luta, ele sugeriu que enviássemos nossos livros para a Editora Codecri, no Rio de Janeiro. Oswaldo França Júnior, que já era editado pela casa, escreveu uma generosa carta nos apresentando.

Mas o tempo foi passando, e nada de resposta. Nem uma cartinha de três linhas, um telefonema, nada. E aquilo já estava nos deixando aflitos, até que um dia o Cunha e a sua mulher, Lícia, que é carioca, resolveram ir passar uns dias no Rio, e me convidaram. "Iremos lá na Codecri..." E, otimista, ainda falou: "Quem sabe voltaremos com os nossos contratos assinados...". A editora ficava em Ipanema, na Rua Saint-Roman, e foi para lá que rumamos, no nosso segundo dia na Cidade Maravilhosa.

Após quase duas horas de espera, fomos finalmente atendidos por uma secretária. Editor para nos dar as boas-vindas...? Nem pensar. Cafezinho, água?, muito menos. Procura daqui, remexe gavetas dali, e nada de a moça encontrar os nossos originais. "Não é possível, eles estavam aqui ontem...", mentiu educadamente. Até que algum tempo depois, quando já estávamos quase desistindo, os meus olhos, por acaso, buscaram uma mesa, que ficava no centro da sala, e dali foram descendo, descendo, até que deram com o meu livro escorando o pé dianteiro, enquanto o do Cunha, desempenhando a mesma função, escorava o outro. Fazer o quê? Brigar? Falar que aquilo era uma sacanagem? Pura bobagem. O jeito então, contei ao jovem escritor, foi colocar as nossas violas, ou melhor, os nossos livros, no saco, e ir para o calçadão tomar um chopinho gelado.

■ EM - 11/02/2003

Noite de autógrafos

No início de uma noite, que já se vai perdendo no tempo, depois de uma palestra realizada na Biblioteca Mário de Andrade, em São Paulo, os escritores Roberto Drummond, Fernando Sabino e eu saímos para jantar em um restaurante nas imediações. No outro dia, pela manhã, devíamos voltar para Belo Horizonte, onde Sabino tinha um compromisso em uma escola. Estávamos acompanhados do escritor e jornalista Luiz Fernando Emediato, de Marcelo Andrade, então secretário de cultura de Viçosa, do cineasta Paulo Thiago e de sua mulher, a produtora Glaucia Camargos. Eles tinham ido à capital paulista divulgar um filme que haviam realizado.

Papo dos melhores, que durou várias horas, com Fernando Sabino de ótimo humor, contando uma história atrás da outra, de repente a conversa, sabe-se lá por quê, bandeou-se para noites de autógrafos e sobre o terrível drama comum a todo escritor que é o de muitas vezes esquecer, para desespero total, o nome de pessoas queridas que foram prestigiá-lo. "Comigo já aconteceu diversas vezes, e quase morro de vergonha, tenho vontade de enfiar a cara num buraco e sumir", disse Sabino, entre um uisquezinho e outro. Roberto Drummond, que estava no auge da alegria com o sucesso de *Hilda Furacão*, transformado em minissérie pela Rede Globo, com Ana Paula Arósio no papel da protagonista, também falou de suas desventuras a respeito, e nos divertimos muito.

Alguns meses depois, no Palácio das Artes, aqui em Belo Horizonte, foi a minha vez de viver experiência semelhante, da qual, até hoje, só de me lembrar, fico corado. Estava lançando o romance *O último conhaque*, quando de repente uma prima, de quem gosto muito, chegou com o seu exemplar e o estendeu para mim, com um sorriso. Olhei para ela e veio o branco. Qual era o seu nome?

Em vão tentei buscá-lo no papelzinho salvador que o vendedor experiente coloca junto ao livro, com a identificação do comprador, justamente para evitar tais situações. E nada. Tem gente, tamanha é a intimidade que tem com o autor, como era o caso daquela prima, que não aceita ter seu nome registrado. Não sei se foi o caso. "O que vou fazer, meu Deus?" Deixei que uma, duas, cinco pessoas passassem na frente, enquanto tentava, olhando-a de soslaio, ali ao meu lado, me lembrar da sua graça. Coisa que nunca faço no lançamento dos meus livros, cheguei até a aceitar um copo de cerveja, para ver se ajudava.

Àquela altura, nem é preciso dizer, já havia apelado para todos os meus santos de devoção: Nossa Senhora Aparecida, São Tarcísio, cuja imagem, presente da minha mãe, tenho na minha casa, Bom Jesus da Lapa (um dia ainda vou ao Santuário, na Bahia, cumprir uma promessa), Cônego Lafayette, de Santa Maria do Suaçuí, para quem também rezo, e nada. O nome da prima não vinha de jeito nenhum. E fui começando a suar frio.

Foi então que ela, talvez já desconfiada, pois havia alguns anos que a gente não se via, virou-se para mim e disse, com um sorrisinho daqueles de congelar o cidadão: "Não está se lembrando do meu nome, primo...?". Foi então que juntei todas as forças, voltei a invocar meus santos, olhei dentro dos seus olhos e disse aliviado: "Que é isso, querida Débora, só queria ter você ao meu lado mais um pouquinho", e autografei o livro.

■ EM - 07/11/2014

Por falar em Sabino

Antecipando as homenagens programadas para o mês que vem, em Belo Horizonte, pelos 90 anos de Fernando Sabino, que faleceu em outubro de 2004, dia desses estive no Sesc Contagem na companhia do seu filho Bernardo Sabino, grande divulgador da obra do pai, e do jornalista Humberto Werneck, autor do clássico *O desatino da rapaziada*. Foi em uma feira de livros, e participamos de um debate cujo tema era a vida e a obra do autor de *O encontro marcado*. Em várias ocasiões, aqui em Belo Horizonte, ou pelo Brasil afora, tive o privilégio de estar com ele, que era uma pessoa encantadora e um grande contador de histórias.

Certa vez, como já contei, estivemos na Biblioteca Mário de Andrade, em São Paulo, e dividimos mesa com o escritor Roberto Drummond, que também já nos deixou. Antes de começar a palestra, que reuniu uma plateia atenta, da qual faziam parte o escritor Luiz Fernando Emediato, o cineasta Paulo Thiago, a sua esposa Gláucia Camargos, e Marcelo Andrade, então secretário de cultura de Viçosa, Roberto Drummond, muito mineiramente, chamou-me de lado. Segurou meu braço, deu um sorriso maroto e disse, propondo um pacto: "Você fala primeiro, depois entro na conversa. Se deixarmos o Fernando pegar o microfone no início, estamos perdidos". Entendi perfeitamente o recado, e assim fizemos.

Não deu outra: assim que Fernando Sabino, o grande astro do encontro, começou a falar, o encantamento foi geral. Contou sobre a sua vida em Belo Horizonte. Discorreu sobre os amores clandestinos, vividos na juventude. Deu detalhes preciosos da amizade com Carlos Drummond de Andrade, Otto Lara Rezende, Paulo Mendes Campos e Hélio Pellegrino. Revelou como começou a escrever. Lembrou dezenas de viagens que fez mundo afora, muitas delas documentadas em livros. Enfim, naquela fria noite de São Paulo, o escritor falou sobre tudo.

Se conto essa história é para dizer também que, terminado aquele evento, saímos para jantar, e o papo rolou sobre muitas coisas. Entre elas, falamos sobre o horror que é, em um lançamento de livro, o autor ter um branco, e se esquecer do nome de alguém na hora do autógrafo, principalmente se é de uma pessoa com quem tem, ou já teve, alguma intimidade. E todos tínhamos algo a contar a respeito, que é uma situação das mais constrangedoras, e deixa a gente com um frio na barriga.

Ainda no decorrer daquele papo, que entrou noite adentro, e só não se prolongou mais porque no outro dia bem cedinho tínhamos de pegar o avião para Belo Horizonte, o cineasta Paulo Thiago, que era de Aimorés, virou-se para mim (eu estava assentado ao lado de Fernando Sabino) e disse: "Há mais de 30 anos tenho vontade de fazer um filme baseado no poema 'Caso do vestido', de Carlos Drummond de Andrade, e gostaria que você escrevesse o argumento. Li alguns dos seus livros, gostei muito, e queria fazer essa parceria com você. Vim aqui para te encontrar, pois acho que você tem o perfil ideal para encarar esse desafio comigo. Além do mais, Drummond, você e eu, além de mineiros, temos mais uma coisa em comum: somos do Vale do Rio Doce".

Nem é preciso dizer o susto que tomei. Imagine, logo eu, um modesto escrevinhador de quimeras – para também lembrar Roberto Drummond, que adorava essa expressão –, mexer em um texto do poeta maior? "Não posso fazer isso, Paulo, gostaria, mas não posso", foi a minha primeira reação. Então Fernando Sabino, que até aquele instante ouvia a conversa em silêncio, voltou-se para mim, sorriu e disse: "Pode sim, Herculano. Além do mais, você vai ganhar um dinheirinho, o que não faz mal para ninguém". Em seguida propôs um brinde, e pedimos mais uma rodada.

Encorajado pelo mestre, tive a audácia de, a partir do argumento, transformar "Caso do vestido", um dos mais belos poemas de Carlos Drummond de Andrade, no meu quarto romance, *O vestido*. Publicado pela Geração Editorial, com as bençãos de Fernando Sabino, foi filmado por Paulo Thiago, tendo no elenco estrelas do primeiro time, como Gabriela Duarte e Ana Beatriz Nogueira. Se no Sesc Contagem acabei não contando essa história, foi porque a palestra acabou tomando outros rumos. Mas a revelo agora, como uma pequena homenagem aos 90 anos de Fernando Sabino, que com toda a certeza, como ele merece, serão muito bem-comemorados Brasil afora.

■ EM - 27/09/2013

O mestre Aires

Relendo estes dias *Arraial do Tejuco, cidade de Diamantina*, de Aires da Matta Machado Filho, edição de 1945, ainda bem-conservada, que ganhei de presente do livreiro Amadeu, então dono do famoso sebo que leva o seu nome (um dos mais tradicionais de Belo Horizonte), voltei a me lembrar do velho mestre, com quem tive uma boa convivência quando entrei para o *Estado de Minas*, no final dos anos 1970. Na época o professor Aires, que nasceu em 1909, em Diamantina, ainda era colunista do jornal. Num artigo autobiográfico, ele escreveu: "Em 1933 inventei a coluna 'Escrever certo', no *Estado de Minas*. Aí, pela forma ao meu limitado alcance, tenho dado vazão ao espírito público, procurando ajudar os que não puderam ter escolaridade completa...".

A coluna do mestre, como ocorre atualmente com a de Dad Squarisi, que é publicada semanalmente no *Correio Braziliense* e no *Estado de Minas*, servia como referência para milhares de leitores quando o assunto era a língua portuguesa e seus desdobramentos, dos quais ele entendia como poucos. De sua autoria, entre alguns outros, continuam em catálogo livros como *Pequena história da língua portuguesa* e *Dicionário popular e didático da língua portuguesa*.

Todas as semanas, o velho mestre, que também era filólogo e linguista, com um passo miúdo e meio inseguro, devido à idade e a um sério problema de visão que o acompanhava desde a infância, ia à redação do jornal, na Rua Goiás, para levar o seu artigo, que escrevia à mão. Muitas vezes cheguei a datilografá-los para ele, assim como a ajudá-lo a subir e descer as estreitas escadas do velho prédio.

Foi professor de Filosofia e Letras na PUC Minas, catedrático na Faculdade de Filosofia da UFMG, era imortal da Academia Mineira de Letras, e pertenceu ao Instituto Histórico e Geográfico de Minas Gerais. Era irmão de um outro bamba, o professor de direito Edgard da Matta Machado. O mestre Aires morreu tragicamente num acidente de carro, em 1985, quando voltava de um sítio em Sete Lagoas. Em 26 de fevereiro de 1989, quando completaria 80 anos, Carlos Drummond de Andrade, de quem era amigo, publicou no *Estado de Minas* o poema "Em louvor ao mestre Aires": "O Aires dos ares bons/ Da linguagem/ e do machado que não mata/ mas desbasta e aparelha/ a fina palavra/ Diamantina...". Não sei se chegou a ser publicado em algum livro, mas ficou a homenagem.

Se escrevo tudo isso sobre o mestre Aires é para também lembrar um caso que o próprio, dando boas risadas, uma vez contou para nós na redação do EM: Estava ele num ponto de ônibus na Rua da Bahia, quase esquina com Avenida Augusto de Lima, em frente à então Gruta Metrópole, à espera da lotação que o levaria ao bairro Santo Antônio. Devido à visão quase nenhuma, precisava que alguém falasse para ele a hora em que o ônibus estivesse chegando, para então dar o sinal e seguir viagem.

Ocorreu de pedir ajuda a um homem simples, que também esperava por um transporte, e que nem de longe poderia imaginar estar ao lado de uma das maiores autoridades do país sobre a língua portuguesa. "Meu amigo, preciso de uma gentileza sua", lhe disse o professor. "Quando o Floresta-Santo Antônio estiver chegando, você me avisa?" Ao que o outro, sem se fazer de rogado, respondeu de pronto: "Seu moço, o senhor me adesculpe deveras em não poder te auxiliar, é que também sou analfabeto".

■ EM - 10/10/2014

Tempo de viver

Há poucos dias em Araxá, durante um encontro literário, conversando com alguns amigos, entre eles o jornalista e cronista Humberto Werneck, que escreveu vários livros, entre eles o clássico *O desatino da rapaziada*, no qual conta as histórias e aventuras de um grupo de escritores entre as décadas de 1920 e 1970, em Belo Horizonte, como os famosos "Quatro Cavaleiros do Apocalipse" (leia-se Fernando Sabino, Carlos Drummond de Andrade, Hélio Pellegrino e Otto Lara Resende), em determinado momento o foco do assunto voltou-se para este último.

"Otto era uma figuraça", disse Werneck; verdade consumada, com a qual toda a mesa, versada em literatura, concordou. Da mesma forma que ninguém discordaria se o elogio tivesse sido feito a qualquer um dos cavaleiros, ou a Guimarães Rosa, por exemplo. Irmão de Acílio Lara Resende, outro filho de São João del-Rei que sabe das coisas, ao Otto foram atribuídas muitas frases famosas. A ponto de Nelson Rodrigues, na peça *Bonitinha, mas ordinária*, sugerir ter sido ele o autor da máxima de que "mineiro só é solidário no câncer". Vá se saber.

Qualquer dia destes, quando me encontrar com o desembargador Rogério Medeiros Garcia de Lima, que não participou da conversa em Araxá, mas também é de São João del-Rei, ou então com José Eduardo Gonçalves, outro filho da terra, quero saber deles a opinião a respeito.

O certo é que, enquanto a conversa entrava noite adentro, animada por um e outro chope gelado, devidamente acompanhados por generosas lasquinhas de queijo canastra, Humberto Werneck, que também é mineiro, de Belo Horizonte, mas vive há muitos anos em São Paulo, lembrou-se de outra frase atribuída a Otto Lara Resende. A de que a idade ideal para um homem morrer é 57 anos. Mas com uma ressalva: se Deus ou a dama da foice não se dignarem a vir buscá-lo quando chegar esse momento da vida, só resta mesmo aproveitá-la da melhor maneira possível.

Estou contando tudo isso para dizer que, quarta-feira passada, por uma dessas graças do destino, ao qual fico devendo um agrado, cheguei aos 57 anos.

Filho do farmacêutico prático Herculano de Oliveira Lopes, que há tempos se foi, e da professora Iracema Aguiar de Oliveira, vim ao mundo na graciosa cidade de Coluna, no Vale do Rio Doce, sertões sem-fim destas Gerais, em 23 de outubro de 1956.

Foi um ano privilegiado em que, só para ficar em três exemplos, Juscelino Kubitschek de Oliveira, do qual tenho a honra de ser primo, assumiu a Presidência da República; Guimarães Rosa publicou *Grande sertão: veredas*, e Fernando Sabino, um dos Quatro Cavaleiros do Apocalipse, também brindou a literatura brasileira com *O encontro marcado*.

Entre sustos e muitos erros, mas sempre lutando para não deixar a peteca cair, já vivi mais do que os meus avós. Também, antes de completar essa idade, perdi muitos amigos do coração, que acabam fazendo uma falta danada. Mas como cheguei aos 57 e pretendo, com as graças de Deus, ficar por aqui mais um bom tempo, agora só me resta seguir o conselho de Otto Lara Resende e aproveitar a vida. Alguém pode me ensinar a receita?

EM - 25/10/2013

Os três baobás

Foi em Cataguases, na Zona da Mata Mineira, há uns cinco anos, durante uma feira literária, que voltei a me encontrar com o poeta brasiliense Nicolas Behr. Conhecia-o desde o fim da década de 1970, quando nós mesmos publicávamos e vendíamos os nossos livros nas ruas e universidades. *Iogurte com farinha*, de sua autoria, se tornou um dos clássicos da literatura marginal, e cada vez mais é celebrado. Participavam também do evento, entre outros, os escritores Marcelino Freire, Alexei Bueno, Joaquim Branco e Ronaldo Werneck. Foi uma festa de celebração às letras e à amizade, como deve ser.

Num dos três dias em que durou aquele encontro, estávamos em um bar tomando chope, à tarde, quando de repente o assunto, sabe-se lá por quê, bandeou-se para a fauna e a flora. Além de excelente poeta, que como nenhum outro sabe falar sobre as belezas e as mazelas da capital federal, onde é muito conhecido, Nicolas Behr também é especialista em plantas. Tanto que, lá em Brasília, já há um bom tempo, é dono de uma floricultura.

Em algum momento da conversa, Nicolas me disse: "Vou te dar uma muda de baobá, para você plantar na sua fazenda". "Baobá?, aquela árvore de *O pequeno príncipe*?", perguntei ingenuamente, ao que ele, que tantas vezes já devia ter ouvido essa cantilena, apenas sorriu e pediu outro chope. No dia seguinte, pela manhã, nos despedimos, e não se falou mais no assunto.

Há uns três meses, quando estava aqui na redação do *Estado de Minas*, de repente, para minha surpresa, recebo um telefonema do amigo: "Te lembra que uma vez, lá em Cataguases, te prometi uma muda de baobá? Pois é, semana que vem vou aí a Belo Horizonte ministrar uma oficina de literatura e a levarei para você. Vai estar aí?", quis saber o poeta, e marcamos um encontro.

Qual não foi a minha surpresa quando, ao reencontrá-lo, Nicolas trazia, dentro de uma sacola de pano, umedecida com folhas de jornais e húmus, não uma, mas três mudas da árvore. Como havia pesquisado, fiquei sabendo que se trata de uma espécie nativa da África, onde é sagrada para alguns povos. Aqui no Brasil, arrisco-me a dizer, seria prima-irmã da paineira, em alguns lugares conhecida como barriguda, e do embiruçu, tão comuns nestas terras.

No caso dos baobás, como a pesquisa também me ensinou, eles chegam a viver 4 mil anos e ficam tão grossos que, em alguns casos, as pessoas fazem casas dentro dos seus troncos e os carros passam no meio deles. É impressionante.

Nem Nicolas Behr nem este modesto cronista iremos durar o suficiente para ver alguém morando dentro de algum dos nossos três baobás que, há pouco mais de dois meses, foram plantados por mim na Chácara São Joaquim, em Coluna, aonde voltei na semana passada. Dá gosto ver como as mudas estão bonitas e crescendo.

Ao dar a notícia ao amigo, que fora suas andanças pelo Brasil falando de seus livros, continua com a floricultura em Brasília, recebo uma carta, da qual transcrevo o seguinte trecho: "Se existe vida após a morte? Existe, sim... Os baobás que plantamos somos nós, mais vivos do que nunca... Tenho certeza de que os seus estão felizes, pois agora suas raízes podem explorar até o fim do mundo... Saíram da prisão do saquinho e ganharam a terra".

EM - 17/01/2014

No tempo das cartas – 1

Há algumas semanas, aqui na redação do *Estado de Minas*, o colega Paulo Henrique Lobato, o PH, me perguntou se eu ainda escrevia ou recebia cartas. Era aniversário dos Correios, ele iria fazer uma matéria a respeito e queria conversar com alguém que prosseguia com esse hábito cada vez mais raro. "Infelizmente, há bastante tempo não envio nem recebo uma carta", disse a ele. As duas últimas, se bem me lembrava, haviam sido trocadas com o escritor cearense, radicado no Recife, Ronaldo Correia de Brito, e com uma prima da minha mulher, Dilza Geralda, de Caxambu. No mais, são só e-mails, cada vez mais curtos e efêmeros.

Mas existiu um tempo, nos anos de 1970 e 1980, quando eu dava os primeiros passos na literatura, em que tive intensa correspondência com escritores de uma geração anterior à minha. Com o baiano Antônio Torres, autor de romances fundamentais, como *Essa terra* e *Adeus, velho*, foi a mais constante. Não resisto à tentação, pois já é história, de compartilhar com os leitores trechos de algumas dessas cartas. Do Rio de Janeiro, em 2 de janeiro 1982, Antônio Torres escreveu: "Caro Carlos Herculano... No correr da próxima semana vou lhe enviar meu novo romance, *Adeus, velho*. Não faço agora porque não disponho de um único exemplar aqui em casa. E hoje é sábado e chove paca no Rio – até parece que o dilúvio está chegando para *nosotros*, aqui na ex-capital. Não sei se o Oswaldo França Júnior recebeu o exemplar que lhe enviei. Você pode conferir para mim? Outro favor: você mandaria os endereços de Roberto Drummond e Wander Piroli? E ainda mais: como é que eu faço para passar a receber o *Suplemento Literário do Minas Gerais*? Puxa, tanto pedido assim você não esperava, né? Parece até coisa de baiano da roça, quando descobre alguém que vai à cidade...". Quando Torres me enviou essa carta, ainda não nos conhecíamos pessoalmente, o que só veio a ocorrer dois anos depois, conforme ele registrou em outra correspondência, depois de ter vindo a Belo Horizonte para lançar um livro. "Obrigadíssimo pela presença. Gostei muito de conhecer você, e de rever a tropa toda: França Júnior, Roberto Drummond, Cunha de Leiradella, Letícia Malard. Fiquei muito feliz."

Também me correspondi muito com Ignácio de Loyola Brandão, com o qual tive a alegria de me encontrar recentemente em Ribeirão Preto, durante uma Feira de Livros. Em uma de suas cartas, postada em São Paulo em 2 de maio de 1988, ele me espinafra por eu ter agradecido, com toda a ingenuidade, o "voto de confiança" que teria me dado, por uns textos que lhe enviei. "A sua carta foi simpática. Mas vou te dizer que não se tratou de nenhuma generosidade, e sim da verdade. Aliás, tenho repetido isso Brasil afora. Outro dia mesmo os jornais de São Luís do Maranhão, terra do fatídico Sarney, reproduziram essas minhas declarações a respeito. As pessoas têm que saber que existe gente boa por aí, fazendo. Quanto a fazer por merecer, desculpe, mas é bobagem... Ninguém tem de dar voto de confiança para ninguém... Dia desses, me manda o teu número de telefone, assim posso te avisar quando for a Belo Horizonte. Vamos comer queijo e tomar um gole – que meu fígado ficou meio mal depois de três hepatites – da branquinha." Dias depois, em outra carta, se desculpava por ter passado aqui por BH e não ter me ligado, pois voltou no mesmo dia para São Paulo.

Com Ignácio de Loyola Brandão, nos tempos seguintes, eu teria o prazer de estar em duas ocasiões aqui em Belo Horizonte: uma, durante um evento relacionado ao projeto "TIM Estado de Minas Grandes Escritores", coordenado por Marcelo Andrade. Outra, quando ele voltou à cidade, convidado de José Eduardo Gonçalves, para palestra no projeto "Ofício da Palavra". Depois do evento, durante jantar na casa de Ângela Gutierrez, tivemos oportunidade de bater um papo, no qual falamos da vida e nos lembramos dos velhos amigos.

■ EM - 06/08/2010

No tempo das cartas – 2

Na crônica da semana passada, relembrei de uma intensa correspondência que, nos anos de 1970 e 1980, tive com alguns escritores de uma geração anterior à minha, como Ignácio de Loyola Brandão e Antônio Torres. Como prometi voltar ao tema, independente da ordem cronológica das cartas recebidas, publico, na íntegra, uma que me foi enviada em 1974, quando eu tinha 18 anos, pelo escritor Sérgio Sant'Anna, que generosamente leu os originais do meu primeiro livro, *O sol nas paredes*, que só viria a ser publicado, por conta própria, em 1980. Na época, Sant'Anna, que atualmente vive no Rio, onde continua em plena forma como contista e romancista consagrado, morava em Belo Horizonte, onde era funcionário público e professor universitário.

"Meu caro Carlos Herculano Lopes, embora tenha lido o seu livro nas piores condições possíveis, posso lhe dizer o seguinte: talento você tem e conseguiu uma coisa rara – desenvolver, aos 18 anos, toda uma narrativa. O que mais curti foi a sensibilidade na apreensão de toda essa vivência aí. Uma vivência que evidentemente é sua, e, por isso, o seu texto é autêntico pacas. Fora isso, há todo um lirismo, que é consequência mesmo deste tipo de vivência no interior. Mas não vou dizer que esse já é um livro realizado, profissional. E nem poderia ser. Mas é um começo. O resto, daqui para frente, é uma questão de exercício e informação. Exercício seria continuar escrevendo, que, como qualquer atividade, é um negócio em que a gente vai adquirindo tarimba, experiência. E informação – um troço essencial para quem quer escrever – é ler todo mundo que vale a pena ser lido. Ficar atento a tudo (e não só literatura). Conhecer o que os outros já fizeram, para aprender com eles. Um cara feito J. J. Veiga, que é uma espécie de mestre nesse tipo de narrativa, que se refere à infância no interior. *Os cavalinhos de Platiplanto*, por exemplo. No mais, há toda uma série de autores brasileiros ou não. Clarice Lispector, Trevisan, Rubem Fonseca, ficcionistas. Drummond, Cabral e outros, poetas... De resto, nos seus contos, há ainda muita insegurança em relação à gramática. A acentuação, por exemplo, está muito cheia de defeitos. E há também erros graves de ortografia. No caso aí (sendo chato ou não), você teria que se dispor a consultar sempre a gramática e o dicionário. A reforma ortográfica, por exemplo, que veio para simplificar a língua, não foi seguida em nenhum momento no seu texto. Nesse negócio de gramática, a gente pode até desobedecer às normas, mas é importante que isso se faça com segurança. Conhecer a coisa para depois se arriscar a contestá-la. Você já tem um texto simples e direto, com naturalidade. É só cuidar de melhorá-lo ainda mais. Evitar algumas expressões empoladas como 'galgando', ao invés de subindo. Ou 'penalizei-me', em vez de 'senti pena', que é expressão mais usada, coloquial, de acordo com a própria intenção do texto. Quanto a cortar o que é desnecessário, você já parece um cara no bom caminho, a gente vê que muita coisa foi riscada com essa intenção de tornar o texto mais direto, conciso. E escrever é isso mesmo: elaborar e reelaborar um texto, até que ele fique redondo. E o que mata muita gente é a falta de paciência para fazer este trabalho. A verdade é que o seu problema está muito mais na língua (o código) do que na linguagem. Ou seja, você sabe se expressar, mas ainda tem uma certa insegurança em relação ao código ao seu dispor: a língua portuguesa.

Nesse problema de 'língua e linguagem', a gente poderia tomar a música como exemplo: você tem um ouvido incrível, mas estaria precisando discipliná-lo um pouco, no sentido de aprender alguma teoria ou mesmo através da prática, para evitar tropeços. No mais, é isso aí, não posso fazer mais, por enquanto. Amanhã começam minhas aulas e tenho de ficar por conta disso, fora todas as outras coisas que tenho de fazer. Mas espero, de qualquer modo, que tudo isso tenha sido de alguma utilidade para você. Um grande abraço, Sérgio Sant'Anna."

■ EM - 13/08/2010

No tempo das cartas – 3

Nas duas últimas crônicas, cujo tema girou em torno de um saudável hábito que praticamente não existe mais – o de escrever cartas –, comentei sobre as muitas que troquei, no correr dos anos, com vários escritores, como Ignácio de Loyola Brandão e Antônio Torres. Sérgio Sant'Anna, em 1974, quando ainda vivia em Belo Horizonte, fez uma generosa análise dos originais do meu primeiro livro de contos, *O sol nas paredes*, publicado por conta própria em 1980. Suas observações, que chegaram a mim por carta, foram publicadas na íntegra na última crônica, e seriam de grande importância para o meu crescimento como escritor.

Depois de lançado o livro, num inesquecível encontro na Casa do Jornalista, comecei então, com o entusiasmo próprio da juventude, a enviá-lo para alguns escritores e críticos literários. A maioria deles, diferentemente de hoje, acusava recebimento, sempre com uma palavra de incentivo, mesmo que fosse em forma de um simples bilhete, como o enviado a mim por Carlos Drummond de Andrade, que nunca deixava ninguém sem resposta. Postada em dezembro de 1980, numa agência dos Correios da Avenida Atlântica, no Rio, o poeta maior dizia, com uma letrinha miúda: "Um abraço cordial, e meu agradecimento pela oferta de *O sol nas paredes*, que acabo de receber, e que terá em mim um leitor cheio de simpatia". Precisava de mais? Durante dias andei com aquela carta no bolso, mostrando para todo mundo.

Já o gaúcho Moacyr Scliar, que por aqueles tempos ainda não era imortal da Academia Brasileira de Letras, mas atencioso e gentil como sempre foi, me escreveu o seguinte, em maio de 1980: "Gostei muito do seu *O sol nas paredes*, tanto que fiz uma pequena nota para o *Zero Hora*, aqui de Porto Alegre, que, aliás, ia lhe mandar, mas extraviou (isto me acontece muito – sou um desorganizado crônico). De qualquer modo não era nada importante. Serve apenas como testemunho da minha admiração. Abraço do Carlos Herculano Lopes". Na última Bienal do Livro aqui em Belo Horizonte, quando contei a ele que uma vez havia me escrito uma carta na qual assinava o meu nome do lugar do seu, deu boas gargalhadas. Com Scliar, em eventos literários Brasil afora, sempre tenho a alegria de me encontrar. O último deles foi em Corumbá, no Mato Grosso do Sul.

Por incrível que possa parecer, mandei também *O sol nas paredes* para o escritor argentino Ernesto Sábato, pois tinha terminado de ler seus romances *O túnel* e *Sobre heróis e tumbas,* e estava simplesmente extasiado. Já não sei como consegui o seu endereço, mas creio com foi com a jornalista e escritora argentina Patrícia Grinberg, que na época foi minha namorada. A carta de Sábato, que me foi enviada de Santos Lugares, Buenos Aires, também em maio de 1980, falava assim: "*Muchas gracias, estimado Carlos, por el envio de tu libro y las generosas palabras. Lamentablemente, la lesíon em las retinas que tengo desde hace ya um par de años me prohibe toda lectura, por lo cual he vuelto a mi pasión de adolescência: la pintura, que não exisge tanto esfuerzo visual. Por outra parte, no soy capaz de leer em português como para emitir um juicio de valor: apenas si puedo leer los diários y los ensaios. Se podia... Um afectuoso recuerdo de Ernesto Sábato*". Algum tempo depois, nos primeiros anos da década de 1980, ao passar uma temporada em Buenos Aires, junto com Patrícia, tive a oportunidade de ler outras obras suas, em espanhol, assim como livros de Jorge Luis Borges, Bioy Casares, José Hernandez e Júlio Cortázar. A Argentina, assim como o Brasil, ainda vivia sob o jugo da ditadura militar.

Há 30 anos, como as cartas transcritas acima, guardo ainda uma que me foi enviada por Jorge Amado. Também a reproduzo aqui, para encerrar esta série. Quando a recebi, em 1980, eu morava em uma república de estudantes na Rua Araxá, no bairro Colégio Batista, aqui em Belo Horizonte, e Amado, por engano, mandou a carta para o endereço errado. Ela foi enviada de volta para ele, que, com todo o cuidado, tornou a postá-la, com o envelope original dentro de um novo, com o endereço corrigido, para eu ver que havia respondido anteriormente. O autor de *Tieta do Agreste*, que infelizmente não cheguei a conhecer, dizia assim: "Obrigado, Carlos Herculano, pelo envio de *O sol nas paredes*. A sua ficção nasce de uma poesia, o que lhe dá uma dimensão quase mágica. Toque para frente que o esforço vale a pena. Aqui fico às suas ordens. Um abraço do compadre e amigo Jorge Amado".

■ EM - 20/08/2010

Devia de estar

Em uma noite dessas, altas madrugadas, de repente me peguei acordado. Virei de um lado e de outro na cama, tirei e tornei a voltar com os travesseiros, contei de um a 500, mas nada – o sono não voltava. Resolvi então me levantar: fui à cozinha, tomei um copo d'água, abri a geladeira, resisti à tentação de atacá-la e em seguida decidi que a única saída, naquele momento de solidão, seria ler um pouco. "Nada melhor do que a companhia de um bom livro", como diz o velho ditado. Abri então o *Grande sertão: veredas*, como sempre faço em situações assim, em uma página qualquer, já que tudo nele é belo e grandioso. E, no mesmo instante, já o jagunço Riobaldo Tatarana – personagem central do romance –, em conversa com o seu interlocutor, quem sabe o *alter ego* do próprio Guimarães Rosa, ia lhe dizendo a respeito dos lugares por onde já havia passado, em suas andanças pelo sertão: "Todos os nomes vão se alterando... São Romão todo não se chamou primeiro Vila Risonha? O Cedro e o Bagre não perderam o ser? O Tabuleiro-Grande? Como é que podem remover uns nomes assim...? Nome de lugar onde alguém já nasceu, devia de estar sagrado...".

"Devia de estar sagrado", pensei, fechei o livro, os olhos também, e comecei a me lembrar, aleatoriamente, de alguns outros nomes de lugares, quase sempre belos e que, só para ficar em Minas, ou nos meus vales do Rio Doce e Jequitinhonha, com o tempo foram sendo substituídos por outros, nem sempre mais inspirados. Nunca me conformei com o fato de Mãe dos Homens, por exemplo, hoje se chamar Materlândia. Ainda pelos meus lados, seguindo em direção ao Serro, que por sinal já foi Ivituruí e Vila do Príncipe, fica Serra Azul de Minas, cujo nome antigo, bem mais bonito, era Casa de Telha, assim como Sabinópolis, que já foi São Sebastião dos Correntes. A denominação atual veio em homenagem ao senador Sabino Barroso, um dos filhos mais ilustres da terra. "Devia de estar sagrado", voltei a pensar, e imaginem que até a minha querida Coluna também uma vez teve para perder seu nome, quando um padre, João da Silva Chaves, sabe-se lá por quê, quis mudá-lo para Petrolândia. Nesse caso, como os habitantes reagiram, bateram o pé e disseram um sonoro "não", o sacerdote acabou desistindo da ideia.

Ah!, mas às vezes, em raríssimas ocasiões, os nomes originais costumam voltar, como aconteceu com São Gonçalo do Rio Preto, que virou Felisberto Caldeira, e depois Rio Preto de novo, em 1986, por obra e graça do seu povo, que o referendou em um plebiscito, do qual o nosso companheiro de labuta aqui no *Diário da Tarde*, Marcos Rocha – filho querido da terra –, participou ativamente. Também no Jequitinhonha, Cachoeira do Pajeú, que depois foi André Fernandes, voltou a ter o nome original, em 1989. E não é que até Governador Valadares, no início, tinha o belo nome de Figueira do Rio Doce? Por que não ficou?, com todo o respeito pelo homenageado e ex-interventor de Minas, que foi o folclórico e astuto Benedito Valadares.

Mas nos instantes seguintes, cansado de tanto divagar e abrindo de novo os olhos, voltei outra vez ao *Grande sertão: veredas*, que continuava ali, ao meu lado. Só que de repente me veio à cabeça a seguinte questão: vamos imaginar que de um dia para outro o povo de Cordisburgo, que já foi Coração de Jesus da Vista Alegre, do qual Guimarães Rosa devia gostar mais, resolvesse homenagear o seu filho maior e passasse o nome da cidade, por exemplo, para Guimarânia, ou Rosalândia? Tenho por mim que ele iria revirar no túmulo, sendo que o mesmo deveria acontecer com Carlos Drummond de Andrade, se os itabiranos, num rompante, mudassem o nome da terra para Drummonópolis. Coisas assim, completamente malucas, mas que vivem acontecendo por aí.

Então fechei de novo o livro, espreguicei e fui ao banheiro. Mas nessa hora, quase sem que eu percebesse, notei que já era dia em Curral del-Rei, digo, Belo Horizonte, onde tenho a graça de viver.

■ EM - 20/05/2003

Cartas na mesa

Não sei há quantos anos conheço Manoel Lobato. Há uns 25, talvez, e creio que fui apresentado a ele pelos também escritores Adão Ventura ou Roberto Drummond, em cuja companhia, incontáveis vezes, fui à farmácia que Lobato, durante vários anos, manteve na Lagoinha, nas margens do Rio Arrudas, até resolver vendê-la, em 1990, "depois de 41 anos de umbigo no balcão", como gosta de dizer. Para o seu azar, o dinheiro apurado, logo em seguida, seria confiscado pela dupla Fernando Collor de Melo e Zélia Cardoso, de triste lembrança, da qual também fui vítima, perdendo todas as minhas economias.

Ali, na sua farmácia às margens do Arrudas, Manoel Lobato tratava dos esquecidos de Minas: prostitutas, mendigos, travestis, pivetes, viciados em drogas, ladrões, pequenos traficantes. Essas pessoas, quase sempre, também eram fonte inspiradora para a sua literatura. Um dos seus romances, *Pagulogo, o Pontífice*, foi inspirado em um morador de rua que vivia ali nas imediações, e cujo apelido era Pago-Logo. Ele chegava a um bar, pedia uma cachaça, bebia, lambia os beiços, dizia "pago logo" e se mandava, obviamente sem nunca saldar a dívida. Durante muitos anos, até ser morto pelos próprios colegas, tão abandonados como ele, perambulou por ali, e todas as noites, invariavelmente, ia dormir em umas caixas de papelão, debaixo da marquise da farmácia do Lobato, que o ajudava como podia.

Depois que a farmácia foi fechada, e da morte de Roberto Drummond, passei a me encontrar menos com Manoel Lobato, às vezes em um ou outro lançamento de livro. Mas nunca deixei de estimá-lo. Mas esses dias, no entanto, voltei a encontrá-lo, não pessoalmente, como gostaria, mas pela releitura do seu livro de memórias, *Cartas na mesa*, que li em 2002, quando me foi enviado por Cláudio Giordano. Ele o lançou pela Oficina do Livro, em convênio com a Imprensa Oficial de São Paulo, com bela capa de Fernando Fiúza. Jorge Luis Borges, o mago argentino, dizia que nada dá mais prazer do que a releitura de um bom livro. E foi o que fiz.

Durante toda uma manhã, sem largá-lo um minuto, voltei a me encantar com as histórias de Manoel Lobato, desde o seu nascimento, em Araçaí, no Vale do Rio Doce, até os tempos atuais. Ele, que é de 1925, está quase chegando aos 80 anos, que serão completados dia 11 de dezembro. Não é pouco, e temos de festejar à altura. É preciso ter coragem para escrever memórias: desnudar-se, mostrar a alma e contar a verdade, doa a quem doer. E quase sempre dói. Pedro Nava teve esse peito, e Manoel Lobato também, pois *Cartas na mesa* é isso: um comovente e sincero depoimento de quem, desde criança, quando ficou órfão de pai, e em seguida, no início da adolescência, foi estudar no interno Colégio Evangélico de Alto Jequitibá, que era dirigido pelo reverendo Cícero Siqueira e sua mulher, dona Cecília (pais do nosso colega Cyro Siqueira, aqui do *Estado de Minas*), não teve medo de enfrentar a vida, apesar de todas as adversidades.

Lobato foi à luta. Às vezes tropeçou, quase caiu, como acontece com todos nós, mas nunca deixou de seguir em frente. Suas lembranças, como o próprio autor confessa, a princípio foram escritas para "leitura exclusiva de Holbein Menezes", um amigo catarinense, que depois as comentava. Era como se fosse, na verdade, uma grande sessão de análise, que Lobato, com seu talento e para a nossa sorte, acabou transformando em livro. De sua primeira namorada, Jacyra, quando ainda morava em Araçaí, ao seu casamento nos anos 1950, com dona Dinah, com a qual vive até hoje, tudo está em *Cartas na mesa*, passando ainda por uma série de "aventuras e desventuras", vividas pelo escritor e ex-farmacêutico.

Além das histórias que envolvem diretamente Manoel Lobato, uma outra, por esses caprichos do destino, me chamou a atenção no livro. Fala de um amigo do escritor, o bósnio Leonardo Pavkovic, que, em 1977, quando vivia na Itália, escreveu a ele, "meio em tom de brincadeira", dizendo que gostaria de namorar uma mineira. Manoel Lobato não vacila e sugere que envie uma carta ao "Correio Sentimental", do *Diário da Tarde*, coluna que até hoje é editada pelo nosso colega Vicente Sanches. Não deu outra. A correspondência foi publicada e o bósnio, tempos depois, acabou se casando, não bem com uma mineira, mas com Yuen Hei Mei, uma moça de Hong Kong que vivia em Divinópolis. Até recentemente, segundo consta em *Cartas na mesa*, seguiam juntos e felizes, vivendo em Nova York.

EM - 19/04/2005

À procura de Nava

Na noite de Natal, conversando com uma sobrinha, Paula Oliveira Mascarenhas Cançado, a Paulinha, estudante de Direito e ótima leitora, ela me disse: "Tio, estou querendo ler Pedro Nava. Por onde devo começar?". Surpreso, e feliz por ter à minha frente uma moça tão nova e já interessada em conhecer a obra do grande memorialista, respondi: "Por *Baú de ossos*, que foi o primeiro livro dele". No dia seguinte, como prometi emprestar a ela, comecei então a procurá-lo, em meio à desorganização geral que, de uns tempos para cá, tomou conta da minha biblioteca. Mas valeu a pena, pois, aos poucos, enquanto buscava pelo livro, fui me reencontrando, através de suas obras, com tantos escritores que, de uma maneira ou outra, marcaram a minha vida.

Quem primeiro veio ao meu encontro, com o seu belo *Silêncio armado*, foi a poeta Elza Beatriz, a quem fui apresentado pelo romancista Oswaldo França Júnior já na distante década de 1970. Fomos à sua casa, no Sion, onde ela nos ofereceu um jantar. Foi também o França, que conheci quando adolescente, que uma vez me pediu, quando fui a Portugal, que levasse alguns livros seus para a escritora Lídia Jorge. Na casa dela, em um bairro nobre de Lisboa, ela me perguntou, após tomarmos uma taça de vinho: "No Brasil, Carlos, ainda existem cangaceiros?". Voltei a revê-la, na minha busca por Nava, através de *Murmúrios*, bem-guardado na minha estante. Outro português que reencontrei, folheando seu romance *Bolor*, foi Augusto Abelaira, com quem estive em São Paulo, durante um congresso de escritores de língua portuguesa, do qual também participaram Jaime Prado Gouvêa e Drummond Amorim, companheiros de viagem. Foi ainda em São Paulo, nos idos de 1990, quando ganhei a Quinta Bienal Nestlé de Literatura Brasileira, com o romance *Sombras de julho*, que fiquei conhecendo Rachel de Queiroz. Como estávamos no mesmo hotel, em uma manhã, após o café, ela pegou minha mão e disse, com um largo sorriso: "Não precisa me chamar de senhora, pois sei que, quando eu virar as costas, você vai dizer é

Rachel". Na despedida, me presenteou com *O quinze*, e através dele, que tem lugar cativo na minha biblioteca, voltei a me encontrar com essa grande romancista. Com *Quarup*, de Antônio Callado, veio à minha memória um dia em que, ainda em São Paulo, onde também estava o escritor Jorge Fernando dos Santos, amigo aqui de Belo Horizonte, Callado quis saber por que a minha cidade se chamava Coluna. "Por acaso Prestes passou por lá? Fica perto de Pirapora?", perguntou.

À caça de *Baú de ossos* para emprestar à Paulinha, estive de novo com Jorge Amado, a quem não cheguei a conhecer pessoalmente. Mas uma vez, quando estudava Jornalismo, e trabalhava no *Jornal de Minas*, onde ajudava o escritor e médico Emílio Grinbaum a editar o Suplemento Literário Destaque, recebi *Tieta do Agreste*, autografado por Amado, e uma delicada carta, na qual agradecia um singelo artigo que eu havia escrito sobre o romance. "Vou enviá-lo para a França, ao professor Roche", disse, referindo-se a um estudioso da sua obra. Da mesma maneira que, folheando *O exército de um homem só*, estive novamente com Moacyr Scliar, e nos lembramos de uma noite em Corumbá, após uma palestra que demos juntos, quando saímos caminhando pelas margens do Rio Paraguai, e ele me contou muitas histórias.

Na minha busca por Pedro Nava, estive mais uma vez com Antônio Torres, Wanderley Batista, Marcus Mendra, Antônio Barreto, José Pereira dos Santos, Roberto Drummond, José Afrânio Moreira Duarte e Bernadete Campos. E ainda com Fátima Ferreira, que uma vez me hospedou em sua casa, na parte velha de Olinda, e com Thaís Guimarães, musa de todos nós. Revi também Altino Caixeta, o "Leão de Formosa", e Maria Esther Maciel, até que, finalmente, quando a manhã já ia alta, encontrei *Baú de ossos*, de dentro do qual, para meu espanto e alegria, saiu o próprio Nava.

■ EM - 02/01/2007

Ainda sobre Nava

Na crônica da semana passada, enquanto procurava para minha sobrinha, Paula Cançado, o livro *Baú de ossos*, de Pedro Nava, fui me reencontrando com alguns escritores com os quais, ao longo da vida, tive algum tipo de convívio. Assim, estive com Moacyr Scliar, Rachel de Queiroz, Thaís Guimarães, Jorge Amado, Roberto Drummond, e outros, como o próprio Nava. Este acabou surgindo, por pura magia, de dentro das páginas do seu *Baú de ossos*, quando finalmente o encontrei. Veio para um dedinho de prosa, e acabou ficando por um bom tempo. Após a sua partida, e encantado com aquele encontro inusitado, resolvi procurar pelo restante da sua obra, e enquanto avançava na busca, em meio à desorganização crônica da minha biblioteca, deparei-me ainda com Nélida Piñon e seu *Tempo de frutas*, que ela me enviou já em um distante 1974, logo após termos nos conhecido aqui em Belo Horizonte. Da última vez que conversamos, há alguns meses, ela me disse: "Estou preocupada com o Brasil, porque aqui acabou a honra, e isso é muito triste". Já a gaúcha Lya Luft, que também conheci aqui em BH quando fomos jurados do Prêmio Guimarães Rosa, na década de 1980, veio até mim com *Perdas e ganhos*, um dos campeões de venda no ano passado. Em nosso último encontro, em São Paulo, ela me revelou: "Finalmente agora, depois de tantos anos, estou ganhando um pouco de dinheiro com a literatura e posso dar mais conforto à minha mãe".

Em seguida ao livro de Lya, achei *Chão de ferro*, outro volume das memórias de Nava, e alguns minutos depois me deparei com *Pasto de pedra*, de Bueno de Rivera, criador do famoso *Guia Rivera*, em que podem ser encontradas todas as ruas de Belo Horizonte. Todo motorista de táxi que se presa tem um. Conheci esse grande poeta no apartamento em que vivia, na Rua Tupis, quando fui entrevistá-lo para o *Estado de Minas*, no final de 1979. "Descendo de Amador Bueno, o rei de São Paulo", disse com humor. Voltei a estar com ele diversas outras vezes. Uma delas foi quando lancei o meu primeiro livro,

O sol nas paredes, em 1980. Ele me honrou com a sua presença na Casa do Jornalista, aonde chegou na companhia de Murilo Rubião e Edla Van Steen.

Ainda à procura de Nava, e depois de achar outro de seus livros, *O círio perfeito*, tirei da estante *Chatô, rei do Brasil*, de Fernando Morais, enquanto me lembrava de uma viagem que, há quase 25 anos, fizemos a Ouro Preto. Fomos levar três intelectuais cubanos de visita a Minas: o poeta Roberto Fernandez Retamar, presidente da Casa das Américas, e os jornalistas Jorge Rocca e Sardinha. Estavam ainda na comitiva os escritores Malluh Praxedes, Oswaldo França Júnior, Roberto Drummond, Fernando Morais e Frei Betto, que registrou o encontro tirando uma foto.

Após uma parada em Congonhas, finalmente chegamos a Ouro Preto e fomos almoçar no Restaurante Pilão. Mas os cubanos, sobretudo Retamar, não paravam de falar de Fidel Castro. Era *el comandante* para cá, *el comandante* para lá. Não deixavam espaço para outro assunto. Fernando Morais e Frei Betto os anfitrionavam, concordando com quase tudo. Roberto Drummond sorria. Malluh e eu não dizíamos quase nada. E Oswaldo França Júnior, aos poucos, foi ficando irritado com aquela milonga. De repente, lá pela terceira caipirinha, ele se levantou, chamou a mim e a Roberto Drummond ao banheiro e nos disse: "Não suporto mais, vou falar com esses cubanos que doutrinação aqui no Brasil só dura quinze minutos". De volta à mesa, ele bem que tentou emplacar outros papos. Mas até a hora de voltarmos a Belo Horizonte, Fidel continuou a ser o centro da conversa, como me lembrei um dia desses, enquanto procurava por Nava.

■ EM - 09/01/2007

Ao mestre Rubião

Nestes dias, quando toda a imprensa brasileira está reverenciando a memória do mestre Murilo Eugênio Rubião pelos 90 anos do seu nascimento, e ainda devido ao oportuno relançamento, pela editora Companhia das Letras, de *A casa do girassol vermelho* e *O pirotécnico Zacarias*, dois livros seus, indispensáveis para quem quiser conhecer o melhor da literatura brasileira, me voltam à lembrança algumas passagens que, no correr dos anos, tive com Rubião aqui em Belo Horizonte. Além de termos sido vizinhos no bairro da Serra, onde morávamos em ruas próximas, ele, na Trifana, e eu, na Caraça, sempre nos encontrávamos nos bares do Edifício Maletta, ou na Imprensa Oficial, na Avenida Augusto de Lima, da qual ele foi diretor durante um tempo. Eu dava os meus primeiros passos na literatura e, às vezes, naquele tempo de descobertas, poder desfrutar da companhia de Murilo Rubião, que foi uma lenda para a minha geração, era sempre um privilégio e uma grande alegria.

Em 1982, quando lancei o meu segundo livro de contos, *Memórias da sede*, cujas histórias vinham sem nenhum tipo de pontuação, inspirado pela leitura de alguns textos de Gabriel Garcia Márquez, sobretudo *O outono do patriarca*, lembro que Murilo me disse, depois de tê-lo lido, como jurado do Prêmio Cidade de Belo Horizonte, do qual fui vencedor: "O *Memórias* é muito bom. Mas você, com essa bobagem de não pontuar seus textos, acabou perdendo a chance de escrever um livraço". Tempos depois vi que ele tinha razão. Outra vez, lá pelas metades do ano 1980, quando andava procurando um nome para o meu primeiro romance, aconteceu de me encontrar com ele e o poeta Antônio Barreto no Pelicano, também no Maletta, para tomarmos uma cerveja. Mais tarde, Bartolomeu Campos Queirós e Oswaldo França Júnior também apareceram, e o papo entrou noite adentro. "Já arranjou um nome para o seu livro, Herculano?", ele quis saber. "Estou pensando em *Isauras*", respondi. Na hora, Murilo Rubião franziu a testa, deu mais uma tragada no cigarro, outra golada no uísque e disse, do alto de sua autoridade: "Não está bom, e além do mais já tem *A escrava Isaura*". Foi o suficiente para ali mesmo, naquele momento, eu desistir da ideia. Algumas semanas depois, em Diamantina, onde me encontrei com o cantor Tadeu Franco, o título acabou surgindo, "roubado" de uma música sua: "A dança dos cabelos", que ele cantou divinamente para nós em um dos bares do Velho Tejuco, aonde tive a alegria de voltar recentemente. Quando o livro saiu e dei um exemplar para o Murilo, na hora que o recebeu, ele não fez nenhum comentário. Agradeceu e só. Mas dias depois me disse: "O nome não é lá grandes coisas, mas o livro compensa".

Voltando àquele encontro no Pelicano, onde nos veríamos muitas outras vezes, uma hora Bartolomeu Queirós disse a Murilo que estava querendo parar de fumar. Sem se fazer de rogado, ele respondeu, enquanto acendia o seu terceiro ou quarto cigarro: "Será que a vida merece isso?". Naquela noite, no seu famoso Opala azul, Oswaldo França Júnior, que era outro ídolo da minha geração, nos deu uma carona até nossas casas. Poucos dias depois, Murilo Rubião, que demorara até vinte anos para escrever e publicar uma história, acabou esquecendo os originais de um livro dentro de um táxi, e ficou muito triste por não ter conseguido encontrá-los, apesar de todos os esforços que fez.

A última vez que o vi, de novo lá no Maletta, foi no início de 1991, após eu ter lançado o romance *Sombras de julho*, com o qual, no ano anterior, havia vencido a Quinta Bienal Nestlé de Literatura Brasileira. "Gostei muito do seu livro e queria convidá-lo para um chope hoje à noite, lá no Pelicano", ele me disse, em um telefonema para a minha casa. Eu já não morava mais na Serra. Alguns dias depois, aos 75 anos, o mestre Murilo Rubião nos deixou.

■ EM - 25/07/2006

A chave

Como aconteceu com o meu colega Eduardo de Almeida Reis, aqui no *Estado de Minas*, também andei recebendo, havia algum tempo, um monte de e-mails de estudantes querendo saber sobre o ofício de escritor. Devia ser para alguma tarefa de colégio. As perguntas foram as mais diversas, desde as clássicas: "Como você começou a escrever?"; "Como escolhe seus temas?"; "De que maneira nascem seus personagens?"; a outras mais criativas, não deixando de passar também, pela vida pessoal. Tipo, "você é casado?, tem filhos?", coisas assim. De uma aluna, no entanto, que manifestava claro desejo de se enveredar pela literatura, veio a seguinte indagação, sem maiores rodeios: "O que preciso fazer para me tornar uma boa ficcionista?". Pensei em dizer que, em primeiro lugar, ela teria de ler muito, escrever muito, ter disciplina e paciência, reescrever o texto quantas vezes fosse preciso, "até ficar redondo, conciso", como uma vez me disseram.

Mas como não vi nenhuma criatividade nessa resposta, resolvi não a enviar. Passei então a bola para frente e perguntei o segredo (se é que ele existe) a três bambas no ofício, os escritores Silviano Santiago, Jaime Prado Gouvêa e Sérgio Fantini. Santiago, que acaba de lançar o romance *Herança*, pela Editora Rocco, usou, metaforicamente, para dar sua dica, a voz do interlocutor de um outro livro seu, *Uma história de família*, ao observar como a velha cozinheira da casa catava feijão: "No colo de Etelvina uma peneira. A mão esquerda, segurando o aro de madeira, mantém a peneira firme no seu lugar, enquanto a mão direita cata o feijão-enxofre jogado no fundo do trançado de arame firme. As costas de Etelvina se curvam em C e a cabeça é holofote que ilumina o monte de grãos a ser catados".

"Só isso?", poderia perguntar a estudante, sem entender direito. Porém o interlocutor do romance prossegue: "Aparecem dois montes a frente e um depósito de sujeiras ao lado deles. O monte de cima, mais volumoso, vai pouco a pouco perdendo a dimensão primitiva, enquanto o de baixo, inexistente no começo, vai ganhando volume, ao mesmo tempo em que a mão ágil, se deslocando para a direita, constrói um depósito com feijão chocho, pedrinhas, torrõezinhos, formando os montes. O de cima alimenta o de baixo até o desaparecimento. O que era sujo fica limpo. O que era sujeira é jogado na lata de lixo. Fica na peneira um monte de grãos limpos. Os olhos de Etelvina são tão atentos, que não é preciso passar os grãos pelo teste da água. Basta lavá-los antes de jogá-los na panela para o cozimento", ensina com sabedoria Silviano Santiago, ou melhor, o interlocutor do livro.

Já Jaime Prado Gouvêa, cujo livro de contos *Fichas de vitrola*, pela Editora Record, é um dos finalistas este ano do Prêmio Jabuti, ensina que quem for se meter a escrever ficção deve ir para um canto predileto da casa, aquele em que uma mesa o espera com papel e caneta. Além de uma cesta onde jogar os fracassos, depois de bem amassados. Mas adverte: "Se estiver apaixonado ou triste, vá fazer outra coisa. Estando tudo bem, então é hora de ir à luta, mas sem nunca se esquecer de que, durante o ato da escrita, você é apenas um espectador de si mesmo, e aquele cara que sofreu, ou desfrutou os fatos que motivaram o texto, ficou lá fora, como um personagem ao relento", diz Jaime, que nasceu em Belo Horizonte, no bairro Santo Antônio, onde vive até hoje. Já Silviano Santiago é de Formiga, mas há anos vive no Rio de Janeiro.

Também na capital mineira, mas com o coração em Sabará, Sérgio Fantini, que há pouco tempo lançou o livro de contos *A ponto de explodir*, confessa que não tem nenhuma receita pronta para ensinar como fazer uma boa ficção, como quer saber a menina. Segundo ele, que diz não ter disciplina para escrever, pode ficar com uma boa ideia na cabeça durante meses, para só depois se sentar em frente ao computador e jogá-la para fora. "Mas, como disse Boris Vian, nunca estou satisfeito. Escrever é muito bom, mas revisar é melhor: descobrir palavras, ou até frases inúteis, trocar nomes de personagens, cores, objetos, horários e datas. Tudo isso é diversão, até a hora em que o leitor bota o olho no texto. Aí, então, a coisa muda de figura", diz Fantini.

Depois de ouvir os colegas, eu gostaria, para terminar, de contar à menina, candidata a escritora, o que Lygia Fagundes Telles me disse uma vez, sobre o segredo da escrita, quando, ainda bem jovem, a conheci aqui em BH, e depois lhe escrevi uma carta perguntando a respeito: "Sim, você poderá ser um escritor. Mas, em primeiro lugar, deverá ler muito, escrever muito, descobrir a beleza da palavra, a magia da palavra, porque gênio é, antes de tudo, paciência", ensinou a autora de *As meninas*, que finalizou assim: "Trouxestes a chave?, perguntou o poeta em um poema. E essa chave, meu caro, você terá de encontrá-la em sua busca".

■ EM - 23/09/2008

Rumo a Canudos

Amanhã completam-se 100 anos que Euclides da Cunha, um dos maiores escritores que esse país já teve, foi assassinado a tiros pelo cadete Dilermando de Assis, que estava tendo um caso com sua mulher, Ana Emília Ribeiro, a Saninha. Quando se casaram, em 10 de setembro de 1890, na Igreja do Senhor do Bonfim, no Rio, ela era uma menina de apenas 18 anos, e Euclides, um jovem militar. Jamais poderiam imaginar o que, 19 anos depois, a vida, com seus mistérios e surpresas, estaria reservando para eles.

Esses dias, relendo sua obra-prima, *Os sertões*, em que ele conta a história da Guerra de Canudos, uma das grandes tragédias brasileiras, voltou-me à memória a vez em que, empolgado pela descoberta e leitura do livro, resolvi fazer uma viagem ao palco dos acontecimentos, ou seja, ao sertão da Bahia. Mochila nas costas, imenso gosto pela aventura, que foi se arrefecendo com o tempo, tomei um ônibus em Belo Horizonte e fui até Feira de Santana, onde fiz uma baldeação para Caldas do Jorro. Nesta cidade, da qual jamais me esqueci, existe uma fonte de águas quentes no meio da praça, onde as pessoas se banham. Dizem também que são medicinais. Do Jorro, como é conhecida a cidade, segui para a antiga Cumbe, hoje Euclides da Cunha. A estrada era de terra, muita poeira, e ao meu lado ia um homem baixinho, de bigode espesso, que puxou conversa. Estávamos em meados dos anos 1970, em plena ditadura militar.

"O que você veio fazer neste sertão?", me perguntou, depois de ter se identificado como delegado em Monte Santo. Ingenuamente, respondi: "Vim estudar sobre a Guerra de Canudos". "Guerra, que guerra?", disse, irritado, para completar em seguida: "A situação do sertanejo é cavernosa, talvez pior até do que naqueles tempos, e você chega aqui falando em guerra...". Desci em Euclides da Cunha, assustado com aquele diálogo inusitado, e ele seguiu para Monte Santo, onde, dois dias depois, por acaso, voltei a encontrá-lo no hotel no qual me hospedei.

Mais amável, vendo que eu não representava ameaça nenhuma à ordem estabelecida, me disse: "Se você quer mesmo saber dos casos, o tio da dona deste hotel conhece tudo, pois o pai dele morreu lá em Canudos". Foi o próprio delegado, naquele dia, quem me apresentou àquele senhor, que morava sozinho num barracão nos fundos do hotel. Não me lembro do seu nome, o que é uma injustiça. Mas era um homem amável, de uma incrível memória. Entre um gole de café e outro, fora os punhados de farinha que jogava na boca, quase sem dentes, ele foi contando: "Meu pai caiu no cerco final, não deu jeito de escapulir. Tombaram também um tio dele e uns primos. Foi uma matança doida", disse, repetindo a história que já devia ter contado mil vezes. "Mas também, do lado inimigo, ficaram alguns figurões: Pedro Tamarindo, capitão Antônio Manuel Aguiar, o general Moreira César, um arrogante que disse, antes do assalto, que ia almoçar em Canudos, mas foi comido primeiro, com uma bala na barriga", o velho emendou. Em seguida, declamou um verso, que copiei: "Moreira César foi ao céu/ com Tamarindo ao seu lado/ São Pedro falou assim:/ Ô, que cara malvado".

Foi aquele homem que me apresentou a um guia, um menino vendedor de picolé, com quem escalei o monte que dá nome à cidade, que na época do confronto serviu como base de operações do Exército. A visão que se tem lá de cima, onde existe uma igrejinha, palco, todos os anos, de uma grande romaria, é impressionante. Sopra um vento forte, que se espalha pelo sertão. Durante a subida, surgem pequenas capelinhas, nas quais estão representados os passos da Paixão de Cristo. Estávamos só o menino e eu, quando ele, sem mais nem menos, comentou: "Minha avó disse que o Conselheiro vai voltar e o Lampião também". Depois calou-se, permanecemos ali uma meia hora e descemos por outro caminho. O vento não parava de soprar, e o sol já ia se pondo.

Já em Nova Canudos, onde fiquei quatro dias, vi as ruínas da antiga igreja feita pelo Conselheiro, cujas torres emergem de dentro do lago na época da seca. Conversei com o velho Miguel, um octogenário sobrevivente da guerra, na qual muitos dos seus antepassados morreram. "A matadeira, fora as degolas, fez correr rios de sangue", disse, enquanto dava baforadas em um cachimbo de barro. Uma noite, na companhia de uns estudantes paulistas, também interessados na história, fui a um forró, dançamos até de madrugada, e, na manhã seguinte, em um caminhão de feira, segui rumo a Uauá. De lá, fui para Salvador. Em um pequeno quarto de hotel, perto da Praça Castro Alves, embalado por aquela aventura, voltei a ler *Os sertões*.

EM - 14/08/2009

Parte 5
As memórias de Coluna

Nesta época do ano

Na minha terra, Coluna, no Vale do Rio Doce, onde estive por estes dias de abril, pode-se ver que as braúnas estão cheias de flores amareladas, bem miúdas, e no meio delas centenas de abelhas fazem a festa, num zumbido que se ouve ao longe. Daqui mais um tempo, elas se transformarão em sementes, que o vento – ou alguns passarinhos – se encarregará de espalhar pela terra, garantindo a sobrevida dessas árvores nobres e cada vez mais raras. Próximos a elas, pés de muricis, dezenas deles, ajudam a compor a paisagem. Estão totalmente secos, com as folhas retorcidas, como se estivessem mortos. Puro engano, pois daqui dois, três meses, no mais tardar, ficarão novamente verdes e cheios de vida. Bandos de juritis-verdadeiras, torresminhos e asas-brancas, que na sequência chegarão para comer suas sementes, com certeza irão agradecer.

Como também as maritacas, papagaios e jandaias, que em levas surgirão para se regalar com as vagens do ingazeiro amarelo, como é conhecido por lá. Nas beiras de alguns rios do Vale, como o Suaçuí Grande ou o Santo Antônio, a Matinada, o São Nicolau ou o São Pedro do Itimirim, essa árvore ainda é muito comum, assim como as lobeiras. Os frutos destas, quando bem maduros, têm cheiro adocicado e meio enjoativo, e são usados também para fazer geleias e doces. Dizem que servem ainda como remédio. Mas como costumam engasgar as vacas e os bezerros, que adoram saboreá-los, a maioria dos fazendeiros corta as lobeiras sem piedade, contribuindo assim para reduzir cada vez mais a comida natural do lobo-guará, que lhe emprestou o nome.

Na minha Coluna, no Vale do Rio Doce, nesta época do ano, a braquiária, que substituiu as pastagens nativas como o capim-gordura, a grama, o colonião ou o provisório, está dando sementes. Dá gosto ver, equilibrando-se nos seus galhinhos para comê-las, os coleirinhas e tizius; os papa-capins e canários chapinhas; as rolinhas pedreses e as caldo-de-feijão; as melros paraguaios e os baianos legítimos, com seus imponentes peitos cor de sangue e canto que enche os ouvidos e aquece os corações. Também os tico-tico-rei, com seu penachinho vermelho, aprecia se fartar com as sementes da braquiária. Nas suas moitas, às vezes, costumam se abrigar algumas cascavéis, sempre previdentes, ao avisar, com o som do seu chocalho, visitantes indesejados que as deixem em paz. Também as jararacuçus, ou até mesmo as surucucutingas, com seu porte imponente, e que com a redução do desmatamento voltaram a aparecer, realimentando as lendas que as cercam, costumam se esconder ali.

Nesta época do ano, por aquelas bandas de Minas, as suçuaranas, que também estão dando ares, aprontam das suas, como ocorreu recentemente com o Jânio – um fazendeiro amigo. "De mãos abanando, sem arma nenhuma, nem com um canivetezinho, que fosse", de repente ele se viu (jura por todos os santos que é verdade) frente a frente com uma "baia", quando andava pelas suas terras à procura de um bezerro perdido. Só foi salvo porque um dos seus cachorros, o Dragão, num lance de pura coragem e lealdade ao dono, resolveu a enfrentar e deixá-lo vivo para poder contar mais essa história, que, por puro gosto, assim como falei das flores das braúnas e das lobeiras, do penachinho do tico-tico-rei e das surucucus, acabei também contando aqui.

EM - 29/03/2011

Coisa do bicho

Há três semanas, em Coluna, a minha terra, onde tenho uma pequena fazenda, testemunhei uma cena da qual já não posso me esquecer. Os vaqueiros Geraldo, Omar Almeida e eu fomos a uma das mangas buscar um gado, que deveria ser vacinado contra febre aftosa e raiva, como é feito duas vezes ao ano. Boiada brava, mistura de gir, guzerá e nelore, durante o trajeto percorrido até o curral, começou uma briga, um empurra-empurra dos diabos, com o saldo de um boi jogado em um buraco. Descemos dos cavalos para tentar tirá-lo e vimos que havia quebrado a perna. Buscamos ajuda de outro vaqueiro, mais experiente, e este não deu alternativa a não ser sacrificá-lo. O que foi feito ali mesmo, depois do restante do gado ter sido levado ao curral.

Quando esse fato se deu, ainda era bem de manhã, com nuvens pesadas prometendo chuva, embora fosse maio. Um vento morto vinha da serra. Bandos de melros, canários e pássaros-pretos cantavam nas árvores e brejos próximos de onde o animal tinha caído e sido morto. Nas horas seguintes, até pelo meio da tarde, Omar, Geraldo e eu procedemos a vacinação, que acabou ocorrendo sem problemas, enquanto outros homens, auxiliados por suas mulheres, destrinchavam o boi. A carne, no dia seguinte, acabou sendo repartida entre todos, como é costume em situações assim.

Durante o tempo em que durou nosso trabalho, como não poderia deixar de ser, o assunto foi um só, o boi acidentado, com os colegas aproveitando, cada um a seu modo, para contar histórias semelhantes, vividas ou inventadas por eles. Quanto a mim, pelo menos internamente, procurei minimizar o ocorrido, de tão assustado que havia ficado com tudo aquilo. Só não poderia imaginar o que viria em seguida, quando tivemos de voltar com o gado para a manga.

De repente, como numa tempestade, totalmente sem controle, vi quando mais de 100 bois, todos de uma vez, fizeram um grande círculo no local onde o outro tinha sido morto e começaram a berrar. Mas não eram berros comuns, e sim urros terríveis, como um choro ou lamento, que saíam de suas entranhas. Alguns raspavam o chão com as patas, outros furavam os barrancos com os chifres, enquanto os demais, como que irmanados na dor, cheiravam o capim, ainda regado com o sangue do companheiro. Nas árvores e nos brejos, onde os melros, pássaros-pretos e canários cantavam, tudo ficou em silêncio.

Um dos vaqueiros, o Omar, com as mãos no rosto, não resistiu e disse, virando-se para mim: "Vamos tirar esse gado daqui, isso está parecendo coisa do bicho". Ao que o Geraldo, que estava ao lado, o interrompeu, com a velha sabedoria cabocla: "Coisa do bicho não, é só a natureza, amigo...". De tão apavorado, nem percebi quando um boi branco, pesando uns 600 quilos ou mais, parou bem na minha frente. Tinha a língua para fora e babava. Estremeci. Se viesse para cima eu não iria conseguir me salvar, pois estava colado ao barranco. De repente, seus olhos, numa fração de segundos, buscaram os meus, que se abaixaram. Ele começou a berrar, depois se apoderou do ar e saiu em disparada. Todos o seguimos.

■ EM - 24/05/2013

A Guerra dos Seis Dias

Há 40 anos, mais precisamente em 5 de junho de 1967, teve início a Guerra dos Seis Dias, quando caças israelenses, como consta nos livros de história, atacaram, com o apoio dos Estados Unidos, os campos de pouso do Egito, cujo presidente era Gamal Abdel Nasser. Destruíram a força aérea daquele país em lances espetaculares, antes mesmo que os aviões pudessem decolar ou oferecer alguma resistência. Com toda a sua força Israel se lançou também contra Síria e Jordânia, aliadas do Egito, que formavam a chamada Frente Árabe. Esta contava ainda com o apoio do Iraque, Kuwait, Argélia, Arábia Saudita e Sudão. Seis dias depois, as forças israelenses, comandadas pelo general Moshe Dayan, haviam alcançado a vitória, e, em seguida, anexaram a Península do Sinai, a Faixa de Gaza, a Cisjordânia e as Colinas de Golan. Os reflexos dessa guerra, embora já tenham se passado quatro décadas, ainda estão longe de ser resolvidos; basta ver a violência que, desde então, grassa pela região.

Falo de tudo isso para dizer que, na minha inocência de criança, também vivi esse conflito quando ele explodiu. Ainda morava em Coluna, onde estudava no Grupo Escolar Professora Heroína Torres. Minha professora era dona Semíramis Alcântara de Oliveira. Na cidade, na época, não havia luz, nem televisão, nem telefone, e as notícias da guerra, ficávamos sabendo pelo rádio, ou por um ou outro jornal, que costumava chegar com dois, três dias de atraso. Meus colegas e eu, influenciados pelo que ouvíamos, principalmente em nossas casas, estávamos torcendo para Israel, embora, secretamente, eu tivesse um carinho especial pelo presidente Nasser, pelo fato de achá-lo parecido com o tio Waldemar Lopes, do qual eu gostava muito. Na farmácia do papai, que ficava na praça principal, os adultos se reuniam para falar daquela contenda, e uma das únicas vozes dissonantes – pró-árabe – era de "seu" José Turco. Um libanês que, ainda muito jovem, tinha vindo para Minas, e foi esbarrar na nossa cidade. "Os judeus tomaram nossas terras, mas um dia tudo vai ser nosso de novo, vocês vão ver", lembro-me de tê-lo ouvido dizer.

As coisas andavam nesse pé, comigo e meus colegas excitadíssimos; cada um querendo saber mais do que o outro sobre o desenrolar da guerra, quando, lá pelo seu terceiro ou quarto dia – estávamos no pátio do grupo, em fila, pois tínhamos de jurar à bandeira, além de cantar o Hino Nacional e o da República –, um dos meus amigos, Sinval de Zé Maria, chegou aos meus ouvidos e disse, com os olhos arregalados: “Preciso de falar com você, é sério”. Custei a conter a curiosidade e, assim que terminou aquele ritual de louvor à pátria, que se repetia todas as segundas-feiras, nas chamadas horas cívicas, ele me levou a um canto do pátio e disparou: “Estou vindo lá da selaria do meu pai. Ele estava escutando a rádio, e disse que ouviu que Israel vai perder, e que a guerra está só a uns 30 quilômetros dos Estados Unidos, e que eles vão ser atacados pelo Egito...”. Para mim, que raciocinei rápido, aquilo era o suficiente. Se a guerra estava tão próxima dos Estados Unidos, que eram muito mais fortes do que nós, aqui no Brasil já devia estar batendo às portas. Em Coluna, então, nem se fala – o ataque seria amanhã mesmo. E comecei a vislumbrar aviões egípcios (nem sabia que não existiam mais), destruindo a igreja, nossa casa, a pracinha, a farmácia do papai, o campo de futebol. Um horror total. Passei também, secretamente ainda, a não gostar mais do presidente Nasser, que faria todas aquelas barbaridades.

Custei a esperar o fim da aula; fui disparado para a farmácia. Mas papai não estava, tinha ido atender a uma consulta. Voei para casa, e não encontrei mamãe. Meu medo só teve fim à noite, quando meu pai, depois de rir bastante, passou a mão na minha cabeça e disse: “Não, meu filho, essa guerra é muito longe, lá no Oriente Médio. Ela não vai chegar aos Estados Unidos, e muito menos aqui na nossa Coluna. Vá dormir tranquilo, pois está muito frio”. Então, tomei a bênção a ele, também à minha mãe, lavei os pés e fui correndo para a cama. Nem pensava mais naquela peleja, nem nas tantas outras que, pela vida afora, teria de enfrentar.

■ EM - 12/06/2007

Posso ir na rua?

A chácara onde cresci, em Coluna, ficava um pouquinho afastada da cidade, naquela época ainda muito pequena – quase na zona rural. Na minha infância, quando eu queria ir até lá, era preciso pedir licença, pois as crianças não tinham essa moleza de hoje, de fazer e acontecer sem dar a mínima para os pais. "Mamãe, eu posso ir na rua...?", pois é assim, "na rua", que os habitantes do Vale do Rio Doce ainda falam, quando se referem às suas cidadezinhas. "Na rua, não, mas você pode ir à rua, pois, afinal de contas, não vai montado nela, ou vai?", respondia a minha mãe, sempre com uma carinhosa advertência: "Mas muito cuidado com vaca brava, meu filho...".

Quando cheguei a Belo Horizonte, no final de 1968, depois de três dias de viagem de caminhão, e fui morar na Serra, com os meus tios Joaquim e Neusa Beirão, que recentemente nos deixou, me encantava ouvi-la dizer, com sua natural elegância: "Hoje vou à cidade", quando se referia ao Centro. Essa expressão eu herdei dela, e às vezes, surpreendendo quem está perto de mim, principalmente os mais novos, ainda costumo usá-la. O mesmo acontece quando alguém me pergunta quantos habitantes tem Coluna, e respondo na bucha: "Na rua, uns cinco mil", e vai por aí.

Há alguns anos, viajando pelo sul do Brasil, a caminho da Argentina, uma velha senhora, com a qual entabulei conversa na rodoviária de Uruguaiana, me perguntou, ao perceber o meu sotaque, totalmente diverso do seu: "Onde é o seu pago, piá?". Ela queria saber qual era a minha cidade, o meu lugar, a minha rua, enfim. Depois de lhe responder que eu era de Minas, ela disse "ah...!", e me estendeu, em silêncio, a sua cuia de chimarrão.

No ano passado, quando a convite do *Estado de Minas* rodei cerca de sete mil quilômetros por Minas, na companhia dos companheiros Gilmar e Jair Amaral, aventura que resultou em uma reportagem especial sobre como viviam os mineiros dos pontos mais distantes do estado, ouvi a seguinte resposta do engenheiro Paulo Roberto Queiroz, de Estrela da Barra, depois de perguntar a ele como era a sua relação com a cidade, que fica no extremo do Triângulo Mineiro, às margens do Rio Grande: "Eu adoro essa corrutela". Precisa de mais?

Antigamente, conforme já ouvi, também se costumava dizer: "Vou ao comércio ou ao patrimônio", quando, na realidade, o fulano queria mesmo era dizer que vai à rua, ao pago, ou à corrutela, como o Paulo Roberto. Mas no nosso caso particular, do Vale do Rio Doce, pois dizem que o mineiro também é assim – a ele só interessa o lugar onde nasceu, pois sua pátria é o município –, sempre me intrigou por que falávamos "vou na rua", em vez do abrangente "vou à cidade", como se dizia em Belo Horizonte.

A resposta, por um acaso, me chegou esses dias, quando recebi do BDMG Cultural o livro *Arquitetura, arte e cidade*, com textos de Sylvio Vasconcelos, que foram organizados pela professora Celina Borges Lemos. Um dos intelectuais mais brilhantes do país, exilado pelo golpe militar de 1964, quando teve de ir para a França, Chile e, em seguida, para os Estados Unidos, onde morreu em 1969, provavelmente sem ter voltado à sua "rua", ele saciou a minha curiosidade no capítulo "Os portugueses em Minas Gerais": "As povoações de Minas são muito mais fruto das estradas ou caminhos que ligavam as minerações que propriamente destas. Suas ruas são sempre antigas estradas. Por isso mesmo foram, a princípio, chamadas de rua da praça, da matriz, da câmara etc. Não porque nelas se localizassem essas edificações, mas porque a elas conduziam. Por isso mesmo, ainda hoje os habitantes da zona rural tratam a cidade como 'rua', no singular, como uma reminiscência do trecho único da estrada, onde se construíam estabelecimentos comerciais. 'Vou à rua fazer compras', ainda se diz....".

Há poucos meses, em Coluna, ouvi um dos meus sobrinhos, o Bernardo, de 13 anos, que é belo-horizontino da gema, mas adora passar férias por lá, perguntar à minha mãe: "Vovó, eu posso ir na rua montado no Gaúcho...?". Ao que ela respondeu, após um breve silêncio: "À rua você pode ir, meu filho...", para completar, com o mesmo carinho de 40 anos atrás: "Mas cuidado com os carros e as motos".

■ EM - 11/01/2005

Por onde andará o palhaço Biribita?

Em uma manhã dessas, conversando com a artista plástica Marina Jardim, cuja bela exposição, com 16 quadros a óleo, aconteceu na Cervejaria Brasil, aqui em Belo Horizonte, ela me contou que o tema desta sua última mostra, inspirada nas festas populares de Minas, havia sido buscado em Rubim, no Vale do Jequitinhonha, onde tinha passado a infância. "Retrato as congadas, as folias de reis, os violeiros e os cirquinhos mambembes, de lona rasgada", ela falou. "Cirquinhos pobres...", pensei, e na hora, por inteiro, um deles me veio à cabeça, e eu disse a ela: "No meu tempo de criança, um circo desses, o do palhaço Biribita, me encantava".

"Você conheceu o Biribita?", ela perguntou surpresa, para dizer, em seguida, que o seu circo também sempre passava por Rubim. Papeamos mais um pouco, ela se despediu, e então eu, antes de me entregar novamente ao trabalho, deixei que a memória voasse e, retrocedendo no tempo, voltei a Coluna, por onde, algumas vezes, também andou o circo do Biribita.

Nunca existiu um palhaço como aquele. Moreno claro, bem magro, e calado quando fora do picadeiro, ele alegrava pequenos e grandes corações com seus trejeitos e piadas. As músicas que cantava, anunciando o espetáculo, e nós repetíamos em coro, enquanto o acompanhávamos pelas ruas, ainda estão na minha cabeça, como suaves e ternas lembranças. Além dele, a estrela maior, existiam ainda três outros palhaços, Bira, Posolito e Ivo, que também era trapezista e, se não me engano, atirador de facas, para o meu pavor e de todos os que assistiam àquele número terrível. A palidez da mulher, enquanto o Ivo realizava o seu trabalho, nunca saiu da minha memória.

Porém, o que aguardávamos mesmo, ansiosos, eram os números do Biribita, e quando ele entrava no palco, vestido a caráter, o delírio era geral. Pequenas e grandes tristezas eram esquecidas, e até alguns homens da cidade, sisudos e sérios no dia a dia, deixavam cair a máscara e, por alguns momentos, voltavam a ser crianças.

Mas uma vez, em uma de suas passagens por Coluna, anunciou também, com estardalhaço, que Cascatinha e Inhana, "os sabiás do sertão", iriam à nossa cidade, se apresentar no circo. "É verdade mesmo, Biribita?", me lembro do meu pai perguntando a ele, enquanto o atendia na farmácia. "É sério, prefeito, eles vêm mesmo." E então o inacreditável aconteceu, e Cascatinha e Inhana, no auge da fama, chegaram à cidade, onde se hospedaram como simples mortais no Hotel Santo Antônio, dos meus tios Waldemar Lopes e Zezé. À noite, no circo, foi uma loucura.

Dezenas de cavalos e burros, das pessoas que vieram dos arredores, estavam amarrados nas cercas, ao longo da rua, fora os jipes, mais de 30 (eu e meus colegas contamos), vindos das cidades vizinhas, fora uns tantos, lá mesmo de Coluna. Cascatinha e Inhana levaram o público ao êxtase, interpretando "Índia", "Meu primeiro amor", "Recuerdos de Ypacarai", e muitas outras canções. E Inhana arrasou, arrancando lágrimas, quando, sozinha, cantou "Meu cafezal em flor". Gargalhadas e assovios, naquela noite de gala, só mesmo quando o Biribita, nos intervalos, entrava no picadeiro.

No outro dia, antes de ir embora, a dupla foi à nossa casa, e papai perguntou a Cascatinha por que eles, tão famosos, estavam se apresentando em Coluna, em um circo tão pequeno. "Biribita nos ajudou muito em uma certa fase, e agora estamos retribuindo", ele respondeu com elegância e modéstia, enquanto Inhana conversava com mamãe. Não lembro se Biribita estava junto. Tanto Cascatinha como Inhana – e o meu pai – já não estão mais entre nós. Mas se você, Biribita, ainda estiver por aí, encantando mentes e corações com o seu circo de sonhos, apareça aqui no jornal uma hora dessas, pois quero te dar um abraço.

■ EM - 12/08/2003

O Parafuso

Havia muitos anos que eu não via o Zezito Parafuso. Voltei a me encontrar com ele estes dias, em Coluna, numa circunstância muito triste, pois foi durante o velório de um amigo que tínhamos em comum, Pedro Jorge Sobrinho, o Nô de Quinzinho. Companheiro de futebol e cavalgadas na adolescência e início da juventude, ele nos deixou de uma maneira inesperada – e trágica. Uma arma disparada acidentalmente acabou matando-o, na cidade de Água Boa. O enterro foi na sexta-feira, em São José do Jacuri, onde também estão sepultados os seus pais e um irmão. Para levar um pouco de conforto à família, entre as dezenas de pessoas presentes no velório, também lá estavam o Zezito Parafuso e sua mulher, dona Mariinha, avisados que foram na vizinha Rio Vermelho, onde voltaram a viver, depois de terem passado uns tempos na Fazenda do Mundo Novo, cabeceiras do Rio Cocais.

Conversando com aquele velho amigo, que marcou muito a minha infância, em Coluna, ele me contou, entre outras coisas, que este ano ele e dona Mariinha irão fazer bodas de ouro. "Nem dá para acreditar que carrego essa cruz há tanto tempo", brincou a esposa, enquanto dava um abraço no companheiro, com o mesmo carinho dos primeiros dias, quando para eles a vida estava apenas começando, e conseguir chegar a meio século de vida em comum ainda não passava de uma miragem ou um sonho.

A ideia inicial, segundo me disseram, era fazer uma grande festa para celebrar a data, mas como a maioria dos filhos vive nos Estados Unidos, como acontece com várias famílias dos vales do Rio Doce e Jequitinhonha, decidiram mandar celebrar uma missa em ação de graças, lá mesmo, na Paróquia Nossa Senhora da Pena, do Rio Vermelho, e fazer um almoço para os mais íntimos, só para a data não passar em branco. "Festa sem os meninos não tem graça", disse dona Mariinha, com a autoridade de mãe que não se discute, e continuamos a conversar. Nisso chegaram outros amigos, que também vieram para se despedir do Nô, e o dia foi andando, até ter início o traslado do corpo para o cemitério de São José de Jacuri.

Então, olhando para o Parafuso, voltei a vê-lo de chapéu Panamá, montado em um cavalo na porta da sua selaria, quando vivia em Coluna. Artesão de primeira, ele transformava um couro de boi, depois de devidamente curtido, em lindas peças, dessas de fazer inveja a qualquer designer. Trançava um laço como poucos; também fazia cabrestos e rédeas, além de bordar delicados adereços nos arreios, fosse em um simples e rude "socado", para a lida diária da fazenda, ou em uma sela domingueira, daquelas de moças irem à missa. Itens que não se usam mais, destruídos não só pela concorrência dos produtos industrializados, como pela mudança natural das coisas.

"Chegou um tempo que não deu para continuar, e tive de fechar a selaria", disse o Parafuso, que também é um grande contador de casos, costume esse que, felizmente, os tempos modernos ainda não conseguiram roubar. Dos vários que ele contava, e sempre havia um caso novo, me lembro da história do soldado que estava na guarita, brincando com um baralho, quando chegou de repente o comandante. Depois de repreendê-lo e ameaçá-lo de prisão, por estar fazendo um absurdo daqueles em plena hora da guarda, o praça então disse, sem se fazer de rogado: "Não, senhor coronel, como sou pobre, e com meu soldo não posso comprar um terço, pois não sobra nada, eu estou é rezando no meu baralho". E começou a desfiar, em cada uma das cartas, uma oração correspondente às contas de um rosário. Não só foi perdoado, como também o comandante, que era muito católico, além de ter pedido a ele que o ensinasse a reza, toda em versos, ainda recomendou que fosse promovido a cabo.

Naquele início de tarde, em Coluna, enquanto olhava para o Zezito Parafuso, fiquei me lembrando dessa história, e quis pedir a ele que de novo a contasse para mim, como havia feito, para o meu encantamento, já nos perdidos dias da minha infância. Pensei também na fragilidade da vida, na finitude das coisas, e então me dei conta, mais uma vez, de que não é mesmo o tempo que passa, mas somos nós que passamos por ele. Como estava acontecendo ali, quando nos despedíamos de Pedro Jorge Sobrinho, o Nô, até que outros, sabe Deus quando, também venham se despedir de nós.

■ EM - 02/06/2006

Um homem danado

Há poucos dias, de volta a Coluna, encontrei-me no bar do Joel Porto com o Ataíde, sobrinho do Aristóteles Borges, que também era conhecido pelos conterrâneos como Aristote. "E o seu tio, como vai?", perguntei ao amigo, que respondeu, enquanto me servia mais um copo de cerveja: "Já morreu há alguns anos", disse. Sobre aquele homem, que conheci na infância, se contavam muitas histórias, a maioria já esquecidas, ou perdidas no tempo.

Homem do povo e analfabeto, mas de uma inteligência rara, o Aristote fazia de cabeça todas as contas, fosse de somar, multiplicar ou dividir, com a rapidez de uma máquina calculadora. Pequeno comerciante, certo dia comprou um caminhão velho, no qual realizava as suas viagens, a maioria para Governador Valadares, levando produtos para vender. Só que pagar impostos não era com ele. Tirar notas fiscais para apresentá-las nas barreiras, então, nunca esteve nos seus planos. "Fazê isso pra quê, se o governo nunca deu nada pra nóis?", costumava dizer, com a velha sabedoria de quem só contava consigo mesmo para sobreviver. Dono de mil artimanhas, o Aristote sempre arranjava um jeito de enganar os fiscais e passar nos postos de fiscalização sem pagar um único centavo.

Dos tantos casos contados sobre ele, o Ataíde e eu, enquanto tomávamos uma cerveja, nos lembramos de dois, que vou tentar registrar aqui, antes que também se percam.

Naquele dia, no seu velho caminhão, o Aristote não ia transportar para Valadares, como costumava fazer, singelos carregamentos de alho, urucum ou milho, produtos na época muito baratos e para os quais os agentes do governo, às vezes, costumavam fazer vista grossa. Mas levava uma carga especial, de doze velhos bois carreiros, que já não podiam mais trabalhar. Depois de havê-los comprado, ele os transportava para serem vendidos em algum açougue, bem longe da fiscalização, obviamente. Na pracinha de Coluna, antes de começar a viagem, não faltou quem falasse que, daquela vez, ele não iria conseguir passar sem as notas. "Podem até prendê-lo", alguém chegou a dizer.

Mas aquele homem, o Aristóteles Borges, não era mesmo deste mundo. Uns dois quilômetros antes de chegar ao posto de fiscalização, ele parou o caminhão, desceu os bois e os arriou com todas as indumentárias. Um empregado seu, como se estivesse indo para o trabalho, passou tranquilamente tocando a boiada pela barreira, enquanto o Aristote, logo atrás, vinha com o caminhão vazio. Adiante tornou a embarcar a mercadoria.

"Uma outra vez, o meu tio, ao invés de levar bois, arranjou foi uma carga de cabritos, pois o preço estava alto e ele visava um bom lucro com a venda", contou o sobrinho, depois de pedir outra cerveja, mais uma porção de tira-gosto e uma Coluninha, para esquentar o peito. Encheu os nossos copos e prosseguiu: "Mas não foi sozinho, carregou também um dos seus filhos, que devia ter uns dez anos, se muito". E a viagem foi indo. Quando chegaram à barreira, os fiscais pediram as notas, que logicamente não existiam.

Aristote não se fez de rogado e disse a eles, com a maior calma, que os cabritos não eram dele. "São de quem, então, seu moço?", quis saber o fiscal, já desconfiado e pronto para apreender a carga. "São desse minino aqui, que encontrei chorando no meio da estrada, com essa cabritada, e falando que o pai dele tinha sumido." O fiscal, com cara de poucos amigos, quis saber: "Isso é verdade, meu filho, é verdade?". "É deveras, moço, é deveras. Meu pai disse que ia buscá a caminhonete pra gente levá os cabrito e sumiu..."

"Então, vamos fazer o seguinte", disse o homem da lei, exultante, e apontando para o Aristote: "Você vai embora, mas o menino fica aqui com os animais até o seu pai vir buscá-lo". O nosso amigo, sem se deixar abalar, concordou na hora, mandando o filho descer, dizendo que estava com pressa e que não podia ficar perdendo tempo.

"Foi então que o meu primo, já devidamente instruído pelo pai, começou o maior berreiro, pedindo ao fiscal que pelo amor de Deus tivesse dó e o deixasse ir embora com aquele homem, pois sua casa ficava logo adiante e ele estava morrendo de fome." "E o fiscal deixou?" "É claro que deixou, pra ficar livre daquela confusão toda", contou o Ataíde, que deu mais um gole na cerveja, e contou mais umas duas ou três histórias do tio.

■ EM - 23/11/2004

Os meninos e os aviões

Os céus de Coluna, a minha querida cidade do Vale do Rio Doce, no escondido e hospitaleiro coração de Minas, são cruzados diariamente por dezenas de aviões, que em um constante vaivém rumo ao norte do país, e vice-versa, deixam no infinito grandes riscos de fumaça, para os quais as pessoas, de tão acostumadas àquela rotina, quase não dão mais importância. Menos duas: o jornalista Lúcio Perez, casado com uma filha da terra, a minha irmã Maria Goreti, e que, quando aparece por lá, de preferência nos feriados prolongados, sempre munido com um possante binóculo, passa horas inteiras a observá-los: "Aquele é um 747, aquele outro é um jato de última geração, e voa tantas e tantas milhas por hora", costuma dizer com um certo conhecimento do assunto, enquanto os observa, como uma criança encantada. Na sua casa, ouvi dizer, lidas avidamente por ele, existem revistas e mais revistas a respeito, com o que tem de mais moderno sobre aviação.

Além do meu cunhado Lúcio Perez, uma outra pessoa, que por ali também se deixa levar pelo fascínio exercido pelos aviões, é o vaqueirinho Daniel, cujo maior sonho é um dia poder ver um deles de perto, já que voar ainda está muito longe da sua realidade, embora um tio seu, como ele gosta de dizer, uma vez "quase" realizou essa façanha, quando vivia em São Paulo. Nos seus momentos de folga, depois que volta da escola e cumpre o seu trabalho rotineiro, a coisa de que mais gosta é poder se deitar em uma das tábuas do curral, e por ali ficar, por horas inteiras, a observá-los naquele constante vaivém. "Deve ser bonito demais...", costuma dizer embevecido, enquanto dá asas à sua imaginação. "O senhor já entrou dentro d'um...?", me perguntou um dia, quando, por acaso, depois que ajudamos a vacinar uns bezerros, nos encontramos ali, em um início de tarde, a observar dois daqueles "pássaros de aço", que, em um mesmo sentido, voavam quase paralelamente. "Aqueles vão para a Bahia...", talvez dissesse o Lúcio, se estivesse conosco, com os olhos presos ao binóculo.

"Já fiz muitas viagens em aviões como aqueles...", respondi ao Daniel, apontando para eles. "É deveras... e como é que é..., seu Carlos?...", ele quis saber, com os olhos brilhando de curiosidade, enquanto bem perto de nós, fazendo acrobacias, um gavião tentava pegar uma andorinha. "Lá dentro tem de tudo: televisão, aeromoças servindo bebidas e lanches, jornais e revistas, e até cama, com cobertor e tudo, se você viajar na primeira classe...", eu disse a ele. "Primeira classe...? E o senhor já foi numa delas?...", ele quis saber. "Umas duas ou três vezes, sim", respondi ao menino, que, àquelas alturas, ainda mais curioso, perguntou também quantas pessoas cabiam dentro de um avião. "Depende do tamanho..., mas em alguns casos, nos de guerra, por exemplo, vão até mais de mil soldados..."

"Nossa...", disse o nosso amigo, que agora, com uma pedra na mão, já se voltava para o gavião, que, desistindo de pegar a andorinha, estava pousado bem perto de nós, em um pé de goiaba, onde um joão-de-barro havia feito a sua casa. "Matar o gavião para quê, Daniel...?", perguntei a ele. "Aquele ali vive comendo uns pinto da mãe...", respondeu o vaqueirinho, que depois de jogar a pedra, e errar o alvo, se virou para mim, e quis saber, não sem um certo constrangimento: "Mas, seu Carlos, e se lá dentro do avião, no aperto, a pessoa tiver vontade de fazer as necessidade...?". "Uai, Daniel, no avião tem banheiro, como em qualquer outro lugar..." "Mas, mas e as coisas... caem onde?" "Lá dentro tem um reservatório, e quando ele pousa, tudo é jogado fora pelo pessoal da limpeza..." "Dêxa de sê mintiroso, seu Carlos..., como é que num cai cá embaixo, se tudo tá lá em cima...?", disparou o menino, enquanto pegava uma outra pedra e tornava a jogar no gavião. Com uma rapidez impressionante, como os aviões que cruzavam os céus de Coluna, ele também alçou voo.

EM - 29/06/2004

O boi do padre

Numa tarde dessas, em volta de uma mesa, conversando com dois amigos de São João Evangelista, Carlos Alberto Pimenta e Walton Bernardo, nos lembramos de muitas histórias ocorridas na nossa região, o Vale do Rio Doce, que vão sendo passadas de pai para filho. Entre uma cerveja e outra, para refrescar o calor, Carlos Alberto, antes de pedir a saideira, voltou a se recordar de uma, mineiríssima – a do boi do padre –, que eu ouvira quando criança, contada pelo meu pai. Antes que ela se perca na memória, como tantas outras, vou tentar resgatá-la aqui, com as perdoáveis distorções causadas pelo tempo. As versões, também, costumam ser variadas.

Aconteceu mais ou menos assim: lá em São João Evangelista, há muitos anos, vivia um padre chamado Alcides. Homem do povo, adorado pelos paroquianos, ele tinha um sonho, acalentado desde a infância de menino pobre, que era o de ter um pequeno sítio, uma fazendinha, na qual pudesse criar umas vaquinhas, quem sabe fazer uns queijos, e poder envelhecer em paz, quando chegasse a hora de se aposentar, sem precisar ser sustentado pela igreja. Tanto lutou que, depois de fazer economia durante anos, acabou conseguindo comprar o tão ansiado pedaço de terra. E daí a alguns meses também adquiriu de um moço de Santa Maria do Suaçuí, em suaves prestações, umas oito ou dez novilhas girolandas, da melhor qualidade, e já prontas para o acasalamento.

Sem caber em si de contente, num belo dia, padre Alcides se encontrou, no centro de São João Evangelista, perto do Fórum, com um velho conhecido de Coluna, o fazendeiro Onofre Gomes, a quem contou as novidades. "Agora só preciso de um touro, meu caro, para cruzar com as novilhas", disse a ele, que, bom comerciante que era, aproveitou a chance e acabou lhe vendendo um, "na maior confiança", como se usava naqueles tempos. "É um garrote especial, padre Alcides. O senhor pode ficar despreocupado, pois ele não irá decepcioná-lo." E daí a algumas semanas, amadrinhado por três vacas, que o religioso também acabou comprando, chegou ao sítio o tão esperado boi: guzerá espadaúdo, com grandes chifres arqueados, pesando

25 arroubas ou mais. Enfim, um animal de rara beleza, como costumam ser os "machos" dessa espécie.

Padre Alcides, que naquelas alturas já havia pagado o touro, estava esfuziante com a aquisição e logo tratou de colocá-lo com as novilhas, na esperança de que estas amojassem logo, para que chegassem os sonhados bezerrinhos. Mas os dias foram passando, e nada. Quando acontecia de uma das vaquinhas subirem para o morro, onde o boi gostava de ficar pastando, o dito cujo dava um jeito de vir para a baixada, distanciando-se o máximo possível delas. Na hora em que as novilhas, insistindo, voltavam a tentar uma aproximação, jogando todo o charme possível, o nosso amigo subia de novo para a serra, abaixava a cabeça, abocanhava mais um punhado de capim e não dava bola.

E os dias foram passando. Certo mesmo, para encurtar a conversa, é que aquele "macho" guzerá, comprado com tantas dificuldades, não gostava da coisa. Aconteceu até, para ver se ele reagia, de o vaqueiro, cumprindo ordens de um já desconfiado padre Alcides, deixá-lo preso um dia inteiro no curral, na companhia de uma bela fêmea do cio. Mas a praia do touro, definitivamente, não era aquela.

Seu Onofre Gomes, àquelas alturas, quando ia a São João Evangelista, para visitar a família, que vivia lá, cortava voltas, evitando, o quanto podia, encontrar-se com o comprador. E, na sua cabeça, que andava a mil, foi bolando desculpas, para quando a inevitável hora do encontro chegasse, como acabou acontecendo numa manhã de domingo. "Como o senhor fez uma coisa dessas comigo, meu caro, me vendendo um boi como aquele, que não tem calor nenhum?", lhe disse padre Alcides, perto da igreja, depois de haver celebrado uma missa e feito uns batizados. "Não estou entendendo, amigo", respondeu o fazendeiro, na maior displicência. "Minhas novilhas entraram na produção, e o tal touro, que não iria me decepcionar, segundo suas palavras, não fez nada, deixou que o cio delas passasse", voltou a insistir o vigário, indignado.

Ao que seu Onofre, chapéu Panamá na mão, como mandavam as boas regras, retrucou, com a cara mais limpa desse mundo, ante a um padre Alcides perplexo, sem querer acreditar no que estava escutando: "É isso mesmo, meu amigo, só fiz o que mandou a minha consciência, pois eu não podia vender para o senhor um garrote levado. Tinha de ser um 'boi de padre', que tanto trabalho tive para conseguir". Em seguida, com mil e uma desculpas, e ainda com o chapéu na mão, foi dando um jeito de se despedir, como Carlos Alberto, Walton Bernardo e eu lembramos dia desses, entre uma cerveja e outra no Restaurante do Pereira, lá mesmo em São João Evangelista.

■ EM - 21/04/2009

O divórcio

Se hoje o divórcio é um acontecimento comum, que faz parte da vida dos casais quando não dá mais para continuar o relacionamento, nem sempre aconteceu assim. Já foi um tema que, aqui no Brasil, gerou infinitas discussões em todas as camadas da sociedade, sobre a sua implantação ou não. Toda essa querela, que culminaria com a sua aprovação em junho de 1977, começou quando Nelson Carneiro, um baiano eleito senador pelo Rio, relançou a ideia. Foi o suficiente para, durante um bom tempo, não se falar em outra coisa dentro das casas, nos bares, nas igrejas, ao se encontrar com um amigo na rua ou nos locais de trabalho. Prós e contras era o que não faltava, assim como todos os argumentos. Para uns, Nelson Carneiro era um homem moderno, à frente do seu tempo. Para outros, no entanto, não passava da própria encarnação do demônio com esse tipo de proposta que, em última análise, queria mesmo era destruir a família e acabar com os bons costumes. Coisa de comunista, no mínimo.

Parlamentar respeitado, homem de conversa fácil, como bem me lembro, lendo um pouco mais sobre a sua vida fiquei sabendo que ele se formou em Direito em 1932, pela Faculdade da Bahia, e nesse mesmo ano, durante o primeiro governo de Getúlio Vargas, esteve preso. Com a redemocratização do país, em 1945, filiou-se à UDN, tendo sido eleito deputado federal em 1947, reelegendo-se depois. Sua luta pela implantação do divórcio vinha de longe, desde 1951, quando apresentou um projeto na Câmara dos Deputados. Duramente combatido pelos políticos conservadores, que eram a maioria, e pelas igrejas, esse foi direto para a gaveta, onde ficou dormindo durante longos 26 anos, para finalmente ser aprovado. Em 1989, já bem idoso, Nelson Carneiro presidiu o Senado. No ano seguinte, pelo PMDB, foi candidato ao governo do Rio, sendo derrotado pelo gaúcho Leonel Brizola. Morreu em 1994. Se foi um político de tantas realizações, pois fez muito mais coisas, provavelmente ficará na história como "o homem do divórcio". Naqueles idos de 1977, por todos os cantos do país, inclusive lá na minha terra, em Coluna, seu nome e sua proposta estavam na boca do povo. No bar do seu Chico, onde uma turma de amigos tomava cerveja, não se falava em outra coisa: "O divórcio vem aí, compadre, o senhor ficou sabendo?...". "Ouvi dizer... Onde já se viu um trem desses, o divórcio...", respondeu o outro. "Pois é...", interferiu um terceiro. "Dizem que, aqui na região, se ele vier mesmo, vai chegar primeiro é em Guanhães..."

Seu Chico, do lado de dentro do balcão, prestava atenção na conversa. Homem simples, de princípios arraigados, parecia não estar gostando nada do que escutava. "E se ele vier mesmo, compadre, como está parecendo, aposto que vai acabar com a família, com o casamento, com a religião..." "Vai deveras. Também estou muito preocupado, com medo, até já falei com a minha mulher. Isso só pode ser comunismo...", respondeu o interlocutor, enquanto pedia ao dono do bar, que era todo ouvidos, outra cerveja gelada, que veio acompanhada por um delicioso tira-gosto, feito pela esposa do seu Chico.

E a conversa foi indo. O divórcio vem ou não vem? "E se vier mesmo, será que vai chegar aqui na nossa Coluna?", perguntou o compadre. "Não, não é possível uma coisa dessas, Deus nos livre...", respondeu o outro, que, percebendo o interesse do vendeiro pelo assunto, virou-se para ele e perguntou: "E o senhor, seu Chico, o que acha do divórcio, ele chega ou não chega?...". Então este levou as mãos à cabeça, cuspiu no chão, passou o pé por cima e respondeu sem pestanejar: "Se vem ou não, isso eu não posso saber. Mas uma coisa eu agaranto a vocês. Se ele chegar aqui na Coluna, e entrar no meu bar, eu corto ele na faca."

■ EM - 22/04/2008

O homem que falava difícil

Esta história, há muitos anos, aconteceu em Coluna, onde vivia um homem, seu Sinval Trindade, que, além de ser um grande gozador, também tinha a mania de falar difícil. Dizem que havia estudado dois anos no Seminário de Diamantina, e lá, aproveitando a rara oportunidade da época, ele leu, leu todos os livros que lhe caíram nas mãos. Mas quando viu que não tinha vocação para o sacerdócio, e a sua família, nenhuma condição de mandá-lo para prosseguir os estudos em Belo Horizonte, o jeito então foi voltar para Coluna, onde se tornou, além de pequeno comerciante, uma espécie de consultor intelectual e pessoa das mais estimadas. O irmão dele, Tãozinho Trindade, chegou a ser juiz de paz, e sua sobrinha, Rosimara Trindade, foi vereadora.

Escrever cartas para namorados, por exemplo, com algumas "chanças", era com ele mesmo, que nem cobrava nada, mas o fazia pelo simples prazer de ajudar os cupidos e poder exibir a sua verve. Nos discursos políticos, também, ele abafava. Só o dicionário, se orgulhava de dizer, já havia "deglutido" umas três ou quatro vezes.

Mas este caso começou mesmo foi quando uma moça, Maria Inês, que era sua afilhada de batismo, e pessoa da sua maior consideração, foi à sua casa, com todas as cerimônias, convidá-lo para que também fosse o seu padrinho de casamento. E logo com quem?, com o "charro" do Vicente; um pobre coitado, analfabeto e preguiçoso, mas que era bem metido a esperto. Tanto que uma vez, depois de ter lhe pedido um dinheiro emprestado e de não pagar, o tal ainda espalhou para a cidade, com risadinhas de mofa, que havia passado o maior "quinau" no seu Sinval.

Porém, ele, cavalheiro que era, não fez nada: não cobrou, não protestou a promissória, como era de seu direito, e muito menos procurou o pai do dito-cujo para que honrasse a dívida do filho, como também mandavam as boas regras. Engoliu calado a sua mágoa e o prejuízo. E apenas confiou a alguns amigos: "Este 'cleptomaníaco' não perde por esperar, pois ainda vou lhe aprontar um 'labéu'!". "Aceito o convite como um 'regalo', Maria Inês", respondeu à afilhada, estendendo também, com a maior civilidade, não uma, mas as duas mãos ao Vicente, que estava ali, ao lado da noiva, com a maior cara-de-pau.

Papo vai, papo vem, e a conversa foi se estendendo até que, depois do cafezinho de praxe, acompanhado com bolo de fubá e pão de queijo, na hora das despedidas, seu Sinval virou-se para o Vicente e lhe disse, já antecipando o que viria: "Depois do enlace, meu caro afilhado, quero ter a alegria de dirigir-lhe um 'chasco'".

Naquela mesma noite, já saboreando a sua desforra, seu Sinval, mais uma vez, lançou mão do dicionário amigo, que o acompanhava havia tantos anos, e dele não se separou durante os quatro dias seguintes, já que o casamento – pois o "chambão" também havia engravidado sua afilhada – estava marcado para dali a uma semana, e ele tinha de estar afiado para dar uma lição naquele "geófago". Mas de uma coisa não se esqueceu: avisar aos seus amigos mais íntimos, também convidados para o casório e não menos gozadores do que ele, que iria fazer uma saudação aos noivos, e muito em especial àquele "clunâmbuco e gojoba" do Vicentinho.

Eis que chegou o grande dia. Mais do que solícito, seu Sinval alugou um carro para buscar os noivos, que moravam na roça; ofereceu sua casa, onde existia chuveiro, para que tomassem banho e trocassem de roupa, e juntos, depois de brindarem com um licor de pequi, comprado especialmente para a ocasião, seguiram para a igreja, onde padre Sady já os esperava, e tudo correu normalmente. Depois da cerimônia, foram para a casa dos pais da noiva, onde haveria uma discreta comemoração, conforme pediam as circunstâncias.

Mas o que todos queriam mesmo era ouvir as palavras do seu Sinval, que começaram assim, bem normais: "Para mim, além de ser um grande 'honor', sinto uma alegria 'inenarrável' por ser padrinho da Maria Inês, essa moça 'pudica' e piedosa, filha de Maria – ela não cabia em si de contente –, que acaba de se casar com o Vicente, este 'improbo', 'sicário', 'flagicioso' e 'jagodes', além de ser um verdadeiro 'gusano' e o homem mais 'lunfardo', 'vil', 'pusilânime' e 'ladravaz' que já conheci". Falava sério e olhava para os amigos, que já não se aguentavam, enquanto o pobre do Vicente, cheio de orgulho, e já se achando completamente redimido da sua dívida, só conseguia dizer: "Deus te ajude, padrim, Deus te ajude. O senhor fala difícil, mas é bonito demais!".

■ EM - 31/01/2001

O monstro de Itamarandiba

Ainda neblinava um pouco. Eu havia tomado alguns chopes com uns amigos e estava me preparando para ir embora, quando o menino chegou, com sua caixinha de engraxate. Nunca o tinha visto ali, pelas imediações do Barbazul. "Quer um toque aí, moço?", ele perguntou. Na hora, seu sotaque me soou familiar, pois era muito parecido com o meu quando cheguei aqui a Belo Horizonte. "De onde você é?", perguntei-lhe, antes de aceitar o serviço e pedir mais um chope. "De Itamarandiba", respondeu, já com a escova, o pano e a graxa nas mãos. "Há quanto tempo você veio para cá?" "Tem só um ano." "Então ele sabe da história", pensei.

Logo em seguida, assim que começou o trabalho, perguntei-lhe, como se não quisesse nada: "E no monstro, você acredita?". A escova parou em suas mãos. O garoto me olhou espantado antes de responder, depois de querer saber se eu também era da "cidade". "Acredito, sim, moço. Minha vó disse que ele existe, e meu pai já viu o lugar, lá na igreja, onde enterraro ele..." E parou por aí. Como bom sertanejo, não era de espichar conversa com estranhos.

Olhando para aquele menino, que devia ter no máximo uns 12 anos e já estava tentando ganhar a vida, voltei à minha infância, quando ainda vivia em Coluna, vizinha de Itamarandiba. Como ele, não só acreditava, como morria de medo do monstro. Esta história, pouco conhecida nos dias de hoje, já vai se perdendo no tempo; vou tentar contá-la aqui, como a ouvi na infância, correndo todos os riscos possíveis, que creio serem perdoáveis em situações assim.

Tudo começou há muitos anos, quando um rico fazendeiro itamarandibano, após se desentender com um padre, muito guloso, disse que ele estava gordo daquele jeito porque comia mais do que sua mula. Foi o suficiente para que, cheio de rancor, o vigário lhe rogasse uma praga terrível. Daquele dia em diante, o homem comeria tanto, mas tanto que, quando morresse, seria necessário um carro de bois, com mais de oito juntas, para puxar o caixão. E mais: ele teria de ser enterrado dentro da matriz, único lugar onde poderia ser controlado pela força da água benta e pelo poder das orações, daquelas que só os padres sabem, pois, caso saísse da cova, iria comer até a sua sétima geração.

"O seu pai é primo dele, pois a sua avó Ocarlinda nasceu lá, em Itamarandiba", costumava sentenciar a Onésia, uma empregada de nossa casa, quando queria me apavorar. A simples menção a esse hipotético parentesco, sempre lembrado em noites escuras ou na Semana Santa, de preferência na Sexta-feira da Paixão, era suficiente para que eu fosse para a cama mais cedo e, por dias seguidos, atendesse sem vacilar a todos os pedidos de Onésia.

E o homem foi comendo, foi comendo. Contam que, primeiro, devorou todos os mantimentos guardados na salgadeira, na despensa e no paiol. Comeu tudo o que existia no quintal e na horta. Em seguida, devorou os bois, os porcos, as galinhas, os cavalos, as mulas, os burros, os cabritos e outros animais que existiam na fazenda e arredores. Até as cobras ele comeu. Quando tudo acabou, passou a se fartar com as selas, cabrestos, laços, cangalhas. Um dia, quando já estava pesando mais de mil e quinhentos quilos, finalmente ele morreu.

Para se fazer o caixão, de tamanho descomunal, foram necessárias mais de dez toras de braúna, buscadas na Tromba d'Anta, na Serra dos Ambrósios, e na fazenda da família do doutor Sebastião Gusmão, na Santa Joana. Para tirá-lo de dentro de casa, tiveram que derrubar as paredes, já que o corpo não passava pela porta. "As marcas das rodas do carro de bois que levou ele ainda estão lá nas pedras, próximas à fazenda, para quem quiser ver", sempre tinha um para afirmar.

Então o enterraram dentro da velha e bela Matriz de Itamarandiba, que há uns três ou quatro anos (alguns acreditam que por obra do dito) foi destruída por um incêndio. Às vezes, sem mais nem menos, as paredes da igreja davam para trincar. Para horror dos presentes, que estavam assistindo a alguma missa ou apenas rezando o terço, os cabelos do monstro começavam a brotar entre as tábuas, das quais também saíam formigas e tanajuras, baratas e escorpiões, além do cheiro horrível de enxofre. Coisa dos infernos. Ungido dos poderes da cruz, o padre jogava água benta e rezava as poderosas orações para acalmá-lo. Dizem que até hoje, mesmo na igreja nova, ainda é assim.

Contam também que, nas noites de lua cheia, quando toda a cidade dormia, a alma de uma prima do monstro, a mulher de cinco metros –

como ele, vítima de uma maldição, por haver engravidado sem se casar – costumava visitá-lo. Era sua única companhia. Mas ela não podia entrar na igreja. Era proibida, devido ao seu pecado. Ficava flutuando em frente, enquanto, lá dentro, o monstro soluçava de solidão e de arrependimento, por ter ofendido um padre, e ela, por haver se perdido. Muita gente jura ter ouvido os lamentos.

"O seu pai é primo dele, e quando o bicho sair da cova, vai comer até a sétima geração", costumava me dizer a Onésia. Eu estava assim, entregue a essas lembranças, quando finalmente o menino avisou: "Moço, já terminei". Então, paguei a ele, que agradeceu a gorjeta. E, sem dizer mais nada, perdeu-se pela Avenida Getúlio Vargas, com sua caixinha de engraxate.

EM - 22/03/2005

A mulher de cinco metros

Há pouco mais de dois anos escrevi uma crônica na qual contava a história do monstro de Itamarandiba. Perdida no tempo, a lenda começou quando um rico fazendeiro da cidade, depois de haver se desentendido com um padre muito gordo, falou que ele era assim porque comia mais do que a sua mula. Foi o suficiente para o vigário rogar uma praga e dizer que o homem haveria de comer tanto que, quando morresse, iria precisar de oito bois para puxar o caixão. Além disso, teria de ser enterrado dentro da matriz, único lugar onde poderia ser controlado pela força das orações e da água benta, porque, se conseguisse sair da cova, iria comer até a sua sétima geração. E outra: não iria nunca parar de crescer. Por isso dizem que hoje, na igreja de Itamarandiba, só ficou o seu tronco, pois a cabeça já está em Capelinha, e os pés, em Coluna. E mais: a única companhia que teria, apenas nas noites de lua cheia, seria da sua prima, a mulher de cinco metros, também amaldiçoada, por haver engravidado antes do casamento. Alguns dizem, mas nada provado, que o filho seria dele. Mas ela não poderia entrar na igreja, ficaria pairando em frente, e se lamentando de dor e solidão.

Quando a crônica foi publicada, das várias mensagens que recebi de estudiosos dos causos e das lendas mineiras e de itamarandibanos, acrescentando novos detalhes à história, uma me chegou de um filho ilustre da terra, o advogado Délio Malheiros, hoje deputado estadual, na qual confessava, corajosamente, que era primo do monstro. "Mas não tem problema, lá dentro da matriz ele está bem-guardado e não corro o risco de ser devorado", brincava o parlamentar, que encomendou ao poeta Olegário Alfredo, o Mestre Gaio, um cordel contando toda a história, que foi distribuído entre os seus amigos e conterrâneos.

Conto tudo isso porque, há poucos dias, recebi de Coluna um telefonema de um tio, João Gualberto de Oliveira, no qual ele dizia ter ido recentemente a Itamarandiba, onde se lembrou de mim. Como o seu carro estragou logo na entrada da cidade, ele teve de procurar uma oficina, onde, devidamente emoldurada, a minha crônica sobre a história do monstro estava dependurada na parede. Para puxar conversa, ele disse ao mecânico: "Quem escreveu esse caso foi um sobrinho meu, lá de Coluna". "É mesmo? E como ele se chama?" "Carlos Herculano Lopes, o nome dele está gravado aqui no jornal", e apontou com o dedo. "É deveras, eu não havia reparado", disse o outro.

O assunto, com certeza, teria ficado por ali, se o meu tio, querendo espichá-lo, não tivesse falado: "Essa lenda do monstro é muito interessante, você não acha?". Aí o mecânico, parando o seu serviço, levantou-se, olhou para ele, bem dentro dos olhos, e disse: "Lenda não, seu João. Minha bisavó conheceu ele e se alembrava de tudo, inclusive de ter visto o assoalho da igreja velha rachado, no lugar de onde ele queria sair". "Mas, depois que a matriz pegou fogo, o bicho deve ter morrido queimado", brincou o meu tio. "Espíritos não morrem, moço, e, além do mais, de uns tempos para cá, a mulher de cinco metros, prima dele, voltou a aparecer em frente à igreja nova. É a prova de que ele continua lá."

"A mulher de cinco metros?", quis saber o meu tio. "Sim, senhor, ela é a única visita que o pobre coitado pode receber, assim mesmo só em noites de lua cheia. Mas ela, que também continua a crescer, não tem permissão para entrar na matriz. Tem de ficar do lado de fora, pairando no ar, enquanto lá dentro seu primo fica gemendo de solidão", disse poeticamente o mecânico. E completou, com os olhos no chão: "São os dois seres mais sozinhos deste mundo, como dizia a minha bisavó". Em seguida, após confirmar que o monstro, quando conseguir sair da cova, vai mesmo comer até a sua sétima geração, ele voltou ao trabalho.

■ EM - 29/01/2008

Do tatu à *lan house*

Há alguns dias em Coluna, em bate-papo com alguns amigos de infância, começamos a nos lembrar de nossas brincadeiras. Quase nenhuma existe mais. A criançada de hoje, obviamente, prefere o computador, o celular, os joguinhos eletrônicos, a televisão e outras opções oferecidas pela tecnologia, que também tem seus encantos. Como naquele tempo não havia nada disso, tínhamos de nos virar como podíamos, lançando mão de diversões antigas ensinadas por nossos pais, que as aprenderam com os seus, e assim por diante.

Uma daquelas brincadeiras de que mais gostávamos era a do tatu. Um grupo de meninos – 10 a 15, no máximo – dava as mãos e formavam um círculo, que não podia ser muito grande. No meio, depois de feito o sorteio, ficava o tatu, que deveria tentar rompê-lo. Mas antes ele perguntava, batendo no braço de cada um, que madeira era aquela. As escolhidas, para mostrar força, eram sempre de lei: peroba, jequitibá, braúna, pau-brasil, jacarandá, angelim, jatobá. Quando o tatu, depois de várias tentativas e peitadas, dava um jeito de se soltar, saía em debandada louca, e nós íamos atrás. Aquele que conseguisse pegá-lo ia para o centro da roda, para tudo começar novamente.

Bem parecida com essa era a brincadeira do veado-mateiro, que também era escolhido na sorte ou pelo par ou ímpar. Os outros meninos seriam os cachorros, que deveriam caçá-lo, usando para isso de todos os recursos. Não havia número determinado de participantes – quase sempre ultrapassavam os 30, dependendo do dia. Ao bicho, depois que conseguisse romper o círculo, eram dados 20 minutos, marcados no relógio, para desaparecer no meio do mato, pasto afora, onde lhe desse na cabeça. Depois, a "cachorrada" era solta, e o garoto que conseguisse pegá-lo seria o próximo mateiro. Era uma das nossas preferidas.

Um colega nosso, Carlos Damas, o Damasco, bateu o recorde, e só conseguimos agarrá-lo ao anoitecer, quase umas quatro horas depois de haver se escondido, e a mais de uma légua (as distâncias eram medidas assim) do ponto de partida. Os perseguidores, de tão cansados, já não aguentavam mais, e até hoje, quando nos encontramos, essa façanha é comentada.

"E do tico-tico fuzilado, você se lembra?", perguntou um amigo. Essa brincadeira era violenta, mas a adorávamos. Primeiro havia uma série de disputas, e quem ficasse em último lugar ia para o paredão. O condenado, sem nenhuma alternativa, tinha de segurar o tranco com dignidade, ficando de costas em um muro, e os executores, cada qual com uma bola de meia, deveriam executá-lo, dando-lhe um ou mais "tiros", dependendo de quantos lhes coubessem. Só não valia acertar na cabeça. Se essa regra fosse descumprida, o infrator passava a ser o castigado. Quase sempre essa brincadeira cruel, para completa desmoralização da vítima, terminava em choro.

Já em Brasil contra a Alemanha – peleja sempre realizada à noite, no escuro, para dar mais emoção –, os soldados brasileiros deveriam tentar romper as linhas inimigas, correndo todos os perigos, para resgatar a bandeira nacional, que havia caído nas mãos dos nazistas. Mas quando ocorria (não era raro) de os alemães vencerem a parada, a vergonha dos verde-amarelos era total, motivo de gozações durante vários dias. Cheguei a passar por esse vexame algumas vezes, e era sempre uma grande desonra.

Quando padre Sadi, em meados dos anos 1960, num gesto pioneiro, começou a exibir filmes em Coluna – com um projetor manual comprado aqui em Belo Horizonte –, passamos a só brincar de faroeste, imitando os caubóis. Fazíamos revólveres de madeira e de raiz de lírio. Não raramente, usávamos até cavalos, para dar mais emoção. E vez ou outra aparecia alguma espingarda velha, passarinheira, que não atirava mais.

Em agosto, com as ventanias, os papagaios coloriam os céus. Não usávamos cerol, mas íamos longe recolhendo a linha, quando acontecia de arrebentar. Já as bolinhas de gude, que ainda hoje divertem a meninada da terra, ofereciam infinitas opções. Maré, por ser brincadeira de menina, não figurava entre nossos passatempos. Mas, quando os circos de touradas iam embora, improvisávamos arenas nos currais. Quase sempre éramos vítimas de quedas e coices dados pelos bezerros. Até hoje tenho uma cicatriz na cabeça, como testemunha daquelas aventuras. Os toureiros Tira-Cisma, Piriá e Parafuso eram os nossos maiores ídolos.

"Será que fomos mais felizes que a garotada de hoje?", perguntou um amigo, com planos de escrever um livro no qual pretendia registrar, como legado de uma época, todas essas brincadeiras, antes que elas se perdessem totalmente. "Às vezes também me pergunto isso", respondi, sem nenhuma convicção, enquanto observava um grupo de meninos e meninas que, numa *lan house* a poucos metros de onde estávamos, se divertia a valer.

■ EM - 27/08/2010

Recordações de Helena

Quase todos os dias, no meio da tarde, quando o sol começa a querer deixar Belo Horizonte, Helena costuma pegar a cadeira de palhinha, feita à mão, e colocá-la na varanda da sua casa, numa rua tranquila do bairro Santa Efigênia, onde vive há anos, desde a vinda de Coluna para a capital. Quase sempre algum filho, neto ou vizinho lhe faz companhia. Todos a estimam muito. Então, entre um cafezinho e outro, se fala de tudo: do tempo e suas mudanças; das novelas de TV, que adora assistir; da política, pela qual nunca perdeu o interesse; do último livro que leu, pois nunca fica sem um: costume antigo, adquirido quando era criança. Enfim, naquelas horas de lazer e relaxamento, antes de voltar à cozinha e começar a preparar o lanche, se comenta sobre muita coisa.

Mas também, quando acontece de ficar sozinha, várias histórias voltam à cabeça de Helena, que não se furta em recordá-las, nostálgica, o que nunca deixou de ser. Então, de olhos fechados e dando asas à memória, se vê novamente menina, lá em Coluna, de pés descalços, brincando com seus irmãos e colegas de esconde-esconde, bente-altas, maré; fazendo teatrinho, no qual sempre desempenhava algum papel, ou indo para a escola de uniforme novo, bem-passado, com pasta de couro, canetas e lápis de cor.

Como gostava da sua professora!, da qual nunca conseguiu se esquecer, mesmo que mais de 70 anos já tenham se passado. "Parece que foi ontem", costuma pensar, dá um suspiro, toma outro cafezinho, que está sempre à mão, na garrafa ao lado, e se vê, daí a algum tempo, indo para o colégio com as suas irmãs. Seu pai, Antônio da Conceição Silva, que na época era tropeiro famoso e costumava levar seus produtos para vender longe, a mais de mil quilômetros de Coluna – Limeira, Sorocaba ou Porto de Santos –, em viagens que, entre a ida e a volta, nunca duravam menos de quatro meses, uma vez lhe trouxe de presente um cavalo, no qual ela foi para o internato. "É um presente para você, minha filha", lhe disse em uma tarde, quando, sujo de poeira, barba por fazer, mas com muitas histórias para contar, voltava de outra jornada.

"Foi uma das maiores alegrias da minha vida", pensa Helena, que deu ao cavalo o nome da sua raça, a Campolina, e ia vê-lo todas as tardes, quando voltava da escola: ajudava os empregados a dar-lhe ração, a escovar os seus pelos, a matar os carrapatos, até que chegou o dia da ida para o colégio interno, no Serro. Arreios novos, canastras cheias de doces, biscoitos e queijos, outras com as roupas, suas e de suas irmãs, que estavam tão ansiosas como ela por estarem deixando, pela primeira vez, a casa dos seus pais. "Só vamos nos ver nas férias, vou sentir saudades de vocês", lhes disse a mãe, enquanto, sem conseguir conter as lágrimas, ia abraçando uma a uma das filhas, desejando-lhes uma boa viagem e as abençoando.

Helena se ajeita na cadeira, não se levanta para atender a um telefonema, que chama com insistência. Toma outra xícara de café, bem forte e quente, como ela gosta, e depois se vê já moça formada, de volta a Coluna, onde começou a dar aulas na única escola que existia. Em seguida, o início do namoro com Azemar, um rapaz de lá mesmo, o casamento, a chegada dos filhos, dois meninos, Darlan e Normando, e duas meninas, Vera e Wilma. E a partir daí, até a vinda para Belo Horizonte, os problemas, comuns a todos: a perda dos pais, a morte do marido, a tristeza, a angústia, e depois – mulher valente que sempre foi – a retomada da vida, sem deixar a peteca cair. Um dos órgãos doados com todo o amor deste mundo ao filho Darlan, e sua sobrevida por muitos anos, morando na mesma casa que ela, fazendo-lhe companhia.

Helena está assim, deixando-se levar pelas lembranças, quando de repente, quase se assustando, vê que alguém está passando a mão nos seus cabelos. Tão distraída se encontrava que nem tinha percebido a chegada de Wilma, uma das suas filhas, e a neta, a bela Ana Laura. "Vó, vamos lá para dentro, está na hora da novela, hoje é o último capítulo, e não podemos perder", ela lhe diz. "Ah!, sim", Helena responde, dá a mão à neta, e elas entram. A esta hora, o sol está quase se pondo, e um vento forte, com prenúncios de muita chuva, sopra desde a Mata da Baleia.

EM - 14/01/2011

Água do bispo

Os homens mais velhos da cidade, como seu Laurentino Rosa e o meu tio e padrinho Victor Augusto de Aguiar, para os conterrâneos, seu Aguiar, contavam que, nos primeiros anos do século passado, lá pelos idos de 1900, ou pouco mais, para cumprir missão evangelizadora, e sagrar uma nova capela, chegou ao então arraial de Santo Antônio da Coluna, vindo da Diocese de Diamantina, depois de sete dias de cansativa viagem a cavalo, passando pela Serra do Gavião, dormindo em lugares improvisados, e tomando sol e chuva, um bispo venerado pelo povo, cujo nome, infelizmente, se perdeu na poeira do tempo.

Naquela vila, que na época não passava de uma pequena comunidade encravada entre as montanhas dos vales do Rio Doce e Jequitinhonha, o raro acontecimento foi celebrado com pompas e circunstância: teve comitiva de cavaleiros, com centenas de participantes, que seguiu para se encontrar com o religioso quando este se aproximava; soltaram-se caixas e caixas de foguetes de vara encomendados especialmente para a ocasião; deram-se alguns tiros para cima, por puro entusiasmo; contratou-se uma banda de música da vizinha Rio Vermelho; as crianças se vestiram de anjo; todas as casas se engalanaram, enfeitaram-se as ruas. Enfim, foi uma grande festa, com a participação de toda a comunidade, irmanada na fé.

Contava-se também que, entre as atribuições do bispo, que de Coluna deveria seguir viagem para outros lugares da região, até o retorno a Diamantina, previsto para dali a um mês, ou mais, estava a de realizar, no arraial, dezenas de casamentos, devido ao costume do gentio de viver amasiado, o que não condizia com as regras da Santa Igreja. Além de fazer batizados, ministrar crisma, confessar o povo, rezar contra o vício da cachaça e benzer casas para livrá-las principalmente de uma velha praga: os cupins. Estes eram tão infernais que, anos antes, haviam conseguido jogar no chão a primeira igreja da vila. Daí a inauguração da segunda. Existiam em tamanha quantidade que as más línguas chegaram a apelidar a então pequena Coluna de "Santo Antônio do

Cupim". Nem é preciso dizer que fazer alusão a esse fato perto de um nativo era correr o risco de levar uma boa surra, ou então ser escorraçado.

Mas quase nada disso, como diziam meu padrinho Aguiar e seu Laurentino Rosa, iria se comparar aos próximos acontecimentos, quando o bispo, depois de chegar a Coluna morto de cansado, queixando-se de forte dor de cabeça, devido à inclemência do sol, e de uma certa indisposição intestinal, por conta dos precários alimentos ingeridos durante a viagem, foi tomar um banho. De bacia, obviamente, preparado com esmero e carinho – também se dizia – por matriarcas da nossa família e suas empregadas, em cuja casa, da minha bisavó, teria ficado hospedado.

Especulava-se ainda que, como era um pouco obeso, o pobre coitado do bispo devia ter tido o maior trabalho para se acomodar dentro da tal bacia, se é que isso tenha sido possível. No dia seguinte, depois que fosse celebrada a missa solene de inauguração da nova capela e realizada a cerimônia de beijar o anel, que orgulhosamente ele ostentava no dedo, seria servido um banquete em sua homenagem, com a presença dos principais do lugar. Quantas leitoas e frangos foram mortos, além da variedade de doces, é impossível saber, como também se o religioso pôde usufruir das iguarias, devido ao piriri.

Mas nenhum outro acontecimento daqueles gloriosos dias, que foram muitos, como também relatavam meu padrinho Aguiar e seu Laurentino Rosa, se compararia ao pós-banho de sua eminência: as empregadas da casa onde ficara hospedado, com total anuência das patroas, que deram o maior apoio à iniciativa, em vez de jogar a água fora, tiveram a ideia de engarrafá-la, pois água de bispo, mesmo estando um pouco suja, devido às circunstâncias da viagem, para todo o sempre devia de ser sagrada.

Contava-se ainda que durante vários meses, e meu padrinho Aguiar jurava ter visto uma dessas garrafas, até que todo o conteúdo se findou, a água foi usada – com gente vindo de longe para buscar um pouquinho – para se passar em ferida. Ajudava também a fechar buracos de balas ou provocados por facadas, acabava com cobreiro e abreviava parto, quando a criança estava encroada, sem querer nascer. A água do bispo, que em Coluna ficou famosa, e que hoje está sendo lembrada aqui, seria usada também, tomando-se com parcimônia um golinho, para se matar lombriga e curar úlcera supurada. Assim como para minimizar outros males, que ainda hoje, passados mais de 100 anos do acontecido, continuam a afligir o nosso povo.

■ EM - 22/11/2013

Balas de 30

Oitenta anos depois do entrevero que levou Minas, Rio Grande do Sul, Paraíba e boa parte do Brasil a brigar contra São Paulo, num episódio que culminou com a deposição do presidente Washington Luiz e a chegada de Getúlio Vargas ao poder, as revoluções de 1930 e 1932 continuam rendendo histórias. Manhã dessas, aqui na redação do *Estado de Minas*, quando conversávamos a respeito, o companheiro Plínio Barreto disse: "Fui uma das vítimas da guerra". Como ficamos curiosos, nos contou, depois de mostrar a marca da bala, que, no auge dos combates nas ruas e quartéis de Belo Horizonte, ele e uns amigos, na maior inocência, estavam jogando bolinhas de gude na Rua Além Paraíba, na boa e velha Lagoinha, quando de repente, sem mais nem menos, começou a sentir um formigamento na perna. Assustado, levou a mão ao local, que sangrava. Por sorte, senão, provavelmente, teria ficado aleijado, a bala atravessou a panturrilha para ser encontrada logo adiante, encravada em um muro. "Até pouco tempo eu a guardava numa caixinha, como recordação", disse o amigo, que registrou essa aventura com detalhes no seu delicioso livro de memórias *Lagoinha, meu amor*, no qual conta esse e outros casos sobre a época e o bairro, onde dezenas de famílias vindas da Itália, como a sua, viviam.

Como a agulha puxa a linha e a linha puxa a agulha, como reza o ditado, acabei me lembrando de outra história sobre a revolução, da qual foram protagonistas um tio-avô meu, Pedro Ernesto de Oliveira, e a minha mãe, Iracema Aguiar de Oliveira, muitos anos depois. Tio Pedrinho, como o chamávamos, e um dos seus irmãos, Victor Augusto de Oliveira, o tio Vitinho, participaram dos embates de 1932, brigando por Minas. Velhas fotos da família, com os dois fardados, fuzis nas mãos, continuam guardadas em álbuns. Solteirão convicto, boêmio dos melhores, jogador inveterado e sobretudo um boa-praça, tio Pedrinho viveu seus últimos anos na nossa casa, em Coluna. Muitas vezes, quando eu, adolescente, estava por lá de férias, ele me contava com orgulho: "Estive na boca do túnel, lá no sul de

Minas, conheci Benedito Valadares e Juscelino, colocamos a paulistada para correr". Quando lhe perguntava se havia matado alguém, o sorriso desaparecia e parava a conversa. Se o que dizia era verdade ou não, talvez nem ele, já com seus 80 anos, soubesse mais. Realidade e ficção, nos seus relatos, com certeza caminhavam juntas. Como nenhum de nós, seus sobrinhos, na época, tínhamos embasamento histórico suficiente para questioná-lo, se quisesse, podia mentir à vontade. E imaginação era o que não lhe faltava.

Seja como for, me encantava ouvir suas histórias e sei que ele também gostava de contá-las para mim. Às vezes, quando me sobrava um troco, eu dividia com ele, que, feliz da vida, ia ao armazém e comprava um litro de "Sulino", seu vinho preferido. Todas as noites, antes de se deitar, cumpria um ritual, que era o de buscar um copo d'água na cozinha e, sem a menor cerimônia, tirar a dentadura e colocá-la dentro dele. Depois o tampava com um pires. De nada adiantavam os protestos da minha mãe, dizendo que aquilo era falta de educação e de higiene. Todos na família, incluindo o meu pai, gostávamos muito do tio Pedrinho.

Mas ocorreu que, numa tarde friorenta, quando estava abrindo a porta da geladeira para pegar um pouco do "Sulino", ele se sentiu mal, desabou de vez no assoalho e logo em seguida estava morto. "Nos deixou como um passarinho", disse a tia Nilza Maria, que foi uma das testemunhas do ocorrido. No seu velório, como não podia deixar de ser, rolou um vinhozinho, uma pinguinha, na moita, tira-gostos, que minha mãe mandou preparar, e histórias, muitas histórias contando as suas façanhas, não só como "soldado revolucionário", mas sobretudo como galã e conquistador. Bonitão como era, na juventude havia arrancado suspiros e provocado paixões em muitas mulheres. Uma delas, inclusive, chegou a escrever uma carta, na qual colou um cachinho dos seus cabelos: "Como não me casei com você, Pedrinho, ficarei solteira pelo resto dos meus dias", escreveu. Vá entender os mistérios da vida. Dias depois do enterro, quando as coisas na casa começaram a voltar ao normal, minha mãe resolveu dar uma geral no quarto do tio. Abriu velhas canastras, das quais tirou os objetos que lhe interessavam: fotos antigas, como as dele fardado, outras, das tantas namoradas, documentos, um salvo-conduto e cartas, muitas cartas, entre elas, a já citada. Também um relógio antigo, uma binca, para acender seus cigarrinhos de palha, uma garrucha 22, bem enferrujada, mas que ainda atirava, e mais algumas coisas. Do restante, jornais comidos pelas traças e peças de roupas no mesmo estado, minha mãe fez uma trouxa, levou para o terreiro e colocou fogo.

Só não podia imaginar que, escondidas nos bolsos de suas calças, estavam guardadas várias balas de fuzil trazidas por ele dos locais por onde havia andado durante aquelas contadas pelejas contra os paulistas, que – finalmente cumprindo a função para a qual eram destinadas – começaram a detonar, saindo tiros para todos os lados, para o horror da minha mãe, que por sorte, ao contrário do amigo Plínio Barreto, não chegou a ser atingida.

■ EM - 09/07/2010

Nas asas da seriema

No último fim de semana, de volta a Coluna, onde ainda se bate um bom papo, come-se o melhor queijo Minas e bebe-se uma cachacinha de primeira, a Coluninha, fabricada pelo primo Silvio Garcia, tudo isso longe das insanas bombas que mister Bush continua despejando sobre Bagdá, eu estava no alpendre da nossa casa, conversando com minha mãe, quando de repente apareceu o Pedralvo: querido primo, contador de causos de primeira, e o maior ex-mentiroso do mundo. Digo ex, porque a última mentira que ele contou foi exatamente há 60 anos, no dia em que ele fez 80, e isso aconteceu há muito tempo.

"Vamos entrar, compadre", lhe disse a minha mãe, que batizou um dos seus filhos, o Hernani, se não me engano. "Obrigado, comadre, mas estou com um pouquinho de pressa." "Pressa por quê, compadre?" "É que eu vou indo ali, no retiro, olhar um bezerro que nasceu ontem..." "Mas se foi ontem, ele já mamou, e então está tudo bem..." "É aí, comadre, que a senhora se engana, pois como o dito chegou ao mundo pesando 200 quilos, estou com medo de que o leite da sua mãe, que dá 300 litros por dia, seja pouco para ele..." "É, compadre...", disse a minha mãe, quase sem conter o riso. "Mas tome só um cafezinho..." "Não, brigado, mas eu já estou indo mesmo."

Foi aí que eu, sem querer perder a companhia do amigo, nem as suas histórias fantásticas, virei para ele e falei: "Ouvi dizer, Pedralvo, que lá na sua casa tem um mamoeiro...". "Nem me fale sobre isso, porque essa história já me deu desgosto demais." "Mas por quê, parente?" "Foi uma sementinha de nada, que o Pedralvinho trouxe para mim lá de Belo Horizonte; eu plantei, e de início nasceu um pezinho à toa." "Mas e daí?" "Daí?..., daí que com menos de uma semana ele já estava com mais de cinco metros de altura, e com cada mamão desse tamanho", e abriu os braços, abarcando o mundo.

"É mesmo, Pedralvo?, mas o que aconteceu depois, para te deixar assim tão triste....?" "Nem te conto, primo, pois em uma manhã, quando acordei e fui lá fora, no terreiro, para ver o mamoeiro, como fazia todos os dias, não tinha mais nada, tudo havia sumido...” “Mas como assim... sumido...?” “É que o meu mamoeiro, de tão grande que ficou, acabou não aguentando o próprio peso e afundou na terra, com os mamões e tudo...” “Não diga, Pedralvo, não diga...”

“É, gente, agora eu tenho de ir... se não o bezerro vai morrê de fome...” “Mas Pedralvo... me contaram que você voou numa seriema...?” “Besteira, meu primo, besteira...” “Eu também ouvi dizer, compadre...”, disse a minha mãe, já morrendo de rir. “Então eu vou contar, mas tem vez que nem eu mesmo acredito que isso aconteceu comigo.” “Conte logo, primo, conte logo.” “Foi assim: um dia, numa hora dessas, eu tava voltando lá pra casa, quando de repente, no meio da estrada, tinha um bando de seriemas, todas muito mansinhas.”

Aí ele parou um pouquinho, tossiu, acendeu um cigarro e prosseguiu: “Então eu pensei: vou pegar uma bichinha daquelas e levar para a Negrinha criar lá em casa, junto com as galinhas. Só que na hora em que agarrei uma delas pela canela, ao invés de ficar quieta, a danada, de uma vez e sem me dar tempo, sabem o que fez?, levantou voo, e me levou junto”.

“Não é possível, Pedralvo, e o que você fez...?” “Fazer o quê...?, agarrei então, nem em uma, mas nas duas canelas dela, e deixei que a bichinha voasse, voasse, e você acredita que com menos de cinco minutos a gente já tava a mais de mil metros de altura?” “Não diga, compadre...”, falou a minha mãe, já quase estourando de rir. “Comadre, a senhora não vai acreditar, mas lá de cima, onde fazia um frio danado, eu vi Diamantina, Itamarandiba, Guanhães, Paulistas, e até a senhora, que estava aqui, na sua casa, aguando uma horta...” “Que coisa, hem, compadre...?” “Mas me conte: como foi que o senhor fez para descer da seriema, voltar para a terra?” “Ah!, isso eu digo depois, por agora preciso mesmo de ir...”

■ EM - 08/04/2003

A última do Pedralvo

Há algum tempo escrevi uma crônica, "Nas asas da seriema", em que narrei uma história que foi contada a mim e à minha mãe, Iracema Aguiar, pelo maior ex-mentiroso do mundo, o colunense Pedralvo Lopes Chaves, que pela graça de Deus vem a ser meu primo. Ele jura, por todos os santos, que agora não mente mais. Inventar, para o nosso amigo, é coisa do passado. O caso da seriema foi o seguinte: um dia, ele estava indo para casa, caminhava distraído, quando, na encosta de um morro, viu um bando dessas aves. Gostou das bichinhas. Elas cantavam tão bonito que ele, um romântico assumido, não resistiu e resolveu pegar uma, por puro capricho, e levar para sua mulher, a Negrinha, com a qual já está casado, segundo suas contas, há mais de cem anos.

Só que após se acercar delas bem devagarinho e se agarrar nas canelas de uma, a danada da seriema levantou voo e, pasmem!, levou o Pedralvo junto. "Subimos mais de mil metros e de lá de cima eu vi todo este mundão, inclusive Diamantina e Guanhães", disse a mim e à minha mãe naquele dia, quando tivemos a alegria de revê-lo. Mas o resultado daquela insólita aventura, na qual quase ninguém acredita, embora seja pura verdade, foi que ele pegou uma pneumonia, devido ao frio que fazia lá em cima, onde tudo era só gelo e grandes nuvens. Felizmente, a doença, devido à rápida ação dos médicos, foi controlada a tempo.

"Graças a Deus, primo, pois assim que desci, já começando a sentir tremores, meus filhos me levaram para o hospital, onde tudo deu certo", ele me contou na semana passada, quando outra vez voltei a encontrá-lo em Coluna, em torno de uma mesa de bar. Sabendo da sua fama de ex-mentiroso, perguntei a ele, enquanto pedia mais uma cerveja: "E aí, parente, alguma novidade?". "Nada, primo, está tudo tranquilo, fora uma coisa extraordinária que me aconteceu há uns tempos atrás." "Não diga!, e o que foi?", tratei logo de ir perguntando, já sabendo que viria chumbo grosso, pois contador de casos desse calibre quase não existe mais. Você se lembra daquela água que tinha lá na casa onde eu morava lá na Grota de Bicheira e que vendi há alguns meses?" "É claro que sim, ela descia da serra, e caía dentro da cozinha." "Em umas canaletas de bambu, tá lembrado?" "Sim, tô lembrado", respondi a ele, que então contou o seguinte, após invocar várias testemunhas (infelizmente, todas falecidas) e me chamar para ir lá ver, com os próprios olhos, caso não acreditasse na história.

"Aquelas canaletas estavam mesmo muito velhas, haviam sido colocadas ali ainda pelo meu pai", disse, e deu uma golada no guaraná, já que há muito tempo não toma mais álcool. "É mesmo, Pedralvo?", respondi, resignado, já imaginando o que viria pela frente. "E a Negrinha, juro para você, vivia me dizendo para trocá-las, pois elas iriam cair qualquer dia e a gente iria ficar sem água. Parece até que ela estava adivinhando." "Não diga, parente", e aceitei mais um espetinho de frango, que estava uma delícia. Um dos seus filhos, o Marconi, era quem preparava.

Àquelas alturas, a mesa já havia crescido, com todos querendo saber aonde aquilo iria chegar. "Aí, primo, uma noite, armou um chuvão danado, com trovoadas e ventanias, e eu só pensava nas canaletas e na minha água, que poderia faltar." "E o que aconteceu, seu Pedralvo?", quis saber o Diquinho, que, ao lado da sua mulher, a Selminha, que também vem a ser minha prima, era só ouvidos.

Foi então que o nosso amigo, após se levantar da cadeira, suspirou fundo, fez um ar ainda mais sério, olhou em volta, tossiu duas vezes e, como bom contador de causos que é, arrematou assim a história, que entrou pelo bico do pato e saiu pelo bico do pinto: "As canaletas, meus amigos, todas elas caíram com a ventania, que foi terrível. Mas como a água já estava acostumada com aquele trajeto, que fazia havia não sei quantos anos, continuou a correr normalmente".

■ EM - 25/10/2005

E a lua?

Uma noite dessas, grupo de amigos reunidos em uma mesa do Barbazul, lua cheia passeando no céu e, de repente, alguém fez a pergunta que vem gerando polêmicas há anos: afinal de contas, em 29 de julho de 1969, os astronautas Neil Armstrong e Edwin Aldrin, desceram mesmo por lá, como a TV mostrou, deixando as marcas de suas botinas e fincando a bandeira dos Estados Unidos no solo?

Alguns disseram que sim. Outros achavam que não, mas sem muita convicção. No entanto, um dos amigos, o Joaquim Antônio, filósofo e apaixonado pelo assunto, sobre o qual já leu vários livros, bateu o pé: "Negativo. Os filhos do Tio Sam não estiveram na lua. Aquela foi uma das maiores farsas da história", afirmou. Em seguida, apresentou seus argumentos. Alguns, sem nenhum conhecimento, vou tentar reproduzir aqui. Também andei pesquisando, e vi que o assunto continua a ser amplamente discutido na internet.

De acordo com o nosso amigo Joaquim, que também é comunista de carteirinha, tendo inclusive sido preso na época da ditatura, o homem não foi à lua, entre outras coisas, porque o que parecia ser relativamente fácil, há mais de 30 anos, hoje se tornou algo quase impossível, pois uma simples volta em órbita da terra tem causado dezenas de acidentes, embora a tecnologia atual seja milhares de vezes superior e os problemas muito menores.

E mais: para se colocar uma cápsula espacial em órbita, é necessário um enorme foguete, com toneladas de combustível. "Como o módulo lunar conseguiu impulso (mesmo em gravidade menor), com uma estrutura que não tem espaço para tanto combustível?", indagou. Demonstrando entendimento da causa, o Joaquim Antônio observou ainda que a transmissão para a terra, via TV, da descida dos astronautas, tem ângulos quase impossíveis, além de sombras que não condizem com a realidade. "Existem fotos em que as sombras da bandeira dos EUA, dos astronautas e do módulo lunar vão para lados diferentes", disse. Afirmou ainda que as que foram divulgadas tinham sempre uma penumbra, o que não é possível em lugares sem oxigênio, como a lua. O nosso amigo, enfim, estava convicto de que elas foram feitas aqui mesmo, neste nosso humilde quintal terrestre.

Como se não bastasse, ainda segundo o Joaquim, por que a Rússia (na época, muito à frente na corrida espacial, mesmo permanecendo o clima de disputa da guerra fria) não conseguiu realizar essa façanha antes dos americanos? "Por que todas as viagens foram feitas em apenas três anos, exatamente no governo Nixon? Nenhum outro presidente se interessou em continuar o programa? Ou não quiseram se meter na fraude?", provocou ainda o nosso amigo. No decorrer da conversa, que entrou noite adentro, o nosso filósofo deu ainda vários motivos para provar suas teorias, entre goles de cerveja, isquinhas deliciosas de queijo, e torresmo de barriga.

Ouvindo essa conversa, que está longe de acabar, e ainda vai dar muito pano para manga, me lembrei de uma outra, ocorrida em Coluna. No dia seguinte à "descida" do homem na lua, meu pai e um compadre, Miguel de Abreu, discutiam o assunto, logicamente não com os mesmos argumentos do Joaquim. "O senhor viu, compadre, os americanos desceram ontem na Lua", disse o meu pai. "Desceram não, aquilo é mentira. É impossível uma coisa dessas, compadre", respondeu o seu Miguel. "Desceram, sim, , a televisão mostrou." "Pura bobagem, a lua é de Deus, e ninguém pisa lá", retrucou o outro.

E o disse-me-disse, entre aqueles dois compadres e amigos, continuou na farmácia do meu pai, até que seu Miguel de Abreu, já sem argumentos, lançou o seguinte desafio, quase encerrando a questão: "Quero ver, então, compadre, é eles descerem lá quando ela estiver bem nova, só com aquela pontinha d'unha...". Tanto seu Miguel como o nosso amigo Joaquim, e os meus prezados leitores, que se interessarem pelo assunto, devem ter lá suas razões. Enquanto isso, a lua, indiferente a tudo, continua a sua jornada no céu.

EM - 01/04/2008

O cigano e o besouro

Estudioso da cultura e dos hábitos dos ciganos, dizem até que sabia falar um pouco de romani e calon, Guimarães Rosa, em vários momentos na sua obra, fez referências a eles e narrou suas histórias. Entre elas, uma das melhores está em *Sagarana*, no conto "Corpo fechado", no qual um certo Manuel Fulô, roceiro astuto, sagaz como poucos, conseguiu, depois de ter vivido um bom tempo na companhia de um bando, aprender todas as suas manhas em relação ao negócio de cavalos. "Eles gostavam muito de mim, porque pensavam que eu era bobo de deveras... Mesmo, por fim, por eu dar jeito assim de bobo, eles mandavam que eu fosse negociar os animais com os pessoais... E falavam comigo em antes: Tu pode conversar o que quiser, mas não deixa eles te empulharem, e só aceita negócio a troco da besta preta do padeiro, com volta de cem, ou por aquele cavalo bragado da mulher do homem do beco, com volta de sessentão."

Manuel Fulô, que de bobo não tinha nada, aprendeu bem a lição, prestou atenção em tudo, a ponto de, algum tempo depois de tê-los deixado, conseguir passar a perna nos "calões", em um negócio envolvendo "dois sujeitinhos ordinários de cavalos, que eram mesmo o restolho da porcaria maior de tudo quanto é cavalo ruim que não presta...".

Igual sorte, mais ou menos na mesma época em que Guimarães Rosa escreveu o conto – lá pelos idos de 1940 –, não teve, em Coluna, um homem chamado Zé Besouro. Tipo folclórico, metido a esperto, ele vinha a ser dono de uma mulinha queimada, boa marchadeira, que era o seu xodó. Atravessar o largo da matriz, aos domingos, de roupa e chapéu novos, se exibindo na bichinha, vinha a ser seu orgulho maior. Até namorada, por causa dela, havia arranjado. Não se casou porque não quis.

Mas tudo começou a mudar numa certa manhã de maio, céu pra lá de azul, quando chegou a Coluna, vindo dos lados do Rio Vermelho, um bando de mais ou menos uns 50, 60 ciganos, todos montados em vistosos cavalos, como não se usam mais. Às mulheres, com suas saias coloridas, eram reservados os animais mais mansos, enquanto os chinorrés, ou crianças, se ajeitavam nas garupas. O barô, grande chefe, que atendia por seu Nicanor, como depois se ficou sabendo, vinha à frente, montado em um alazão fogoso, comprado, segundo disse, sem entrar em detalhes, "lá no Serro".

Foi então que o Zé Besouro, que já havia tomado umas e outras, falou no dia seguinte à chegada dos gajos, em uma venda, no largo da matriz: "Agora, vou lá na Várzea passar uma manta naqueles ciganos. Vi um cavalo deles, um queimado raçudo, que é bom demais. Bonito sem par. Vou lá engalobar aqueles trouxas, que são metidos a ativos, mas vão se ver com o besourinho aqui...". Obviamente que não faltou quem, com bom senso, o aconselhasse a não fazer aquilo, a ficar quieto no seu canto, a não mexer com aqueles bengs.

Mas o Besouro não deu ouvidos, montou na sua mulinha e foi ao encontro deles. Mal passou em frente às barracas, já seu Nicanor cresceu o olho na montaria do nosso amigo e o foi convidando a apear, todo gentil. "Vamos fazer uma baldroga, gajão, tenho muita coisa boa aqui, só produto de primeira, à altura da sua posição", disse, enquanto um ciganinho, tudo combinado, já estava com o tal cavalo queimado no meio de um vassoural, que cobria as suas pernas. Zé Besouro então respondeu, tentando se mostrar dissimulado: "Faço negócio com cigano não, ocês são velhacos demais...".

"Que isso, gajão, bom amigo, assim você ofende Nicanor", e foi tratando de levar o Besouro para perto do cavalo, enquanto examinava a sua mulinha, na qual começou a colocar todos os tipos de defeitos. Para o cavalo queimado, de cima do qual o chinorré não saia, eram só elogios: "Pode ver os dentes, é bicho novo, nem cinco anos tem, vale dinheiro demais...", e abria a boca do animal, que também, para o velho barô, não tinha nica, nem pisaduras, nem problema nenhum. Mas quando Zé Besouro, já se vendo o dono, quis dar uma volta, "só para experimentar", o cigano não deixou. "Para quê, gajão?, que bobagem é essa? Daqui a pouco a gente arreia ele com a selinha lá sua; é só você me voltar um pouquinho, titiquinho de nada, que o queimado é seu..." E tanto fez e tanto falou na orelha do pobre Besouro que acabou não só trocando o cavalo na mulinha marchadeira, como ainda recebeu de volta uma boa quantia em dinheiro vivo e pago na hora.

Depois de feito e sacramentado o negócio, que teve como testemunhas não só outros ciganos, mas também algumas pessoas da cidade, como Zezé Cardoso e Toninho Trindade, que moravam ali por perto, quando o Zé Besouro, feliz da vida, arreou o cavalo e montou, só então viu que este era aleijado das duas mãos. Daí, desde o início, ter sido colocado no vassoural, para que o defeito não aparecesse. Então fechou-se o tempo: ele puxou uma faquinha cabo de osso, curvelana cortadeira, quis partir para a briga, começou a xingar todos os nomes possíveis e imaginários, enquanto o barô, protegido pelos seus, que não arredavam pé, não parava de repetir, com um meio-sorriso: "Besouro não precisa de cavalo, não. Besouro avôa, besouro avôa...". E lá se foi o coitado, que até sua morte, alguns anos depois, não deixou de maldizer "aquela raça de desgramentos", só mesmo passada para trás, uma única vez, por um certo Manuel Fulô, conforme Guimarães Rosa, na sua genialidade, nos contou em "Corpo fechado".

■ EM - 17/07/2009

O cigano e o coronel

Há uns quinze anos, logo depois da morte do meu pai, eu estava na fazenda da família, em Coluna, no alto de um morro, ajudando a medi-la, para questões de inventário, quando pararam na estrada quatro caminhonetes. Virei para o agrimessor, Fausto Jardim, e para uns rapazes que nos ajudavam, e disse: "Aposto com vocês que são ciganos". Em seguida, depois de descer de um dos carros, um homem começou a gritar: "Coronel, oh!, coronel!". Como era tarde, o sol já havia se posto, e estava mesmo na hora de parar, respondi, com um sonoro "já vouoo!", que ecoou nas pedras e montanhas vizinhas.

Mal chegados à estrada, o barô veio andando para o meu lado, com as mãos estendidas e a boca cheia de dentes de ouro. "Meus pêsames, coronel, pelo passamento do seu pai. Homem bom tava ali, nunca negou rancho para nós, nem pasto para os nossos cavalos. Até remédios para os meninos, ele arranjava na farmácia lá dele..." "Obrigado, amigo, mas não sou coronel..., meu nome é Carlos...", respondi, tentando encurtar a conversa. "É, sim, se o velho Herculano era coronel, o senhor também é. Homem como aquele não tem mais." Só faltou dizer, depois de tantos elogios, que meu pai também havia emprestado ou dado dinheiro para ele.

Dentro das caminhonetes, como pude observar, estavam vários outros ciganos, e algumas crianças. Mas no carro daquele chefe, cujo nome era Nicanor, como me disse, que era dirigido por um rapaz moreno, apenas uma mulher, talvez sua esposa, ia assentada na poltrona da frente. Todos permaneciam calados. Foi então que, lembrando-me de que meu pai, desde a minha infância, quando os bandos ainda andavam a cavalo, nunca havia negado pouso para eles, virei para o barô, que era bem velho, e disse: "Tudo bem, amigo, mas quanto tempo vocês pretendem ficar?".

"Uns três meses, coronel, uns três meses." "Aí é muito, chefe, vou dar a vocês quinze dias, acho que está de bom tamanho." O homem então abriu um sorriso, protestou um pouco quanto ao tempo de permanência e disse: "Eu sabia, coronel, que o senhor era igual ao seu pai". E ia entrando na caminhonete, depois de termos combinado o local do pouso, que ele já conhecia, quando eu, perdendo uma boa chance de ficar calado, voltei-me para ele e indaguei: "Ainda que mal lhe pergunte, seu Nicanor, qual é o ramo de vocês atualmente?".

"O bom tempo dos tachos e dos cavalos se foi, coronel; agora estamos é no comércio de roupas feitas e ervas medicinais. Não é fácil, mas vamos indo." Mal havia acabado de responder, voltou-se para mim, olhou minhas mãos e disse: "Bonita aliança, coronel, deve pesar umas oito gramas, pelo visto o senhor é casado. Tem quantos filhos?". "Tenho filhos não, amigo", respondi a ele, que foi emendando: "Não é possível, o senhor ainda é um homem novo, para já estar numa situação dessas... Imagina que eu, oitentão..., de vez em quando ainda....".

O agrimensor, que estava ao meu lado, começou a rir. O motorista da caminhonete, que talvez fosse seu filho, balançou a cabeça, e a mulher abaixou os olhos. Foi quando o cigano, como se o fato já fosse consumado, olhou para mim e arrematou: "Passa lá na barraca hoje à noite, coronel, honre a tenda do velho amigo, que foi amigo do seu pai, vou ajudar o senhor a resolver a situação. Todo homem precisa ter um filho; afinal de contas – e apontou para a terra –, quem vai tomar conta deste mundão quando o senhor também se for...?". Por ali mesmo nos despedimos, com a minha promessa de visitá-lo.

À noite, depois de tomar um banho, fui ao encontro do velho barô, que, já devidamente instalado com a sua gente – até um gato haviam feito em um poste de luz nas vizinhanças –, me recebeu com um largo sorriso. Fez questão que eu me assentasse ao lado dele, "como fazia o velho Herculano". Chamou um dos seus netos, um pequeno chinorré, e mandou que me abraçasse. Me apresentou também à mâmi, que fez uma breve reverência com a cabeça e saiu.

Então o chefe, bom de prosa, disse que havia tido doze filhos, "muitos vivendo por aí, e poucos comigo". Tomamos café, falamos do tempo, da eleição para governador, que estava próxima, das andanças deles pelo mundo, e quase uma hora depois, quando fui me despedir, depois de também ele haver me contado como,, muitos anos antes, havia passado a perna no Zé Besouro, trocando um cavalo aleijado por sua mulinha marchadeira, "porque aquele era um gajo muito afoito", ele colocou a mão no meu ombro. "Não esqueci da promessa, coronel, palavra de cigano é palavra." Levantou-se, foi à barraca e em seguida voltou com uma garrafa, envolta em um papel alumínio. "É um presente do amigo", disse. "Tome um gole de manhã, e outro à noite. Com três dias, o senhor vai ver o resultado. Estará tinindo." Pelo sim, pelo não, aceitei o presente, agradeci e fui embora. A lua estava cheia, propícia às boas coisas da vida.

■ EM - 24/07/2009

O chapéu do seu Aguiar

Victor Augusto de Aguiar, o seu Aguiar, como é conhecido pelos seus conterrâneos, estava assentado em um banco da praça de Coluna, como costuma fazer todas as manhãs, quando vem da sua fazenda para resolver uma coisa ou outra na rua, como ainda se diz por aquelas bandas. Patriarca da família, e pessoa muito estimada, ele caminha para os 100 anos, que serão comemorados com uma grande festa. Recém-chegado de Belo Horizonte, onde havia comprado um chapéu novo, muito bonito, conversava com os amigos. Contava várias novidades. Entre elas, falava da provável aquisição de alguns instrumentos para a banda de música que, se hoje existe na nossa cidade, alegrando os moradores, foi porque ele, com o seu prestígio e empenho pessoal, conseguiu. De repente chegou o Paulo do Avelino. Moço novo, forte, com pouco mais de 40 anos. E como é costume, cumprimentou os presentes, ao mesmo tempo em que, encantado, olhava para o chapéu do seu Aguiar. Sempre quisera ter um daqueles. Mas ainda não havia conseguido comprar.

Como todos ali se conheciam, logo ele entrou na conversa. Falou-se de tudo naquele dia: da seca, que estava começando; da péssima condição das estradas; do baixo preço da arrouba de gado; da política, com suas idas e vindas, e ia por aí, até que o Paulo, que só tinha olhos para o chapéu, não resistiu, limpou a garganta e disse solene: "Seu Aguiar, o mesmo risco que corre o galo no terreiro, corre o pato na água, e a juriti nos galhos das fruteiras. Mas se o senhor, Deus tal não permita, morrer primeiro do que eu, esse chapéu pode ficar para mim?". A gargalhada foi geral. A primeira reação do seu Aguiar, pego de surpresa com aquele insólito pedido, foi retrucar: "Tá me agourando, danado...?". "Com todo respeito, não é nada disso, meu amigo, mas é a lei da natureza, afinal de contas, o senhor pode ser meu avô", respondeu o Paulo, com educação. Aí então, o velho patriarca, depois de coçar a cabeça, e de olhar para um e outro, concordou: "Está certo, meu filho, se eu for primeiro, o chapéu é seu, todos aqui são testemunhas".

E os dias foram passando, as semanas também, e os amigos, rotineiramente, se encontravam lá na praça, onde sempre costumava aparecer o Paulo. "E o chapéu, seu Aguiar", ele às vezes perguntava, agora mais por gozação, pois a história, como acontece, havia se espalhado pela cidade. "Não esqueci, não, fique tranquilo. Ele será seu, caso eu vá na frente. Mas Deus é quem sabe...", respondia seu Aguiar, também se divertindo com tudo aquilo. Como a vida tem seus mistérios, muitos dos quais nunca iremos entender, aconteceu que o Paulo do Avelino, de um dia para o outro, começou a sentir umas dores esqüisitas. De nada valeram os tratamentos, e ele morreu logo em seguida. Chateado com a perda do amigo, do qual havia conhecido o avô e o pai, seu Aguiar foi ao velório e ao enterro, durante os quais, como não poderia deixar de ser, o caso do chapéu foi lembrado. Contam que algum tempo depois, com o velho e bom humor mineiro, ele passou a oferecê-lo aos amigos, com os quais continua a se encontrar na praça. Até então ninguém se dignou a aceitá-lo.

■ EM - 19/07/2005

Tio Juquinha

Se ainda hoje Coluna é uma cidade pequena, com pouco mais de cinco mil habitantes, nas décadas de 1940 e 1950, não passava de um arraial perdido nos confins do Vale do Rio Doce, quase entrando no Jequitinhonha. Não havia água encanada, nem rede de esgoto, nem luz elétrica, nem hospital. Tinha quase nada. Apenas algumas dezenas de casas, muitas cobertas de taquara; uma igrejinha colonial, que seria devorada pelos cupins; uma escola; um coreto no meio do largo; uma pequena casa de teatro, e sobretudo uma gente pacata e boa, que por lá continua vivendo até hoje.

Filho de uma das suas famílias mais antigas, o tio Juquinha, irmão do meu avô materno, João Júlio de Oliveira, além de ser um dos únicos alfaiates do lugar, também tinha alguma noção de homeopatia. Ignoro completamente onde possa ter aprendido esse segundo "ofício", talvez com os antepassados diamantinenses, ou com algum viajante que passou por lá. "É uma situação alternativa de cura, que foi criada por um gênio, o doutor Christian Friedrich Samuel Hahnemann, lá pelos idos de 1700 e tantos", não se cansava de repetir, caneta suspensa na mão, quando alguém, em busca dos seus remédios, lhe perguntava o que era mesmo esse negócio de "homispatia, homespatia, homesopata, homipata", e por aí ia. Se não conseguiu grandes curas com suas mezinhas, a maioria manipulada por ele mesmo em um quarto nos fundos da sua casa, com certeza, também, elas nunca fizeram mal a ninguém. Muito antes pelo contrário.

Mas, se o tio Juquinha, do qual ainda me lembro bem, pois quando morreu eu já era um adolescente, tinha duas profissões, de alfaiate e homeopata, com as quais, com toda dignidade, conseguiu criar sua família, o que ele gostava mesmo era de ler: hábito antigo, adquirido com nossos antepassados, muitos ex-seminaristas, professores, pequenos comerciantes, funcionários públicos, ourives, garimpeiros, que foram obrigados a deixar o velho Arraial do Tejuco quando o ouro e o diamante, descobertos no final do século 18, início do 19, na África do Sul, acabaram de levar para o buraco a economia já exaurida dos garimpos mineiros. A maioria das cidades do Vale do Rio Doce, como é o caso de Coluna, foi fundada por antigas famílias diamantinenses e do Serro do Frio.

Pelo que se conta, na casa do tio Juquinha, onde também funcionava a alfaiataria, o que imperava mesmo, acima de todas as coisas, era a sua biblioteca. Não eram muitos os livros. Mas entre eles, além dos de homeopatia, por uma questão prática, carinho maior ele dedicava a dois grossos volumes, com capa de couro e já gastos pelo tempo: *A divina comédia*, de Dante Alighieri, e *Don Quixote de la Mancha*, de Miguel de Cervantes, que lia e relia até a exaustão. É dito ainda, na crônica familiar, que às vezes ocorria de ele estar na porta da alfaiataria, saboreando algumas das histórias, quando chegava um provável cliente: "Seu Juca, estou precisando que o senhor faça uma calça para mim". "Ah!, meu filho, estou abarrotado de serviço", ele respondia, enquanto, no varal, pendiam não mais de uma ou duas peças inacabadas. Quando o freguês, desanimado, ia embora, ele chamava sua mulher, às voltas com os afazeres da casa, e lhe dizia: "Zezé, escute lá esse pedaço", e lia para ela, com o maior prazer, algumas das aventuras do cavaleiro da triste figura, ou do seu fiel escudeiro, Sancho Pança. "Esse é um pândego dos melhores", sempre repetia o refrão, deliciando-se com as histórias.

Mas chegou um tempo, creio que no início dos anos 1960, que não deu mais para a família do tio Juquinha, como muitas outras – inclusive a minha –, continuar morando em Coluna. "Trabalhar com quê? Estudar os filhos onde?", era a pergunta que todos se faziam. Daí não ter tido outro jeito senão cada um tomar seu rumo. Conta-se também que, no início, pois no fundo ele queria mesmo era permanecer na velha terra, entre amigos e lendo seus livros, tio Juquinha chegou a esboçar alguma reação contra a vinda para Belo Horizonte. Na hora em que viu que não tinha mesmo outra saída, acabou sucumbindo à ideia: fechou a sua alfaiataria, acabou com os fazeres homeopáticos e, não sem algumas lágrimas, despediu-se dos amigos, colocou a mobília em um caminhão e se mudou com a família para a capital.

Quando vim para cá, no final de 1968, cheguei a visitá-lo algumas vezes, no bairro São João Batista, onde passou a viver. Mas eu não sabia – minha mãe ainda não havia me contato – que tínhamos uma paixão em comum: a literatura. No dia em que me encontrar com algum dos seus filhos – Lauro, Vitinho, Zé Toá ou Luizinha –, quero perguntar a eles se, por acaso, ainda guardam os exemplares de *A divina comédia* e *Don Quixote*, que na pequena Coluna de meados do século passado tantas alegrias causaram ao seu pai.

EM - 07/10/2008

Fazenda Pedra Escura

Na Fazenda Pedra Escura, onde estive esses dias, vi bandos de canarinhos-chapinha, ou canarinhos-da-terra, como só havia acontecido na minha infância. No meio deles, comendo canjiquinha, que todas as manhãs é deixada no terreiro, também existem melros, tico-ticos, papa-capins, tizius e coleirinhas. Às vezes aparece um pintassilgo, cada vez mais raro por essas Minas Gerais. Nas laranjeiras e nos mamoeiros, completando a festa, os sabiás, sanhaços e torresmos se regalam com as frutas, que por ali são fartas, enquanto em outras árvores, mais afastadas da casa, como angicos e coqueiros, imperam os pássaros-pretos. A cantoria deles faz com que a gente, nem que seja por algumas horas, deixe de ficar pensando em Belo Horizonte, na poluição, no barulho dos carros. Tucanos graúdos, pica-paus, jandaias, juritis-verdadeiras e galos-do-campo, sem falar nos anus, também costumam marcar presença, assim como os carcarás e, não raro, as seriemas.

Na Fazenda Pedra Escura, onde estive esses dias, aproveitando um pouco das férias, ainda se come carne-de-panela, que é curtida na gordura de porco e deixada em latas, dentro das quais pode ficar guardada durante meses, sem precisar de geladeira. Também se toma uma cachaça da boa, fabricada pelos vizinhos, que sempre aparecem ao cair da tarde para um dedo de prosa, quando o vento, que desce da Tromba D'Anta, leva para bem longe o calor. São nestes momentos que, lá na cozinha imensa, violas e violões costumam quebrar o silêncio, enquanto são lembradas, às vezes com nostalgia, velhas toadas boiadeiras. "Dá até vontade de tomar mais uma", diz um dos presentes, que nos velhos tempos, antes da chegada das estradas de "rodagem", e das carretas, ajudava a levar o gado, tocado a cavalo durante dias, para ser vendido em Governador Valadares, ou até mesmo no Espírito Santo.

Também lá, na Fazenda Pedra Escura, que não é nenhum latifúndio, mas uma pequena e bem-cuidada propriedade, se trabalha duro, desde as primeiras horas da manhã, quando se começa a tirar o leite das vacas.

Às vezes, dependendo da variação do preço no mercado, esse costuma ser vendido *in natura*, ou transformado em deliciosas muçarelas, que ajudam a fazer a fama do lugar. O almoço, religiosamente, é servido às 9h, no máximo às 10h, pois como o serviço é duro, o estômago pede logo suas compensações. Estas, quase sempre, costumam vir em forma de um franguinho ensopado, com angu e quiabo; uma canjiquinha com costelinha de porco e couve rasgada à parte; uma suculenta vaca atolada, quando o tempo está mais frio; ou um tropeiro de dar água na boca, e vai por aí. Tudo preparado com o maior capricho e fartura, porque lá, pelas graças de Nossa Senhora Aparecida, não se costuma ver o fundo da panela.

Na Fazenda Pedra Escura, entre pássaros, animais domésticos e muitas árvores, vive em harmonia uma gente hospitaleira e trabalhadora, que atende pelos nomes de Gustavinho e Kátia; suas filhinhas, Ana Laura e Lorena; a babá Aparecida; tia Helenita, que acaba sendo a mãe de todos, além do tio Dalmir, sempre presente, sanfoneiro dos bons e grande contador de histórias. Tudo isso enquanto a vida, com seus percalços e alegria, vai passando ali naquele pedaço de Minas, que fica em Coluna, nas cabeceiras do Rio Matinada, já quase nos sertões de Itamarandiba.

EM - 02/10/2007

A usina anunciada

Esses dias, conversando com o José Wilson, um amigo aqui do *Estado de Minas*, diagramador dos melhores, e que também é do Vale do Rio Doce, da histórica cidade de Paulistas, vizinha de Coluna, ele disse entusiasmado: "Desta vez a usina na Cachoeira da Fumaça vai sair mesmo. Já começaram a indenizar o povo da região do Baguari, pela desapropriação das terras. Por lá, não se fala em outra coisa e a expectativa é grande".

Depois dessa nossa conversa no fumódromo, entre um cafezinho e outro, de volta à minha mesa, para terminar uma matéria, comecei a retroceder no tempo e me lembrei de uma crônica que, em abril de 2002, escrevi sobre o assunto. Ela nasceu em decorrência de uma reportagem feita na época pela colega Graziela Reis, então na editoria de economia, e na qual falava que, "em breve", a bacia do Rio Doce iria receber investimentos de US$ 1,1 bilhão para ali serem construídas 40 usinas hidrelétricas de pequeno e médio porte. Só que tinha um detalhe: "As obras começariam nos próximos 10 anos".

Como de lá para cá já se passaram oito anos, ainda está dentro do prazo, e quem sabe agora a tão anunciada usina na Cachoeira da Fumaça, que fica no Rio Suaçuí Grande, limite dos municípios de Coluna e São João Evangelista, não sai mesmo, levando um pouco de progresso para a região? O Suaçuí e o Santo Antônio, é bom que se diga, são dois dos maiores afluentes do Rio Doce, ao qual os indígenas, que foram praticamente dizimados na região, davam o nome de Wapu. Mas enquanto isso não acontece, recuando ainda mais no tempo, voltei sem pressa aos distantes anos 1960, quando ouvia o meu pai, Herculano de Oliveira Lopes, então prefeito de Coluna, dizer, sem conter a alegria, que a construção da usina, daquela vez, seria para valer. "O Suaçuí vai subir 10 metros. O Baguari vai acabar, e os geradores terão capacidade para abastecer mais de 30 cidades, que poderão instalar indústrias, gerar empregos e ajudar a diminuir a pobreza da nossa região", sonhava.

Lembro-me ainda, nessa mesma época, de ver chegar à nossa casa, em Coluna, numa área rural suja de lama, uns homens altos, bem-vestidos e educados, para os quais a minha mãe, na maior cerimônia, preparou um almoço. Um deles, de olhos muito azuis, perguntou quantos anos eu tinha e quis saber se eu estudava, e qual era o nome da minha escola. Como menino, naquele tempo, não participava de conversa de adultos, quando eles foram embora, não contive a curiosidade e perguntei ao meu pai quem eles eram: "São os engenheiros da Cemig que vão construir a usina na Cachoeira da Fumaça". Para mim, ouvir aquela revelação bastou, e, nos dias seguintes, dando asas à imaginação, não pensei em outra coisa a não ser em um lago imenso, cheio de peixes, e nós lá, a família, passeando de canoa e pescando.

Mais de 40 anos depois, conversando com José Wilson, que é moreno como o meu pai, e um ótimo contador de histórias, foi como se estivesse ouvindo-o, quando o colega prosseguiu: "Fizeram uma reunião lá no Baguari com mais de 500 pessoas. A água deve chegar até à pracinha, onde tem aquele coreto e a igreja, perto do sobrado onde viviam os Araújos, tá lembrado? Também o campo de futebol vai desaparecer. Pena que muita terra boa irá ser inundada", completou o amigo, enquanto tomávamos o cafezinho.

Pelo sim, pelo não, antes de voltar à minha mesa, e começar a redigir a matéria, me peguei pensando que, quando for a Coluna, vou dar um jeito de levar uma máquina fotográfica e tirar algumas fotos da Cachoeira da Fumaça para guardar de lembrança, pois quem sabe desta vez a usina virá mesmo?

EM - 29/01/2010

P.S.: Finalmente agora, em 2025, a tão esperada usina, quinze anos após a publicação dessa crônica, começou a ser construída na Cachoeira da Fumaça, Rio Suaçuí Grande, na divisa dos municípios de Coluna e São João Evangelista.

Lá em Coluna

De volta a Coluna, aonde não ia já havia alguns meses, eu estava assentado em um banco na varanda da nossa casa. A manhã corria solta, e soprava um ventinho bom. Nisso, vinha um homem, a cavalo. Ao me ver, ele parou o animal, ficou de lado na sela, como é antigo costume, e perguntou, depois de me estender a mão: "Você é o Carlinhos, filho do seu Cula?". Afirmativa a resposta, ele me disse: "Conheci muito o seu pai, foi tudo para nós. Farmacêutico igual até hoje não apareceu por aqui". "Muito obrigado, amigo, nos seus limites ele fez o que pôde", respondi, e aproveitei para comentar, a respeito do seu cavalo: "Baio bonito, este, tem passo bom, reparei quando você se aproximava". "Às ordens, mas não estou mais aguentando montaria demorada, por causa de umas dores nas 'escadeiras', que estão acabando comigo." Daí a pouco, nos despedimos, pois aquele homem, Antônio Ribeiro, morador na Comunidade da Barra Grande, tinha de ir longe, léguas adiante, "tratar de negócios lá no São Pedro do Itimirim".

Enquanto a conversa rolava entre nós, dois outros homens, Mário Couto e seu filho Elias, estavam em cima do telhado da casa dando uns retoques, consertando uns caibros, substituindo telhas, emendando o forro. Em Coluna, quando a chuva vem, costuma não ser brincadeira, sobretudo se nuvens densas e baixas se formarem pelos lados do Rio Vermelho, nas cabeceiras do Cocais. Aí, é sinônimo de tempestade, com pedras e ventania. Precavida, a dona da casa, Iracema Aguiar de Oliveira, que vem a ser a minha mãe, semanas antes havia mandado podar uma paineira, que eu e ela havíamos plantado tinha mais de 50 anos, quando a vida, para nós, estava apenas começando. Ao olhar para aquela árvore, que ficava bem próxima à casa e estava com um tronco imenso, me lembrei do dia em que, montado em um cavalo, cheguei com a mudinha, em um balainho de taquara, que havia ganhado de presente de dona Merania, uma fazendeira amiga nossa. E no dia seguinte, 21 de setembro, quando uma das minhas irmãs, Maria

Goreti, estava completando um ano, a plantamos em sua homenagem, com a ajuda do caseiro Geraldo Mateus, antigo morador da fazenda.

Entre os galhos daquela paineira, costumam se abrigar melros, bandos de papa-capins, coleirinhas, pássaros-pretos e canários-chapinhas – que, depois de muito tempo sumidos, começaram a aparecer novamente. Há também os arapuás, uns marimbondos miúdos, mas inofensivos, que fazem suas casas por ali, e, quando incomodados, gostam de se enrolar nos cabelos das pessoas, sem a menor cerimônia, dando um trabalho danado para tirá-los. "Os rapazes que foram cortar os galhos ficaram morrendo de medo deles, quiseram até desistir da poda", disse o Mário, depois de descer do telhado. Estava na hora do almoço. Maria, a sua mulher, havia trazido a comida – mais que bem-vinda àquela hora.

"Não, obrigado, bom apetite", respondi a ele, quando me ofereceu. O meu almoço, como sempre, estava sendo preparado lá na cozinha, por outra Maria, a Barbosa, que também era conhecida como "Maria de Itororó", apelido que detestava. Um antepassado dela, o escravizado João Barbosa, segundo consta na crônica familiar, havia ido para a Guerra do Paraguai com um parente nosso, cujo nome se perdeu, e que foi morto na tomada do Forte de Curuzu, em setembro de 1866. Sobrevivente, João Barbosa ganhou fama na Batalha de Itororó, dois anos depois, e voltou para a Diamantina, onde a família vivia, com a patente de cabo e alforriado. Já com os cabelos brancos, depois de criar filhos e netos, Maria está conosco desde criança, assim como aconteceu com sua mãe, Sá Tereza, que nos deixou havia alguns meses.

Mas nisso, vindo dos lados da Grota do Baú, onde fora consertar uma cerca, chegou o Omar, vaqueiro recém-contratado por indicação do Mário, depois que o outro, o Lucas, resolveu pedir as contas e ir tentar a sorte em São Paulo, como tantos conterrâneos. Lá, conseguiu trabalho como vigilante, na USP, e, segundo me disse seu pai, está feliz. Seu sonho é um dia poder voltar, comprar um pedaço de terra e ser dono de uma lavoura de café. Nascido pelos lados dos Piaus, beiradas do Suaçuí Grande (cresceu atravessando o rio a nado), Omar também morou "uns tempos fora", quando era mais jovem. Casado com Iracema, xará da minha mãe, filhos começando a nascer, resolveu voltar para Coluna. "Aquela vaquinha vermelha cria logo, pois está balançando muito o rabo. A outra, a guzerá, entrou na produção. O boi não está dando sossego, é dia e noite atrás dela. Até dezembro, se Deus quiser, muitas novilhas estarão paridas, você vai ver", ele disse. Sem pressa, preparava um cigarrinho de papel, cujo cheiro, daí a pouco, inundou o ambiente. Fumo bom, do Baguari, onde no dia seguinte seriam comemorados os 70 anos do fazendeiro Geraldo Felipe, filho ilustre da terra. Uma grande festa estava sendo preparada, e eu iria até lá abraçar o velho amigo.

Quando o Omar, já quase acabando de "pitar" o cigarro, ia dizer mais alguma coisa, tive de interromper a conversa, para atender a um telefonema da minha mãe, que ligava de Belo Horizonte. Me pedia, depois de me abençoar, para dar um recado para a tia Zezé, outro para o tio Otacílio, seu irmão, e mais um para o Zé Mateus, além de me fazer uma série de recomendações, principalmente para que eu segurasse a onda com a bebida. Ao voltar daí a pouco para a varanda, nem Mário, Omar ou as Marias estavam mais por ali. Mas na velha paineira, carregada de flores, pois estávamos em setembro, um sabiá laranjeira, num cantar apaixonado, chamava pela companheira e pedia chuva a São Pedro.

■ EM - 03/09/2010

O repolho e o tacho

Espirituoso como poucos, comerciante de mão cheia, e grande contador de histórias, Estelito ficou sabendo que dona Antonieta, fazendeira sua vizinha, e filha de uma das famílias mais tradicionais de Coluna, tinha uns bezerros para vender. Como estava precisando comprar alguns, pois vivia do comércio de gado, num sábado pela manhã, depois de tomar café, ele encilhou seu cavalo e, sem aviso, para valer-se do fator surpresa, rumou para a casa dela. Recebido com fidalguia, como manda a velha tradição, depois de cumprimentá-la, disse que estava de passagem, indo para outra fazenda, de onde fulano de tal havia lhe enviado um recado – tinha uns novilhos na hora de sair – e não custava conferir.

"Que coincidência, seu Estelito, também tenho uns bezerrinhos aqui, quem sabe a gente não entra em negócios...", disse dona Antonieta, ao que o outro fez-se de desentendido, mudando de assunto. Do alpendre, onde estavam conversando, dava para ver a horta, que, todos sabiam, a fazendeira cultivava com o maior gosto. "Como estão bonitas as verduras. As alfaces são uma maravilha, os repolhos, não tem igual nas redondezas. É um exemplo", exaltou o visitante, depois de colocar os óculos, para realçar a fala.

Então, dona Antonieta, envaidecida com o elogio, sobretudo porque estava vindo de um homem pouco afeito às prendas domésticas, começou a contar ao Estelito que, na sua infância, parte dela passada em Sabinópolis, cidade quase vizinha de Coluna, a sua mãe também tinha uma horta. "Era uma beleza, muito mais bonita do que essa minha, nem dá para comparar... Os legumes e verduras cresciam tanto, que uma vez, o senhor não vai acreditar, sumiu um bezerro bem grandinho, já com uns dois meses ou mais. Procura aqui, procura ali, quando eu mesma, por incrível que possa parecer, acabei por encontrá-lo atrás de um pé de repolho."

"Acredito, sim, dona Antonieta", respondeu o Estelito, sem se fazer de rogado, enquanto saboreava um cafezinho quente, feito com rapadura nova, que a empregada havia acabado de trazer. Depois se despediram, já que ele tinha pressa. Mas antes combinaram que, na semana seguinte, ele iria voltar para olhar os bezerros. "Quem sabe a gente faz mesmo negócio, não é, dona Antonieta?", disse-lhe o vizinho, sem se esquecer da história do repolho.

Estelito então esperou, com a maior calma, para só então, mais de dois meses depois, pois naquele tempo não existia pressa, voltar à casa de dona Antonieta. Enquanto isso, como bom mineiro, foi preparando sua resposta para o caso do repolho, que veio prontinha à cabeça, quando, nesse intervalo, em boa hora, passou por Coluna um bando de ciganos. De novo no alpendre, pois o vaqueiro tinha ido buscar os bezerros, começaram novamente conversar, e o assunto, mais do que oportuno para a ocasião, bandeou-se para a presença dos gajos na cidade.

Outra golada no cafezinho, mais um elogio à horta, e então Estelito, já saboreando sua desforra, começou a contar à dona Antonieta que, quando era menino, uns ciganos haviam pousado no terreno deles, lá mesmo na Matinada. Então, seu pai, aproveitando a ocasião, encomendou ao chefe um tacho de cobre. "A senhora acredita que semanas depois, quando ficou pronto, por uma tentação entrei dentro dele e precisei de ajuda para sair, de tão fundo que era?" "Mas para quê, meu caro, um tacho com dimensões tão exageradas?", quis saber a fazendeira, sem nem atinar para o caso. "É para cozinhar aquele repolhinho da senhora, minha amiga", respondeu-lhe Estelito. Então deram boas risadas e, depois do almoço, bezerros no curral, finalmente fizeram negócio.

EM - 30/07/2010

O sonho do Zeca

Nada nos move mais do que os sonhos. Somos feitos da sua matéria, dizia o escritor argentino Jorge Luis Borges. Por isso todos temos os nossos. Uns com mais, outros com menos intensidade, nenhum ser humano pode viver sem eles. Cabe a cada um de nós, usando as armas que temos, tentar realizá-los, à medida do possível. No caso do Zeca, sitiante na minha terra, comerciante nas horas vagas, bom de conversa e de copo, sua vontade maior era ver o mar, sonho que acalentava desde a infância. "Um dia ainda vou lá no Rio de Janeiro, pisar na areia de Copacabana, olhar para o Atlântico", não se cansava de dizer, sobretudo aos domingos, quando fazia, como era de praxe, uma via-sacra por todas as vendas e bares, até voltar tarde da noite para casa, já com aquele entusiasmo que o tornava uma figura quase folclórica.

A princípio, todos zombavam dele. Ainda mais naqueles tempos, quando se fazer uma viagem, por menor que fosse, não era tarefa fácil, pois estradas asfaltadas, na maioria das cidades do Vale do Rio Doce, ainda não passavam de uma miragem, ou de um sonho. Na época das chuvas, então, nem se fala. Mas no início dos anos 1970, quando um decreto do presidente Emílio Médici estendeu para 200 milhas o limite do mar territorial brasileiro, o que levou João Nogueira a compor o samba "Das 200 pra lá", interpretado por Eliana Pittman, o Zeca não só apoiou a atitude do general, que chamou de "nêgo macho", pois a notícia foi amplamente divulgada pelo rádio, como também veio a Belo Horizonte, numa viagem que entre a ida e a volta durou cinco dias, exclusivamente para comprar o disco, que passou a exibir nas ruas de Coluna como um troféu. Depois daquela façanha, que até hoje é comentada, ninguém voltou a duvidar de mais nada em relação a ele. Nem mesmo de que, qualquer dia, ele iria mesmo ao Rio de Janeiro conhecer o mar, "pisar na risca do mapa", e provar da água, como vivia alardeando.

Mas o tempo foi passando, chegou o asfalto. As velhas jardineiras, ou os jipes, até então quase os únicos meios de transporte, cederam lugar aos ônibus e carros mais confortáveis. Deslocar-se de um lugar para o outro se tornou uma coisa simples, ao alcance de qualquer um. Bastava disposição. Podia chover à vontade que não tinha problema, pois não existia mais barro nas estradas. Era o progresso batendo às portas. Muita gente estava indo até para os Estados Unidos. Só uma coisa não acontecia: a viagem do Zeca ao Rio, para realizar o seu sonho. "Não está fácil, os tempos andam bicudos, mas um dia eu vou lá, com a ajuda de Deus e de Nossa Senhora Aparecida", ele sempre repetia, para em seguida beijar a medalhinha que por nada desse mundo tirava do pescoço.

Uma vez um homem, lá mesmo de Coluna, ao ir à sua casa, para ajudá-lo a consertar um telhado, voltou contando, em tom de galhofa, que o Zeca guardava, dentro de uma mala, várias revistas *O Cruzeiro* com fotografias do mar, além de ter um caramujo que, colocado junto ao ouvido, produzia um som parecido com o das ondas. "O moço é mesmo zureta, não fala em outra coisa." Ao que o nosso herói confirmava, quando estava com umas a mais na cabeça. Enquanto isso, no seu pequeno sítio, continuava na sua luta pela sobrevivência, que não estava fácil para ninguém. Mas não tinha medo do trabalho.

Algumas pessoas, numa véspera de campanha política, vendo que o gesto poderia render bons votos, pois a família do Zeca era grande, chegaram até a pensar em fazer uma vaquinha e dar a ele o passeio de presente. Mas não foi preciso, porque o próprio, logo em seguida, anunciou em um domingo, em alto e bom tom, que finalmente havia conseguido o dinheiro para realizar a viagem. "Vou para o Rio amanhã cedo, e o Dico vai também, para me fazer companhia. Todas as despesas dele vão correr por minha conta. Já aluguei um carro para nos levar até Belo Horizonte, e lá vamos pegar o Cometão. Nada como um dia depois do outro", disse.

E foi assim que, menos de quinze dias após a partida, de volta à terra, trazendo várias fotografias tiradas no calçadão de Copacabana, de calça, chapéu e camisa de manga comprida, já que se recusou a colocar um short e entrar na água, apesar da insistência do Dico – pois o que queria mesmo era só ver o "bichão" – , Zeca disse, encostado no balcão do bar do Geraldo Pião, e saboreando uma gelada: "O mar é bonito, triste e apaixonado, igualzinho ao que sempre imaginei nos meus sonhos. Agora, já posso morrer sossegado".

EM - 15/10/2010

As porteiras do mundo

Para Denise de Oliveira Lopes

Quando criança, na fazenda onde moravam, lugar bonito, lá pelas bandas de Coluna, às vezes a menina Denise, em noites frias, de ventos e tempestades, costumava a pedir ao seu pai que lhe contasse uma história, pois estava com medo. Então, aquele homem, que para ela era a pessoa mais especial do mundo, lhe dizia, acariciando seus cabelos, que eram bem loirinhos e cacheados: "Feche os olhos, minha filha, se deite aqui no meu colo e escute".

E começava, com uma voz mansa, que ela nunca mais deixou de ouvir, a falar sobre um rico fazendeiro, mas tão rico, que um dia, para saber a quantidade dos seus bois, da qual nem fazia ideia, mandou que um dos seus vaqueiros, o mais esperto de todos, os reunisse no curral e depois, quando mandasse, abrisse a porteira, pois queria contá-los. "Feito isso, minha filha, ele calçou botas de couro, colocou o chapéu de abas largas, tomou um café bem forte, para ficar alerta, e foi para a varanda da casa, onde a boiada deveria passar, e de onde se avistavam todas as terras da fazenda, que se perdiam naqueles confins de gerais."

Aí, então, o pai, depois de fazer uma pausa para deixar a história em suspenso, voltava-se para a filha, que era toda ouvidos, e dizia: "Então, Denise, aquele homem, de cujo nome me esqueci, mas que era rico, muito rico mesmo, começou a contar a sua grande boiada. E foi contando boi... E contou um, dois, três, 50, 180, 200...". Mas quase sempre antes de chegar às 400 cabeças de bois holandeses, nelores, guzerás, caracus, pés-duros ou mestiços, pretos ou brancos, cheios de pintas, que nem dava para se saber quantas, a menina já havia dormido. Aí o pai, bem devagar, a entregava para a mãe, que a levava para a cama, no mesmo quarto onde as seis outras irmãs já se encontravam.

Passavam-se dias de paz, de céu azul e noites calmas, até que outra vez, sem mais nem menos, o medo voltava a se apossar de Denise.

Era quando ela, em busca do porto seguro, de novo apelava para o pai, que talvez já estivesse esperando, e pedia, com vozinha de choro: "Papai, estou com medo, conta uma história para mim...". Então ele sorria e, com a mesma voz mansa, respondia: "Minha filha, vou te contar uma história, a mais bonita do mundo, de um fazendeiro rico, que um dia resolveu saber quantos bois tinha...".

"Mas essa eu já conheço, papai..." Era quando ele, acariciando outra vez seus cabelos, loiros e cacheados, tornava a falar, seduzindo-a com as palavras: "Que isso, minha filha, mas essa é a história de um homem famoso, o mais famoso de todos, e nós ainda não chegamos nem a um terço do gado...".

Então menina, que hoje é mãe de três filhos, para os quais também inventa histórias, fechava os olhos, sentia-se a mais feliz das pessoas e, novamente, como se sonhasse, via o fazendeiro colocar o chapéu de abas largas, tomar café forte para ficar atento, calçar as botas imensas, ir para a varanda daquele casarão e começar a contar: uma, duas, 300, 1.500, 2.000 cabeças daquela boiada infinita, que nunca mais, como um doce acalanto, deixou de passar por aquela porteira que um dia o seu pai, às vezes sem saber, abriu para ela.

EM - 26/04/2013

O irmão

Para Joaquim de Freitas Jorge, o seu Quinzinho

Às vezes, Quinzinho passava meses sem receber telegrama, carta ou bilhete da cunhada, trazido por algum conhecido, dizendo que Joel, o seu irmão, havia tido outra crise depressiva. Moravam em Água Boa, cidade nem tão distante de Coluna, mas como naquela época a comunicação era difícil (telefone ainda não passava de um sonho), quase sempre a notícia demorava muito a chegar. "Há dias ele está dentro do quarto com a porta e janelas fechadas. Não conversa com ninguém. Não come. Não toma água. Não me deixa entrar. Estou muito preocupada" – a mensagem, escrita com frases curtas, era quase sempre a mesma.

Desde criança, quando a família ainda vivia pelas bandas do Rio do Peixe, ele era assim: menino ensimesmado e de pouca conversa, Joel quase nunca jogava bola, nem soltava papagaio, nem participava de outras brincadeiras com os garotos da sua idade. Preferia ficar quieto no seu canto, sozinho, com o olhar meio perdido. Não dava para saber onde estava. Só com Quinzinho ele costumava se soltar, ser diferente do que era no cotidiano. Então nadavam no poço da cachoeira, pescavam lambaris e piaus, faziam os deveres da escola, procuravam frutas na mata, pegavam passarinhos e montavam nos cavalos – grande paixão de ambos. Mas quase nunca falavam. Também não havia necessidade, porque se entendiam com olhares e gestos. Entre eles, a vida inteira, esse tinha sido um dom natural.

Portanto, quando recebia o aviso da cunhada, Quinzinho não pensava duas vezes. Dizia à sua mulher, dona Nazica, com quem estava casado havia anos: "Joel está amuado de novo. Vou ter de ir lá na Água Boa desamuar ele". Como as estradas eram quase intransitáveis naquela época, às vezes nem dava para ir de jipe. Então, ele arreava um cavalo, ou burro ligeiro, dos melhores que possuía, e ia ao encontro daquele irmão querido. A viagem durava em média três dias, com um apenas de descanso. Quando finalmente chegava, cansado, às vezes com as roupas molhadas por causa da chuva, e caindo de sono, a ansiedade estava estampada nos rostos da cunhada e dos sobrinhos. Quinzinho então tomava um banho rápido, conversava alguns minutos com eles, comia alguma coisa e, instantes depois, com as costas dos dedos, batia na porta do quarto do irmão. A ninguém, a não ser a ele, era permitida a entrada. Sempre havia sido assim. "Joel, sou eu, Quinzinho. Vim te fazer uma visita, pois estou com saudades", dizia. E esperava. Meia hora, 40 minutos depois, ouvia-se o barulho da chave girando devagar na maçaneta antiga, tranca de ferro como não se usava mais. Sem fazer barulho, ele entrava, tateando no escuro. Não cumprimentava o irmão, que já voltara para a cama. Não dizia uma única palavra; tirava as botas, e se deitava ao lado dele, cumprindo o ritual a que já se habituara.

Na manhã seguinte, ainda no escuro, ele se levantava em silêncio, ia à cozinha; a cunhada já havia preparado a bandeja com café, leite, biscoitos e bolo de fubá, do qual Joel tanto gostava. Quinzinho voltava ao quarto, que continuava com a porta e janelas fechadas, colocava a comida em cima da mesinha, acendia um cigarro, dava fortes tragadas e esperava, com a maior paciência. Estando havia dias sem comer e beber, debilitado pela fome e pela tristeza, Joel provava, primeiro, um golinho do café; depois, beliscava um pedaço do bolo, tomava água. Em seguida – mas não ocorria sempre –, fumava uns dois ou três cigarros. Assim passavam o resto do dia, completamente calados.

À noite, na hora do jantar, o ritual se repetia. Quinzinho voltava à cozinha, onde o prato estava pronto. Comia um pouco, dizia à cunhada e aos sobrinhos que ficassem tranquilos e voltava para o quarto. O irmão já o esperava. Deixava a comida na mesinha, tornava a se deitar ao lado dele, acendia mais um cigarro e costumava dormir um pouco. Não era sempre que acontecia. Mas, às vezes, sonhava que eram crianças e estavam na velha fazenda do Rio do Peixe, lá pelas bandas do Serro, com os pais, que já haviam morrido, e com outros parentes. Ou, então, galopavam pelos campos, montados nos cavalos que eles próprios domavam.

As horas passavam assim até que no terceiro ou quarto dia após a chegada do irmão, sempre pela manhã, Joel se levantava aos poucos, abria as janelas, trocava de roupa e o abraçava. Em silêncio, saía do quarto, cumprimentava a mulher e os filhos, que o aguardavam na cozinha, e ia para o curral, prosseguir na labuta de sempre.

■ EM - 06/01/2009

A festa do Adélio

Em um dos seus melhores momentos, que foi a novela "Uma estória de amor" (ou "A festa de Manuelzão"), Guimarães Rosa, na sua genialidade, conta a história desse homem, um vaqueiro do sertão que, para homenagear a sua mãe, algum tempo após a sua morte, resolve construir uma capelinha, lá mesmo na "Vereda da Samara", "em uma mesa-de-campo", onde ela havia sido enterrada. Capelinha pronta, foi o dia da primeira missa, e da grande festa, para a qual, de todas as veredas dos sertões geraes, as pessoas começaram a chegar.

É uma história linda, cheia de sensibilidade e que, trazida para os dias de hoje, podemos dizer, sem culpa ou maiores exageros, ter certas semelhanças com uma outra festa que, lá em São José do Jacuri, no Vale do Rio Doce, é realizada já há sete anos. Não por um vaqueiro de chapéu de couro e gibão, como foi Manuelzão, mas por um tranquilo e honesto comerciante, Adélio Ferreira da Silva, também um homem do sertão, só que dos geraes do Jambeiro, pelas bandas de Frei Lago Negro, onde as serras são muito altas, o ar é mais puro e, no mês de julho, faz um frio de doer os ossos e queimar as folhas das bananeiras.

Como na novela de Guimarães Rosa, também na festa do Adélio encerra-se uma história de amor, já que ela, como manda a tradição, começa nos três dias que antecedem ao 29 de setembro, dia de São Miguel, e é realizada em homenagem ao seu pai, José Ferreira de São Miguel. O Zezinho Monteiro, que também já morreu, mas trazia no seu, com muito orgulho, o nome do santo de sua devoção.

É uma festa para o povo, mas que também, como a de Manuelzão, só começa mesmo após a celebração de uma missa, que este ano, já na sexta-feira, será conduzida pelos padres Afonso Araújo (foi ele quem batizou este cronista, já no distante ano de 1956) e José Aparecido. Depois, então, é só alegria. Os anfitriões, Adélio e Maria Helena, pois sua mulher também o acompanha nessa empreitada, abrem as portas, não só da sua própria casa, mas também da cidade, para todos os visitantes. Este ano, como nos anteriores, eles irão chegar em peso para os festejos, não só da zona rural de São José do Jacuri, como de todas as cidades vizinhas e de muitos, muitos outros lugares.

Ah!, mas nessa festa, na qual, de sexta-feira até a manhã de segunda-feira, os dias irão se encontrar com as noites, além dos deliciosos caldos de feijão e mandioca, servidos generosamente em caldeirões fundos, do torresminho bem-preparado, dos espetinhos de carne e da boa cachaça, tudo de graça para o povo, acontecerá muito mais coisas. O forró, que não pode faltar, ficará por conta, além dos sanfoneiros da terra, também da banda Mano Zé e da dupla Ronaldo e Rafael, enquanto no sábado à noite o grupo Trovadores do Vale, de Peçanha, sairá pelas ruas com uma bela seresta. O "maestro" será o doutor Renato César Jardim, juiz de direito de Araxá, que, desde o início, pela amizade que dedica aos anfitriões, Adélio e Maria Helena, e o amor que tem pelo Vale do Rio Doce, é presença fiel na grande festa.

Ismar Garcia de Aguiar, José Antônio Lopes e Ariston Mota, fazendeiros da vizinha Coluna, chegam a Jacuri no domingo pela manhã, à frente de uma cavalgada que, pela estrada afora, e até bater às portas da cidade, onde será recebida com um foguetório, já deverá estar com mais de 200 cavaleiros, entre eles belas amazonas, a maioria de cabelos negros e peles acobreadas, das quais a região é pródiga.

Creio que agora só falta mesmo, para que a festa do Adélio fique ainda mais parecida com a do Manuelzão, e se torne cada vez mais famosa Vale do Rio Doce afora, que ele e Maria Helena, a exemplo do personagem de Guimarães Rosa, também mandem construir, lá mesmo no Jacuri, uma pequena capelinha, por mais singela que seja, mas para a qual, com certeza, São Miguel derramará suas bençãos.

EM - 23/09/2003

O golpe e o galo

Saber recuperar o passado, tirar lições da história para que os erros não se repitam é uma máxima antiga, infelizmente nem sempre colocada em prática. Mas nunca é demais lembrar, pois como já dizia um velho provérbio indiano: "quem olha para o passado perde um olho, mas quem não olha perde os dois". Comprometido com seu tempo, com o Brasil e sobretudo já tendo vivido o suficiente para saber que certos episódios, se não devidamente contados, acabam se perdendo na poeira do tempo ou sendo relegados ao limbo, o jornalista Elio Gaspari, depois de 18 anos de pesquisas, de realizar centenas de entrevistas e vasculhar um sem número de documentos, dentro e fora do país, acaba de lançar, pela editora Companhia das Letras, *A ditadura envergonhada*, primeiro dos cinco volumes nos quais, com o título de "As ilusões armadas", pretende contar todos os episódios relacionados ao golpe de Estado, ou à chamada Revolução de 31 de março de 1964. A leitura é imperdível.

Na época, unidades do exército, a partir inicialmente de Minas Gerais, onde eram comandadas pelos generais Guedes e Mourão Filho, conseguiram depor, após uma típica quartelada latino-americana, o presidente João Goulart, o Jango, que, sem forças ou com medo de resistir, e não dar conta do recado, acabou fugindo de Brasília, indo inicialmente para sua terra, o Rio Grande do Sul, e em seguida se exilando no Uruguai, onde morreu no ostracismo alguns anos depois. Está enterrado em São Borja, no RS, onde também descansa Getúlio Vargas, seu padrinho político. Feita para durar um curto período, como chegou a ser cogitado, até as coisas se arranjarem e o poder ser novamente entregue aos civis, a "gloriosa" acabou, por uma série de fatores, intrigas e ambições pessoais, mergulhando o Brasil, durante 21 anos, na mais longa ditadura da sua história, que só acabaria, na base do "prendo e arrebento", no governo do general João Batista de Oliveira Figueiredo, o quinto presidente, desde a tomada do poder.

Na minha terra, Coluna, esses acontecimentos dos idos de 1964 praticamente não mudaram a vida de ninguém, salvo a um ou outro episódio isolado, um dos quais volto a me lembrar, tanto tempo depois, enquanto leio *A ditadura envergonhada*, uma vez que, aos oito anos de idade, nele acabei "envolvido". Aconteceu assim: como tantos outros moradores da cidade, eu adorava briga de galo, e com a ajuda do meu pai, que às vezes me dava um dinheirinho para ajudar a manter o "plantel", eu tinha alguns dos melhores, entre eles um de peito vermelho, crista pequena e bico forte. Era um "brigão" de primeira, que por várias vezes, em rinhas improvisadas na pracinha, ou nos terreiros de nossas casas, já havia colocado vários adversários fora de combate.

Só que por lá, também, existia um soldado, Amantino, do qual, por ter a mesma paixão que eu, acabei me tornando amigo, e muito embora briga de galo, por força de lei assinada algum tempo antes pelo presidente Jânio Quadros, que também proibiu as mulheres de usarem biquíni, fosse considerada contravenção, em Coluna ninguém ligava para isso. Muito menos aquele soldado, que tanto fez, insistiu, me ofereceu uma boa grana, além de uma bola de futebol quase nova, que acabou comprando o meu galo. Mas, para o meu azar, veio o golpe, e o valoroso regimento da cidade, que era composto, além de pelo meu amigo, por um cabo e outro soldado, recebeu ordens para se apresentar ao comando do VI Batalhão, sediado em Governador Valadares.

Quando os vi com os velhos fuzis nas mãos, se despedindo das pessoas e entrando em um jipe, pensei comigo: "Estou perdido!, fiquei sem o dinheiro do meu galo...!". Na mesma hora fui correndo até a farmácia do meu pai, que acompanhava os acontecimentos com os ouvidos colados em um rádio, e pedi a ele que intercedesse a meu favor, pois o Amantino estava indo para a "guerra" e não havia pagado o meu galo. "O que vou fazer, papai?", lembro que perguntei apavorado, ao que ele, sorrindo, passou a mão na minha cabeça e disse: "Fique tranquilo, meu filho, ele só vai passar uns dias em Valadares, logo volta e te dá o seu dinheiro". E foi o que aconteceu: Amantino não só me pagou, como ainda me trouxe de presente duas esporas de aço. Há poucos dias, passando um final de semana em Coluna, e lendo *A ditadura envergonhada*, me encontrei novamente com aquele velho amigo, há muito já reformado e que, por gostar tanto da cidade, onde acabou se casando, sempre aparece por lá, onde ele e sua mulher compraram um sítio.

■ EM - 03/12/2002

Dona Semira

Escrever sobre a primeira professora é voltar a vivenciar antigas lembranças, fatos que nos ocorreram e histórias que vivemos em uma fase de inocência e sonhos, quando a vida era plena, sem as ansiedades da fase adulta, em que a luta pela sobrevivência é tamanha que, às vezes, vamos nos afastando das pessoas de quem mais gostamos. Nossas mentes e corações, naqueles idos, voavam às distâncias só permitidas às crianças, ainda sem as regras e atropelos que o mundo, à medida em que o tempo passa, vai nos impondo. Mas, com certeza, durante aquele tempo, eu e meus colegas do primeiro ano primário não estivemos sozinhos nesses voos, porque, além de nossas famílias, ao nosso lado estava uma mulher, quase menina, que foi a nossa primeira professora.

Recém-formada, depois de alguns anos estudando interna em Peçanha, ela se chamava Semírames Alcântara de Oliveira. Mas todos nós, seus alunos no Grupo Escolar Professora Heroína Torres, hoje Escolas Reunidas de Coluna, a tratávamos carinhosamente como dona Semira. E continuamos chamando, às vezes, em inevitáveis noites de insônia, como recentemente ocorreu comigo, quando a infância – da qual é impossível falar sem lembrar o seu nome – foi voltando devagar à minha mente para dizer, em alto e bom tom, que, apesar de tudo, por mais que a vida, dia após dia, nos ponha à prova, ela vale a pena.

Mulher de maneiras suaves, muito calma e dona de um sorriso que nos contagiava, dona Semira, mesmo ainda não tendo mais que 19, 20 anos, sabia, com sabedoria e sensibilidade, que nós, aqueles meninos e meninas que seríamos alfabetizados por ela, tínhamos, cada um, seu universo próprio. E respeitar aqueles mundos, para extrair deles o que havia de melhor, era o que ela fazia, psicóloga nata e grande ser humano que era.

Momentos de magia? É impossível falar de todos. Foram vários ao lado dela, repetindo-se semana após semana, durante os três anos em que estivemos juntos. E por mais que andemos, e que a vida vá deixando em cada um de nós as suas marcas, jamais iremos nos esquecer, só para ficar neste exemplo, de quando ela, magistralmente, como se estivesse em um grande palco, fazia com que os três porquinhos – Palhaço, Palito e Pedrico – saltassem dos cartazes e se sentassem ao nosso lado nas duras carteiras de madeira. Uma coisa assim, hoje vista com olhar adulto, é para poucos – fruto de muito carinho e competência.

Há alguns anos, ao voltar à minha terra, fiz-lhe uma visita. Naquela tarde agradável em que estive a seu lado, falamos de tudo: dos seus filhos, já rapazes; de sua provável mudança para Belo Horizonte, que acabou acontecendo algum tempo depois; da política local, tão acirrada como em qualquer outra cidade dessas Minas Gerais; de algumas pessoas queridas; dos nossos tempos no grupo... Enfim, conversamos sobre coisas comuns, que sempre voltam à tona quando dois velhos amigos se encontram.

Mas, especial como sempre foi, dona Semira me reservava uma surpresa. Quando me preparava para ir embora, pois tinha de pegar o ônibus para Belo Horizonte em seguida, ela me disse: "Espere um pouco, pois tenho um presente para você". Levantou-se da cadeira, sorriu, foi ao quarto e de lá voltou com um envelope amarelo. "Abra e veja o que está aí." Ali mesmo, na sua frente, me deparei, quase não acreditando, com uma composição, "O cavalinho baio", que havia sido escrita por mim em 1964, no primeiro ano do grupo. Por mais de 30 anos ela a havia guardado. Há poucos dias, ao perder o sono, voltei a lê-la. Emocionado, prometi a mim mesmo que, um sábado desses, irei visitá-la na sua nova casa, no bairro Palmares, aqui em BH, onde já há algum tempo está vivendo.

■ EM - 03/04/2007

A braúna

Uma vez, quando criança, eu andava com meu pai pelas terras da fazenda que temos em Coluna. Era final de outubro, havia chovido e tudo estava verde, muito verde e bonito. De repente, colocando a mão no meu ombro, ele disse: "Vamos lá na braúna". Eu sempre ouvira falar daquela árvore, que se destacava entre as outras, no alto de um morro, no "pasto de fora", mas nunca a vira de perto. Não foi fácil chegarmos até ela: muitos cipós, espinhos de todos os tipos, braquiária alta, fora o perigo, real, de toparmos com cascavéis ou jararacuçus, que por lá ainda são comuns.

Mas valeu a pena: enorme, devia ter uns oito, nove metros de altura, a braúna imperava ali, rodeada por vinháticos, ingás e muricis, igualmente frondosos. Tentei abraçá-la, mas não consegui abarcar nem a metade do seu tronco. Meu pai fez o mesmo, mas também sem sucesso, e sorrimos um para o outro, na cumplicidade do silêncio. Quando descíamos o morro, ele voltou-se para mim, pôs novamente a mão no meu ombro e disse: "Estou precisando de fazer um outro curral e acho que vou cortar esta braúna, que irá dar muitas réguas e me ajudar demais".

Enquanto foi vivo, pelo que me lembro, o meu pai deve ter construído uns dois, três currais, mas nunca tocou naquela árvore, porque, no fundo, embora jamais tenha confessado, ele gostava dela, respeitava a sua majestade. Pela vida afora, às vezes sonhei com ela; que estávamos outra vez, meu pai e eu, debaixo da sua sombra ou então tentando de novo abarcá-la. Mas nunca mais voltei a vê-la de perto.

Isso até o mês passado, quando, de novo em Coluna, resolvi fazer uma viagem de volta àquela árvore, debaixo da qual, havia mais de 40 anos, eu estivera com o meu pai. Não cabe aqui falar da emoção e das saudades que senti. A braúna, ao contrário de mim, que já estou com os cabelos quase brancos, e no início do entardecer, continua a mesma, como se o tempo, para ela, não tivesse passado. Os vinháticos, ingás e muricis também. Com um detalhe: ela estava cheia de sementes, muitas das quais espalhadas pelo chão a seu redor, o que me permitiu recolher algumas.

De novo em Belo Horizonte e com a curiosidade de botânico amador, resolvi pesquisar na internet para saber mais a respeito dessa espécie, e, pelo que pude apurar, comparando-a com outras, a "minha braúna" deve ter entre 200 e 300 anos, no mínimo, de sobrevivência ao fogo, ao machado, à motosserra, aos currais, e aos fornos das carvoeiras. Quanto às sementes, depois de secas, as plantei em pequenos vasos de plástico, com terra colhida debaixo do pé da árvore-mãe, pois, conforme também li, se não for assim, elas podem germinar, mas não vingam.

Das mais de vinte sementes que eu trouxe, apenas quatro nasceram. À noite, como criancinhas indefesas, as folhinhas se encolhem, ficam murchas, como se pedissem proteção, para se abrirem na manhã seguinte, quando chegam os primeiros raios de sol. Se pegarem mesmo, como espero que aconteça, já estão prometidas: uma será de João Bosco Martins Salles, companheiro de trabalho aqui no *Estado de Minas*, para que ele possa plantá-la no quintal da casa, lá em Santa Luzia. Das duas outras, uma irá para a minha tia Maria Coeli, em Coluna, que irá também plantá-la – na sua fazenda em São Bartolomeu; e a outra será para o meu amigo Adauto Xavier, também da nossa cidade. E a quarta mudinha da velha braúna, à qual desejo mais alguns séculos de vida, minha mãe e eu, em homenagem a meu pai, pretendemos plantá-la em um lugar bem bonito, próximo à casa, para que sempre possamos nos lembrar.

■ EM - 27/11/2007

Do arco da velha

Que no Piauí, no Ceará e nas Alagoas macaco avoa, galinhas botam ovos de ouro, cão chupa manga e cavalo defeca dinheiro, não é segredo para ninguém. Está mais que cantado nos livretos de cordel ou dito no testemunho de escritores famosos, como Raimundo Carrero, de quem tenho a honra de ser amigo. Pernambucano de primeira água, ele jura ter presenciado, nos sertões da sua terra, situações tão ou mais incríveis que essas. É claro que acredito nele, porque aqui em Minas também, na imensidão desses geraes, acontecem coisas do arco da velha.

Algumas me contaram, como Idelfonso Malaquias, lá em Coluna, que jura ter colocado uma suçuarana para correr com uma varinha de bambu. Ou Cirineu Rocha, também filho da terra, que afirma de pés juntos ter coçado o queixo de uma urutu-cruzeiro. Alguns fatos semelhantes, em um e outro momento da vida, também cheguei a presenciar. Só que macaco avoar ou cachorro chupar manga, ainda não vi. Mas um cavalo, sim, como pude comprovar há pouco tempo, lá mesmo em Coluna, durante um período sabático em que, temporariamente, estive ausente por seis meses aqui do *Estado de Minas*. Foi no bar do Joel Porto, outro grande contador de histórias, que Idelfonso e Cirineu narraram suas aventuras. Claro que entre uma cerveja e outra, como não podia deixar de ser.

Quanto a mim, um dia eu estava cismando sobre a vida no terreiro da nossa casa, também lá na velha terra, onde existe uma mangueira que se encontrava carregada de frutos. Olhava para um tico-tico, que, cumprindo sua sina, fazia das tripas o coração para alimentar um filhote de melro, duas vezes maior do que ele, quando, sem mais nem menos, um dos cavalos da fazenda, cujo nome não por acaso é Lampião, foi se adentrando. Aparecida, que trabalha conosco, sem querer havia deixado o portão aberto.

Até aí estaria tudo bem, se o cavalo, depois de me olhar de um jeito estranho, que fez meu coração começar a bater com força, não tivesse se dirigido para a mangueira. "Está à procura de sombra", pensei, já que o sol andava de rachar, pois estávamos em pleno mês de julho. Mas não, pois de repente o Lampião (também juro, pela alma do gato) levantou a cabeça e, num lance rápido, como o bote da urutu, cujo queixo o Cirineu havia coçado, abocanhou uma manga. De um salto me levantei do banco, pensei em fazer o nome do Padre e voltei as atenções para aquele animal que, com os olhos fixos nos meus, começou o processo de mastigação, para pouco depois cuspir o caroço. Em seguida, depois de abrir a boca, como se bocejasse, voltou-se de novo para a árvore e zás!, pegou outra fruta. "Isso só pode ser coisa do tinhoso, do ferrabrás, do Gunza, como disse Guimarães Rosa", me veio à cabeça.

Mas não tive tempo para novas divagações a respeito ou não da existência do demo, que costuma, segundo o escritor, se apresentar de várias formas. Ali, debaixo da mangueira, bem que poderia estar na pele do Lampião. Tempo não deu porque o próprio, num outro lance espetacular, quando as mangas fugiram ao alcance da sua boca, se encostou no tronco da árvore e começou a balançá-la. Os relinchos, que fizeram voar o tico-tico, que deixou sozinho o filhote do melro, e quase sair pela boca o meu coração, eram como um ronco. Coisa dos infernos, só podia ser.

De volta a Belo Horizonte, me peguei pensando que façanha igual só poderia ser comparada, além de com as já descritas, a uma que me foi contada pelo amigo Arnaldo Viana, companheiro aqui no *Estado de Minas*. Durante uma pescaria no Rio São Francisco, na companhia do escritor Wander Piroli e do curvelano Ricardo Eugênio, ele garante ter fisgado um capiroto pequeno, mas já com chifrinhos proeminentes. Porém essa é outra história que, quem sabe, ele irá contar para nós em uma das suas crônicas, que a partir de amanhã – e todos os sábados – passará a publicar aqui no jornal.

■ EM - 13/07/2012

Historinha para Isadora

Há poucos dias, em uma tarde de encontro familiar, uma sobrinha querida, a Isadora, me pediu: "Tio, conte uma história daquelas que você ouvia quando também era criança, no sítio da vovó Iracema, lá em Coluna...". Um pedido desses, feito assim de repente, me pegou de surpresa. Na hora pensei em várias, ouvidas já nos distantes dias da infância: *A moura-torta*; *Joãozinho e o pé de feijão*; *Os três cachorros encantados*, Rompe-ferro, Corta-vento e Acode com tempo; ou a do burrinho que atravessou o mar se equilibrando em um fio de linha, esta contada à luz de lamparina por seu Firmino Baiano, na fazenda do meu padrinho Aguiar. Tristemente, constatei que já não me lembrava de nenhuma, a não ser por uma ou outra passagem. Mas como não podia decepcionar a sobrinha, cujos olhinhos brilhavam, fui salvo pela história do coelho e da onça que, por sorte, quase um milagre, naquela hora voltou inteira à minha memória. Com as devidas adaptações feitas para o português atual, porque senão Isadora não iria entender nada, assim como os leitores, a contei assim:

Uma vez, lá em Coluna, quando a cidade era habitada só pelos bichos, estes fizeram uma reunião na pracinha para programar uma festa, que era realizada todos os anos. Estavam presentes o gambá, a raposa, a cotia, o veado, o burro, o boi, o sapo, o cachorro, a cobra caninana, o tatu, o macaco, a lagartixa, que não parava de balançar a cabeça, e muito outros, inclusive o coelho, que tinha a fama de ser o mais esperto de todos. Lá pelas tantas, no final do encontro, que entrou dia adentro, ele disse, deixando aparecer aqueles dentinhos de comer cenoura: "Gente, vamos apostar que no dia da festa vou chegar aqui montado na onça?" "O quê?", gritou o macaco, do alto de uma árvore, "vir montado na onça...?" "Duvi-de-o-dó", falou o gambá. "Aposto que você não consegue, é impossível", retrucou o tatu, todo sujo de terra, e fungando o nariz. "Quero só ver, quero só ver, quero só ver...", emendou o sapo, com aquele bocão, e todos concordaram que o coelho, por mais esperto que fosse, jamais conseguiria realizar uma façanha daquelas. Então apostaram. Apostaram muito dinheiro, para ver no que ia dar.

Mas o coelho, que nunca foi desse mundo, começou a traçar os seus planos, e no dia da festa lá estava ele, na entrada da sua fazendinha – a uns três quilômetros da cidade –, onde sabia que a onça teria de passar. Havia colocado um ovo na boca, para ela parecer inchada, amarrado um pano no rosto, enfaixado a perna, e gemia, gemia muito, tudo de mentira. Aí chegou a pintada, que apesar de ser mesmo muito brava, tinha o coração mole. "O que foi, compadre coelho, o que foi?" "Ah, comadre, eu estava saindo para a festa, mas parei aqui na porteira de casa, porque não posso andar mais, olhe o jeito que estou, tão doente..." "Que pena, compadre, que pena, você vai perder a farra..." "Ah, comadre, me ajude, me ajude, por favor..." "Ajudar como, compadre...?" "Deixe eu ir montado na senhora, pelo menos até na entrada lá da rua, depois eu dou um jeito, e acabo de chegar..."

E foi assim que o coelho, bom de papo que era, acabou conseguindo o que queria. E mais: "arriou" a onça. Ou seja: colocou a sela, rédea, rabicho, peitoral. Apertou bem a cilha, a barrigueira, e depois, fingindo muita dificuldade, montou, já saboreando a vitória. Na hora de colocar as esporas, a onça perguntou espantada: "Para que isso, compadre?". "Ah, comadre, é para coçar os carrapatos da senhora...!" Quando pegou o chicote, novo protesto. "Ah, comadre, é para espantar os mosquitos..." E assim eles foram indo, bem devagar, pois qualquer corridinha que a bicha dava, o coelho chorava, fingindo que sentia muita dor. Quando estavam quase na entrada de Coluna, já na ponte do rio São Joaquim, ela então falou, como haviam combinado: "Agora, compadre, pode descer...". "Ah, comadre, pelo amor de Deus, eu não aguento, é só mais um pouquinho, mais um pouquinho só..."

E foi assim, Isadora (os olhinhos dela brilhavam ainda mais), que o coelho, como havia prometido, chegou lá, em plena pracinha de Coluna, montado na onça, para o espanto do gambá, do tatu, do boi, do cavalo, do caititu, e de todos os outros bichos que estavam ali. E mais: malvado que era, ele tirou o ovo da boca, o pano do rosto, jogou fora a faixa que estava enrolada na sua perna, e começou a bater na pintada com o chicote e a fustigá-la com as esporas, enquanto gritava, dando pulinhos na sela: "Eu não falei, não falei, que vinha montado nela...". Desesperada, a onça começou a pular, pular, e pulou tanto que, quando não aguentava mais, finalmente parou e só ficou tremendo, de tanta raiva. Então o coelho, na maior esperteza, saltou depressa no chão e, como um raio, desaparececeu ali da pracinha, indo ninguém soube para onde. Mas não sem antes a onça, vermelha de tanta raiva, prometer que, se o encontrasse novamente, ele iria levar uma surra e tanto, ou então morrer bem devagarinho, para pagar o que havia feito.

"E onde ele mora hoje, tio?", quis saber a menina, a essas alturas já totalmente a favor da onça. Aí o tio Carlinhos coçou a cabeça, e sem outro jeito, prometeu, já pensando em um final para aquela história: "Depois eu te conto, depois eu te conto".

EM - 11/09/2007

Historinha para Clara

Há algum tempo, aqui no *Estado de Minas*, atendendo ao pedido de uma sobrinha, Isadora, que queria conhecer uma das histórias da minha infância ouvidas na fazenda da vovó Iracema e do vovô Herculano, lá em Coluna, contei como o coelho, há muitos anos, no dia da festa da bicharada, chegou à pracinha da cidade montado na onça, depois de se fingir de doente, para sensibilizá-la. Assim que entrou na praça, como havia apostado com outros bichos, entre eles o gambá e o lobo-guará, ele começou a fustigá-la com as esporas, e a estalar o chicote. E gritava: "Eu não disse, gente, eu não disse que iria conseguir?". Em seguida, aproveitando-se de um descuido da bichana, já cansada de tanto pular, ele saltou depressa no chão. E sabendo da morte certa se ela o pegasse, foi procurar um lugar seguro para se esconder.

Depois que a história saiu publicada, uma outra sobrinha, a Clara, irmã mais velha da Isadora, e tão curiosa como ela, também quis saber os desdobramentos do caso. "Conte, tio, conte o que aconteceu depois", ela pediu, em telefonema aqui para o jornal. Então aqui vai para vocês, Isadora e Clarinha, o desfecho da aventura:

Logo que deixou o lombo da pintada, em meio aos aplausos da bicharada, pois todos morriam de medo dela, o coelho saiu em disparada e enfiou-se depressinha no buraco do tatu, achando que ali estaria bem seguro. Mas a onça, furiosa, depois de procurar por todos os cantos, acabou descobrindo o esconderijo. E colocou o sapo, que estava por perto, porque era curioso demais, para ficar vigiando, enquanto ela ia buscar uma enxada, para tirar aquele coelho espertinho dali e dar-lhe uma lição.

"Tome conta direito, compadre sapo. Vigie bem, pois se esse malandrinho fugir daí, quem vai pagar o pato é você", ela disse, com voz de poucos amigos. "Pode deixar, comadre, pode deixar, que daqui desse buraco ninguém sai", respondeu o cururu, com aquele bocão sem dentes. Algum tempo depois, como a onça ainda não havia voltado, o coelho resolveu se aproveitar da situação. Pôs a cabecinha na porta do buraco, tomando todos os cuidados, e, estalando a língua, começou a dizer, com aqueles dentinhos para fora: "Hum!, tá uma delícia, uma delícia...". Guloso como era, e até aquela hora sem almoço, o sapo não resistiu e perguntou: "O que você está comendo, compadre?...". "Hum!, é um bolo de chocolate, inteirinho, que o compadre tatu deixou aqui, como se fosse um presente para mim." "Me dá um pedacinho, me dá um pedacinho, pois tô morrendo de fome", pediu o sapo, já com o bocão cheio d'água.

Foi então que o coelho, esperto como só, e já se vendo em liberdade, respondeu: "Você não merece, compadre, porque está aí me vigiando. Mas como tenho bom coração, vamos fazer o seguinte: abra bem a boca, arregale os olhos, que vou jogar uma fatia para você". Não deu outra. Assim que o sapo obedeceu, pois estava doido para comer um pedacinho do bolo, ainda mais com chocolate, o coelho pegou um punhado de areia, atirou nos olhos dele e, no meio da confusão, aproveitou para sair voando dali, e desaparecer.

Na mesma hora, a onça chegou. Trazia a enxada e estava uma fera, porque havia demorado muito para consegui-la. "Ele tá aí, compadre sapo?", quis saber, mostrando todos aqueles dentes, o que fez o outro arrepiar de pavor, de tão afiados que eram. "Tá sim, comadre, tá sim." Então, com toda a força do mundo, ela começou a cavar o buraco do compadre tatu, que observava tudo de longe, escondido atrás da paineira, e dando graças a Deus por não estar em casa. Cavou um metro, dois, três metros terra adentro, e nada. "Cadê o coelho, compadre sapo, cadê ele...?", tornou a perguntar a pintada, dando um daqueles urros, que foi ouvido longe. "Tá aí, comadre, tá aí", ele tornou a responder e, de tanto medo, começou a fazer xixi na calça.

Daí a pouco, pingando suor e fúria, quando chegou ao final do buraco e não achou o coelho, a onça então agarrou o sapo, o levantou pelas patinhas, que tremiam, e disse: "Agora, compadre, quem vai pagar o pato é você". E completou com umas risadas que estremeceram tudo ao redor: "Mas, como sou boazinha, vou te dar uma chance: pode escolher o jeito como quer morrer...". Então o sapo, que também nunca foi bobo, começou a chorar e, com uma vozinha humilde, pediu: "Me jogue no fogo, comadre, pelo amor de Deus, faça uma fogueira e me jogue nela, porque tenho pavor de água". Foi aí que a onça, na vista de toda a bicharada, que assistia a tudo de longe, foi com ele até à ponte do Rio Matinada, que passava lá mesmo em Coluna, e, malvada como era, o soltou dentro do poço. Contam que o sapo, feliz da vida, gritava e gritava, enquanto dava braçadas na água: "É isso mesmo que o sapo quer, é isso mesmo que o sapo quer...".

"E o coelho, titio, o que aconteceu com ele?", quis saber a Clara, em outro telefonema aqui para o jornal, e já não se aguentando de tanta curiosidade. "Esse, querida", respondi, "sumiu por uns bons tempos da cidade, até que muitas outras histórias, que depois conto para vocês, continuaram a acontecer, antes de também entrarem pelo bico do pato, e saírem pelo bico do pinto."

■ EM - 15/01/2008

As aventuras do coelho

Escrevi duas crônicas, que foram publicadas aqui no jornal – "Historinha para Isadora" e "Historinha para Clara" –, nas quais conto como o compadre coelho, depois de chegar à praça de Coluna montado na onça, no dia da festa da bicharada, conseguiu fugir: primeiro, entrou dentro do buraco do tatu, que ficou observando tudo de longe, para depois sumir de vez, após enganar o sapo, colocado ali pela pintada para vigiá-lo, enquanto ela buscava uma enxada para tirá-lo. Quem quase acabou pagando o pato foi mesmo o sapo. Mas, como ele nunca foi bobo, também deu um jeito de escapar, como havia feito o coelho, depois de conseguir enganar a onça, que ficou muito fula da vida e jurou, na vista de todos os bichos, não sossegar enquanto não pegasse os dois espertinhos.

Por e-mails, telefonemas, cartas e recados que recebi – como de Clara e Isadora, minhas sobrinhas; de Henrique, filho da jornalista Fernanda Castro, que leu as histórias para ele; de Nina, filha da cantora Fernanda Takai, que também escreve aqui no jornal; de dona Renilde, professora em Sete Lagoas; e de Pitucha (minha conterrânea), contadora de histórias, que está narrando essas aventuras nos colégios de Belo Horizonte –, tomei conhecimento de que todos estavam curiosos para saber o que, afinal de contas, acabou ocorrendo com os nossos heróis. Como eu também não sabia, passei o maior aperto e quase cheguei a dizer que a história havia entrado pelo bico do pato e saído pelo bico do pinto. "Assim não vale, tio, quero saber o final", disse o Lucas, filho de uma amiga minha, com os quais me encontrei dia desses aqui na porta do jornal, quando estava indo tomar um cafezinho para ver se conseguia inspiração.

Mas como para tudo na vida tem um jeito, um pouco do mistério começou a ser desvendado na semana passada, quando recebi uma carta do leitor Mozart Andrade, morador do bairro Cruzeiro, aqui em Belo Horizonte, que adora contar histórias para os seus netos. Como ele é amigo do tio pardal, que vive em uma árvore na frente da sua casa, este lhe revelou o seguinte, enquanto comia deliciosas casquinhas de pão com manteiga que vovô Mozart costuma levar para ele e os seus filhotes:

Depois daquela confusão toda, o coelho teve mesmo de fugir para escapar das garras da onça. Pôs o saco nas costas, deixou Coluna, aonde pretendia nunca mais voltar, de tanto medo, e passou pelo Rio Vermelho, onde foi recebido com festa pela comadre paca, feliz da vida pelo que ele fez com a onça, que uma vez quase a comera. Depois foi para Serra Azul de Minas, ali pertinho, onde aconteceu a mesma coisa: houve festança na casa da comadre vaca, cujo filhinho, um lindo bezerrinho malhado, por pouco não servira de lanche para a danada. Em Santo Antônio do Itambé, logo adiante, em plena praça, foi recebido com animado discurso feito pela comadre capivara, que, por sua vez, também havia escapado das garras da bichana, cujo apetite era mesmo insaciável. Famoso como só, no Serro do Frio, o compadre gambá, a cotia, a tia anta (com aquela tromba imensa) e até o tamanduá (com aquele narigão) homenagearam o coelho com um manjar à base de deliciosas cenouras e doce de leite com queijo. No mercado de Diamantina, dois dias depois, ele foi recepcionado com banda de música regida pelo compadre guará, num concerto bem animado, que juntou uma multidão de bichos para conhecê-lo.

Depois de passar uma semana ali em Diamantina só recebendo homenagens, o coelho, todo cheio de si, finalmente chegou a Belo Horizonte, onde primeiro, após tomar um banho, porque estava com um cheirinho não muito agradável, foi visitar o compadre macaco, seu velho amigo, no Parque das Mangabeiras. Não sem antes, prevenido que era, tomar vacina contra a febre amarela, que havia voltado a aparecer. Esteve também no Parque Municipal, onde tirou foto com a comadre lagartixa, que lhe deu os parabéns pela peça que havia pregado na onça. "Fez muito bem, fez muito bem, todo mundo está dando notícias", ela disse, balançando a cabeça, para depois apresentá-lo ao rato ratão, que também vivia ali no arque, bem pertinho da Avenida Afonso Pena. Esse, que conhecia toda a cidade, acabou levando o coelho à casa de outro amigo, o tio pardal. Foi ele quem, tempos depois, enquanto comia suas casquinhas de pão, acabou contando para o vovô Mozart esta história, cujo final – fica prometido, pela alma do gato – será revelado semana que vem.

■ EM

Final da história

Nas últimas três crônicas, "Historinha para Isadora", "Historinha para Clara" e "As aventuras do coelho", contei como este, depois de chegar à praça de Coluna montado na onça, ao descer dela, logo se escondeu no buraco do tatu, que era vigiado pelo sapo, enquanto a bichana, cheia de fúria, buscava um meio de tirá-lo dali para dar-lhe uma boa lição. Esperto como só, o coelho conseguiu fugir e, depois de passar por muitas cidades e ser recebido como herói, chegou finalmente a Belo Horizonte, onde visitou muitos compadres, e ficou conhecendo o tio pardal. Este, por sua vez, acabou contando a um amigo nosso, Mozart Andrade, o final desta história – que ele dividiu conosco em bonita carta. Nela, confirma que a onça, muito raivosa, já havia dito que só sossegaria quando desse uma lição ao coelho e ao sapo, "aqueles dois espertinhos, que não perdem por me esperar".

Foi assim: depois de suas andanças por BH, onde, famoso, deu entrevistas, apareceu na televisão, nos jornais, e se vacinou contra a febre amarela (para poder se encontrar com o compadre macaco no Parque das Mangabeiras), o coelho começou a ficar tristonho. Passou a sentir saudades da sua fazendinha e de Coluna. Então escreveu uma carta ao compadre tatu, perguntando como estavam as coisas por lá e se já podia voltar. A resposta, que não demorou a chegar, não podia ser pior: "A onça, compadre, invadiu a sua casa, tomou conta de suas terras, expulsou os carvoeiros, e quer ver se você é coelho o suficiente para tirá-la de lá".

"O que vou fazer, meu Deus?, o que vou fazer?", ele pensou, arrependido por cutucar a bichana com vara curta, e por ter chegado à festa da bicharada montado nela. Mas como a saudade bateu mais forte, um belo dia, o nosso amigo resolveu se arriscar. Como revelou o tio pardal, ele foi para a rodoviária e tomou o ônibus para Coluna. O motorista, com cara de poucos amigos, pois não queria confusão para o seu lado, era o compadre caititu. Dividindo com ele a poltrona, estava a comadre maritaca, que não parava de falar. Chegaram de madrugada, lá pelas três da manhã, e, aproveitando-se da escuridão, ele subiu o morro que fica em frente à sua terra, onde o compadre tatu, sempre amigo e solidário, já o esperava com três saborosas cenouras, devoradas na hora. Olhando tudo de longe, estava o compadre curiango, cantando: "Amanhã eu vou, amanhã eu vou...".

"Será que ela está lá dentro de casa, compadre?", perguntou ao tatu, que respondeu, enquanto cavava um buraco, para não perder o costume: "Sei não, compadre, sei não". Fungando, espalhou terra por todo lado. Então, o coelho, sempre esperto, lançou mão de um velho truque aprendido com o seu pai e gritou bem alto: "Sou eu, minha caminha, sou eu. Você está aí? Posso me deitar com você?". A onça, na espreita, mudou o tom de seu vozeirão e respondeu suavemente, toda cheia de dengos: "Estou sim, querido, estou sim. Pode vir, estou aqui bem quentinha, só esperando você".

O coelho, que não é mesmo deste mundo, disse ao compadre tatu, que não estava acreditando no que via: "Você já ouviu cama falar? Quem está lá dentro é a fera, só esperando para me passar no papo. Lá é que não vou, de jeito maneira...". E ficou triste da vida por não poder entrar na sua casa, da qual sentia tantas saudades. "Só tem um jeito de acabar com isso", disse o tatu, que sempre foi bom conselheiro. "Procure o compadre burro, que agora é o juiz de paz, e peça a ele que converse com a onça. Senão você jamais terá sua terra de volta, e nunca mais irá dormir na sua caminha."

E assim fez o coelho. Foi atrás do compadre burro, que de burro não tinha nada. Contou a história, da qual ele já sabia, e, depois de vários encontros com a bichana (que se mantinha irredutível e não abria mão de fazer um churrasquinho do nosso amigo, nem de ficar com a sua terra), ela finalmente fez uma proposta: "Só saio daqui, compadre burro, se o compadre coelho prometer, de papel assinado no cartório da comadre arara, que vai plantar duas mil árvores aqui na fazenda, e nunca irá deixar ninguém colocar mais carvoeira, porque senão, se continuar como está, daqui a uns tempos não vou ter mais onde morar. E quando houver outra festa aqui na cidade, ele terá de me pedir desculpas na frente de todos os bichos pelo vexame que me fez passar. Se não for assim, essa terra fica sendo minha, e não saio daqui nem morta!", exigiu a onça.

Depois de coçar a cabeça, de ciscar a terra com as patinhas e de roer outras cenouras que o compadre tatu havia trazido, o coelho acabou achando que a onça tinha mesmo razão e resolveu aceitar as exigências dela. Mas também impôs uma condição: "Diga a ela, compadre burro, que deixe o compadre sapo em paz, pois ele não tem nada a ver com essa história, na qual só entrou de gaiato, sem ter nada a ver com o peixe".

Contam ainda hoje em Coluna que, desde então, sem nenhum ressentimento, mas como velhos e bons amigos, como deve ser, o compadre coelho, o sapo e a comadre onça já foram vistos passeando pelas matas, que voltaram a crescer, depois que os carvoeiros se foram; tomando água na mina, e andando pelas ruas da cidade. Por ter conseguido celebrar a paz, o compadre burro, que ganhou um novo mandato para juiz de paz, às vezes lhes faz companhia.

■ EM - 22/01/2008

Obras do autor

1) *O sol nas paredes* (contos)
Edição independente, 1980; Pulsar, BH, 2000, 3ª edição.

2) *Memórias da sede* (contos)
Lemi, BH, 1992, Prêmio de Literatura Cidade de Belo Horizonte.

3) *A dança dos cabelos* (romance)
Espaço e tempo, Rio, 1987; Record, Rio, 2001, 10ª edição. Prêmios Guimarães Rosa e Lei Sarney (autor revelação de 1987).

4) *Coração aos pulos* (contos)
Record, RJ, 2001, Prêmio Especial do Júri da União Brasileira de Escritores, em 2003.

5) *O pescador de latinhas* (crônicas)
Record, RJ, 2002, 2ª edição; Ministério da Cultura, PNBE, 2009.

6) *Entre BH e Texas* (crônicas)
Record, RJ, 2004, 2ª edição.

7) *Sombras de julho* (romance)
Estação Liberdade, SP, 1990; Atual/Saraiva, SP, 2005, 23ª edição, Prêmio 5 Bienal Nestlé de Literatura Brasileira em 1990.

8) *O último conhaque* (romance)
Record, RJ, 2003, 7ª edição.

9) *O vestido* (romance)
Geração Editorial, SP, 2004, 6ª edição, finalista do Prêmio Jabuti 2005; Ministério da Educação, PNBE, 2009 e 2023.

10) *O chapéu do seu Aguiar* (crônicas)
Leitura, SP, 2007.

11) *A ostra e o bode* (crônicas)
Record, RJ, 2007.

12) *A mulher dos sapatos vermelhos* (crônicas)
Geração Editorial, SP, 2010.

13) *O estilingue: histórias de um menino* (memórias)
Editora da UFMG, BH, 2012.

14) *Poltrona 27* (romance)
Record, RJ, 2011.

15) *Coisa do bicho* (crônicas)
Lê, BH, 2014.

16) "Versinhos de Danne" (poema)
Tipografia do Zé, BH, 2019.

Participação em antologias

Histórias mineiras. Coordenação editorial de Fernando Paixão. São Paulo: Ática; Rede Globo Minas, 1984.

Contos da terra do conto. Porto Alegre: Mercado Aberto, 1986.

Valores para viver. Organização de Maria Isabel Borja e Márcio Vassalo. Rio de Janeiro: Guarda-chuva, 2005.

Coletivo 21. Organização de Adriano Macedo. Belo Horizonte: Autêntica, 2011.

Poços é uma festa: um olhar contemporâneo sobre a história da cidade. Organização de Gisele Selmar Corrêa Castro Ferreira. São Paulo: Scortecci, 2017.

Dois zero zero zero 2000: a entrada do último ano do milênio, na visão de 14 autores contemporâneos brasileiros (ou quase...). Campinas: Komedi, 2000.

Therezinha Mucci Xavier: tributo por uma vida de doação. Organização de Maria das Graças de Castro Nogueira, Maria Luiza Leão, Rozimar Gomes da S. Ferreira e Badia Abrão El Hadj. Viçosa: [s.n.], 2014.

Jornal de Minas: histórias que ninguém leu. Organização de Fernando Zuba. Belo Horizonte: Páginas, 2018.

Todas as guerras / Tempos modernos. Organização de Nelson de Oliveira. Rio de Janeiro: Bertrand Brasil, 2009.

O fino do conto. Organização de Alciene Ribeiro Leite. Belo Horizonte: RHJ, 1989.

RL. Revista literária da UFMG – 50 anos. Organização de Fernanda Goulart e Luis Alberto Brandão. Belo Horizonte: Ed. da UFMG, 2016.

Minas de liberdade. Organização de Ângelo Oswaldo de Araújo Santos, Eneida Maria de Souza e Wander Melo Miranda. Belo Horizonte: Assembleia Legislativa de MG, 1992.

20 contos sobre a pandemia. Organização de Rogério Faria Tavares. Belo Horizonte: Autêntica, 2020.

Pássaros poemas – Aves na Pampulha: 150 espécies. Organização de Tavinho Moura. Belo Horizonte: Via Social, 2012.

É cor de luar: livro de graça na praça. Organização de Ronaldo Simões Coelho e Yêda Galvão. Belo Horizonte: Imprensa Oficial, 2014.

Memórias de professores. Organização de Margareth Santana. Belo Horizonte: Editora Literíssima, 2024.

Publicações no exterior

Il Vestito. Tradução de Mariagrazia Russo. Roma: Cavallo di ferro, 2004.

Ombre Di Luglio. Tradução de Mariagrazia Russo. Roma: Il Filo, 2008.

Contemporary Brazilian Writing in Translation. Organização de Sonia Torres e Eloína Prati dos Santos. Coordenação de Hugh Hazelton. Fredericton: [s.n.], 2010.

15 cuentos brasileros. Organização de Nelson de Oliveira. Tradução de Federico Lavezzo. Córdoba: Comunicart, 2007.

Minas Gerais, contos e confidências, antologia. Organização e apresentação de Luísa Coelho. Lisboa: Editora Gato Bravo, 2025.

The Routledge Intermediate Brazilian Portuguese Reader. Londres; Nova York: Routledge, Taylor & Francis Group, 2014.

Dissertações, teses e estudos sobre a obra de Carlos Herculano Lopes

Polifonia, gênero e violência em A dança dos cabelos, de Carlos Herculano Lopes de Shantynett Ferreira Magalhães Alves. Dissertação (Mestrado) – Programa de Pós-Graduação em Letras: Estudos Literários, Universidade Federal de Montes Claros, Montes Claros, 2016.

Três Isauras e uma identidade em Carlos Herculano Lopes, de Eloisa Helena Ramos da Silva. Dissertação (Mestrado) – Centro de Ensino Superior de Juiz de Fora, Juiz de Fora, 2007.

O trançado da morte nas tramas do tempo: uma leitura da condição feminina em Cartilha do silêncio e A dança dos cabelos, de André Adriano Brun. Dissertação (Mestrado) – Universidade Estadual Oeste do Paraná, Cascavel, 2008.

A maldição de Eva: vozes femininas nos romances A dança dos cabelos, Sombras de julho, e O vestido, de Carlos Herculano Lopes, de Roseli Deienno Braff. Tese (Doutorado) – Programa de Pós-Graduação da Faculdade de Ciências e Letras, Universidade Estadual Paulista, Araraquara, 2016.

Memória, identidade e representação social: uma leitura de O último conhaque, de Carlos Herculano Lopes, de Lydyane de Almeida Menzotti Silva. Dissertação (Mestrado) – Programa de Pós-Graduação em Letras, Universidade Federal do Mato Grosso do Sul, Três Lagoas, 2017.

"As três Isauras: fichas de arquivo desordenado da memória familiar em A dança dos Cabelos", de Letícia Malard. *Revista Literária do Corpo Docente da Universidade Federal de Minas Gerais*, ano XXX, n. 26, 1995/1996.

"Carlos Herculano Lopes em quatro tempos", de Thelma Borges. In: *Literatura Mineira: trezentos anos*. Organização de Jacyntho Lins Brandão. Belo Horizonte: BDMG Cultural, 2019.

"Vestido para narrar, estudo sobre O vestido, de Carlos Herculano Lopes", de Caio Junqueira Maciel. In: *O sangue que rejuvenesce o Conde Drácula*. Belo Horizonte: Caravana, 2021.

"Coração aos pulos, de Carlos Herculano Lopes: minificção de um grande contador de história", de Márcio Almeida. In: *A minificção do Brasil: em defesa dos frascos & dos oprimidos – Ensaios*. Oliveira: [s.n.], 2010.

"Carlos Herculano Lopes: De mãe para filha, estudo sobre A dança dos cabelos", de Flávio Carneiro. In: *No país do presente – Ficção brasileira do século XXI*. Rio de Janeiro: Rocco, 2005.

Entrevistas em livros

21 escritores brasileiros: uma viagem entre mitos e motes, de Suênio Campos de Lucena. São Paulo: Escrituras, 2001, página 111.

Vereda Literária, de Helton Gonçalves de Souza. Belo Horizonte: Gráfica Lada, 1997, página 31.

Pastores de Virgílio: a literatura na voz de seus poetas e escritores, de Álvaro Alves de Faria. São Paulo: Escrituras, 2009, página 63.

Obras adaptadas para o cinema

1) "Estranhas criaturas", conto de *Memórias da sede*, foi adaptado para o cinema por Aaron Feldman, na década de 1980.
2) *Sombras de julho* foi adaptado para a TV (minissérie da TV Cultura de São Paulo) e para o cinema por Marco Altberg, em 1995.
3) *O vestido* foi adaptado para o cinema por Paulo Thiago, em 2007.
4) "Um brilho no escuro", conto de *Coração aos pulos*, foi adaptado para a TV (minissérie para a TV Bandeirantes) por Breno Milagres, em 2010.
5) *Poltrona 27* foi adaptado para a TV (minissérie para o Canal Brasil) por Paulo Thiago, em 2017.

Cronologia

1956 – Nasce em Coluna, no Vale do Rio Doce, Minas Gerais. Primeiro dos oito filhos do farmacêutico Herculano de Oliveira Lopes e da professora Iracema Aguiar de Oliveira.

1964 – É matriculado no Grupo Escolar Professora Heroína Torres, em Coluna, onde estuda até 1968, quando conclui o curso primário com a professora Nilza Maria de Oliveira. Já o curso de admissão é feito no Grupo Escolar Afonso Pena, na vizinha cidade de Rio Vermelho.

1968 – Começa a escrever, ainda em Coluna, a primeira versão de *O estilingue: histórias de um menino*. No final desse ano, muda-se para Belo Horizonte, para estudar no Colégio Arnaldo, e no ano seguinte, aos 14 anos, conclui a escrita de *O estilingue*.

1972 – Termina o curso ginasial, no Colégio Arnaldo, e se transfere para o Colégio Promove. Ganha de presente, do seu tio Joaquim Aguiar, a sua primeira máquina de escrever.

1973 – Começa a trabalhar como boy na Prefeitura de Belo Horizonte, com os doutores Hélio Pimenta e Israel Pinheiro Filho, então secretário de obras de BH.

1976 – Ainda trabalhando na Prefeitura de Belo Horizonte, presta vestibular para Jornalismo na Fafi/BH. Publica seus primeiros contos na *Revista Ars Média*, da Fundação Clóvis Salgado, de BH, dirigida pelo poeta Márcio Almeida; no *Suplemento Literário do Minas Gerais*, dirigido por Wilson Castelo Branco; no Suplemento Cultural do jornal *Estado de São Paulo*, dirigido por Ana Maria Lopes; e na *Revista Literária da UFMG*, dirigida por Plínio Carneiro. A convite do jornalista Geraldo Magalhães, passa a integrar a equipe do então criado Departamento de Cultura de Minas Gerais e se desliga da PBH.

1979 – Termina o curso de jornalismo e é convidado pelo jornalista Carlos Felipe para trabalhar na editoria de pesquisa do *Estado de Minas*. Antes, havia estagiado no *Jornal de Minas*, no Suplemento Literário Destaque, dirigido pelo médico Emílio Grimbaum, e no *Jornal de Casa*. No *Estado de Minas*, é colega dos escritores Roberto Drummond, Wander Piroli, André Carvalho, Geraldo Magalhães, Airton Guimarães, Maria Vilma de Oliveira, Jorge Fernando dos Santos, João Paulo Cunha e outros.

1980 – Publica por conta própria, com prefácio de Rui Mourão, o primeiro livro de contos, *O sol nas paredes*, que vende de mão em mão nos bares de Belo Horizonte e em outras cidades.

1982 – Com o segundo livro, também de contos, *Memórias da sede*, vence o Prêmio de Literatura Cidade de Belo Horizonte. No júri, estão os escritores Murilo Rubião, Lúcia Machado de Almeida e Ari Quintela. O livro é publicado pela Editora Lemi, de BH. Tira um período sabático e, de licença no *Estado de Minas*, inicia uma viagem, em companhia da jornalista Patrícia Grinberg, pelo Nordeste brasileiro, e em seguida pela Argentina, onde passa alguns meses, e conhece a obra de seus grandes escritores: Júlio Cortázar, Jorge Luis Borges, Ernesto Sábato, Ricardo Piglia, José Hernandez, entre outros.

1984 – Com seu primeiro romance, *A dança dos cabelos*, vence o Prêmio Nacional Guimarães Rosa, da Secretaria de Cultura de Minas Gerais. Por influência de Rose Marie Muraro, a quem foi apresentado pelo jornalista Afonso Borges, o livro é publicado pela editora Espaço e Tempo, do Rio. No ano seguinte, o romance ficaria entre os finalistas do Prêmio Jabuti, da Câmara Brasileira do Livro.

1987 – *A dança dos cabelos* também dá ao escritor o Prêmio Lei Sarney, como autor revelação daquele ano. O prêmio é entregue no Palácio dos Bandeirantes, em São Paulo, pelo vice-governador do estado, Almino Afonso.

1989 – Deixa o *Estado de Minas* e passa uma temporada em Portugal e na Espanha. De volta ao Brasil, alguns meses depois, para sobreviver, começa a vender queijo e cachaça, que traz de Coluna. Inicia a escrita do seu segundo romance, *Sombras de julho*.

1990 – *Sombras de julho* é o grande vencedor da Quinta Bienal Nestlé de Literatura Brasileira, concorrendo com mais de 600 livros de todo o país. O júri é formado por J. J. Veiga, Flávio Loureiro Chaves, Luzilá Frota Fonseca, Maria Alice Barroso e Antonio Barreto. O livro é lançado em São Paulo pela editora Estação Liberdade.

1993 – *A dança dos cabelos* é um dos livros indicados para o vestibular da UFMG. Participa, no Memorial da América Latina, em São Paulo, do Primeiro Congresso de Escritores de Língua Portuguesa. Na delegação mineira, entre outros, estão os escritores Jaime Prado Gouvêa, Drummond Amorim, Branca Maria de Paula, Vivina de Assis Viana, Cristina Agostinho e Adélia Prado.

1995 – *Sombras de julho* é transformado em minissérie para a TV Cultura de São Paulo pelo diretor Marco Altberg, que depois o adapta também para o cinema. Lança seu terceiro romance, *O último conhaque*, pela editora Record. Volta a trabalhar no *Estado de Minas*, no Caderno Fim de Semana, a convite do jornalista Paulo César de Oliveira. Morre em Belo Horizonte o seu pai, Herculano de Oliveira Lopes, aos 68 anos.

1998 – Casa-se, em Belo Horizonte, com a médica Adrianne Mary Leão Sette e Oliveira, que ficou conhecendo durante uma viagem à terra dela, Guanhães, também no Vale do Rio Doce, onde foi a convite do poeta Antonio Barreto.

2002 – Com o final do Caderno Fim de Semana, e agora já trabalhando no EM Cultura, também do *Estado de Minas*, passa a escrever, em substituição ao escritor Roberto Drummond, falecido nesse ano, uma crônica semanal para o jornal, experiência que se estende por 14 anos. Pelo livro de contos *Coração aos pulos*, lançado no ano anterior, pela editora Record, recebe o Prêmio Especial do Júri da União Brasileira de Escritores, e, pelo conjunto de obra, é um dos dez finalistas do Prêmio Jorge Amado, do governo da Bahia.

2003 – Compra parte da Fazenda São Joaquim, em Coluna, deixada pelo seu pai, e passa a criar gado de corte. Volta constantemente à sua terra, para administrar os seus negócios.

2004 – Seu quarto romance, *O vestido*, baseado no poema “Caso do vestido”, de Carlos Drummond de Andrade, é lançado pela Geração Editorial e filmado por Paulo Thiago. O livro é indicado para o vestibular da PUC Minas.

2005 – *O vestido* é publicado na Itália pela editora Cavallo di ferro, com tradução da professora Mariagrazia Russo, da Universidade de Viterbo, e fica entre os finalistas do Prêmio Jabuti. *Sombras de julho* é um dos indicados para o vestibular da Universidade Federal de Viçosa.

2006 – Participa, junto com vários escritores, entre eles Fernando Sabino, Afonso Romano de Sant'Anna e Marina Colasanti, do Projeto TIM Estado de Minas Grandes Escritores, dirigido por Marcelo Andrade, então secretário de Cultura de Viçosa, e viaja por várias cidades e estados falando sobre a sua obra.

2008 – *Sombras de julho* é lançado na Itália pela editora Il Filo, com tradução da professora Mariagrazia Russo. É paraninfo dos formandos da Universidade Federal de Viçosa.

2009 – Seu romance *O último conhaque*, lançado pela editora Record, é um dos livros indicados para o vestibular da Universidade do Estado de Minas Gerais.

2011 – Lança pela editora Record, com posfácio de Silviano Santiago, o romance *Poltrona 27*, que no ano seguinte ficaria entre os finalistas do Prêmio Portugal Telecom. Doa o seu acervo pessoal, acumulado durante 40 anos e composto por mais de 3 mil volumes, cartas e documentos diversos, para o Acervo dos Escritores Mineiros da UFMG.

2012 – O seu livro de memórias infantis *O estilingue: histórias de um menino*, que havia ficado perdido por mais de 40 anos, finalmente é redescoberto entre os guardados do escritor, e é lançado pela Editora da UFMG, dirigida pelo professor Wander Melo Miranda, com ilustrações de Marcelo Lélis.

2015 – Após trabalhar no *Estado de Minas* de 1979 a 1989 e de 1995 a 2015, o escritor se desliga profissionalmente dos Diários Associados, em que esteve durante tantos anos, e passa a se dedicar mais intensamente à sua literatura e à fazenda de criação de gado, em Coluna.

2016 – Morre em Belo Horizonte, aos 82 anos, a sua mãe, a professora Iracema Aguiar de Oliveira, que tanta importância teve na sua formação humana e intelectual.

2017 – Dirigida e roteirizada por Paulo Thiago, e tendo Tuca Andrade no papel principal, estreia no Canal Brasil a série *Poltrona 27*, com cinco episódios, inspirada no seu romance homônimo. As gravações aconteceram em Minas Gerais, entre novembro e dezembro de 2015, nas cidades de Jaboticatubas, São José da Serra, Taquaraçu de Minas, Santa Luzia e Sabará.

2020 – Morre em Belo Horizonte a sua irmã, a comunicadora social e bancária Jane de Oliveira Lopes. É eleito para a Cadeira de número 2 da Academia Colunense de Letras e Artes, que tem como patrono Arcino Lopes de Freitas.

2021 – Morre em Belo Horizonte a sua irmã caçula, a farmacêutica Heloisa de Oliveira Lopes. Entre as manifestações de pêsames, recebe uma comovente carta da escritora e ex-presidente da Academia Brasileira de Letras Nélida Piñon.

2022 – É um dos signatários da "Carta às brasileiras e brasileiros em defesa do Estado de Direito", contra as ameaças golpistas do então presidente da República Jair Bolsonaro. A convite do governo de São Paulo, é um dos jurados do Prêmio São Paulo de Literatura, cujo vencedor é Antônio Xerxenesky, com o romance *Uma tristeza infinita*.

2024 – É eleito para a Academia Mineira de Letras, em que passa a ocupar a Cadeira 37, que pertenceu ao escritor Olavo Romano. Sua posse acontece no dia 28 de junho do mesmo ano, e é saudado pelos acadêmicos Jacyntho Lins Brandão e Luis Giffoni.

2024 – Seu romance *O último conhaque* sai em sétima edição pela editora Record, com posfácio de Wander Mello Miranda, e é o livro indicado como leitura sugerida para o vestibular da Faculdade de Ciências Médicas de Minas Gerais.

Este livro foi composto com tipografia Adobe Garamond Pro e
impresso em papel Off-White 70g/m² na Gráfica Santa Marta.